겐지 모노가타리 4

源氏物語

지은이

무라사키시키부 紫式部, 970? ~ 1014?

지방관 출신의 중류 귀족인 후지와라 다메토키(藤原爲時)의 딸로 태어났다. 이름과 출생, 사망 연도가 명확하지 않지만 970년 이후에는 출생한 것으로 보인다. 『겐지 모노가타리』의 작자로 이름을 얻으면서 여자 주인공 무라사키노우에(紫の上)의 이름을 따 무라사키시키부(紫式部)로 불리게 되었다. 아버지 다메토키는 당대의 대표적인 문인으로서 집안에 와카(和歌)로 이름난 사람들도 많아, 그녀는 와카와 한시에 조예가 깊은 집안에서 자라났다고 할 수 있다. 어렸을 때부터 남자 동기간인 노부노리(惟規)가 아버지에게 한문 서적을 배울 때 어깨너머로 함께 공부하였으며, 이때 쌓은 교양이 『겐지 모노가타리』 집필의 기반이 된 것으로 보인다.

20대 후반이던 998년 지방관을 역임한 후지와라 노부타카(藤原宣孝)와 결혼하였다. 노부타카는 결혼 당시 40대 중반의 나이로 선처(先妻)와의 사이에 이미 몇 명의 자식을 둔 상태였다. 그러나 두 사람의 결혼 생활은 겐시(賢子)라는 딸 하나를 둔 채 3년도 지나지 않은 1001년 4월 노부타카가 역병으로 갑작스레 세상을 뜨면서 끝이 났다. 남편의 죽음을 계기로 무라사키시키부는 『겐지 모노가타리』의 초기 형태를 집필한 것으로 보인다.

무라사키시키부는 1005년(또는 1006년) 12월, 이치조 천황(一條天皇)의 중궁인 쇼시(彰子)에게 출사하였다. 그녀의 출사는 섭관정치체제의 최고 권력자인 쇼시의 부친인 후지와라 미치나가(藤原道長)의 요청에 따른 것으로 알려져 있다. 남편과의 사별 후 4, 5년 동안 집필하던 『겐지 모노가타리』로 그녀의 문재가 널리 알려졌기 때문으로 보인다. 이것이 무라사키시키부의 첫 사회 진출이며, 이러한 궁중 나인으로서의 공적 경험이 궁정 내 정치와 문화를 구체적으로 묘사하고 있는 『겐지 모노가타리』의 성립(1008년경)에 영향을 준 것으로 보인다. 무라사키시키부는 1013년 가을까지 황태후가 된 쇼시의 측근에서 나인 생활을 하였으며, 1014년 봄쯤 사망한 것으로 보인다. 향년 42세 또는 45세라는 설이 있다.

주해

이미숙 李美淑, Lee Mi-suk

이화여자대학교 국어국문학과를 졸업하였다. 한국외국어대학교 대학원 일본어과에서 『가게로 일기(蜻蛉日記)』에 대한 연구로 석사 학위를 받았고, 일본 도호쿠대학(東北大學) 문학연구과에서 『겐지 모노가타리(源氏物語)』에 대한 연구로 석사·박사 학위를 받았다. 10~11세기 일본 헤이안(平安)시대의 여성문학을 주로 연구하고 있다. 한국외국어대학교와 이화여자대학교, 숭실대학교, 건국대학교, 명지대학교 등에서 강의하였고, 서울대학교 인문학연구원과 아시아연구소에서 HK연구교수로 재직하였다. 현재 서울대학교 인문학연구원 객원연구원이다.

지은 책으로 『源氏物語硏究-女物語の方法と主題』(新典社, 2009, 일본), 『나는 뭐란 말인가-『가게로 일기』의 세계』(서울대 출판문화원, 2016)가 있으며, 옮긴 책으로 『가게로 일기』(한길사, 2011), 『겐지 모노가타리』 1(서울대 출판문화원, 2014), 『겐지 모노가타리』 2(서울대 출판문화원, 2017)가 있다. 그 밖에 전근대 일본문학과 문화에 대한 논문 및 함께 지은 책이 다수 있다. 2011년 제5회 해석학회상(일본)을 수상하였다.

겐지 모노가타리 4

초판인쇄 2024년 6월 10일 **초판발행** 2024년 6월 24일
지은이 무라사키시키부 **주해** 이미숙
펴낸이 박성모 **펴낸곳** 소명출판 **출판등록** 제1998-000017호
주소 서울시 서초구 사임당로14길 15 서광빌딩 2층
전화 02-585-7840 **팩스** 02-585-7848 **전자우편** somyungbooks@daum.net
값 45,000원 ⓒ 한국연구재단, 2024
ISBN 979-11-5905-934-6 94830
ISBN 979-11-5905-932-2 (전2권)

이 저서는 2019년 대한민국 교육부와 한국연구재단의 지원을 받아 수행된 연구임(NRF-2019S1A5A7068362)

표지 그림 : 14세기 초 가마쿠라시대(鎌倉時代) 말기의 『겐지 모노가타리』 「후지노우라바(藤裏葉)」 권 단간(斷簡). 레이제이 다메스케(冷泉爲相)의 글씨로 전해진다. 도호쿠대학(東北大學) 니헤이 미치아키(仁平道明) 명예교수 소장.

한국연구재단
학술명저번역총서

겐지 모노가타리 4

源氏物語

Genjimonogatari

무라사키시키부 지음

이미숙 주해

일러두기

1. 본『겐지 모노가타리(源氏物語)』4는 이른바 오시마본(大島本)을 저본으로 하여 교정한 아베 아키오(阿部秋生)·아키야마 겐(秋山虔)·이마이 겐에(今井源衛)·스즈키 히데오(鈴木日出男) 교주·역,『겐지 모노가타리』④ (新編日本古典文學全集 23, 小學館, 1996)를 저본으로 하여「와카나 상」권에서「마보로시」권까지 8개 권을 번역·주해한 것이다.

   그 밖에 다음과 같은 주석서도 참조하였다.
   * 山岸德平 校注,『源氏物語』三·四, 日本古典文學大系 16·17, 岩波書店, 1961·1962.
   * 玉上琢彌,『源氏物語評釋』第七·八·九卷, 角川書店, 1966·1967.
   * 阿部秋生·秋山虔·今井源衛 校注·譯,『源氏物語』四, 日本古典文學全集 15, 小學館, 1974.
   * 石田穰二·淸水好子 校注,『源氏物語』五·六, 新潮日本古典集成, 新潮社, 1980·1982.
   * 柳井滋 外 校注,『源氏物語』三·四, 新日本古典文學大系 21·22, 岩波書店, 1995·1996.
   * 鈴木一雄 監修,『源氏物語の鑑賞と基礎知識』③⑭㉞⑤⑮㉖㉓⑲, 至文堂, 1998~2004.

2. 번역은 원칙적으로 저본의 원문에 입각하였다. 그러나 주어와 표현이 생략된 부분이 많은 고전 산문의 특성상, 독자의 이해를 돕기 위해 주어와 술어, 기타 표현을 보충하거나 단락과 문장을 세분하고, 어순을 변경한 부분이 있다. 예를 들어,『겐지 모노가타리』는 지문과 와카(和歌)가 이어져 있는 경우가 많은데, 와카 앞에서 문장을 끊고 와카를 독립시켰다. 또한, 히카루겐지가 주어인 문장은 거의 주어가 생략되어 있지만, '겐지 님'이라는 주어를 보충하였다.

3. 인명과 호칭, 경어, 시제, 지시사 등은『겐지 모노가타리』표현의 독자성으로 판단하여 가능한 한 원문 그대로 살리는 것을 원칙으로 하였다.

4. 인명이나 지명 등 고유명사의 표기는 일본어 발음을 따르는 것을 원칙으로 하여 국립국어원 외래어표기법에 따랐고, 원칙적으로 권별로 처음 나올 때만 한자를 병기하였다. 하지만 히카루겐지나 무라사키노우에 등 주요 인물에 관한 호칭은 원문에 나올 때마다 원문 그대로 한자를 병기하였다. 서명의 경우 중국 서적은 한자음 그대로 표기하였고, 일본 서적명은 무리하게 통일을 꾀하지 않고 일본어 발음과 한자음, 번역어 표기를 병용하였다. 일본어에 쓰인 한자를 포함한 모든 한자는 번체자를 원칙으로 하였다.

5. 제도나 관청, 관직명, 궁중의 전각(殿閣)명, 한문 서적 서명, 아악(雅樂)명 등은 한자음 그대로 표기하였다. 관직명과 전각명이 인명으로 사용되는 경우에도 한자음 그대로 표기하였다. 실제 그 관직에 있지 않으면서 가족의 관직명 등을 사용해 불리고 있는 시녀나 나인 등의 이름도 한자음 그대로 표기하였다. 예를 들어, 우근위 중장이 던 유기리는 실제 관직명이기에 '중장(中將)'으로 당연히 한자음 그대로 표기하였고, 히카루겐지의 시첩인 '중장님(中將の君)'은 실제로 중장의 관직에 있지는 않아도 이 또한 한자음 그대로 표기하였다.

6. 와카는 본래의 음수율을 살리기 위해 윗구와 아랫구로 나누고, 5·7·5·7·7조에 맞추어 번역하였다. 와카 첫 구에는 읊은 이를 표시하였다.

7. 본문 구성은 저본에 따라 권으로 나누어 번역하고 단락마다 번호와 중간제목을 붙였다. 중간제목은 텍스트를 참조하여 주해자가 붙였다. 각 권이 끝날 때마다 작품 이해를 돕기 위해 해설을 붙였다. 권명은 일본어 발음 그대로 표기하고, 각 권 해설에서 권명의 유래와 한국어 의미를 밝혀 두었다.

8. 주해는 독자들의 이해를 돕기 위한 용어 해설, 전후 문맥의 설명, 인용의 전거(典據) 등 작품 내적 이해를 돕는 내용뿐만 아니라 문명의 텍스트로서 헤이안시대 일본문화를 이해하는 데 도움이 된다고 판단되는 사회제도 및 생활문화와 관련된 사항도 기술하였다. 주해자의 본문 해석 및 작품 이해도 반영하였다. 그리고 권이 바뀔 때마다 주 번호는 새로 붙였다.

9. 헤이안시대 귀족들의 이름에는 성과 이름 사이에 보통 '노(の)'를 넣어 읽었지만, 본서의 해설과 번역에서는 생략하였다.

10. 『겐지 모노가타리』전체의 작품 해제는 기출간된『겐지 모노가타리』1(서울대 출판문화원, 2014)에 상세하므로 따로 붙이지 않았다. 대신 '옮긴이의 말'에서『겐지 모노가타리』4에 관해 간단히 해제를 붙였다.

히카루겐지 인생의 겨울, 『겐지 모노가타리』 4

『겐지 모노가타리』 4의 구성

이 책은 히카루겐지의 일생을 다루고 있는 『겐지 모노가타리』 정편의 마지막 권이다. 4대에 걸친 천황의 시대를 다루고 있는 대하소설인 『겐지 모노가타리』는 정편 41권또는첩, 속편 13권, 총 54권으로 구성된 작품이다. 처음부터 마지막까지의 이야기 흐름, 즉 이야기의 전개를 통합해 나가는 인물을 주인공이라고 한다면, 정편의 주인공은 히카루겐지光源氏, 속편의 주인공은 가오루薫로 볼 수 있다. 『겐지 모노가타리』 4는 「와카나 상若菜上」 권에서 「마보로시幻」 권까지 8개 권을 번역하고 주해한 것이다. 이미숙 주해 『겐지 모노가타리』 한국어 역은 총 54개 권을 정편 네 권, 속편 두 권, 총 여섯 권으로 출간할 계획이며, 이 책은 그중 네 번째 권이다.

『겐지 모노가타리』 4의 세계

『겐지 모노가타리』 4는 히카루겐지 39세 때인 「와카나 상」 권에서부터 시작하여 52세 때인 「마보로시」 권까지 14년간의 세월을 시간적인 배경으로 한다. 로쿠조노인六條院을 조영하고 태상천황에 준하는 지위에

올라 현세에 누릴 수 있는 영화의 정점에 이르렀던 만큼, 더욱더 절절히 느낄 수밖에 없는 허망함에 가득한 히카루겐지의 말년을 다루고 있다. 히카루겐지가 인생의 허망함과 무상함을 몸으로 느낀 계기는 그와 삶을 함께하였던 무라사키노우에紫の上의 죽음이었다.

무라사키노우에가 병을 얻고 서른일곱의 나이로 일찍 세상을 떠나게 된 것은 히카루겐지와 스자쿠인朱院雀의 황녀인 온나산노미야女三の宮의 결혼이 직접적인 계기였다. 온나산노미야가 로쿠조노인으로 옮아오면서 무라사키노우에를 중심으로 유지되어 온 부인들 간의 균형과 평온한 일상에는 균열이 생기고 무라사키노우에는 고뇌에 빠져들게 된다. 히카루겐지가 온나산노미야와의 결혼을 승낙한 것은 표면적으로는 형인 스자쿠인의 요청을 거부하지 못한다는 것이지만, 속내는 온나산노미야가 첫사랑 후지쓰보 중궁藤壺中宮의 조카이기 때문이다. 『겐지 모노가타리』는 '첫사랑을 대신할 수 있는 존재를 찾아 헤매는 남성의 이야기'로 규정할 수 있는데, 정편의 남자 주인공인 히카루겐지는 첫사랑 후지쓰보 중궁을 대신할 수 있는 존재로서 그녀의 조카인 무라사키노우에를 만나 함께해 왔고 이제 만년에 이르러 다시금 온나산노미야에게서 후지쓰보 중궁의 자취를 찾으려 한 것이다.

그러나 히카루겐지의 선택은 결국 이 세상에 히카루겐지 말고는 미더운 사람이 없었던 무라사키노우에에게 크나큰 상처를 주게 되었고, 결국 그녀를 잃게 되었다. 무라사키노우에는 이른바 '운 좋은 사람幸ひ人'으로 사회적으로 인식되었다. 『겐지 모노가타리』에서 '운 좋은 사람'으로 인식되는 것은 신분이나 후견인이 별 볼 일 없는 여성에 편중되어 있다. 달리 의지할 데가 없는 탓에 남편의 애정이 식는다는 것은 그녀들에게는 치명적이며, 남편의 애정에 불안을 느끼기 시작하였을 때부터 다시금 불안정한 신세를 자각하고 '행운幸ひ'이 '세상의 웃음거리人笑へ'로 이어지지 않도록 처신해 나가고자 하는데, 주위 사람들로부터는 그 불안과 절실한 노력을 이해받지 못한 채 고립된 상황에 놓이게 된다. 그리고 무라사키노우에가 친자식을 두지 못하였던 점도 그녀의 고독을 더욱더 심화시켰다. 그리고 일찍이 후지쓰보 중궁의 '보랏빛 인연·혈연관계紫のゆかり'로서 등장한 무라사키노우에는 4년간 병석에 누워 있다가 히카루겐지의 이상적인 여인으로서 이 세상을 떠났다.

히카루겐지는 무라사키노우에가 세상을 떠난 뒤 자신의 인생을 유례없는 영화와 우수를 겸한 삶, 살아가는 것이 슬프고 무상하다는 것을 인식시키기 위해 부처 등이 정한 삶으로 인식하게 된다. '슬프고 무상한 세상', '허무하고 슬픈 세상'이라는 히카루겐지의 이와 같은 인식은 「유기리夕霧」 권 21절에 기술된 무라사키노우에의 여성에 대한 인식과 더불어 『겐지 모노가타리』 정편의 주제가 집약된 대목으로도 볼 수 있다. 즉 『겐지 모노가타리』는 호색적이고 영화로운 삶의 뒤끝에 무상함에 젖어 있는 이상적인 인물의 일생을 통해, '산다는 것'이 무엇인지에 대해 독자에게 물음을 던진다.

무라사키노우에가 세상을 뜬 뒤 사람들과 만나지 않던 히카루겐지는 「마보로시」 권 말미에서 섣달에 개최된 불명회에 모습을 드러내며, 섣달 그믐날 다음과 같은 와카和歌를 마지막으로 읊는다.

시름에 잠겨 지나간 세월조차 모르는 새에
한 해도 내 인생도 오늘로 끝이로고

『겐지 모노가타리』 정편에 형상화된 히카루겐지 이야기光源氏の物語는 이렇게 막을 내린다. 영화롭고 우수에 찬 삶 끝에 '슬프고 무상한 세상', '허무하고 슬픈 세상'임을 인식하는 히카루겐지 이야기는, 이어지는 『겐지 모노가타리』 속편에서 가오루 이야기薫の物語로 다시금 변주된다.

　『겐지 모노가타리』 4에 수록된 「와카나 상」 권에서 「마보로시」 권까지 8개 권은 현세에서 누릴 수 있는 영화와 권력의 정점에 선 만큼 히카루겐지가 더욱더 깊이 절감할 수밖에 없었던 인생의 무상함을 그리고 있다. 그 무상함에 대한 인식은 그의 곁에서 그와 삶을 함께하였던 이상적인 여성 무라사키노우에와 사별함으로써 심화되었다. 그는 욕망에 가득하였던 삶과 무라사키노우에에 대한 그리움을 한 해에 걸쳐 서서히 정리하며, 현세를 등지고 내세를 바라보며 출가를 준비한다. 히카루겐지의 일생을 그린 『겐지 모노가타리』 정편을 사계절에 비유해 본다면, 『겐지 모노가타리』 4는 히카루겐지 인생의 '겨울'이자, 히카루겐지 인생의 폐막閉幕이라고 할 수 있다. 이렇게 한 세대의 삶과 그들의 사랑과 권력의 이야기는 막을 내리고, 이어지는 속편에서 다시금 히카루겐지 후손들의 새로운 삶과 애욕에 가득 찬 이야기가 전개된다.

　이미숙 주해 『겐지 모노가타리』 한국어 역 1권과 2권은 한국연구재단 인문한국HK지원사업의 성과로서 2014년과 2017년 서울대 출판문화원에서 간행되었다. 이번 3권과 4권은 한국연구재단 명저번역지원사업의 성과로서 출판사를 달리하여 소명출판에서 출간한다. 5권과 6권 또한 현재 명저번역지원사업의 지원을 받아 번역 중으로 이제 『겐지 모노가타리』한국어 역 완간은 구체성을 띠게 되었다. 한국연구재단에 진심으로 감사드린다. 마지막 6권이 간행되는 날까지 내 몸과 마음의 건강을 유지하며 마무리할 수 있기를 염원한다.

『겐지 모노가타리』 3·4권 번역 작업에 집중하였던 요 몇 년간은 내 삶에서도 늙음과 병과 죽음을 관조하는 시간이었다. 굽이굽이 고생길을 헤쳐 온 구순이 넘은 노환의 어머니를 돌보면서, 40여 년간 마음을 나누어 왔던 친구의 투병과 죽음을 지켜보면서, 인간이 어떻게 인생의 마지막 나날을 보내야 하는지 절감하였다. 친구들의 사랑을 듬뿍 받았고 본인 또한 사랑이 넘쳤던 친구는 내가 20대의 방황을 끝내고 서른부터 공부를 시작한 이래 늘 힘이 되어 주었고, 지난한『겐지 모노가타리』한국어 번역도 응원해 주었다. 이 책을 2021년 6월 우리 곁을 떠난 이화여대 국어국문학과 동기인 아름다운 사람 심계숙에게 바친다.

2024년 6월

이미숙

차례

제35권. 「와카나 하若菜下」 권

히카루겐지 41세 늦봄~47세

제36권. 「가시와기柏木」 권

히카루겐지 48세 정월~가을

제37권. 「요코부에橫笛」 권
히카루겐지 49세 봄~가을

제38권. 「스즈무시鈴蟲」 권
히카루겐지 50세 여름~8월 중순

제40권. 「미노리御法」 권
히카루겐지 51세 봄~가을

제41권. 「마보로시幻」 권

히카루겐지 52세

제34권

「외카나 상若菜上」 권

히카루겐지 39~41세 봄

잔솔 들판의 젊어 앞날 창창한 솔에 이끌려

들판의 봄나물도 나이 들어 가겠네

小松原末のよはひに引かれてや

野邊の若菜も年をつむべき

1. 스자쿠인이 출가를 마음먹고
온나산노미야의 앞날을 걱정하다

스자쿠 상황朱雀院の帝께서는 지난 거둥[1]을 다녀오신 뒤 그즈음부터 평소와 달리 계속 몸이 편치 않으시다. 원래 병환이 잦으신 중에 이번에는 불안하게 생각되셔서, 이와 같이 말씀하시고 하여야만 할 이런저런 준비[2]를 하신다.

"오랫동안 근행하겠다는 본뜻이 깊었건만 황태후大后の宮[3] 생전 중에는 여러 방면으로 삼가게 되어 이제까지 주저하고 있었거늘, 역시 그 방면으로 마음이 이끌리는 것인지 세상에 오래 살아 있을 것 같지 않은 마음이 드는구나."

자녀분들은 동궁을 제쳐 놓으시면 황녀들 네 분이 계셨다. 그중에서 후지쓰보藤壺라고 불리신 분[4] 소생인 온나산노미야女三の宮를 많은 분 가운데 빼어나게 귀엽게 생각하셨다. 후지쓰보는 선제의 황녀로서 겐지源氏를 하사받은 분이셨는데, 상황께서 동궁으로 계실 때 입궐하셔서 높은 지위에도 오르실 만한 분이었지만 이렇다 할 후견조차 계시지 않고 모친 쪽도 그 출신이 그저 그러하여 덧없는 갱의更衣 소생으로 태어나셨기에, 궁중에 출사하고 있는 동안에도 마음이 불안한 모습이었다. 황태후가 상

---

1   10월 하순에 로쿠조노인으로 단풍을 보러 간 거둥을 가리킨다.
2   출가하기 위한 준비.
3   스자쿠인의 모후인 홍휘전 황태후. 세상을 뜬 지 1년 이상 지난 상태이고 9월에 사망하였다.
4   기리쓰보(桐壺) 천황 이전의 선제의 황녀로 태어나, 신적으로 내려가 미나모토(源) 성을 하사받았다. 후지쓰보 중궁과 식부경 친왕(무라사키노우에의 부친)의 이복 여동생이다.

시尙侍[5]를 입궐시키시고 어깨를 견줄 이 없이 대우해 드리시거나 하는 동안에 주눅이 들고, 상황께서도 마음속으로 애처로운 사람이라고는 여기고 계시면서도 양위하셨기에, 허망하고 서러워서 세상을 원망하듯이 돌아가셨다.

온나산노미야는 그즈음 연치가 열서너 살쯤 되셨다. 상황께서는 이제 곧 세상을 버리고 등져 산에 칩거하려 하는데, 그 뒤 세상에 남게 되면 누구를 의지할 그늘[6]로 삼아 지내시게 될런가, 하면서 그저 이 일만을 걱정스럽게 여기며 탄식하신다.

니시야마西山에 사찰[7]을 다 지으시고 옮아가시고자 할 즈음 준비를 하시게 됨에 따라, 다시 이 황녀의 성인식에 관한 일을 염두에 두시고 서두르신다. 상황 처소 안에서 귀중하게 여기시는 보물과 세간들은 말할 것도 없고 대수롭지 않은 노리개까지 조금이나마 유서 있는 것은 모두 그저 이분에게 건네드리시고 그다음 것들을 다른 자녀분들에게는 배분하셨다.

2. 스자쿠인이 온나산노미야의 장래를 동궁에게 부탁하다

동궁春宮께서는 이 같은 병환에 더하여, 출가하시겠다는 마음을 먹으셨다고 들으시고 찾아뵈러 건너오셨다. 모친인 여어女御[8]도 동행하셔서

---

5   오보로즈키요(朧月夜).
6   '의지할 그늘(賴む蔭)'은 와카에 쓰이는 가어(歌語)이다.
7   '니시야마'는 교토 서쪽의 산들을 말하는데, 거기에 있는 절은 예로부터 닌나지(仁和寺)라고 지적되어 왔다.

뵈러 오셨다. 각별한 총애를 받으신 것도 아니었지만 동궁께서 이리 계시는 숙명이 한없이 경사스럽기에, 오랜 기간 밀린 이야기를 소상히 서로 간에 아뢰어 주고받으셨다. 동궁께도 이런저런 일, 세상을 다스리실 때 필요한 마음가짐 등을 아뢰어 알려 드리신다. 연치[9]에 비해서는 참으로 무척 어른스러우시고 후견들도 이쪽저쪽 가볍지 않은 일족[10]이시기에, 참으로 마음 든든하게 여기신다.

"이 세상에 한恨을 남길 것도 없습니다만, 황녀들이 뒤에 많이 남아 있을 장래를 생각해 보자니, 피할 수 없는 이별에도 굴레[11]가 될 것 같습니다. 지나간 세월 동안 다른 사람들의 처지로서 보고 들어 온 바에 따른다고 하여도, 여자女는 내 마음과는 달리 경솔하다고 사람들에게 폄하당하는 숙명이라는 것이 참으로 안타깝고 슬프군요. 바라는 바대로 이루어질 치세[12]에는 각자의 형편에 맞게 유념하여 보살펴 주십시오. 그중에 후견 등이 있는 황녀는 그쪽으로 맡겨 두고, 셋째 황녀三の宮[13]는 어린 나이에 그저 나 하나만을 미더운 존재로 여겨 온지라 내가 세상을 버리고 난 뒤 이 세상에 의지가지없이 떠돌 것을 생각하니, 너무나도 심히 걱정되고 슬프게 여겨집니다."

---

8   승향전 여어(承香殿女御). 동궁과 함께 거처하고 있다.
9   동궁은 올해 열세 살이다.
10   승향전 여어의 오빠는 히게쿠로이며, 동궁의 비는 히카루겐지의 여식인 아카시 여어이다. 유력 권문을 후견으로 삼고 있는 동궁의 앞날은 밝다.
11   '늙어 버려서 피할 수 없는 이별 있다고 하니 더욱더 보고 싶은 당신을 그리누나(老いぬればさらぬ別れもありといへばいよいよ見まくほしき君かな)'(『古今和歌集』 雜上, 業平母 伊登内親王), '세상 괴로움 보이지 않는 산길 들어가려니 그리운 그 사람이 굴레가 되는구나(世の憂きめ見えぬ山路へ入らむには思ふ人こそほだしなりけれ)'(『古今和歌集』 雜下, 物部吉名) 등에 의한다.
12   동궁이 즉위한 뒤의 치세.
13   온나산노미야는 모친을 여의고 스자쿠인만을 의지하고 있다.

상황께서는 눈물을 훔치시면서 이리 일러 드리신다.

여어에게도 좋은 마음으로 보살펴 달라고 당부하신다. 하나, 황녀의 모친인 여어가 다른 사람보다는 특출나게 총애를 받으셨던 터라 다들 서로 경쟁하셨을 적에 아름답지 않은 관계이셨기에, 그 여운이 남아 참으로 이제는 드러나게 밉다거나 하지는 않아도 진심으로 마음을 기울여 배려하며 뒷바라지하겠다고까지는 생각지는 않으시겠지 하고 짐작하시는 바이다.

3. 유기리에게 속마음을 내비치는 스자쿠인

아침저녁으로 이 일에 대해 생각하시며 한탄하신다. 한 해가 저물어 감에 따라 병환은 정말로 무거워지셔서 발 밖[14]으로도 나오지 못하신다. 모노노케物の怪 탓에 때때로 편찮으신 적도 있었지만 이리 심히 오랫동안 쉴 새 없는 상태로는 병환이 이어지지 않으셨거늘, 이번에는 역시 마지막이로구나 하고 생각하셨다. 황위를 떠나셨어도 여전히 그 치세 때부터 의지하며 지내셨던 분들은 지금도 여전히 정답고 보기 좋은 상황의 자태를 마음 둘 곳[15]으로 생각하고 찾아뵈며 모시고 계신데, 모두 온 마음으로 아쉬움을 아뢰신다. 로쿠조노인六條院[16]께서도 자주 문안을 여쭙는다.

---

14 와병 중인 탓도 있지만, 모노노케를 저어하여 발을 내리고 칩거 중이다.
15 스자쿠인 치세 때 영달한 사람들은 외척인 우대신 일족과 관련된 사람들이다. 현재 레이제이 천황 치세에는 히카루겐지와 태정대신(옛 두중장)이 권력을 쥐고 있어, 불만이 많은 이들은 스자쿠인을 의지하고 있다.
16 히카루겐지.

직접 찾아뵈실 뜻도 아뢰시니, 상황院께서는 참으로 몹시 기뻐하시며 치하하신다.

중납언님中納言の君[17]이 찾아뵈셨는데 발 안으로 들게 하여, 소상히 이야기를 풀어내신다.

"돌아가신 상황故院の上[18]께서 임종하실 적에 많은 유언을 남기신 중에 이 인院[19]에 관하신 일과 금상今の内裏[20]에 관하신 일을 특별히 말씀해 두셨네. 하나, 공적인 자리에 오르니 일에 법도가 있기에 마음속 정은 변치 않으면서도 하찮은 잘못된 일[21] 탓에 마음에 담아 두신 일도 있었을 것으로 생각하지만, 오랜 세월 동안 무슨 일이 있을 때마다 그 원망을 남겨 두신 기색을 비치지 않으시네. 현명한 사람이라고 할지라도 자기 신상에 관한 일이 되면 사안을 잘못 파악하는 쪽으로 마음이 움직여 반드시 그 앙갚음을 하고 일을 뒤틀리게 만드는 일이 옛날에도 많았네. 어떠한 계제일까, 그 속마음이 밖으로 드러날 때가 있지 않을까 하고 세상 사람들도 그런 방면으로 의심하였건만 끝끝내 드러내지 않고 지내시며 동궁[22] 등께도 호의를 보여 드리시네요. 이제 또 다시없이 친밀해질 만한 사이[23]가 되어 서로 의좋게 지내시는데도 더할 나위 없다고 마음속으로는 생각하면서도, 본성이 어리석은 데다가 자식 생각하는 어두운 길[24]이 섞

---

17 유기리(夕霧). 히카루겐지의 사자로서 병문안을 하러 왔다.
18 세상을 떠난 기리쓰보인(桐壺院).
19 히카루겐지.
20 레이제이 천황.
21 히카루겐지가 오보로즈키요와 밀통하여 스마(須磨)로 퇴거하는 등 괴로움을 당한 일.
22 동궁은 히카루겐지의 정적이라고 할 만한 스자쿠인의 황자이지만, 그는 일찍부터 동궁과 우의를 다져 왔다. 장래 권력을 확장시키기 위한 포석이었다.
23 아카시 아가씨가 동궁의 여어로 출사함으로써 히카루겐지와 동궁은 장인과 사위 관계가 되었다.

여 들어 볼꼴사나운 모습이 되지 않을까 하여 오히려 남의 일로 들어 넘기듯이 하고 있습니다. 주상에 관하신 일은 그 유언에 어긋나지 않게 처리해 두었기에, 이리 말세의 명군明君으로서 이제까지의 제 면목 또한 일으켜 세워 주시니 제 바라는 바인지라 참으로 기쁜 일입니다. 이번 가을 천황의 거둥이 있으신 뒤 옛날 일이 더하여져 뵙고 싶어 안타깝기만 합니다. 직접 뵙고 말씀드릴 여러 일도 있습니다. 꼭 직접 병문안 오시도록 그 뜻을 잘 말씀드려 권해 주시게나."

상황께서는 이와 같이 눈물을 흘리면서 말씀하신다.

중납언님이 이리 말씀을 올리신다.

"지나가 버렸을 과거의 일[25]은 하여간에 분별하기가 어렵습니다. 나이가 들어 감에 따라 조정에도 출사하게 되면서 세상일을 보며 돌아다니는 동안에는, 크고 작은 일에 관해서든 집안 내 그럴 만한 이야기 등을 하는 김에든 옛날에 한탄스러운 일이 있었다고 넌지시 말씀하시는 경우는 없었습니다. '이렇게 조정의 후견[26]으로 출사하다 말고 조용한 생활을 하겠다는 염원을 이루려고 오로지 칩거[27]한 뒤로는 아무것에도 관여하지 않으려 하기에 돌아가신 상황께서 남기신 유언대로 사후伺候하지도 못하는데, 상황께서 보위에 계셨던 치세에는 연배도 그렇고 기량도 미치지 못하는 데다 현명한 윗분들[28]도 많기에 그 마음먹은 바를 이루고 보여 드릴 일도 없었다. 이제 상황께서 이렇게 정치를 피하여 조용히 지내

---

24 '부모의 마음 어둡지 않다 해도 오직 자식을 생각하는 길에는 허우적댈 뿐이네(人の親の心は闇にあらねども子を思ふ道にまどひぬるかな)'(『後撰和歌集』雜一, 藤原兼輔)에 의한다.
25 히카루겐지가 스마로 퇴거하였을 때 유기리의 나이는 5~7세였다.
26 태정대신으로서 천황의 후견인 역할을 한 일.
27 은퇴하여 태상천황에 준하는 위치에 오른 것.
28 홍휘전 황태후와 우대신 등.

시는 무렵인지라 마음속으로 거리를 두지 않고 찾아뵙고 싶지만, 역시나 어쩐지 궁색한 처지인 상태[29]인지라 그냥 세월을 보내고 있구나'라고 때때로 한탄하고 계십니다."

스물에도 아직 미치지 못하는 연배[30]인데도 참으로 무척 반듯하고 용모 또한 한창때라 아름답고 몹시 기품이 있기에, 상황께서는 마음에 들어 찬찬히 바라보시면서 이 골머리를 앓고 계시는 황녀[31]의 후견인으로 이 사람이 어떨까 등 남몰래 생각하기도 하였다.

"태정대신 근방[32]에 이제는 정착하였다더군요. 오랫동안 이해할 수 없는 상태로 듣고 있었기에 참으로 안타까웠는데, 듣고 안심이 되긴 하였어도 역시 아쉽게 여겨지는 점[33]도 있습니다."

이렇게 말씀하시는 기색을 보며, 어찌 이리 말씀하실까 하고 이상하게 여겨 곰곰이 생각하자니, 이 황녀를 이토록 걱정하시다가 그럴 만한 사람이 있다면 맡기고 마음 편히 이 세상과 인연을 끊자고 생각하셔서 말씀하시는구나 하고, 자연스레 흘러나온 소문을 들으실 기회가 있었기에 그러한 방면의 일이로구나 하고 생각하였다. 그렇다고 불쑥 알겠다는 얼굴로 무슨 대답이라도 아뢰겠는가, 그저 "별 볼 일도 없는 저로서는 의지할 곳도 찾아내기 어렵기만 하기에……"라고만 아뢰는 데 그쳤다.

나인 등은 중납언님을 엿본 뒤에, "참으로 좀체 찾기 어렵게도 보이시는 용모와 마음가짐이로고. 아아 멋지기도 하지"라거나 하며 모여서 쑥

---

29 히카루겐지는 태상천황에 준하는 존귀한 신분이기 때문에 행동에 제약을 받는다.
30 유기리는 현재 18세이다.
31 온나산노미야.
32 태정대신(옛 두중장)의 여식인 구모이노카리(雲居雁).
33 태정대신이 유기리를 먼저 사위로 맞이하여 아쉽다는 의미이다.

덕거린다. 늙어 멍해진 나인들은 "글쎄, 그래도 그 인院[34]께서 그맘때쯤이셨을 때의 자태에는 견줄 수가 없으시겠지요. 참으로 눈이 부실 정도로 기품 있게 아름다우셨습니다"라거나 하며 서로 수군대는 것을 들으시고, 상황께서 이와 같이 칭송하신다.

"정말로 그분은 매우 인물이 남달랐던 사람이다. 지금은 또 그때보다도 성숙해져서, 빛난다는 것[35]은 이것을 말하는 거로구나 하면서 보게 되는 화사함이 더욱더 더하여졌다. 단정하게 처신하며 국정을 척척 처리할 때의 모습을 보면 위엄이 있고 능숙하여 다가갈 수 없는 느낌이 들지만, 한편으로 스스럼없이 농담도 하면서 풀어져 놀 때는, 그 방면으로 보자면 비할 사람 없이 매력이 넘쳐서 정답고 사랑스럽기가 비할 데 없어 세상에서 좀체 찾아보기 어렵구나. 무슨 일에서든 전세가 어떠하였을지 짐작이 가는 진귀한 인품이로구나. 궁궐 안에서 태어나 제왕帝王[36]께서 한없이 사랑스럽게 여기시고 그렇게나 귀한 존재로 애지중지하셔서 당신이신 듯 여기셨지만, 제멋대로 오만하지도 않고 겸손하여 스물 안쪽에는 납언納言[37]조차도 되지 않았다. 한 살 더 나이 들어 재상으로서 대장[38]을 겸직하셨던가. 거기에 비하면 이 사람[39]은 참으로 더할 나위 없이 승

---

34   로쿠조노인. 히카루겐지.
35   '빛나다(光る)'는 최고의 아름다움을 칭송하는 표현이다. '히카루키미(光る君)', '히카루겐지(光る源氏)'는 세상 사람들이 칭송하는 말이었다.
36   기리쓰보인.
37   유기리가 현재 중납언이므로 비교하기 위해 언급하였다. 히카루겐지는 18세 10월에 정3위, 다음 해 7월에 참의(參議), 즉 재상이 되었지만, 이후 중납언 임관에 관해서는 기술되어 있지 않다.
38   대장은 중·대납언의 겸임 관직이지만, 여전히 참의에 머물러 있었던 것은 유기리가 18세에 중납언이 된 데 비하면 늦은 승진이다.
39   유기리.

진한 것이 아닌가. 뒤로 갈수록 자식 대의 평판이 더 나아질 듯하구나. 참으로 조정에 출사할 학문적인 재능, 마음가짐 등은 이쪽도 전혀 뒤떨어지지 않을 듯한데, 내가 잘못 보았다고 하여도 성장하면서 더 나아진 평판은 참으로 각별한 듯하구나."

4. 온나산노미야의 유모가 히카루겐지를 후견인으로 진언하다

황녀께서 참으로 아름다워 보이는 데다 젊고 무구한 자태이신 것을 뵈면서도, 상황께서는 이렇게 아뢰신다.

"혼인하여 귀히 대해 드리고 한편으로는 또한 모자란 부분을 두둔하며 가르쳐 드릴 만한 사람이라면 안심이 될 터인데, 맡겨 드렸으면 좋겠구나."

연배가 지긋한 유모들을 불러내어 성인식[40] 때 준비할 것 등을 말씀하시는 김에, 이리 말씀하신다.

"로쿠조 나으리六條の大殿[41]께서 식부경 친왕式部卿の親王의 여식[42]을 보살폈던 것처럼 이 황녀를 맡아서 소중히 보살펴 줄 사람이 있으면 좋겠구나. 보통 신하 중에는 있기 어려울 터이고 주상[43]께는 중궁[44]이 곁에 계시고 그 다음다음의 여어들[45]이라 하여도 참으로 고귀한 신분의 분들만

---

40 여성의 성인식은 '모기(裳着)'라고 한다. 처음으로 모(裳)를 걸치고 머리를 올리는 의식으로 12세에서 14세 사이에 올리는 게 보통이다. 결혼을 전제로 하는 경우가 많다.
41 히카루겐지.
42 무라사키노우에.
43 금상인 레이제이 천황.
44 아키코노무 중궁.

계시니, 제대로 된 후견 없이 그러한 출사는 오히려 더욱더 하지 않느니만 못할 것이다. 이 권중납언님權中納言の朝臣[46]이 홀몸으로 있었을 때 넌지시 마음을 떠보았으면 좋을 뻔하였다. 젊지만 참으로 능력이 있고 장래가 기대될 듯한 사람인 것을⋯⋯."

이에 유모가 이리 아뢴다.

"중납언은 원래 무척 신실한 사람まめ人으로서 몇 년 동안이나 그 근방[47]에 마음을 주고 다른 쪽으로 마음을 옮기려고도 하지 않았기에, 그 바람이 이루어진 뒤에는 더더욱 마음이 흔들릴 분은 아닙니다. 그 인院[48]이야말로 그와 반대로 역시 어떠한 경우든 사람을 그립게 생각하시는 마음은 끊임없이 간직하고 계신다고 합니다. 그중에서도 신분이 고귀한 분을 바라는 마음이 깊으셔서 전 재원齋院[49] 등을 또한 지금도 잊기 어려워 안부를 여쭈신다고 합니다."

상황께서는 "그런데, 그 수그러들지 않는 호색적인 성향은 참으로 걱정이로구나"라고는 말씀하시지만, 실제로 많은 분들과 어울리면서 섭섭하게 느껴질 만한 생각[50]은 하게 되더라도, 그래도 그대로 부모 대신으로 정해 둔 듯이, 그리 맡겨 드리면 어떨까 하는 등의 생각도 하시는 듯하다.

"참으로 조금이라도 세상 일반의 결혼 생활을 하였으면 하고 생각하

---

45 태정대신의 여식인 홍휘전 여어, 식부경 친왕의 여식인 왕 여어, 좌대신의 여식인 여어 등.
46 유기리. '아손(朝臣)'은 5위 이상인 남성의 성이나 이름에 붙여 쓰는 경칭이다.
47 태정대신의 여식인 구모이노카리.
48 히카루겐지.
49 모모조노 식부경 친왕(桃園式部卿宮)의 여식인 아사가오 아가씨(朝顔の姫君).
50 신분은 고귀하여도 아직 어린 온나산노미야가 신분이 낮은 여성들의 무례한 처사에 유감스러워하는 일.

는 여식이 있다면, 이왕이면 그 사람⁵¹ 근방에서 가까이 지내도록 하고 싶을 것이다. 얼마 되지 않는 이 세상에 사는 동안에는 그만큼 만족한 상태로 지내고 싶을 것이다. 내가 여자라면 같은 남매간이더라도 반드시 가까운 관계로 옆에 있었을 것이다. 젊었을 때 등은 그렇게 생각하였다. 하물며 여자가 정신없이 빠져드는 것은 참으로 당연한 일이다."

상황께서는 이리 말씀하시고, 마음속으로 상시님尚侍の君에 관하신 일⁵²도 떠올리시는 듯하다.

5. 유모가 오빠인 좌중변에게
   히카루겐지에 대한 중개를 타진하다

이 후견인들 가운데 무게감 있는 유모⁵³의 오빠인 좌중변左中弁⁵⁴이라는 사람이, 오랫동안 그 인院에서 일⁵⁵을 보고 있었다. 이 황녀⁵⁶도 각별한 마음가짐으로 모시고 있기에, 찾아뵈러 와서 유모와 만나 이야기하는 김에 유모가 이리 말한다.

"상황께서 이러저러하여 의향이 있으셔서 말씀하셨는데, 그 인院⁵⁷께

---

51 히카루겐지.
52 오보로즈키요는 상시가 되고 나서도 히카루겐지를 잊지 못하여, 스자쿠인은 그로 인해 괴로워하였다.
53 황녀에게는 보통 두세 명의 유모가 있는데, 그중 중심이 되는 유모를 말한다.
54 태정관 관리로 중무(中務), 식부(式部), 치부(治部), 민부(民部) 4성을 관할한다. 정5위 상에 상당한다.
55 로쿠조노인의 사무를 담당하는 원사(院司).
56 온나산노미야.
57 히카루겐지.

기회가 있다면 슬쩍 알려 주시지요. 황녀들께서는 홀로 지내시는 것이 일반적인 일[58]이지만 여러 상황에 따라 마음 써 드리고 무슨 일에나 후견을 해 주시는 분이 있다면 미더울 것입니다. 상황 이외에 또 달리 진심으로 생각해 주실 만한 분도 없기에, 우리들은 모신다고 하여도 무슨 대단한 궁중 출사나 되겠는지요. 내 마음 하나만에 달린 것이 아니라 어쩌다 예상치 못한 일도 있을 것이고, 경박한 소문이라도 나는 일이 있다면 얼마나 귀찮은 일이겠는지요. 상황께서 살아 계실 동안에 어찌 되었든 이 일을 결정해 두신다면 모시기 편해질 듯합니다.

고귀한 혈통이라고 아뢰어도 여자女는 참으로 변동하기 쉬운 숙명의 삶을 사시는 법이기에 만사에 걸쳐 한탄스럽고, 이리 많이 계신 가운데 특별히 신경을 쓰시는 데 대해서도 사람들의 질시도 있을 터인데, 어찌하면 먼지조차 앉지 않게 해 드릴 수 있을지요."

그러자 변幷이 이야기하기를, 이러하다.

"이 일을 어찌하면 좋을까. 인院께서는 이상할 정도로 오래 마음이 변치 않으셔서, 일시적이나마 한번 인연을 맺으신 분은 마음이 가셨든지[59] 또는 그다지 깊지 않으셨다고 하더라도[60] 각각의 상황에 맞추어서 찾아 모셔 오셔서 많이 모여 살게 해 드렸네.[61] 특별히 귀하게 여기시는 분은

---

58 『게이시료(繼嗣令)』에 따르면, 천황비는 내친왕에 한하며 내친왕은 신하와 결혼할 수 없다. 황녀의 결혼 상대는 4세(世) 이상의 친왕 또는 왕에 한정되었다. 신하와 결혼함으로써 천황가의 권위가 실추될까 우려해서이다. 그런데 후지와라 씨의 섭관(攝政·關白) 정치가 이루어지면서 천황비로는 후지와라 집안의 여식이 잇따라 오르게 되었고, 황녀의 결혼은 점점 더 어려워져 일생을 독신으로 지내는 경우가 많아졌다.
59 무라사키노우에나 아카시노키미 등.
60 스에쓰무하나나 하나치루사토 등.
61 한 번 인연을 맺은 여성은 끝까지 물심양면으로 돌보아 준다는 '변치 않는 마음(心長 き)'이라는 히카루겐지의 성향은 그의 장점의 하나로서 되풀이하여 기술된다.

법도가 있어 한 분[62]이신 듯하기에, 거기에만 모든 게 쏠려 보람 없는 듯이 살고 계시는 분들은 많은 듯하네. 숙명이신지라 혹여 그와 같은 상태로 계시게라도 된다면,[63] 대단한 분[64]이라고 아뢰어도 어깨를 나란히 하고 마음대로 처신하시는 일은 있을 수 없을 것이라고 가늠이 되기에, 역시 어떨까 하고 저어되는 일이 있을 것으로 여겨지네.

한편으로는, 이 세상의 영화는 만년에 과분하고 내 신상에 불안한 일은 없어도 여자 문제 쪽으로는 사람들의 비난[65]도 받고 내 마음으로도 만족하지 못하는 일도 있다며, 늘 내밀한 사이에서는 농담 삼아 생각을 말씀하신다고 하네. 참으로 우리들이 뵐 때도 그와 같으셨네. 여러 방면에 걸쳐 그늘에 숨어 계신 분들은 모두 그러한 사람에 어울리지 않는 낮은 신분은 아니시지만, 한도가 있는 보통 사람들이기에 인院의 지위에 어울릴 만한 신망을 갖춘 분이 계실 듯한가. 그러한데, 이왕이면 정말로 그리되신다면 얼마나 어울리는 배필이 되시겠는가."

유모는 다시 무슨 일의 계제에, 상황께 이와 같이 아뢴다.

"이러저러하여 아무개님에게 넌지시 비추어 보았더니, 그 인院께서는 반드시 받아들이실 것이다, 오랫동안 바라 오던 본뜻이 이루어졌다고 틀림없이 생각하실 일이기에 이쪽 분[66]의 윤허가 정말 틀림없이 있을 거라면 전해 드리겠다고 아뢰었습니다만, 어찌하면 좋을는지요. 각각의 신분에 어울리게 사람들의 분수를 분별하시면서 좀체 찾아볼 수 없는 마음

---

62 무라사키노우에.
63 온나산노미야가 히카루겐지와 결혼하여 함께 살게 된다면.
64 무라사키노우에를 가리킨다.
65 로쿠조미야스도코로나 오보로즈키요와의 관계 등.
66 스자쿠인.

씀씀이로 처신하신다는데, 보통 신분의 사람이라고 할지라도 자신 말고 남편과 관계있는 사람이 옆에 있다는 것은 불만스러운 일일 것입니다. 예상 밖으로 유감스러운 일도 있을지 모릅니다.

후견하기를 바라시는 분들[67]은 많이 계신 듯합니다. 잘 숙고하셔서 정하시면 좋으실 듯합니다. 더할 나위 없이 고귀한 사람이라고 아뢰어도 요즘 세상의 풍조로는 모두 활달하고 바람직하게 부부 사이를 뜻하는 바대로 꾸려 가신다는 분도 계시는 듯하다고 하는데, 황녀께서는 기막힐 정도로 미덥지 못한 데다 불안하게만 보이시니, 모시는 사람들은 시중드는 데 한계가 있을 것입니다. 의향에 대부분 따라 드리고 현명한 아랫사람들도 복종하며 모시는 것이야말로 미더운 일이겠지요. 특별한 후견인이 계시지 않는다면, 역시 불안한 일일 것입니다."

6. 스자쿠인이 온나산노미야의 신랑감 물색에 고심하다

"그렇게 이런저런 생각을 하고 있건만……. 황녀들께서 남녀 관계를 맺고 있는 모습은 한심하고 경박한 듯도 하고, 그리고 높은 신분이라고 하여도 여자女는 남자와 관계를 맺게 되면 분하게 여겨지는 일도, 생각도 못 한 유감스러운 심정도 자연스럽게 섞여 드는 법일 것이라고 한편으로는 괴롭게 여겨져 마음이 어지럽구나. 그렇다고 하여 그럴 만한 사람들이 먼저 세상을 떠나고 의지할 그늘이 될 사람들과 사별한 뒤 마음을 굳

---

67 뒤에 구혼자로서 가시와기(柏木), 호타루 병부경 친왕(螢兵部卿宮), 도 대납언(藤大納言) 등이 등장한다.

게 먹고 세상을 살아 나가려 하여도, 옛날에는 사람의 마음이 편안하여 세상에서 용납받지 못할 정도의 일에는 생각이 미치지 못하는 것이 보통이었건만, 요즘 세상에는 호색적이고 문란한 일도 어찌어찌 연줄을 타고 들려오는 듯하구나. 어제까지 신분 높은 부모 집에서 귀히 여겨지고 애지중지 양육된 여식이 오늘은 평범하고 미천한 신분의 호색인들에게 기만당하고 소문이 나서 세상을 뜬 부모 얼굴에 먹칠하고 부모 그림자를 욕보이는 예가 많이 들려오는데, 말하자면 모두 마찬가지 일[68]이다. 각각의 신분에 맞추어 숙명 등이라고 하는 것은 알기 어려운 일이기에, 여러모로 걱정스럽구나.

대저 좋든 나쁘든 그럴 만한 사람이 허락해 준 대로 세상을 살아간다면, 각자의 숙명에 따라 훗날 영락하는 일이 있을 때라도 본인의 잘못이 되지는 않는다. 살아가며 세월이 지나 더할 나위 없는 행운을 만나 보기 좋은 결과가 될 때는 이러하여도 나쁘지 않았구나 싶어도, 역시 바로 어쩌다 귀에 들어온 바로는, 부모도 모르고 그럴 만한 사람도 허락하지 않는데 자기 멋대로 몰래 일을 저지른 것이라면 여자 처지로서는 이보다 심할 수 없는 흠결로 여겨지는 행실이다. 평범한 보통 신하들 사이에서조차 경박하고 탐탁지 않은 일이다. 본인의 마음과 달리 이루어져서도 안 되는 일이건만, 본인 생각과 다른 사람과도 인연을 맺고 숙명의 정도가 정하여진다면, 참으로 경박하고 처신과 행실이 짐작되는 일인 것을……

이상하게 어쩐지 불안한 마음가짐이지 않나 싶은 황녀의 모습이신데,

---

[68] 독신으로 살게 하든 결혼을 시키든 앞날이 불안한 것은 마찬가지라는 의미이다.

이 사람 저 사람이 멋대로 판단해 모시게 되어 그 같은 일[69]이 세상에 흘러나오게 된다면, 몹시 비참한 일이다."[70]

상황께서 이렇게 본인이 출가한 뒤의 일을 걱정스럽게 여기고 계시기에, 더욱더 성가시게 다들 생각하였다.

"조금 더 철이 드실 무렵[71]까지 지켜보아야겠다며 오랜 세월 참아 왔지만 깊은 출가의 본뜻을 이루지 못할 것 같은 마음이 들어 조급해지기에……. 그 로쿠조 나으리六條の大殿께서는 참으로 그렇다고 하여도 도리를 알고 안심이 되는 방면으로는 더할 나위 없을 것이기에, 이분 저분 많이 계시는 분들을 신경 쓰지 않아도 될 듯하구나. 뭐가 어찌 되었든 사람의 마음에 달린 것이다. 마음이 편안하게 안정되어 있고 세상 일반의 본보기로도 여겨지며, 신뢰가 가는 쪽으로는 비할 바 없으신 분이다. 이분 말고 괜찮다고 할 만한 사람이 누가 있을 것인가.

병부경 친왕兵部卿宮[72]께서는 인품은 좋으시고 같은 황족이기에 타인으로 여겨 폄하할 수는 없지만, 너무 심히 나긋나긋하고 풍류인인 듯하기에 진중한 면이 떨어지고 다소 가벼운 느낌이 강한 듯하구나. 역시 그러한 사람은 그다지 믿음직스럽게 여겨지지 않는다.

그리고 대납언님大納言の朝臣[73]이 가사家司[74]를 원한다고 하는데, 그런 방

---

69 유모나 시녀 등 측근들이 멋대로 남성을 끌어들여 생각지도 못한 결혼을 하게 되는 일.
70 스자쿠인의 술회는 겉으로는 상류 귀족 자녀의 결혼 전반에 연관된 문제이지만, 황녀의 운명에 초점이 맞춰져 있다. 사가 천황(嵯峨天皇, 재위 809~823) 대부터 가잔 천황(花山天皇, 재위 984~986) 대까지 신하에게 하가(下嫁)한 황녀로서 기록에 남아 있는 사람은 열두 명이다.
71 현재 온나산노미야는 열서너 살에 불과하다.
72 호타루 병부경 친왕. 스자쿠인과 히카루겐지의 이복동생이다.
73 스자쿠 상황 어소의 별당(別當)인 도 대납언(藤大納言). 별당 대납언으로 불린다. 별당은 장관이다.

면으로 성실할 것으로는 보이지만 과연 어떠할 것인가. 그처럼 보통 신분이어서는 역시 마음에 들지 않을 것이다. 옛날에도 이와 같은 신랑감 물색에는 무슨 일이든 다른 사람에 비해 각별하게 신망이 있는 쪽으로 쏠리는 법[75]이었다. 그저 오로지 다시없이 부인을 위해 주는 방면만을 대단한 것으로 여겨 결정한다면, 참으로 불만족스럽고 한심하다 싶은 처사일 것이다.

우위문 독右衛門督[76]이 내심으로 한탄하고 있다는 사실을 상시[77]가 전해 주었는데, 그 사람만은 위계 등이 조금 더 눈에 띌 정도였다면 어찌 불가능할까 하고도 생각해 볼 듯한데, 아직 나이가 참으로 어리고 몹시 신분이 가볍구나. 높게 세운 뜻이 깊어 홀몸으로 지내면서 아주 차분히 자부심을 지닌 기색은 다른 사람에 비해 빼어나고 학재 등도 문제도 없어 종국에는 세상의 기둥이 될 만한 사람이기에 앞날도 미덥지만, 아무래도 역시 이 황녀를 위해서라며 결정해 버리기에는 한계가 있구나."

상황께서는 이렇게 여러모로 고민하신다.

이렇게도 신경을 쓰지 않으시는 언니인 황녀들[78]에 대해서는, 다소나마 아뢰어서 상황께서 걱정하시도록 하는 사람도 없다. 이상하게 안에서

---

74 친왕이나 섭정·관백 이하 3위 이상의 집안에서 실무를 관장한다.
75 『가카이쇼(河海抄)』에서는 황녀가 신하와 결혼한 예로서 사가 천황의 황녀인 미나모토 기요히메(源潔姬)와 후지와라 요시후사(藤原良房), 다이고 천황(醍醐天皇, 재위 897~930)의 황녀인 고시 내친왕(康子內親王)과 후지와라 모로스케(藤原師輔)의 결혼을 역사적 사실로 들고 있다. 요시후사와 모로스케는 둘 다 역대 섭정·관백 가운데 탁월한 인물로 평가받고 있다.
76 가시와기. 태정대신(옛 두중장)의 아들. 참의 겸 우위문 독으로 정4위 하에 상당한다.
77 오보로즈키요. 가시와기의 이모이다. 세상을 뜬 태정대신(옛 우대신)의 여섯째 딸이다.
78 온나이치노미야(女一の宮)와 온나니노미야(女二の宮). 온나니노미야는 뒤에 가시와기와 결혼하지만, 그가 온나산노미야에게 마음을 준 탓에 부부 사이의 정은 두텁지 않았다.

내밀하게 말씀하시는 일들이 자연스레 퍼져서 황녀에게 마음을 다하는 사람들이 많았다.

7. 구혼자가 많아도 동궁은 히카루겐지를 마음에 두다

태정대신太政大臣 또한 이렇게 생각하셔서 말씀하신다.

"이 위문 독이 이제까지 홀몸으로 내내 지내면서 황녀들이 아니라면 혼인하지 않겠다고 생각해 왔거늘, 이러한 배필을 정하기 위한 논의가 나오고 있다고 하는데, 이 기회에 그러한 의향을 아뢰어 상황의 뜻을 받잡게 되어 부름을 받게 된다면, 그때 얼마나 나에게도 면목 있고 기쁠 것인가."

상시님에게는 그 언니 되는 대신의 정실부인[79]을 시켜 전갈을 아뢰시게 되었다. 한없이 온갖 말들을 다 동원하여 상황께 아뢰게 하고 기색을 살피게 하신다.

병부경 친왕께서는 좌대장의 정실부인[80]에게 구애하다 놓친 적이 있으셔서, 그 사람이 전해 들으실 때의 체면도 있기에 부족한 사람은 아니다 싶어 지나치게 고르시니, 어찌 마음이 움직이지 않으실 것인가, 한없이 안달복달하신다.

도 대납언藤大納言은 오랫동안 상황 어소의 별당別當[81]으로서 가까이에

---

79 가시와기의 모친인 현 태정대신의 정실부인은 세상을 뜬 태정대신의 넷째 딸이다. 오보로즈키요의 언니이다.
80 히게쿠로 대장의 정실부인인 다마카즈라.
81 상황 어소인 원청(院廳)의 장관이다.

서 모시며 늘 곁에 있어 온지라, 상황께서 산에 칩거[82]하시게 되면 그 뒤는 의지할 데 없이 마음이 불안할 것이기에, 이 황녀의 후견을 구실 삼아 자신을 돌아보아 주시기를 바라며 간절히 기색을 살피고 있다는 듯하다.

권중납언[83]도 이러한 일들을 들으시니, 다른 사람을 통해서도 아니고 그리도 내 의향을 떠보셨던 기색을 뵈었기에, 자연스레 연줄을 통해 의향을 내비쳐 들으시게끔 하는 일도 있다면 설마 후보에서 제외되지는 않을 것이라고 가슴 두근대며 기대도 하였던 듯하다. 하나, 아씨女君[84]가 이제는 마음을 열고 의지하시는데, 오랜 세월 박정함을 핑계로 댈 수 있었던 때조차 다른 데 마음 주는 일[85]도 없이 지내 왔거늘 하필이면 이제 와 이전으로 되돌아가 갑작스럽게 시름을 맛보게 해 드릴 수야 있겠는가, 평범하지 않고 고귀한 분[86]과 관계를 맺는다면 뭐든지 생각하는 대로 할 수 없고 사방으로 편치 않게 된다면 나 자신도 괴로움을 겪을 것이다, 등 등 원래 호색적이지 않은 성격이기에 마음을 가라앉히면서 내색하지 않지만, 그렇기는 하여도 다른 사람으로 끝내 정해져 버리는 것도 어떨까 생각하면서 귀를 세우고 있었다.

동궁[87]께서도 이러한 일들을 들으시고, 일부러 보내 드리는 전갈은 아니어도 다음과 같이 의향을 비치셨다.

"지금 당장 현재의 일보다도 후세의 본보기로도 될 만한 일이기에, 아

---

82 출가한 뒤 스자쿠인의 입산. 보통은 장기간에 걸쳐 히에이산(比叡山)의 절에 칩거하여 수행하는 것을 말한다.
83 유기리.
84 태정대신(옛 두중장)의 여식인 구모이노카리. 가시와기와 이복남매이다.
85 유기리는 고레미쓰의 딸인 고세치와도 관계를 맺었지만, 상대의 신분이 낮은 탓에 언급 되지 않는다.
86 온나산노미야.
87 스자쿠인의 황자로 13세이다.

주 신중히 생각하셔야만 할 일입니다. 인품이 좋다고 하여도 보통 신하는 한계가 있기에, 역시 그렇게 결심을 하신다면 그 로쿠조노인六條院께 부모 대신으로 맡겨 드리시지요."

상황께서는 기다렸다는 듯이 들으시고, "참으로 그러하구나. 아주 잘 생각하셔서 말씀하셨구나" 하면서 점점 어심을 굳히시고, 우선 그 변을 시켜 근근이 의향을 전달하도록 하셨다.

8. 히카루겐지가 스자쿠인의 의중을 전달받고 사양하다

이 황녀에 관하신 일로 이리 번민하시는 모습은 이전부터도 모두 듣고 계셨기에, 겐지 님께서 이리 말씀하신다.

"딱한 일이신 듯도 하구나. 그렇다고는 하더라도 상황의 수명[88]이 별로 남지 않았다고 하여 이쪽은 또 얼마나 더 살아남을 수 있다고 그 후견에 관하신 일을 받아들이겠는가. 참말로 순서가 어긋나지 않고 내가 잠시나마 더 살아남는 한은 일반적인 일에 관해서는 어느 황녀들일지라도 남의 일처럼 흘려들을 리도 없고, 그리고 이리 특별히 당부하신 분은 각별히 뒷바라지해 드려야겠다고 생각하지만, 그조차 참으로 덧없는 세상이기에……."

그리고 다음과 같이 말씀하신다.

"하물며 오로지 의지처가 되는 방면[89]으로 허물없이 지내게 된다면,

---

88   스자쿠인 42세, 히카루겐지 39세.
89   부부 관계.

오히려 더 상황에 이어 잇따라 내가 세상을 떠나려고 할 즈음에 가슴 아프고 내 입장에서도 얕지 않은 굴레[90]가 될 듯하네. 중납언 등은 나이도 젊고 가벼운 듯하지만 살아갈 날이 긴 데다 인품 또한 결국 조정의 후견인도 될 만한 장래성이 있어 보이기에, 그리 판단하는 데 무슨 문제가 있겠는가. 하나, 너무 지나치게 성실한 데다 그리워하던 사람이 부인으로 정해진 듯하기에, 상황께서는 그 점을 꺼리고 계시겠군요."

본인께서는 의향이 없으신 모습이기에, 변은 대충 결정하신 사항도 아니건만 이리 말씀하시니 불쾌하기도 하고 분하게도 여겨져서 상황께서 결심하시게 된 속사정 등을 소상히 아뢴다. 이에 겐지 님께서는 역시 웃음을 띠면서. 다음과 같이 말씀하신다.

"참으로 사랑스럽게 여기시는 황녀인 듯하기에, 이리 적극적으로 이제까지와 앞으로의 일까지 깊이 살피며 고려하는 것이겠지요. 그냥 주상께 바치시는 게 어떨지요. 전부터 계신 고귀한 분들은 구실이 되지 않소. 그 때문에 지장을 초래할 만한 일도 아니오. 반드시, 그렇다고 하여 나중에 입궐한 분이 소홀히 대우받는 것도 아니오.

돌아가신 상황[91]의 치세에 황태후[92]가 동궁의 첫 여어로서 위세가 대단하셨지만, 맨 나중에 입궐하셨던 입도 중궁入道の宮[93]께 잠시는 압도되어 계셨지요. 이 황녀의 모친이신 여어[94]야말로 그 중궁[95]의 자매이셨을 것이고 용모 또한 그다음으로는 참으로 끼끗하다고 알려지셨던

---

90 왕생(往生)의 방해물.
91 기리쓰보인.
92 홍휘전 황태후.
93 후지쓰보 중궁.
94 온나산노미야의 모친인 후지쓰보 여어.
95 후지쓰보 중궁.

분이기에, 어느 쪽으로 보아도 이 황녀께서는 설마 평범한 수준은 아니실 터인데……."

궁금하게는 생각하시는 듯하다.

9. 온나산노미야의 성인식을 치른 뒤 스자쿠인이 출가하다

그해도 저물었다. 스자쿠인朱雀院께서는 몸 상태가 여전히 가뿐한 상태도 아니시기에, 이런저런 일을 서둘러 결심하시고 황녀의 성인식을 생각하셔서 준비하시는 모습이 이제까지도 앞으로도 찾아보기 어려울 듯할 정도로 위엄 있고 야단스럽다. 방의 꾸밈새는 백전柏殿[96] 서쪽으로 붙은 방에 장막과 칸막이를 비롯하여 이 나라의 능직과 비단은 섞이지 않게 하시고 중국 땅 황후唐土の后의 장식을 의식하여 아름답고 야단스럽게 번쩍번쩍 빛날 정도로 갖추게 하셨다.[97] 허리끈 묶는 역할은 태정대신에게 전부터 부탁해 두고 계셨는데, 이 대신은 야단스럽게 처신하시는 분으로 찾아뵙기 어렵게 여기시지만, 상황의 말씀을 예로부터 저버린 적이 없으시기에 참석하신다.

남은 두 대신들과 그 밖의 공경 등은 어쩔 수 없는 사정이 있는 사람들도 억지로 변통하며 도움을 받아 참여하신다. 친왕 여덟 분, 당상관[98]은

---

96 스자쿠인 상황 어소에 있는 전각. 백량전(柏梁殿)이라고 한다.
97 헤이안시대 초기는 당 문화에 심취해 있던 시대로 관복은 당의 제도에 따라 정해졌다. 스자쿠인이 실내 장식의 천에 이르기까지 모두 박래품을 사용하여 위의(威儀)를 한층 더 세우려 한 것은 모노가타리의 시대 설정에 비추어 보면 다소 고루한 미의식이다.
98 '덴조비토(殿上人)', 즉 당상관은 궁중뿐만 아니라 동궁이나 상황 어소에도 있다.

또 말할 나위도 없이 궁중과 동궁에서도 남김없이 찾아뵈러 모여서 위엄 있는 의식이라는 소문이다. 상황께서 주최하시는 행사는 이번이야말로 마지막일 것이라며 천황과 동궁을 비롯하시어 마음 아프게 듣고 계시면 서 장인소藏人所⁹⁹와 납전納殿¹⁰⁰의 가라모노唐物¹⁰¹들을 많이 바치셨다. 로 쿠조노인六條院께서도 보내신 안부 물품이 아주 많다. 증답품들과 사람들에게 내리는 녹祿, 존자 대신尊者의大臣¹⁰²에게 드릴 답례품 등은 그 인院¹⁰³께서 바치셨다.

중궁¹⁰⁴께서도 의복과 빗 상자를 각별하게 준비하도록 하시고, 그 옛날의 머리빗 상자¹⁰⁵를 내력 있는 모양새로 새로운 취향을 가미하고 그래도 원래 정취도 잃지 않게 그것으로 보이도록 하여, 당일 저녁 무렵 바치게 하신다. 중궁에 근무하는 권량權亮¹⁰⁶이 상황 어소에서 전상殿上에도 올라 모시는 사람인데, 사자로 삼아 황녀 처소로 찾아뵙도록 분부하셨다. 이러한 내용이 안에 있었다.

---

99 교서전(校書殿) 몸채 서쪽에 붙은 조붓한 방에 있다. 810년에 설치되어 궁궐의 잡무를 담당하였고, 도서·기물(器物)·전화(錢貨)·의복 등도 보관하였다.

100 궁중의 물건들을 수납하는 곳이다. 의양전(宜陽殿), 능기전(綾綺殿), 후량전(後涼殿)에 있었다.

101 '가라모노'는 현재 일본에서 외래품(박래품) 전반을 가리키는 광의의 개념으로 파악하는 것이 일반적이지만, 엄밀하게는 견당사(遣唐使)가 들여온 물품을 이른다.

102 허리끈 묶는 소임의 태정대신. 보통은 연회의 주인과 객을 존자라고 한다.

103 로쿠조노인. 히카루겐지.

104 아키코노무 중궁.

105 아키코노무 중궁이 레이제이 천황에게 입궐하였을 때 스자쿠인이 보내 준 머리빗 상자.

106 '량(亮)'은 대부 다음가는 관위이다. '권(權)'은 정원외라는 의미이다. 중궁직의 차관 보좌로서 근무하면서 스자쿠인에도 출사하여 상황 어소의 당상관이 되었다.

아키코노무 중궁

머리에 꽂고 옛날을 오늘까지 전해 오기에

아름다운 머리빗 오래오래 되었구나

상황께서 보시고 가슴 절절하게 떠올리시는 일도 있었다. 중궁 자신을
닮아도 나쁘지는 않다고 물려주셨을 만큼 참으로 명예로운 머리 장식[107]
이기에, 답신 또한 옛날의 절절함은 제쳐 놓고 이렇게 경하해 드리셨다.

스자쿠인

그다음으로 보고 싶은 일이네 만세의 복을

알리는 아름다운 빗이 낡을 때까지

몸 상태가 몹시 괴로운데도 참으며 떨쳐 일어나셔서, 상황께서는 이
의식을 마치신 뒤 사흘 뒤에 끝내 삭발하신다. 적당한 신분의 사람인 경
우에도 막상 모습을 바꾸게 되면 슬퍼 보이는 일이기에, 하물며 참으로
가슴 아파하며 여러 분들[108]도 당혹스러워하신다. 상시님은 꼼짝 않고
곁에서 모시면서 몹시 생각에 잠겨 계시기에, 상황께서는 달래기 어려우
셔서 이러신다.

"자식을 생각하는 길에는 한도가 있지요. 이렇게 사무치게 생각해 주
시는 분과 이별하는 것은 참기도 어렵군요."[109]

---

107 온나산노미야가 자신과 같이 중궁 자리에까지 오르기를 바라는 축하의 뜻을 담았다.
108 승향전 여어, 오보로즈키요 상시 등.
109 '부모의 마음 어둡지 않다 해도 오직 자식을 생각하는 길에는 허우적댈 뿐이네(人の親
　の心は闇にあらねども子を思ふ道にまどひぬるかな)'(『後撰和歌集』雜一, 藤原兼輔)에 의

마음이 어지러우실 터인데도 무리하여 사방침에 기대신 채로, 히에이산比叡山 주지[110]를 비롯하여 수계受戒를 위해 아사리阿闍梨[111] 세 명이 모시면서, 법복 등을 입으실 제 이 세상과 이별하시는 의식[112]은 몹시 슬프다. 오늘은 세상을 초연하게 생각하는 승려들 등까지 눈물도 억누를 수 없기에, 하물며 황녀들과 여어, 갱의, 많은 남자와 여자, 위아래 소리 높여 우는 울음소리가 가득하다. 상황께서는 참으로 마음이 황망하여, 이러지 않고 조용한 곳에서 곧바로 칩거하려고 마음먹으셨던 본뜻과 어긋난다고 생각되시지만, 그저 이 어린 황녀를 떨쳐 버리지 못하여서라고 생각하시고 말씀하신다. 주상을 비롯하시어 빈번하게 안부를 여쭈시는 것은 더 말할 것도 없다.

10. 히카루겐지가 스자쿠인을 문안하고 온나산노미야의 후견을 승인하다

로쿠조노인六條院께서도 상황께서 다소 상태가 좋아지셨다고 들으시고 찾아뵈신다. 조정에서 받자온 봉호御封[113] 등은 모두 양위하신 천황遜位の

한다. 자식을 생각하는 깊은 부모의 마음조차 지금 오보로즈키요에 대한 애집(愛執)에 비하면 한계가 있다는 감회이다.

110 천태종의 총본산인 히에이산에 있는 엔랴쿠지(延曆寺)의 주지이다.

111 원래 범어(산스크리트어)이며 수행을 쌓아 스승이 될 자격을 갖춘 승려를 말한다.

112 출가하는 자는 삭발한 뒤 계(戒)의 각 조항에 대해 일일이 잊지 않고 명심할 것을 약속한다.

113 식봉(食封)의 대상이 된 호(戶)이다. 황족 이하 여러 대신 등의 위계 · 관직 · 훈공에 따라 지급하였다. 그 호에서 나오는 지조(地租)의 절반과 용(庸) · 조(調) 전부를 봉주(封主)의 소득으로 삼는다. 태정대신의 3천 호에 태상천황의 2천 호가 더하여졌다.

帝[114]과 마찬가지로 동등하게 정해지셨지만, 진짜 태상천황太上天皇의 의식인 듯이 거리낌 없이 처신하지는 않으신다.[115] 세상의 대우와 존중하는 모습 등은 각별하여도 일부러 간소하게 하셔서, 여느 때처럼 야단스럽지 않은 수레를 타시고 공경 등 그럴 만한 사람만 수레를 타고 수행해 드리신다.

상황께서는 몹시 기뻐하며 기다리신 뒤, 괴로운 몸 상태이시지만 굳게 마음먹으시고 대면하신다. 격식 있는 모양새는 아니고 그저 계신 곳에 자리를 더 꾸미셔서 안으로 들게 하신다. 바뀌신 모습을 뵙고 계시자니, 이제까지와 앞으로의 일도 어찌할 바 모르겠고 슬픔이 참을 수 없이 느껴지시기에 곧바로 마음을 추스를 수도 없으시다.

"돌아가신 상황께서 세상을 떠나시고 남겨졌을 무렵[116]부터 세상이 무상하게 여겨졌기에 이쪽 방면의 본뜻이 깊어져 왔거늘, 마음이 약해 망설이기만 하면서 끝내 이런 모습을 뵙게 될 때까지 뒤처지게 된 미적지근한 마음이 부끄럽게 여겨집니다. 저 같은 처지에서는 별일도 아닌 듯이 결심하게 되는 때도 가끔 있었건만, 행동에 옮기려면 한층 더 무척 참기 어려운 일이 많아질 듯합니다."

이처럼 겐지 님께서는 마음을 가라앉히기 어렵게 생각하신다.

상황께서도 어쩐지 불안하게 여겨지시기에, 마음을 굳게 지니지 못한 채 눈물에 젖으시면서 옛날과 지금의 이야기를 참으로 힘없이 말씀하신다.

---

114 태상천황(太上天皇).
115 히카루겐지는 태상천황에 준하는 지위일 뿐, 진짜 태상천황은 아니다.
116 기리쓰보인이 붕어한 것은 16년 전의 일이다.

"오늘 내일이라고[117] 생각하면서도 역시 세월이 흘렀거늘, 마음이 해이해져 깊은 출가의 본뜻을 한 조각이나마 이루지 못하면 어쩌나 싶어 결심한 것입니다. 이리하여도 수명이 남아 있지 않다면 수행하고자 하는 마음도 이루어지지 않을 듯한데, 우선 임시로나마 마음을 안정시켜 두고 염불만이라도 해야겠다고 생각한 것입니다. 한심한 저일지라도 이 세상에서 오래 살고 있는 것은 그저 이 뜻에 붙들려 있기 때문이라는 것을 절감하지 않는 바는 아니건만, 이제까지 근행하지 않은 게으름만으로도 마음이 편치 않습니다."

생각해 두신 바를 소상히 말씀하시는 김에 이리 덧붙이신다.

"황녀들을 많이 버려두는 것이 괴롭습니다. 그중에서도 또 의탁할 사람이 없는 황녀가 특히 걱정스러워 어찌할까 마음이 어지럽습니다."

겐지 님께서는 확실히 드러내지 않으시는 상황의 기색을 마음 아프게 뵙고 계신다. 마음속에서도 역시 관심이 가시는 황녀의 자태이시기에, 그냥 지나쳐 가는 것은 어렵게 여겨지셔서 이리 아뢰신다.

"참으로 보통 신하보다도 이러한 혈통[118]은 사적으로 후견이 없다면 안타까운 일입니다. 동궁께서 이리 계시니, 말세에 매우 황공한 저군儲君[119]이라며 천하가 의지처로 우러르고 있기에, 하물며 상황께서 이 일을 부탁해 두신다면 한 점이라도 소홀하게 가벼이 여기실 일은 없습니다. 하여, 장래에 관한 일은 전혀 걱정하실 것도 없습니다만, 참으로 일에는 법도가 있기에 조정을 맡게 되셔서 이 세상의 정치가 원하시는 바

---

117 '세상 살면서 늙음을 끝이라고 안 하였다면 오늘 내일이라고 생각하지 않을걸(人の世の老をはてにしせましかばけふかあすかとおもはざらまし)'(『西本願寺本 朝忠集』)에 의한다.
118 황족.
119 황태자.

대로 이루어진다고는 하여도, 한 여자를 위하여서 그다지 눈에 띄게 배려하실 수도 없을 것입니다.

대저 여자女를 위하시려면 이것저것 진짜 후견으로서 해야 할 일은 역시 그럴 만한 방면으로 인연을 주고받고 피할 수 없는 일로서 소중히 보살펴 드리는 버팀목이 있어야 안심이 될 만할 것입니다. 그래도 여전히 아무래도 장래에 대한 불안이 남으실 듯하다면, 괜찮은 사람을 숙고해 고르셔서 내밀히 맞춤한 담당자를 정해 두시는 것이 좋을 듯합니다."

"그리 생각해 보는 일도 있습니다만, 그 또한 어려운 일이었습니다. 옛날의 예를 듣습니다만, 부황이 세상을 다스리는 한창때의 황녀일지라도 사람을 골라 그리하도록 조치하시는 예가 많았습니다. 하물며 이리 이제는 이 세상을 떠나가는 즈음에 야단스럽게 생각할 만한 일도 아니지만, 그리고 이렇게 세상을 버리는 가운데도 버리기 어려운 일이 있어 이리저리 고민하는 와중에 병은 심해져 가고 게다가 되돌릴 수도 없는 세월이 흘러가기에, 마음이 황망하여…… 민망한 부탁이지만, 이 어린 내친왕內親王 한 분을 특별히 신경 써 주셔서 그럴 만한 인연도 본인께서 고려하고 정하셔서 그쪽에 맡겨 주셨으면 하고 아뢰고 싶기에…… 권중납언 등이 홀로 지내던 무렵에 적극적으로 진행하였으면 좋았을 터인데, 대신이 먼저 선수를 쳐 버려서 아쉽게 생각하고 있습니다."

상황께서는 이리 아뢰신다.

"중납언님中納言の朝臣은 신실한 방면으로는 참으로 잘 모실 것 같습니다만, 모든 면에 걸쳐 아직 미숙하여 사려가 미치지 못하는 점이 있을 것입니다. 황송하지만 제가 온 마음을 다하여 뒷바라지해 드린다면, 상황께서 계실 때의 그늘과 다르다고는 생각지 않습니다. 다만 제 앞날이 길지

않아 끝까지 모실 수 없는 일이 생기지 않을까 하고 저어되는 것만이 괴로울 듯합니다."

겐지 님께서는 이렇게 승낙하셨다.

밤이 되었기에, 주인인 상황主の院 쪽도 객인 공경들도 모두 상황 어전에서 식사 대접을 받으시는데, 육류를 쓰지 않은 음식으로 번다하지 않고 차분하게 차리셨다. 상황 어전에는 천향淺香[120] 소반[121]에 바리때 등 전과 다른 식사를 하시기에, 사람들은 눈물을 훔치신다. 가슴 절절한 방면의 일들[122]이 있지만 번거롭기에 쓰지 않는다. 밤이 깊어 돌아가신다. 녹들을 신분순으로 내리신다. 별당 대납언도 배웅하러 찾아뵈신다. 주인인 상황은 오늘 내린 눈에 더군다나 감기까지 더쳐서 몹시 괴롭게 여기시지만, 이 황녀에 관하신 일을 아뢰고 결정한지라 안심이 되셨다.

11. 히카루겐지가 무라사키노우에에게
　　온나산노미야 건을 전하다

로쿠조노인六條院께서는 어쩐지 마음이 괴로워 이런저런 생각으로 번민하신다. 무라사키노우에紫の上 또한 이러한 신랑감 물색 등을 진작부터도 얼핏 듣고 계셨지만, 그러지는 않을 것이다, 전 재원齋院[123]에게도 곡

120　침향 종류이다. 침향은 재질이 딱딱하여 물에 잠기는데, 떴다 잠겼다 하는 상태가 되어 향기가 진하지 않아 이 이름이 붙었다.
121　'가케반(懸盤)'이라고 한다. 다리가 넷 달린 받침대에 모난 나무 쟁반을 얹은 형태이다.
122　와카의 증답.
123　아사가오 아가씨. 그녀는 세간의 신망이 높은 황족으로 히카루겐지와 결혼을 하였다면 무라사키노우에의 지위는 위태로워질 뻔하였다. 당시 몹시 불안을 느꼈다가 기우로 끝

진히 연락하시는 듯하였어도 본격적으로 뜻을 이루려고 하지 않으셨거늘, 이라거나 생각하셔서 그런 일이 있냐고도 여쭙지 않으신 채 무심하게 계신다. 겐지 님께서는 딱하고 이 일[124]을 어찌 생각하시려나, 내 마음은 전혀 변하지 않을 것이고 그런 일이 있게 되면 오히려 더욱더 마음이 깊어질 터인데, 지켜보고 확인하시기 전까지는 얼마나 의심하실까 등등 편치 않게 생각하신다. 함께 세월을 보내고 요즘에 와서는 한층 더 서로 거리를 두시는 법 없이 절절한 사이이시기에, 잠시나마 마음속에 거리감을 남겨 두는 일이 있게 되는 것도 마음이 무거운데, 그날 밤은 주무시고 밝은 날을 맞이하셨다.

그다음 날 눈이 내리고 하늘 풍경도 절절한데, 지나간 날과 앞으로의 일에 관해 서로 말씀을 나누신다.

"상황께서 약해지신 듯하였기에 문안차 찾아뵈었는데 가슴 아픈 일들이 있었다오. 온나산노미야女三の宮에 관하신 일을 참으로 못 본 척할 수 없게 여기셔서 이러저러하다고 말씀하셨기에, 가슴이 아파 거절의 말씀을 드리지 못하였소. 야단스럽게 사람들이 입방아를 찧을 것이오. 이제는 그러한 일도 어색하고 기가 막히게 여겨졌기에 사람을 보내 의향을 드러내셨던 때는 어찌어찌 피하였는데, 대면한 계제에 진지하게 생각하시는 바들을 계속 말씀하시는 데는 무뚝뚝하게도 거절의 말씀을 아뢸 수가 없어서요. 상황께서 깊은 산속으로 거처를 옮기실 무렵에는 황녀를 이리로 건너오도록 해 드려야 하오. 부당하게 여겨지실 만하오. 심한 일

___

난 것을 상기한 무라사키노우에는 이번 또한 그렇게 끝날 것으로 낙관하고 있다.
124 온나산노미야가 로쿠조노인으로 결혼 뒤 옮아오게 되면 황녀라는 신분 때문에 정처로 대우받게 된다. 이제까지 로쿠조노인의 사실상 정처 격이었던 무라사키노우에의 위치는 흔들리게 된다.

이 있더라도 당신에게 이제까지와 바뀌는 일은 결코 없을 터이니, 신경 쓰지 마시오. 그분에게야말로 딱할 듯하오. 그쪽에 대해서도 보기 흉하지 않게 대우하도록 합시다. 모두 다 평온하게 지내실 수 있다면……."

겐지 님께서 이와 같이 아뢰신다.

대수롭잖은 심심풀이조차 못마땅한 일로 여기셔서 편치 않은 마음 상태[125]이시거늘, 어찌 여기실까 생각하신다. 그런데 아씨는 참으로 아무렇지 않게 이렇게 자신을 낮추신다.

"가슴 절절한 상황의 부탁이시군요. 제 처지에 어찌 신경을 쓰겠는지요. 저를 못마땅해하고 어찌 이런 상태로 지내다니 하며 책망하지 않으신다면, 마음 편히도 지낼 수 있을 터입니다. 그분 모친인 여어 쪽[126]을 보아서라도 소원하지 않게 품어 주시겠지요."

"너무 이렇게 흔쾌하게 허락해 주시는 것도 어째서일까 싶어 걱정스럽습니다. 하나, 정말은 그렇게라도 이해해 주셔서 당신도 그 사람도 이해하고 온화하게 처신하며 지내 주신다면, 더욱더 사랑스러울 거요. 험담 등을 아뢸 사람들의 말은 새겨듣지 마시오. 대저 세상 사람들의 소문이라는 것은 누가 먼저 말하든지 간에 자연스럽게 사람들의 관계 등 사실과 다른 이야기가 만들어져 생각지도 않은 일이 일어나는 법인 듯하니, 마음속에만 넣어 두고 상황에 따르는 것이 좋소. 너무 일찍 난리를 피워 보기 민망한 원망을 하지 마시지요."

겐지 님께서는 이렇게 아주 잘 알려 드리신다.

---

125 히카루겐지는 무라사키노우에의 유일한 단점을 질투라고 생각해 왔다.
126 온나산노미야의 모친인 여어는 무라사키노우에의 부친인 식부경 친왕과 후지쓰보 중궁의 이복 여동생이다. 온나산노미야와 무라사키노우에는 사촌지간이며 둘 다 후지쓰보 중궁의 조카이다.

아씨는 마음속으로도, 이렇게 하늘에서 떨어져 내려온 것과 같은 일인지라 피하기 어려우신 일이니 밉살스럽게도 아뢰지 말자, 스스로 마음을 쓰시거나 다른 사람의 간언에 따르셔야만 하는 서로 간의 마음에서 싹튼 연모도 아니다, 막을 수 있는 방도가 없기는 하여도[127] 바보스럽게 시름에 잠겨 있는 모습을 세상 사람들에게 흘러 나가도록 하지는 않겠다, 식부경 친왕式部卿宮의 큰 정실부인이 늘 나에게 저주를 퍼붓고 싶어 하여 여러 말을 입에 담으시면서 어쩔 수 없는 대장大將의 일에 관해서까지 이상하게 원망하고 시기[128]하고 계신다고 하는데, 이러한 일을 듣고 얼마나 심히 그 일과 견주어 생각하시겠는가, 등등 대범한 인성이시라고 하여도 어찌 이 정도의 그늘은 없겠는가. 이제는 무슨 일이 있다고 하더라도, 라고만 생각하며 내 처지에 자부심을 지니고 무심한 마음으로 살아온 세월이 세상의 웃음거리가 되겠구나 싶어 그 일이 심중에서는 계속 생각나시지만, 참으로 느긋하게만 처신하고 계신다.

12. 다마카즈라가 봄나물을 진상하고
히카루겐지의 마흔 살 축하연을 열다

해도 바뀌었다.[129] 스자쿠인朱雀院에서는 황녀께서 로쿠조노인으로 옮

---

127 무라사키노우에는 히카루겐지와 온나산노미야의 결혼을 그의 호색적인 마음에서가 아니라 스자쿠인의 요청으로 이해하고 있어 막을 수 없는 일로 인식하고 있다.
128 히게쿠로 대장과 다마카즈라 건으로 딸의 결혼 생활이 파탄에 이르게 된 데 대해 식부경 친왕의 정실부인은 히카루겐지와 의붓딸인 무라사키노우에를 원망하고 있다.
129 히카루겐지 40세, 무라사키노우에 32세.

기실[130] 준비를 하신다. 뜻을 밝히셨던 분들은 참으로 안타깝게 여겨 탄식하신다. 주상[131]께서도 어심이 있으셔서 입궐 의향을 말씀하셨던 참이지만, 이러한 결정을 들으시고 마음을 접으셨다.

그런데 겐지 님께서는 올해 마흔이 되셨기에 축하연[132]에 관한 일을 조정에서도 듣고 지나치지 않으시고 세간의 행사로서 전부터 법석이었는데, 번잡스러운 일이 많고 형식적인 것은 예로부터 좋아하지 않으시는 성격이신지라 모두 사양할 뜻을 아뢰신다.

정월 스무사흗날 자일子日인데, 좌대장 나으리의 정실부인[133]이 봄나물若菜[134]을 바치신다.[135] 진작부터 티를 내지 않으신 채 아주 몹시 조용히 준비하셨기에, 갑작스러워 거절의 뜻을 아뢸 수 없으시다. 조용히 한다고 하여도 그 정도의 위세이시기에, 방문하시는 의식 등은 참으로 대단히 떠들썩하다.

남쪽 저택[136]의 서쪽 면 넓힌 방에 앉으실 자리를 마련한다. 병풍, 비단 장막[137]을 비롯하여 새로이 걸어 내고 꾸며 두었다. 격식에 맞춘 의자 등

---

130 히카루겐지와 온나산노미야가 결혼함으로써 온나산노미야가 로쿠조노인으로 들어와 살게 되는 것에 대해 일본어로는 '강가(降嫁)', 우리말로는 '하가(下嫁)'라는 표현을 쓰기도 한다. 이 표현은 황녀인 온나산노미야가 신하인 히카루겐지와 급을 낮추어 결혼하였다는 가치 판단을 내포하기 때문에 논쟁의 여지가 있다. 이 책에서는 원문의 표현인 '옮기다(移る)', '건너오다(渡る)', '건너옴(渡り)'을 그대로 살려 번역하도록 한다.
131 레이제이 천황.
132 마흔부터 노년기에 들어가며, 40세부터 10년마다 축하연을 치른다.
133 히카루겐지의 양녀인 다마카즈라.
134 봄나물은 엉겅퀴, 상추, 미나리, 고사리, 냉이, 아욱, 쑥, 여뀌, 쇠뜨기 등 12종을 말한다.
135 정월 자일(子日)에 잔솔을 뽑고 봄나물을 뜯어 장수를 기원하는 풍습이다. 정월 21일, 22일, 23일 중 자일이 있을 때 국을 끓여 먹으면 늙음과 죽음을 피한다고 한다. 『가카이쇼(河海抄)』와 『가초요세이(花鳥餘情)』에서는 이 축하연이 924년 정월 자일에 개최된 다이고 천황(醍醐天皇, 재위 897~930) 마흔 살 축하연을 전거로 삼고 있다고 지적하고 있다. 마흔 살 축하연이라는 점, 정월 자일에 개최된 점, 봄나물을 바쳤다는 점이 같다.
136 봄의 저택인 동남 구역.

은 세워 두지 않고 돗자리[138] 마흔 장, 깔개와 사방침 등 잔치 도구들을 모두 참으로 기품 있게 준비해 두도록 하셨다. 나전螺鈿의 쌍바라지문이 달린 장 두 벌에다 옷상자 네 개를 놓아두고 여름과 겨울용 의복과 향 단지, 약상자,[139] 벼루, 물그릇,[140] 머리 손질 상자 등과 같은 물건은 집안에서 한껏 기품 있게 준비하셨다. 머리 장식으로 쓸 조화[141] 등을 놓아두는 받침대는 침향[142]과 자단紫檀[143]으로 만들고 진기한 무늬를 다 새겨 넣고 같은 금속이라 하여도 색상 사용이 감각 있는 데다 세련되었다. 상시님[144]이 깊은 멋이 있고 재기가 넘치시는 분이라, 신선한 모양새로 만드신 것이었다. 축하연은 전체적으로 일부러 야단스럽지 않을 정도로 하였다.

사람들이 찾아뵙거나 하셔서 자리로 나가려 하시면서, 겐지 님께서는 상시님과 대면하신다. 마음속으로는 옛날을 떠올리게 하는 일들이 여러 가지일 것이다. 겐지 님께서는 참으로 젊고 기품 있게 아름다워 이렇게 축하연을 연다거나 하는 것은 나이를 잘못 계산한 게 아닐까 생각될 정도이다. 차분하니 우아하여 자식을 둔 부모다운 구석이 없으신 모습인데, 좀체 없는 기회인 데다 세월이 많이 흘러 뵙고 계시자니 참으로 남부끄럽지만, 역시 드러나게 거리도 두지 않은 채 담소를 나누신다. 어린 도

---

137 몸채와 몸채에 붙은 조붓한 방 사이에 드리우는 막이다.
138 장수 축하연에는 나이와 같은 수량의 책상 등 여러 도구를 갖추는 게 일반적이다. 이 돗자리는 그것을 배치하기 위한 것이다.
139 장수와 관계가 있는 약을 넣는다.
140 살쩍을 빗어 넘기는 데 쓰이는 물을 담은 뚜껑 달린 찻종 모양의 그릇이다. '유스루쓰키(泔坏)'라고 한다.
141 늙음을 감추기 위해 머리를 조화로 장식한다.
142 열대산의 향목으로 재목은 심이 단단하고 무겁다.
143 재목은 붉은 기운을 띠고 있으며 재질이 단단하여 생활용품을 만드는 데 귀히 쓰였다.
144 다마카즈라.

런님[145]도 참으로 어여쁘시다. 상시님은 연이어 자식을 둔 것을 보여 드리고 싶지 않다고 말씀하셨건만, 대장[146]이 이러한 기회에라도 보여 드리자고 하여 둘 다 똑같이 양옆으로 갈라 어깨까지 늘어뜨린 머리 모양[147]에 노시直衣[148] 차림의 천진한 모습이시다.

"나이를 먹어 가도 자신의 마음으로는 딱히 마음에 걸리지도 않고 그저 옛날 그대로의 젊디젊은 모습인 채 바뀐 것도 없거늘, 이렇게 손주들[149]을 보면 거기에 촉발되어 어쩐지 꼴사납다 싶으리만큼 절감이 되는 때도 있었습니다. 중납언[150]이 어느새인가 자식을 얻었다고 하는데, 야단스럽게 거리를 두고 아직 보여 주지 않았습니다. 다른 사람보다 각별히 내 나이를 헤아리셨던 오늘 자일이야말로 역시 부아가 나는군요. 잠시는 늙음을 잊은 채 있을 수도 있었거늘……."

겐지 님께서 이리 아뢰신다. 상시님도 참으로 나이[151]가 잘 들어 더 나아진 데다 위엄 있는 분위기까지 더하여져 볼만한 보람이 있는 모습이시다.

다마카즈라

봄나물 돋는 들판의 잔솔 가지 꺾어 들고서
원래 큰 바위 번영 비는 오늘이구나[152]

---

145 다마카즈라와 히게쿠로 대장의 둘째 아들. 첫아들은 2년 전 11월에 태어났다.
146 히게쿠로 대장.
147 남녀 모두 8세 무렵까지는 가르마를 타고 늘어뜨려서 머리카락을 어깨 근처에서 가지런히 정리하였다.
148 귀족의 평상복.
149 다마카즈라는 히카루겐지의 양녀이다.
150 유기리.
151 다마카즈라는 현재 26세이다.

이렇게 군이 부모처럼 아뢰신다. 침향 나무 쟁반 넷을 놓아두고 겐지 님께서는 봄나물[153]을 아주 조금만 드신다. 술잔을 드시고 이와 같이 주고받으신다.

히카루겐지

잔솔 들판의 젊어 앞날 창창한 솔에 이끌려
들판의 봄나물도 나이 들어 가겠네[154]

공경이 몸채 남쪽에 붙은 조붓한 방에 많이 도착하신다.

식부경 친왕式部卿宮[155]께서는 찾아뵙기 어렵게 여기셨지만, 전갈이 있으셨던 터라 이리 가까운 관계[156]이시거늘 속셈이 있는 것처럼 여겨지는 것도 민망하기에, 해가 높이 뜬 뒤에 건너오셨다. 대장이 의기양양한 얼굴로 이러한 관계[157]이신지라 제 일처럼 도맡아 일하시는 꼬락서니도 참으로 정나미 떨어질 듯하지만, 손주인 도련님들[158]은 어느 쪽을 보아서라도 자진하여 궂은일을 하신다. 노송나무 얇은 판자를 꺾어 구부려 만든 그릇에 안주류를 담은 것[159] 마흔 개와 바구니에 다섯 과실을 넣고

---

152 '원래 큰 바위'는 히카루겐지의 비유이다.
153 봄나물국.
154 '잔솔 들판'은 손자들, '봄나물'은 히카루겐지 자신.
155 무라사키노우에의 부친. 히게쿠로와 여식을 갈라서도록 만든 다마카즈라가 주최하는 연회에는 참석하고 싶지 않았다.
156 식부경 친왕과 히카루겐지는 장인과 사위 관계이다.
157 히카루겐지와 히게쿠로는 장인과 사위 관계와 다름없다.
158 식부경 친왕의 외손주들. 부친은 히게쿠로이며 다마카즈라는 계모, 무라사키노우에는 이모이다.
159 '오리비쓰모노(折櫃物)'라고 한다.

나뭇가지에 묶은 것¹⁶⁰ 마흔 개를 중납언을 비롯하여 그럴 만한 사람 모두가 차례차례 바치신다. 술잔이 돌고 봄나물 국을 드신다. 겐지 님 앞에는 침향 소반 넷과 잔들이 분위기 있고 세련된 취향으로 갖추어져 있다.

스자쿠인의 병환이 여전히 완전히 좋아지지 않으신 탓에 악인樂人¹⁶¹ 등은 부르지 않으신다. 관악기 등 태정대신¹⁶²이 그 방면은 갖추어 두시고, "세상에서 이 축하연보다 좀체 볼 수 없고 아름다움의 극치를 이루어야 하는 것은 또 없을 것이다"라고 말씀하신다. 뛰어난 악기만을 전부터 생각하여 준비해 두셨기에, 조용히 관현 연주를 여신다. 제각각 연주하는 가운데 화금和琴¹⁶³은 그 대신이 제일로 여겨 비장秘藏하고 계신 현악기이다. 그 정도로 악기의 명수가 집중하여 혼연일체가 되어 뜯으시는 음색은 참으로 비할 데가 없기에 다른 사람은 뜯기 어려워하신다. 위문독衛門督¹⁶⁴이 강경하게 거절하는 것을 겐지 님께서 재촉하시니, 과연 참으로 정취 있고 전혀 부친에 뒤떨어지지 않을 듯이 탄다. 어느 분야든 명인의 후계자라고 하더라도 이다지도 계승할 수는 없는 솜씨로구나, 하고 사람들은 깊이 있고 절절하게 생각하신다.

곡조에 따라 양식이 있는 연주법들이나 악보로 정해져 있는 중국 땅에서 전해진 곡들은 오히려 찾아내 익힐 수 있는 방도가 명확하지만, 제 마음대로 그저 맞추어서 타는 스가 연주 기법¹⁶⁵에 여러 악기의 음률이 맞

---

160 '고모노(籠物)'라고 한다. 홍귤, 귤, 밤, 감, 배 등 다섯 과실을 넣었다.
161 아악료(雅樂寮)·악소(樂所), 육위부(六衛府)의 관인 등이다.
162 다마카즈라의 부친. 옛 두중장.
163 6현금. '야마토고토(大和琴)'나 '아즈마(東)'라고도 불린다. 중국에서 들어온 다른 현악기와 달리 일본산이다. '아즈마아소비(東遊)', '가구라(神樂)', '사이바라(催馬樂)' 등에 사용한다.
164 태정대신의 장남인 가시와기. 위문부의 장관이다.
165 화금 연주법의 하나.

추어져 가는 것은 묘하게 흥취 있고 이상할 정도로 울려 퍼진다. 부친인 대신은 현악기 줄도 아주 느슨하게 당기고 몹시 낮게 타면서 여운이 많이 남도록 맞추어 뜯으신다. 이쪽[166]은 매우 밝고 높은 소리로 정답고 매력이 있기에, 참으로 이 정도라고는 듣지 못하였거늘 하면서 친왕親王들도 놀라신다.

칠현금은 병부경 친왕[167]께서 타신다. 이 현악기는 선양전宣陽殿[168] 소장품으로서 대대로 제일의 명기로 알려진 것이다. 이 현악기를 돌아가신 상황故院[169]의 만년에 일품 황녀一品の宮[170]께서 좋아하신다고 하여 하사받으셨는데, 이번 축하연의 아름다움을 다하시려는 마음에 대신이 아뢰어 받으셨다. 그 유래를 생각하시니, 겐지 님께서는 참으로 가슴 절절하고 옛일 또한 그립게 떠오르신다. 친왕께서도 술에 취하여 울음을 멈추지 못하시면서 기색을 알아차리시고, 칠현금은 겐지 님 앞으로 양보해 드리신다. 어쩐지 가슴 절절한 정취를 그냥 지나치지 못하시고 진기한 곡 하나쯤을 타시니, 야단스럽지 않아도 한없이 정취 있는 밤의 관현 연주이시다.

창가唱歌하는 사람들을 계단으로 불러들이시고 그들이 빼어난 목소리를 한껏 내니 곡조[171]가 바뀌어 간다. 밤이 깊어 감에 따라 악기의 곡조

---

166 위문 독인 가시와기.
167 히카루겐지의 동생인 호타루 병부경 친왕. 여러 예능에 뛰어난 풍류인이다.
168 궁중 전사(殿舍)의 하나로 자신전(紫宸殿) 동쪽에 있다. 이 전사의 몸채에 몇 대에 걸친 악기와 서적 등 보물을 수장하는 납전(納殿)이 있다.
169 기리쓰보인.
170 홍휘전 황태후 소생의 온나이치노미야(女一の宮).
171 음악의 곡조는 율(律)과 여(呂)로 나눈다. 율조는 일본 고유의 속악의 곡조로 단조(短調)적이며 가볍고 그 시대풍인 선율로 일컬어지는 데 반해, 여조는 중국에서 건너온 정악의 곡조로 장조(長調)적이다. 따라서, 율조에서 여조로 바뀌었거나 여조에서 율조로

들이 편안하게 바뀌어 〈아오야기青柳〉[172]를 즐기실 즈음에는 참으로 잠자리에 든 휘파람새가 깨어날 정도로 몹시 흥겹다. 사적인 일인 것처럼 체재를 취하셔서 녹 등을 무척 훌륭하게 준비해 두셨다.

새벽에 상시님이 돌아가신다. 증정품 등이 있었다.

"이렇게 세상을 버린 듯이 나날을 보내는 동안에 세월이 가는 것도 모르는 얼굴인 것을, 이리 나이를 알려 주시니 불안하군요. 때때로 들러 얼마나 더 늙었는지 비교해 보시지요. 이렇게 노쇠한 처지가 옹색[173]하기에, 생각날 때마다 대면할 수 없는 것도 참으로 안타깝군요."

겐지 님께서는 이와 같이 아뢰시고, 가슴 절절하게도 정취 있게도 떠올리시는 일이 없지도 않은지라 오히려 잠깐 이렇게 계시다가 급히 돌아가시는 것을 참으로 아쉽고 안타깝게 생각하실 수밖에 없으셨다. 상시님도 친부모實の親[174]는 그럴 만한 인연쯤으로 여기시고 겐지 님의 좀체 없는 자상한 마음 씀씀이를 세월이 감에 따라, 그리고 이렇게 결혼 생활에 안주하게 되면서도 소홀하지 않게 여기게 되셨다.

바뀌었다는 것을 알 수 있다.
172 '푸른 버들을 외올실로 꼬아 야 오케야 휘파람새가 오케야 휘파람새가 깁는다는 삿갓은 오케야 매화 삿갓이로세(青柳を 片糸に縒りて や おけや 鶯の おけや 鶯の 縫ふといふ笠は おけや 梅の花笠や)'(〈青柳〉). '사이바라'의 하나이다. '사이바라'는 헤이안시대에 발달한 고대 가요로 민간의 유행가나 민요를 아악(雅樂) 풍으로 편곡한 것이다.
173 태상천황에 준하는 지위에 오른 뒤 자유롭게 입궐할 수도 없고 사람도 편하게 만날 수 없게 되었다.
174 다마카즈라는 친부인 태정대신보다도 양부인 히카루겐지에게 마음을 주고 있다.

13. 이월 중순에 온나산노미야를 로쿠조노인으로 맞아들이다

이리하여 이월 열흘여 즈음에 스자쿠인의 황녀朱雀院の姬宮께서는 로쿠
조노인으로 건너오신다. 이 인院에서도 준비하시는 것이 세상 일반과
같지 않다. 봄나물을 드셨던 몸채 서쪽 면의 넓힌 방에 장막을 치고 그
쪽 첫 번째 채와 두 번째 채[175]에서 회랑[176]에 걸쳐서, 그리고 시녀들
처소[177]에 이르기까지 세심하게 꾸미고 장식하게 하신다. 궁중에 입궐
하시는 분의 예식을 본떠서[178] 그 상황 처소에서도 세간 등을 나른다.
건너오시는 의식은 더 말할 것도 없다. 배웅[179]을 하시러 공경 등이 많
이 찾아뵈신다. 그 가사를 원하셨던 대납언[180]도 마음 편치 않게 생각
하면서 수행하신다. 수레를 세워 두는 곳으로 인院께서 건너오셔서 황
녀를 내려 드리시는 것 등도 상례常例와는 다른 일들[181]이다. 보통 신하
로 계시기에 여러 일에 제약이 있어 궁중 입궐과도 다르고 사위인 대군
大君이라고 하기에도 사정이 다르기에,[182] 좀체 찾아볼 수 없는 관계의
배필이신 것이다.

사흘 동안[183] 그 상황 어소[184]에서도, 주인인 인院 쪽[185]에서도 위엄

---

175 서쪽 채를 두 채 세워서 몸채에 가까운 쪽부터 첫 번째 채, 두 번째 채라고 한다.
176 회랑은 한쪽 편을 몇 개의 작은 방으로 나누는 경우가 많다.
177 온나산노미야를 모시는 시녀들.
178 히카루겐지는 태상천황에 준하는 지위이기 때문에, 여어나 황후가 입궐하는 의식에 준
   하여 준비한다.
179 혼례 행렬을 수행하는 것.
180 도 대납언.
181 태상천황에 준하는 지위에 있는 히카루겐지로서는 이례적이라는 의미이다.
182 '사이바라'의 하나인 〈와이에(我家)〉에 '오이기미 오시네 사위로 삼자(大君來ませ 婿に
   せむ)'라는 표현이 있는 것을 인용하였다. '오이기미(大君)', 즉 대군은 친왕의 자제로
   서 '왕(王)'이다.

있고 진기하며 풍아한 의식을 다하신다. 다이노우에對の上[186]도 일을 접할 때마다 아무렇지 않게도 생각하실 수 없는 세상의 형국이다. 참으로 이러한 일이 있다고 하여 더할 나위 없이 그 사람에게 밀려 존재감이 없어지는 것도 아닐 터이지만, 또 달리 어깨를 나란히 할 사람 없이 지내오셨는데, 화려하게 앞날이 창창하고 얕보기 어려운 기세로 옮아오시니 어쩐지 거북살스럽게 생각되신다. 그래도 아무렇지 않게 시종 처신하면서, 건너오실 때도 겐지 님과 같은 마음으로 대수롭잖은 일도 나서서 하신다. 참으로 가련해 보이는 자태이시기에, 겐지 님께서는 더욱더 좀체 볼 수 없는 분이라고 생각하신다.

황녀[187]께서는 참으로 아직 몹시 자그마하고 미성숙하시고, 특히 무척 앳된 기색으로 오로지 젊기만 하시다. 그 보랏빛 인연紫のゆかり을 찾아내셨던 때를 떠올리시니, 그 사람[188]은 재치 있어 말하는 보람이 있었건만 이 사람[189]은 어리게만 보이신다. 하여, 잘 되었다, 밉살스럽게 자신

---

183 정식 혼인 의식은 사흘간에 걸쳐 이루어진다.

184 스자쿠인.

185 로쿠조노인.

186 무라사키노우에에게 '다이노우에'라는 호칭이 처음 쓰인 것은 「요모기우(蓬生)」권 9절이다. 하지만 그때는 히카루겐지와 함께 니조노인(二條院)에 살면서 동쪽 채를 처소로 삼고 있는 히카루겐지에 대해 서쪽 채를 처소로 삼고 있는 무라사키노우에를 가리키는 표현이었다. '다이노우에'라는 표현은 총 28회 찾아볼 수 있는데, 그중 21회가 온나산노미야가 히카루겐지의 정처로서 로쿠조노인으로 건너온 시점 이후에 사용된다. 즉 「와카나 상」권 이후의 이 호칭은 히카루겐지의 정처도 정처 격도 아니라는 무라사키노우에의 지위를 명확히 드러내기 위한 표현이라고 할 수 있다. '우에(上)'라는 표현의 의미는 『겐지 모노가타리』 2 「요모기우」권 각주 4 참조.

187 온나산노미야는 열네다섯 살이다. 당시의 「호령(戶令)」의 규정에 따르면, 남자는 15세, 여자는 13세 이상이 되면 결혼이 허가된다. 온나산노미야는 결혼 적령기이지만, 여성으로서의 발육이나 정신 연령이 아직 미숙하다.

188 무라사키노우에.

189 온나산노미야.

을 내세우는 일 등은 없을 듯하다고 생각하시면서도, 참으로 너무 돋보이지 않는 자태이시구나 하며 뵙고 계신다.

14. 신혼 사흗날 밤, 히카루겐지의 반성과 무라사키노우에의 고뇌

사흘간은 밤에 찾아가지 않는 날 없이 건너가시니, 오랫동안 그런 일에도 익숙해지지 않으신 마음에 마님은 참기는 하여도 그래도 어쩐지 마음이 슬프다. 의복들 등에 더욱더 향내가 배게끔 시키시면서도 시름에 잠겨 계시는 기색이 몹시 가련하고 어여쁘다.

겐지 님께서는 어째서 여러 사정이 있다고 하여도 다시 다른 사람과 인연을 맺어야만 하였는가, 호색적이고 마음이 약해져 버린 내 방심 탓에 이러한 일도 일어나 버렸구나, 젊은데도 중납언은 고려하지 않으셨던 듯한 것을, 하며 스스로 생각하여도 원망스럽게 여겨져 생각을 이어 가시자니, 눈물이 어리신다.

"오늘 밤만은 당연하다고 용납해 주시겠지요. 이제부터 앞으로 곁을 떠나는 일이 있다면 스스로 생각하여도 불쾌할 듯하군요. 그렇다고 또 그 상황께서 들으실 것을 생각하자니……."

어지러우신 마음속이 괴로워 보이신다.

마님은 살짝 웃으며, 이렇게 말해 봤자 소용없다는 듯이 응대하신다.

"본인 마음이신데도 불구하고 결정하지 못하시는 듯한데, 하물며 용납될지 안 될지는……. 종국에는 어찌 될는지요."

이에, 겐지 님께서는 부끄럽게까지 여겨지셔서 턱을 괴신 채 기대어 누워 계신다. 그러자 아씨는 벼루를 끌어당겨 이리 읊는다.

무라사키노우에

> 바로 눈앞에 옮겨 가며 바뀌는 남녀 사이를
> 길이길이 믿어도 되는 줄 알았구나

옛 시가 등을 섞어 쓰시는 것을 들고 보신 뒤, 별것 아닌 표현이지만 참으로, 라며 당연하기에 이리 읊는다.

히카루겐지

> 목숨 줄이란 끊길 때는 끊기리 덧없기만 한
> 세상 일반과 다른 우리 둘 인연인걸

서둘러 건너가지도 못하시는데, 아씨가 "참으로 민망한 처사로군요" 라며 재촉하신다. 이에 겐지 님께서는 나긋나긋하고 곱게 차리시고 뭐라 말할 수 없는 향내를 풍기며 건너가신다. 배웅하시면서도 참으로 아무렇지 않을 수는 없다.

오랫동안 그렇지는 않을까 생각하였던 일들도 이제는 그런 일이 있을까 싶게만 멀리하신지라, 그렇다면 이럴 것이라고 여기며[190] 허물없이 지낸 끝에 결국 이리 세상 소문도 평범치 않은 일이 생겼구나, 생각하자

---

190 히카루겐지가 다른 여성에게 관심을 두지 않고 자신에 대해 변치 않은 애정을 쏟을 것이라는 믿음.

니 마음 놓을 수 있는 부부 관계도 아니었던 터라 이제부터의 앞날 또한 불안하게 생각되셨다.

그리도 아무렇지 않은 척 꾸미고 계셨어도, 모시는 사람들도 이러면서 제각각 이야기하며 탄식하는 듯하다.

"생각지도 못한 일이 일어났네요. 부인들이 많이 계신 듯하여도 어느 분이든 모두 이쪽 기세에는 물러나 삼가는 모양새로 지내 오셨기에, 문제없이 평탄하게도 있을 수 있었습니다. 하나, 자신을 내세우는 그 정도 되는 행동에 마님이 밀린 채로 지내실 수는 없을 것입니다. 또 그렇다고 하여 대수롭잖은 일에 관해서도 심상치 않은 일이 일어난다면, 그때마다 반드시 거추장스러운 일들이 생길 겁니다."

마님은 전혀 눈치챈 바 없다는 듯이 참으로 사랑스러운 기색으로 이야기 등을 나누시면서 밤 깊을 때까지 깨어 계신다.

이렇게 사람들이 심상치 않게 말하며 생각하는 것도 듣기 어렵게 여기셔서, 마님은 이와 같이 말씀하신다.

"이리 이분 저분 많이 계시는 듯하여도 마음에 꼭 드시는 세련되고 신분이 빼어난 분도 없다고 늘 보면서 아쉽게 여기셨는데, 이 황녀께서 이렇게 건너오셨으니 더할 나위 없네요. 여전히 동심을 잃지 않아서인지 나 또한 살갑게 대하고 싶거늘, 고약하게도 거리라도 있다는 듯이 사람들이 단정하려 드는군요. 동등한 지위라는 둥 뒤떨어진다는 둥 생각하는 사람이 있다면 예사롭지 않고 귀에 거슬리는 일도 자연스레 생길 터인데, 송구스럽고 안타까운 사정이신 듯하기에, 어찌하여서든 신경 쓰시지 않도록 해 드릴 생각이네요."

중무中務와 중장님中將の君 등과 같은 사람들[191]은 눈짓을 하면서, "지나

친 배려이시네요"라는 등 말하는 듯하다. 옛날에는 겐지 님께서 예사롭지 않게 곁에 두고 부리셨던 사람들이지만, 오랫동안 이 마님御方을 모시면서 모두 마음을 기울여 드리고 있는 듯하다. 다른 마님들[192]도 "어찌 생각하고 계실까요. 원래부터 마음이 떠난 사람들[193]은 오히려 마음 편한 것을……"이라거나 하며 이쪽 의중을 떠볼 겸 문안을 아뢰어 오시는 분도 있다. 아씨는 이리 추측하는 사람이야말로 오히려 괴롭구나, 세상사 또한 무상한 법이거늘 어찌 그렇게 괴로워하기만 할 것인가, 라는 등 생각하신다.

너무 오래 밤에 깨어 있는 것도 평소와 달라 사람들이 이상하게 보지는 않을까 자격지심이 드시기에 잠자리에 드셨다. 시녀가 침구를 덮어 드렸지만, 참으로 옆자리가 쓸쓸한 몇 날 밤을 지내 온 데 대해서도 역시 편치 않은 마음이 든다. 그 스마須磨 퇴거 때의 이별을 떠올려 보시니, 이제 마지막이라며 멀리 떨어져서도 그저 같은 세상 안에서 소식을 들을 수만 있다면 하고 내 처지에 관한 일은 제쳐 놓고 아깝고 슬퍼하기만 하였다, 그런데 그 소동으로 나도 그 사람도 목숨이 끊어져 버렸다면 무슨 소용 있는 부부 사이였을꼬, 하면서 마음을 다잡으신다. 바람이 불어 대는 밤의 기운은 썰렁하고, 곧바로 잠들지 못하시는 것을 가까이 모시는 사람들이 이상하게 듣지 않을까 싶어 몸을 옴짝달싹도 하지 않으시는데도, 역시 참으로 괴로운 듯하다. 밤이 깊어 닭 울음소리가 들리는데도 어

---

191 중무와 중장은 일찍이 히카루겐지의 시첩(侍妾), 즉 메슈도(召人)였다. 히카루겐지가 스마로 퇴거한 이래 무라사키노우에를 모셔 왔다. '메슈도'는 주인과 육체관계를 맺고 있는 시녀를 말한다.
192 아카시노키미(明石の君)나 하나치루사토(花散里) 등.
193 히카루겐지의 애정을 기대하고 있지 않은 자신들.

쩐지 가슴이 미어진다.

15. 히카루겐지가 꿈에 무라사키노우에를 보고
　　새벽에 급히 돌아오다

　새삼스럽게 박정하다고는 여기지 않아도 이처럼 심란해하신 탓인가, 겐지 님의 꿈속[194]에 아씨가 보이신지라 잠에서 깜짝 깨어나셔서 어찌 된 건가 싶어 마음이 불안해지신다. 닭 울음소리[195]가 나기를 기다리고 계셨기에, 밤이 깊다는 것도 모르는 얼굴로 서둘러 나서신다. 황녀께서는 참으로 앳된 자태이시기에, 유모들이 가까이에서 대기하고 있었다. 쌍여닫이문을 밀어 열고 나서시는 것을 배웅해 드린다. 미명未明의 하늘에 눈의 흰빛이 보여서 어렴풋하다. 떠나간 뒤에까지 남아 있는 향내에 "어둠은 이치에 맞지 않네"[196]라고 시녀는 홀로 읊조린다.

　눈은 군데군데 녹다 남아 있는데, 무척 하얀 뜰이 문득 봐서는 경계가 구별되지 않는 무렵이다. 겐지 님께서는 "아직 남아 있는 눈"[197]이라

---

194 상대방을 생각하며 잠들면 서로의 꿈속에 그 모습이 보인다고 믿었다.

195 여성의 거처에서 머문 남성은 첫닭이 울고 나서 날이 밝기 전에 돌아가는 것이 예의이다. 히카루겐지는 빨리 무라사키노우에의 처소에 돌아가고 싶어 닭이 울기만을 기다리고 있었다.

196 '봄밤 어둠은 이치에 맞지 않네 매화 꽃색이 보이지는 않지만 향기는 못 감추네(春の夜の闇はあやなし梅の花色こそ見えね香やはかくるる)'(『古今和歌集』 春上, 凡河內躬恒)에 의한다.

197 '獨憑朱檻立凌晨 山色初明水色新 竹霧曉籠銜嶺月 蘋風暖送過江春 子城陰處猶殘雪 衙鼓聲前未有塵 三百年來庾樓上 曾經多少望鄉人'(『白氏文集』 卷十六 「庾樓曉望」 중 제5구)에 의한다.

고 조용히 읊조리시면서 격자문을 두드리시는데도, 오랫동안 이러한 일이 없었던 터라 시녀들도 잠든 체하면서 약간 기다리시게 한 뒤 문을 올렸다.

"꽤 오래 기다린 탓에 몸도 얼었다오. 당신을 무서워하는 마음이 평범치 않은 탓이겠지요. 그렇다고 하여도 나는 죄도 없거늘[198]……."

이러며 아씨의 옷을 걷어 젖히거나 하시니, 약간 젖은 홑옷 소매를 감추면서 무심하기도 하고 다정하기는 하면서도 또한 터놓지는 않는 마음가짐 등이 참으로 이쪽이 부끄럽게 여겨질 정도로 아리땁다. 신분이 더할 나위 없는 사람이라고 아뢰어도 결점이 있는 듯 보이는 세상인 것을, 하면서 마음속으로 견주어 보시게 된다.

16. 히카루겐지가 온나산노미야에게 와카를 보내자 유치한 답가가 오다

여러모로 옛날 일을 떠올리시면서, 풀어지기 어려운 기색을 원망하시며 그날은 거기서 지내셨다. 하여, 건너가실 수 없기에 몸채[199]에는 소식을 전하신다.

"오늘 아침 눈에 몸 상태가 안 좋아져서 참으로 괴롭게 지내고 있기에, 마음 편한 곳[200]에서 쉬고 있습니다."

---

198 어린 온나산노미야와 육체관계를 맺지 않았음을 은연중에 드러내는 표현이다.
199 온나산노미야의 처소.
200 무라사키노우에가 거처하는 동쪽 채.

이러하다. 황녀의 유모는 "그리 말씀드렸습니다"라고만 말로써 아뢰었다. 별난 답신이로고, 라고 생각하신다. 상황께서 어찌 들으실지도 마음이 안됐기에 요즈음만은 체면치레하자고 생각하셔도 그리도 되지 않기에, 그리될 줄은 짐작하였다, 아아 괴롭구나 하면서 스스로 생각을 이어 가신다. 아씨女君 또한 배려심 없는 마음이시구나 하면서 곤란해하신다.

오늘 아침에는 여느 때처럼 기침하신 뒤 황녀 처소에 서찰을 올리신다. 딱히 이쪽이 부끄러움을 느낄 만하지도 않은 모습이시지만, 글씨 등에도 신경을 써서 흰 종이²⁰¹에 이리 적어 매화 가지에 묶으셨다.

히카루겐지

가운뎃길을 막을 정도까지는 아니라 해도
마음 흐트러지는 오늘 아침 자국눈²⁰²

사람을 불러들이셔서 "서쪽 회랑을 통해 올리거라"²⁰³ 하고 말씀하신다. 그대로 밖을 내다보며 툇마루 가까이에 앉아 계신다. 하얀 의복을 겹쳐 걸치시고 꽃을 만지시면서 친구 기다리는 듯 눈²⁰⁴이 살짝 남은 위로 더 흩날리는 하늘을 물끄러미 바라보고 계신다. 휘파람새가 생기 있게

---

201 흰 매화와 흰 눈에 맞춘 것이다.
202 '사라졌다가 하늘로 흩날리는 자국눈이란 시름에 잠겨 있는 사람의 마음이네(かつ消えて空に亂るる淡雪はもの思ふ人の心なりけり)'(『後撰和歌集』 冬, 藤原蔭基)에 의한다.
203 몸채와 서쪽 부속 채를 잇는 회랑에 거처하는 온나산노미야의 시녀를 통해 전하라는 의미이다.
204 '흰 눈 색깔과 구분하기 어려운 매화 가지에 친구 기다리는 듯 아직 눈 남아 있네(白雪の色わきがたき梅が枝に友待つ雪ぞ消え殘りたる)'(『家持集』)에 의한다.

가까운 홍매 가지 끝에서 우짖는 것을 "소매에 향내 나네"[205]라며 꽃을 감추면서 발을 들어 올리고 내다보신다. 그 모습은 도저히 이와 같은 부모 된 자로서 막중한 지위에 있는 분으로 보이지 않으시고 젊고 우아한 자태이시다.

답신은 약간 시간이 걸릴 듯한 마음이 들기에, 안으로 드셔서 아씨女君에게 꽃을 보여 드리신다.

"꽃이라고 한다면 이처럼 향내가 났으면 좋겠네요. 벚꽃[206]으로 향기를 옮긴다면, 또다시 먼지만큼도 다른 데로 마음을 나누지 않을 터인데……."

이와 같이 말씀하신다.

"이것 또한 많은 데 시선이 옮겨 가지 않는 동안이기에 눈길이 가는 걸까요. 꽃이 한창일 때 나란히 두고 보고 싶군요."

이처럼 말씀하시는데, 답신이 왔다.

다홍색 얇은 고급스러운 종이에 산뜻하게 싸여 있기에 가슴이 덜컥한다. 필적이 아직 유치하니 잠시 동안 보여 드리지 않았으면 좋겠구나, 거리를 두는 것은 아니지만 경박한 듯 보이는 것은 그 사람의 신분을 생각할 때 송구스럽구나, 하고 생각하신다. 서찰을 감추시려 하는 것도 신경을 쓰실 터인지라 끝자락을 펼치고 계시는데, 아씨는 곁눈으로 건너다보면서 기대어 누워 계신다.

---

205 '가지 꺾으면 소매에 향내 나네 매화꽃 향기 꽃 있다 여기는지 휘파람새 우짖네(折りつれば袖こそにほへ梅の花ありとやここに鶯の鳴く)'(『古今和歌集』春上, 讀人しらず)에 의한다.
206 무라사키노우에의 비유이다.

온나산노미야

허망하게도 중천으로 사라져 버릴 듯하네

바람에 휘날리는 봄날의 자국눈은

필체는 정말로 참으로 어리고 유치해 보인다. 그 정도 나이 먹은 사람
이라면 정말 이런 상태는 아니신 것을 하면서 눈길이 머무르지만, 못 본
듯이 넘기고 마셨다. 다른 사람에 관한 일이라면 이 정도라거나 하면서
조용히 아뢰실 터이지만, 안된 마음에 그저 "마음 편하게 생각하시지요"
라고만 아뢰신다.

17. 히카루겐지가 어린 온나산노미야와 견주어
     무라사키노우에를 훌륭하게 느끼다

오늘은 황녀 처소로 낮에 건너가신다. 마음을 써 단장하신 자태를, 이
제 뵙게 된 시녀 등은 더욱더 볼만하다고 생각하고 있을 것이다. 유모 등
과 같은 나이 먹은 시녀들은, 자 어찌 될까, 이 한 분의 자태는 훌륭하시
지만 유감스러운 일[207]은 일어날 것이다, 라며 한편으로 생각하는 자들
도 있었다.

황녀께서는 참으로 귀염성 있고 어린 모습으로, 방안의 장식 등이 야

---

[207] 온나산노미야의 유치함을 알고 있는 늙은 시녀들은 그와는 어울리지 않는 히카루겐지
의 훌륭한 자태가 원인이 되어 오히려 성가신 일이 일어날 것이라며 걱정한다. 일종의
복선이다.

단스럽고 지나치게 격식이 있는데 본인은 아무 생각도 없고 어쩐지 미덥지 않은 상태로 정말로 옷만 눈에 띄고 몸도 보이지 않고 연약하다. 딱히 부끄러워하거나도 하지 않으시고 그저 어린아이가 낯가림하지 않는 느낌으로 편안하고 어여쁜 모습으로 계신다.

상황院의帝께서는, 세상 사람들이 생각하기에 남자답고 견실한 방면의 학재 등은 미덥지 않으신 듯하여도 정취 있는 쪽, 우아하고 고상한 방면으로는 다른 사람보다 뛰어나시거늘 어찌 이리 느긋하게 양육하신 것일까, 그렇기는 하여도 참으로 정성을 쏟으신 황녀로 들었거늘 하고 생각하는데도, 왠지 안타깝지만 밉지 않게 여기고 계신다. 그저 아뢰시는 대로 나긋나긋하게 따르시며 대답 등을 하실 때도 생각나신 일은 철없이 말씀을 아뢰시기에, 버려둘 수는 없을 듯이 여겨지신다.

옛날 같은 마음이었다면 한심하고 기대보다 못하게 느껴졌겠지만, 이제는 세상을, 모두 제각각 다르다고 온화하게 여긴다. 이렇든 저렇든 빼어나기란 어려운 일이로구나, 제각각 다양하기도 하구나, 남들이 생각하기에는 참으로 이상적인 조건[208]인 것을, 하고 생각하신다. 곁에서 떨어지지 않고 뵈어 오셨던 오랜 세월 동안보다도 지금 다이노우에對の上의 자태가 역시 좀체 없을 듯하고, 내가 생각하여도 잘 키워 내었다고 생각하신다. 하룻밤 정도, 아침나절 동안에도 안 보면 그립고 마음에 걸려서 더욱더 정이 커지시니, 어찌 이렇게 여기는 것일까 하고 불길하게까지 여겨진다.

---

208 황녀인 온나산노미야는 로쿠조노인의 정실로서 이상적으로 보인다.

18. 스자쿠인이 산사로 거처를 옮기고
히카루겐지와 무라사키노우에에게 소식을 전하다

상황께서는 그달 안에 절로 옮기셨다. 이 인院께 가슴 절절한 서찰들을 보내신다. 황녀에 관하신 일은 물론이고, 어찌 들을지 성가시어 삼가시거나 하는 일 없이 어찌 되든 그저 마음속에 담아 두신 대로 대우해 주십사 하고 자주 아뢰셨다. 그러면서도 상황께서는 황녀께서 유치한 상태이신 것을 가슴 아프고 불안하게 생각하고 계셨다.

무라사키노우에紫の上에게도 따로 서찰이 있으시다.

"어린 사람이 아무런 생각 없는 상태로 그리로 옮아가 지내고 계시는 것을, 죄 없다고 넓은 마음으로 여기시고 후견해 주시기를. 살펴보실 만한 연[209]도 있을 듯하기에……

스자쿠인

등을 돌렸던 이 세상에 남겨 둔 마음이 바로
들어가는 산길의 굴레가 되는구나[210]

어둠[211]을 깨치지 못한 채 아뢰는 것도 어리석다 싶기에……"

---

209 무라사키노우에와 온나산노미야는 사촌지간이다.
210 '세상 괴로움 보이지 않는 산길 들어가려니 그리운 그 사람이 굴레가 되는구나(世の憂きめ見えぬ山路へ入らむには思ふ人こそほだしなりけれ)'(『古今和歌集』雜下, 物部吉名)에 의한다.
211 '부모의 마음 어둡지 않다 해도 오직 자식을 생각하는 길에는 허우적댈 뿐이네(人の親の心は闇にあらねども子を思ふ道にまどひぬるかな)'(『後撰和歌集』雜一, 藤原兼輔)에 의한다.

내용은 이러하다. 나으리大殿[212]께서도 보시고, "가슴 절절한 서찰이군요. 삼가 받잡겠다고 아뢰시게"라면서, 사자에게도 시녀를 시켜 술잔을 내미시면서 억지로 권하신다.

답신은 어찌하면 좋을지 등 아뢰기 어렵게 여기시지만, 야단스럽게 정취 있게 보낼 만한 계제의 일도 아니기에 그저 마음속을 기술하니, 이와 같았던 듯하다.

무라사키노우에
등 돌린 세상 걱정스럽다 하면 떠나기 힘든
굴레를 무리하여 떨치지 마시기를

여자 의복에 호소나가細長를 곁들여[213] 사자 어깨에 걸쳐 주신다. 필체 등이 매우 훌륭한 것을 상황께서 보시고, 만사에 걸쳐 참으로 이쪽이 부끄러움을 느낄 듯한 근방에서 황녀께서 유치하게 보이실 것을 몹시 괴롭게 여기신다.

19. 히카루겐지가 남몰래 오보로즈키요를 찾아가다

막상 그때가 되어 여어, 갱의들 등이 제각각 헤어지시는데도 가슴 절

---

212 히카루겐지.
213 여성의 의복을 내리는 것은 정식의 녹이며 거기에 호소나가까지 더하여 사자의 노고를 치하하였다. 호소나가는 앞섶이 없는 여성의 평상복이다.

절한 일이 많았다.[214] 상시님[215]은 돌아가신 황태후[216]가 계셨던 니조노미야二條宮[217]에 거처하신다. 황녀에 관하신 일 말고는 이분에 관하신 일을 상황께서도 자꾸 마음에 걸려 하며 생각하셨다. 상시님은 비구니가 되겠다고 생각하셨지만, 이렇게 경쟁하듯 하는 것은 뒤따르는 듯하여 마음이 황망하다고 충고하시고, 서서히 불사佛事에 관한 일 등을 준비하도록 하신다.

로쿠조 나으리六條の大殿[218]께서는 가슴 절절하고 아쉽게만 여기시며 끝났던 근방이시기에, 오랫동안에 걸쳐 잊기 어렵고 어떠한 계제에 대면할 수 있을까, 한 번 더 서로 만나 그 당시의 일도 아뢰고만 싶다고 생각해 오셨다. 두 분 다 세상 소문 등도 꺼리실 만한 신분인 데다 애달팠던 세상을 들썩였던 소동[219] 등도 떠오르시기에, 만사에 걸쳐 근신하며 지내오셨다. 하나, 이렇게 한가로워지셔서 남녀 관계에 마음 흔들리지 않으실 듯한 요즈음의 모습이 더욱더 알고 싶어 애가 닳기에, 있을 수 없는 일이라고는 생각하시면서도 일반적인 위문을 핑계 삼아 가슴 절절히 늘 안부를 여쭈신다. 젊었을 때와 같은 관계가 아니시기에, 답신도 때때로 주고받으신다. 옛날보다도 더할 나위 없이 갖추고 완전히 다듬어진 기색을 보시는데도 역시 참기 어려워, 옛날의 중납언님中納言の君[220] 앞으로도 이런저런 깊은 속내를 늘 말씀하신다.

---

214 스자쿠인이 산사로 들어가는 것을 계기로 비(妃)들은 상황 어소를 나와 각자의 사가로 돌아간다.
215 오보로즈키요.
216 스자쿠인의 모친인 홍휘전 황태후, 오보로즈키요의 언니이다.
217 옛 우대신 저택이다. 홍휘전 황태후가 거처하였기에 궁이라고 한다.
218 히카루겐지.
219 히카루겐지의 스마 퇴거.
220 오보로즈키요의 시녀.

그 사람의 남자 형제인 이즈미 지방 전 지방관和泉前司[221]을 불러들이셔서 활기차게 옛날로 돌아가 이야기하신다.

"다른 사람을 통하지 않고 가림막 너머서라도 말씀드려 알려 드릴 일이 있네. 자네가 그럴듯하게 말씀드려 마음을 움직인 뒤에, 아주 내밀하게 찾아뵙도록 하지. 이제는 그러한 출입도 거북한 신분인 데다 철저히 남들 눈을 피해야 할 일이기에, 자네도 마찬가지로 다른 사람에게는 누설하지 않으실 것으로 생각하니, 서로 안심이 되겠네."

이렇게 말씀하신다.

상시님은 아아, 세상사를 알게 되면서도, 예로부터 박정한 그 마음을 많이도 맛보며 쌓아 온 긴 세월 끝에 가슴 절절하고 슬픈 이 일[222]을 놓아두고 어떠한 옛이야기를 아뢸꼬, 참으로 다른 사람에게는 흘러 나가지 않도록 한다고 하여도 내 마음이 묻는다면[223] 몹시 부끄러울 것이다, 라고 탄식하시면서 역시 다시금 그럴 수 없는 연유만을 아뢴다.

겐지 님께서는 옛날에 곤란하였던 시절일 때[224]조차 마음을 주고받지 않은 것도 아니었거늘, 참으로 출가하신 상황을 생각하면 꺼림칙한 듯은 하여도 없었던 일도 아니기에, 바로 지금 선명하게 결백하게 처신한다고 하여 이미 퍼진 내 소문[225]을 이제 새삼스럽게 되돌이킬 수 있을런가, 라

---

221 중납언님의 남자 형제이다. 전 이즈미 지방(和泉國)의 지방관이다. 이즈미 지방은 오늘날 오사카부(大阪府)의 남부이다.
222 스자쿠인의 출가.
223 '헛소문이라 타인에게는 말을 해 두겠지만 마음이 묻는다면 어찌 답할 것인가(無き名ぞと人には言ひてありぬべし心の問はばいかが答へむ)'(『後撰和歌集』 戀三, 讀人しらず)에 의한다.
224 홍휘전 황태후 일파가 히카루겐지를 정치적으로 압박하던 때.
225 '새 떼 날 듯이 이미 퍼진 내 소문 지금에 와서 아무 일 없다 하여 무슨 소용 있을까(群鳥の立ちにしわが名いまさらに事なしぶともしるしあらめや)'(『古今和歌集』 戀三, 讀人しら

고 분기舊起하여 이 시노다 숲信太の森226을 길 안내자로 삼아 찾아뵈신다.

아씨女君227에게는 이리 아뢰신다.

"히가시노인東の院에 계시는 히타치님常陸の君228이 요 근래 앓으신 지 오래되었는데, 어쩐지 분주한 틈에 병문안도 하지 않았기에 애처로워서요. 낮 동안 등에 드러나게 건너가려고 하여도 계제가 좋지 않기에, 밤새 남의 눈을 피해 다녀오려고 생각 중입니다. 다른 사람에게도 이러하다고는 알리지 않으려 합니다."

겐지 님께서 무척 공들여 준비하시기에, 평소는 그다지 신경 쓰지 않으시는 근방이건만 이상하다고 보신다. 짚이시는 일도 있지만, 황녀에 관하신 일이 있고부터는 무슨 일이든 참으로 이제까지 지내 왔던 때처럼은 아니고 약간 거리를 두는 마음이 더하여져 모르는 체하며 계신다.

그날은 몸채229에도 건너가지 않으신 채 서찰을 써서 주고받으신다. 향을 피우거나 하는 데 정성을 쏟으며 하루 종일 지내신다. 저녁이 지나서 허물없는 사람만 네다섯 명쯤을 데리고 옛날을 떠올리게 하는 소박한 아지로 우차網代車230로 나서신다. 이즈미 지방 지방관을 시켜 소식을 전하게 하신다. 이리 건너오셨다는 뜻을 중납언님이 살짝 아뢰자, 상시님은 놀라시어 "별스럽구나. 어찌 답신을 아뢴 것이냐" 하고 언짢아하신다.

ず)에 의한다.
226 '이즈미 지방 시노다 숲의 칡 잎 무수하게도 갈라져서 시름에 빠져 있는 것인가(いづみなる信太の森の葛の葉の千へにわかれて物をこそ思へ)'(『古今和歌六帖』二, 讀人しらず)에 의한다. '시노다 숲'은 전 이즈미 지방 지방관.
227 무라사키노우에.
228 니조히가시노인(二條東院)에 거처하는 스에쓰무하나(末摘花).
229 온나산노미야의 처소.
230 노송나무를 가늘게 잘라 엮은 아지로(網代)라는 발을 수레 지붕에 입힌 것으로, 신분이 높은 사람은 가벼운 외출 시에 타고 중류 귀족은 평상시 타고 다니는 우차이다.

하나, 중납언님은 "정취 있는 체하며 되돌아가게 해 드려도 민망한 일일 것입니다"라면서, 억지로 궁리하여 안으로 드시게 한다.

겐지 님께서는 안부를 여쭈신 다음에, 이렇게 도리에 맞지 않게 아뢰신다.

"그저 이쯤[231]으로만. 가림막 너머서라도. 옛날의 있어서는 안 되는 마음[232] 등은 전혀 남아 있지 않기에……."

이에 상시님은 몹시 한탄에 한탄을 거듭하면서 무릎걸음으로 나오신다. 그럼 그렇지, 역시 곁을 잘 주는 성향인 것을, 하고 한편으로 생각하신다. 서로 심상치 않게 느껴지시는 기척이기에 가슴 절절함도 적지 않다. 동쪽 채[233]였다. 동남쪽에 붙은 조붓한 방에 앉으셨는데, 맹장지문 끝이 굳게 닫혀 있기에 이렇게 원망을 아뢰신다.

"참으로 젊은 느낌도 드는군요. 세월이 쌓인 것도 헷갈리지 않고 셀 수 있을 만큼 생각해 왔건만, 이렇게 모른 척하시는 것은 몹시 박정하기에……."

밤이 몹시 깊어 간다. 아름다운 수초에 노니는 원앙새 울음소리[234] 등이 가슴 절절하게 들려오고, 차분하고 사람 눈이 적은 궁 안 모습 또한 정말로 변해 가는 세상이로고 하며 연이어 생각하시니, 헤이주平中[235]의 흉내를 내는 것은 아니지만 진심으로 눈물이 흐를 듯하다. 옛날과 달리

---

231 히카루겐지와 오보로즈키요를 가로막는 맹장지문 근처.
232 호색적인 마음.
233 옛날에 등꽃 연회가 열렸던 장소이다. 『겐지 모노가타리』 1 「하나노엔」 권 참조.
234 '봄날 연못의 아름다운 수초 속 논병아리의 발이 쉴 틈도 없이 사랑도 하는구나(春の池の玉藻に遊ぶには鳥の足のいとなき戀もするかな)'(『後撰和歌集』春中, 宮道高風)에 의한다. 논병아리를 원앙으로 치환하였다.
235 다이라 사다훈(平貞文). 헤이주가 여성의 관심을 끌기 위해 우는 척하였던 일.

어른스럽게 아뢰기는 하시지만, 이걸 이대로 둘 수 있겠나 싶어 맹장지 문을 당겨 움직여 보신다.

히카루겐지
우리 사이에 오사카逢坂 관문처럼 세월 막히니
자못 막기 어렵게 흐르는 눈물인가

여자女가 이렇게 거리를 둔 채 아뢰신다.

상시님
막기 어려운 샘물 같은 눈물만 흘러내리네
우연히 마주치는 길은 벌써 끊겼네

하나, 상시님은 옛날을 떠올리시는데도 그러한 끔찍한 일도 있었던 세상의 소동[236]이 벌어진 데는 누구보다 내 탓이 많다고 되돌아보시니, 참으로 지금 한 번 대면하는 것은 있을 법하다고 마음이 약해지신다. 그러는 것도 원래부터 상시님은 진중한 면은 없으셨던 분인데, 여러 해 전부터는 갖가지 세상사에 관해 알게 되어 이제까지 살아온 것이 후회스럽고 공적인 일과 사적인 일에 관해 접하면서 수도 없이 경험을 쌓으시고 참으로 자중하며 지내 오셨다. 그런데 옛날을 떠오르게 하는 대면을 하게 되시니, 그 당시의 일도 멀지 않은 느낌이 들어 강하게도 처신하지 못하

---

236 히카루겐지의 스마 퇴거 사건.

신다.[237] 여전히 섬세하고 젊고 정다운데, 세상에 대한 조심성과 겐지 님께 대한 절절함으로 여간하지 않게 마음이 어지러워져 한탄하기만 하며 계시는 기색 등이 지금 처음 시작하려는 것보다도 진기하고 절절하여, 날이 밝아 오는 것도 참으로 안타깝기에 밖으로 나서실 여유도 없다.

새벽녘의 평범치 않은 하늘에 많은 종류의 새들의 울음소리도 참으로 맑고 명랑하다. 꽃은 모두 이미 떨어져 버리고 그 흔적이 부옇게 보이는 가지 끝이 옅은 녹색의 나무들을 보며, 옛날 등꽃 연회를 여셨던 것이 이맘때의 일[238]이었구나 하고 떠올리신다. 세월이 쌓인 시간에도 그 당시의 일이 잇따라 가슴 절절하게 생각나신다. 중납언님이 배웅해 드리려고 쌍여닫이문을 밀어 여는데, 겐지 님께서 되돌아오신다.

"이 등꽃藤[239] 좀 보게, 어찌 물든 색깔이런가. 역시 뭐라 할 수 없는 마음이 담긴 정취로고. 어찌 이 그늘을 떠나갈 수 있을꼬."

이러며 차마 나가지 못하고 견디기 어려워하며 망설이고 계신다. 산기슭에서 떠오르는 화사한 햇살에 비치어 눈조차 부시는 듯한 느낌이 드는 자태가 더없이 성숙해지신 기색 등이신데, 진기하게도 세월이 흐른 뒤에도 뵙고 있는 중납언님에게는 더욱더 세상 일반과는 다르게 여겨진다. 어찌 그러한 방면[240]으로 연을 맺고 뵈면서 지내지 못하셨을꼬, 궁중 출사[241]에도 법도가 있어 신분이 특출나게 달라지시는 일도 없었거늘, 돌아가신 황후[242]가 여러모로 마음을 다 쓰신 탓에 좋지 않은 세상의 소동

---

237 두 사람이 육체관계를 맺게 된 것을 의미한다. 구체적인 묘사는 생략하는 게 일반적이다.

238 히카루겐지가 20세 때였던 해의 3월 하순의 일이었다.

239 오보로즈키요가 후지와라(藤原) 씨라는 것도 내포되어 있다.

240 부부의 연. 오보로즈키요가 히카루겐지와 맺어지지 못한 것을 안타까워하고 있다.

241 오보로즈키요는 상시로 입궐한 채 지위가 그대로였다.

에다 경박한 소문까지 퍼져 버려 관계가 끝나 버렸구나, 등을 떠올리게 된다. 여운이 많이 남을 듯한 이야기의 마무리로는 참으로 미련이 남아 있도록 만들고 싶은 것일 듯한데, 마음 가는 대로 처신하실 수 없는 신분이신 데다 사람들 눈도 많아 무척 두렵고 조심스럽기에, 점차 해가 떠올라 감에 따라 마음이 조급하기에……. 회랑 문에 수레를 가까이 댄 사람들도 소리 죽여 기침하며 아뢴다.

사람을 불러들이셔서 그 피어 늘어진 꽃을 한 가지 꺾도록 하신다.

히카루겐지

전락한 것도 잊지 않고 있는데 질리지 않고
몸까지 던질 듯한 처소 깊은 못 물결[243]

겐지 님께서 참으로 몹시 괴로워하시면서 기대어 앉아 계시는 것을 중납언님은 딱하게 뵙고 있다. 아씨女君 또한 이제 와 새삼 참으로 기가 죽어 다방면으로 마음이 어지러우신데, 꽃그늘은 역시 정답기에 이리 읊는다.

상시님

몸 던진다는 깊은 못 또한 진짜 못이 아니네

---

242 홍휘전 황태후. 여동생인 오보로즈키요를 스자쿠 천황에게 입궐시키려고 한 일을 말한다.
243 '못(淵)'은 '등꽃'의 '후지(藤)'와 동음이의어로 두 가지 의미를 내포하고 있다. '질리지 않고 또다시 헛소문은 날 듯하구나 믿지 않은 사람이 사는 세상이기에(こりずまにまたもなき名は立ちぬべし人にくからぬ世にし住まへば)'(『古今和歌集』戀三, 讀人しらず)에 의한다.

다시 믿지 않으리 질리지 않은 물결

　참으로 젊은이 같은 처신을 겐지 님께서는 자신이 생각하여도 용서하지 못할 일로 생각하시면서도, 관문지기가 엄중하지 않아 방만해진 탓인지 아주 잘 말을 해 두고 나서신다. 그 옛날에도 다른 사람보다 더없이 관심을 지니고 애정을 쏟으며 생각하셨으면서도 아주 잠깐 연을 맺고 끝났던 관계이신지라, 어찌 가슴 절절함도 적을 것인가.

　자고 나서 흐트러지신 모습으로 무척이나 남들 눈을 피하여 들어오신 겐지 님을 맞아들이며, 아씨女君는 그럴 것이라고 짐작하시지만 시치미를 떼며 모른 척하고 계신다. 오히려 시샘 등을 하시는 것보다도 괴롭기에, 어찌 이리도 나를 포기하려 하시는가 하고 생각되시기에, 이전보다 별나게 깊은 맹세만을 내세[244]에까지 걸쳐 아뢰신다. 상시님에 관하신 일도 딴 데 누설해서는 안 되지만, 옛날 일도 알고 계시기에 전부는 아니지만 들려드리신다.

　"가림막 너머로 잠깐 있었던 대면인지라 미련이 남습니다. 어찌하여서든 사람들 눈을 피하여 책망받지 않게끔 한 번 더……."

　아씨는 웃으며 이러신다.

　"젊은 시절로 되돌아가신 모습이시군요. 옛날을 지금에다 새로이 더하시려는 것[245]도 하늘 한복판 같은 처지[246]의 저에게는 괴롭기에……."

---

244 부부의 인연은 이세(二世)에 걸친다고 한다.
245 현재 온나산노미야에 대한 애정에다 옛날의 오보로즈키요에 대한 애정을 더하려는 것. '예전 옷감의 실패 풀 듯 차례로 풀어내듯이 옛날을 지금으로 할 방도 있었으면(いにしへのしづのをだまきくりかへし昔を今になすよしもがな)'(『伊勢物語』三十二段)을 준거로 드는 주석서도 있다.
246 '하늘 한복판 피어오른 구름이 형체 없듯이 내 처지 허무하게 되어도 가겠구나(中空に

역시 눈물을 글썽이시는 눈자위가 참으로 가련해 보인다.

"이리 편치 않으신 기색이야말로 괴롭군요. 직접 대범하게 꼬집거나 하면서 심경을 알려 주시게나. 거리를 두는 것처럼도 지내 오지 않았건만, 예상치도 못하였던 마음이시군요."

여러모로 마음을 돌려 보시는 동안에 아무것도 남기지 않고 다 말씀하신 듯하다. 황녀 처소에도 바로 건너가지 못하신 채 달래 드리면서 지내신다.

황녀께서는 아무렇지도 않게 생각하시거늘, 후견해 드리는 사람들[247]이 편치 않게 아뢰셨다. 황녀께서 거슬린다는 둥 기색을 보이신다면 그쪽 또한 더욱더 괴로울 터이지만, 예사롭게 아름다운 놀이 상대로 생각하고 계신다.

20. 무라사키노우에가 처음으로 온나산노미야와 대면하다

기리쓰보 마미桐壺の御方[248]는 오랫동안 사가로 퇴출하지 못하고 계신다. 말미를 얻기 어려우시기에 마음 편히 지내셨던 젊은 마음에 참으로 괴롭게만 생각하신다. 여름 즈음에 몸이 편치 않으신데 바로 퇴궐을 승낙해 주지 않으시기에, 참으로 견디기 힘들게 여기신다. 좀체 겪어 보지 못한 몸 상태[249]셨다. 아직 참으로 어린 연치이신데, 무척 불길하게 누구

立ちゐる雲のあともなく身のはかなくもなりにけるかな)'(『伊勢物語』二十一段)에 의한다.
247 유모들.
248 동궁 여어인 아카시 아가씨. 기리쓰보(桐壺)라고 불리는 숙경사(淑景舍)에 거처한다.
249 회임.

나 생각[250]하시는 듯하다. 겨우 퇴궐하셨다. 황녀께서 거처[251]하시는 몸채의 동쪽 면에 처소를 마련하였다. 아카시 마님明石の御方은 지금은 따님 곁에서 궁중을 출입하고 계시는데, 이상적인 숙명이시다.

다이노우에對の上가 이쪽[252]으로 건너와 대면하시는 김에 나으리大殿께 아뢰신다.

"황녀께도 가운뎃문을 열고 인사[253]드리지요. 진작부터도 그리 생각하였어도 맞춤한 기회가 없으면 조심스럽기에, 이번 기회에 인사드리고 가까워진다면 마음 편할 듯합니다."

겐지 님께서는 미소를 지으면서, 이러며 허락해 드리신다.

"바라던 바대로라고 할 만한 교제라 할 수 있겠네요. 참으로 미숙해 보이게 처신하실 듯한데, 걱정 없도록 가르쳐 드리세요."

황녀보다도 아카시노키미明石の君가 이쪽이 부끄러워질 만한 모습으로 옆에서 모실 것을 생각하셔서 머리를 감으시고 단장을 한 채 계시는데, 견줄 만한 사람이 없을 듯이 보이신다.

나으리大殿께서는 황녀 처소로 건너가셔서, 이와 같이 아뢰신다.

"저녁때 그 동쪽 채かの對에 있는 사람[254]이 숙경사淑景舎[255]와 대면하고

---

250 현재 12세로 너무 어려 무사히 출산할 수 있을지에 대한 걱정.
251 온나산노미야의 처소는 몸채 서쪽 면이다.
252 아카시 여어의 처소. 몸채의 동쪽 면이다. 온나산노미야의 처소는 몸채 서쪽 면이라, 중간에 가운뎃문이 있다.
253 무라사키노우에가 먼저 황녀를 만나 인사드리겠다고 하는 것은 자신을 낮추고 온나산노미야를 정처로 인정하는 것이다.
254 무라사키노우에. 황녀이자 정실부인인 온나산노미야에 대해 무라사키노우에가 동쪽 채에 거처하는 부인 중 한 명이라는 것을 강조한 어법이다. 무라사키노우에에 대한 경어도 생략되어 있다.
255 아카시 여어.

자 나서는데, 그 기회에 가까이에서 아뢰고 싶어 하는 듯하니 허락하여 이야기를 나누시지요. 마음씨 등은 참으로 좋은 사람입니다. 아직 젊기에 놀이 친구로도 어울릴 겁니다."

"부끄러울 듯합니다. 뭘 아뢸까요."

황녀는 이리 의젓하게 말씀하신다.

"사람과 대화하며 답하는 것은 사안에 따라 생각해 내시면 됩니다. 거리를 두고 대하지 마시기를……."

겐지 님께서는 이렇게 자상하게 가르쳐 드리신다. 아름다운 사이로 지내셨으면 하신다. 너무나 무심한 모습을 드러내 보이는 것도 남부끄럽고 딱하지만, 아씨가 그리 말씀하시는 것을 막아서는 것도 민망하다고 생각하신 것이다.

동쪽 채對에서는 이리 뵈러 나서거나 하시려 하면서도, 나보다 윗사람이 있을 것인가, 의지가지없는 상태의 내 처지를 나으리께서 뒷바라지해 주신 것일 뿐[256]이거늘, 라는 등 생각이 꼬리에 꼬리를 물기에 시름에 잠겨 계신다. 습자 등을 하는데도 자연스레 옛 시가도 시름에 겨운 방면으로만 쓰게 되니, 그렇다면 나에게는 시름이 있는 게로구나 하고 스스로 깨닫게 되신다.

인院께서 건너오셨다. 황녀와 여어님 등의 모습들을, 아름답기도 하시구나 하며 제각각 뵙고 계셨던 눈에는 오랫동안 익숙해지신 분이 평범하였다면 참으로 이토록 놀랄 만하지도 않을 터인데, 역시 견줄 사람이 없

---

256 모친과 사별한 후 외조모 밑에서 외롭게 살고 있던 무라사키노우에는 외조모가 세상을 뜬 뒤 히카루겐지가 니조노인으로 데려와 돌보다가 몇 년 후 부부가 되었다. 히카루겐지와 정식으로 혼인 의식을 치르지 않은 채 부부로 살아온 데 대해 그녀는 콤플렉스를 느끼고 있다.

구나 하며 바라보신다. 좀체 없는 일일 것이다. 모든 것이 다 기품 있고 남들이 부끄럽게 여길 만큼 반듯한 데 더하여 화사하고 세련된 분위기, 우아한 갖가지 매력도 전부 갖추어 멋진 한창때로 보이신다. 지난해보다 올해는 더 낫고 어제보다 오늘은 청신하고 늘 신선한 모습으로 계시니, 어찌 이럴 수도 있을까 하고 생각하신다.

허물없이 썼던 습자를 벼루 아래 넣어 두셨지만, 겐지 님께서 발견하시고 뒤집어서 보신다. 필적 등이 자못 일부러 잘 쓰려고 한 것으로 보이지 않고, 재기발랄하고 아름다워 보이게 쓰셨다.

무라사키노우에
내 몸 가까이 가을이 온 것인가 보고 있는데
신록 우거진 산도 색이 변해 버렸네[257]

이렇게 쓰여 있는 데 눈길을 주시고, 이와 같이 마음 가는 대로 덧붙여 써넣으신다.

히카루겐지
물 위 노니는 새털의 푸른 색깔 변치 않는데
싸리나무 아랫잎 기색이 다른지고[258]

---

257 '가을'의 일본어 발음인 '아키(秋)'는 '질림'이라는 '아키(飽き)'와 동음이의어이다. '신록 우거진 산(青葉の山)'으로 알고 있던 히카루겐지의 사랑이 변한 것을 읊은 것이다.
258 '물 위 노니는 새털의 푸른 색깔'은 히카루겐지 자신, '싸리나무 아랫잎'은 무라사키노우에. '신록 우거진 산(青葉の山)'을 '푸른 깃털(青羽)'로 치환하여 변치 않은 자신의 마음을 읊었다.

무슨 일이 있을 때마다 애처로운 기색이 자연스레 안에서는 새어 나오는 게 보이는데, 심상하게 무마하시는 것도 좀체 없는 일이라며 가슴 절절하게 여기신다.

오늘 밤은 어느 쪽이든 용무가 없을 듯하시기에, 그 몰래 출입하시는 곳259으로 참으로 당치않게 납셨다. 정말로 있을 수 없는 일이라며 몹시 생각을 돌리려고 하셔도 어찌할 수가 없었다.

동궁 마마春宮の御方260는 친어머님261보다도 이 마님御方262을 가깝게 여기며 의지하고 계신다. 참으로 아름다운 모습으로 더욱더 성숙해지셨는데, 마님은 마음의 거리 없이 사랑스럽다며 뵙고 계신다. 이야기 등을 참으로 정답게 주고받으시고 가운뎃문을 열고 황녀와도 대면하셨다.

참으로 어리게만 보이시는지라 마음이 편하여, 어른스럽게 부모인 듯한 모양새로 예전의 혈연263도 더듬어 찾아 아뢰신다. 중납언 유모라는 사람을 불러들이셔서 이리 말씀하신다.

"같은 혈연을 찾아 밝혀 아뢰면 송구스러우나 다르지 않은 것으로 듣고 있습니다만, 기회가 없는 채 지내 왔기에……. 이제부터는 소원하지 않게 저희 쪽264 등에도 걸음을 하시고 생각이 미치지 못한 일이 있다면 알려 주거나 해 주시면 기쁠 듯합니다."

이에 유모는 이와 같이 아뢴다.

"미더운 그늘 같으신 분들265이 제각각 먼저 가시고 남으셔서 불안하

---

259 오보로즈키요가 머무르는 니조노미야.
260 아카시 여어.
261 아카시노키미.
262 무라사키노우에. 아카시 여어를 세 살 때부터 정성스레 양육하였다.
263 무라사키노우에와 온나산노미야는 사촌 간이다.
264 무라사키노우에의 처소인 동쪽 채.

게 지내시는 듯한데, 이렇게 용납해 주시는 듯하니 더할 나위 없이 생각하고 계실 것입니다. 출가하신 상황上[266]의 의향 또한 그저 이렇게 거리를 두지 마시고, 아직 미숙한 모습이시기에 보살펴 주셨으면 하시는 것이었을 겁니다. 가까운 사람들끼리 이야기하실 때도 그리 든든하게 여기셨습니다."

"참으로 황송하기만 하였던 서찰을 받은 뒤로는 어찌하면 좋을지 생각만 하고 있습니다만, 무슨 일이든 사람 축에도 끼지 못하는 처지가 안타깝군요."

아씨는 이렇게 평온하고 어른스러운 기색으로 말씀하신다. 황녀께도, 마음에 드시도록 그림 같은 것에 관한 일, 작은 인형을 버리기 어렵다는 것을 젊고 생기 있게 아뢰시기에, 참으로 무척 젊고 마음씨 좋아 보이는 사람이구나 하고 어린 마음에는 허물없어지셨다.

그런 뒤에는 늘 서찰을 주고받거나 하시며 정취 있는 놀이 등에 관해서도 친밀하게 교제하신다. 세상 사람들도 고약하게도 이 정도쯤 되는 근방에 관한 일[267]은 수군대는 법이기에, 처음에는 "다이노우에對の上가 어찌 생각하실꼬. 나으리의 총애가 정말로 이제까지 오랜 세월 같지는 않으실 것이다. 약간은 떨어지겠지"라거나 말을 하였다. 그런데 좀 더 깊어진 애정이 이런 일을 겪고도 더하여지는 모습이기에, 그것에 관해서도 또 편치 않게 이야기하는 사람들이 있다. 이리 밉살스럽다는 듯한 모습조차 보이지 않고 교제하시기에, 소문이 잠잠해져 보기 좋은 상태가 되었다.

---

265 온나산노미야의 모친인 여어는 세상을 떠났고 부친인 스자쿠인은 출가하였다.
266 스자쿠인.
267 태상천황에 준하는 높은 지위에 있는 사람의 가정사.

21. 무라사키노우에의 약사불 공양과 정진 해제 축하연

시월에 다이노우에對の上는 인院의 축하연을 위해 사가노에 있는 불당
嵯峨野の御堂268에서 약사불 공양269을 올리신다. 위엄 있는 의식은 겐지
님께서 간곡히 간하여 아뢰시기에, 눈에 띄지 않게 치르는 것으로 정해
두셨다. 불상과 불경 상자, 경전 책갑이 갖추어져 진짜 극락으로 여겨
진다. 『최승왕경最勝王經』, 『금강반야경金剛般若經』, 『수명경壽命經』 등 참으
로 풍성한 기도270이시다. 공경이 참으로 많이 참여하셨다. 불당의 모
습이 정취가 있어 말할 나위가 없고 단풍 그늘을 헤쳐 나가는 들판 근
방을 비롯하여 볼만하기에, 한편으로는 경쟁적으로 모이시는 듯하다.
서리를 맞아 전부 시들어 버린 들판 그대로인데 말과 수레가 오가는 소
리가 뻔질나게 울려 퍼진다. 독경에 대한 보시를 마님들271도 너도나도
성대하게 하신다.

　스무사흘날을 정진을 마치는 날로 정하였다. 이 인院272은 이리 여유
없이 많이 모여 계신 상황이라, 아씨는 자신의 사저わが御私の殿로 생각하
시는 니조노인二條院273에서 그 준비는 하신다. 의복을 비롯하여 일반적

268　히카루겐지가 조영하였다.
269　약사불은 중생의 질환을 구원해 준다는 여래이다. 히카루겐지의 장수를 기원하기 위한
　　공양이다.
270　『최승왕경』은 국가의 진호(鎭護)를 기원한다. 『금강반야경』은 불도 수행으로 깨달음
　　을 얻는다는 것을 설하며, 『수명경』은 삼악도(三惡道)에 떨어지지 않고 수명이 연장되
　　기를 기도한다. 국가의 안녕과 히카루겐지 개인의 현세와 내세의 복을 빌기 위해 납경
　　(納經)한 것이다.
271　하나치루사토나 아카시노키미 등.
272　로쿠조노인.
273　니조노인은 무라사키노우에가 어릴 때부터 27, 8세 경까지 히카루겐지와 함께 살던 저
　　택이다. 히카루겐지가 스마로 퇴거할 때 무라사키노우에에게 물려준 것으로 보인다.

인 여러 일 또한 모두 이곳[274]에서만 하시는데, 마님들도 그럴 만한 일들을 분담하여 자원하여 맡으신다. 부속 채들에는 사람들이 처소로 쓰고 있는 곳을 치우고 당상관, 여러 대부大夫,[275] 원사院司,[276] 하인에 이르기까지 대대적으로 자리를 준비해 두셨다. 몸채에 붙어 있는 넓힌 방[277]을 예에 따라 꾸미고 나전螺鈿 의자[278]를 놓아두었다. 몸채 서쪽 방에 의복을 얹어 둘 책상을 열두 개 놓아두고[279] 여름과 겨울 의상과 이불 등은 상례에 따라 보라색 능직 비단 덮개를 덮어 두었다. 다 아름답게 보이는데, 안의 내용물은 드러나 보이지 않는다.

겐지 님 안전에 장식품을 얹어 둘 책상을 두 개 놓고 아래로 가며 짙게 염색을 한 중국 옷감 덮개를 씌워 두었다. 머리 장식으로 쓸 조화 등을 놓아두는 받침대는 침향으로 만든 꽃 모양으로 조각된 다리에다 황금으로 만든 새가 은으로 만든 가지에 앉아 있는 취향 등, 이는 숙경사淑景舍[280]가 담당하신 것으로 아카시 마님明石の御方이 만들게 하셨는데 무척 고상하고 만듦새가 각별하다. 배후의 병풍 네 첩은 식부경 친왕式部卿宮[281]께서 만들게 하신 것인데, 갖은 치장을 한 여느 때의 사계절 그림이지만 진기한 산수山水와 못 등이 신선하고 정취 있다. 북쪽 벽에 붙여 장식품을 놓을 쌍바라지 장을 두 짝 세워 두었는데, 세간들은 여느 때와 마찬가지

---

274 니조노인의 서쪽 채.
275 친왕, 섭정과 관백, 대신 가의 가사(家司)로서 근무하는 4, 5위인 자들.
276 상황 어소에서 봉사하는 직원.
277 '하나치이데(放出)'라고 한다.
278 히카루겐지의 의자. 축하연 때 의자를 두는 것은 천황과 상황에 한정된다.
279 회갑연 등 장수를 기원하는 잔치에서는 한 해 내내 입을 의복을 선물하는 것이 관례이다.
280 아카시 여어.
281 무라사키노우에의 부친.

것이다. 몸채 남쪽에 붙은 조붓한 방에 공경, 좌우 대신, 식부경 친왕을 비롯하시어 그 다음다음은 하물며 참석하지 않으신 분이 없다. 무대 좌우로 악인樂人이 대기하는 장막282을 치고 서쪽과 동쪽으로 지에밥으로 만든 주먹밥283 여든 개, 녹禄이 든 다리 달린 중국식 궤짝 마흔 개씩을 나란히 세워 둔다.

미시未時쯤284에 악인이 참례한다. 〈만세악萬歲樂〉, 〈황장皇麞〉285 등을 추고 날이 저물어 갈 무렵 고려악高麗樂 전에 난성亂聲286을 연주하고 〈낙준落蹲〉 춤287이 나올 때는 역시 일상적으로 눈에 익지 않은 모양새의 춤이기에, 춤이 끝나갈 무렵에 권중납언, 위문 독288이 뜰로 내려와 입릉入綾289을 살짝 추고 단풍 그늘로 들어간 뒤, 언제까지나 여운에 젖어 흥취 있다고 사람들은 생각하신다. 옛날 스자쿠인朱雀院 거둥290 때 〈청해파靑海波〉 춤291이 대단하였던 석양 녘을 떠올리시는 사람들은, 권중납언과 위문 독이 역시 뒤떨어지지 않게 뒤를 이으셨고 대대로 이어지는 평판과

---

282 옥외에서 가무를 할 때 휴식과 준비를 할 수 있도록 임시로 방을 만드는데, 비단으로 평평하게 지붕처럼 쳤다.
283 '돈지키(屯食)'라고 한다. 궁중이나 귀족들의 잔치 때 뜰 위에 있는 낮은 신분의 사람들에게 내렸다.
284 오후 1~3시.
285 〈만세악〉과 〈황장〉은 무악(舞樂)의 곡명으로 당악(唐樂)이다. 축하연에 쓰였다.
286 고려악인 〈낙준〉을 시작하기 전에 북과 피리로 연주한다.
287 고려악으로 경마와 활쏘기 시합, 씨름 등을 할 때 연주된다. 두 사람 또는 한 사람이 특이한 옷차림을 하고 가면을 쓰고 북채를 들고 춤춘다.
288 유기리와 가시와기.
289 무악에서 춤이 끝난 뒤 나가는 작법이다. 같은 곡이 되풀이하여 연주되는 중에 무인(舞人)은 중앙에 종렬을 이루어 춤추는 손놀림을 계속하면서 순차적으로 퇴장한다.
290 『겐지 모노가타리』 1 「모미지노가」 권 1절 참조.
291 당악에 속하는 아악의 곡명이다. 투구를 쓰고 파도 모양의 옷을 입은 두 명이 바다의 파도 모양을 흉내 내며 춤춘다. 그 옛날 스자쿠인에서 열린 단풍 연회 때는 히카루겐지와 태정대신(옛 두중장)이 이 춤을 추었다.

지위, 용모, 태도 등도 전혀 뒤떨어지지 않은 데다 관위는 약간 더 높기까지 하다는 것[292] 등을 나이[293]까지 헤아리며, 역시 그럴 만하여 옛날부터 이리 이어지는 관계이셨구나 하고 좋게 생각한다. 주인인 인院께서도 가슴 절절히 눈물을 글썽이며 떠오르시는 것들이 많다.

밤이 되어 악인들이 물러간다. 북쪽 채 정소政所[294] 별당들이 사람들을 거느리고 녹이 들어 있는 중국식 궤짝에 다가가 하나씩 꺼내어 순서대로 내리신다. 하얀 옷들[295]을 제각각 어깨에 걸치고 산기슭을 지나 연못 둑을 지나가는 것을 곁눈질하니, 천세千歲를 기약하며 놀고 있는 학[296]의 깃털 옷과 헷갈린다.

관현 연주가 시작되니 다시금 참으로 정취가 있다. 현악기들은 동궁께서 갖추어 두신 것이었다. 스자쿠인朱雀院께서 물려주신 비파와 칠현금, 주상[297]께 하사받으신 쟁금 등 모두 옛날에 기억하던 악기 음색들이다. 오랜만에 함께 뜯으시니 이런저런 때의 지나간 시절[298]의 자태, 궁중 근

---

292 스자쿠인 거둥 때 히카루겐지는 근위 중장, 태정대신은 두중장으로 둘 다 종4위 하에 상당하였다. 현재 권중납언인 유기리는 종3위, 위문 독인 가시와기는 종4위 하에 상당한다.
293 유기리 19세, 가시와기 25, 6세.
294 북쪽 채에 있는 가정사무소이다. 무라사키노우에의 정소이다. '북쪽 채 정소'는 섭정 · 관백이나 대신 등의 정처라는 의미를 띠고 있는데, 무라사키노우에는 정처는 아니어도 전부터 히카루겐지의 정처 격으로 가정 살림을 맡아 왔다는 것을 나타낸다. 『겐지 모노가타리』1 「모미지노가」권 4절에 보면, 무라사키노우에와 결혼한 뒤 히카루겐지가 정소를 두었다는 기술이 나온다. 정소를 따로 둔 것은 무라사키노우에가 히카루겐지의 시중을 드는 시첩이 아니라 저택 내에서 지위가 높다는 것을 의미한다. 하지만 그러한 그녀의 부인으로서의 지위는 황녀인 온나산노미야가 히카루겐지와 결혼하여 로쿠조노인으로 오면서 더 이상 유지할 수 없게 되었다.
295 '오우치키(大袿)'이다. 녹으로 내리기 위해 품을 크게 만든 것이다. 실제로 입을 때는 몸에 맞게 고쳐 입는다.
296 '사이바라' 〈무시로다(席田)〉의 한 구절이다.
297 레이제이 천황.

방 등이 떠오르신다. 돌아가신 입도 중궁故入道の宮299께서 살아 계신다면
이러한 축하연 등 내가 솔선하여 맡아 하였을 것을, 무슨 일이 계기가 되
어 내 마음의 정표 또한 보셨을 것인가, 라며 아쉽고 안타깝게만 떠올리
신다.

주상께서도 돌아가신 중궁300께서 계시지 않는 것을 무슨 일에서든
빛이 안 나고 쓸쓸하게 여기고 계시기에, 이 인院에 관하신 일에서조차
규범대로 선례가 있는 방식으로 예를 다하여 보여 드릴 수도 없는 것301
을 세월과 함께 아쉽게 느끼고 계신다. 올해는 이 축하연을 구실 삼아 거
둥 등도 있을 만하다고 정해 두고 계셨지만, "세상을 번거롭게 만드는 일
은 결코 하지 마시기를……" 하고 사양하시는 일이 여러 번 있었기에 안
타깝게 단념하셨다.

22. 아키코노무 중궁이 히카루겐지를 위해
   여러 절에 보시를 하고 잔치를 열다

섣달 스무날 지났을 무렵에 중궁302이 퇴궐하셔서 올해 남은 기원으
로 나라 도읍奈良の京의 칠대사七大寺303에 송경誦經을 위해 포 사천 필, 가까

---

298 히카루겐지의 부친인 기리쓰보인이 살아 계셨을 때.
299 후지쓰보 중궁. 8년 전 37세로 세상을 떠났다.
300 모친인 후지쓰보 중궁.
301 레이제이 천황은 히카루겐지가 친부인 것을 알고 있지만, 비밀이기에 드러내 놓고 부자
   의 예를 취할 수 없는 것을 안타깝게 여기고 있다.
302 아키코노무 중궁.
303 도다이지(東大寺)·고후쿠지(興福寺)·간고지(元興寺)·다이안지(大安寺)·야쿠시지
   (薬師寺)·사이다이지(西大寺)·호류지(法隆寺).

운 교토京의 사십사四+寺304에 비단 사백 필을 나누어 봉납하신다. 다시 없이 보살펴 주신 것305을 알고 계시면서도, 어떠한 계제에 깊은 마음 자락이라도 드러내어 보여 드릴 수 있을까 싶어 부친인 동궁과 모친인 미야스도코로御息所가 살아 계셨더라면 표하였을 그 은덕에 대한 정성까지 더하여 생각하신다. 하나, 강경하게 조정에도 아뢰어 취소시키시기에, 계획한 일들을 많이 중지하셨다.

"마흔 살 축하연이라는 것은 여러 전례를 듣자 하니 남은 수명이 긴 예가 적었거늘, 이번에는 역시 세상을 소란스럽게 하는 것은 중지하시고 정말로 여생306을 잘 보낼 수 있도록 나이를 헤아려 주시지요."

겐지 님께서 이리 말씀하셨지만, 공적으로 역시 참으로 성대하게 치러졌다.

중궁이 거처하시는 구역307의 몸채에 설비 등을 해 두시고, 앞선 예들과 별반 다르지 않게 공경의 녹 등은 정월 궁중 큰잔치308에 준하여 친왕들에게는 특별히 여자 의복, 비참의非參議인 4위309와 천황 어전에 사후하는 조정 신하 등 보통의 당상관310에게는 하얀 호소나가 일습과 둘둘 만 비단311 등에 이르기까지 신분순에 따라 하사하신다. 의복은 한없이 화려함의 극치를 이루고 이름 높은 허리띠, 패도佩刀 등 돌아가신 전 동

---

304 4라는 숫자는 마흔 살 축하연에 말미암은 것이다.
305 아키코노무 중궁은 로쿠조미야스도코로 소생의 전 동궁의 황녀이다. 모친이 세상을 뜬 뒤 히카루겐지가 양녀로 삼아 레이제이 천황에게 입궐시켰다.
306 당시는 한평생을 50년이라고 인식하였다.
307 로쿠조노인의 남서 구역. 이른바 가을 저택.
308 '큰잔치(大饗)'는 정월 이튿날에 열리는 축하연으로 중궁과 동궁이 녹을 하사한다.
309 4위로서 참의가 될 자격이 있는 자.
310 4위와 5위인 당상관.
311 악인 등에게 내리는 녹으로 허리에 차고 퇴궐한다.

궁[312] 쪽으로 전해져 내려오던 것도 감회가 새롭다. 옛적의 최고로 치던 이름 있는 물건은 전부 다 모아 둔 축하연인 듯하다. 옛이야기昔物語[313]에도 답례품을 소상히 소개하는 것을 대단한 일인 것처럼 죽 나열하고 있는 듯하지만, 참으로 귀찮기에 번다한 관계에 관한 일들은 다 열거할 수가 없군요.[314]

23. 칙명에 따라 유기리가 하카루겐지를 위해 축하연을 열다

주상[315]께서는 처음 생각하셨던 일들을 무턱대고 중지할 수는 없다고 생각하셔서, 중납언[316]에게 분부를 내리셨다. 그즈음의 우대장右大將이 병을 앓아 사직하셨는데, 축하연을 맞아 이 중납언에게 경사를 더하여야 겠다고 생각하셔서 갑자기 우대장으로 임명하셨다. 인院께서도 감사 인사를 아뢰시면서도, "참으로 이리 갑자기 과분한 경사를 맞이하니, 급작스러운 느낌이 듭니다"라고 겸손하게 아뢰신다.

축인 구역丑寅の町[317]에 자리를 마련하셔서 숨어서 하듯이 개최하셨지

---

312 아키코노무 중궁의 부친.
313 예를 들어, 『야마토 모노가타리(大和物語)』에서는 좌대신 후지와라 도키히라(藤原時平, 125단), 우다 천황(宇多天皇, 145~146단) 등이 유녀나 가인(歌人) 등에게 녹을 내리는 귀인으로 등장한다.
314 지문에 '~입니다(侍り)'란 겸양어가 쓰인 것은 이례적이다.
315 레이제이 천황.
316 유기리. 대장은 대신이나 대납언이 겸임하는 것이 일반적이다. 중납언 겸 우대장은 이례적인 승진이다.
317 북동 구역으로 여름 저택. 하나치루사토의 처소이다, 하나치루사토는 유기리를 보살피는 사람으로서 유기리는 결혼 전까지 이곳에서 거처하였다.

만, 오늘은 역시 각별한 방식으로 더 성대하게 의식이 열리고 곳곳에서 열리는 잔치 등도 내장료內藏寮,³¹⁸ 곡창원穀倉院³¹⁹에서 소임을 맡으셨다. 지에밥으로 만든 주먹밥 등도 공적인 축하연처럼 두중장이 선지宣旨를 받잡고……. 친왕들 다섯 명, 좌우 대신, 대납언 두 명, 중납언 세 명, 재상 다섯 명, 당상관은 여느 때처럼 궁중, 동궁, 인院³²⁰에서 참석하였기에 남아 있는 사람은 적다. 좌석과 세간들 등은 태정대신이 소상히 명을 받잡고 소임을 다하셨다. 오늘은 칙명勅命이 있어 참석하러 건너오셨다. 인院께서도 참으로 황송하여 송구함을 아뢰시고 착석하셨다. 몸채의 좌석 맞은편에 대신의 좌석이 있다. 대단히 기품 있게 아름답고 당당하게 살이 졌는데, 이 대신이야말로 지금 관록이 한창때인 분으로 보이신다. 주인인 인主の院께서는 여전히 무척 젊은 시절의 겐지 님源氏の君으로 보이신다.

병풍 네 첩에 주상이 손수 쓰신, 중국 능직의 엷은 연둣빛 바탕에 그려진 밑그림³²¹의 모양 등이 심상할 리가 있겠는가. 정취 있는 봄가을 채색화³²² 등보다도 이 병풍에 먹으로 쓴 것이 빛나는 모습은 똑바로 바라볼 수 없을 만큼 훌륭하고 그리 여기기까지 하여서인지 멋지기만 하였다. 장식품인 쌍바라지문이 달린 장, 현악기, 관악기 등은 장인소에서 하사하셨다. 대장의 위세도 무척 위엄을 갖추게 되셨기에, 그것도 더하여져 오늘 의식은 참으로 각별하다. 천황께서 하사하신 말 마흔 마리를 좌우 마료馬寮³²³와 육위부六衛府 관인³²⁴이 윗사람부터 차례대로 끌면서 정렬

---

318 중무성(中務省) 소속으로 보물과 헌상한 물품 등을 관리하던 관청이다.
319 민부성(民部省)에 속하며 기내(畿內) 여러 지방에서 내는 전(錢)이나 벼 등을 보관해 두는 창고이다.
320 로쿠조노인.
321 종이, 비단, 능직 비단 등에 그림을 그리고 그 위에 시문을 쓰기 위한 재료.
322 먹 선으로 그린 밑그림에 채색한 그림.

할 즈음 해가 다 저물었다.

여느 때처럼 〈만세악〉과 〈하황은賀皇恩〉[325] 등이라고 하는 춤을 살짝만 추고, 대신이 건너오셨기에 진기하고 좀체 없는 신명 나는 관현 연주에 모든 사람들이 열중하셨다. 비파는 여느 때처럼 병부경 친왕[326]이신데, 무슨 일에서건 세상에서 보기 어려운 명수이신지라 참으로 둘도 없다. 겐지 님의 안전에 칠현금이 놓여 있고, 대신은 화금을 타신다. 오랜 세월 옆에서 들으셨던 귀 탓인가 참으로 우아하고 절절하게 여겨지시기에, 겐지 님께서는 칠현금도 솜씨를 전혀 감추지 않으시고 대단한 음색들을 낸다. 옛날이야기들 등이 나와서, 이제는 또 이러한 관계로서 어느 방면으로 보아도 서로 연락을 주고받으실 만한 친분[327]이라는 것 등을 흔쾌히 아뢰시면서 약주를 몇 순배나 드시고, 흥겨운 분위기도 멈추는 일 없이 술에 취하여 두 분 다 눈물을 억누르지 못하신다.

선물로는 빼어난 화금 한 대에 좋아하시는 고려적高麗笛[328]을 곁들여, 자단나무 상자 한 벌에 중국唐의 글씨본[329]들과 이곳의 소草 글씨본[330]들을 넣어 수레를 쫓아가 바치신다. 하사하신 말들을 맞아들여 우마료右

---

323 마료는 위부(衛府)에 속하며 황실 목장과 여러 지방의 목장에서 바치는 말을 관리하고, 천황이 타는 말을 사육하고 훈련하는 일을 담당하였다. 좌와 우로 나뉜다.
324 좌우 근위부(近衛府), 좌우 병위부(兵衛府), 좌우 위문부(衛門府)의 삼등관 이하 관리.
325 황은을 경하하는 곡. 사가 천황(嵯峨天皇, 재위 809~823)시대의 오이시 미네요시(大石 峯良)가 만들었다고 하지만, 필률(篳篥)의 명수인 오이시 미네요시는 무라카미 천황(村 上天皇, 재위 946~967) 때 사람이라 시대가 맞지 않는다. 당나라에도 같은 곡명이 있다.
326 히카루겐지의 남동생인 호타루 병부경 친왕.
327 히카루겐지와 태정대신은 오랜 세월 사이가 나빴지만, 유기리와 구모이노카리가 결혼한 것을 계기로 화해하였다. 그리고 유기리는 태정대신의 사위일 뿐만 아니라 여동생인 아오이노우에(葵の上) 소생의 조카이기도 하다.
328 고려악에서 상용하는 피리이다. 태정대신은 고려적을 잘 분다.
329 중국에서 전래한 명필가의 필적.
330 만요가나(萬葉假名)를 초서체로 쓴 소가나(草假名)의 글씨본.

馬寮 관인들이 고려악을 연주하며 와자지껄하다. 육위부 관인의 녹들은 대장이 내리신다. 뜻한 바대로 간략히 치르셔서 야단스러운 일들은 이번에 중지하셨지만, 주상과 동궁, 이치노인一院,331 황후,332 그다음 혈연 관계이신 분들의 위엄 있는 모습은 말할 나위 없이 대단한 일로 보이기에, 역시 이러한 계제에는 경하할 만한 일로 여겨졌다. 자제로는 오직 대장 한 분 계시는 터라 아쉽고 울적한 마음이 드셨지만, 숱한 사람들보다 뛰어난 데다 신망도 각별하고 인품도 어깨를 견줄 사람이 없는 상태로 계신다. 그 모친인 정실부인333과 이세伊勢의 미야스도코로御息所334 사이에 한이 깊고 서로 경쟁하셨을 적의 숙명들의 향방이 제각각 나타난 것이었다.

그날335의 의복들 등은 이쪽 마님336이 준비하셨다. 여러 녹에 관한 대부분은 산조三條 정실부인337이 준비하신 듯하다. 때에 맞춘 행사와 집안을 화려하게 치장할 때도 이쪽338에서는 그저 남의 일로만 들어 오셨기에, 어떠한 계기가 있어 이처럼 당당한 분들 축에라도 낄 수 있으실까 하고 여겼건만, 대장님大將の君339과의 인연으로 아주 잘 그 축에 낄 수 있게 되셨다.

---

331 스자쿠인. 태상천황에 준하는 원호(院號)를 받은 히카루겐지와 구별하기 위한 호칭이다.
332 아키코노무 중궁.
333 아오이노우에.
334 로쿠조미야스도코로.
335 유기리 주최의 축하연 날.
336 하나치루사토. 재봉에 뛰어난 하나치루사토는 유기리가 결혼한 뒤에도 그의 옷을 챙겼다.
337 유기리의 정처인 구모이노카리.
338 하나치루사토는 풍류와는 무관한 삶을 살아왔다.
339 유기리.

24. 새해 들어 아카시 여어의 출산이 다가와 가지기도를 올리다

해[340]가 바뀌었다. 기리쓰보 마마桐壺の御方[341]의 출산일이 가까워지신 탓에 정월 초부터 수법修法[342]을 끊임없이 올리신다. 여러 절과 신사들에서 올리는 기도는 또한 셀 수조차 없다. 나으리님大殿の君[343]께서는 불길한 일[344]을 겪으셨기에 이러한 경우의 일은 참으로 두려운 것으로 절감하고 계셨다. 다이노우에對の上 등이 그러한 일을 경험하지 않으신 것은 안타깝고 아쉽지만 기쁘게 생각되신다. 아직 참으로 어린 연치[345]에 어찌 되실까 진작부터 불안하신데, 이월 즈음부터 이상하게 기색이 변하여 편찮으신지라 주위 사람들의 마음이 산란하신 듯하다.

음양사陰陽師들도 처소를 바꾸어 근신[346]하시도록 아뢰기에, 저택 밖으로 떨어지게 되면 걱정스럽다고 하여 그 아카시 마님이 거처하시는 구역[347]의 중간 채로 옮겨 드리신다. 이쪽은 그저 커다란 집채가 둘 있고 회랑들이 둘러싸고 있었다. 수법을 위한 단壇[348]을 빈틈없이 흙을 칠하

---

340 히카루겐지 41세.
341 아카시 여어.
342 수법이란 병의 치유를 위한 밀교의 기도이다. 단을 차려 놓고 본존을 안치하고 기원하는 것을 말한다.
343 히카루겐지.
344 유기리를 출산하던 즈음에 정처 아오이노우에가 모노노케에 의해 사망한 일.
345 아카시 여어는 현재 13세에 불과하다.
346 '가타타가에(方違え)'라고 한다. 음양도(陰陽道)에 기반한 불길한 방위 피하기를 말한다. 음양도란 고대 중국의 음양오행설에 바탕을 둔 학문 체계로, 목화토금수(木火土金水)의 다섯 요소를 구사하여 삼라만상을 점쳤다. 천문·달력과 함께 음양료(陰陽療)에서 관장하였다. 헤이안시대에 음양도에 바탕을 둔 '모노이미(物忌)'라는 근신이나 재계, '가타타가에' 등은 궁정이나 귀족 집안의 일상생활에 지대한 영향을 미쳤다.
347 로쿠조노인의 서북 구역. 아카시노키미가 거주하는 겨울 저택이다. 아카시 여어의 출산을 위해 이곳만 히카루겐지의 마흔 살 축하연에 사용되지 않았다.
348 단은 흙을 높이 쌓고 의식을 행하는 장소이다. 안쪽에 본존불을 걸고 호마목(護摩木)을

여 굳히고 대단한 수행자[349]들이 모여서 큰소리를 내며 시끄럽다. 모친母
親은 이번에 내 숙명[350]도 확인할 수 있는 일일 듯하기에, 몹시 마음을 쓰
신다.

25. 비구니님이 아카시 여어에게 옛일을 이야기하고
   아카시노키미가 낭패하다

그 큰 비구니님[351] 또한 이제는 더할 나위 없이 늙어 멍해진 상태가 된
것인가, 여어의 자태를 뵙는 것[352]은 꿈만 같은 일로 여겨져 출산이 언제
일까 하면서 찾아뵙고 가까이에서 격의 없이 대하신다. 오랫동안 이 모
친은 이리 곁에서 모시고 계셔도 옛날 일에 관한 것[353] 등은 제대로도 아
뢰어 알려 드리지 않으셨거늘, 이 비구니님은 기쁨에 겨워 찾아뵙고는
참으로 연신 눈물을 흘리며 지나간 옛일들을 목소리를 떨면서 이야기해
드린다. 여어는 처음에는 이상하고 대하기 어려운 사람이로구나 하면서
빤히 쳐다보고 계셨지만, 이러한 사람이 있다는 것만은 어슴푸레 듣고

태우며 기도한다.
349 수험도(修驗道)를 닦는 수행자로 원문은 겐자(驗者)이다. 수험도는 일본 불교의 일파
로, 일본 고래의 산악 신앙에 기반한다.
350 아카시노키미는 여식인 아카시 여어가 무사히 남아를 출산하느냐 여아를 출산하느냐
에 따라 운명이 달라진다.
351 아카시노키미의 모친.
352 히카루겐지가 아카시 아가씨를 니조노인으로 데려온 것은 세 살 때였다. 10년의 세월이
흘렀다.
353 아카시노키미가 여식인 여어 곁에 있게 된 것은 재작년 4월 여어가 입궐할 때부터였다.
아카시노키미는 여어가 자신감을 잃지 않을까 걱정되어 신분이 낮은 외가의 아카시 생
활을 말하지 않았다.

계셨기에 정답게 대하신다. 자신이 태어나셨을 때의 일, 나으리님大殿の君께서 그 바닷가[354]에 납셨을 때의 상황을 아뢰고, 이러며 눈물을 뚝뚝 흘리며 운다.

"이제 마지막이라며 교토京로 올라가셨는데, 모두 다 마음이 어지러워 이제는 끝이구나, 그토록 약조하셨거늘 하면서 탄식하였는데, 아기씨若君가 이리 이끌어 도와주신 숙명[355]이 너무나 가슴 깊이 사무치기에……."

여어는 참으로 가슴 아팠던 옛날 일을 이리 들려주지 않았다면 모른 채로 지낼 뻔하였구나 하고 생각하셔서 흐느껴 우신다.

마음속으로는, 내 처지는 정말로 잘난 척하며 대단하다고 할 만한 신분이 아니었던 것을, 다이노우에對の上가 돌보아 주셔서 갈고 닦이어 사람들이 판단하거나 할 때도 보잘것없지는 않았구나, 내 처지를 다시없는 것으로 여겨 궁중 출사를 하면서도 옆에 있는 사람들[356]을 무시하고 더할 나위 없이 오만한 마음을 지녔었구나, 세상 사람들은 뒤에서 수군거리거나 하기도 하였겠구나, 라거나 하며 다 깨닫게 되셨다. 모친 집안이 원래 이리 약간 신망이 떨어진다고 알고 있었어도, 태어나셨을 때의 일 등과 그토록 궁벽한 지역이라는 것 등까지는 알지 못하셨다. 참으로 너무 느긋하신 성격 탓인가. 이상하고 확실하지 않았던 일이다. 그 입도가 지금은 선인仙人으로 세상에서 살지도 않는 듯이 지내고 있다는 것을 전해 들으시는데도 딱하거나 하여, 여러모로 마음이 어지러워지셨다.

몹시 가슴 절절히 시름에 겨워 계시는데, 마님이 찾아뵈신다. 낮 동안

---

354 아카시 바닷가.
355 아카시 여어가 태어남으로써 히카루겐지와 인연이 이어지게 된 일.
356 다른 여어나 갱의들.

의 가지加持기도[357]에 이쪽저쪽에서 모여들어 번잡하고 소란스러운데, 여어 안전에 별로 모시는 사람도 없고 비구니님이 제 세상을 만난 듯 아주 가깝게 모시고 계시다.

"아아 보기 괴롭군요. 낮은 칸막이[358]라도 가까이 끌어다 놓고 모시도록 하시지요. 바람 등이 소란스럽기에 자연스레 벌어진 틈도 있을 터인데. 의사醫師 등과 같은 모습[359]으로……. 참으로 한창때를 지나셨군요."

마님은 이처럼 말하며 어쩐지 민망하게 생각하신다. 비구니님은 충분히 운치 있게 처신한다고는 생각하는 듯하여도 몽롱하여 귀도 잘 들리지 않기에, "아아" 하며 고개를 갸웃하며 앉아 있다. 그렇다고 하여도 참으로 그리 말할 정도도 아니고, 예순대여섯 정도이다. 비구니 차림이 무척 청초하고 기품 있는 모습으로, 눈은 눈물에 젖어 빛이 나고 울어 부어오른 기색이 이상한 데다 옛날을 떠올리고 있는 모습이기에 가슴이 덜컥한다.

"사실과 다른 옛날의 이야기들이 있었던가요. 잘도 이 세상의 일도 아닌 듯한 잘못 기억하고 있는 일들을 섞어 가며 이상한 옛날 일들까지 입밖에 내지 않던가요. 그런 이야기는 꿈만 같은 마음이 듭니다."

이러며 웃음을 지으며 여어를 뵙고 계시자니, 참으로 우아하고 기품 있게 아름다운데 보통 때보다도 몹시 침울하여 시름에 잠기신 모습으로

---

357 하루를 육시(六時)로 나누어 하루에 여섯 차례 정시에 올리는 근행이다. 육시란 성조(晟朝)·일중(日中)·일몰(日沒)·초야(初夜)·중야(中夜)·후야(後夜)를 가리킨다. 가지란 밀교(密敎)에서 드리는 기도이다. 손가락으로 인계(印契)를 맺고, 번뇌를 부수고 보리심(菩提心)을 나타내는 금강저(金剛杵)라는 법구를 쥐고, 범어 그대로 다라니(陀羅尼)를 외며 빈다.
358 몸 가까이 놓아두는 90㎝ 정도의 3척 칸막이.
359 의사는 직무상 귀인의 바로 곁에 앉을 수 있다. 모친의 무람없는 태도를 비난하였다.

보이신다. 내 자식으로도 여겨지시지 않고 송구스럽기에, 비구니님이 애잔한 일들을 아뢰셔서 마음이 어지러우시구나, 이제 이 정도면 되었다 싶은 최고 지위에 오르시게 될 날[360]에 말씀드려 알려 드려야겠다고도 생각하였건만, 한심하게 여겨 다 포기하게 되실 리는 없겠지만 스스로 참으로 애처롭고 못났다고 느끼시겠구나, 하고 생각된다.

가지기도가 끝나서 수행자들이 물러났기에 마님은 간단히 드실 것 등을 가까이에 차려 놓고, "이것만이라도……" 하면서 참으로 측은하게 여겨 아뢰신다. 비구니님은 여어를 참으로 멋지고 어여쁘게 여기며 뵙고 있는데도 눈물은 억누를 수 없다. 얼굴은 웃으면서 입매 등은 보기 싫게 벌어져 있지만, 눈자위는 눈물에 젖어 찡그리고 있다. 아아, 민망하기도 하지, 하면서 눈짓을 하여도 듣지도 않는다. 이리 아뢴다.

비구니님

"오래 살아온 조개 있는 포구에 나와 서 있는
눈물 젖은 어부를 그 누가 질책하리[361]

옛적에도 이 같은 노인은 잘못을 용서받았습니다."

여어는 벼루 상자에 있는 종이에 이렇게 쓰신다.

---

360 아카시 여어가 황후 자리에 오를 날. 아카시노키미는 그날까지 여어의 미천한 출신을 알리려 하지 않았다.
361 '조개'는 일본어로 '가이(貝)'라고 하여 '보람(効)'과 동음이의어이다. '어부' 또한 일본어로 '아마(海人)'라고 하여 '비구니(尼)'와 동음이의어이다. 즉 비구니의 말년에 맛보는 삶의 보람을 전에 살던 아카시 바닷가에 빗대어 읊은 것이다.

아카시 여어

물방울 듣는 어부를 바닷길의 안내자 삼아

찾아가고도 싶네 바닷가 뜸집으로[362]

마님 또한 억누르지 못하시고 흐느껴 우셨다.

아카시노키미

세상 버리고 아카시 바닷가에 사는 사람도

마음속 어둠만은 걷히지도 않으리[363]

이와 같이 아뢰며 추스르신다. 헤어졌다고 하는 새벽녘 일도 꿈속에 떠올리지 못하시는 것을, 여어는 안타깝기도 하구나 하고 생각하신다.

26. 아카시 여어가 남자 아기씨를 순산하자 모두들 기뻐하다

삼월 열흘여가 지났을 무렵에 여어는 순산하셨다. 진작부터 야단스럽게 생각하셔서 난리 법석을 떨었건만 심히 괴로워하시는 일도 없이 남자 아기씨까지 태어나시니, 한없이 원하시는 바대로인지라 나으리大殿께서

---

362 어부, 즉 외조모인 비구니를 통해 자신의 출생을 알게 된 데 대해 감사를 표하였다.
363 아카시 땅에 홀로 남아 자식을 걱정하고 있는 부친인 입도를 생각하는 와카이다. '마음속 어둠'은 '부모의 마음 어둡지 않다 해도 오직 자식을 생각하는 길에는 허우적댈 뿐이네(人の親の心は闇にあらねども子を思ふ道にまどひぬるかな)'(『後撰和歌集』雜一, 藤原兼輔)에 의한다.

도 한시름 놓으셨다.

이쪽[364]은 구석진 위치로 아주 끄트머리에 가까운 곳인데, 성대한 탄생 축하연[365] 등이 잇따르고 그 소리가 울려 위엄 있는 모습은 참으로 '조개 있는 포구'로 비구니님에게는 보였지만, 격식[366]을 갖추지 않은 듯하기에 몸채로 돌아가시기로 한다.[367] 다이노우에對の上도 건너오셨다. 하얀 의복을 입으신 채 모친인 듯 어린 아기씨를 가만히 안고 계신 모습이 참으로 아리땁다.[368] 스스로 이러한 일을 겪어 보지 못하시고 다른 사람 일로도 본 적이 없으시기에 참으로 진기하고 귀엽다고 여기신다. 어려서 안기에 까다로워 보이시는 아기씨를 연신 끌어안으시기에, 친조모님まことの祖母君[369]은 그저 맡겨 드린 채 목욕 의식[370]을 올리실 때 시중 등을 담당[371]하신다. 동궁 선지春宮の宣旨인 전시典侍가 목욕 의식의 소임을 맡고 계신다. 아기씨의 목욕을 시켜 드리기 위해 친조모가 몸소 행동하시는 것 또한 참으로 절절하여, 전시는 속사정도 대충 알기에 다소나마 모자란 점이 있다면 애처로울 터인데, 기가 막히게 기품이 있고 정말로

---

364 아카시노키미가 거처하는 서북 구역. 겨울 저택이다.
365 '우부야시나이(産養)'라고 한다. 탄생한 아기를 축하하기 위해 태어난 지 3일, 5일, 7일, 9일째 되는 날 밤에 열리는 축하 잔치이다. 혈연관계인 사람이 주최하며 의복이나 음식 등을 보낸다.
366 서북 구역에서 치르는 의식은 눈에 띄지 않는다. 이와 같은 의식을 통해 일가의 위세가 드러난다.
367 아카시 여어의 본래 처소인 동남 구역의 봄의 저택.
368 『가카이쇼(河海抄)』에는 출산 당일 위아래 흰옷을 입고 아흐렛날 밤에 갈아입고 원래로 돌아간다고 지적되어 있다. 어린 황자를 안는 것은 조부모의 역할인 듯하다.
369 아카시노키미.
370 '우부유(産湯)'라고 한다. 황자는 이레 동안 아침저녁으로 의식을 치른다.
371 목욕 의식의 주역은 전시이고 아카시노키미는 조수 역이다. 원래 조수는 황자의 모친 쪽으로 인연이 있는 나인이 담당하는 것이 보통이다. 아카시노키미는 여어의 모친으로서가 아니라 나인 격으로 참가하고 있음을 알 수 있다.

이러한 인연을 각별하게 지니신 분이로구나 하며 뵈며 판단한다. 이즈음의 의식 등도 그대로 옮어 대려고 하여도 참으로 더 말할 것도 없다.

엿샛날이라고 하는데, 여어는 본인이 늘 머무르는 처소로 옮아가셨다.[372] 이렛날 밤에 주상께서도 탄생 축하연을 여신다. 스자쿠인朱雀院[373]께서 이리 세상을 버리신 것을 대신하시는 것인가, 장인소에서 두변頭弁[374]이 선지를 받잡고 좀체 보기 어려운 모양새로 치러 드리신다. 녹으로 내릴 옷 등은 따로 중궁 처소[375]에서도 공적인 행사보다도 더 낫게 위엄 있게 꾸리신다. 다음다음의 친왕들과 여러 대신가에서도 그즈음의 행사에 너도나도 앞을 다투어 화려함을 다하여 맡아 하신다.

나으리님大殿の君께서도 요즈음의 일들은 여느 때처럼 간소하게 치르지 않으시고[376] 더할 나위 없이 평판이 자자한 정도인지라, 드러내 놓지 않고 하는 우아하고 섬세한 풍류에서 그대로 전하여져야 할 대목은 관심도 받지 못하게 되었다. 나으리님大殿の君께서도 어린 황자를 얼마 지나지 않아 안아 드리시며,이리 어여뻐 하시는 모습은 지당한 일이기는 하다.

"대장[377]이 자식을 많이 두었다고 하면서도 이제까지 보여 주지 않는 것이 원망스러웠는데, 이리 사랑스러운 사람을 얻었구나."

---

372 다음 날 천황 주최로 열리는 이렛날 탄생 축하연을 위해 동남 구역의 봄의 저택으로 옮아갔다.
373 동궁의 부친.
374 두변은 변관(弁官)으로서 장인 두(藏人頭)를 겸하는 자이다.
375 아키코노무 중궁이 참가한 사람들에게 녹을 내리는 것은 미나모토(源) 씨 출신의 중궁이며 여어의 성인식 때 허리끈 묶는 역할을 하였기 때문으로 보인다.
376 히카루겐지는 자신의 마흔 살 축하연은 간소하게 치르도록 하였지만, 황자의 탄생 축하연은 성대하게 치렀다. 앞으로 일문의 번영은 이 황자에게 달려 있기 때문이다.
377 유기리. 유기리와 구모이노카리의 결혼은 재작년 4월의 일이다. 자식이 많다는 것은 정처 구모이노카리 소생 이외에도 도 전시(藤典侍) 소생의 자식도 포함된 것으로 보인다.

27. 무럭무럭 자라는 어린 황자와
사이좋은 무라사키노우에와 아카시노키미

황자께서는 하루가 다르게 물건을 늘어뜨리듯이 성장하신다. 유모 등은 속내를 알 수 없는 사람은 성급히 들이지 않고 모시고 있는 사람 중에서 신분과 심성이 빼어난 사람만을 골라 모시도록 하신다.

마님[378]의 배려가 세세한 데까지 잘 미치는 데다 기품 있고 여유가 있으면서도, 그럴 만한 방면으로는 자신을 낮추고 밉살스럽게도 잘난 체하지 않는 것을 칭찬하지 않는 사람이 없다. 다이노우에對の上는 정식으로는 아니어도 서로 대면하시고, 그리도 아량 없는 마음이셨건만 이제는 황자 덕분에 참으로 사이좋고 더할 나위 없이 생각하시게 되었다. 아이를 귀여워하시는 성정이신지라 인형[379] 등을 손수 만드시며 바삐 지내시는 것 또한 참으로 젊디젊다. 밤낮으로 이 황자를 애지중지하시면서 지내신다. 그 늙은 비구니님은 어린 황자를 느긋하게 뵙지 못하는 것을 아쉽게 여겼다. 오히려 한 번 뵙고 그리워하게 되면서 목숨 또한 부지하지 못할 듯하다.

28. 아카시 입도가 입산하면서 마지막 소식을 도읍에 전하다

그 아카시明石에서도 입도는 이러한 일을 전해 듣고 그 같은 속세를 떠

---

378 아카시노키미.
379 어린아이의 액막이 인형.

난 사람 마음에도 참으로 기쁘게 여겨지기에, "이제는 이 세상의 경계를 마음 편히 떠날 수 있겠구나"[380]라고 제자들에게 말하고, 이 집을 절로 만들어 근방 전답 등과 같은 것은 모두 절의 소유로 해 두었다. 이 지방[381] 구석의 군郡에 사람도 지나다니기 어려운 깊은 산을 오랫동안 소유하고 있는데, 그곳에 칩거한 뒤 다시 사람에게는 모습을 드러내어 알려져서도 안 된다고 생각하고 있었다. 그저 약간 마음에 걸리는 일이 남았기에 이제까지 여기에 오래 머물고 있었는데, 이제는 그렇다면, 이라고 생각하며 불신佛神을 의지하면서 그리로 옮기셨다.

요 최근 몇 년간은 교토京에 특별한 일이 없어 사람 또한 보내 드리지 않았다. 그쪽에서 내려보내신 사자[382]에게만 의탁하여 한 줄이라도 비구니님에게 그럴 만한 때에 맞추어 안부도 보내었다. 속세를 떠나는 마지막에 서찰을 써서 마님[383]에게 올리셨다.

요 몇 년간은 같은 세상 안에 어울려 살고 있어도, 무슨 이 상태 그대로 저세상에 몸을 둔 듯이 여겨지기에 특별한 용무가 없는 한은 연락을 드리거나 안부를 여쭙지도 않았습니다. 가나假名로 쓴 서찰[384]을 삼가 읽는 것은 시간이 걸려 염불에도 소홀하게끔 되어 무익하기에 서찰도 올리지 않은 채……. 전해 들은 바에 따르면, 어린 아기씨는 동궁께 출사하시어 황자를 출산하셨다고 하니, 깊이 경하드립니다.

---

380 미련이 없어져 언제 죽어도 악도(惡道)에 떨어질 우려가 없어졌다는 말.
381 하리마 지방(播磨國). 오늘날 효고현(兵庫縣) 남부.
382 히카루겐지가 교토에서 아카시로 보낸 사자.
383 아카시노키미.
384 가나 문자는 여성의 서찰에 주로 사용되었다.

그 까닭은 저는 이리 하찮은 수행자 신세로 이제 와 새삼스레 이 세상의 영화를 바라는 것도 아니고 지나간 오랜 세월 마음이 청정하지 못하고 육시六時 근행385을 하면서도 그저 당신에 관하신 일을 마음에 담아 두고 연꽃 위 이슬에 대한 바람386을 제쳐 놓고 기원을 드렸습니다.

그대가 태어나려고 하셨던 그해 이월 그날 밤 꿈을 꾸었는데, 내가 몸소 수미산須彌山387을 오른손으로 받들고 있는데 산의 좌우로부터 달과 해의 빛이 교교하게 고개를 내밀어 세상을 비추고, 나는 산 밑의 그늘에 숨어서 그 빛을 쬐지 않고 산을 넓은 바다에 띄워 두고 작은 배388를 타고 서방을 향해 저어 가는 꿈을 꾸었습니다. 꿈에서 깨어나 다음 날 아침부터 사람 축에 끼지 못하는 처지에도 의지할 바가 생기기는 하였는데, 무엇을 계기로 그러한 위엄 있는 일389이 생기기를 기다릴까 하고 마음속으로 생각하였습니다. 그런데 그즈음부터 회임하시고 그 후 속세의 책390을 보아도 그리고 내교內敎391의 본뜻을 찾으려는 가운데에도 꿈을 믿을 만하다는 구절이 많았기에 미천한 흉중일지라도 황송하게 생각하여 그대를 공들여 보살펴 드렸는데, 힘에 부치는 처지로서 생각다 못하여 이러한 길392로 향하게 된 것입니다.

---

385 하루를 성조(晨朝)·일중(日中)·일몰(日沒)·초야(初夜)·중야(中夜)·후야(後夜)라는 육시로 나누어 하루에 여섯 차례 정시에 올리는 근행이다.
386 염불 공덕이 깊은 수행자는 죽을 때 아미타여래가 맞이하러 와서 관음보살이 받드는 보련대(寶蓮臺)에 올라타고 극락정토로 이끌려 간다고 여겨졌다.
387 불교의 우주관에서 세계의 중심에 솟아오른 높은 산. 큰 바다 안에 있고 정상에는 제석천이 머무르는 성이 있다. 일월(日月)은 산허리를 돌며 낮과 밤을 비추고 육도(六道)·제천(諸天)은 그 측면이나 윗부분에 있다고 한다.
388 반야선(般若船). 진리를 깨닫는 지혜를 말한다. 그로 인해 깨달음의 경지인 피안(彼岸)에 다다른다고 하여 배에 비유하였다.
389 손녀는 중궁이 되고 증손은 보위에 오르고 자신은 극락왕생한다는 운.
390 불교 서적 이외의 책. 주로 유교 서적을 말한다.
391 불교 내부에서 말하는 불교 또는 불교 서적.
392 부족한 경제력을 보완하기 위해 하리마 지방 지방관으로 내려왔다.

그리고 이 지방의 일을 하며 영락한 처지가 되어 늙음의 파고를 맞아 다시 돌아가지 못할 것이라고 마음을 접고 이 바닷가에 오래 머무르고 있던 동안에도, 내 여식을 미더운 존재로 여기고 있었기에 한마음으로 많은 발원을 하였습니다. 그 감사 참배를 무사히 생각한 바대로 올릴 수 있도록 때를 만나셨으니, 어린 아기씨가 국모가 되셔서 바람이 다 이루어지시는 세상이 오면 스미요시 신사住吉の御社를 비롯하여 참배를 드려 주시게. 더 무엇을 의심할 것인지요. 이 하나의 바람[393]이 가까운 세상에 이루어진다고 한다면, 머나먼 서방,[394] 십만 억의 나라를 사이에 둔 구품상생九品上生의 바람[395]은 의심할 여지가 없게 되었기에, 이제는 그저 맞이할 연꽃[396]을 기다리고 있는 동안에 그 저녁때까지 물풀이 깨끗한 산속에서 근행하고자 물러나 들어왔습니다.

아카시 입도

빛이 나오는 새벽녘이 가깝게 다가왔구나
이제 와 옛날에 꾼 꿈 이야기를 하네[397]

이러며 월일月日이 쓰여 있다.

목숨이 다할 월일月日 또한 결코 아시려 하지 마시게나. 예로부터 사람들이

---

393 아카시 여어가 국모가 된다는 유일한 바람.
394 극락정토.
395 구품정토(九品淨土)의 상품(上品). 극락정토에 왕생하는 사람은 생전에 쌓은 공덕에 따라 아홉 등급으로 나뉜다. 상품, 중품, 하품 3품이 있고 거기에 제각각 상생, 중생, 하생의 3등급이 있어 아홉 등급이다.
396 왕생하는 자는 아미타불과 부처를 좌우에서 모시는 관음보살과 세지보살 이하의 마중을 받아 연화대 위에 다시 태어난다(『觀無量壽經』).
397 윗구는 어린 황자가 즉위하여 아카시 여어가 국모가 될 시기가 가까워졌다는 의미이다.

물들여 둔 상복에도 애를 태울 일은 아무것도 없습니다. 그저 자신의 몸은 화신化身한 것[398]으로 믿어 생각하시고 노법사를 위해서는 공덕을 지어 주시게. 이 세상의 즐거움에 더하여 내세를 잊지 마시기를. 바라고 있는 곳에 닿기만 한다면 반드시 다시 대면할 수 있을 것입니다. 사비娑婆 바깥 기슭[399]에 도착하여 어서 서로 만나자고 생각하시게.[400]

한편, 그 신사에 발원한 이런저런 원문願文 모은 것을 커다란 침향 편지 상자에 넣어 밀봉하여 바치셨다.

비구니님에게는 상세하게도 쓰지 않고 그저 이렇게만 쓰여 있다.

"이달 열나흗날에 초암草庵[401]을 떠나 물러 나와 깊은 산으로 들어가 버릴 것입니다. 보람 없는 몸을 곰이나 늑대에게라도 보시[402]하려 합니다. 당신은 역시 바라던 바대로의 세상이 되기를 기다리시지요. 밝은 곳[403]에서 다시 대면하게 될 것입니다."

비구니님은 이 서찰을 보고 그 사자로 온 고승에게 물으니 이리 말한다.

"이 서찰을 쓰시고 사흘째 되는 날에 그 인적이 끊긴 봉우리로 옮아가셨습니다. 저 또한 배웅해 드리러 산기슭까지는 함께하였지만 모두 돌아가게 하시고 승려 한 명과 동자 두 명을 수행원으로 모시게 하셨습니다.

---

398 '헨게노모노(變化のもの)'라고 한다. 아카시노키미에게 입도의 딸인 것을 잊고 스스로 신불이 사람의 모습을 빌려 이 세상에 태어난 것으로 생각하고 오로지 자신의 숙명을 펼쳐 드러내는 데 힘쓰라는 의미이다.
399 피안. 극락정토. 사바는 현세를 말한다.
400 위의 서찰에 대한 추신이다.
401 아카시 바닷가의 저택.
402 『금광명최승왕경(金光明最勝王經)』 「사신품(捨身品)」에 나오는 석가의 전생담으로, 유명한 살타(薩埵) 태자의 사신사호(捨身飼虎) 전설에 기반한 것이다.
403 극락정토.

이제는, 하고 출가하셨을 때를 슬픔의 끝이라고 생각하였건만 더 남아 있었습니다. 오랜 세월 수행하는 틈틈이 기대어 누워 뜯으며 연주하셨던 칠현금, 비파를 가져오게 하시어 뜯어 연주하시면서 부처에게 작별을 고하신 뒤 불당에 희사하셨습니다. 다른 물건들도 대부분은 봉헌하시고 그 나머지를, 제자들 예순여 명 가까운 사람들만이 모시고 있었는데, 그들에게 처지에 맞게 모두 처분하시고 그래도 남은 것을 교토京에 계신 분들[404]의 몫으로서 보내 드리셨습니다. 이제는 마지막이라며 칩거하여 그러한 머나먼 산의 구름과 안개 속으로 섞여 들어가셨는데, 허망한 터[405]에 남은 채 슬픔에 겨워하는 사람들이 많습니다.”

이 고승도 동자일 때 교토京에서 내려간 사람으로 노법사가 되어 그곳에 머물러 있었는데, 참으로 절절하고 허전하게 여기고 있다. 부처의 제자이신 뛰어난 수행승조차 독수리 봉우리[406]를 어설프지 않게 믿고 있으면서도 역시 땔감이 다하였던 밤[407]의 미혹은 깊었거늘, 하물며 비구니님이 슬프게 여기신 것은 한이 없다.

---

404 비구니님과 아카시노키미.
405 입도를 따라 산속으로 들어가지 않은 사람들은 절로 바뀐 아카시 바닷가 저택에 머무르며 수행한다.
406 영취산(靈鷲山). 인도에 있는 산으로 석가모니가 이곳에서 『법화경』과 『무량수경』을 설법하였다고 한다.
407 부처의 열반. ‘부처는 설법 뒤 열반하였는데 땔감이 다하여 불이 꺼진 것 같았다(佛此夜 滅度 如薪盡火滅)’는 『법화경』 서품(序品)의 표현에 의한다.

29. 아카시노키미와 비구니님이
기쁨과 슬픔이 뒤섞인 운명에 눈물 흘리다

마님은 남쪽 저택南の殿에 계시는데, "이러한 소식이 있습니다"라고 알려 왔기에, 남몰래 건너오신다.[408] 근엄하게 처신하여 이렇다 할 일이 없고는 서로 왕래하며 만나시는 일도 어렵건만, 가슴 절절한 일이라고 듣고 걱정이 되어 남의 눈에 띄지 않게 오셨다. 비구니님은 참으로 몹시 슬퍼 보이는 기색으로 앉아 계신다.

등불을 가까이 끌어당겨 이 서찰을 보시니, 참으로 눈물을 억누를 방도가 없었다. 타인의 일이라면 전혀 관심 둘 만한 것도 아닌데, 우선 옛날 지내 온 세월이 떠오르고 그립다고 계속 생각해 오신 마음에는 서로 만나지 못하고 끝나 버렸구나 하면서 보시니, 참으로 뭐라 말해 보았자 소용이 없다. 눈물을 억누를 수 없다. 이 꿈 이야기에 한편으로는 앞날이 든든하여, 그렇다면 편벽한 성격 탓에 내 신세를 이리도 있을 수 없는 상태로 불안정하게 만드셨다고 한때는 이리저리 생각할 수밖에 없었는데, 이리 허망한 꿈에 기대를 걸고 높은 이상을 지니며 처신하신 거로구나 하고, 겨우 생각이 미치신다.

비구니님은 한동안 마음을 가라앉힌 뒤, 이렇게 말을 잇는다.

"자네[409] 덕분에 기쁘고 면목 있는 일 또한 과분하기에 다시없이 생각하고 있습니다. 가슴 아프고 답답한 생각도 많이 하였습니다. 사람 축에

---

408 아카시노키미는 아카시 여어가 있는 동남 구역의 봄의 저택에 있다가 연락을 받고 서북 구역의 본인의 겨울 저택으로 건너왔다.
409 아카시노키미.

끼지 못하는 처지인 채로 오래 머물던 도읍都을 버리고 그쪽에 칩거하고 있었을 때조차 세상 사람들과 다른 숙명[410]이기도 하구나, 하고 생각하였습니다. 이 세상에 살아 있으면서 뿔뿔이 헤어져 가로막혀야만 하는 부부의 인연이라고는 생각지 못하고, 같은 연꽃에서 살아갈 수 있는 내세에 대해 기대까지 하면서 세월을 보내 왔습니다. 그런데 갑작스레 이리 예기치 못한 일[411]이 생겨 나와 등을 돌렸던 세상에 되돌아왔습니다. 보람 있는 일[412]을 뵙게 되어 기쁘기는 하여도 한편으로는 불안하고 슬픈 일[413]이 끊임없이 깃들어 있는데, 결국 이리 서로 만나지 못하고 떨어진 채 사별하게 될 것이 서럽게 여겨집니다. 세상에서 지냈을 적조차 다른 사람과 비슷하지 않은 성격 탓에 세상사를 비뚤어지게 바라보는 듯하였지만, 젊은 사람들끼리 의지해 오며 제각각 다시없이 약속해 두었기에 서로 아주 깊이 신뢰하고 있었습니다. 어찌하여 이리 소식을 들을 수 있는 가까운 거리이면서 이렇게 헤어지게 된 것일까요."

참으로 절절하니 울 듯한 얼굴이시다. 마님 또한 몹시 울며 이러신다.

"다른 사람보다 특출나게 될 장래의 일[414]도 별생각 없습니다. 사람 축에도 끼지 못하는 처지로는 무슨 일이든 뚜렷하게 보람 있을 듯하지도 않지만, 가슴 아픈 상태로 소식도 잘 모른 채 끝나게 되어 버릴 것만이 안타깝습니다. 모든 일이 다 그럴 만한 사람[415] 덕분이라고 생각됩니다

---

410 입도가 종4위 하 상당의 근위 중장의 권직을 버리고 도읍에서의 출세를 포기한 채 종5위 상당의 하리마 지방 지방관이 되어 내려간 일.
411 히카루겐지와 아카시노키미의 결혼 및 손녀의 출생.
412 손녀인 아카시 여어가 황자를 출산한 일.
413 입도와 생이별한 채 사는 불안과 비애.
414 손자인 어린 황자가 제위에 오르고 여식인 아카시 여어가 국모가 되는 일.
415 꿈을 믿고 여식을 히카루겐지와 결혼시켜 손녀를 동궁의 여어로 만든 숙명을 지닌 입도.

만, 그렇게 다 끊고 칩거하신다면 세상도 덧없기에 그대로 돌아가실 터인데, 그러면 애쓴 보람이 없기에…….”

밤새도록 가슴 아픈 일들을 말하면서 날을 밝히신다.

“어제도 나으리님大殿の君416께서 제가 저쪽417에 있는 것을 보셨기에 갑자기 모습을 감추는 것도 가벼운 처신일 듯합니다. 내 몸 하나라면 아무런 거리낌도 없지만, 이리 곁에 계시는 여어 입장 등을 생각하면 애처롭기에 마음 내키는 대로 처신하기도 어려울 듯합니다.”

마님은 이리 말하며 새벽녘에 돌아가셨다. 비구니님은 “어린 황자께서는 어찌 지내시는지요. 어찌하여서든 뵐 수 있었으면……” 하면서 또 울었다.

“이제 곧 뵐 수 있으실 겁니다. 여어님 또한 참으로 가슴 아프게 떠올리시면서 말씀하시는 듯합니다. 인院418께서도 어떠한 계제에, 혹여 세상이 바라는 바대로 된다면 불길한 말을 미리 하는 듯하나 비구니님이 그때419까지 오래 사시면 좋으련만 하고 말씀하셨습니다. 어찌 생각하시는 걸까요.”

마님이 이리 말씀하시니, 비구니님은 다시 웃으면서 “아니, 그러니까, 여러모로 전례가 없는 숙명이지요”라면서 기뻐한다. 이 편지 상자는 시녀에게 들려, 마님은 여어를 뵈러 가셨다.

---

416 히카루겐지.
417 아카시 여어의 처소.
418 히카루겐지.
419 어린 황자가 동궁이 되는 날.

30. 동궁이 아카시 여어와 어린 황자의 입궐을 재촉하다

동궁께서 어서 입궐하시라는 취지의 전갈을 줄기차게 보내시기에, "이렇게 생각하시는 것이 당연합니다. 대견한 일[420]까지 더하여졌으니 얼마나 애달게 여기시겠는지요"라고 무라사키노우에紫の上도 말씀하셔서, 어린 황자를 조용히 입궐시켜 드리려고 마음먹고 계신다.

미야스도코로御息所[421]는 말미를 얻는 게 편치 않은 데 질리셔서 이러한 기회에 잠시 더 머무르고 싶다고 생각하고 계신다. 아직 어린 몸에 그런 끔찍한 일을 치르셨기에,[422] 약간 수척해지고 말라서 몹시 우아한 자태이시다.

"이리 충분히 조리를 못 하신 상태이시니, 몸을 추스르시고 난 뒤에나……."

이처럼 마님 등은 측은해하시며 아뢰시지만, 나으리大殿께서는 이와 같이 말씀하신다.

"이처럼 여윈 채로 알현하시는 것도 오히려 더 어여쁘게 보일 만한 일입니다."

---

420 황자를 출산한 일.
421 아카시 여어. 황후감인 여성에게 붙이는 호칭으로 『겐지 모노가타리』에서는 황자를 출산한 뒤 붙이는 경우가 많다.
422 열세 살의 나이로 출산을 경험한 일.

31. 아카시노키미가 아카시 입도의 발원문을 여어에게 맡기다

다이노우에對の上 등이 건너가시고 난 다음 저물녘 차분할 때, 마님은 여어 안전으로 찾아뵈시어 이 편지 상자[423]에 관해 말씀드리고 알려 드리신다.

"원하는 바대로 다 이루어지실 때까지는 감추어 두어야 합니다만, 세상은 덧없기에 걱정되어서요. 무엇이든 뜻하신 바대로 판단하실 수 없는 동안에 무슨 일이 생겨 제가 허망하게 되기라도 한다면 반드시 임종을 지켜보아 주실 만한 신분도 아니기에, 역시 제정신을 잃어버리기 전에 하찮은 일이라도 말씀드려 두는 게 낫겠다고 생각한지라……. 보기 어렵고 이상한 필적이지만, 이것[424]도 보시지요. 이 원문願文은 곁에 있는 쌍바라지문이 달린 장 등에 놓아두시고, 반드시 적당한 때가 오면 보시고 이 서찰 안에 적힌 일들[425]은 지켜 주시지요. 다른 사람에게는 누설하지 마십시오.

이 정도면 되었다고 뵙고 난 뒤에는 저 또한 출가하여야겠다고 생각하게 되었기에, 만사에 걸쳐 마음 편히도 여기지 못하고 있습니다. 다이노우에對の上의 마음을 소홀히 여기시면 아니 됩니다. 참으로 좀체 볼 수 없이 처신하시는 속 깊은 기색을 뵙고 있기에, 저보다는 비할 바 없이 훨씬 더 오래 이 세상에 살아 계셨으면 하고 생각하고 있습니다. 원래 여어를 곁에서 모시고자 하는 데도 거리끼는 신분이기에 처음부터 맡겨 드렸거

---

423 스미요시 신사에 원을 세운 취지를 적어 둔 문서 상자.
424 발원문에 곁들여진 입도의 서찰. 한자를 많이 혼용하여 '보기 어렵고 이상한 필적'이라고 하였다.
425 신불에게 빌었던 일이 이루어지면 감사 참배를 하겠다고 서찰에 적은 것.

늘, 정말로 이렇게까지나 대해 주실 리는 없다고 오랫동안은 역시 세상 일반의 사람[426]과 마찬가지로 생각해 왔습니다. 이제는 지나온 세월과 앞으로의 일을 편안히 여기게 되었습니다.”

마님은 이처럼 아주 많은 이야기를 아뢰신다. 여어는 눈물을 글썽이며 듣고 계신다. 이렇게 정다워도 될 만한 여어의 안전에서도 마님은 늘 흐트러지지 않은 모습이신 채로 심하게 삼가는 모습이다. 이 서찰의 문면은 너무 지나치게 억세고 딱딱해 보이는데, 오래되어서 누렇게 뜬 두꺼운 미치노쿠 지방의 종이陸奧國紙[427] 대여섯 장에다가 그래도 향이 깊게 스미게 하여 쓰셨다. 참으로 가슴 아프게 여기시며 앞머리가 점점 젖어 가는 여어의 옆모습은 기품이 있고 우아하시다.

32. 히카루겐지가 입산 사실을 알고
불가사의한 운명이라고 여기다

인院[428]께서는 황녀 처소姬宮の御方에 계셨는데, 가운데 맹장지문[429]을 통해 불쑥 건너오셨기에, 편지 상자는 안에 넣어 감추지도 못하시고 칸막이를 살짝 끌어당겨 마님 본인[430]은 반쯤 몸을 감추셨다.

“어린 황자께서는 깨어나셨는지요. 잠시라도 뵙지 않으면 그리워지는

---

426 의붓자식을 못마땅해하는 계모.
427 참빗살나무 껍질로 만든 희고 두꺼운 종이.
428 히카루겐지.
429 몸체를 둘로 나누어 동쪽에는 아카시 여어, 서쪽에는 온나산노미야가 거처하고 있다.
430 아카시노키미.

법이로군요."

이리 아뢰신다. 미야스도코로는 대답도 아뢰지 않으시기에, 마님이 "저쪽 채[431]로 건너가셨습니다"라고 아뢰신다.

"너무 이상하군요. 저쪽에서 이 황자를 독점하여 품에서 전혀 내놓지 않고 돌보면서 다른 사람 탓이 아니라 스스로 옷도 전부 적시며 계속 갈 아입기만 하는 듯합니다. 경솔하게 어찌 이리 넘겨드리시나요. 이쪽으로 건너와 뵈면 되실 터인데……."

겐지 님께서 이리 말씀하시기에, 마님은 이리 아뢰신다.

"참으로 심하시군요. 생각이 짧은 말씀이시네요. 여아女로 태어나셨다고 하더라도 저쪽에서 보살펴 드리시는 것이 좋겠지요. 하물며 남아男는 신분이 한없이 높다고 아뢰어도 마음 편히 여기고 있습니다만. 농으로라도 그처럼 거리를 두는 듯한 말씀을 지레짐작하여 아뢰지 마시기를……."

겐지 님께서는 웃으며 이리 말씀하신다.

"두 분 사이의 일로 맡겨 두고 상관하지 않는 게 낫다는 것이로군요. 이제는 누구나 다 나에게 거리를 두고 따돌린 채 지레짐작이니 뭐니 말씀하시는 것이야말로 유치하군요. 우선 당신부터 그처럼 숨어서 쌀쌀맞게 나를 폄훼하고 계시는 듯합니다만."

이러며 칸막이를 끌어당겨 제치시니, 마님은 몸채 기둥에 기댄 채 참으로 깔끔하니 곱고 이쪽이 부끄러움을 느낄 만한 모습으로 계신다.

좀 전의 상자도 당황하며 숨기는 것도 꼴사납기에, 그대로 놓아두고

---

[431] 무라사키노우에의 처소인 동쪽 채.

계신다.

"무슨 상자인가요. 깊은 뜻이 있어 보이는군요. 연모하는 사람이 장가 長歌를 읊어 봉해 둔 느낌이 드는군요."

겐지 님께서 이리 말씀하시기에, 마님은 이러신다.

"아아, 심하기도 하네요. 도로 젊어지신 듯한 성벽性癖 탓에 들어도 알 지 못할 것 같은 농담들을 이따금 입 밖에 내시는군요."

미소를 짓고 계셔도 왠지 쓸쓸함이 감도는 기색들이 뚜렷한지라 이상 하다며 고개를 갸웃거리시는 모습이기에, 마님은 성가시기에 이렇게 아 뢰신다.

"그 아카시明石 바위굴432에서 드러내지 않고 올렸던 기도 목록433과 그리고 아직 감사 참배를 하지 않은 기원이 있었기에, 나으리께도 알려 드릴 만한 기회가 있다면 살펴보아 기억해 두시면 좋지 않겠나 싶어 보 내온 것입니다. 지금은 계제가 아니기에 굳이 여실 필요가 있겠는지요."

겐지 님께서는 참으로 가슴 아플 만한 상황이라고 여기셔서, 이리 말 씀하신다.

"어찌 수행하며 지내셨을까요. 장수434하면서 오랜 세월 동안 근행하 며 쌓아 온 공덕도 더할 나위 없겠지요. 세간에서 품위 있고 현명한 방면 으로 알려진 사람을 보는데도, 이 세상에서 물든 번뇌가 깊은 탓인지 뛰 어난 학문적인 재능이 있다고 하여도 참으로 한계가 있어 입도에게 미치 지 못하더군요. 자못 조예가 깊고 과연 정취가 있었던 인품이었소. 고매

---

432 입도의 아카시 저택.
433 기도를 위해 읽은 경문 두루마리 등의 이름과 횟수를 적은 목록이다.
434 현재 입도의 나이는 75세 정도이다.

한 승려인 척 이 세상에 초연한 얼굴도 아니긴 하여도 내심은 완전히 별 세계를 드나들며 살고 있다고 보였건만, 하물며 지금은 괴로운 굴레[435]도 없고 번뇌에서 벗어나 있을 터이지요. 운신의 폭이 자유로운 처지라면 남몰래 몹시 만나고 싶거늘…….”

“지금은 그 지내던 곳도 버리고, 새소리도 들리지 않는 산[436]에 들어갔다고 들었습니다.”

마님이 이렇게 아뢰니, 겐지 님께서는 이러면서 눈물을 글썽이셨다.

“그렇다면 그것은 유언이로군요. 소식은 주고받고 계신지요. 비구니 님이 어찌 생각하고 계실는지요. 부모 자식 사이보다도 그러한 모양새의 인연[437]은 또 각별하게 느껴질 터인데요.”

“나이를 먹어 가며 세상 돌아가는 모습을 이럭저럭 알아 가게 되면서 이상하게 그립게 떠오르던 인품이시기에, 깊은 인연이 있는 관계라면 얼마나 마음이 아플꼬.”

이렇게 말씀하시기에, 마님은 이번 기회에 이 꿈 이야기도 더불어 생각하실 수도 있지 않을까 싶어 이렇게 아뢴다.

“아주 이상한 범자梵字라든가 하는 것 같은 필적[438]이지만, 보아 두실 만한 대목도 섞여 있지 않을까 싶기에……. 이제는 마지막이라며 헤어졌습니다만, 여전히 아픔은 남아 있는 법이로군요.”

이러며 보기 좋게 흐느끼신다. 겐지 님께서는 서찰을 집으시면서, 이

---

435 부인이나 여식인 아카시노키미 등.
436 ‘날아다니는 새소리도 들리지 않는 심산(深山)의 깊디깊은 마음을 타인은 알았으면(飛ぶ鳥の聲も聞えぬ奧山の深き心を人は知らなむ)’(『古今和歌集』戀一, 讀人しらず)에 의한다.
437 헤어져 따로따로 살아야만 하는 부부의 인연.
438 범자는 범어(산스크리트어)를 표기하는 데 사용하는 문자. 경문 이외에 승려의 서명이나 공양탑 등에 쓴다.

리 말씀하신다.

"참으로 또렷하고 여전히 정신이 흐려지지 않은 채로군요. 필체 등도 그렇고 모든 면이 다 특별히 뛰어나다고 할 만하였던 사람인데, 그저 이 세상을 살아가는 방면의 마음가짐이 부족하였지요. 그 선조인 대신은 참으로 현명하고 좀체 볼 수 없는 정성을 다 기울여 조정에 출사하였지요. 그런데 그동안에 무슨 과실이 있어 그 과보로 인해 이리 후손은 끊어졌다는 등 사람들이 말하는 듯하였지만, 여식 쪽[439]이기는 하여도 이렇게 참으로 후사가 없다고 할 수는 없는 것도 그쪽이 수행한 효험인 듯하군요."

눈물을 닦거나 하시면서 이 꿈에 관해 쓰여 있는 대목에 눈길[440]을 주신다. 입도는 이상하고 괴팍하고 쓸데없이 높은 지향을 지녔다고 사람들도 비난하고, 그리고 나 스스로도 그리하여서는 안 되는 행동[441]을 잠시나마 하는구나라고 생각하였어도 이 아가씨가 태어나셨을 때 인연이 깊다는 것을 깨닫게 되었다, 그래도 눈앞에 보이지 않는 머나먼 일은 확실하지 않게 생각해 왔거늘, 그렇다면 이러한 기대가 있어 억지로라도 나를 원하였던 거로구나, 내가 누명을 쓰고 끔찍한 경험을 하고 떠돌았던 것[442]도 이 사람 하나[443] 때문이었구나, 마음으로 어떠한 발원을 올렸던가 하고 알고 싶기에 마음속으로 배례하면서 발원문을 집어 드셨다.

---

439 아카시노키미, 아카시 여어, 어린 황자로 이어지는 여계(女系).
440 히카루겐지는 입도가 꾼 꿈의 내용과 자신이 점성술로 점친 '자제는 3명이며, 천황과 황후가 반드시 나란히 태어날 것이다'라는 내용을 맞추어 본다.
441 자기 신분에 어울리지 않게 입도가 히카루겐지를 사위로 삼으려 한 일. 아카시 바닷가에서 무라사키노우에를 배신하고 미천한 신분의 아카시노키미와 인연을 맺은 일로 보는 견해도 있다.
442 히카루겐지가 누명을 쓰고 스마와 아카시를 떠돌게 된 일.
443 입도.

33. 히카루겐지가 무라사키노우에를 칭찬하자 아카시노키미가 자기 신세를 돌아보다

겐지 님께서는 "이것과 함께 달리 또 바쳐야 할 것[444]이 있습니다. 조만간 다시 알려 드리도록 하지요"라고 여어에게는 아뢰신다. 그런 김에 이렇게만 말씀하신다.

"이제는 이리 옛날의 일도 거슬러 올라가 알게 되셨지만, 저쪽[445] 마음 씀씀이를 소홀하게 판단해서는 아니 되오. 원래 그럴 만한 관계, 피할수 없는 가까운 관계보다도 관계없는 타인이 진심이 담기지 않더라도 동정을 베풀거나 한 마디라도 호의를 베풀어 주는 것은 평범한 일도 아니지요. 하물며 여기에서 가까이 모시거나 하시는 것[446] 등을 지켜보면서도 초심이 변치 않고 깊이 곡진하게 생각해 드리는 것을……. 옛날부터 세상에서 비유하는 말에도 있듯이, 아무리 표면적으로는 소중히 보살피는 듯하여도, 라면서 깐깐하게 추측하는 것도 현명한 일인 듯하나, 역시 잘못이 있다고 하여도 자신에 대해 내심 비뚤어진 마음을 지니고 있을 듯한 사람[447]을 그리 짐작하지 않은 채 순순히 대한다면, 상대도 마음을 돌려 어여삐 여기며 어찌 이렇게 하겠는가 싶고 벌을 받을 것도 같은지라 생각을 고쳐먹는 일도 있겠지요.

평범치 않은 예로부터의 원수가 아닌 사람이라면, 어긋나는 대목들이 있어도 각자 허물이 없을 때는 자연스레 대우하는 예들도 있을 듯하네

---

444 히카루겐지 자신의 발원문.
445 무라사키노우에.
446 친모인 아카시노키미가 여어를 옆에서 돌보는 것.
447 계모.

요. 그러지 않을 만한 일에 날카롭게 성질을 부리고 붙임성도 없이 사람에게 거리를 두려는 마음을 지닌 사람은 참으로 허물없이 지내기 어렵고 생각이 짧은 행동이라고 할 만하지요. 많이 겪지는 않아도 사람 마음의 다양한 모습과 이 같은 분위기를 보니, 고상한 자질이든 품위이든 제각각 한심하지 않을 정도의 마음씨는 갖추고 있는 듯하네요. 모두 제각각 잘하는 방면이 있어 취할 바 없지도 않은데, 그렇다고 또 특별히 내 반려로 생각하여 깐깐하게 그 사람을 선택하려 하면 그런 사람은 좀체 없는 법이지요. 그저 진정으로 성벽性癖이 없고 선하다는 점에서는 이 동쪽 채對448만을, 이 사람이야말로 도량이 넓은 사람이라고 말할 수 있다고 생각합니다. 선하다고 하여도, 또 너무 의지할 데가 없어 미덥지 않은 것도 참으로 안타깝지만요."

곁에 있는 사람449에 대해서는 짐작이 된다.

"자네야말로 다소 분별 있게 처신하시는 듯한데, 참으로 좋은 일이고, 서로 친하게 지내며 여어에 대한 후견을 같은 마음으로 하시게나."

겐지 님께서 이와 같이 조용히 말씀하신다. 그러자 마님은 이리 아뢰신다.

"말씀하지 않으셔도, 참으로 좀체 찾아볼 수 없는 기색을 뵙고 있으면서 밤낮으로 입버릇처럼 아뢰고 있습니다. 괘씸한 인간이라는 등 생각하셔서 용서하지 않으셨다면 이렇게까지 신경 써 주지도 못하셨을 터인데, 민망하리만큼 존중하여 말씀하시기에 오히려 부끄럽기까지 합니다. 사

---

448 다이노우에(對の上), 즉 무라사키노우에.
449 온나산노미야. 히카루겐지가 무라사키노우에만을 칭찬하며 온나산노미야에 대해 언급하지 않기에, 온나산노미야에게 특별한 장점이 없다는 것을 짐작할 수 있다는 뜻이다.

람 축에 끼지 못하는 처지로서 그래도 사라지지 않고 사는 것은, 세상 소문[450]도 몹시 괴롭고 조심스럽게 여겨지고 있습니다만, 허물없다는 듯이 감추어 주고만 계시기에…….”

이에 겐지 님께서는 이리 말씀하신다.

“자네를 위해서는 무슨 배려를 하겠는가. 그저 이 여어의 자태를 곁에서도 뵙지 못하여 걱정스럽기에 맡겨 드리고 있는 것이겠지요. 그 일도 또한 도맡아서 드러나거나 하지 않게 여러모로 처리하시니, 만사 무난하고 보기 좋게 이루어지는지라 참으로 근심 없고 기쁘군요. 대수롭잖은 일에도 분별 없이 비뚤어진 사람이라면, 사람들과 어울리면서 다른 사람에게까지 폐 끼치는 일도 있는 법이오. 모두 그리 결점 없이 처신하시는 듯하기에, 마음이 편하다오.”

이에 마님은 그렇구나, 잘도 나를 낮추며 지내 왔구나, 하면서 이런저런 생각을 하신다. 겐지 님께서는 동쪽 채로 건너가셨다.

“자못 마님에 대한 지극히 각별한 애정만 깊어질 듯하구나. 참으로 역시 다른 사람보다 특별하고 이리도 갖추고 계신 모습이 당연하게 보이시는 것이야말로 좋기만 하구나. 황녀 마마宮の御方 쪽은 표면적으로 귀히 여기시는 것은 좋아 보여도, 그리 건너가시는 것도 보통에도 미치지 못하는 듯하니 송구스러운 일일 듯하구나. 같은 혈연[451]이기는 하셔도 신분이 한 단계 더 높기에 민망한지고.”

마님은 이리 뒤에서 말씀을 아뢰시는데도, 자신의 숙명은 참으로 대단

---

450 아카시 여어의 친모는 지방관의 딸로서 신분이 낮다는 소문. 비록 정처 소생은 아니라고 하여도 친왕의 딸인 여왕(女王) 신분인 무라사키노우에와 아카시노키미의 신분 차이는 현격하다.
451 온나산노미야와 무라사키노우에는 사촌지간이다.

하다고 여기셨다. 고귀한 신분인 분조차 생각하시는 바대로도 이루어지지 않는 듯한 세상에서, 하물며 그분들과 어울릴 만한 세상의 평판을 지닌 것도 아니기에 이제는 아무것도 원망스러운 점도 없다. 그저 세상과 단절하여 칩거하며 그 산에 사는 사람에게 생각이 미치니, 그것만 가슴 아프고 걱정스럽다. 비구니님도 그저 복된 땅 뜰에 씨를 뿌리고,[452] 라든가 하였던 한 구절을 미덥게 여기며 내세를 상상하면서 시름에 잠겨 계셨다.

34. 유기리가 온나산노미야와 무라사키노우에를 비교하다

대장님[453]은 이 황녀에 관하신 일에 생각이 미치지 않은 것도 아니었기에, 아주 가까이에 계시는 것을 참으로 심상하게도 여기지 못한다. 일반적인 볼일을 빌미 삼아 이쪽 편[454]으로는 그럴 만한 기회가 있을 때마다 자주 찾아뵙기에, 자연스레 황녀의 분위기와 성품도 듣고 보신다. 참으로 젊고 의젓하신 점 하나뿐이고 표면적인 대우는 위엄 있고 세상의 본보기로 삼을 만큼 애지중지해 드리시지만, 전혀 특출나게 고상하게는 보이지 않는다. 시녀 등도 어른스러운 사람은 적고, 젊고 용모가 괜찮은 데다 오직 화려하고 세련되어 보이는 사람들은 참으로 많은데, 수를 셀 수 없으리만큼 모여서 모시고 있다. 시름없어 보이는 근방이시기는 하여

---

452 복된 땅(福地)에 관해서는 정설이 없다. 사원의 이름, 선인(仙人)이 사는 곳, 절 등이라는 견해가 있다.
453 유기리.
454 로쿠조노인 동남 구역, 봄의 저택 몸채 서쪽 면의 온나산노미야의 처소.

도 무슨 일이든 평온하고 차분한 사람은 마음속이 빤히 다 보이지 않는 법이기에, 타인이 모르는 시름을 지니고 있다손 치더라도 또한 참으로 충분히 만족해하며 맺힌 데가 없는 듯한 사람과 어울린다면 곁의 사람에게 이끌리면서 같은 분위기와 태도에 마음이 평온할 것이다. 그런데 그저 밤낮으로 유치한 놀이와 장난에 여념이 없는 동녀의 모습 등을 인院께서는 몹시 못마땅하게 보시는 일들이 있어도 세상사를 똑같이 생각하시고 말씀하시지 않는 성향이신지라, 이러한 방면 또한 맡겨 두고 그리하고 싶은 것이겠거니 하며 관대하게 보아주시면서 질책하시거나 바로잡으려 하지 않으신다. 황녀 본인의 몸가짐만은 아주 잘 가르쳐 드리시기에, 약간 체면치레하고 계신다.

이와 같은 일을 보면서 대장님 또한, 참으로 좀체 없는 세상이로구나, 무라사키紫의 마음가짐과 태도가 오랜 세월이 흘렀지만 어쨌든 밖으로 흘러 나가 타인의 눈에 띄거나 소문이 나거나 한 적이 없고, 조용한 것을 기본으로 하면서 그러면서도 마음이 아리땁고 다른 사람을 무시하지 않고 자신을 귀히 여기며 고상한 처신까지 갖추고 계신다면서, 예전에 보았던 모습[455]조차 잊기 어렵게만 떠오르셨다. 자신의 정실부인[456]도 마음 깊이 어여삐 여기고는 계시지만, 대화를 나누며 보람을 느끼거나 빼어난 재기발랄함 등은 갖추지 못하신 분이다. 안정된 모습으로 이제는 하며 익숙해져 긴장이 풀린지라, 역시 이렇게 다양하게 모여 계신 모습들이 제각각 매력이 있기에 마음속으로 생각을 떨쳐 내기 어렵다. 하물

---

455 유기리는 5년 전 태풍이 불던 날 무라사키노우에의 모습을 엿보고 그 비할 바 없는 아름다움을 잊지 못하고 있다.
456 유기리의 정처 구모이노카리.

며 이 황녀께서는 신분을 고려하여도 한없이 각별한 위치이신데 유난히 총애하신다고도 볼 수 없고, 사람들의 시선을 의식하는 것뿐이라고 뵈면서 깨닫는다. 특별히 주제넘은 마음에서는 아니지만, 뵐 기회가 있지 않을까 하고 뵙고 싶다고 생각하고 계셨다.

35. 가시와기가 온나산노미야를 포기하지 못하고 히카루겐지의 출가를 기다리다

위문 독衛門督님[457]도 상황院[458]을 늘 찾아뵙고 친밀하게 모셔 오시던 사람이기에, 부제父帝께서 이 황녀를 애지중지 고이 여기셨던 마음가짐 등을 소상히 뵌 바가 있다. 하여, 다양한 신랑감 물색이 있었던 즈음부터 의중을 다가가 아뢰었고 상황께서도 못마땅하게 여기시며 말씀하시지는 않았다고 들었건만, 이리 다른 쪽으로 결정되신 것은 참으로 분하고 가슴 아픈 느낌이 들어 여전히 마음에서 떨쳐 내지 못한다. 그때[459]부터 친하게 연락을 주고받고 있던 시녀를 연줄로 삼아 황녀께서 처하신 상황 등도 전해 듣고 이를 위안으로 여기고 있는데, 허망하기만 하였다.

"다이노우에對の上의 기색에는 역시 눌리시는군요"라고 세상 사람들도 입에 올리며 수군거리며 소문내는 것을 듣고는, 황송하기는 하여도 나라면 그런 시름은 느끼지 않게 해 드렸을 터인데 참으로 비길 데 없는 신분

---

457 가시와기.
458 스자쿠인.
459 가시와기가 온나산노미야에게 구혼하였던 때.

에는 어울리지 않는 거로구나, 하면서 늘 이 소시종小侍從이라는 황녀의 유모 딸도 채근한다. 세상사가 덧없거늘 나으리님大殿の君께서도 원래 출가에 본뜻이 있기에 생각해 두신 쪽으로 나아가신다면, 하면서 부단히 이런저런 생각을 하였다.

36. 로쿠조노인의 공차기 놀이에 유기리와 가시와기가 합류하다

삼월 즈음 하늘이 화창한 날에 로쿠조노인으로 병부경 친왕과 위문독[460] 등이 찾아뵈러 오셨다. 나으리大殿께서 나오셔서 이야기 등을 하신다.

"한적한 처소[461]에서는 요즈음 참으로 무료하여 기분이 전환될 일이 없습니다. 공사에 걸쳐 일이 없네요. 무슨 일을 하며 날을 보내야만 할지……."

이와 같이 말씀하시며, 이리 물어보신다.

"오늘 아침에 대장大將[462]이 왔는데 어디에 있는가. 참으로 지루하기에 여느 때와 같이 소궁小弓[463]을 맞추게 하여 구경하면 좋았겠다. 소궁을 좋아하는 젊은이들도 보였거늘, 얄밉게도 돌아가 버렸는가."

대장님은 축인 구역丑寅の町[464]에서 많은 사람에게 공차기 놀이[465]를

---

460 히카루겐지의 동생인 호타루 병부경 친왕과 가시와기.
461 한자어 '한거(閑居)'를 쉽게 풀어 쓴 것으로 로쿠조노인을 말한다. 태상천황에 준하는 지위에 있는 히카루겐지는 거의 은퇴한 것과 다름없다.
462 유기리.
463 유희 도구이다.
464 하나치루사토가 거처하는 북동 구역의 여름 저택.

시키고 구경하신다고 들으시고, 겐지 님께서 이리 말씀하신다.

"정신이 없는 일이기는 하여도 그래도 기량 차이가 뚜렷하고 재기발랄함이 있지. 어떠냐, 이쪽에서 하면……."

기별이 있기에, 찾아뵈러 오셨다. 젊은 도련님들로 보이는 사람들이 많았다. "공은 지참시키셨는가. 누구누구가 와 있는고"라고 겐지 님께서 말씀하신다. 대장이 "아무개 아무개가 와 있습니다" 하니, "이쪽⁴⁶⁶으로 오지 않겠나"라고 말씀하신다. 몸채 동쪽 면은 기리쓰보桐壺⁴⁶⁷가 어린 황자를 모시고 입궐하신 무렵이기에 이곳은 눈에 띄지 않은 곳이었다. 야리미즈遣水⁴⁶⁸ 등이 합류하는 곳이라 정취 있는 공차기 놀이 장소를 찾아 모여든다. 태정대신 댁 자제들인 두변頭弁, 병위 좌兵衛佐, 대부님大夫の君⁴⁶⁹ 등 나이 든 사람도 있고 또 어른이 덜 된 사람도 있어 다양한데, 다른 사람들보다 기량이 나은 분들만 계신다.

서서히 어두워지기 시작하는데 바람이 불지 않아 현명한 날⁴⁷⁰이라고 흥에 겨워 변님弁の君도 가만히 있지 못하고 끼어들기에, 나으리大殿께서 이와 같이 말씀하신다.

"변관弁官⁴⁷¹조차 참지 못하시는 듯한데, 공경⁴⁷²이라고 할지라도 젊은

---

465 '게마리'라고 하는 축국(蹴鞠).
466 동남 구역 몸채의 동쪽 뜰.
467 아카시 여어. 동남 구역 봄의 저택 몸채 서쪽 면은 온나산노미야, 몸채 동쪽 면은 아카시 여어의 처소이다.
468 헤이안시대 귀족 주택의 건축 양식인 '신덴즈쿠리(寢殿造)'에서, 집 안으로 물을 끌어 들여 흐르게 한 '야리미즈'는 빼놓을 수 없는 중요한 요소였다.
469 가시와기의 동생들이다. 장인소 우두머리인 '장인 두(藏人頭)'는 4위에 상당하며 정원은 두 명이다. 한 명은 중장 중에서 또 한 명은 변관(弁官) 중에서 뽑으며, 후자를 '두변'이라 한다. '병위 좌'는 병위부 차관을 말하며 종5위 상에 상당한다. '대부'는 5위를 가리킨다.
470 날씨를 의인화한 표현.

위부사衛府司[473]들은 어찌 거침없이 활개 치지 못하시겠는가. 내가 그 정도의 나이일 때는 이상하게 그냥 보며 지나치지 못하고 안타깝게 여겼답니다. 그렇기는 하지만 참으로 정신없구나, 이 놀이 방식은……."

대장도 독님督の君[474]도 모두 내려오셔서 뭐라 할 수 없이 멋진 꽃그늘[475] 아래 서성거리고 계시는데, 석양빛에 비치는 모습은 참으로 끼끗해 보인다. 그다지 모양새 좋고 조용하지 않은 번잡스러운 놀이인 듯하지만, 장소 덕과 사람 덕이었다. 정취 있는 뜰의 나무숲에 안개가 잔뜩 끼어 있고 갖가지 꽃봉오리가 벌어지고 있는 꽃나무들과 살짝 새싹이 나기 시작하는 나무 그늘에서, 이렇게 별것 아닌 놀이이지만 잘하고 못하고 구별이 있는 것[476]을 겨루면서 나라고 못할소냐 하는 표정의 사람 가운데 위문 독이 슬쩍 끼어드셨는데, 그 발끝에 견줄 자는 없었다. 용모는 참으로 깔끔해 보이고 우아한 모습을 한 사람이 태도에 절도가 있으면서도 그래도 역시 분방하니 매력적으로 보인다. 계단 사이에 그늘진 벚꽃 그늘로 다가와 사람들이 꽃님花の上도 잊고 열중하고 있는 모습을, 나으리大殿께서도 친왕[477]께서도 가장자리 고란高欄으로 나와서 바라보신다.

참으로 갈고닦은 솜씨들로 보이고 공 떨어지는 횟수가 많아지면서 높

---

471 태정관에 속하며 모든 성(省)과 모든 지방의 행정 실무를 관장한다.
472 유기리는 종3위 상당의 근위 대장이며 가시와기는 종4위 하 상당의 위문 독으로 참의이다. 둘 다 공경이다.
473 위부의 관인을 말한다. 위부는 육위부로서 좌우 근위부(近衛府), 좌우 병위부(兵衛府), 좌우 위문부(衛門府)를 말한다.
474 가시와기.
475 뜰에 피어 있는 벚꽃 그늘.
476 축국은 승부를 다투는 것이 아니라 차올린 공을 떨어트리지 않고 얼마나 오랫동안 유지하는가가 목적이다. 공이 땅에 떨어지면 1회로 친다.
477 호타루 병부경 친왕.

은 신분의 사람도 흐트러져 관을 쓴 이마 부분[478]이 약간 편안해졌다. 대장님도 자신의 지위를 생각하면 평소와 달리 정신없이 거침없이 놀았구나 싶지만, 보기에는 다른 사람보다 각별히 젊고 아름다워 보인다. 겉은 희고 안은 붉은 기가 도는 노시가 약간 풀기가 **빠져** 있고 사시누키指貫[479]의 옷자락 쪽이 약간 풍성한데 살짝 올리고 계신다. 경박하게도 보이지 않고 왠지 깔끔해 보이는 편안한 차림새에 꽃이 눈처럼 떨어져 내려오니, 위를 바라다보며 휘어져 있는 가지를 조금 눌러 꺾어 계단 중간의 층계참에 앉으셨다. 독님이 뒤따라 앉으며, "꽃이 어지럽게 떨어지는 듯하네요. 벚꽃은 피하면 좋은데……"라는 등 말씀하시면서 황녀의 앞뜰 쪽을 곁눈질하며 보자니, 여느 때처럼 딱히 차분하지 않은 기척들이 들리고 갖가지 색상의 소맷자락이 비어져 나온 발의 틈 사이로 비치는 형체 등이 봄날 공물로 바치는 폐백 주머니[480]인가 싶다.

37. 고양이가 발을 들추어 가시와기가 온나산노미야를 보다

칸막이들을 조심성 없이 끌어당겨 놓고, 인기척이 가까이에서 나서 세상 물정에 밝은 듯 보인다. 중국 고양이가 아주 작고 어여쁜데, 조금 큰

---

478 운동하다 더워지면 관을 일부러 뒤로 젖혀 썼다. 뒷날 축국을 할 때는 두건인 '에보시(烏帽子)'를 썼다.
479 바짓부리에 끈을 꿰어 발목을 졸라매는 바지이다. 활동하기 편하도록 끈을 복사뼈보다 조금 더 위에서 묶어서 부푼 듯이 보인다. 바지 자락을 올리는 것은 신분 낮은 사람이 일할 때의 차림이지만, 유기리는 경박하게 보이지 않는다.
480 여행할 때 도조신(道祖神)에게 봉납하는 다양한 색상의 비단 조각을 넣은 폐백 주머니이다. 안이 비치기에 소맷자락이 비어져 나온 것에 비유하였다.

고양이가 뒤쫓아와서 갑자기 발 틈으로 달려 나오기에 사람들이 겁을 내며 소란 피우며 술렁술렁 몸을 움직이는 기척들과 옷자락 소리가 귀에 시끄러운 느낌이다. 고양이는 아직 사람에게도 잘 길든 상태가 아닌지 아주 긴 줄에 매여 있는데, 물건에 걸려 줄이 몸에 감기었다. 도망치려고 질질 끌고 있는 동안에 발 한쪽 끝이 다 드러나도록 끌어올려졌건만 재빨리 제자리로 끌어내리는 사람도 없다. 이 기둥[481] 근처에 있던 사람들도 당황한 듯한 모습으로 겁내는 기색들이다.

칸막이[482] 가장자리에서 약간 들어간 곳에 우치키袿 차림으로 서 계신 분[483]이 있다. 층계에서 서쪽으로 두 번째 기둥과 기둥 사이 동쪽 끝이기에, 가릴 새도 없이 환히 들여다보인다. 겉은 다홍색이고 안은 보라색인 듯한데 짙은 색과 옅은 색이 잇따라 몇 겹이나 겹쳐져 있고 그 경계도 화사하여 책자의 끝부분[484]처럼 보이는데, 겉은 희고 안은 붉은 기가 도는 직물로 만든 호소나기細長[485]인 듯하다. 머리카락이 끄트머리까지 뚜렷이 보이는데 실을 꼰 듯이 뒤로 끌리어 있고, 끝이 풍성하게 가지런히 잘린 머리카락은 참으로 아름다워 보이고 키보다 일고여덟 치쯤 긴 상태이시다. 의복의 옷자락이 낙낙하여 참으로 가녀린 데다 몸집이 작고, 몸매와 머리카락이 늘어진 채인 옆모습은 말할 수 없이 고상하고 가련해 보인다. 석양빛인지라 뚜렷하지 않고 안이 어두운 느낌이 드는 것도 참으

---

481 고양이가 끌어당긴 발이 걸려 있던 기둥.
482 발 안쪽에 세워 둔 것이다.
483 온나산노미야. '우치키(袿)'는 귀족 여성의 평상복이다. 시녀들은 주인 앞에서 당의와 모(裳)를 걸친 정장 차림이라 여주인임을 알 수 있다. 귀족 여성은 앉아 있는 것이 보통이다. 축국이 보고 싶어 일어서 있는 것은 경솔한 행동이다.
484 다른 색깔의 종이를 겹쳐 철한 책자의 절단면.
485 우치키 위에 입는 평상복.

로 아쉽고 안타깝다.

공에 몸을 날리는 젊은 도련님들의, 꽃이 지는 것을 아쉬워도 할 수 없는 기색들을 보려고 하느라, 사람들은 안이 훤히 보이는 것을 재빠르게도 발견하지 못하는 듯하다. 고양이가 몹시 울기에 뒤돌아보는 표정과 몸놀림 등이 참으로 느긋하여, 문득 젊고 귀여운 사람으로 보인다.

대장은 참으로 민망하지만 기어 다가가려고 하여도 오히려 몹시 경박하기에, 그저 눈치채게 하려고 헛기침을 하시니 살며시 안으로 들어가신다. 그렇기는 하여도 대장 자신의 마음에도 몹시 아쉬운 마음이 드시지만, 고양이 줄을 풀어 버렸기에 자기도 모르게 탄식이 나온다. 하물며 그렇게나 마음 깊이 품고 있는 위문 독은 가슴이 콱 막혀서 다른 누구쯤이라 할 것인가, 많은 사람 가운데 눈에 띄는 우치키 차림으로 보아도 다른 사람과 헷갈릴 수도 없었던 자태 등이 마음에 걸려 생각이 난다. 아무렇지 않은 체하는 얼굴이지만, 위문 독이 어찌 시선을 두지 않았을까 하고 대장은 황녀를 딱하게 여기신다. 위문 독은 견디기 힘든 마음을 어루만지고자 고양이를 가까이 불러 껴안으니, 참으로 향기롭고 가련한 듯이 우는 것도 정답고 그 사람에 비기어 여겨지니, 호색적이기도 하다.

나으리大殿께서 건너다보시고 "공경의 좌석이 너무 소홀하지 않으냐. 이쪽으로……"라면서 동쪽 채[486] 남면으로 들어가시기에, 모두 그쪽으로 가셨다. 친왕께서도 자리를 새로 잡으시고 이야기를 나누신다. 그 다음 다음의 당상관은 툇마루에 둥그런 돗자리를 가져오게 하시고, 격식을 차리지 않고 동백잎 떡과 배, 홍귤과 같은 갖가지 먹거리들이 상자 뚜껑들

---

[486] 무라사키노우에의 처소.

에 섞여 담겨 있는 것을 젊은 사람들은 장난을 치면서 들고 먹는다. 그럴 만한 마른안주[487] 정도를 안주 삼아 술잔을 돌린다.

38. 가시와기가 온나산노미야에 대한 연모로 괴로워하다

위문 독은 아주 심히 침울해하시며 걸핏하면 꽃나무에 눈길을 주면서 시름에 잠기신다. 대장은 그 마음을 알기에 묘하였던 발 안에 비치던 모습을 떠올리는 것이로구나 하고 생각하신다. 참으로 툇마루 가까이에 있던 모습을 한편으로는 경박하다고 여기고 있을 것이다, 아아, 이쪽[488]의 자태가 그렇지는 않을 듯한데 하고 생각하니, 이래서 세상 평판에 비해서는 집안 내에서의 총애가 미적지근해 보이셨구나 하고 수긍이 간다. 역시 안팎으로 주의가 충분치 않고 유치한 사람은 어여쁘기는 하여도 걱정스러울 듯하구나 하고 황녀를 낮춰 보게 된다.

재상님宰相の君[489]은 황녀께 갖가지 흠이 있어도 전혀 찾으려 하지 않고 생각지도 못한 물건 틈으로 희미하게나마 그 사람이라고 뵙게 되니, 옛날부터 내가 지닌 마음이 보답을 받은 게 아닐까 하며 그 인연이 기쁘게만 여겨져 언제까지나 황녀 생각만 한다.

인院께서는 옛이야기를 꺼내시면서, 이리 말씀하신다.

"태정대신[490]이 온갖 일에서 나와 어깨를 나란히 하고 승부를 가르고

---

487 찐 전복, 구운 문어, 소금을 친 말린 생선살 등의 건어물과 말린 새고기.
488 무라사키노우에.
489 가시와기. 참의(재상) 겸 우위문 독.
490 가시와기의 부친. 옛 두중장.

하셨는데, 그중에서 공차기는 내가 미칠 수가 없었지요. 하찮은 일[491]은 전수하거나 하지 않을 터인데, 소질이 있는 방면은 역시 비할 데 없군요. 참으로 똑바로 볼 수 없을 만큼 빨라 보였소."

이에 위문 독은 미소를 띠면서 이렇게 아뢰신다.

"일을 척척 처리해야 하는 방면[492]으로는 미적지근한 가풍인데, 이런 방면으로 그토록 소질이 전해진다고 해 보았자 후세를 위해 특별할 일이 없을 듯합니다."

"무슨 그런……. 무슨 일이든 다른 사람에 비해 각별히 다른 점은 기록하여 전하여야지요. 가전家傳[493] 등에 적어 기록해 둔다면 흥취가 있을 터이지요."

이와 같이 농을 하시는 화사하고 기품 있게 아름다운 자태를 뵈면서도, 이런 사람과 나란히 있으면 얼마만큼의 일이어야 마음을 옮길 분이 계실런가, 어떠한 일이 계기가 되어 안됐다고 여기실 정도로 나에게 마음이 쏠리도록 해 드릴 수는 없을까 하고 이리저리 생각한다. 더한층 더할 나위 없는 근방에서 멀리 떨어져 있는 듯한 신분 또한 절감되기에, 가슴만 막혀서 물러나셨다.

---

491 유희.
492 공무 집행 능력.
493 그 집안에 전하는 기록. 일기나 사적(事蹟) 등을 자손을 위해 남기는 예가 적지 않다.

39. 유기리와 한 우차를 탄 가시와기가
  온나산노미야를 동정하다

대장님[494]과 한 수레를 타고 길을 가면서 이야기를 나누신다.

"역시 요즈음 같은 무료한 때에는 이 인院에 와서 기분을 풀 만하군요."

"오늘 같은 한가한 틈을 기다렸다가 꽃 계절이 지나가기 전에 찾아뵈라고 말씀하셨으니, 봄을 아쉬워하는 김에 이달 중에 소궁을 지니시고 찾아뵈시지요."

이렇게 이야기하며 약조한다.

각자 헤어지는 길목까지 이야기하며 가는데, 위문 독은 황녀에 관해 더 이야기하고 싶기에, 이렇게 안 하느니만 못한 말을 한다.

"인院께서는 역시 동쪽 채에만 납시는 듯하더군요. 그분에 대한 총애가 각별한 것이겠지요. 이 황녀께서는 어찌 생각하시겠는지요. 상황께서 둘도 없이 귀히 여겨 오셨거늘, 그 정도도 아닌지라 침울한 상태로 계실 것이 안타깝습니다."

이에 대장은 이렇게 이야기하신다.

"당치 않네요. 어찌 그런 일이 있을까요. 이쪽 분은 처한 상황이 특별하여 양육하신 친밀함이 다른 분과 구별된다는 점만이 다를 것입니다. 황녀는 여러 면에 걸쳐 참으로 귀히 여기고 계시거늘……."

"아니, 그건 아니지요. 모두 듣고 있습니다. 참으로 애처로워 보이는 때[495]가 자주 있다고 하더군요. 그렇기는 하여도 세상에서 일반적이지

---

494 유기리. 유기리는 산조(三條) 저택으로, 가시와기는 니조(二條)의 태정대신 저택으로 돌아가는 길이다.

않은 상황의 총애이셨거늘……. 좀체 볼 수 없는 처사로군요."

위문 독은 이렇게 황녀를 딱하게 여긴다.

가시와기

"어찌하여서 꽃나무 옮겨 가는 휘파람새는

벚꽃을 각별하게 둥지로 삼지 않나[496]

봄날의 새가 벚꽃 하나에 머무르지 않는 마음이란……. 이상하게 여겨지는
일입니다."

이리 읊조리며 말하기에, 대장은 정말로 참 부질없는 참견이로세, 생
각하였던 대로구나 하고 생각한다.

유기리

"깊은 산 나무 둥지로 정해 놓은 뻐꾸기 또한

어찌하여 꽃 색에 질릴 일이 있을까[497]

도리에 맞지 않네요. 일방적이기만 한 건 아닌가요."

대장은 이리 답한 뒤, 성가시기에 따로 더 화제로 삼지 않도록 하였다.

---

495 히카루겐지가 찾지 않는 일이 이어지는 경우 등. 남편이 밤에 오래 찾지 않는 것을 '요가
레(夜離れ)'라고 한다.
496 휘파람새는 히카루겐지, 벚꽃은 온나산노미야.
497 '깊은 산 나무'는 무라사키노우에, '뻐꾸기'는 히카루겐지, '꽃'은 온나산노미야.

다른 이야기로 돌려 얼버무리며 각자 헤어졌다.

40. 연심이 깊어진 가시와기가 온나산노미야의 유모 딸인 소시종에게 서찰을 보내다

독님은 여전히 대신 댁 동쪽 채에 홀로 거처[498]하며 지내고 계셨다. 생각하는 바[499]가 있어서 오랫동안 이러한 생활을 하는데, 남 탓은 아니어도 적막하고 허전할 때가 자주 있다. 이 정도인 내 처지로서 어찌 원하는 바를 이룰 수 없을 것인가, 이렇게만 오만하게 생각하고 있는데, 이날 저녁부터 심히 침울해져 시름에 젖는다.

어떠한 계기에 다시 그렇게나마 어렴풋한 자태만이라도 볼 수 있을까, 어쨌든 눈에 띄지 않는 신분인 사람이라면 잠시나마 가벼운 근신[500]이나 불길한 방위를 피하기 위한 이동[501]도 쉽기에 자연스레 어찌어찌 틈을 살펴보아 기회를 만들 법도 하겠지만, 라는 등 마음을 풀 방도도 없다.

깊은 창 안[502]에 무슨 방도를 쓴다면 이렇게 깊은 마음을 지니고 있다

---

[498] 가시와기는 독신으로 부친인 태정대신 저택에 함께 살고 있다. 나이는 25, 26세이다.
[499] 가시와기는 황녀를 부인으로 맞고 싶어 한다.
[500] '모노이미(物忌)'라고 한다. 음양도에서 흉사를 피하려고 근신하며 집안에 칩거하거나 다른 곳으로 거처를 옮기는 일이다.
[501] '가타타가에(方違へ)'라고 한다. 외출할 때 음양도에서 말하는 천일신(天一神)이 있는 방위를 피하여 다른 곳에서 묵는 것이다.
[502] 백거이의 「장한가」 제4구인 '養在深閨人未識'에 의한 것이다. '深閨'가 아닌 '深窓'으로 되어 있는 판본에 의한 것으로 보인다.

는 것만이라도 알려 드릴 수 있을까 하고 가슴 아프고 답답하기에, 소시종 앞으로 여느 때처럼 편지를 보내신다.

"요전 날, 바람에 이끌리어 담장의 들판[503]을 헤쳐 들어갔습니다만, 더한층 얼마나 저를 얕보셨을는지요. 그날 저녁부터 마음이 산란하여 어둡기에, 하릴없이 오늘은 시름에 잠겨[504] 지내고 있습니다."

이와 같이 쓴 뒤, 읊으니 이러하다.

가시와기

밖에서 보며 못 꺾는 던진 나무 무성하지만
여운 그리워지는 저녁 해에 비친 꽃[505]

요전 날의 속사정도 모르기에, 소시종은 그저 세상사 일상적인 시름이겠거니 하고 생각한다.

황녀 안전에 사람이 많지 않은 무렵이기에, 이 서찰을 지참하고 찾아뵈었다.

"이 사람이 이렇게 잊을 수 없다고만 말씀해 오시는 것이 성가시기만 합니다. 괴로워 보이는 모습 또한, 보다 못해 다른 마음도 더하여지는 것은 아닐까 하고 제 마음인데도 알기가 어렵기에……."

웃으며 이리 아뢰기에, 황녀께서는 "참으로 불쾌한 말을 하는군요"라

---

503 로쿠조노인 안.
504 '아니 본 것도 본 것도 아닌 사람 그리워지니 하릴없이 오늘은 시름에 잠겨 있네(見ずも あらず見もせぬ人の戀しくはあやなく今日やながめ暮らさむ)'(『古今和歌集』 戀一, 在原業平)에 의한다. 발 틈으로 온나산노미야를 보았다는 의미를 담았다.
505 '던진 나무(投げ木)'는 '한탄(嘆き)'과 동음이의어이다. '꽃'은 온나산노미야의 비유이다.

며 무심한 듯이 말씀하시고 서찰이 펼쳐져 있는 것을 보신다. '본 것도 아닌'이라고 말한 곳[506]에서 참담하였던 발 한쪽 끝과 관련지어 생각하시니, 얼굴이 빨개지신다.

나으리大殿께서 그토록 무슨 말씀을 하실 적마다 "대장[507]에게 모습을 보이시면 아니 됩니다. 어린 구석이 있으신 듯하기에, 자연스레 무심결에 뵙거나 하는 일도 있을 듯하여……"라며 주의를 아뢰시던 것을 떠올리신다. 대장이 그러한 일이 있었다고 말씀을 아뢴다면 얼마나 경멸하실까 하고, 다른 사람이 뵙고 있었을 것이라고는 생각지 않으시고 우선 겐지 님을 어렵게 여기시는 마음속이 유치하기만 하였다.

평상시보다도 황녀의 답이 없으시기에, 소시종은 김이 새지만 강하게 여쭤볼 만한 일도 아니기에 몰래 여느 때처럼 쓴다.

"요전 날은 보고도 모른 척하셨지요. 유감스럽게 여겨 허락해 드리지 않았건만, '아니 본 것도 아니다'라는 것은 어찌 된 일인지요. 참, 호색적이로군요."

이렇게 재빠르게 갈겨쓰고는, 이리 읊는다.

소시종

"이제 와 새삼 티를 내지 마시길 손이 못 닿는

　산벚나무[508] 가지에 마음을 주었다고

---

506 각주 504에 인용된 와카 속 표현이다. 온나산노미야는 인용된 와카 속 표현을 알아차렸다.
507 유기리. 히카루겐지는 자신과 의붓어머니인 후지쓰보 중궁의 일을 생각하여, 아들인 유기리가 자신의 부인들에게 다가오는 것을 경계하였다.
508 온나산노미야.

소용없는 일인 것을……."

「와카나 상」권 해설

　「와카나 상若菜上」권은 히카루겐지의 영화가 절정에 이르렀던 전 권 말미의 세계를 이으면서도 첫머리부터 스자쿠인의 병환과 출가 의지를 기술하며 이야기의 방향을 전환하고 있다. 이에 따라 히카루겐지와 결혼하여 온나산노미야가 로쿠조노인으로 옮아오면서 무라사키노우에를 중심으로 유지되어 온 부인들 간의 균형과 평온한 일상에는 균열이 생기고, 무라사키노우에는 고뇌에 빠져들게 된다. 「후지노우라비藤裏葉」권에서 영화의 정점에 다다른 로쿠조노인 세계는 「와카나 상」권에 들어서면서 영화 그 자체보다는 내부에 내재되어 있는 인간관계라는 영화의 내실에 초점이 맞추어지게 된다. 이와 더불어 아카시 여어가 황자를 낳으면서 아카시 일족의 오랜 세월에 걸친 비원悲願도 이 권에서 달성된다. 권명은 히카루겐지의 마흔 살 축하연을 맞이하여 다마카즈라가 봄나물若菜 연회를 개최하였을 때 히카루겐지가 읊은 '잔술 들판의 젊어 앞날 창창한 솔에 이끌려 들판의 봄나물도 나이 들어 가겠네'에 의한다.

　히카루겐지의 이복형인 스자쿠인은 늘 동생과 비교되며 패배자의 위치로 규정되어 왔다. 다섯 명의 소생 중에서 동궁을 제외하고 네 명이 황녀이며, 그중 히카루겐지의 첫사랑인 후지쓰보 중궁의 이복 여동생인 후지쓰보 여어 소생인 셋째 황녀에 대한 스자쿠인의 편애를 기술하며 모노가타리는 시작된다. 모친도 없고 유력한 후견인도 없는 셋째 황녀인 온나산노미야는 스자쿠인이 출가하는 데 있어 마음에 걸리는 존재였다. 이에 따라 새로운 후견이 되어 줄 반려를 찾게 되면서 히카루겐지가 최종 후보에 오르게 되었다.

히카루겐지가 온나산노미야와의 결혼을 승낙한 것은 표면적으로는 스자쿠인의 요청을 거부하지 못한다는 것이지만, 속내는 온나산노미야가 첫사랑 후지쓰보 중궁의 조카이기 때문이다. 『겐지 모노가타리』는 '첫사랑을 대신할 수 있는 존재를 찾아 헤매는 남성의 이야기'로 규정할 수 있는데, 정편의 남자 주인공인 히카루겐지는 첫사랑 후지쓰보 중궁을 대신할 수 있는 존재로서 그녀의 조카인 무라사키노우에를 만나 함께해 왔고 이제 만년에 이르러 다시금 온나산노미야에게서 후지쓰보 중궁의 자취를 찾으려 한 것이다. 그러나 히카루겐지의 선택은 결국 이 세상에 히카루겐지 말고는 미더운 사람이 없었던 무라사키노우에에게 크나큰 상처를 주게 되었고, 결국 그녀를 잃게 되었다.

이제까지 히카루겐지가 다른 여성들과 인연을 맺지 않은 것은 아니었다. 특히 신분이 높은 친왕의 여식인 아사가오 아가씨朝顔の姫君에게 마음을 주었을 때 무라사키노우에는 심한 불안을 느꼈다. 아오이노우에葵の上가 세상을 뜬 뒤 히카루겐지의 정처 격으로 지내 왔던 본인의 부인으로서의 위치에 위기를 느꼈던 것이다. 다행히 아사가오 아가씨가 히카루겐지를 거부하면서 그 일은 무난하게 넘어갔고 이후 로쿠조노인 봄의 저택의 안주인으로서 무라사키노우에는 명실상부한 히카루겐지의 부인으로 안정된 지위를 구축해 왔다. 그런데 그녀가 도저히 맞설 수 없는 황녀 신분인 온나산노미야와 히카루겐지의 결혼은 충격적인 사건이었다. 이는 이제까지 믿어 왔던 히카루겐지에 대한 신뢰는 물론이고, 정처 격이던 무라사키노우에의 사회적인 지위 또한 흔드는 일이었다. "내 처지에 자부심을 지니고 무심한 마음으로 살아온 세월이 세상의 웃음거리가 되겠구나"11절 하며 무라사키노우에는 사회적인 존재로서의 자신의 흔들리는 위치를 인식할 수밖에 없었다.

　무라사키노우에는 이른바 '운 좋은 사람幸ひ人'으로 사회적으로 인식되었다. 아오이노우에가 세상을 뜬 뒤 무라사키노우에가 히카루겐지의 정처 격으로 니조노인에서 위세 있게 지내게 되자, 계모인 식부경 친왕의 정실부인을 비롯한 타인들은 '갑작스러웠던 행운'「스마」권3절으로 평가하였다. 『겐지 모노가타리』에서 '운 좋은 사람'으로 인식되는 것은 신분이나 후견인이 별 볼 일 없는 여성에 편중되어 있다. 달리 의지할 데가 없는 탓에 남편의 애정이 식는다는 것은 그녀들에게는 치명적이다. 남편의 애정에 불안을 느끼기 시작하였을 때부터 다시금 불안정한 신세를 자각하고 '행운'이 '세상의 웃음거리笑ハ'로 이어지지 않도록 처신해 나가고자 하는데, 주위 사람들로부터는 그 불안과 절실한 노력을 이해받지 못한 채 고립된 상황에 놓이게 된다. 무라사키노우에 또한 마찬가지였다. "너무 오래 밤에 깨어 있는 것도 평소와 달라 사람들이 이상하게 보지는 않을까 자격지심이 드시기에 잠자리에 드셨다. (…중략…) 바람이 불어 대는 밤의 기운은 썰렁하고, 곧바로 잠들지 못하시는 것을 가까이 모시는 사람들이 이상하게 듣지 않을까 싶어 몸을 옴짝달싹도 하지 않으시는데도, 역시 참으로 괴로운 듯하다. 밤이 깊어 닭 울음소리가 들리는데도 어쩐지 가슴이 미어진다"14절라는 기술에서 알 수 있듯이, 히카루겐지와 온나산노미야가 결혼을 하고 사흘째 되는 날 밤의 무라사키노우에는 새벽녘까지 잠 못 이루면서도 자격지심에 옷자락 스치는 소리라도 나서 가까이 있는 시녀들에게 들릴까 신경을 쓰며 몸조차 움직이지 못한다. 두 사람의 결혼이 공식화되는 이날은 무라사키노우에에게는 가장 굴욕적인 날이었다. 히카루겐지를 사랑하면서도 상처 입은 무라사키노우에

의 고뇌는 그것을 입 밖에 내게 되면 비참한 패배를 인정하는 꼴이 될 수밖에 없다. 결국 무라사키노우에는 자신의 불행을 정시하며 '하늘에서 떨어져 내려온 것과 같은 일'[11]로 냉정하게 받아들이고, 마음속 상처를 숨긴 채 태연함을 가장하며 비참한 처지를 내색하지 않으려 애쓴다. 온나산노미야를 직접 접하고 실망하게 된 히카루겐지는 무라사키노우에에게 더 애착을 느끼게 되지만, 이미 그녀는 히카루겐지에 대한 절대적인 신뢰를 상실한 상태이다.

한편, 아카시 여어가 동궁의 첫째 황자를 출산하게 되면서 로쿠조노인 내 아카시노키미의 위치는 상대적으로 높아진다. 황자의 출생은 아카시 일족의 영화를 보장함과 동시에 로쿠조노인의 지속적인 영화를 의미하기 때문이다. 이에 따라 친자식을 두지 못한 무라사키노우에의 사회적 위치는 온나산노미야가 히카루겐지와 결혼한 데 이어 더욱더 옹색해져 간다.

제35권

「외카나 하若菜下」 권
히카루겐지 41세 늦봄~47세

꺼지지 않고 남아 있는 동안은 살아 있을까

마침 연꽃 위 이슬 달려 있는 동안에

消えとまるほどやは經べきたまさかに

蓮の露のかかるばかりを

1. 소시종의 답신을 보고 가시와기가 당혹스러워하다

당연하다고는 생각하여도 부아가 나게도 말하는구나, 아니, 뭐, 이리 특별할 것 없는 인사치레 정도를 위안거리로 삼아서야 어찌 지내겠는가, 이렇듯 중간에 사람을 끼지 않고 한 마디라도 아뢸 기회는 없을런가 하고 생각하면서, 보통 관계로는 과분하고 멋지다고 여기고 있는 인院께 대해서 어쩐지 뒤틀린 마음을 지니게 된 듯하다.

2. 로쿠조노인에서 활쏘기 시합이 열리고
가시와기가 시름에 잠기다

그믐날[1]에는 사람들이 많이 찾아뵈러 오셨다. 위문 독은 어쩐지 우울하고 마음이 안정되지 않지만, 그 근방의 꽃 색깔이라도 보면 위로받을까 싶어 찾아뵈신다. 당상관 활쏘기 시합[2]이 이월로 예정되어 있었는데 지났고 삼월은 또 기월忌月[3]이기에 안타깝게 사람들이 생각하던 차에, 이 인院에서 이러한 모임이 있는 듯하다고 전해 듣고 여느 때처럼 모이신다. 좌우 대장左右大將이 그러한 친분[4]으로 찾아뵙기에 차장들[5] 등이 서로 경

---

1 3월 말일.
2 헤이안시대 궁중 연중행사의 하나로 1월 18일에 궁장전(弓場殿)에서 근위부·병위부 사람들이 참가하여 열리는 '노리유미(賭弓)'라는 활쏘기 시합이 있다. 이 활쏘기 시합에 준하여 천황이 2, 3월에 임시로 당상관들에게 활을 쏘게 하여 관람하는 의식이다.
3 레이제이 천황의 모친인 후지쓰보 중궁이 세상을 떠난 달.
4 좌대장인 히게쿠로와 우대장인 유기리. 히게쿠로는 히카루겐지의 양녀의 남편이며 유기리는 친아들이다.
5 좌우 근위부의 중장과 소장. 8인이다.

쟁하고, 소궁小弓이라고 말씀하셨지만 보궁步弓[6]이 뛰어난 명수들이 있었기에 불러내어 활을 쏘게 하신다.

당상관들도 맞춤한 사람들은 모두 다 전후를 고려하여 엇갈리게 편을 나눈다. 저물어 감에 따라 오늘로 봄을 마감하는 안개 풍경도 부산스럽고 꽃이 난무하는 저녁 바람에 꽃나무 그늘을 한층 더 떠나기가 쉽지 않기에,[7] 사람들은 심히 만취하신다.

"멋진 내기 물품들에서 이쪽저쪽 계신 분들의 마음이 보이는 듯한데, 버들가지 잎을 백 번 맞출 만한[8] 시종들이 잘난 척하며 쏘아 맞히는 것은 생각이 없는 것이지요. 약간 어설픈 솜씨인 사수들을 경쟁시키도록 하지요."

이러며 대장들[9]을 비롯하여 뜰로 내려서니, 위문 독衛門督[10]은 다른 사람들과 달리 별나게 시름에 잠겨 계시기에, 그 단편적이나마 속사정을 알고 있는 대장 눈에는 몇 번이나 띄신다. 역시 기색이 무척 다르구나, 성가신 일이 일어나는 것은 아닐까 하고 자신까지 시름의 극한에 이른 듯한 마음이 든다. 이 서방님들[11]은 사이가 참으로 좋으시다. 그러한 사이라고 하는 중에서도 마음을 주고받으며 친밀하기에, 하잘것없는 일로

---

6   걸어가면서 하는 활쏘기. 말 위에서 쏘는 '마궁(馬弓)'에 대응하는 표현이다.
7   '오늘까지만 봄이라 생각하지 않을 때조차 떠나기 쉽겠는가 꽃나무 그늘 아래(今日のみと春を思はぬ時だにも立つことやすき花のかげかは)'(『古今和歌集』春下, 凡河內躬恒)에 의한다.
8   백 보의 거리에서 가늘고 흔들리기 쉬운 버드나무 잎에 화살을 백발백중시켰다는 초나라 양유기(養由基)의 고사에 나오는 '夫去柳葉百步而射之 百發而百中之'(『史記』「周本紀」)에 의한다.
9   좌대장인 히게쿠로와 우대장인 유기리.
10   가시와기.
11   가시와기와 유기리.

라도 시름에 겨워 마음을 **빼앗**기는 일이 있을 듯하면 딱하게 여기신다.

위문 독 본인 또한 나으리大殿를 뵙게 되니 두려운 데다 눈도 마주치지 못하여, 이러한 마음은 먹어서야 되겠는가, 흔해 **빠진** 일조차 고약하고 다른 사람에게 비난받을 만한 행동은 하지 않겠다고 생각하였거늘 하물며 외람된 일을, 하면서 괴로워한다. 그러면서 요전의 그 고양이라도 손에 넣고 싶구나,**12** 생각하고 있는 바를 이야기할 수는 없지만 홀로 잠들어 썰렁할 때의 위안거리로라도 길들여 보자 하고 생각하니 미칠 것 같고, 어찌하면 훔쳐 낼 수 있을까 싶으나 그것조차 어려운 일이었다.

3. 홍휘전 여어를 방문한 가시와기가 온나산노미야를 그리워하다

여어 마마女御の御方**13**를 찾아뵙고 이야기 등을 아뢰며 기분을 바꾸어 보려고 한다. 참으로 웅숭깊고 이쪽이 부끄러워질 만큼 응대를 하시니, 제대로 모습을 보이시는 일도 없다. 이러한 사이이신데도 거리를 두며 지내 왔거늘 그때는 갑작스레 이상하기만 한 일**14**이었다고는 역시 생각되지만, 보통 이상으로 마음에 담아 둔 본인 마음으로는 황녀를 경솔하다고도 판단하지 못한다.

---

12 온나산노미야를 엿볼 수 있었던 계기가 된 고양이를 황녀 대신으로 보고 있다.
13 홍휘전 여어. 가시와기의 여동생이다.
14 온나산노미야를 예기치 않게 엿본 일.

4. 가시와기가 동궁에게 부탁하여 온나산노미야의
고양이를 맡다

동궁[15]을 뵈러 가셔서 당연히 황녀와 닮으신 데가 있을 것이라고 주시하며 뵙자니, 화사하거나 하지는 않은 용모이시지만 그 정도 신분이신지라 자태는 역시 참으로 각별하여 기품 있고 차분한 우아함을 지니고 계시다.

주상께서 키우시는 고양이가 새끼를 많이 거느리고 있었는데, 곳곳으로 흩어져 이곳 동궁에도 와 있다. 참으로 이쁘장하게 돌아다니는 것을 보자니, 먼저 그 고양이가 떠오른다. 이에, 이리 아뢰신다.

"로쿠조노인六條院 황녀 처소에 있는 고양이야말로 참으로 본 적이 없는 듯한 얼굴로 이뻤습니다. 슬쩍 보았습니다."

동궁께서는 고양이를 특별히 사랑스럽게 여기시는 마음이신지라, 소상히 하문하신다.

"중국 고양이로 여기 것[16]과 다르게 생겼습니다. 같은 종인 듯한 고양이지만, 사랑스럽고 사람을 잘 따르는 것은 이상하게 정답게 여겨집니다."

이렇게 동궁께서 보았으면 하고 여겨지시게끔 잘 아뢰신다.

동궁께서는 유념해 들으신 뒤 기리쓰보 마마桐壺の御方[17]를 통해 말씀을

---

15 스자쿠인의 황자로서 온나산노미야와 이복남매이다. 가시와기에게는 황녀의 혈연이기에 관심이 간다.

16 동궁에 있는 고양이는 일본 고양이로 중국 고양이와 다르다고 강조하며, 동궁의 관심을 끌고 있다.

17 아카시 여어.

전하셨기에, 황녀 쪽에서 고양이를 바치셨다. "정말로 무척 귀여워 보이는 고양이로군요" 하고 사람들이 재미있어하는데, 위문 독은 동궁께서 고양이를 수소문하고자 생각하셨다는 것을 기색에서 알아차린지라, 며칠 지난 뒤 찾아뵈셨다. 동자였을 때부터 스자쿠인朱雀院께서 특별히 신경을 써 주셨기에, 산에서 거처하시게 된 뒤로는 다시 이 동궁께도 친밀히 찾아뵙고 마음을 써 드리셨다.

현악기[18] 등을 가르쳐 드리시면서, "고양이들이 많이 모여 있군요. 어디 있나요, 제가 본 사람[19]은……" 하며 찾다가 발견하셨다. 참으로 사랑스럽게 여겨 어루만지고 있다.

"정말로 귀엽게 생겼네요. 마음으로 따르는 것을 아직 힘들어하는 것은 낯선 사람 얼굴을 가려서일까요. 여기에 있는 고양이들도 딱히 뒤떨어지지는 않네요."

동궁께서도 이리 말씀하시기에, 위문 독은 이와 같이 아뢴다.

"이것은 그다지 사람을 가리는 마음도 거의 지니지 않은 동물이지만, 그중에서도 영리한 것은 자연스레 혼이 있겠지요."

그러고는 "더 나은 것들이 여기에 있는 듯하니, 이것은 잠시 제가 맡았으면 합니다" 하고 아뢰신다. 마음속으로, 이상할 정도로 어리석다고 한편으로는 생각한다.

끝내 이것을 찾아 손에 넣고 밤에도 자기 옆 가까이에 눕혀 두신다. 날이 밝으면 고양이를 보살피고 어루만지며 키우신다. 사람을 멀리하던 습성인데도 무척 잘 따르며 걸핏하면 옷자락에 달라붙고 곁에 누워 애교를

---

18 가시와기는 화금의 명수이다.
19 온나산노미야를 대신하는 존재로 고양이를 의인화하였다.

부리니, 진심으로 귀엽다고 생각한다. 참으로 몹시 시름에 잠겨 툇마루 가까이에 기대어 누워 계시자니, 고양이가 다가와서 야옹, 야옹거리면서 참으로 사랑스럽게 울기에, 어루만지면서 더 심하게 마음이 커지는지고 하고 웃음을 짓는다.

> **가시와기**
> "연모에 지친 그 사람 추억거리 길들이자니
> 너는 왜 어쩌자고 울음소리 내는가
>
> 이것도 전세의 인연인 것인가."

이러며 고양이 얼굴을 바라보며 말씀하시니, 점점 더 사랑스럽게 울기에 품에 넣고 시름에 잠겨 앉아 계신다. 나이 든 시녀 등은 이렇게 수상쩍어하였다.

"이상하게 갑작스럽게 고양이를 총애하는군요. 그 같은 동물에는 관심도 없으신 성향이신데……."

동궁께서 보내라고 하시는데도 보내 드리지 않은 채, 독차지하며 이것을 상대로 이야기를 나누신다.

5. 다마카즈라와 히게쿠로, 식부경 친왕가의 그 뒤의 동정

좌대장左大將 나으리의 정실부인[20]은 대신 댁 자제들[21]보다도 우대장右

大將 나으리[22]를 여전히 옛날과 마찬가지로 거리를 두지 않고 여기고 계신다. 정실부인은 심성이 재기발랄하고 친근감이 느껴지시는 분으로 대면하실 때마다 섬세하고 거리를 두는 기색 없이 대하시기에, 대장도 숙경사淑景舎[23] 등이 서먹서먹하고 너무나 접근하기 어려운 듯한 성품이신지라, 정실부인과 특이하게 의좋은 사이로 서로 교제하고 계신다.

서방님男君[24]은 이제는 더욱더 그 첫 번째 정실부인과도 완전히 인연을 끊은 채 이분을 둘도 없이 애지중지 귀히 여기신다. 이분 소생으로는 도련님밖에 없어 아쉽기에 그 마키바시라 아가씨眞木柱の姫君를 데려와 귀히 키우고 싶어 하시지만, 조부인 친왕[25] 등께서 절대로 허락지 않으시고 "이 아가씨만이라도 세상의 웃음거리가 되지 않도록 혼인시키고 싶다"고 생각하시며 말씀하신다.

친왕親王의 평판은 무척 각별하고 주상[26]께서도 이 친왕에 대한 신임은 참으로 더할 나위 없어, 이것이라 하면서 주상奏上하시는 일은 모른척하지 못하시고 걱정스러운 일로 여기신다. 친왕께서는 대체로 현대풍이신데, 이 인院과 대신大殿[27] 다음가는 분으로 여기면서 사람들도 찾아뵙고 모시며 세상 사람들도 중히 여기고 있었다. 대장[28]도 머잖아 세상의 중진이 되실 만한 재목이기에, 아가씨의 평판이 어찌 가벼울 리 있겠는가.

---

20 히게쿠로(鬚黒)의 정실부인인 다마카즈라(玉鬘).
21 태정대신의 자제들. 가시와기 등 다마카즈라의 남동생들.
22 유기리. 다마카즈라는 로쿠조노인에서부터 유기리와 사이좋게 지내고 있다.
23 아카시 여어. 이복 여동생이지만 고귀한 신분 탓에 다가가기 어렵다.
24 히게쿠로 대장.
25 식부경 친왕. 무라사키노우에의 부친이다.
26 레이제이 천황.
27 히카루겐지와 태정대신.
28 히게쿠로 대장.

기회 있을 때마다 구혼 의사를 밝히는 사람들이 많건만 결정도 하지 않으신다. 위문 독을, 그 같은 기색이 있다면 하고 생각하시는 듯하지만, 고양이보다도 무시당하고 있는 것인가, 전혀 관심이 없는 것이야말로 안타까운 일이었다. 아가씨는 모친이 여전히 이상하게 별난 상태의 사람으로서 세상 일반적인 모습도 아닌 채 세상에 무관심하신 것을 안타까운 일로 여기셔서, 계모[29]가 계신 근방에 끌리며 그립게 여기고 있는 현대풍의 성향을 지니고 계셨다.

6. 호타루 병부경 친왕이 마키바시라와 혼인하였지만 부부 사이가 원만하지 못하다

병부경 친왕[30]께서는 여전히 홀몸으로만 지내신다. 마음이 이끌려 연모하셨던 곳들은 모두 어긋나서, 남녀 관계도 시들하고 세상의 웃음거리가 되었다고 여겨지신다. 그렇다고 이런 상황을 감수하고 지낼 수만은 없다고 생각하셔서, 이 근방[31]에 호의를 표하며 다가가셨다.

"아니 무슨……. 애지중지 뒷바라지하려고 작정한 딸이라면 궁중 출사 다음으로는 친왕들과 혼인시켜 드리는 게 낫다. 보통 신하로서 무뚝뚝하고 평범하기만 한 사람을 요즘 세상 사람들은 감지덕지하지만, 품위 없는 짓이다."

---

29 다마카즈라. 마키바시라는 이전부터 계모를 동경하였다.
30 호타루 병부경 친왕.
31 마키바시라.

큰 친왕大宮32께서는 이리 말씀하시고, 친왕께서 심하게도 안달 내게 만들어 드리지 않으신 채 허락하셨다. 친왕께서는 너무 원망할 데 없는 것이 재미없게 여겨지셔도 대체로 얕잡아보기 어려운 근방이기에, 차마 없던 일로 할 수가 없으신 채 납시기 시작하셨다. 식부경 친왕 댁에서는 참으로 둘도 없이 귀히 여기신다.

큰 친왕께서는 여식을 많이 두고 계셔서, 여러모로 시름겨울 때33가 많은지라 질린 듯하여도 역시 이 아가씨의 일은 떨쳐 내기 어렵게 여겨지는구나, 모친34은 이상한 편벽한 사람으로 세월이 흐름에 따라 더 심해져 가시고 대장은 또 자기 말에 따르지 않는다고 하여 소홀히 내버려 두고 있는 듯하기에 참으로 딱하구나 싶다. 하여, 실내 장식도 손수 열심히 확인하시면서 만사에 걸쳐 송구스럽게도 신경을 쓰신다.

친왕35께서는 세상을 떠나신 정실부인을 늘 그리워하시면서 그저 옛날 분의 자태와 닮은 사람을 맞고 싶다고 생각하셨는데, 나쁘지는 않지만 닮은 데가 없으시구나 싶으셔서 불만스러웠는지, 방문하시는 모습이 참으로 내키지 않아 보인다. 큰 친왕께서는 참으로 불쾌한 처사로구나 하면서 탄식하신다. 모친 또한 그리 별난 상태로 계시지만 제정신으로 돌아올 때는 한심하고 진저리가 나는 부부 관계라고 판단하신다. 대장님도 그럴 줄 알았다, 몹시 호색적이신 친왕이라며 처음부터 본인 마음에 들지 않으셨던 일36이라서 그런지 못마땅하게 생각하신다.

---

32 식부경 친왕. 호타루 병부경 친왕과 구별하기 위한 호칭이다.
33 장녀는 히게쿠로 대장과 헤어졌고, 차녀는 궁중에 출사하였지만 중궁이 될 수 없었던 일 등.
34 마키바시라의 친모이자 히게쿠로 대장의 전처.
35 호타루 병부경 친왕.
36 히게쿠로 대장은 여식인 마키바시라와 호타루 병부경 친왕의 결혼이 친부인 자신의 동

상시님[37]도 이리 미덥지 않아 보이는 모습을 가까이에서 듣자 하시니, 내가 그 같은 부부 관계를 겪었다면 이쪽저쪽[38] 어찌 생각하시고 지켜보셨을까 하는 등 왠지 정취 있게도 가슴 절절하게도 떠올리셨다. 그 옛날에도 가까이에서 뵈려고는 생각지도 않았다, 그저 다정하고 속 깊은 모습으로 친왕께서 늘 말씀해 주신지라, 내 결혼을 어처구니없고 경박하다는 듯이 듣고 경멸하셨을 거라며 오랜 세월 동안 몹시 부끄럽게 여겨 오신 일이기에, 이러한 근방에서 나에 대해 들으실 일도 있겠다 싶어 자연스레 마음이 쓰이겠구나 싶으시다.

이쪽에서도 하여야만 할 일[39]은 처리해 드리신다. 형제인 도련님들 등을 시켜 이러한 친왕의 기색조차 모르는 척하는 얼굴로 밉살스럽지 않게 자주 가까이 다가가 여쭙도록 하거나 한다. 친왕께서는 아가씨가 측은하여 저버릴 마음은 없으신데, 큰 정실부인大北の方[40]이라는 성질 고약한 사람은 늘 용서 없이 원망을 아뢰고 계신다.

"친왕들은 평온하게 두 마음 없이 부인과 결혼 생활을 하실 것이라고, 그것만을 화려하지 않은 생활의 위로로 삼았건만……."

이렇게 투덜대시는 것을 친왕께서도 얻어들으시고는, 참으로 들은 적 없는 일이로고, 옛날에 참으로 어여쁘다고 여겼던 사람을 제쳐 둔 채로 역시 대수롭잖은 마음의 소일거리는 끊어지지 않았어도 이렇게 심한 원망은 딱히 없었건만 하면서 탐탁지 않아, 한층 더 옛날을 그리워하시면

의 없이 이루어진 데 대해 무시당하였다고 여기고 있다.
37 마키바시라의 계모인 다마카즈라.
38 양부인 히카루겐지와 친부인 태정대신.
39 양모로서 할 수 있는 뒷바라지.
40 식부경 친왕의 정실부인이자 마키바시라의 조모. 줄곧 히카루겐지 쪽을 원망하며 히게쿠로와 여식의 인연이 끊어진 데도 분노하고 있다.

서 옛집[41]에서 시름에 잠긴 듯한 상태로만 지내신다. 그렇게 말하면서도 두 해쯤 지났기에 이러한 방면에 익숙해져서 그저 그만한 부부 사이로 지내신다.

7. 네 해가 지난 뒤 레이제이 천황의 양위와 그에 따른 정계 인사 이동

허망하게 세월도 쌓여서 천황內裏の帝[42]께서 보위에 오르신 지 열여덟 해가 되셨다.

"다음 군주君가 되실 만한 황자가 계시지 않아 어쩐지 허전하고 세상이 허망하게 여겨지거늘, 마음 편히 생각하는 사람들과도 대면하고 사인私人으로서 마음 가는 대로 한가롭게 지내고 싶기에……."

이리 여러 해 전부터 생각하시어 말씀하셨는데, 요 근래 무척 중하게 편찮으신 적이 있어 갑자기 양위하셨다. 세상 사람들은 아쉽기에 성대聖代이거늘 이렇게 물러나시다니 하면서 애석해하며 탄식하지만, 동궁[43]께서도 성인이 되시었기에 뒤를 이어 세상사 다스리는 것은 딱히 바뀐 것도 없었다.

태정대신은 사직서를 올리고 칩거하셨다.

"세상이 무상하기에 황공한 천황帝の君께서도 보위를 떠나셨으니, 나이

---

41 세상을 떠난 전처와 함께 살았던 저택.
42 레이제이 천황은 11세에 즉위하여 현재 28세이다. 히카루겐지는 46세이다. 앞 절과 4년간의 공백이 있다.
43 스자쿠인의 황자로 모친은 히게쿠로의 동기간인 승향전 여어. 현재 20세이다.

많은 몸으로서 관을 걸어 두려 하는데[44] 무슨 아쉬움이 있을꼬."

이렇게 생각하시어 말씀하시는 듯하다.

좌대장[45]은 우대신이 되셔서 세상의 정사를 맡게 되셨다. 여어님[46]은 이러한 치세도 기다리지 않으신 채 돌아가셨기에, 최고의 지위[47]를 얻으셨어도 빛이 들지 않은 그늘 부분 같은 느낌이 들어 보람 없는 일이었다. 로쿠조 여어六條の女御 소생의 첫째 황자[48]께서는 동궁 자리에 오르셨다. 그렇게 될 것으로 진작부터 생각하였지만, 막상 그리되자 역시 경사스럽고 눈이 번쩍 뜨이는 일이었다. 우대장님은 대납언이 되셨다.[49] 우대신과는 더한층 이상적인 관계[50]이시다.

로쿠조노인六條院께서는 보위에서 내려오신 레이제이인冷泉院[51]께 후사가 없으신 것을 내심 아쉽게 생각하신다. 같은 혈연[52]이기는 하여도, 고뇌하는 일[53] 없이 지내 오신 만큼 죄는 감추어졌지만 후대까지는 이어질 수 없을 듯한 숙명이 안타깝고 아쉽게 여겨지신다. 하나, 다른 사람을 상대로 말씀하실 수 없는 일이기에 답답하기만 하다.

---

44 '관을 걸다(掛冠)'는 관직을 사직하는 것을 말한다. 후한의 봉맹(逢萌)이 왕망(王莽)을 모시는 것을 기피하여 관을 동도(東都) 성문에 걸어 두고 가족을 데리고 요동으로 도망쳤다는 고사에 의한다(『後漢書』卷八十三「逢萌傳」).
45 히게쿠로 대장. 새 천황의 유일한 외척으로서 승진하여 정사를 보좌하는 역할을 맡게 되었다.
46 천황의 친모인 승향전 여어.
47 국모로서 황태후 지위가 추증되었다.
48 아카시 여어 소생인 황자로 현재 여섯 살이다.
49 유기리. 대납언은 대신 다음가는 요직이다.
50 유기리와 히게쿠로의 관계. 히카루겐지 쪽에서 보자면 새로운 권세가인 히게쿠로를 자기 쪽으로 끌어들인 셈이다.
51 상황인 레이제이인의 호칭으로도, 상황 어소라는 의미로도 쓰인다.
52 레이제이인도 새 동궁도 히카루겐지의 혈육이다.
53 레이제이인이 히카루겐지가 친부임을 알면서도 출생의 비밀에 관한 고뇌를 겉으로 드러내지 않고 치세 중 우려할 만한 일도 없이 무사히 마무리한 것.

동궁 여어[54]는 황자들을 많이 두셔서 한층 더 둘도 없는 총애이시다. 겐지源氏[55]가 잇따라 황후 자리에 오르는 것을 세상 사람들이 불만스럽게 생각하는 것을 보는데도, 레이제이인 황후冷泉院の后[56]는 이유 없이 무리하게 이리 중궁으로 삼아 두셨던 마음을 생각하시니, 더욱더 로쿠조노인六條院에 관하신 일을 세월이 감에 따라 더할 나위 없이 생각하고 계신다.

상황院の帝[57]께서는 바라셨던 바대로 거둥도 옹색하지 않게 납시거나 하면서, 이리되신 것이 참으로 좋고 만족스러운 모습이시다.

8. 출가를 바라는 무라사키노우에의 뜻이 이루어지지 못하다

황녀에 관하신 일은 천황께서 마음을 기울이셔서 신경 쓰신다. 세간 일반에서도 두루 귀히 여겨지시는데, 다이노우에對の上의 기세를 뛰어넘지는 못하신다. 세월이 흐름에 따라 금실은 참으로 이상적이리만큼 좋고 서로 사이가 좋으셔서, 약간이나마 불만스러운 점도 없고 거리도 보이지 않으신다. 그런데도 진지하게 마님이 이리 아뢰시는 때가 많다.

"이제는 이리 대충 사는 삶[58]이 아니라 한가롭게 수행을 하였으면 합니다. 이번 생은 이 정도라고 끝까지 다 본 느낌이 드는 나이[59]도 되었습

---

54 아카시 여어. 18세.
55 미나모토 씨(源氏). 황족 출신이라는 의미이다. 후지쓰보 중궁과 아키코노무 중궁 등 황족 출신의 중궁이 이어지고 아카시 여어도 뒤를 이을 예정이다.
56 아키코노무 중궁. 황자를 출산하지 않았는데도 입후(立后)한 것은 이례적인 일이다.
57 레이제이인.
58 히카루겐지의 부인 중 한 명으로 처첩 간의 관계 속에서 초래되는 시름에 잠기면서 사는 성가신 삶.
59 무라사키노우에는 히카루겐지보다 여덟 살 아래이다. 현재 38세.

니다. 그럴 만한 모양새로 허락해 주시지요."

하나, 겐지 님께서는 이와 같이 저지만 하신다.

"당치도 않은 박정한 생각이시네요. 저 자신도 깊은 출가의 본뜻이 있지만, 당신이 남아 쓸쓸하게 여기시고 저와 함께 지낼 때와 달라질 당신의 처지가 걱정스러운 탓에 이러고 있다오. 내가 마침내 그 일을 이루고 난 다음에 어쨌든 간에 결정하시지요."

여어님[60]은 그저 이쪽[61]을 친부모님まことの御親으로 여기시고 마님[62]은 음지의 후견으로서 겸양하여 처신하시는데, 이것이 오히려 장래가 미덥게 여겨져 더할 나위 없었다.

비구니님도 걸핏하면 참지 못하고 기쁨의 눈물을 일쑤 흘리면서 눈까지 닦다 짓무르고, 장수하는 것이 경사스러워 보이는 실제 본보기[63]가 되어 지내신다.

9. 히카루겐지가 스미요시 신사에 감사 참배를 하려고 계획하다

겐지 님께서는 스미요시住吉에 발원發願하였던 것에 대해 슬슬 신불에게 감사 참배를 드리셔야겠다며, 동궁 여어春宮の女御도 기도차 참배하신다고 하여 그 상자[64]를 열어 보시니, 이런저런 위엄 있는 일들이 많이 적

---

60 아카시 여어.
61 무라사키노우에.
62 아카시노키미.
63 그 시대에 장수는 부끄럽고 시름에 겹다는 통념이 있었다.
64 아카시 입도가 보낸 편지 상자. 스미요시 신에 대한 발원문이 들어 있다.

혀 있다. 해마다 봄가을 가구라神樂65에 봉납한, 반드시 대대손손을 위한 기원을 첨가한 발원들은 참으로 이러한 위세가 아니라면 이루실 만한 일이라고도 마음에 새겨 둘 수 없는 것이었다. 그저 갈겨 쓴 듯한 느낌인데 재기가 엿보이고 빈틈없어 불신佛神도 들어주실 만한 명확한 문구이다. 어찌 그러한 산속 수행승의 마음에 이러한 일들을 생각해 냈을까 하며 가슴 절절하게도, 분수를 모른다고도 생각하며 바라보신다. 그럴 만한 인연이 있어 잠시 임시로 영락하였던 전세의 수행자였던가 하거나 하며 이리저리 생각하시니, 더더욱 가볍게도 여겨지지 않으셨다.

이번에는 이 마음66을 드러내지 않으시고 그저 인院께서 참배하시는 것으로 하여 떠나신다. 바닷가를 따라 전전하며 어수선하던 무렵67에 세웠던 수많은 발원들은 모두 다 이루어지셨지만, 여전히 이 세상에 이리 계시고 이 같은 갖가지 영화를 보시는데도 신의 가호는 잊기 어려워, 다이노우에對の上도 동반하시고 참배를 하시니 그 반향은 평범치 않다. 여러 일을 줄여 몹시 간소히 하고 세상을 번거롭게 하지 않게끔 생략하시지만, 법도68가 있는지라 좀체 없는 위엄을 갖추고 있기에⋯⋯.

공경도 대신 두 분을 제쳐 놓고는 모두 수행하신다. 무인舞人69은 위부衛府의 차장들70 가운데 용모가 깔끔해 보이고 키가 비슷한 사람만을 뽑으셨다. 이 선발에 들어가지 못한 것을 부끄러워하며 슬퍼하며 탄식하는 풍류인들도 있었다. 배종陪從71도 이와시미즈石清水와 가모賀茂의 임시 마

---

65 신사에서 신에게 제사 지내기 위해 연주하는 가무.
66 아카시 입도의 발원 감사 참배.
67 히카루겐지의 스마 퇴거에서 보이는 스자쿠 천황 치세 때의 불온한 정세.
68 태상천황에 준하는 지위에 정해져 있는 격식.
69 '아즈마아소비(東遊)'에서 춤추는 사람이다. '아즈마아소비'는 10절에 등장한다.
70 육위부(六衛部)의 차관.

쓰리祭[72] 등에 부르는 사람들 가운데 갖가지 예능에 **빼어난** 사람만을 갖추어 두신 것이다. 추가한 두 사람[73]은 근위부의 이름 높은 사람만을 불렀다. 가구라神樂[74] 쪽으로는 아주 많이 수행하고 있다. 궁중, 동궁, 상황어소 소속의 당상관이 제각각 분담하여 마음을 다하여 모신다. 수도 모를 정도로 다양하게 힘써 치장한 공경의 말, 안장, 시중드는 종자, 호위무사, 잡일을 하는 소년, 그 다음다음의 시중드는 사람 등에 이르기까지 정돈하여 꾸민 모습은 다시없을 모양새의 구경거리이다.

여어님女御殿과 다이노우에對の上는 한 수레에 타고 계신다. 다음 수레에는 아카시 마님明石の御方과 비구니님이 조용히 타고 계신다. 여어의 유모[75]는 속사정을 알면서 타고 있다. 이분들을 수행하는 시녀들의 수레는 다이노우에 마님上の御方이 다섯 채, 여어님이 다섯 채, 아카시明石의 부속 수레가 셋인데, 눈부시도록 아름답게 치장한 의복과 모습은 말할 것도 없다.

실은, "비구니님을 이왕이면 늙어 가는 주름살이 펴질 만큼 한 일원으로 제대로 대우하여 참배시키도록 하지요"라고 인院께서는 말씀하셨지만, 마님[76]은 이러며 말리셨다.

"이번에는 이렇게 세간 일반에 널리 소문이 났기에 함께 섞이는 것도 민망합니다. 혹여 바라는 바대로 이루어질 세상[77]을 기다렸다가 맞이할

---

71 아즈마아소비, 가구라(神樂)를 연주하는 악인(樂人)이다.
72 이와시미즈하치만 궁(石清水八幡宮) 임시 마쓰리는 3월 중순이나 하순의 오일(午日), 가모 신사의 임시 마쓰리는 11월 하순의 유일(酉日)에 열린다. 아즈마아소비를 연주한다. 악인인 배종은 열두 명이다.
73 임시로 참가하는 배종.
74 아즈마아소비와 함께 신사 앞에서 봉납한다.
75 선지(宣旨)의 딸로 히카루겐지가 아카시로 파견하였던 유모이다.
76 아카시노키미.

수 있다면……."

그런데 비구니님은 남은 수명도 걱정스럽고 우선 의식을 보고 싶어서 참배에 따라나서게 된 것이었다. 그럴 만한 인연으로, 원래 이리 빛나시는 신분인 분들보다도 대단하였던 전세로부터의 인연이 뚜렷하게 절감이 되는 분의 신수身數이시다.[78]

10. 히카루겐지가 스미요시 신사를 참배하고 신사 앞에서 위엄을 다하다

시월 스무날이기에 신사 울타리에 뻗어 나가고 있는 칡도 색이 변하였고[79] 소나무 아랫잎 단풍[80] 등은 소문으로만 가을을 듣지 않는[81] 얼굴이다. 야단스러운 고려高麗, 중국 땅唐土의 아악雅樂[82]보다도 아즈마아소비東遊[83]가 귀에 친숙하여 정답고 정취가 있다. 파도와 바람 소리에 공명하며

---

77 외손자인 동궁이 즉위하여 친딸인 아카시 여어가 국모가 될 때.
78 무라사키노우에, 아카시 여어, 아카시노키미는 히카루겐지와 뗄 수 없는 인연이 있어 영화를 누리는 게 당연하지만, 히카루겐지와 인연이 얕은 비구니님이 이렇게 참배 행렬에 끼게 된 것은 세 여성들보다 강한 숙명을 타고났다는 의미이다.
79 '신사 울타리 타고 뻗어 나가는 칡도 가을엔 참지 못하고 색이 퇴색해 버렸구나(ちはやぶる神の齋垣にはふ葛も秋にはあへずうつろひにけり)'(『古今和歌集』 秋下, 紀貫之)에 의한다. 늦가을에서 초겨울로 넘어가는 자연의 색채를 말한다.
80 '아랫잎 단풍 물드는지 모른 채 소나무 위쪽 푸르른 잎을 보며 기대하고 있구나(下紅葉するをば知らで松の木の上の綠を賴みけるかな)'(『拾遺和歌集』 戀三, 讀人しらず)에 의한다. 소나무 아랫잎의 단풍을 윗부분 잎의 푸른빛과 대조시켰다.
81 '단풍 안 드는 사시사철 푸른 산 부는 바람의 그 소리에 가을을 계속 들어 왔을까(紅葉せぬときはの山は吹く風の音にや秋を聞きわたるらむ)'(『古今和歌集』 秋下, 紀淑望)에 의한다. 본래 와카와 달리 '듣지 않는다'고 바꾸어 색채를 강조하고 푸르른 소나무 속의 단풍을 묘사한다.
82 아악의 우방악(右方樂)인 고려악과 좌방악(左方樂)인 당악이다.

그 높다란 소나무에 부는 바람 소리에 맞추어 불어 대는 피리 소리도 다른 데서 듣는 가락과는 달리 몸에 사무치고, 현악기에 맞추는 박자拍子[84]도 북을 멀리하며 가락을 고르고 있는 연주가 야단스럽지 않은데도, 장소가 장소인 만큼 우아하고 대단히 신명 나게 더 그렇게 들렸다.

산쪽풀로 문지른 대나무 마디 모양[85]은 소나무의 새싹과 헷갈리게 보이고 관冠을 장식한 다양한 조화[86]는 가을 풀과 달리 구별이 되지 않고 뭐든지 다 헷갈리기만 하는 색상이다. 〈모토메고求子〉[87]가 끝날 마지막 무렵에 젊은 공경은 오른쪽 어깨를 벗고 뜰로 내려선다.[88] 화사함도 없는 검은 우에노키누袍衣[89]에다 안은 짙은 빨강이고 겉은 옅은 갈색의 시타가사네下襲, 연보랏빛 시타가사네[90] 소매를 갑자기 벗어 펼치니, 짙은 다홍색 아코메袙[91] 소맷자락이 내리는 가을 비에 살짝 젖어 있는데 소나무 벌판이라는 것을 잊고 온통 단풍이 지는 듯 여겨진다. 볼만한 보람이 충분한 차림들로, 참으로 하얗게 말라 버린 물억새를 높다랗게 머리에 꽂고 그저 한바탕 춤추고 들어가니 아주 흥취 있고 질리지 않았다.

---

83 동쪽 지방의 민요를 바탕으로 한 무악(舞樂)이다. 궁정으로 들어와 사원의 제의(祭儀) 등에서 연주하게 되었다. 북을 사용하지 않는다. 춤을 동반한 것은 〈스루가마이(駿河舞)〉와 〈모토메고(求子)〉만이다.

84 나무로 만든 두 개의 홀(笏)과 같은 것을 마주쳐서 박자를 맞춘다.

85 무악에 종사하는 사람들의 의복 묘사이다.

86 무인은 벚꽃, 악인인 배종은 황매화를 장식한다.

87 아즈마아소비에서 부르는 노래.

88 아즈마아소비에서는 웃옷인 '호(袍)'의 오른쪽 어깨를 벗고 뜰에 내려가 춤추며 마치는 게 관례이다.

89 깃이 둥근 웃옷으로 정장을 할 때 입는다. '호'라고도 한다. 검은 색상의 '호'는 4위 이상이 입는다.

90 시타가사네는 '호' 아래 받쳐 입는 옷이다. 『가초요세이(花鳥餘情)』에 따르면, 전자는 공경, 후자는 당상관의 시타가사네라고 한다.

91 시타가사네 아래에 입는 옷.

나으리大殿께서는 옛일이 떠오르셔서 전에 영락하셨을 때[92]의 모습도 눈앞의 일인 듯이 여겨지신다. 그때의 일을 풀어헤쳐 놓고 이야기 나누실 만한 사람도 없기에 치사 대신致仕の大臣[93]을 그립게 여기셨다.

안으로 들어가셔서 두 번째 수레[94]에 살짝, 이렇게 품속 종이에 쓰신 것을 건넨다.

히카루겐지

누가 또다시 속사정을 알아서 스미요시의

신대神代 이래 존재한 솔에 물어보려나

비구니님은 목이 멘다. 이러한 세상을 보는데도, 그 바닷가에서 이제 마지막이라며 헤어지셨을 적에 여어님이 뱃속에 계셨던 모습[95] 등을 떠올리면서도, 참으로 과분하였던 제 숙명의 정도를 생각한다. 출가하신 분[96]도 그립고 여러모로 어쩐지 슬프다. 한편으로는 불길하다며 말조심을 하며 이리 읊는다.

비구니님

스미요시가 살 만한 보람 있는 바닷가인 걸

긴 세월 산 어부도 오늘에야 알지니[97]

---

92 스마로 퇴거하였던 일.
93 전 태정대신. 옛 두중장. 그는 홍휘전 황후 세력에 개의치 않고 스마로 히카루겐지를 찾아왔다.
94 아카시노키미와 비구니님이 타고 있다.
95 당시 아카시노키미는 아카시 여어를 회임 중이었다.
96 아카시 입도.

답신이 늦으면 민망하겠다 싶어 그저 떠오른 대로 읊은 것이었다.
그러며 이렇게 홀로 읊조렸다.

비구니님
그 옛날 일을 먼저 잊을 수 없네 스미요시의
신에 기원한 효험 눈앞에서 보자니

하룻밤 내내 춤과 노래로 날을 밝히신다. 스무날 달이 먼 거리에서 깨끗하게 보이고 바다 표면이 정취 있게 다 보인다. 서리가 무척 많이 내려서 소나무 벌판도 색깔이 헷갈리고 모든 것이 서늘하게 느껴져 정취도 절절한 감동도 더하였다.

다이노우에對の上는 늘 울타리 안에서 지내면서 철에 따라 흥취 있는 아침저녁의 관현 연주는 자주 듣고 눈에 익숙해지셨지만, 문밖 구경은 거의 하지 않으시는 데다 하물며 이리 도읍都 밖 출입은 아직 경험한 바 없으시기에 신기하고 정취 있게 여겨지신다.

무라사키노우에
스미요시의 소나무에 밤늦게 내리는 서리
신이 내건 닥나무 껍질 끈 딴머리[98]가

---

97 '보람(效)'은 일본어로 '가이'라고 하여 '조개(貝)'와 동음이의어이다. '어부' 또한 일본어로 '아마(海人)'라고 하여 '비구니(尼)'와 동음이의어이다. 아카시 바닷가를 배경으로 읊었다.
98 '유카즈라(木綿鬘)'라고 한다. 닥나무 껍질을 벗겨 그 섬유로 만든 딴머리 머리 장식이다.

다카무라님篁朝臣[99]이 '히라산比良の山조차'[100]라고 하였던 눈 내린 아침을 상상하니, 제사의 뜻을 받으신 신의 증표인 것인가 하고, 더욱더 믿음직스럽다.

여어님이 읊기를 이러하다.

아카시 여어

신관의 손에 받치어 든 비쭈기 나뭇잎 위에

폐幣가 걸려 있는 듯 깊디깊은 밤 서리

중무님中務の君은 이리 읊는다.

중무님

신주가 폐로 잘못 볼 만큼 희게 내린 서리는

실로 명명백백한 신의 증표인 건가

잇따라 셀 수 없을 만큼 와카가 많이 읊어졌지만, 무엇 하러 들어 둘 것인가. 이럴 때의 와카는 평소 능숙하게 읊으시는 남자들도 오히려 돋보이지 않고, 소나무의 천년[101]과는 다른 세련된 발상은 없어서 번거로

---

99 오노 다카무라(小野篁, 802~852). 시문에 능한 문인이자 가인이다.
100 『가초요세이(花鳥餘情)』 등에 따르면, 이 구절은 10세기 중반의 가인이자 문인인 스가와라 후미토키(菅原文時, 899~981)의 'ひもろぎは神の心にうけつらし比良の山さへ木綿鬘せり'(『袋草子』)에 의한 것으로, 작자를 혼동한 것으로 보인다고 지적하고 있다. '히라산'은 시가현(滋賀縣)의 비와호(琵琶湖) 서안의 산이다. 북서 계절풍 때문에 눈이 많이 내려 '비와 저물녘 눈'은 오미(近江) 8경의 하나이다.
101 스미요시라 하면 소나무, 소나무라 하면 장수라는 식의 상투적인 표현.

운지라······.

어렴풋하게 날이 밝아 가는데, 서리는 한층 더 심하게 내리고 본말本末[102]도 구별하지 못할 정도로 지나치게 취한 가구라神樂 악인들이 자기 얼굴 상태를 모른 채 흥겨움에 푹 빠져서, 뜰에 피운 화톳불도 사그라들고 있는데 여전히 "만세, 만세"[103]라며 비쭈기나무 잎을 들고 흔들면서 축하를 아뢰는, 그 자손의 치세는 상상으로도 더더욱 대단하다. 만사에 걸쳐 신명이 끊이지 않은 채로 천 밤을 하룻밤으로 삼고 싶은 밤[104]이건만 어이없이 밝았기에, 밀려가는 파도와 경쟁하듯 돌아가는데도 젊은 사람들은 아쉽게 여긴다.

소나무 벌판에 저 멀리까지 나란히 죽 세워 둔 수레들의, 바람에 나부끼는 발 아래의 틈새와 틈새로 비치는 옷 색깔도 상록수 그늘에 꽃 비단을 더한 듯이 보인다. 다양한 우에노키누의 색상으로 신분이 구분된 관인[105]들이 풍취 있는 소반을 차례로 건네면서 모두에게 식사 수발하는 것을 아랫사람 등은 눈이 휘둥그레져 멋지다고 생각한다. 비구니님 앞에도 천향淺香[106] 나무 쟁반에 푸른빛 도는 엷은 검정색 종이[107]를 접어 깔고 정진精進 요리[108]를 드리니, "놀랄 만한 여자의 숙명이로고" 하면서 제

---

102 가구라에서는 두 조로 나뉘어 본가와 말가를 교대로 노래하는데, 자신이 본말 어디에 속하는지 모를 정도로 심하게 취하였다는 의미이다.
103 가구라우타(神樂歌)인 〈센자이노호(千歲法)〉의 한 구절이다.
104 '긴긴 가을밤 천 밤 하룻밤으로 삼는다 해도 할 말 남아 있는 채 닭이 울지 않겠나(秋の夜の 千夜を一夜になせりともことば殘りてとりや鳴きなむ)'(『伊勢物語』二十二段)에 같은 표현이 있다.
105 '호'를 입은 4위 이하의 관인들이 밥상을 올린다. 4위는 짙은 붉은색, 5위는 엷은 붉은색, 6위는 짙은 녹색, 7위는 엷은 녹색, 8위는 짙은 남색, 초위는 엷은 남색이다. 참고로 1위는 진보라색, 2위와 3위는 연보라색이다.
106 향목의 일종.
107 출가한 몸에 어울리는 색상이다.

각각 뒤에서 험담을 늘어놓았다.

참배하러 가시던 도중은 엄숙하여 거추장스러운 갖가지 봉납물이 그득하였는데, 돌아올 때는 이런저런 유람을 다 즐기신다. 이어 다 말하는 것도 귀찮고 힘든 일들이기에……. 이러한 모습을 그 입도入道가 못 듣고 못 보는 세상으로 동떨어져 가신 것만 아쉬웠건만, 어려운 결단이기는 하나 한자리에 어울린다고 하여도 볼꼴사나울 것이다. 세상 사람들이 이것을 본보기로 삼아 이상을 높게 지니려는 시절인 듯하다. 만사에 걸쳐 사람들은 기가 막히는 놀라운 일로 칭송하고 세간의 화젯거리로서 '아카시 비구니님'이라고 하면 운 좋은 사람을 일컫는 말이었다. 그 치사 대신의 여식인 오미노키미近江の君는 쌍륙을 둘 때도 "아카시 비구니님, 아카시 비구니님"이라고 말하면서 좋은 주사위가 나오도록 빌었다.

11. 적적한 무라사키노우에와 로쿠조노인 여성들의 그 뒤

입도 상황入道の帝[109]께서는 용맹정진하시며 궁중의 정사에 관하신 일에도 귀 기울이지 않으신다. 금상의 봄가을 거둥[110] 때는 옛날을 떠올리시는 일도 섞이었다. 황녀에 관하신 일만을 여전히 떨쳐 내지 못하시고 이 인院을 역시 일반적인 후견인으로 여기시고, 주상께는 내밀히 마음을 써 주시도록 아뢰신다. 황녀는 이품二品[111]이 되셔서 봉호御封 등[112]이 늘

---

108 비구니이기에 육류를 쓰지 않은 음식을 제공하였다.
109 스자쿠인.
110 천황이 상황이나 모후와 대면하는 이른바 조근(朝覲) 거둥. 봄가을 두 차례 이루어진다.
111 친왕과 내친왕의 품위는 4품까지 있다. 품위가 없는 경우에는 무품이라고 한다.

어나 한층 더 눈부시게 위세를 더하신다.

다이노우에對の上는 이렇게 세월이 감에 따라 다른 분들보다 높아지시는 황녀의 평판을 보면서, 내 처지는 그저 한 분이 대우해 주셔서 다른 사람들보다 못하지는 않아도 세월이 많이 쌓이게 되면 그 배려 또한 결국 줄어들게 될 것이다, 그러한 세상을 다 지켜보기 전에 내 뜻대로 출가하고 싶구나 하고 끊임없이 늘 생각하여 오셨다. 하나, 겐지 님께서 건방지다고 여기시면 어쩌나 싶어 거리끼기에 제대로 아뢸 수도 없으시다.

천황內裏の帝조차 황녀께 마음을 각별히 쓰시기에, 소홀히 대한다고 들으시게 하는 것도 딱하기에, 겐지 님께서 그리로 건너가시는 일은 이쪽과 점차 비슷한 모양새로 되어 간다. 그럴 만한 일이고 당연하다고는 생각[113]하면서도 그럼 그렇지, 라고만 마음 편치 않게 생각되지만, 여전히 모르는 체하며 평소와 다름없는 모습으로 지내고 계신다. 동궁 바로 다음의 온나이치노미야女一の宮[114]를 이쪽에서 특별히 애지중지 돌보신다. 황녀를 돌보시느라 무료하게 홀로 밤을 지새울 때도 위로가 되셨다. 어느 분이라 할 것 없이 어여쁘고 사랑스럽다고 생각하고 계신다.

여름 저택 마님夏の御方[115]은 이렇게 마님이 여러 손주분을 돌보는 것을 부러워하여, 전시典侍 소생의 대장님大將の君 댁 도련님[116]을 맞아들여 열심히 돌보신다. 참으로 귀염성이 있고 성격도 나이에 비해서는 활발하고 어른스럽기에 나으리님大殿の君께서도 사랑스러워하신다. 후사가 적

---

112 이품 내친왕의 봉호는 봉(封) 3백 호, 위전(位田) 42정이다.
113 '그럴 만한(さるべき)' 일은 숙명, '당연(ことわり)'한 일은 도리를 말한다.
114 아카시 여어 소생으로 동궁의 여동생인 황녀.
115 하나치루사토.
116 유기리와 고레미쓰(惟光)의 여식인 전시 사이에 둔 아들.

다고 생각하셨건만 점차 번창해 나가 이쪽저쪽 아주 많이 늘어나시니, 이제는 그저 이 손주들을 귀여워하거나 보살피시면서 무료함[117]도 위로가 되셨다.

우대신右の大殿[118]이 찾아뵙고 모시는 것도 옛날보다도 친밀함이 더하여지고, 이제는 정실부인[119]도 완전히 어른스러워진 데다 겐지 님께서도 그 옛날의 호색적인 방면으로는 생각지 않으셔서인지, 그럴 만한 계제가 있으면 건너오거나 하시면서 다이노우에對の上와도 대면하시며 바람직하게 서로 교류하고 계셨다. 황녀께서만 여전한 모습으로 젊고 느긋하게 계신다. 여어님[120]은 이제는 주상께 완전히 맡겨 드리시고, 이 황녀를 참으로 딱하게 여기며 어린 여식처럼 돌보아 드리고 계신다.

12. 히카루겐지가 스자쿠인과 온나산노미야를 대면시키기 위해 축하연을 계획하다

스자쿠인께서, 이제는 아주 살날이 얼마 남지 않은 마음이 들어 왠지 불안한지라 결코 이 세상의 일은 뒤돌아보지 않겠다고 단념하였건만 한번 더 대면하기를 원한다, 혹여 여한이 남기라도 한다면[121] 곤란하니 떠들썩하지 않은 모양새로 납시도록 하라고 기별을 넣으셨다. 이에 나으리

---

117 태상천황에 준하는 지위인 만큼 히카루겐지는 로쿠조노인에서 한가한 나날을 보내고 있다.
118 히게쿠로.
119 다마카즈라. 현재 32세.
120 아카시 여어.
121 현세에 대한 집착은 왕생하는 데 장애가 되기 때문이다.

大殿께서도 이러면서 찾아뵈실 수 있도록 준비하신다.

"참으로 당연한 일입니다. 이러한 기색을 보이지 않으셨더라도 자진하여 찾아뵈어야 하건만. 하물며 이리 기다리고 계셨다니 민망하군요."

적당한 계제 없이 삭막한 모양새로 소박하게 찾아뵐 수야 있겠는가, 무슨 일을 벌여 만나 보시게 하면 좋을까 하고 이리저리 생각하신다. 이번에 꽉 차는 연치가 되시니 봄나물 등을 요리하면 어떨까 생각[122]하셔서, 다양한 법복法服에 관한 일과 정진 요리를 마련하기 위한 준비와 이것저것 등을, 색다르고 속세의 일들과는 다른지라 다른 사람[123]의 취향들을 받아들이면서 이리저리 궁리하신다.

옛날에도 관현 연주 방면으로 관심이 깊으셨기에, 무인과 악인樂人 등을 신경 써서 선정하여 빼어난 사람만을 모으신다. 우대신 댁 자제들 두 명,[124] 대장의 자제는 전시 소생을 더하여 세 명,[125] 아직 어린 일곱 살 넘은 자제들은 모두 청량전 당상관 대기소 근처에서 용무를 보게 하신다.[126] 병부경 친왕 댁 천황의 어린 손왕孫王[127]과 모든 그럴 만한 친왕들의 자제들, 그리고 양가良家의 도련님들을 모두 골라내신다. 당상관님들도 용모가 말끔하고 똑같은 춤 모양이더라도 각별할 듯한 사람만을 선정하여 다양한 춤을 준비시키신다. 이번 행사가 대단히 위세 있을 듯하다고 하여, 모든 사람이 마음을 다하여 준비하신다. 각 분야의 전문가와 명

---

122 스자쿠인은 내년에 마침 50세가 된다. 쉰 살 축하연을 열고 봄나물을 바치고 장수를 기원하려는 계획이다.
123 로쿠조노인의 여성들.
124 우대신 히게쿠로와 다마카즈라의 아들들.
125 유기리의 아들들.
126 '와라와텐조(童殿上)'라고 한다. 귀족 자제인 소년들 가운데 용모가 뛰어난 아이를 골라 청량전 당상관 대기소에서 잔시중을 들며 잡다한 용무를 보게 하였다.
127 호타루 병부경 친왕의 아들이기에 기리쓰보 천황의 손자가 된다.

인들이 쉴 틈이 없을 무렵이다.

13. 히카루겐지가 축하연의 준비로
온나산노미야에게 칠현금을 가르치다

황녀께서는 원래 칠현금[128]을 배우고 계셨는데, 아주 어려서 상황과도 헤어지셨기에, 상황께서는 미덥지 못하게 생각하셔서 이리 뒷말로 아뢰셨다.

"찾아오시는 김에 그 현악기 소리도 듣고 싶구나. 그래도 칠현금 정도는 습득하셨을 터이지."

이를 주상께서도 들으시고, 이와 같이 말씀하셨다.

"참으로 그래도 분위기는 각별하겠군요. 상황 어전에서 솜씨를 전부 발휘하실 때 겸사겸사 찾아뵙고 듣고 싶군요."

나으리님大殿の君께서는 전해 들으시고, 수년 동안 그럴 만한 계제가 있을 때마다 가르쳐 드린 일도 있어서 그 솜씨는 정말로 나아지셨지만, 아직 상황께서 들으시기에 족한 깊이 있는 기량에는 미치지 못하였거늘, 아무런 생각도 없이 찾아뵈신 김에 듣고 싶으시다며 무조건 원하시게 된다면 참으로 볼썽사나울 일도 생길지 모르겠다며 딱하게 생각하셔서, 요즈음 신경을 쓰셔서 가르쳐 드리신다.

가락이 다른 곡 두셋, 정취 있는 대곡大曲들[129]인데, 사계절에 따라 음

---

128 칠현금은 황통인 사람들에게 어울리는 현악기로 여겨졌다.
129 무악의 소단위는 첩(帖)이다. 한 첩만의 곡은 소곡(小曲), 여러 첩의 곡은 중곡(中曲),

감이 달라지고 대기가 추워지고 따뜻해지는 것을 조절하여 보여 주는 각별하다고 할 만한 비곡祕曲[130]만을 특별히 집중하여 가르쳐 드리신다.[131] 황녀께서는 미덥지 않은 상태이셨지만, 점차 터득하게 되시면서 아주 능란해지신다.

"낮에는 참으로 사람들이 번다하고 여전히 한 번 더 현을 흔들거나 누르거나 하는 간격이 성급하기에, 밤마다 조용히 연주법의 정수 또한 체득하도록 해 드려야 할 듯합니다."

겐지 님께서는 이러면서 동쪽 채對[132]에도 그즈음은 말미를 여쭈시고, 밤낮으로 가르쳐 드리신다.

14. 아카시 여어와 무라사키노우에가 칠현금 연주를 듣고 싶어 하다

여어님에게도 다이노우에對の上에게도 칠현금은 가르쳐 드리지 않으셨기에, 이번 기회에 거의 들어 본 적 없는 곡들을 타실 터인데 들어 보고 싶다고 생각하셔서, 여어도 일부러 좀체 얻기 어려운 말미를 그저 잠깐이라고 아뢰시고 퇴궐하셨다. 황자와 황녀 두 분이 계시는데 또다시 기색이 있으신 듯하여 다섯 달 정도 되셨기에, 제사 등을 핑계[133] 삼아 납

열 첩 이상의 곡은 대곡(大曲)이라고 한다.
130 고도의 솜씨가 요구되는 어려운 곡.
131 음악은 사계절의 운행과 국가 기구와의 미묘한 조화를 실현하는 것으로서, 정치의 운영을 통해 민생의 안정을 획득하기 위한 최고의 수단이라는 견해도 있다.
132 무라사키노우에.
133 제사 등을 지낼 때는 임신으로 인한 부정을 꺼리어 피한다.

신 것이었다. 열하룻날[134]이 지난 뒤에는 입궐하시도록 기별을 뻔질나게 보내오시지만, 이러한 기회에 이처럼 밤마다 열리는 정취 있는 관현 연주가 부러워, 어찌하여 내게 전수해 주지 않으셨던가 하고 박정하게 여기신다.

겨울밤 달은 다른 사람과 달리 칭송하시는 성향이시기에 정취 있는 밤의 설광雪光에 계절에 어울리는 곡들을 타시면서, 모시는 사람들도 이 방면으로 다소 소질이 있는지라 현악기들을 제각각 타게 하여 합주 등을 여신다. 한 해가 저물 무렵에는 동쪽 채 등에서는 바쁜 데다 이쪽저쪽의 채비에다 손수 챙기시는 일들도 있기에, "날이 화창해질 봄날 저물녘 등에 어찌하여서든 이 현악기 소리를 듣고 싶구나" 하고 말씀하시던 중에 새해가 되었다.

15. 히카루겐지가 온나산노미야를 상대로 칠현금에 대해 이야기하다

상황의 쉰 살 축하연은 우선 조정에서 주최하시는 일들이 참으로 많기에, 날이 겹쳐 지장이 있어서는 곤란하다고 생각되셔서 조금 연기하신다. 이월 열흘날 지나서 날을 정해 두시고 악인과 무인 등이 찾아뵈면서 관현 연주가 그치지 않는다.

"이 동쪽 채에서 늘 듣고 싶어 하는 현악기 소리에다 어찌하여서든 그

---

134 12월 11일에는 아마테라스오미카미(天照大御神)를 제사 지내는 '진콘지키(神今食)'라는 궁중 제사가 있다.

사람들[135]의 쟁금과 비파 소리도 합쳐서 여악女樂[136]을 시도해 봅시다. 요즈음의 명인들이라고 하여도 결코 이 근방 사람들의 기량들보다 낮지 않습니다. 저는 제대로 전수받은 적은 거의 없지만 무슨 일이든 어찌하여서든 내가 모르는 일이 있어서는 안 되겠다고 어렸을 적에 생각하였기에, 세상에 있는 각 분야의 전문가라는 사람 모두와 그리고 지체가 높은 집안들의 그럴 만한 사람의 비전祕傳들 또한 남김없이 시도해 보았습니다. 그중에 참으로 조예가 깊고 이쪽이 부끄러움을 느낄 만한 정도의 사람은 없었습니다. 그 옛날보다도 또 요즘 젊은 사람들이 지나치게 멋을 부리고 젠체하니 이 또한 경박해진 듯합니다. 칠현금은 또한 하물며 배우는 사람이 전혀 없어졌다고 하는군요. 타시는 현악기 음색 정도만이라도 전해 받은 사람은 좀체 없을 것입니다."

겐지 님께서 이리 말씀하시기에, 황녀께서는 순진무구하게 웃으며 이렇게 인정해 주실 만큼 되었구나 싶어 기쁘게 생각하신다. 스물한두 살쯤 되셨는데도 여전히 아주 몹시 미성숙하고 어린 느낌이 들어, 하늘하늘하고 가녀려서 귀엽게만 보이신다.

"상황을 뵙지 못하신 채 세월[137]이 흘렀는데, 나이 들어 멋지게 되셨다고 보실 수 있게끔 더 채비하여 뵙도록 하시지요."

이렇게 겐지 님께서는 무슨 일이 있을 때마다 가르쳐 드리신다. 참으로 이러한 후견인이 계시지 않는다면, 더욱더 철없으신 모습이 감추어지

---

135 로쿠조노인의 여성들. 구체적으로는 아카시 여어의 쟁금과 아카시노키미의 비파를 말한다.
136 여자들만의 합주.
137 히카루겐지와 혼인하여 로쿠조노인으로 온 지 7년 정도가 지났다. 현재 온나산노미야는 21~22세이다.

지 않았을 터인데, 라며 사람들도 뵙고 있다.

16. 정월에 여악을 열고 유기리가 그 자리에 초대받다

정월 스무날 즈음이 되니, 하늘도 정취가 있을 무렵인데 훈훈한 바람이 불고 앞뜰 매화도 한창때가 되어 간다. 그 밖의 꽃나무들도 모두 몽우리가 맺히고 안개가 잔뜩 끼었다.

"달이 바뀌면 준비할 시간이 다가오고 어쩐지 어수선하여질 터인데, 합주하실 현악기 음색도 시악試樂[138]이라도 여는 듯이 사람들도 쑥덕거릴 터이니, 요즈음처럼 한적한 시기에 타 보시지요."

겐지 님께서는 이러면서 몸채로 마님을 모시고 건너가신다. 수행해 드리면서 연주를 듣고 싶어 너나 할 것 없이 따라가고 싶어 하는 듯하지만, 이쪽 방면에 거리가 먼 자는 골라 남겨 두시고 조금 나이는 들었어도 고상한 사람들만을 골라 수행하도록 하신다.

동녀[139]는 용모가 빼어난 네 명인데, 붉은색 웃옷에 겉은 희고 안이 붉은 배색의 한삼汗衫,[140] 옅은 보라색 직물의 아코메袙,[141] 무늬를 도드라지게 짠 우에노하카미表袴[142]는 다듬이질을 하여 광택을 낸 홍색인데, 용모도 태도도 빼어난 사람만을 불러들이신다.

---

138 예행연습.
139 무라사키노우에를 수행하는 동녀이다.
140 동녀가 정장할 때 위에 걸친다.
141 겉옷 아래 입는다.
142 겉에 입는 아래옷.

여어 처소도 방 안의 장식 등이 한층 더 새로워진 무렵인지라 밝은데, 시녀들이 제각각 경쟁하여 한껏 멋을 낸 의복들이 산뜻하기가 둘도 없다. 동녀는 푸른색 웃옷에 겉은 옅은 갈색에 안은 짙은 붉은색 배색의 한삼, 중국 능직 비단의 우에노하카마, 아코메는 황매화 빛의 중국 얇은 능직 비단인데, 같은 차림새로 갖추었다.

아카시 마님의 동녀는 야단스럽지 않고 겉은 홍색이고 안은 보라색 배색의 웃옷을 입은 두 명과 겉은 희고 안이 붉은 배색의 옷을 입은 두 명인데, 모두 청자색 한삼을 입고 아코메는 진하고 옅은 색상이며 다듬이질 자국 등이 이루 말할 수 없이 멋진 것을 입히셨다.

황녀 처소에서도 이렇게 모이신다고 들으시고, 동녀의 차림만은 각별히 꾸미도록 하셨다. 짙은 청색에 노란빛을 띤 웃옷에 겉은 희고 안은 파란 배색의 한삼, 불그스름한 연보랏빛 아코메 등 특별히 탐탁하고 참신한 모습은 아니지만, 대체적인 분위기가 위엄 있고 고상한 구석까지 있어 참으로 비할 데가 없다.

몸채에 붙은 조붓한 방[143] 안의 맹장지문을 떼어 내고 이쪽저쪽 칸막이만을 경계로 삼아 가운뎃방은 인院께서 앉아 계실 수 있도록 자리를 준비한다. 오늘 합주에 박자拍子를 맞추는 데는 동자를 불러들이시고자 하여, 우대신의 셋째 아들인 상시님 소생의 큰 도련님[144]에게 생황笙篁, 좌대장의 큰 아드님[145]에게 횡적橫笛을 불도록 하여 툇마루에 대기시키신다. 방 안에는 방석들을 나란히 펼쳐 두고 현악기들을 들여와 건네드린

---

143 '히사시(廂)'라고 한다.
144 히게쿠로에게는 아들이 넷 있는데, 삼남과 사남이 다마카즈라 소생이다. 그중 삼남을 말한다.
145 유기리와 구모이노카리의 장남.

다. 숨겨 두신 현악기들[146]이 아름다운 감색 바탕의 자루들에 들어 있는데, 그것을 꺼내어 아카시 마님明石の御方에게 비파琵琶, 무라사키노우에紫の上에게 화금和琴, 여어님女御の君에게 쟁금箏の御琴, 황녀宮께는 이렇게 대단한 현악기는 아직 연주하시기 어렵겠다고 걱정되어서 여느 때처럼 손에 익숙하신 것[147]을 조율하여 바치신다.

"쟁금은 현이 느슨해지지는 않지만, 역시 이렇게 다른 현악기와 합주할 때의 조율에 따라 기러기발이 서 있는 위치가 흔들리는 법입니다. 세심히 그런 마음가짐으로 조율하여야만 하는데, 여자는 팽팽하게 현을 당기지를 못한다오. 아무래도 대장[148]을 이리로 불러들이시는 게 나을 듯합니다. 이 피리꾼들은 아직 너무 어린 듯하여 박자를 조정하는 데 완전히 미덥지 않군요."

겐지 님께서 이러며 웃음을 띠시면서 "대장, 이쪽으로……"라고 불러들이시기에, 마님들은 부끄러워서 마음 준비를 하며 계신다. 아카시노키미明石の君를 제쳐 놓고는 어느 쪽이나 모두 저버리기 어려운 제자들이시기에, 신경을 더 쓰셔서 대장이 들으시는 데 흠이 없도록 해야겠다고 생각하신다. 여어는 늘 주상께서 들으실 때도 합주를 하면서 연주에 익숙해지셨기에 안심이 되는데, 화금[149]은 얼마 되지 않는 곡조이지만 연주법이 정해져 있지 않아 오히려 여자는 더듬더듬 헤맬지도 모른다, 봄철 현악기 소리는 모두 합주하는 법이거늘 흐트러지는 대목이 있다면 하고, 다소 애처롭게 여기신다.

---

146 로쿠조노인에 소장되어 있는 유서 있는 현악기 종류.
147 칠현금.
148 좌대장 유기리.
149 무라사키노우에 담당.

대장은 아주 심히 마음을 다잡고, 어전에서 엄숙하고 멋진 시악이 열릴 때보다도 오늘은 특별히 더 마음이 쓰이신다. 하여, 산뜻한 노시直衣[150]에 향내가 밴 옷들을 겹쳐 입고 소매에 진하게 스며들게 하여 몸단장을 하고 찾아뵈실 무렵에 날은 완전히 저물었다. 정취 있는 황혼 녘 하늘에 꽃은 작년의 오래된 눈雪을 떠오르게 하고[151] 가지도 휠 만큼 흐드러지게 피어 있다. 산들산들 불어오는 바람에 이루 말할 수 없는 내음이 나는 발 안의 향내도 함께 풍겨 오고, 휘파람새 꾀어내는 길잡이[152]로 삼을 만한 대단한 저택 근방의 향내이다.

발 아래로 쟁금의 아랫부분을 약간 내밀면서 겐지 님께서 이리 말씀하신다.

"무례한 듯하지만, 이 줄을 조절하여 조율해 보아 주시게. 여기에 달리 친밀하지 않은 사람을 들일 수도 없기에……."

이에, 공손히 받으실 때의 대장의 모습은 마음 씀씀이도 두루 미쳐서 보기가 좋다. 기준이 되는 현을 일월조壹越調[153] 소리에 맞추고 바로 가락을 고르지 않은 채 대기하고 계시기에, 겐지 님께서 이리 말씀하신다.

"역시 조율한 뒤 시험 삼아 타는 한 곡쯤은 어떠할지, 썰렁하지 않도록……."

이에 대장은 "도저히 오늘 관현 연주의 합주 상대로 끼어들 정도의 솜

---

150 귀족의 평상복.
151 흰 매화꽃이 작년 겨울에 내린 눈과 헷갈릴 정도로 멋지다는 발상은 『고킨와카슈(古今和歌集)』 이래의 상투적인 표현이다.
152 '바람 소식에 꽃향기 함께 실어 휘파람새를 꾀어내는 길잡이 보내면 어떠할까(花の香を風のたよりにたぐへてぞ鶯さそふしるべにはやる)'(『古今和歌集』春上, 紀友則)에 의한다. 매화향과 훈향에 초점을 맞춤으로써 자연히 로쿠조노인의 화려한 여악 무대가 설정된다.
153 아악의 여섯 가락의 하나로 서양음악의 라조(調)에 해당한다.

씨라고는 생각할 수 없습니다"라고 짐짓 젠체하신다. 그러자 겐지 님께서는 이러며 웃으신다.

"그렇기는 한 일이지만, 여악에 끼지도 못한 채 도망쳤다고 소문이 전해지는 것이야말로 분한 일이라네."

대장은 가락을 다 고른 채 정취가 있을 정도로 시험 삼아 타는 한 곡만을 연주하고 돌려드렸다. 배석한 손자인 도련님들이 모두 참으로 어여쁜 노시 차림으로 합주한 피리 음색들은, 아직 설익긴 하여도 장래가 기대되고 무척 정취 있게 들린다.

17. 네 여성의 현악기 연주, 제각각 더할 나위 없이 화려하다

현악기들을 다 조율한 뒤 함께 타기 시작하시니, 뭐가 더 낫다고 할 것 없는 가운데도 비파琵琶는 빼어나게 능숙해 보인다. 고풍스러운 손놀림이 한없이 맑고 정취 있게 들린다.

화금和琴에 대장도 귀를 기울이고 계시자니, 정답고 매력적으로 들리는 가조각假爪角으로 타는 소리인데 튀기며 타는 소리가 좀체 들을 수 없는 현대풍이다. 본격적으로 타는 전문적인 연주자들이 야단스럽게 뜯는 가락이나 곡조에 뒤떨어지지 않게 더한층 떠들썩하여, 야마토 금大和琴에도 이러한 연주법이 있었구나 하며 듣고 놀란다. 쌓아 올린 노력의 정도가 공공연히 드러나게 들리어 정취가 있기에, 나으리大殿께서는 안도하시며 참으로 좀체 찾아볼 수 없는 분이라고 여기신다.

쟁금箏の御琴은 다른 악기 소리 사이사이에 감칠나게 흘러나오는 성질

의 악기 소리이기에, 귀여운 듯하고 우아하게만 들린다.

칠현금琴은 역시 설익은 편이지만 한창 배우고 계시는 때인지라 어설 프지 않고 참으로 다른 악기와 소리가 잘 어울려서, 능숙해진 현악기 소리로구나 하며 대장은 들으신다. 박자를 맞추며 창가唱歌를 하신다. 인院께서도 때때로 쥘부채를 울리면서 보태시는 목소리가 옛날보다도 무척 정취가 있고, 약간 투박하고 무거운 느낌이 더하여진 듯이 들린다. 대장도 목소리가 무척 빼어나신 분으로, 밤이 조용해져 감에 따라 뭐라 말할 수 없이 정겨운 밤의 관현 연주이다.

18. 히카루겐지가 네 여성을 꽃에 비유하다

달이 마음을 감질나게 만드는 무렵이기에, 등롱을 여기저기 내걸고 불을 적당할 만큼 밝히도록 하신다. 황녀 처소宮の御方를 들여다보시니, 다른 사람보다 별나게 작고 귀염성 있는 모습으로 그저 옷만 있는 느낌이 든다. 화사한 느낌은 뒤떨어지고 그저 참으로 고상하고 귀염성 있고, 이월 스무날 즈음의 푸른 버들青柳이 살짝 가지를 늘어뜨리기 시작할 때와 같은 느낌이 들어 휘파람새 날개가 바람에도 나부끼듯 연약하게 보이신다.154 겉은 희고 안은 붉은 배색의 호소나기細長155에다 머리카락은 좌

---

154 『가카이쇼(河海抄)』에서는 이 구절이 '依依嫋嫋復青青 勾引春風夢限情 白雪花繁空撲地 綠絲條弱不勝鶯'(『白氏文集』卷六十四「楊柳枝詞」第三首)에 의거한다고 지적하고 있다. 푸른 버들과 휘파람새의 결합, 버들이 여성을 비유하고 있다는 공통점이 있다.
155 여성용과 아동용 두 종류가 있다. 전자는 여성의 일상복이며 앞섶이 없다. 후자는 귀족 아들딸들의 옷으로 드리워진 머리카락을 대도록 뒷부분에 깃을 밖으로 접어 낸 부분이 있다.

우로 드리워져 있어 버드나무 가지와 같은 모양이다.

이러한 모습이야말로 더할 나위 없는 신분인 사람의 자태이신 듯이 보인다. 여어님女御の君은 마찬가지로 우아한 자태이시지만 약간 더 화사함이 가미되어 태도와 몸가짐이 고상하고 품위 있는 모습이시다. 한창 흐드러지게 핀 등꽃藤の花이 여름에 접어들어도 견줄 만한 꽃이 없는 아침녘 같은 느낌[156]이 드신다. 그렇기는 하여도 무척 풍만해질 무렵[157]이 되셔서 몸이 편찮아 보이셨기에, 현악기도 밀어내고 사방침에 기대어 계셨다. 몸집이 자그마하고 나긋나긋하게 기대어 계시는데, 사방침은 보통 크기인지라 발돋움하여 기대어 있는 듯한 느낌이 들어 특별히 작게 만들면 좋겠다고 보일 정도로 무척 애처로운 모습으로 계셨다. 겉은 다홍색이고 안은 보라색 배색의 웃옷에 머리카락이 흘러내려 하늘하늘 기품이 있어, 불빛에 비친 자태가 세상에서 찾아볼 수 없으리만큼 아리따워 보인다.

무라사키노우에紫の上는 불그스름한 연보랏빛인가, 색이 짙은 고우치키小袿,[158] 옅은 암홍색의 호소나가에 머리카락이 느슨하게 늘어져 있는데 머리숱이 많다. 몸집 등은 적당한 크기이고 몸매도 이상적이다. 근방에 향내가 가득 찬 느낌이 들어 꽃이라고 한다면 벚꽃櫻[159]에 비유할 수 있는데, 오히려 실물보다 뛰어난 분위기를 각별히 지니고 계신다.

---

156 천황의 총애를 한 몸에 받고 있어 경쟁할 상대가 없는 아카시 여어의 안정된 처지를 묘사한 것이다.
157 임신 7개월째이다.
158 상류 귀족 여성의 통상적인 예복으로 가라기누(唐衣)나 허리 뒤쪽에 두르던 모(裳) 대신에 입는다. 소매가 넓고 얇은 견직물로 안을 댄다.
159 다른 데 비할 바 없는 벚꽃에 비유하여도 부족하다는 것은 최고의 찬사이다. 벚꽃은 때를 초월한 절대적인 대상이다. 『겐지 모노가타리』 3 「노와키」 권 2절에서 유기리가 무라사키노우에를 엿보는 장면에서도 '산벚꽃(樺櫻)'에 비유되었다.

이러한 분들 근방에서 아카시明石는 주눅이 들 만한데 그다지 그렇지도 않고 태도 등이 세련되어 이쪽이 부끄러움을 느낄 정도이고, 마음속을 들여다보고 싶을 정도로 어딘지 모르게 기품이 있고 우아해 보인다. 겉은 희고 안은 푸른 배색의 직물로 만든 호소나가에 연둣빛일까 싶은 고우치키를 입고 얇은 옷감으로 만든 모裳[160]를 슬쩍 걸치고 짐짓 자신을 낮추고 있지만, 기색이 그리 생각해서인지 고상하여 얕볼 수가 없다. 푸른빛 고려 비단으로 가장자리를 감친 깔개에 제대로 앉지도 않은 채 비파를 놓고 그저 살짝 타기 시작한다. 나긋나긋하게 손에 익은 발목撥木 다루는 솜씨는 음색을 듣는 것보다도 좀체 다시 없을 듯이 마음이 끌리어 오월을 그리는 귤나무 꽃花橘[161]의, 꽃도 열매도 함께 따냈을 때의 향기로 여겨진다.

이분도 저분도 몸가짐을 다잡고 계신 기색들을 듣고 보시는데도, 대장도 참으로 안을 들여다보고 싶어지신다. 전에 봤을 때보다도 나이 들어 성숙해지신 다이노우에對の上의 모습을 보고 싶기에 마음도 안정되지 않는다. 황녀에 관해서는 조금 더 숙명이 미쳤더라면 내 사람으로도 뵐 수 있었을 터인데, 너무 우유부단한 자신의 마음이 후회스럽기만 하다. 상황께서는 때때로 그와 같은 의향을 드러내시고 뒤에서 말씀하고 계셨거늘, 하고 부아가 난다. 하나, 다소 가벼운 방면으로 보이시는 황녀의 기색에 멸시하는 것은 아니어도 그다지 마음은 동하지 않았다. 이 마님御

---

160 '모'는 시녀 격인 사람이 착용한다. 이를 착용하여 짐짓 겸손한 듯한 태도를 보이는 것이 아카시노키미의 처세술이다.
161 '오월 그리는 귤나무 꽃 향내를 맡아 봤더니 옛사람 소매에서 나던 향기 풍기네(五月まつ花橘の香をかげば昔の人の袖の香ぞする)'(『古今和歌集』夏, 讀人しらず)에 의한다. 스마 퇴거 때를 회상하면서 히카루겐지는 아카시노키미의 아름다움을 인식하고 있다.

方[162]에 대해서는 생각이 미칠 만한 아무런 방도가 없어 멀리서 오랜 세월을 지내 왔기에, 어찌하여서든 그저 일반적이나마 자신이 호의를 지니고 있다는 모습이라도 보여 드렸으면 좋겠다는 정도이건만 안타깝고 한탄스러웠다. 억지로 있을 수 없는 주제넘은 마음 등은 전혀 지니지 않으시고 아주 잘 처신하고 계신다.

19. 하카루겐지가 유기리와 함께 음악에 대해 논평하다

밤이 깊어 가는데 썰렁한 기색이다. 늦게 떠서 누워서 기다려야 하는 달[163]이 살짝 모습을 보이니, 겐지 님께서 이리 말씀하신다.

"감칠나는구나, 봄날 으스름한 달밤이여. 가을날 운치는 또한 이러한 악기 소리에 벌레 소리가 어우러져 맞추는 것이 평범치 않고, 더할 나위 없이 울림도 좋아지는 느낌이 들건만……."

이에 대장님은 이리 아뢰신다.

"가을밤 환한 달 아래에서는 모든 것이 정체됨이 없기에 현악기와 피리 소리 또한 밝고 맑은 느낌은 들지만, 역시 일부러 만들어 맞춘 듯한 하늘의 풍경, 꽃의 이슬에도 여러모로 시선이 가고 마음이 산란하여 한계가 있습니다. 몽롱한 안개 사이로 어슴푸레하게 보이는 봄철 하늘의 달빛 아래 조용히 맞추어 분다고 한다면 어떨지요. 가을은 피리 소리 등도 곱고 맑게 끝까지 높이 울리지는 않습니다. 여자는 봄을 칭송한다[164]

---

162 무라사키노우에.
163 음력 열아흐렛날 밤의 달은 누워서 기다려야 할 정도로 늦게 뜬다.

고 옛사람이 말을 남겨 두었습니다만, 정말로 그러하였습니다. 부드럽게 악기 소리가 조화를 잘 이루는 것은 봄날 저물녘[165]이야말로 각별하였습니다."

이에 겐지 님께서는 이와 같이 말씀하신다.

"아니, 이 품평이란……. 예로부터 사람들이 정하기 어려워하였던 것을 후대의 뒤떨어지는 사람이 확실히 밝힐 수는 없을 터인데. 음악의 가락이나 곡들에 관해서는 정말로 율律[166]을 두 번째 것으로 치고 있기에 그렇기도 할 것이네."

이어서 이리 말씀하신다.

"어떠한가. 요즈음 연주가 능하다고 평판이 높은 이 사람 저 사람에게 어전 등에서 이따금 연주를 시키시는데, 빼어난 사람은 수가 적어진 듯하더구나. 그 최고라고 생각하는 명인들도 그다지 터득하지 못한 것은 아닐지. 여기 이렇게 미약한 여자들 사이에 섞여 연주한다고 하여도 기량 차이가 있으리라고는 생각되지 않는구나. 여러 해 전부터 이리 칩거하며 지내자니, 듣는 귀 등도 약간 이상하여진 듯하여 안타깝구나. 이상하게도 사람들의 학문이나 슬쩍 배운 예능들도 배운 기량이 돋보여 다른 곳보다 나은 데로구나. 그 어전의 관현 연주 등에서 일류의 명인으로서 뽑힌 사람들 누구누구에 비해 어떠한가."

---

164 『가카이쇼』에서는 이 부분을 『시경(詩經)』의 다른 이름인 『모시(毛詩)』의 한 구절을 인용한 것으로 지적하고 있다.

165 악기 연주는 가을밤이 정취 있다는 전통적인 미의식에도 불구하고 봄날 저물녘의 연주에 대한 상찬은, 결국 히카루겐지의 창의적인 취향에 대한 상찬이다.

166 여(呂)가 봄의 가락인 데 비해 율(律)은 가을의 가락이다. 여는 중국에서 전래된 아악의 선법(旋法), 율은 일본 고유의 속악의 선법이다. 중국에서 전래된 칠현금에서는 여를 중시하였다.

이에 대장은 이리 칭송해 드리신다.

"그것에 관해 거론하며 말씀드리려 생각하였습니다만, 잘 분별하지 못하는 채로 되바라지게 아뢰는 것도 어떨까 싶었습니다. 거슬러 올라간 시대의 음악과 비교하여 들어 보지 않아서인지, 위문 독의 화금[167]과 병부경 친왕의 비파[168] 등이야말로 요즈음 좀체 없는 예로 들고 있는 듯합니다. 정말로 어깨를 나란히 할 사람이 없는데, 오늘 저녁 접한 악기 소리들이 모두 마찬가지로 경탄스러웠습니다만. 역시 이리 정식으로 여기는 것도 아닌 관현 연주라고 전부터 방심하고 있었기에 놀란 탓일까요, 제창가 등도 무척 감당하기 어려웠습니다. 화금[169]은, 그 대신 정도가 이렇게 때에 맞추어 열심히 고안한 음색 등을 마음껏 뜯으시니 참으로 각별하시고 다른 사람이 보통 이상으로 빼어나게 연주하기는 좀체 어려울 듯합니다만, 오늘 연주는 참으로 뛰어나게 조화를 이루었습니다."

겐지 님께서는 "그다지 그리 대단한 수준은 아니거늘, 짐짓 그럴듯하게도 보아주시는군요" 하며, 의기양양한 얼굴로 미소를 지으신다.

"실로 나쁘지는 않은 제자들이지요. 비파는 내가 참견할 만한 것이 없는데, 뭐라 하여도 연주 분위기가 다른 듯하네. 생각지 못한 곳[170]에서 처음 들었을 때 좀체 들을 수 없는 음색이로구나 하고 생각하였건만, 그 때보다는 또 더없이 능숙하여졌으니……."

---

167 화금은 6현금이다. 가시와기는 부친인 전 태정대신에 이어 2대에 걸친 화금의 명수이다.
168 호타루 병부경 친왕은 로쿠조노인의 향 겨루기 날 열린 관현 연주(『겐지 모노가타리』 3 「우메가에」 권 3절)와 유기리가 주최한 히카루겐지 마흔 살 축하연(「와카나 상」 권 23절)에서도 비파를 연주하였다.
169 가장 먼저 무라사키노우에의 화금 솜씨를 치사 대신(옛 두중장)과 비교하여 거론하며 평가한다.
170 스마 퇴거 때 입도의 아카시 저택에서 처음 들었다.

겐지 님께서 이러며 굳이 자신이 잘났다는 듯이 떠드시기에, 시녀 등은 서로 살짝 쿡쿡 찌른다.

"만사에 걸쳐 각각의 분야에 관해 배우고 익히게 되면, 재능이라는 것은 모두 한도가 없이 여겨지면서 자기 마음에 만족할 만큼 끝없이 배워 익힌다는 것은 참으로 어렵지요. 그렇기는 하여도, 그 깊이까지 도달한 사람이 이 세상에 거의 없기에 일부분을 무난하게 배워 익힌 사람이 있다면 그러한 약간의 재능에 위로받을 수도 있겠지만, 칠현금은 역시 번거롭고 손대기 어려운 악기이기는 하지요.

이 현악기에 관해서라면, 참으로 정해진 연주법대로 습득한 옛사람은 천지를 흔들고 귀신의 마음을 부드럽게 만들고 온갖 악기 소리가 이 소리에 따르게 되고, 깊은 슬픔에 잠긴 자도 기쁨에 차도록 바꾸고 천하고 가난한 자도 고귀한 신분으로 새로워져 보물을 손에 넣고 세상의 인정을 받는 예가 많았지요.[171] 이 나라에 연주법이 전해 온 초기까지 심도 있게 이것을 이해하고 있던 사람은 많은 세월을 모르는 나라에서 보내고 목숨을 버릴 각오로 이 현악기를 배우겠다고 발버둥까지 쳤어도 습득하기는 어려운 일[172]이었지요. 정말로 또한 명백하게 하늘의 달과 별을 움직이거나 때에 맞지 않은 서리와 눈을 내리게 하고 구름과 우레를 쳐서 시끄럽게 만든 예가 거슬러 올라간 세상에는 있었지요.[173]

이렇듯 더할 나위 없는 악기인 만큼 칠현금을 전해 내려오는 그대로

---

171 칠현금의 효용. 『가초요세이』 등에는 『악서(樂書)』에 의한 것으로 지적되어 있으며, 같은 표현은 『시경』 대서(大序)을 인용한 『고킨와카슈(古今和歌集, 905)』 서문에 등장한다.
172 이 부분은 『우쓰호 모노가타리(宇津保物語)』의 도시카게(俊蔭) 표류담을 들어 칠현금의 기능을 습득하는 데 어려움이 많다는 것을 말하는 것이다.
173 칠현금의 힘. 『가카이쇼』에서는 '發徵則隆冬熙蒸 騁羽則嚴霜夏凋 動商則秋霖春降 奏角則谷風鳴條'(『文選』卷十八「嘯賦」)를 준거로 들고 있다.

습득하는 사람은 좀체 없는 데다, 말세이기 때문인지 어디에 그 옛날의 일부분이라도 있다고 하겠는가. 그래도 역시 그 귀신이 귀를 대고 기울여 듣기 시작하였던 탓이었는지, 어중간하게 배워서 뜻한 바를 이루지 못한 부류가 있고 나서는 이것을 타는 사람은 좋지 못하다는 흠을 잡기에, 귀찮아서 이제는 거의 전수하는 사람이 없다던가. 몹시 안타까운 일인지고. 칠현금 음색을 벗어나서는 무엇으로 가락을 조절할 수 있는 길잡이[174]로 삼겠는가.

정말로 만사에 걸쳐 쉽사리 쇠락해 가는 모양새의 세상에서 홀로 나라를 떠나 뜻을 세우고 중국 땅과 고려로 이 세상을 떠돌아다니며 부모 자식과 헤어진다는 것은 세상에서 이상한 사람으로 여겨질 것이다.[175] 그래도 어찌 적당히나마 역시 이 길을 자세하게 알 정도의 조각이나마 알아 두지 않겠는가. 가락 하나를 막힘없이 연주하는 일조차 가늠할 수도 없는 일인 듯하구나. 하물며 많은 가락이 번거로운 곡이 많은지라, 한창 열심이었을 때는 세상에 있는 온갖 것, 여기에 전하는 악보라는 것은 전부 다 널리 비교해 보고 끝내는 스승으로 삼을 만한 사람도 없이 즐겨 배웠건만, 역시 옛날의 명인에게는 대적할 수도 없군요. 더더욱 내 뒤로 말할 것 같으면 전수할 만한 후손도 없으니 참으로 쓸쓸한지고."

이와 같이 말씀하시기에, 대장은 정말로 몹시 한심하고 남부끄럽다고 생각하신다.

"이 황자들[176] 가운데 내가 생각하는 바대로 성장하시는 분이 계신다

---

174 칠현금은 음계의 기준으로 여겨졌다.
175 『우쓰호 모노가타리』의 도시카게 표류담을 다시 거론하며, 옛날에는 숭배의 대상이었던 도시카게 일족도 오늘날에는 이상한 사람으로 매도될 정도로 칠현금의 가치가 저하되고 있음을 개탄한다.

면 그때, 그렇다 하더라도 그렇게까지 오래 살아남을 수 있어야 하지만, 얼마 되지 않는 기량이라도 전부 남겨 드려야겠네요. 둘째 황자께서 지금부터 소질이 있는 듯 보이시니……."

겐지 님께서 이와 같이 말씀하시기에, 아카시노키미明石の君는 무척 면목이 서기에 눈물을 글썽이며 앉아 듣고 계신다.

20. 히카루겐지도 합류하여 허물없이 연주하다

여어님은 쟁금을 마님上[177]에게 맡겨 드리고 기대어 누워 계신다. 이에 마님이 화금을 나으리大殿 안전에 바친 뒤 허물없는 관현 연주가 벌어지게 되었다.[178] 〈가즈라키葛城〉[179]를 즐기시는데, 화사하고 흥취가 있다. 나으리大殿께서 되풀이하여 노래하시는 목소리는 비할 데 없이 매력이 있고 좋다. 달이 서서히 솟아오름에 따라 꽃의 빛깔과 향기도 두드러져서 참으로 무척 고상한 한때이다.

쟁금은, 여어의 가조각假爪角 소리[180]는 참으로 가련하고 다정한 데다 모친의 분위기가 더하여 음을 길게 늘여 세심하게 올리거나 내리거나 하는 기법의 음색이 깊고 아주 맑게 들리었다. 이번 마님의 손놀림[181]은 한

---

176 아카시 여어 소생의 황자들.
177 양모인 무라사키노우에.
178 무라사키노우에가 자신이 연주하던 화금을 히카루겐지에게 건네고, 그 대신 아카시 여어가 연주하던 쟁금을 맡았다.
179 민간의 유행가나 민요를 아악(雅樂) 풍으로 편곡한 사이바라(催馬樂)의 곡명.
180 조금 전 합주하였을 때의 아카시 여어의 연주.
181 무라사키노우에의 이번 탄주(彈奏).

편으로 색다르고 느긋하면서 정취가 있고 듣는 사람이 가만히 있을 수 없이 마음이 들뜰 정도로 매력이 있어, 윤輪 연주법[182] 등 모두가 더욱더 참으로 재기발랄한 현악기 음색이다. 곡조가 바뀌면서 모두 가락이 변하여[183] 율律로 조율한 뒤 짧은 곡을 타는데 다 매력적이고 화려하다.

그중 칠현금[184]은 다섯 곡조라는 많은 연주법 중에서 주의 깊게 반드시 연주하셔야 하는 대여섯 발목撥木을 참으로 정취 있고 차분하게 연주하신다.[185] 전혀 부족한 데가 없고 참으로 좋고 맑게 들린다. 봄가을의 여러 풍물과 통하는 가락으로서 이리저리 비슷한 음색을 내면서 연주하시는 마음 씀씀이가 가르쳐 드리신 것과 다르지 않고 아주 잘 분별하고 계시기에, 무척 사랑스럽고 뿌듯하게 여기고 계신다.

21. 여악이 파한 뒤 유기리 등이 녹을 받아 귀갓길에 오르다

이 도련님들[186]이 참으로 사랑스럽게 불어 대며 열심히 정성을 다하는 것을 어여쁘게 여기셔서, 겐지 님께서는 이리 말씀하신다.

"졸릴 터인데…… 오늘 밤 관현 연주는 오래 하지는 않고 잠깐 열려고 생각하였거늘, 도중에 멈추기 어려운 악기의 음색들이 무엇이 더 낫다 할 수 없기에, 분별할 만큼 귀가 밝지 못하여 어설프기에 밤이 몹시 깊어

---

182 여러 설이 있지만 어떠한 연주법인지 확실치 않다.
183 여(呂)에서 율(律)로 바뀌었다. 〈가즈라키〉는 여의 곡이다.
184 온나산노미야의 연주이다.
185 '다섯 곡조'나 '대여섯 발목'의 내용은 명확하지 않다.
186 히게쿠로의 3남과 유기리의 장남.

버렸구나. 배려 없는 행동이로구나."

생황을 부는 도련님[187]에게 술잔을 건네시고 의복을 벗어 어깨에 걸쳐 주신다. 횡적 도련님[188]에게는 이쪽[189]에서 씨줄과 날줄을 섞어 짠 호소나가에 하카마袴 등을 야단스럽지 않은 모양으로 살짝 명색만으로 내리신다. 대장님[190]에게는 황녀 처소에서 술잔을 내고 황녀의 의복 일습을 어깨에 걸쳐 드리신다.

"이상하군요. 스승을 가장 먼저 돋보이도록 하셔야 하지 않을까요. 한탄스러운 일이군요."

나으리大殿께서 이리 말씀하시니, 황녀께서 자리하고 계신 칸막이 옆으로 피리를 바치신다. 겐지 님께서는 웃으시면서 받으신다. 대단한 고려적高麗笛[191]이다. 살짝 불어 소리를 내시기에, 모두 일어나 나서시는 참인데 대장은 멈추어 서셔서 자제분이 가지고 오신 피리를 들고 아주 정취 있게 불어 제치시는데 무척 멋지게 들린다. 누구나 할 것 없이 모두 직접 전수하셔서 아주 둘도 없이 실력을 갖추고만 있으니, 겐지 님께서는 자신의 재능이 좀체 찾아볼 수 없을 정도라는 것을 절감하게 되셨다.

대장 나으리는 도련님들을 수레에 태우고 맑은 달빛 아래로 물러나신다. 길을 가면서 쟁금[192]이 색달라서 대단하였던 음색도 귀에 달라붙어 그립게 여기신다. 자신의 정실부인[193]은 돌아가신 큰 황녀[194]께서 가르

---

187 히게쿠로의 3남. 이때 열 살이므로 술잔을 건네도 부자연스럽지 않다.
188 유기리의 장남.
189 무라사키노우에 쪽.
190 유기리.
191 횡적보다 가늘고 짧다. 구멍이 여섯 개인 피리.
192 무라사키노우에가 연주한 쟁금. 유기리의 마음속에는 무라사키노우에에 대한 사모가 깃들어 있다.
193 구모이노카리.

쳐 주셨건만 깊이도 체득하지 못하셨을 적에 헤어지게 되셨는지라, 찬찬
히도 연주를 배우지 못하신 채 서방님男君 안전에서는 부끄러워 전혀 타
지를 않으시고 무슨 일이든 그저 느긋하게 대범한 모습으로 자식들 돌보
는 일을 쉴 틈 없이 잇따라 하시기에, 정취 있는 구석도 없게 여겨진다.
그래도 역시 심술궂게 질투하거나 하는 것은, 애교가 있어 귀여운 성품
을 지니신 듯하다.

22. 히카루겐지가 무라사키노우에와 이야기를 나누며
    자기 삶을 술회하다

인院께서는 동쪽 채로 건너가셨다. 마님上[195]은 남으셔서 황녀께 말씀
등을 아뢰신 뒤 새벽에 건너가셨다. 해가 높이 떠오를 때까지 주무신다.

"황녀의 악기 음색은 참으로 능숙해졌더군요. 어찌 들으셨는지요."

겐지 님께서 이리 여쭈시니, 마님은 이리 대답을 올리신다.

"처음에 저쪽에서 슬쩍 들었을 때는 뭐라고 하여야 하나 하고 생각하
였지만, 참으로 더할 나위 없이 좋아졌습니다. 어찌 그렇지 않을까요, 이
리 다른 일에는 상관 않고 가르쳐 드리시는데요."

"그건 그렇지요. 손을 하나하나 잡아 주는, 불안하지 않은 스승이랍니
다. 이 사람 저 사람에게도 귀찮고 성가시고 시간이 필요한 일인지라 가
르쳐 드리지 않았건만, 상황께서도 주상께서도 칠현금은 아무리 그래도

---

194 전 태정대신의 모친이자 구모이노카리의 조모. 유기리의 외조모.
195 무라사키노우에.

가르쳐 드렸겠지 하고 말씀하신다고 듣자니 애처롭기에, 아무리 그래도 그 정도 일만이라도, 이렇게 특별히 나에게 후견을 부탁하셨던 보람은 있어야 할 것 같아 분발한 것이라오."

이와 같이 말씀하시는 김에도, 겐지 님께서는 다음과 같이 아뢰신다.

"옛날에 혼인 전에 어린 당신을 보살폈을 때를 생각해 보니, 그때는 틈도 좀체 없어서 여유 있게 특별히 가르쳐 드린 일 등도 없고 최근에도 왠지 모르게 잇따라 바쁜 데 정신이 팔려 지내기에 내가 듣고 관여하지 않았는데도, 현악기 음색이 돋보였던 것도 면목이 섰다오. 대장이 무척 귀를 기울이며 놀라워하였던 기색도 바라던 바대로라 기쁜 일이었습니다."

마님은 이러한 방면[196]은 물론이고, 이제는 또 자못 어른스럽게 황자들 돌보는 일 등을 맡아 처리하고 계시는데도 그 모습 또한 미숙한 구석이 없고, 대저 무슨 일에 관해서도 초조해하며 어설프게 일을 처리하는 법이 없어 좀체 보기 어려운 성품이다. 겐지 님께서는 참으로 이렇게 다 갖춘 사람은 이 세상에 오래 머무르지 않는 예도 있는 듯하다며 불길하게까지 여기고 계신다. 다양한 사람들의 모습을 보아 오심에 따라 마님처럼 모든 것을 만족스럽게 갖추고 있다는 것은 정말로 유례가 없을 것이라고만 여기고 계신다. 마님은 올해 서른일곱[197]이 되신다.

함께 지내 오셨던 세월에 관한 일 등도 절절하게 떠오르신 김에, 겐지 님께서 이와 같이 말씀을 꺼내신다.

"그럴 만한 기도 등을 예년보다도 특별히 올리고 올해는 근신하시게

---

196 음악 방면.
197 히카루겐지와 여덟 살 차이라고 한다면 서른아홉 살이다. 당시 여자 나이 서른일곱 살은 중액(重厄)으로 여겨지고 있었기에, 의도적인 오기라고 볼 수도 있다. 후지쓰보 중궁이 세상을 떠난 것도 서른일곱 살 때였다.

나. 나는 여러모로 부산스럽기만 하여 생각이 미치지 못하는 일도 있을 터이기에, 역시 당신이 두루 생각하셔서 큰 행사들도 치르시게 된다면 내가 할 수 있도록 해 주시게나. 돌아가신 승도僧都[198]가 계시지 않는 것이야말로 참으로 안타깝군요. 일반적인 승려로 부탁하려 할 때도 참으로 대단한 사람이었거늘…….”

그러고는 이렇게 아뢰신다.

“나는 어릴 때부터 다른 사람들과는 다른 처지로서 대단하게 자라나서 현세의 평판이나 모습이 지나온 세월 동안 유례가 드물었습니다. 하나, 그러면서도 세상에서 특출나게 슬픈 경험을 한 방면으로도 다른 사람보다는 심하였습니다. 첫 번째로는 나를 생각해 주는 이런저런 사람들과 사별하고 살아남아 머물게 된 만년에도 만족스럽지 않아 슬프게 생각하는 일이 많고, 도리에 어긋나고 그래서는 안 되는 일[199]에 관해서도 이상하게 어쩐지 시름에 빠지게 되고, 마음에 차지 않게 여겨지는 일이 따라다니는 신세로서 지내 왔기에, 그런 경험 대신인지 생각하였던 햇수보다는 이제까지도 오래 살아 있는 것이라고 절감하고 있다오.

당신에 관해서는, 그 한때의 이별[200]보다 예전이든 앞으로든 시름이라며 마음이 어지러우실 정도의 일은 없을 듯이 여겨지오. 황후라고 하여도, 하물며 그보다 다음다음의 신분이 고귀한 사람이라고 하여도 모두 반드시 마음 편치 않은 시름이 깃들어 있는 법이라오. 격조 높은 궁중 출사에도 마음이 어지럽고 사람들과 경쟁하는 마음이 끊이지 않는 것도 마

---

198 무라사키노우에 외조모의 오라버니.
199 후지쓰보 중궁에 대한 연정이 주된 내용이다.
200 히카루겐지가 스마로 퇴거해 있던 동안의 생이별.

음 편치 않을 터인데, 부모 슬하에 창문 안에서 깊숙이 지내시던 것[201]과 같은 마음 편한 일은 없소. 당신이 그러한 방면으로는 다른 사람보다 특출났던 숙명이라는 것은 알고 계시는지요. 예기치 못하게 이 황녀께서 이곳으로 건너오신 것이야말로 다소 괴로울 터이지만, 그에 관해서는 한층 더 깊어지는 내 마음의 깊이를 자신에 관한 일이기에 깨닫지 못하실지도 모르겠군요. 당신은 사물의 이치도 깊이 파악하시는 듯하니, 그래도 아실 것으로 생각하오."

"말씀하신 바와 같이 의지할 데 없는 저[202]에게는 분에 넘친 것이라고 남들은 평가하겠지만, 마음속에 견딜 수 없는 한탄만이 떠나지 않고 있으니, 그것은 저 자신을 위한 기도[203]였습니다."

마님이 이러면서 드릴 말씀이 많이 남은 듯한 기색인데, 이쪽이 남부끄러울 듯하다.

"진지하게 아뢰자면, 참으로 살날이 얼마 남지 않은 느낌이건만 올해도 이렇게 모르는 체하며 지내는 것은 무척 꺼림칙하기에……. 전에도 말씀드린 일[204]을 부디 허락해 주신다면……."

마님은 이렇게 아뢰신다. 그러자 겐지 님께서는 이렇게만 아뢰신다.

"그건 절대 안 될 일이오. 그렇게 하여 당신이 세상과 멀어지신 뒤 내가 남게 되면 무슨 의미가 있겠는지요. 그저 이렇게 무난하게 지내는 세

---

201 백거이의 「장한가」 제4구인 '養在深閨人未識'에 의한 것이다. '深閨'가 아닌 '深窓'으로 되어 있는 판본에 의한 것으로 보인다.
202 자신의 처지를 히카루겐지 이외에는 의지할 데 없는 고립무원의 상태로 인식하고 있다.
203 우수(憂愁) 덕에 목숨을 잇고 있다는 히카루겐지의 주장에 맞추어, 우수와 한탄이야말로 자신을 위한 기도, 인생의 버팀목이라고 한다.
204 액년(厄年)을 맞아, 히카루겐지가 권하는 불사보다는 전부터 원하였던 출가의 뜻을 이루고 싶다는 바람.

월이지만, 아침저녁으로 거리를 두지 않는 기쁨[205]이야말로 이보다 더 나은 게 없다고 여겨지오. 역시 당신을 생각하는 각별한 내 마음의 깊이를 끝까지 지켜보시지요."

전과 다름없다며 속이 상하여, 눈물을 글썽이시는 기색이다. 이를 겐지 님께서는 참으로 가슴 절절하게 뵙고 계시면서, 여러모로 말씀드리며 기분을 풀어 드리신다.

23. 히카루겐지가 지나간 여성 관계를 회상하며 논평하다

"많이는 접해 보지 않았어도 사람 됨됨이가 제각각 아쉽지는 않다는 것을 보고 알아 감에 따라, 진정으로 사려 깊고 의젓하고 차분하게 있는 것이야말로 참으로 어려운 일이라는 것을 잘 알게 되었소.

대장의 모친大將の母君[206]을 어렸을 적에 처음 인연을 맺고 고귀하고 저버릴 수 없는 관계[207]라고는 생각하였어도. 늘 사이가 좋지 않고 거리가 있는 느낌으로 끝이 난 것이야말로 지금 생각하면 딱하고 후회도 되지만, 한편으로는 내 잘못만도 아니었구나 하고도 마음속으로는 떠올린다오. 단아하고 진중하여 그 점이 부족하구나 하고 여겨지는 구석도 없었소. 그저 너무 지나치게 흐트러지는 구석이 없고 고지식한 데다 약간 뛰

---

205 무라사키노우에가 출가하게 되면 부부 관계가 해소되어 두 사람은 대면하기 어려워진다.
206 유기리의 모친인 아오이노우에(葵の上). 히카루겐지는 12세 때 4년 연상의 아오이노우에와 혼인하였다.
207 정실부인.

어나다고 할 만하였던가, 생각해 보면 미덥고 부부로 만나기에는 까다로 웠던 성품이었다오.

중궁의 모친이신 미야스도코로中宮の御母御息所[208]는 다른 사람과 달리 사려가 깊고 우아한 본보기로서는 우선 떠오르는데, 뵙고 대하기가 어렵고 괴로운 모습이었다오. 나를 원망할 만한 대목은 정말로 당연하다고 생각할 만한데, 그대로 오랫동안 골똘히 마음에 담아 두고 깊이 원망하신 것이야말로 참으로 괴로웠소. 방심할 수 없고 이쪽이 남부끄러워 나나 그 사람이나 허물없이 아침저녁으로 서로 의좋게 지내기에는 참으로 마음 쓰이는 점이 있었기에, 마음을 풀었다가는 무시당하는 것은 아닐까 하고 지나치게 체면을 세우던 중에 이윽고 두 사람 사이에 거리가 생겼지요. 참으로 있을 수 없는 소문이 나고 신세를 망쳐 버리게 된 한탄으로 몹시 시름에 빠져 계신 것이 애처로웠고, 정말로 인품을 생각해 본다고 하여도 내가 죄가 있는 듯한 마음이 들기만 하는군요. 그에 대한 위안으로서 중궁을 이렇게, 그럴 만한 전세로부터의 인연이라고는 하셔도 천거하여 세상의 비방이나 사람들의 원망도 모르는 체 마음 써 드린 것을, 저 세상에 계시면서도 달리 보아주실 것입니다. 지금이나 옛날이나 무책임한 제멋대로인 내 마음 탓에 애처롭고 후회되는 일도 많군요."

겐지 님께서는 이와 같이 이제까지 인연을 맺었던 분들에 대해 조금씩 말씀을 꺼내신다.

"궁중에 계신 마마의 후견인内裏の御方の御後見[209]은 변변한 신분이 아니라고 처음에는 업신여기며 별 부담 없는 존재로 생각하였는데, 역시 마

---

208 아키코노무 중궁의 모친인 로쿠조미야스도코로.
209 아카시노키미.

음의 깊이가 가늠되지 않고 한없이 깊은 구석이 있는 사람이랍니다. 표면적으로는 다른 사람에게 따르고 대범하게 보이면서도 마음을 놓을 수 없는 기색이 아래에 숨어 있어, 어쩐지 이쪽이 부끄러움을 느낄 만한 구석이 있네요."

이렇게 말씀하시기에, 마님은 이리 말씀하신다.

"다른 분은 만난 적이 없기에 모르지만, 이 사람은 제대로 보지는 않았어도 자연스레 기색을 볼 기회들도 있는지라 참으로 대하기가 어렵고 이쪽이 부끄러워질 만한 모습이 확연합니다. 하여, 참으로 비할 바 없이 생각 없는 저를 어찌 보실 것인가 하고 저어되지만, 여어는 저절로 너그럽게 보아주실 것이라고만 생각하기에……."

그만큼 괘씸하다고 마음속에 담아 두셨던 사람을 이제는 이리 포용하여 서로 보시거나 하시는 것 또한 진심으로 여어를 위해서로구나 하고 생각하시니, 참으로 좀체 없는 일이다. 이에, 겐지 님께서는 웃음을 띠면서 아뢰신다.

"당신이야말로 과연 마음속에 그늘[210]이 없지는 않지만, 상대방에 따라 일에 따라 아주 잘 두 방면으로 마음을 쓰고 계시지요. 전혀, 많은 사람을 만났어도 당신의 품성과 비슷한 사람은 없었소. 참으로 한 성격은 지니고 계시지만……."

겐지 님께서는 "황녀께 아주 잘 연주하신 데 대해 경하를 아뢰어야겠소"라면서 저녁 무렵 건너가셨다.

황녀께서는 자신에게 신경 쓰는 사람이 있을까, 라고도 생각이 미치지

---

210 질투심.

못하시고 아주 심히 어린아이처럼 오로지 현악기에 열중하고 계신다.

"이제는 말미를 주셔서 쉬도록 해 주시지요. 스승은 마음 편히 해 주셔야……. 참으로 괴로웠던 근래의 보람이 있어, 걱정이 없도록 좋아지셨네요."

겐지 님께서는 이러면서 현악기들을 밀치고 주무셨다.

24. 무라사키노우에가 병에 걸려 삼월에 니조노인으로 옮기다

동쪽 채에서는 여느 때처럼 겐지 님께서 계시지 않은 밤은 늦게까지 깨어 계시면서 사람들에게 모노가타리物語 등을 읽히며 듣고 계신다. 이처럼 남녀 관계의 예로서 이야기되고 있는 것을 모아 둔 옛날이야기들에도 바람둥이 남자, 이로고노미色好み,[211] 두 마음이 있는 사람과 관계를 맺고 있는 여자 등 이러한 일을 모아서 이야기하고 있어도, 그래도 결국 의지할 방면이 있는 듯하거늘[212] 나는 이상하게 뿌리 없이 지내 온 처지[213]로구나, 정말로 말씀하신 것처럼 다른 사람보다 각별한 숙명도 지닌 처지이면서 일반 사람들로서는 참기 어렵고 성에 찰 리 없는 시름이 떠나지 않는 신세로서 삶을 마쳐야 한다는 것인가, 부질없기도 하구나, 라는 등 잇따라 생각하면서 밤이 깊어 취침하셨다.

그 새벽부터 가슴에 통증을 느끼신다. 사람들이 보살피며 지켜보다가

---

211 연애의 정취를 잘 이해하는 다감하고 열정적인 남성.
212 여자에게는 결국 한 사람의 의지할 수 있는 남자(남편)가 있는 듯하다는 의미이다. 이와 달리, 모노가타리의 남성은 마지막에는 한 여자에게 안착하는 듯하다는 해석도 있다.
213 모노가타리의 여주인공과는 달리 의지할 방면이 없는 자기 처지.

"기별을 드리시지요" 하고 아뢰지만, 마님은 "참으로 말도 안 되는……" 이라며 제지하시고, 참을 수 없는 통증을 누르며 아침을 맞이하셨다. 몸에도 열이 있으시고 몸 상태도 무척 나쁘시지만, 인院께서도 서둘러 건너오지 않으시기에 그새 이러하다고 아뢰지도 않는다.

여어 처소로부터 전갈이 왔기에, "이리 편찮으셔서……" 하고 아뢰셨다. 놀라 그쪽에서 겐지 님께 아뢰셨기에, 가슴이 덜컥하여 서둘러 건너오시니 참으로 괴로운 모습으로 계신다. "증상이 어떠하신지요" 하며 몸을 만져 드리시니 참으로 뜨거운 상태이신지라, 어제 아뢰셨던 근신에 관한 일 등을 견주어 생각하시고 무척 두렵게 여기신다. 죽 등을 이쪽으로 들였지만 쳐다보지도 않으시고, 겐지 님께서는 하루 내내 붙어 계시면서 여러모로 보살펴 드리며 탄식하신다. 마님은 간단한 과일조차도 무척 귀찮아하시며 일어나시는 일도 없이 며칠이 지났다.

어찌 되는 건가 안절부절못하며 기도들도 셀 수 없이 시작하도록 하신다. 승려를 불러들이셔서 가지加持기도[214] 등을 시키신다. 어디라고 짚을 수도 없이 몹시 괴로워하시며 가슴은 때때로 통증이 일어나며 아파하시는 모습이 참을 수 없이 괴로워 보인다. 갖가지 근신도 한없이 하지만 효험도 보이지 않는다. 위독하게 보여도 자연스레 회복되는 조짐이 있으면 미더울 터인데, 몹시 불안하고 슬프게 뵙고 계시자니 다른 일은 생각지 못하시는지라, 축하연[215] 소동도 수그러들었다. 그 상황[216]께서도 이리

---

214 진언밀교(眞言密敎)에서 손가락으로 인계를 맺고 다라니를 외며 부처의 가호를 비는 것이다.
215 온나산노미야 주최의 스자쿠 상황의 쉰 살 축하연. 원래 1월로 예정되었다가 2월 중순으로 변경되었지만, 무라사키노우에의 병으로 무기한 연기되었다.
216 출가하여 니시야마에 칩거하고 있는 스자쿠인.

편찮으시다는 사정을 들으시고, 위문을 참으로 곡진하게 자주 아뢰신다.

같은 상태로 이월도 지났다. 겐지 님께서는 말할 수 없이 탄식하시며, 시험 삼아 장소를 바꾸어 보시려고 마님을 니조노인二條院²¹⁷으로 옮겨 드리셨다. 저택院²¹⁸ 안은 술렁거림으로 가득하고 탄식하는 사람이 많다. 레이제이인冷泉院께서도 들으시고 탄식하신다. 이 사람이 세상을 떠나신다면 인院께서도 반드시 출가하려는 본뜻을 이루실 것이다, 라면서 대장님 등도 마음을 다하여 돌보아 드리신다. 수법修法²¹⁹ 등은 일반적인 것은 물론이고 특별히 마련하도록 하신다.

마님은 약간 정신이 나실 때는 "아뢰었건만, 정말로 박정한지라……" 라고만 원망²²⁰을 아뢰신다. 하나, 겐지 님께서는 수명에 한도가 있어 끝내 헤어지게 되시는 것보다도 눈앞에서 자진하여 초라하게 모습을 바꾸고 세상을 저버리시는 모습을 보는 것은 도저히 잠깐이라도 참을 수 없을 것만 같고 아섭고 슬플 듯하여, 이러시기만 하며 허락해 드리기 싫어하신다.

"예로부터 나 또한 이러한 출가의 본뜻이 깊었어도 당신이 남아 쓸쓸하게 생각하실 것이 괴롭기에 마음에 걸려 그냥 지내 왔는데, 반대로 당신이 나를 버리시려고 생각하시는지요."

마님이 정말로 매우 기대하기 어려울 듯이 쇠약한 상태로 임종할 듯한 모습으로 보이시는 때가 많기에, 어찌하면 좋을지 어찌할 바 모르시면서

---

217 무라사키노우에는 니조노인을 "자신의 사저(私邸)로 생각"(「와카나 상」 권 21절)하고 있다.
218 로쿠조노인.
219 수법이란 병의 치유를 위한 밀교의 기도이다. 본존불을 걸어 놓고 그 앞에 호마단(護摩壇)을 설치한다.
220 출가를 허락하지 않은 데 대한 원망.

황녀 처소에는 잠시도 건너가지 않으신다. 현악기들도 내키지 않아 다 안으로 집어넣고 저택 안 사람들은 모두 빠짐없이 니조노인으로 뵈러 모여들어 이 인院에는 불이 꺼진 듯이 그저 여자들끼리만 계시니, 한 사람의 기색221 덕이었구나, 하고 여겨진다.

여어님도 건너오셔서 겐지 님과 함께 돌보아 드리신다.

"보통 몸도 아니신데 모노노케物の怪222 등이 참으로 무섭거늘, 어서 돌아가시지요."

마님은 괴로운 상태 속에서도 이리 아뢰신다. 어린 황녀若宮223께서 무척 어여쁘게 계신 것을 뵙고 계시면서도 몹시 우시며, 이리 말씀하신다.

"커 가시는 모습을 뵐 수 없게 되겠군요. 저를 잊으시겠지요."

여어는 눈물을 억누르지 못하고 슬프게 생각하신다.

"불길하거늘. 이리 생각지 마시게나. 아무리 그래도 큰일이 나실 리는 없소. 마음먹기에 따라 사람은 어떻게든 된다오. 마음가짐이 넓은 그릇인 사람에게는 행운도 거기에 따르고, 좁은 마음을 지닌 사람은 그럴 만한 인연이 있어 신분이 높다고 하여도 마음이 넉넉하고 여유를 지니는 방면으로는 뒤떨어지고, 성격이 급한 사람은 오랫동안 한곳에 있지 못하고, 마음이 온화하고 느긋한 사람은 장수하는 예가 많다오."

겐지 님께서는 이와 같이 말씀하시고, 불신佛神에게도 마님의 품성이 좀체 볼 수 없을 정도로 훌륭하시고 전세의 죄도 가볍다는 것을 상세하게 아뢰신다.

---

221 로쿠조노인의 화려함도 무라사키노우에 한 사람에 의해 유지되었다.
222 임산부에게는 모노노케가 씌기가 쉽다고 여겨졌다.
223 무라사키노우에가 양육한 아카시 여어 소생의 온나이치노미야로 보인다.

수법을 올리는 아사리阿闍梨들과 밤새도록 곁을 지키는 승려 등 가까이 지키고 있는 모든 고승 등은 참으로 이리 겐지 님께서 어찌할 바를 모르는 기색이신 것을 듣자니, 참으로 심히 괴로운지라 분발하여 기도를 드린다. 다소 좋아지신 모습으로 보이실 때가 대엿새 이어지다가 다시 중하게 앓으시는 일이 언제까지일지도 모르게 날을 보내시기에, 역시 어찌 되실 것인가, 좋아지지 않을 듯한 병환이신가 하고 겐지 님께서는 탄식하신다. 모노노케 등이라고 말하며 나오는 것도 없다. 괴로워하시는 모습이 딱히 어디가 어떻다는 건지 보이지 않고 그저 날이 가면 갈수록 쇠약해져 가시는 모습으로만 보이기에, 너무나도 너무나도 슬프고 예사롭지 않다고 생각되셔서 마음이 편할 새도 없으신 듯하다.

25. 가시와기가 온나산노미야를 단념하지 못하고 소시종과 이야기를 나누다

참, 위문 독衛門督은 중납언中納言224이 되었다. 금상 치세에는 주상께서 무척 막역하게 여기셔서 참으로 한창 위세를 떨치는 사람이다. 평판이 높아져 가는데도 바라는 바가 이루어지지 않은 데 대한 한탄을 괴롭게 여기며, 이 황녀의 언니 되시는 둘째 황녀225를 부인으로 맞아들였다. 신분이 낮은 갱의更衣 소생226으로 태어나셨기에, 편히 여기는 마음이 섞인

---

224 가시와기. 참의 겸 우위문 독에서 승진하였다. 종3위에 상당한다.
225 온나산노미야의 이복언니인 온나니노미야.
226 온나산노미야가 황통을 이어받은 후지쓰보 여어 소생인 데 비해 온나니노미야는 신분이 낮은 갱의 소생으로 부친인 스자쿠인이나 이복 남자 형제인 금상의 후원을 받지 못하

채 생각하고 계신다. 인품도 보통 사람과 견주어 본다면 더할 나위 없는 기색이시지만, 원래 마음에 깊이 담은 쪽이야말로 역시 깊었던지, 위로 받기 어려운 오바스테姨捨[227]로 여기면서도 다른 사람 보기에 비난받지 않을 만큼만 대우해 드리신다.

여전히 그 속마음은 잊지 못한다. 소시종小侍從이라고 하는 의논 상대는 시종侍從이라고 불리던 황녀의 유모 딸이었다. 그 유모의 언니가 이 독님督の君[228]의 유모이셨기에, 일찍부터 가까이에서 이야기를 듣고 아직 황녀께서 어리셨을 때부터 참으로 기품 있게 아름다우신 데다 천황께서 애지중지해 드리시는 사정 등을 듣고 있으면서, 이러한 생각도 들기 시작한 것이었다.

이리하여 인院께서도 계시지 않을 무렵, 위문 독은 보는 사람 눈이 적고 조용할 것이라고 짐작하여 소시종을 불러들이면서 많은 이야기를 한다.

"옛날부터 이렇게 목숨도 부지할 수 없을 듯이 생각하던 일인데, 이 같은 친밀한 연줄이 있어 자태를 전해 듣고 억누를 수 없는 마음의 깊이 또한 전해 드려서 미더웠는데, 전혀 그 효험이 없기에 몹시도 괴롭소. 상황院の上께서조차, 이렇게 많은 분들과 인연을 맺고 있는 데다 황녀께서 다른 사람에게 압도당하신 듯이 홀로 주무시는 밤이 이어지고 무료하게 지내고 계신다는 등[229] 어떤 사람이 아뢰었을 때, 약간 후회스럽게 생각하

는 처지이다.
227 '내 마음 위로 하려 해도 안 되네 사라시나(更級)의 오바스테산(姨捨山) 위에 뜨는 달을 보자니(わが心慰めかねつ更級や姨捨山に照る月を見て)'(『古今和歌集』雜上, 讀人しらず)에 의한다. 자매인 온나니노미야를 보면 온나산노미야를 그리는 마음이 위로받을 줄 알았건만 오히려 그리움이 더해진다는 와카이다.
228 가시와기. 가시와기는 중납언이 되어도 위문 독을 겸직하고 있다.
229 히카루겐지가 많은 처첩을 거느리고 있고 온나산노미야가 무라사키노우에게 밀리고 있다는 전언.

시는 기색을 띠시며 이왕이면 보통 신하로 마음 편한 후견을 정할 거였으면 성실하게 모실 만한 사람을 정하는 게 마땅하였다고 말씀하시고, 온나니노미야女二の宮가 오히려 마음이 놓이고 앞으로 오래도록 해로하실 거라고 말씀하셨다는 것을 전해 들었는데, 애처롭기도 하고 아쉽기도 하여 얼마나 마음이 어지러웠는지요. 참으로 같은 혈연으로 여기며 찾아뵙고는 있지만, 그분과 그분은 달리 생각하여야 할 것 같습니다."

이렇게 한숨을 쉬시기에, 소시종은 이리 말한다.

"무슨, 이런 가당찮은……. 그분을 그렇게 모셔다 두시고 또 어떻게 얼토당토않은 마음을 잡수시는지요."

위문 독은 미소를 지으며, 이와 같이 말한다.

"그건 그렇습니다. 황녀께 송구스럽게도 마음이 있다는 것을 아뢰었던 것은 상황께서도 주상께서도 들어 알고 계십니다. 어찌 그리 모시게 하여도 안 될 일이 있을까 하고 상황께서 어떠한 계제에는 말씀도 하셨습니다. 아, 그저 조금 더 은혜를 베풀어 주셨더라면……."

이에 소시종은 이리 말한다.

"참으로 어려운 일을 원하시는군요. 원래 숙명이라든가 하는 것이 있다고 하는데, 그 인院께서 입 밖에 내어 간곡히 아뢰시는 데 대등하게 맞서며 방해하실 만한 신분은 되신다고 여기셨는지요. 요즘이야말로 조금 대단하고 의복의 색상[230]도 진해졌습니다만……."

말한 보람도 없이 서슴지 않고 강하게 말하기에 할 말도 다 하지 못하신 채, 이리 말씀하신다.

---

[230] 중납언은 종3위로 연보라색 호(袍)를 입는다.

"이제는 괜찮소. 지나간 일은 아뢰지 않겠소. 그저 이렇게 좀체 없는 한가한 때에 가까운 곳에서 이 마음속에 생각하는 바의 한 조각이라도 약간 아뢸 수 있도록 기회를 만들어 주시게. 주제넘은 마음은, 모조리, 자 보시지요, 참으로 두렵기에 단념하였습니다."

그러자 소시종은 이러며 입이 뾰로통해 있다.

"이보다 주제넘은 마음이 어찌 더 있을까요. 참으로 무서운 일도 생각해 내셨군요. 무엇 하러 저는 찾아뵈러 왔을까요."

"아니, 참 듣기가 힘들군요. 너무 지나치게 말씀하시는군요. 남녀 관계는 참으로 덧없는 것이기에 여어, 황후도 어떠한 사정이 있어 처신하시는 예[231]가 없겠는지요. 하물며 그 처지라고 하시면 생각해 보면 참으로 비길 데 없이 훌륭하지만, 속사정을 보면 불쾌한 일도 많을 겁니다. 상황께서 많이 계신 분들 가운데 어디 또 둘도 없는 모양새로 소중히 여겨 오셨거늘, 그다지 비슷하지 않은 신분인 분들 속에 섞이어 유감스럽게 여겨지는 일도 있을 게 틀림없습니다. 저는 아주 잘 듣고 있답니다. 세상사는 참으로 무상한 것을, 처음부터 정해 놓고 쌀쌀맞게 내지르는 말은 하지 마시지요."

위문 독이 이리 말씀하시니, 소시종은 이러면서 끝내는 화를 낸다.

"다른 사람에게 얕보이시는 상황이시라고 하여 더 괜찮은 쪽으로 다시 바꾸실 수는 없는 일이지요. 이것은 세상 일반의 부부 모습이라고도 할 수 없을 것입니다. 그저 후견인이 계시지 않은 채 떠돌아다니며 지내시는 것보다는, 부모 대신으로 부탁해 드리셨기에 서로 그렇게 생각을

---

231 다른 남성과 밀회하는 것을 완곡하게 표현한 것이다.

주고받고 계시는 것이겠지요. 고약한 폄하의 말씀이군요."

위문 독은 이를 여러 말로 잘 무마한 뒤, 이와 같이 대단한 맹세를 하면서 말씀하신다.

"솔직히 말하자면, 저렇게나 세상에서 찾아볼 수 없는 자태를 뵙는 데 익숙해지신 마음에, 사람 축에도 끼지 못하는 미천하고 초라한 모습을 허물없이 보아주셨으면 하는 것은 전혀 생각지 않는 일이라오. 그저 한마디, 칸막이 너머로 아뢰고 내 마음을 알려 드리는 것쯤은 황녀의 신변에 무슨 흠이나 될는지요. 신불에게도 생각하는 바를 아뢰는 것[232]은 죄 짓는 행위인가요."

이에, 소시종은 잠시 동안은 참으로 있을 수 없는 일이라고 반박하였지만, 사려가 깊지 않은 젊은 사람이기에 타인이 이렇게 목숨을 걸며 절실하게 생각을 토로하시는 것을 끝내 거절하지 못한 채, 이러면서 곤혹스러워하며 돌아갔다.

"혹여 그럴 만한 틈이 있다면 궁리를 해 보겠습니다. 인院께서 계시지 않는 밤은 장막을 둘러싸고 사람들이 많이 대기하고 있는 데다 침소 옆에 그럴 만한 사람들이 반드시 시중들고 계시기에, 어떠한 계제에 틈을 찾아낼 수가 있을는지요."

---

232 자신의 마음을 털어놓는 것은 상대가 신불이든 온나산노미야이든 다름이 없다는 궤변이다.

26. 가시와기가 소시종의 인도로 온나산노미야에게 접근하다

어찌 되었느냐, 어찌 된 것이냐, 날마다 채근을 당한 끝에 곤란해져, 소시종은 적당한 때를 가늠하다 골라서 연락을 보내왔다. 위문 독은 기뻐하며 눈에 띄지 않는 몹시 소박한 모습으로 남들 눈을 피해 오셨다. 참으로 내가 생각하여도 너무 상식에 벗어난 일이기에, 가까이에 다가가 오히려 마음이 어지러워지는 일 또한 심해질 것이라고까지는 짐작하지 못한 채, 그저 아주 슬쩍 의복의 끝자락 정도를 뵈었던, 세월이 지나도 언제까지나 떠오르시는 봄날 저녁의 자태[233]를 조금 더 가까이에서 뵙고 생각하는 바를 아뢰고 알려 드린다면 한 줄 답신 등이라도 보여 주시지 않을까, 안됐다고 절실히 깨닫지는 않으실까 하고 생각하였다.

사월 열흘날 지나서의 일이다. 목욕재계御禊[234]가 내일이라고 하여 재원齋院께 보내 드리신 시녀가 열두 명이고, 특히 신분이 높지는 않은 젊은 시녀와 동녀 등이 제각각 의복을 손질하고 화장 등을 하면서 구경하러 가겠다고 준비하고 있는 것도 저마다 겨를이 없어 보여, 황녀의 안전 쪽은 조용하고 사람 발길이 많지 않은 무렵이었다. 가까이 모시는 안찰님按察の君도 때때로 드나드는 겐 중장源中將이 무리하게 불러내었기에 물러나 있는 동안이라, 단지 이 시종만이 가까이에 대기하고 있었다. 맞춤한 때라고 생각하여 살짝 장막 동쪽 면 침소 끝으로 위문 독을 앉혔다. 그렇게까지나 할 만한 일이었던가.

---

233 6년 전 로쿠조노인에서 축국 놀이를 하던 중 엿보았던 모습.
234 4월 중순 유일(酉日)에 열리는 가모 마쓰리(賀茂祭) 전 오일(午日)이나 미일(未日)에 가모강(賀茂川)에서 이루어지는 목욕재계 행사이다.

황녀께서는 아무 생각 없이 주무시고 계셨는데, 가까이에 남자의 기척이 나기에 인院께서 납시셨나 하고 생각하셨다. 그 사람이 황송해하는 기색을 보이면서 침상 밑으로 안아 내려 드리기에, 귀신에 씌었는가 하며 억지로 눈을 떠 보시니 다른 사람이었다. 이상하게도 들어도 영문을 알 수 없는 말들을 아뢰는 게 아닌가. 기가 막히고 무서워져서 사람을 부르시지만, 가까이에 대기하고 있지도 않기에 듣고서 찾아뵙는 사람도 없다. 벌벌 떠시는 모습, 물처럼 땀도 흐르고 아무 생각도 못 하시는 기색이 참으로 안쓰럽고 가련해 보인다.

"사람 축에도 끼지 못하지만 참으로 이렇게까지 여기실 만한 처지라고는 생각지 않습니다. 옛날부터 주제넘은 마음을 지니고 있었습니다만, 외곬으로 끝까지 담아 두고 있었더라면 마음속에서 스러져 버릴 수도 있었을 터인데, 공연히 입 밖에 내어 아뢰어 상황께서도 들으셨습니다. 더할 나위 없이 당치도 않다고 말씀하지 않으셨기에 기대를 걸기 시작하여, 신분이 한 단계 보잘것없다는 이유로 다른 사람보다 깊은 제 마음을 허망하게 만들어 버린 것이라고 마음이 혼들려 버렸습니다. 이제는 만사 보람 없는 일이라고 돌이켜 보아도 얼마나 마음속에 스며들었는지, 세월이 감에 따라 안타깝기도 하고 박정하기도 하고 무섭기도 하고 마음 아프기도 하고 여러모로 생각이 더욱더 깊어지는 것을 억누를 수 없어, 이리 주제넘은 모습을 보여 드렸습니다. 이 또한 한편으로는 너무 배려가 없고 남부끄럽기에, 무거운 죄를 저지르려는 마음도 전혀 지니고 있지 않습니다."

위문 독이 이렇게 이야기해 나가니, 황녀께서는 이 사람이로구나 하고 생각하신다. 참으로 유감스럽고 두려워서 전혀 대답도 하지 않으신다.

"참으로 지당합니다만, 세상에 예가 없는 일도 아니건만 좀체 볼 수 없는 무정한 마음으로 대하신다면 참으로 괴로운지라, 오히려 외곬의 마음도 생길 듯합니다. 가슴 아프다 정도로만 말씀해 주신다면 그 말씀을 받잡고 물러나겠습니다."

이러며 여러모로 아뢰신다.

밖에서 상상하기에는 위엄[235]이 있고 무람없이 뵙는 것도 주눅이 들 것으로 짐작되시는지라, 그저 이 정도로 깊이 생각하는 마음 한 자락을 아뢰어 알리고 굳이 호색적인 일은 없이 끝내야겠다고 생각하였건만, 참으로 그 정도로 기품이 있고 이쪽이 부끄러워질 만큼은 아니고, 사랑스럽고 귀염성 있고 나긋나긋하게만 보이시는 기색이 고귀하고 대단하게 여겨지는 것이야말로 다른 사람과 다른 점이셨다. 이성적으로 억제할 마음도 사라지고 어디로든 어느 곳이든 데리고 가서 숨겨 드리고 자기 자신 또한 이 세상에서 세월을 보내지 않고 소식을 끊어 버리고 싶다고까지 마음이 흐트러졌다.

그저 잠깐 존다고도 할 수 없는 꿈[236]에 이 길들인 고양이가 무척 귀염성 있는 모습으로 울며 다가온다. 이 황녀께 바쳐야겠다며 내가 데리고 왔다고 생각하였는데, 무엇 하러 바쳤던가 하고 생각하는 동안에 깨어나서 어찌 이런 꿈[237]을 꾼 것일까 하고 생각한다.

황녀께서는 참으로 참담하고 현실의 일로도 여겨지지 않으시는데, 가슴이 막히고 멍하여 정신이 없으시다.

---

235 이품 내친왕이자 히카루겐지의 정처라는 위엄.
236 가시와기와 온나산노미야의 육체관계를 상징적으로 표현하였다.
237 온나산노미야의 회임을 알려 주는 태몽으로 보인다. 이날 두 사람의 밀통으로 가오루 (薫)가 태어나게 된다.

"역시 이렇게 벗어날 수 없는 숙명이 얕지 않았다고 마음먹으시지요. 제 마음이면서도 제정신은 아니라고 여겨집니다."

그, 황녀께서는 눈치채지 못하셨던 발의 끄트머리를 고양이 줄이 끌어 당겼던 저녁의 일도 말씀드렸다. 정말로 그런 일이 또 있었구나 하며 분하게 여기니, 전세로부터의 인연이 괴로운 신세라고 하실 수 있었다. 인院 또한 이제는 어찌 뵐 수 있을까 하고 슬프고 불안하여 참으로 어린아이와 같이 우시는 것을, 위문 독은 무척 송구스럽고 가슴 아프게 뵈면서 그분의 눈물까지 닦아 내는 소매는 더욱더 젖어 들기만 한다.

날이 밝아 가는 기색인데 나갈 수가 없어, 한층 더 마음이 어지럽다.

"어찌하면 좋을는지요. 심히 미워하시기에 다시 아뢸 일도 좀체 없을 듯한데, 그저 한 마디 목소리를 들려주십시오."

위문 독이 이리저리 아뢰며 괴롭게 하여도, 황녀께서는 성가시고 울적하기에 전혀 말씀하지 않으신다. 이에 위문 독은 "끝내 저는 기분 나쁜 존재로까지 되어 버렸습니다. 이러한 처사는 다시 없을 것입니다"라면서 무척 비참하게 여긴다.

"그렇다면 소용없을 듯하군요. 내 몸을 허망하게 만들어 버릴 수밖에 없군요. 참으로 미련을 버리기 어려운 탓에 이렇게까지도 살아 있었는데, 오늘 밤에 끝내 버리는 것도 가슴 미어지기에……. 조금이라도 마음을 허락해 주시는 모습이라면, 그 대신으로라도 목숨을 버릴 수 있을 터인데요."

이러며 황녀를 안고 나서니, 황녀께서는 종국에는 어찌하려는가 싶어 기가 막혀 어찌할 바 모르신다. 구석 칸[238]의 병풍을 끌어 펼치고 문[239]을 밀어 여니, 회랑 남쪽 문, 지난밤 들어온 곳이 아직 열린 채 있다. 아직 날이 완전히 밝기 전의 미명이라서인 듯한데, 살짝 뵙고자 하는 마음이 있기에 격자문을 살짝 밀어 올린다.

"이리, 참으로 박정한 마음이시기에 제정신 또한 잃어버렸습니다. 약간 마음을 누그러뜨리기를 바라신다면, 안됐다는 말씀만이라도 해 주십시오."

이러며 위협을 하는데, 황녀께서는 참으로 있을 수 없는 일이라고 여기셔서 뭔가 말하려고 하셔도 벌벌 떨기만 하니, 참으로 젊디젊은 모습이시다.

그저 날이 밝아만 가니, 무척 마음이 황망하다.

"가슴 절절한 꿈 이야기[240]라도 아뢰어야 하는데, 이리 미워하시니……. 그렇기는 하여도 이제 곧 짐작 가시는 일도 있겠지요."

이러며 부산스럽게 떠나가는 날이 밝기 전의 미명은, 가을 하늘보다도 애를 태운다.[241]

가시와기
일어나 가는 하늘도 알 수 없는 어두운 미명
어딘가의 이슬이 내린 소매로구나

---

238 몸채에 붙은 조붓한 방의 서남쪽 구석. 칸은 기둥과 기둥 사이.
239 쌍여닫이문.
240 온나산노미야 회임의 태몽으로 보이는 고양이 꿈.
241 '나무 틈새로 새어 나온 달빛을 보고 있자니 내 마음 애태우는 가을은 왔나 보다(木の間よりもりくる月の影見れば心盡しの秋は來にけり)'(『古今和歌集』秋上, 讀人しらず)와 같은 와카에 있듯이, 가을이 애를 태우는 계절이건만 초여름 새벽녘 하늘이 훨씬 애를 태운다는 의미이다.

소매를 끄집어내어 한탄하며 아뢰기에, 황녀께서는 나서려고 하는데 약간 마음이 풀어지셔서, 이리 읊는다.

온나산노미야
어두운 미명 하늘로 불행한 몸 사라졌으면
꿈이었다고 여겨 끝내 버릴 수 있게

흐릿하게 말씀하시는 목소리가 젊고 아리땁기에, 듣다가 만 듯이 나선 혼[242]은 정말로 몸을 벗어나 황녀 곁에 머물러 버릴 듯한 느낌이 든다.

27. 가시와기와 온나산노미야가 제각각 죄의식에 시달리다

위문 독은 황녀[243]께서 계신 곳으로도 찾아뵙지 못하신 채 대신 댁[244]으로 남몰래 납시었다. 자리에 누웠어도 눈도 붙이지 못한 채, 좀 전에 꾼 꿈이 분명히 맞기도 어렵다고 그것까지 생각하니, 그 고양이가 나왔던 모습이 참으로 그립게 떠오른다. 그렇기는 하여도 심한 잘못을 저지른 몸이로구나, 이 세상에 살아 있는 것이야말로 부끄러워지겠구나, 싶어 두렵고 하늘을 바라보기에 부끄러운 느낌이 들어 출입 등도 하지 않으신다. 여자女를 위해서는 더 말할 나위도 없고 내 마음에도 참으로 있

---

242 '아쉽기만 해 내 마음 임 소매 속 들어갔는가 그 탓에 이내 마음 정신없는 듯하네(飽かざ りし袖のなかにや入りにけむわが魂のなき心地する)'(『古今和歌集』雜下, 陸奧)에 의한다.
243 가시와기의 정처인 온나니노미야.
244 부친인 전 태정대신 댁.

을 수 없는 일이라고 생각하는 중에도 무시무시하게 여겨지기에, 마음 가는 대로도 미행微行하지 못한다. 천황의 부인帝の御妻을 상대로 잘못을 저지르고 그 일이 소문이 난다고 하여도, 이만큼 괴로움을 느끼게 된다면 그 때문에 목숨을 버리게 되어도 고통스럽게 여기지 않을 것이다. 그렇게 명백한 죄에는 해당하지 않는다고 하여도 이 인院께 외면당하게 될 일은 참으로 두렵고 면목 없게 여겨진다.

더할 나위 없는 신분의 여성이라고 하시어도, 약간 남녀 간의 정을 아는 마음이 섞이어 겉으로는 고상하고 천진하여도 그에 따르지 않는 속마음이 더하여져 이런저런 일에 흔들리어 마음을 주고받으시는 부류도 있을 터인데, 이쪽은 깊이 생각하는 마음도 지니고 계시지 않아도 한결같이 두려워하시는 성향이신지라, 그저 지금이라도 누군가가 그 일을 보고 들은 듯이 부끄럽고 면목 없게 여겨지시기에 밝은 곳으로조차 무릎걸음으로 나가지 못하신다. 참으로 한심한 처지로고, 라며 스스로 절감하시는 듯하다.

황녀께서 몸이 편찮으신 듯하다는 기별이 있었기에, 나으리大殿께서 들으시고 몹시 마음을 쓰시는 일[245]에 더하여 또 어쩌나 싶어 놀라셔서 납신다. 어디가 어떻다며 괴로워하는 듯한 모습도 보이지 않으시고 아주 몹시 민망해하며 가라앉은 채 똑똑하게도 마주 보지 않으시기에, 오랫동안 격조한 것을 원망스럽게 여기시는구나 싶어 애처로워 그쪽의 병세 등을 말씀하시며, 이와 같이 아뢰신다.

"임종일지도 몰라 걱정스럽습니다. 이제 와 소홀한 모습을 보여 드린

---

245 무라사키노우에의 중병.

채 내버려 두고 싶지 않아서요. 어렸을 때부터 보살피기 시작하여 못 본 척하기 어렵기에, 이렇게 몇 달간[246] 만사를 제쳐 놓고 지내고 있습니다. 자연스럽게 이 무렵이 지나면 저를 다시 판단하게 되실 겁니다."

이렇게 기색조차 눈치채지 못하시는 것 또한 안됐고 괴롭게 여겨지셔서, 황녀께서는 남몰래 눈물이 복받치는 느낌이시다.

독님은 하물며, 오히려 마음만 더 산란해져 자나 깨나 날이 밝아도 저물어도 탄식하신다. 마쓰리祭 날[247] 등은 구경하러 경쟁적으로 나가는 도련님들이 몰려와서 권하여도, 몸 상태가 좋지 않은 듯한 모습으로 시름에 젖어 누워 계신다. 황녀[248]께는 공손하게 모시는 듯이 대우해 드리면서 전혀 마음을 터놓고도 뵙지 않으신 채, 본인 처소에 떨어져 있으면서 참으로 무료하고 불안하게 시름에 잠겨 계신다. 동녀가 들고 있는 족두리풀[249]을 보시고, 이렇게 생각하는 것도 참으로 공연한 만남 탓이다.

가시와기
유감스럽게 죄를 지어 버렸네 신이 허락한
머리 장식 아닌데 족두리풀 꺾었네[250]

조용하지 않은 세상 수레 소리 등을 남의 일처럼 듣고 남 탓을 할 수 없는 무료함에 지내기 어렵게 여긴다.

---

246 무라사키노우에가 발병한 지 석 달여가 지났다.
247 가모 마쓰리.
248 정실부인인 온나니노미야.
249 가모 마쓰리 때는 족두리풀과 계수나무를 머리 장식으로 사용한다.
250 '신'은 히카루겐지. 히카루겐지의 존재가 신과 비등한 절대자로서 무겁게 다가오는 심경을 읊은 와카이다.

황녀께서도 이렇게 냉랭해 보이는 기색도 파악하고 계시기에, 무슨 일인가는 알지 못하셔도 남부끄럽고 불쾌하여 한탄스럽게 생각하셨다. 시녀 등이 구경하러 모두 나가서 사람이 적어 한가하기에, 시름에 빠져 쟁금을 다정하게 만지작거리며 타고 계신 모습도 과연 기품이 있고 우아하지만, 이왕이면, 한 단계 미치지 못한 숙명이여, 하고 여전히 여긴다.

가시와기

양쪽 장식 중 낙엽을 무엇 하러 주웠던 걸까

이름만은 정다운 머리 장식이건만[251]

이렇게 심심풀이로 쓰고 앉아 있는데, 참으로 무례한 험담이라고 할 수 있다.

28. 무라사키노우에가 위독해지고 로쿠조미야스도코로의 사령이 나타나다

나으리님大殿の君께서는 마침 건너가셔서 불쑥 일어나 돌아가지 못하시고 안절부절못하시는데, "숨을 거두셨습니다"라며 사람이 찾아왔기에, 전혀 아무런 분별도 못 하시고 암담하신 마음으로 건너가신다. 길을 가

---

251 '양쪽 장식'은 족두리풀과 계수나무의 머리 장식을 말하며, 온나니노미야와 온나산노미야 이복자매를 말한다. 온나니노미야를 '오치바(落葉, 낙엽)'와 같이 열등한 존재로 묘사하였다. 이 와카에 의해 온나니노미야는 '오치바노미야(落葉の宮)'로 불리게 된다.

는 도중에도 애가 타는데 정말로 그 인院[252]은 근방 큰길까지 사람들로 시끄럽다. 저택 안에서 소리 내어 우는 기척이 무척 사위스럽다. 정신없이 들어가시니, "요 며칠간은 다소 소강상태이셨는데, 갑자기 이리되셨습니다"라며 모시는 사람 모두는 나 또한 이 세상에 남아 있지 않겠다는 듯 당혹해하는 모습들이 한이 없다. 수법들을 드리기 위한 단壇을 허물고 승려 등도 그럴 만한 사람만 퇴출하지 않은 채이고 뿔뿔이 소란스러운 모습을 보시니, 그렇다면 끝인 게로구나 하며 단념하시는 참담함을 무슨 일에 비할 수가 있을까.

"그렇다고 하여도 모노노케가 하는 짓일 것이다. 참으로 이리 무턱대고 소란을 피우지 말거라."

겐지 님께서는 이렇게 다독이시고 한층 더 대단한 발원들을 더 세우게 하신다. 뛰어난 수행자[253]들을 있는 대로 불러들이셔서 모은다.

"유한한 수명이셔서 이 세상과 인연이 다하셨다고 하더라도, 그저 잠시만 더 연장해 주십시오. 부동존不動尊의 본원本願[254]도 있습니다. 그 날수만이라도 붙들어 드려 주십시오."

이렇게 머리에서 정말로 검은 연기를 피우며 용맹심을 일으켜서 가지기도를 해 드리신다.

인院께서도 그저 한 번 더 눈을 맞추어 주시게, 참으로 허망한 임종이었구나, 그 순간조차 보지 못하였던 것이 후회스럽고 슬프거늘, 이라며 당혹해하시는 모습이 살아남으실 것 같지도 않다. 이를 뵙는 사람들의

---

252 니조노인.
253 수험도(修驗道)의 수도자로 가지기도를 담당하여 영험을 발휘한다.
254 부처나 보살이 중생을 구제하려고 일으킨 서원이다. 수명이 다한 자도 6개월간 더 연명할 수 있다고 한다.

마음도 그저 헤아릴 수 있을 듯하다. 겐지 님의 통절한 마음속을 부처도 뵈신 것인지, 몇 달간 전혀 나타나지 않던 모노노케가 작은 동녀[255]에게 옮겨 가 시끄럽게 욕설을 퍼붓고 있는 동안에 마님이 가까스로 살아나시니, 기쁘기도 하고 불길하게도 여겨져 마음이 산란하시다.

모노노케는 완전히 굴복당한 채, 이러면서 머리카락을 이마에서 양쪽으로 가른 채 운다.

"사람들은 모두 물러나거라. 인院 한 분께만 귀띔해 드리겠다. 나를 몇 달 동안이나 기도하며 조복調伏하여 괴롭히신 것이 매정하고 박정하기에 이왕이면 뼈저리게 느끼게 해 드리려고 생각하였건만, 역시 목숨조차 부지하지 못하리만큼 몸을 망쳐 가며 어찌할 바를 몰라 하시는 모습을 뵙자니, 지금이야말로 이리 기가 막힌 몸을 받고 있어도 옛날의 마음이 남아 있는지라 이렇게까지 하여 찾아뵈러 왔다. 괴로움에 겨워하는 모습을 그냥 보고 지나치지 못한 채 결국 모습을 드러낸 것이다. 절대로 알려지지 않아야겠다고 생각하였거늘……."

그 기색이 그저 옛날에 보셨던 모노노케의 모습[256]으로 보였다. 참담하고 기분 나쁘게도 생각하셨던 예전에 보았던 모습과 변함이 없는 것도 불길하기에, 이 동녀의 손을 잡아 앉히고 꼴사납게도 행동하지 않도록 하신다.

"정말로 그 사람인가. 영악한 여우 등이라고 하는 것 중 실성한 것이 세상을 뜬 사람에게 불명예스러운 일을 입 밖에 내어 말하는 예도 있다

---

255 모노노케가 병자를 떠나 옮아가는 영매이다. 모노노케는 이 영매의 입을 빌려 이야기하고, 병자는 모노노케가 떨어져 나가 회복한다.
256 아오이노우에의 병상에 나타나 그녀를 저주하여 죽인 로쿠조미야스도코로의 생령.

고 하거늘……. 명확하게 정체를 밝혀라. 다시, 다른 사람이 모를 만한 일로서 내 마음속에 명확히 떠오를 만한 일을 말하거라. 그리한다면 약간이나마 믿을 만하겠다."

겐지 님께서 이리 말씀하시자, 모노노케는 눈물을 주르르 흘리며 몹시 울면서 이렇게 울부짖는다.

모노노케

"비록 내 몸이 옛날과 다르다고 한다 하여도
시치미 떼고 있는 당신은 당신이네

너무 박정하구나, 박정하구나."

그래도 과연 부끄럽게 여기는 모습[257]이 변함없어 오히려 몹시 역겹고 불쾌하기에, 말을 시키지 않겠다고 생각하신다.

"중궁에 관하신 일[258]도 참으로 기쁘고 송구스러운 일이라고 하늘을 날면서도 뵙고 있지만, 길이 달라졌기에 자식 일에 관해서도 깊이 생각지 않게 된 것인가, 역시 스스로 원망스럽다고 생각하였던 마음속 집착[259]은 그대로 남아 있는 법이었습니다. 그중에서도 이 세상에 살아 있을 때 다른 사람보다 얕보며 내버려 두셨던 것보다도, 사랑하는 사람끼리 정담[260]을 나누시는 계제에 기분 나쁘고 싫었던 제 모습을 입 밖에 내

---

257 로쿠조미야스도코로의 성정을 특징짓는 고상한 일면이다.
258 히카루겐지가 로쿠조미야스도코로의 여식인 아키코노무 중궁을 후견한 일.
259 애인으로서 히카루겐지를 원망스럽게 여겼던 집착. 그 때문에 성불할 수 없다.
260 여악이 끝난 뒤 히카루겐지가 무라사키노우에를 상대로 로쿠조미야스도코로를 화제로

어 말씀하신 것이 참으로 한스럽기에……. 이제는 그저 세상을 떠났기에 아량을 베푸셔서 다른 사람이 저를 폄훼하는 말을 할 때조차 줄여서 숨겨 주셨으면 하고 생각하였건만, 이라는 생각에 빠진 탓에 이리 참담한 모습이 되어 이리 소란스러워졌습니다.

이 사람この人을 마음속 깊이 밉다고 여긴 적은 없지만, 당신은 신불의 가호[261]가 강하고 그 부근이 참으로 머나먼 느낌이 들어 가까이 다가가 뵐 수가 없어 목소리조차 미약하게 듣고 있습니다. 좋습니다, 이제는 이 죄[262]를 가벼이 해줄 만한 일을 해 주시오. 수법이니 독경이니 하며 시끄럽게 하는 것도 제 몸에는 괴롭고 고통스러운 불꽃이 되어 휘감길 뿐인지라, 전혀 존귀한 일도 들리지 않기에 참으로 슬픕니다. 중궁에게도 이 뜻을 전해 주시오. 궁중 출사하시는 중에 결코 다른 사람과 경쟁하며 시기하는 마음을 지니지 마시기를. 재궁齋宮으로 계셨을 적의 죄[263]를 가벼이 할 만한 공덕에 관한 일을 반드시 하시도록. 참으로 후회스러운 일이었습니다."

이렇게 말을 이어 가지만, 모노노케를 상대로 이야기를 나누시는 것도 민망한지라 빙의된 동녀를 감금해 버리고, 마님上을 다른 곳으로 몰래 옮겨 드리신다.

삼아 거론한 일.
261 히카루겐지에게 갖추어진 덕. 히카루겐지 대신에 무라사키노우에게 빙의된 이유를 설명한 것이다.
262 성불할 수 없는 죄장(罪障).
263 신에게 봉사하는 재궁은 불교를 기휘한다.

29. 무라사키노우에가 세상을 떠났다는 소식에
가시와기 등이 찾아오다

이렇듯 돌아가셨다는 소문이 세상에 다 퍼져서 조문하러 찾아뵈러 오시는 사람들이 있기에, 겐지 님께서는 참으로 불길하게 여기신다. 오늘 재원이 귀환[264]하는 모습을 구경하고자 외출하셨던 공경 등이 돌아가시는 길에 이리 사람들이 아뢰기에, 이처럼 기지에 찬 말씀을 하시는 분도 있다.

"참으로 대단한 일이기도 하구나. 살아 있는 보람이 있었던 운 좋은 사람幸ひ人이 빛을 잃은 날인지라, 비가 보슬보슬 내리는 거로구나."

그리고 이렇게 소곤거리기도 하였다.

"이렇게 모든 게 족한 사람은 반드시 장수할 수는 없는 법이오. '벚꽃보다 무엇이'[265]라는 옛 시가도 있지 않나. 이러한 사람이 더욱더 세상에 오래 살면서 세상의 즐거움을 다 만끽한다면 옆에 있는 사람은 괴로울 것이오. 이제야말로 이품 황녀二品の宮께는 원래의 총애가 드러나실 것이네. 애처로운 모습으로 억눌려 있던 총애가……."

위문 독은 어제 무척 지내기 어려웠던 것을 생각하여, 오늘은 동생들이신 좌대변左大弁[266]과 도 재상藤宰相[267] 등을 수레 안쪽에 태우고 구경하

---

264 가모 마쓰리 다음 날 재원이 귀환하는 행렬을 사람들이 구경하였다.
265 '기다리라고 말하여 떨어지지 않는 거라면 벚꽃보다 무엇이 더 낫다 할 것인가(待てといふに散らでしとまるものならば何を櫻に思ひまさまし)'(『古今和歌集』春下, 讀人しらず)에 의하여, 아름다움과 단명을 연관시킨다.
266 태정관의 직으로 중무성, 식부성, 치부성, 민부성을 감독한다. 종4위에 상당한다.
267 재상은 참의의 중국식 호칭이다. 정4위 하에 상당한다. 후지와라(藤原) 씨이기에 '도(藤)'를 앞에 붙였다.

셨다. 이리 사람들이 이야기하는 것을 듣는데도 가슴이 덜컥하여, "덧없는 이 세상에 무얼 오래 머물꼬"[268]라고 홀로 읊조리면서 그 인院[269]으로 모두 찾아뵙는다. 확실치 않은 일이기에 불길하구나 싶어 그저 일반적인 문안을 드리러 찾아뵈시니, 이리 사람들이 울며불며 난리이기에 참말이로구나 싶어 놀라 허둥대신다.

식부경 친왕式部卿宮[270]께서도 건너오셔서 아주 몹시 멍하신 모습으로 들어오신다. 사람들이 위문의 말씀조차 전해 드리지도 못하신다. 대장님[271]이 눈물을 훔치며 밖으로 나오시기에, 위문 독이 이와 같이 말씀하신다.

"어찌, 어찌 되었소. 불길한 상황으로 사람들이 아뢰었어도 믿을 수 없는 일이기에. 그저 오래된 병환이시라 듣고서 탄식하며 찾아뵈었소."

"몹시 위중해진 상태로 나날을 보내고 계셨는데, 오늘 새벽부터 숨이 끊어져 버리셨거늘……. 모노노케가 한 짓이었소. 겨우 살아나신 것으로 들었습니다만, 이제는 모든 사람이 한숨 돌리기는 하였어도 아직 참으로 미더운 상태로는 보이지 않소. 딱한 일인지라……."

이러는데, 정말로 몹시 눈물을 흘리신 기색이다. 눈도 약간 부었다. 위문 독은 자신의 이상한 마음가짐 탓인가, 이 도련님이 그리도 아주 가깝지 않은 계모繼母에 관하신 일에 지나치게 침울해하시는구나 싶어 유심히 바라본다.

---

268 '지기 때문에 한결 더욱 벚꽃은 아름답구나 덧없는 이 세상에 무얼 오래 머물꼬(散れば こそいとど櫻はめでたけれ憂き世になにか久しかるべき)'(『伊勢物語』八十二段)에 의한다.
269 니조노인.
270 무라사키노우에의 부친.
271 유기리.

겐지 님께서는 이렇게 이 사람 저 사람 찾아뵈었다는 사실을 들으시고, 이리 말씀하셨다.

"위중한 병자가 갑자기 임종을 맞이한 듯한 모습이었는데, 시녀 등은 마음을 가라앉히지 못한 채 허둥대며 난리를 피웠기에 나 또한 마음을 안정시키지 못한 채 경황이 없는 상태였다오. 다른 기회에 이렇게 위문해 주신 데 대한 인사는 아뢰도록 하겠습니다."

독님은 가슴이 덜컥하며 이번처럼 어쩔 도리가 없는 게 아니라면 찾아뵙기 어려울 듯하고, 남부끄럽게 여기는 기색도 마음속이 떳떳하지 못하여서였다.

이렇게 소생하신 뒤에는 두렵게 여기셔서 또 다시금 엄청난 수법들을 다하고 더 첨가하여 올리신다. 살아 있을 때조차 으스스하였던 그 사람의 모습이셨는데, 하물며 세상을 달리하여 이상한 것으로 모양이 바뀌신 것에 생각이 미치시니 참으로 불쾌하여, 중궁을 보살펴 드리시는 일조차 이 무렵은 마음이 내키지 않는다. 더 이야기해 나가자면, 여자의 몸이란 모두 마찬가지로 깊은 죄의 원인[272]이구나 싶어 일반적인 남녀 관계가 성가시고, 그, 또 다른 사람도 들은 바 없었던 두 사람의 정담 중에 살짝 언급되셨던 일을 입 밖에 낸 것을 보니 정말 그 사람이구나 싶어 전의 일을 떠올리시니, 참으로 성가시게 여겨지신다.

마님이 삭발하고 싶다고 간절히 원하시기에, 수계受戒의 공덕도 있지 않을까 싶어 정수리를 살짝 흉내만 내어 자르고 오계五戒[273]만을 받게 해

---

272 『가카이쇼』에서는 '所有三千界 男子諸煩惱 合集爲二一人 女人之業障一 女人地獄使 能斷二佛種子一 外面似二菩薩一 內心如二夜叉'(『涅槃經』)를 준거로 지적하고 있다.
273 오계란 불살생(不殺生), 불투도(不偸盗), 불사음(不邪淫), 불망어(不妄語), 불음주(不飲酒)를 말한다. 이제까지 히카루겐지는 무라사키노우에가 간청하는 출가의 바람을 허

드리신다. 계를 내리는 승려가 수계의 뛰어난 취지를 부처에게 아뢸 때도 가슴 절절하고 존귀한 말이 섞여 있어, 겐지 님께서는 다른 사람이 보기 민망할 정도로 옆에 계속 붙어 앉아 계시며 눈물을 훔치시면서 부처를 같은 마음으로 염불해 드리신다. 그 모습은 세상에서 대단하신 분일지라도 이처럼 무척 마음이 어지러워지시는 일에 직면하게 되면 마음을 가라앉히지 못하시기 때문이었다. 어떠한 방도를 써서 이 사람을 구하여 목숨을 붙잡아 드릴까 그것만 밤낮으로 생각하며 탄식하시니, 멍하니 얼이 빠진 듯하게까지 보이고 얼굴도 약간 여위셨다.

30. 무라사키노우에의 병세가 소강상태에 접어들고 하카루겐지가 온나산노미야를 문안하다

오월 등은 더구나 청명하지 않은 하늘 형국[274]인지라 산뜻한 기분은 느낄 수 없으셔도, 전보다는 약간 상태가 좋으시다. 그래도 여전히 끊임없이 계속 앓고 계신다. 모노노케의 죄를 구원해 줄 만한 불사로서 날마다 법화경法華經 한 부씩을 공양하도록 하신다. 날마다 여러 가지로 존귀한 불사를 하도록 하신다. 마님의 베개 머리맡 가까이에서도 부단 독경不斷の讀經[275]을 목소리가 존엄한 승려에게만 시키신다. 일단 나타난 뒤에는 때때로 슬퍼 보이는 일들에 관해 말하지만, 도무지 이 모노노케는 완전

락하지 않았지만, 사후의 공덕을 위해 재가 신자로서 수계만을 허락하였다.
274 장맛비가 오는 계절이다.
275 일정 기간 밤낮으로 쉼 없이 교대로 『대반야경』, 『최승왕경』, 『법화경』 등을 독경하는 것을 말한다.

히 사라지지 않는다. 한층 더 더울 무렵에는 숨도 끊어질 듯이 더욱더 약해져만 가시기에, 겐지 님께서는 뭐라 말할 수 없이 생각하며 탄식하신다. 마님은 죽을 듯한 몸 상태이시면서도 이러한 기색을 딱하게 뵙고 계시면서, 세상을 뜬다고 하여도 내 한 몸에는 전혀 아쉬운 일은 남지 않을 터이지만 이리 어찌할 바를 모르시는 듯하니 허망하게 된 모습을 지켜보시게 해 드리는 것이 참으로 배려가 없는 일인 듯하기에, 분발하여 탕약 등도 약간 드셔서인지 유월이 되어서 때때로 머리를 들기도 하셨다. 좀체 없는 일로 뵙고 계시는데도 여전히 참으로 불길하여, 로쿠조노인에는 잠시라도 건너가지 못하신다.

황녀께서는 아연하였던 일에 대해 한탄스럽게 생각하시게 된 이래 그 길로 여느 때와 같은 모습으로도 계시지 못하고 몸이 편찮으신데, 심하지는 않으나 지난달[276]부터 진지를 드시지 못하고 몹시 창백하고 야위어지셨다. 그 사람[277]은 견디기 힘들고 생각을 주체할 수 없을 때는 꿈과 같이 뵙지만,[278] 황녀께서는 끝없이 도리에 맞지 않는 일로 여기신다. 인院을 몹시 두렵게 여기시는 마음에 풍채도 사람 됨됨이도 어찌 동등하게조차 비교하겠는가, 위문 독은 몹시 우아해 보이게 처신하고 아름답게 느껴지기에 일반적인 사람들 눈에는 보통 사람들보다는 우월하여 칭송을 받겠지만, 어릴 때부터 그러한 비길 데 없는 자태에 익숙하신 마음에는 괘씸하게만 보이시는 동안에 이렇게 몸이 계속 안 좋으신 것은 가슴 아픈 숙명이라고 할 수 있었다. 유모들이 뵈면서 염려하며, 인院께서 건

---

276 밀통이 있고 난 그다음 달. 5월 이후로 입덧이 시작되었다.
277 가시와기.
278 가시와기와 온나산노미야의 밀통은 일회성이 아니라 이어져 왔다.

너오시는 것조차 참으로 가끔인 것을 쑥덕거리며 원망스럽게 여긴다.

겐지 님께서는 이렇게 편찮으시다고 들으시고 건너가신다. 아씨女君[279]는 더워서 답답하다며 머리를 감으시고 약간 상쾌해 보이신다. 누운 채로 풀어헤쳐 버리셨기에 금방 마르지도 않지만 조금도 구부러지거나 흐트러진 머리카락도 없이 참으로 아름답게 한들한들하고, 얼굴색은 창백하게 쇠약해지셨어도 핏기가 가시어 새파란 데다 하얀 것이 사랑스럽고, 비칠 듯이 보이는 살갗 등은 더할 나위 없이 가련한 모습이다. 허물 벗은 벌레 껍질처럼 아직 참으로 불안한 상태로 계신다. 오랜 세월 거처하지 않으셔서 약간 황폐해진 저택 안은 비할 바 없이 좁은 듯하게까지 보인다. 어제오늘 이렇게 정신이 드신 사이에 각별히 보수하신 야리미즈遣水와 앞뜰 초목의, 갑자기 기분이 좋아질 듯한 경치를 내다보시는데도, 가슴 절절하게 이제까지 세월을 보내 왔구나 하고 생각하신다.

연못은 참으로 시원해 보이는데, 연꽃이 가득 피어 있다. 잎은 무척 푸르르고 이슬이 반짝반짝 구슬과 같이 다 보인다.

"저걸 보시게나. 연꽃이 자기만 홀로 시원해 보이는군요."

이리 말씀하시니 마님이 일어나 밖을 내다보시는 것 또한 참으로 좀체 없는 일이기에, 겐지 님께서는 이렇게 눈물을 글썽이며 말씀하신다.

"이렇게 뵙는 것이야말로 꿈만 같은 느낌이 듭니다. 심한 상태로, 내 몸조차 끝이라고 생각되는 때가 많이 있었기에……."

이에 본인도 가슴 아프게 여기셔서, 이리 말씀하신다.

---

[279] 무라사키노우에.

무라사키노우에

꺼지지 않고 남아 있는 동안은 살아 있을까

마침 연꽃 위 이슬 달려 있는 동안에[280]

히카루겐지

약조하세나 이 세상 아니라도 연잎 위 맺힌

구슬 이슬과 같이 거리 두지 마시길[281]

　나서시려 하는 방향은 내키지 않지만, 주상께서도 상황께서도 말씀하시는 바가 있는 데다 편찮으시다고 듣고 나서 시간이 흘렀기에, 눈앞의 병자에게 마음이 어지러웠던 동안에 뵙는 일조차 거의 없었던지라 이처럼 잠시 갠 동안[282]조차 칩거하고 있을 수는 없다고 결심하시고 건너가셨다.

　황녀께서는 양심의 가책心の鬼 탓에 뵙는 것도 부끄럽고 송구스럽게 여기셔서 겐지 님께서 무엇인가 여쭈시는 데도 대답도 아뢰지 않으신다. 이에, 격조함이 쌓여서 과연 아무런 티도 내지 않으면서도 원망스럽게 여기셨구나 싶어 딱하기에, 이래저래 달래어 드리신다. 나이 든 사람을 불러들이셔서 몸 상태 등을 물으신다. "보통의 병과는 다른 상태[283]이시기에……"라며 앓고 계시는 모습을 아뢴다. "이상하구나. 세월이 흐른 뒤

---

280 '연꽃 위 이슬'은 허망한 자신의 목숨을 상징한다.
281 무라사키노우에가 읊은 허망함의 상징인 '연꽃 위 이슬'을, 죽은 뒤 극락정토의 같은 연꽃 위에 왕생하자는 '일련탁생(一蓮托生)'으로 치환하여 읊은 와카이다.
282 '장마가 잠시 그친 사이'와 '무라사키노우에의 병세가 소강상태에 있는 동안'이라는 이중의 의미를 띤다.
283 회임의 징후.

에 별난 일도……"라고만 말씀하시고, 마음속으로는 오랜 세월 함께한 사람들[284]조차도 그런 일이 없는데 확실하지 않은 일이 아닌가 생각되시기에, 딱히 이리저리도 말씀하시며 인사하지 않으시고 그저 편찮으신 모습이 무척 가련한 것을 가슴 아프게 뵙고 계신다.

겨우 결심하시고 건너오셨기에, 바로 돌아가지 못하신 채 이삼일 머무르시는 동안에 어찌, 어찌 지내고 있나 싶어 걱정스럽게 여겨지시기에, 서찰만 소상하게 쓰신다.

"어느새 드릴 말씀이 그리 쌓인 걸까요. 아아, 편치 않은 두 분 관계[285]를 보는군요."

어린 아씨若君[286]께서 저지르신 잘못을 모르는 사람은 이리 말한다. 시종[287]만은 이러한 일에 대해서도 가슴이 두근거렸다.

그 사람[288]도 겐지 님께서 이리 건너오셨다고 들으니, 주제넘게 마음을 잘못 먹고 심한 사연들을 죽 써서 보내셨다. 겐지 님께서 동쪽 채로 잠시 건너가신 동안에 사람도 없기에, 소시종이 몰래 보여 드린다.

"곤란한 것을 보여 주는 것이야말로 참으로 불쾌하군요. 기분이 한층 더 나빠지기에……."

황녀께서 이러며 누우시기에, 소시종은 "그래도 이것만은……. 이 끄트머리에 쓰인 말이 애처로운 듯합니다" 하며 펼치는데, 사람이 오기에 참으로 곤란하여 칸막이를 끌어당기고 자리를 떴다. 황녀께서는 한층 더

---

284 무라사키노우에, 아카시노키미, 하나치루사토 등.
285 히카루겐지와 온나산노미야의 부부 관계.
286 온나산노미야. 온나산노미야의 유치한 마음을 드러내는 호칭이다.
287 소시종.
288 가시와기.

가슴이 덜컥하는데, 인院께서 들어오시기에 잘 감추지도 못하신 채 깔개 아래로 끼워 넣어 버리셨다.

밤중에 니조노인으로 건너가시려고 말미를 아뢰신다.

"이쪽은 그리 나쁘지는 않게 보이시는데, 아직 참으로 불안한 상태로 보이시는 것을 내팽개쳐 둔 듯이 여겨지는 것도 이제 와 다시금 측은하기에……. 나에 대해 비뚤어지게 말하는 사람이 있어도 결코 마음을 쓰지 마십시오. 곧 달리 보게 되실 겁니다."

이리 이야기를 하신다. 황녀께서는 평소는 다소 철없는 농담 등도 허물없이 아뢰시는데 몹시 가라앉아서 똑바로 눈도 마주쳐 드리지 못하시기에, 그저 부부 사이의 원망을 드러내시는 기색이라고 이해하신다. 낮 동안의 침소에 좀 누우셔서 이야기 등을 아뢰시는 동안에 날이 저물었다. 약간 잠이 드셨는데, 쓰르라미가 흥겹게 우는 소리에 깨어나셨다.

"그러면 길을 더듬거리지 않을 새에[289]……."라며 의복 등을 갈아입으신다. "달을 기다려, 라고도 말한다고 하는데……"라며 참으로 싱그러운 모습으로 말씀하시니 싫지 않다. "그새라도"라든가 생각하시니, 측은한 듯이 여겨지셔서 멈추어 서신다.

온나산노미야
저녁 이슬에 소매를 적시라고 쓰르라미가
우는 소리 들으며 일어나 가시는가

---

289 '땅거미 지면 길을 더듬거리네 달을 기다려 돌아가길 내 임아 그새라도 보도록(夕闇は道たどたどし月待ちて歸れわがせこその間にも見む)'(『古今和歌六帖』一)에 의한다.

미숙한 마음 그대로 입 밖에 내시는 것 또한 가련하기에, 잠깐 앉아서 "아아, 괴롭군요"라며 탄식하신다.

히카루겐지

어찌 들으랴 날 기다리는 마을 가지가지로

마음 어지럽히는 쓰르라미 울음을[290]

이와 같이 주저하시며, 역시 박정한 것도 측은하기에 머무르셨다. 역시 마음이 안정되지 않아 시름에 잠기신 뒤, 과일 정도를 드시거나 하시고 주무셨다.

31. 히카루겐지가 가시와기의 서찰을 발견하자 온나산노미야가 흐느끼다

아직 아침이라 서늘할 때 건너가시고자, 일찍 일어나신다.

"어젯밤 여름 쥘부채를 떨어뜨렸기에……. 이것은 바람이 뜨뜻미지근하구나."

이러며 쥘부채를 놓으시고 어제 선잠을 주무셨던 자리 근방을 멈춰 서서 살펴보시니, 깔개가 약간 흐트러져 있는 가장자리로 연두색 얇은 고

---

[290] '날 기다리는 마을'은 무라사키노우에가 기다리는 곳. 『사이류쇼(細流抄)』 등에서는 '오기야 하랴 생각은 하면서도 쓰르라미가 우는 저물녘에는 서서 기다려지네(來めやとは思ふものから蜩の鳴く夕暮は立ち待たれつつ)'(『古今和歌集』 戀五, 讀人しらず)를 인용하였다고 지적하고 있다.

급 안피지에 쓴 서찰의 말려 있는 끄트머리가 보인다. 아무 생각 없이 끄집어내어 보시니, 남자 필체이다. 종이에 밴 향내 등이 참으로 정취가 있고 각별히 신경을 쓴 듯한 문투이다. 두 겹 종이에 자잘하게 쓰여 있는 것을 보시니, 틀림없는 그 사람[291]의 필체로구나 하고 알아보셨다.

거울 등의 뚜껑을 열어 들고 온 사람은 역시 겐지 님 본인의 서찰을 보시는구나 하고 속사정도 모르는데, 소시종은 눈에 익어 어제 서찰의 색상으로 보이기에 참으로 몹시 가슴이 콩닥콩닥 뛰는 느낌이 든다. 겐지 님께서 죽 등을 드시는 쪽으로는 시선도 주지 않고, 아니야, 아무리 그래도 그것은 아닐 것이다, 참으로 큰일인데 그런 일은 있을 수 없다, 숨기셨을 것이다, 라고 굳이 생각하려 한다.

황녀께서는 아무 생각도 없이 아직 주무신다. 겐지 님께서는 아아, 철이 없구나, 그러한 물건을 흘려 놓으시고 나 아닌 다른 사람이라도 발견하였다면, 하고 생각하시는데도 황녀를 낮추어 보는 마음이 생긴다. 역시 생각하였던 바대로다, 정말로 전혀 고상한 데가 없는 자태를 걱정스럽다고는 여겼건만, 하고 생각하신다.

겐지 님께서 나가셨기에, 사람들이 다소 흩어졌다. 시종이 다가가 황녀께 아뢴다.

"어제의 물건은 어찌 처리하셨는지요. 오늘 아침 인院께서 보셨던 서찰의 색깔이 그것과 비슷하였습니다."

황녀께서는 참담하다고 생각하시고, 눈물만 그저 줄줄 흘러내린다. 측은하기는 하지만 한심한 모습이시구나 하며 뵙고 있다.

---

291 가시와기.

"어디에 놓아두셨는지요. 사람들이 온지라 사연 있는 얼굴로 가까이에서 모시지 않는 게 낫겠다고, 그 정도로 조심까지 하며 양심의 가책心의 鬼으로 자리를 피하였습니다만. 들어오셨을 때까지는 약간 시간이 있었기에 숨기셨을 것으로 생각하였습니다."

소시종이 이리 아뢰자, 황녀께서는 이리 말씀하신다.

"아니, 그게. 보고 있었을 때 들어오신지라 바로 일어서지도 못한 채 끼워 두었는데, 잊어버렸다네."

참으로 뭐라 아뢸 말도 없다. 깔개로 다가가 보지만 어디에도 있을 리가 없다.

"아아 큰일 났네요. 그 서방님도 아주 몹시 저어하여 꺼리며 조금이라도 흘러 나가 듣게 되시는 일이 있다면, 하고 황송해하고 계셨거늘. 얼마 지나지도 않았는데 이러한 일이 벌어지다니요. 무릇 철이 없는 상태이신 탓에 그 사람에게도 모습을 보여 드리셨기에, 몇 년이나 그렇게 잊기 어려워하며 저에게 계속 원망의 말씀을 하셨어도 이렇게까지 될 거라고는 생각지 않았던 일이건만. 어느 쪽을 위해서도 딱하게 되어 버렸군요."

이렇게 거리낌도 없이 아뢴다. 허물없고 젊으시기에 무람없이 아뢰는 듯하다. 황녀께서는 대답도 하지 않으신 채 그저 울기만 하신다. 참으로 편찮으신 듯이 보이고 조금도 진지도 드시지 않기에, 이렇게 겐지 님을 박정하게 여기며 말하는 사람도 있다.

"이리 편찮으신데도 내버려 두시고, 이제는 완전히 회복하신 분을 돌보시느라 열심이시니……."

32. 히카루겐지가 밀통한 사실을 알고 여러모로 고민하다

나으리大殿께서는 이 서찰이 여전히 수상하게 생각되시기에, 사람이 보지 않는 곳에서 몇 번이나 보신다. 황녀를 모시고 있는 사람들 가운데 그 중납언의 필적과 비슷한 필체로 쓰는 사람이 있는가까지 짐작해 보시지만, 표현이 반듯하여 의심할 여지도 없는 대목들이 있다. 오랜 세월에 걸쳐 마음에 담아 왔던 일이 어쩌다 염원²⁹²이 이루어지고, 마음이 편치 않은 이유를 전부 다 써 둔 표현이 참으로 볼만하고 가슴 절절하다. 그래도 참으로 이리 명확하게 써야만 하나, 아쉽게도 그 사람이 서찰을 분별 없이 썼구나, 떨어뜨릴 일도 있을 수 있다고 생각하여 옛날에 이렇게 소상하게 써야만 할 때도 표현을 생략하면서 얼버무리며 썼건만, 사람이 깊이 생각하며 조심하기란 어려운 일이로구나, 하면서 그 사람²⁹³의 마음조차 경멸하셨다.

그렇기는 하지만, 이분²⁹⁴을 어찌 대해 드려야 하나, 보통이 아닌 몸상태 또한 이러한 일을 틈타 생긴 일²⁹⁵이로구나, 아아 참으로 불쾌하구나, 이렇게 직접 참을 수 없는 일을 알게 되었으면서도 이제까지와 다름없이 뵈어야 하다니, 하면서 자신의 마음이지만 도저히 되돌릴 수 없을 듯 여겨진다. 적당한 심심풀이로 여겨 처음부터 마음을 두지 않은 사람이라고 하더라도 다른 쪽으로 다시 마음이 나누어져 있다고 생각하면 탐탁지 않게 생각하여 멀어지는 법인데, 하물며 이것은 특이하게 주제넘은

---

292 밀통.
293 가시와기.
294 온나산노미야.
295 온나산노미야의 회임.

사람의 마음²⁹⁶이기도 하구나, 천황의 부인과도 잘못을 저지르는 예²⁹⁷가 옛날에도 있었어도 그것은 또 사연이 달라서, 궁중 출사라고 하여 나도 그 사람도 같은 주군을 가까이에서 모시고 있는 동안에 자연스레 그럴 만한 방면으로도 마음을 주고받기 시작하여 밀회도 많아지게 되는 법이다, 여어와 갱의라고 하여도 이런저런 방면에 걸쳐 부족한 구석이 있는 사람도 있고 배려심이 반드시 깊지 않은 사람도 섞이어 생각지 못한 일까지 있어도 확실하고 명확한 잘못이라고 판단하기 전에는 그대로 출사를 하기도 할 것이기에 순식간에 드러나지 않는 잘못도 있을 것이다, 이처럼 다시 없는 모양새로 대우해 드리고 내밀하게 정에 이끌리는 분²⁹⁸보다도 위엄 있게 과분한 존재로 신경을 써서 소중히 모신 사람²⁹⁹을 제쳐 놓고 이러한 일을 벌인다는 것은 결코 예가 없을 것이다, 라며 손끝을 튀기지³⁰⁰ 않을 수 없다.

천황이라고 아뢰어도 그저 순순하게 공적인 방면의 마음만인지라, 궁중 출사 중에도 어쩐지 쓸쓸한 탓에 깊은 마음의 사적인 바람³⁰¹에 이끌리어 제각각 정취를 다하고, 보고 지나치기 어려울 때 답신도 하기 시작하여 자연스레 마음을 주고받기 시작하게 되는 사이는 마찬가지로 괘씸한 관계이기는 하여도 이해할 여지가 있다, 내 신상에 관한 일이기는 하지만 그 정도의 사람에게 마음을 나누실 것이라고는 생각지 않았거늘,

---

296 온나산노미야의 신분과 입장을 고려하지 않은 가시와기의 마음.
297 『가카이쇼』에서는 고조 황후(五條后)와 니조 황후(二條后)가 아리와라 나리히라(在原業平)와 통정한 예, 가잔인 여어(花山院女御)가 후지와라 사네스케(藤原實資)와 후지와라 미치노부(藤原道信)와 통정한 예 등을 들고 있다.
298 무라사키노우에.
299 히카루겐지 자신.
300 화가 나서 상대방을 미워할 때의 동작이다.
301 남성의 구애.

이라며 몹시 마음에 들지 않는다. 그렇다고 하여도 겉으로 드러낼 만한
일도 아니라거나 하며 마음이 산란하신데도, 돌아가신 상황故院の上께서
도 이렇게 마음속으로는 다 알고 계시면서 모르는 체하는 얼굴을 꾸미셨
던가,[302] 생각해 보니 그때의 일이야말로 참으로 두려운 데다 있어서는
안 되는 잘못이었구나 하며 가까운 예를 생각하시니, 사랑의 산길[303]은
비난하지 못할 듯한 마음이 드셨다.

33. 히카루겐지, 온나산노미야, 가시와기가 제각각 번민하다

겐지 님께서 아무렇지 않은 척하셔도 마음이 어지러우신 모습이 뚜렷
하시기에, 아씨女君[304]는 자신이 겨우 목숨을 부지한 것을 애처롭게 여기
어 건너오셨는데 본인도 모르게 황녀를 딱하게 여기고 염려하고 계신 것
으로 생각하셔서, 이렇게 아뢰신다.

"저는 상태가 좋아졌습니다만, 그 황녀께서 편찮으신 채 계실 터인데
금방 이리로 건너오셨으니 애처롭습니다."

"그렇소. 평소와 다르게 보이셨지만 별다른 상태도 아니시기에 자연
히 마음이 느긋해졌기에……. 주상께서는 자주 사자를 보내셨습니다. 오

---

302 부친인 기리쓰보인도 자신과 후지쓰보 중궁의 밀통을 알았으면서도 모른 척하였을 것
    이라고 깨닫게 되었다.
303 '얼마나 많이 사랑이라는 산이 깊디깊기에 잇따라 들어가는 사람들 헤매는고(いかばか
    り戀てふ山の深ければ入りと入りぬる人まどふらむ)'(『古今和歌六帖』四)에 의한다. 이러
    한 밀통 사건도 사랑 탓에 비난할 수 없다면서, 이성을 뛰어넘는 사랑을 두려워하면서
    도 용인하고 있다.
304 무라사키노우에.

늘도 서찰이 있었다던가. 상황께서 참으로 각별히 부탁하셨기에, 주상께서도 이리 마음을 쓰시는 것이겠지요. 다소 소홀하기라도 하다면, 이분 저분이 염려하실 일이 딱한지라."

겐지 님께서 이리 탄식하시기에, 마님은 이와 같이 말씀하신다.

"주상께서 들으실 일보다도 황녀 스스로 원망스럽다고 여기고 계실 것이야말로 측은합니다. 자신은 책망하는 마음이 없다고 하시더라도 안 좋은 쪽으로 아뢰는 사람들이 반드시 있다고 생각하기에, 참으로 괴롭군요."

"정말로 내가 외곬으로 생각하는 사람[305]에게는 거추장스러운 연고가 없으나, 다방면에 걸쳐 배려가 깊고 이러쿵저러쿵 보통 사람들이 생각하는 마음에까지 신경을 쓰시는군요. 저는 그저 국왕國王께서 마음에 걸려 하시지는 않나, 그것만 저어하다니 얕은 마음이었군요."

이렇게 겐지 님께서는 웃으며 얼버무리며 말씀하신다. 황녀께 건너가시는 건에 대해서는 "함께 돌아가서……. 한가롭게 지냅시다"라고만 아뢰신다.

"여기[306]에서 잠시 더 마음 편히 지내겠습니다. 먼저 건너가셔서 그분의 마음도 풀어지셨을 때……."

이렇게 서로 아뢰시는 동안에 몇 날 며칠이 흘렀다.

황녀께서는 이리 건너오시지 않은 채 며칠이 흘러가는 것도 그분의 박정함으로만 생각하시는데, 이제는 자신의 과실도 끼어들어 이렇게 되었다고 생각하시니 상황께서도 들으시면 어찌 생각하실까 싶어 세상사가

---

305 무라사키노우에.
306 니조노인.

조심스럽기에…….

그 사람도 절절해 보이는 마음만을 줄곧 전해 오지만, 소시종도 번거롭다고 한탄하며 "이러한 일이 있었습니다" 하고 알려 주었다. 이에, 위문 독은 참으로 참담하여, 언제 즈음에 그러한 일이 생겼던가, 이러한 일은 시간이 흐르면 어쩌다 조금이라도 흘러나올지도 모른다고 생각하였던 것조차 참으로 조심스럽고 하늘이 다 보고 있는 듯이 여겼거늘, 하물며 그 정도로 사실과 다르지도 않았던 사연들을 보셨다니, 부끄럽고 송구스럽고 민망하기에 아침저녁으로 시원하지도 않은 계절인데도 몸조차 얼어 버린 듯한 느낌이 들어 뭐라 말할 수 없는 심정이다.

오랜 세월 진지한 일이든 부질없는 일이든 불러 주셔서 찾아뵙고 친밀하게 지내 왔거늘, 다른 사람보다는 자상하게 신경을 써 주셨던 기색이 절절하고 정겨웠건만 기가 막히고 주제넘은 자로 스스러워하신다면 어찌 시선이라도 맞춰 드리겠는가, 그렇다고 하여 연락을 끊고 훌끗 찾아뵙지도 않는 것도 사람들 눈에 이상하고 그분 심중으로도 짐작되실 터이니 그것이 참담하구나 하는 등 편치 않게 생각하니, 몸 상태도 몹시 괴롭기에 궁중에도 입궐하지 않는다. 그다지 중죄에는 저촉될 듯하지 않아도 신세를 망치게 되었다는 마음이 들기에, 이럴 줄 알았다며 한편으로는 내 마음조차 박정하게 여겨진다.

아아, 황녀께서는 조용하고 고상한 분위기가 보이지 않으시는 근방이었다, 우선 그 발 틈으로도 그럴 만한 일이겠는가, 경솔하다고 대장[307]이 생각하시던 기색이 보였다는 등 이제 와 생각이 미치지만, 애써 이 일을

---

307 유기리.

단념하려고 생각한 데서 억지로 결점을 찾아내 드리고 싶은 것일까. 그것이 좋다고는 하여도 너무 외곬으로 느긋하고 품위 있는 사람은 세상 물정도 모르는 데다 한편으로 모시는 사람들을 경계하시는 일도 없어서 이리 딱하게 본인에게나 다른 사람에게나 큰일이 되기도 하는구나, 라며 황녀에 관하신 일이 딱한데도 떨쳐 버리지 못하신다.

34. 히카루겐지가 온나산노미야와 다마카즈라의 인품을 비교하다

황녀께서는 참으로 가련한 모습으로 줄곧 편찮으시다. 그 모습이 역시 몹시 마음 쓰이는지라, 이렇게 체념하려고 하시니 공교롭게도 싫은 마음으로는 얼버무릴 수 없는 그리움이 괴롭게 여겨지시기에, 건너가셔서 뵙고 계시는데도 가슴 아프고 애잔하게 여겨지신다. 기도祈禱308 등을 다양하게 올리도록 하신다. 일반적인 일은 전과 다름없고 오히려 걱정스러워하며 소중하게 대우해 드리는 모습은 전보다 더하시다. 가까이에서 말씀을 아뢰시는 모습은 참으로 더없이 마음이 멀어지셔서 민망하기에, 사람들 눈이 있는 데서만은 보기 좋게 꾸미고 심란하게만 생각되시니, 황녀의 마음속 또한 괴로우셨다. 겐지 님께서 그러한 것을 보았다고도 명확히 아뢰지 않으시기에, 스스로 참으로 견디기 힘들게 여기시는 모습도 미숙하다.

---

308 온나산노미야의 순산을 기원하는 기도.

정말로 이런 모습으로 계신 탓이로구나, 좋은 듯하다고 하여도 너무 불안하리만큼 남보다 뒤떨어지니 믿음직해 보이지 않는 법이로구나, 하고 겐지 님께서는 생각하신다. 이에, 남녀 관계가 모두 다 걱정스러워, 여어[309]가 너무 부드럽고 온화하신데 이처럼 마음을 아뢰는 사람이 있다면 이보다 더 마음이 어지러워질 것이다, 여자女는 이렇게 내성적이고 나긋나긋하면 다른 사람도 업신여기는 것인가, 있어서는 안 되는 일에 어쩌다 눈길을 주게 되면 강하지 않은 마음 탓에 과실은 나오게 되는 법이다, 라고 생각하신다.

우대신의 정실부인[310]이 내세울 만한 후견도 없이 어렸을 때부터 의지할 데 없이 세상을 떠도는 듯이 성장하셨어도 현명하고 사려가 깊어, 나 또한 표면적으로는 부모 연하였어도 괘씸한 마음이 섞이지 않은 것도 아니었건만 온화하게 모르는 체 처신하며 지내고, 그 대신이 그런 생각 없는 시녀와 짜고 들어왔을 때도 명확하게 자신은 멀리하였다는 사실을 사람들에게도 알리고 정식으로 허락받는 형국으로 만들어, 자기가 원하여 잘못을 저지른 게 아니라는 식으로 무마하였던 일[311] 등은 지금 생각해 보면 얼마나 현명한 일이었던가, 인연이 깊은 사이였기에 오랫동안 이렇게 관계를 유지하는 것이니 이렇든 저렇든 같은 일이었겠지만, 자기 의사로 생겼던 일이라고 세상 사람들도 떠올리게 되면 살짝 가볍게 보는 느낌도 더하여질 터인데, 참으로 적절하게 처신한 대응이었구나, 하고 떠올리신다.

---

309 아카시 여어.
310 히게쿠로의 정실부인인 다마카즈라.
311 히게쿠로 대장과 다마카즈라가 결혼하게 된 경위.

35. 상시의 출가를 맞아 히카루겐지가
무라사키노우에에게 옛일을 이야기하다

니조 상시님二條の尚侍の君312을 여전히 끊임없이 생각하고 계시지만, 이리 꺼림칙한 방면의 일은 번거로운 일이라고 절감하셔서 그 연약한 마음313도 약간 가볍게 여겨지셨다. 끝내 출가의 본뜻을 이루셨다고 전해 들으시고는 참으로 가슴 절절하고 안타깝게 마음이 동하셔서 우선 안부를 여쭈신다. 이제는, 이라는 말조차 넌지시 비추지 않으셨던 박정함을 가볍지 않게 아뢰신다.

히카루겐지

"어부의 소식 다른 데서 들었네 스마須磨 바닷가
소매 적신 눈물이 남 탓이 아니건만314

갖가지 세상의 덧없음을 마음속으로 깊이 생각하면서 이제까지 출가하지 못한 채 당신보다 뒤처지게 되어 안타까운데, 저를 버리신다고 하더라도 피하기 어려운 회향回向315 중에는 먼저 저를 생각해 주실 터인지라 가슴 절절하기에……."

---

312 오보로즈키요. 홍휘전 황태후가 살던 니조노미야(二條宮)에서 지낸다.
313 오보로즈키요의 약한 마음이 온나산노미야의 잘못과 공명하고 있다.
314 '어부(海人)'의 일본어 발음은 '아마'로서 '비구니(尼)'와 동음이의어이다. 이와 같이 같은 발음에 두 가지 의미를 중첩시키는 기법을 '가케코토바(掛詞)'라고 한다. 히카루겐지가 스마로 퇴거한 것이 오보로즈키요 탓이라고 원망하면서 자기를 버리고 출가한 데 대해서도 원망하고 있다.
315 자신이 닦은 공덕이나 선행을 타인에게 보시하여 극락왕생할 수 있도록 기원하는 일.

이와 같이 많이 아뢰신다.

상시님은 일찍이 결심하신 일이지만 이 장애[316]에 걸리셔서, 다른 사람에게는 그렇다고 드러내실 일은 아니어도 마음속이 절절하여, 예로부터 원망스러운 인연이지만 그래도 역시 얕다고도 절감하지 못하시는 등 이모저모로 떠올리신다. 답신은 이제는 이렇게도 주고받을 수 없을 듯한 마지막 서찰이라고 생각되시기에, 가슴이 먹먹하여 마음을 기울여 쓰신다. 먹 자국 등이 참으로 정취 있다.

"무상한 세상이라는 것은 제 신세 하나만으로 알고 있었습니다만, 뒤에 남겨졌다고 말씀하시니 참으로,

상시
어부의 배에 무슨 생각 때문에 늦은 것일까
아카시明石 바닷가의 고기잡이하던 임[317]

회향에 관해서는 일체중생을 위함이라 어찌⋯⋯."

이렇게 쓰여 있다. 푸른빛 도는 짙은 쥐색 종이인데 붓순나무[318]에 끼워 두셨다. 여느 때와 다름없는 일이어도, 몹시 세련된 필치가 역시 퇴색하지 않고 정취 있어 보인다.

---

316 히카루겐지와의 관계.
317 히카루겐지가 말하던 스마를 아카시로 바꾸어, 스마로 퇴거한 것은 아카시노키미와 만나기 위함이었다고 응수하였다.
318 붓순나무는 불전에 공양한다. 쥐색 종이와 마찬가지로 출가한 몸에 어울리는 재료이다.

니조노인에 계실 때인지라, 아씨女君에게도 이제는 완전히 끊어진 관계인지라 서찰을 보여 드리신다.

"참으로 심히 욕을 보았습니다. 정말로 정나미가 떨어졌소. 여러모로 불안한 세상사를 잘도 그냥 묵과해 온 듯하오. 일반적인 세상사에 관해서도 별 의미 없이 소식을 주고받고 계절에 맞추어 정취를 느끼고 풍류 또한 지나치지 않으며 남이면서도 다정하게 지낼 만한 사람은 재원齋院319과 이 상시님만 남아 있었거늘, 이리 모두 출가해 버리고 재원은 또 열심히 근행하며 다른 데 마음 쓰지 않고 수행에 빠져 계신다고 합니다. 역시 많은 사람의 모습을 보고 듣는 중에, 생각이 깊으면서 그러면서도 정답다는 점에서 그 사람과 견주어 보실 사람조차도 없었답니다.

여자女子를 키워 낸다는 것은 참으로 어려운 일이로군요. 숙명이라고 하는 것은 눈에 보이지 않는 것으로서 부모 마음먹은 대로 되기가 어렵다오. 성인이 될 때까지의 마음가짐은 역시 품이 들 만할 겁니다. 다행히도 많은 분들320 탓에 마음을 어지럽히거나 하지는 않을 듯한 인연이었건만, 나이가 많이 들지 않았을 때는 아쉽기도 하구나, 여러 곳에서 자녀를 보살필 수 있다면 하고 한탄을 하던 때도 있었다오. 어린 황녀321를 정성 들여 양육해 드리세요. 여어322는 사물의 이치를 깊이 이해하시는 연령이 아닌데도 이리 여유 없는 출사를 하시기에, 모든 일을 다 불안하게 여기며 지내고 계실 겁니다. 황녀들323께는 역시 어디까지나 다른 사

---

319 아사가오 아가씨(朝顔の姫君).
320 많은 딸. 히카루겐지에게 딸은 아카시 여어밖에 없다.
321 무라사키노우에가 양육하고 있는 아카시 여어 소생의 온나이치노미야.
322 아카시 여어.
323 황녀는 독신이 원칙이다.

람에게 지적당하거나 하는 일 없이 세상을 평안히 살아가시는 데 걱정스럽지 않을 만한 소양을 갖추게 하고 싶은 법이로군요. 신분에 제한이 있어 이런저런 후견을 만들어야 하는 보통 사람이라면 자연스레 남편에게도 도움을 받을 수 있겠지만……."

겐지 님께서 이와 같이 아뢰시니, 아씨는 이리 말씀하신다.

"제가 버젓한 후견은 아니라고 할지라도 이 세상에 머물러 있는 동안에는 보살펴 드리지 않을 수 없을 것으로 생각하는데, 어떨지요."

여전히 왠지 불안스러운 모습으로, 이렇게 마음먹은 대로 수행을 지장 없이 하시는 분들[324]을 부럽게 여기신다.

"상시님에게, 모습을 바꾸신 뒤의 의복 등을 아직 바느질에 익숙해지지 않은 동안에는 이쪽에서 신경을 써 드려야 할 듯한데, 가사袈裟 등은 어찌 재봉하는 건가요. 그것을 준비해 주시지요. 의복 일습은 로쿠조 동쪽 아씨六條の東の君[325]에게 부탁합시다. 격식에 맞는 법복 느낌이 나는 것은 보는 눈도 몹시 뜨악할 것이오. 그래도 역시 그 느낌이 나도록……."

겐지 님께서 이와 같이 아뢰신다. 푸른빛 도는 짙은 쥐색 의복 일습을 여기에서 준비하신다. 작물소作物所[326] 사람을 불러들이셔서 은밀히 비구니에게 필요한 그럴 만한 자잘한 도구들을 비롯하여 분부를 내리신다. 깔개, 다타미疊 위에 까는 돗자리, 병풍, 칸막이 등에 관해서도 몹시 남들 눈을 피하여 특별히 신경 써서 준비하도록 하셨다.

---

324 아사가오 아가씨와 오보로즈키요.
325 로쿠조노인 북동 구역 여름 저택의 하나치루사토. 바느질 솜씨가 뛰어나다.
326 장인소(藏人所)에 속하며 궁중의 세간 종류를 제작하는 곳이다.

36. 축하연이 또다시 미루어지고
스자쿠인이 온나산노미야에게 소식을 전하다

이리하여 산에 계신 상황山の帝[327]의 쉰 살 축하연도 연기되어 가을로
정해졌다. 팔월은 대장의 기월忌月[328]이시라 악소樂所에서 하는 일을 거행
하시는 데 형편이 좋지 않을 것이고, 구월은 상황의 황태후院の大后께서 붕
어하셨던 달[329]이기에 시월로 예정하고 계셨는데, 황녀께서 몹시 편찮
으시기에[330] 다시 미루어졌다. 위문 독이 맞아들인 황녀[331]께서는 그
달[332]에는 상황을 찾아뵈셨다. 태정대신[333]이 솔선수범하여 위엄 있고
세심하게 아름다움을 다하여 의식을 거행하셨다. 독님 또한 그 계제에
결심하여 나가셨다. 여전히 몸 상태가 좋지 않고 평소와 다르게 잦은 병
환 상태로만 지내신다.

황녀께서도 계속하여 무언가 눈치가 보이고 괴롭게만 한탄하신 탓인
가, 달이 많이 차 가면서 참으로 괴로운 듯이 지내시기에, 인院께서는 불
쾌하게 여기시는 방면이야 있어도 참으로 가련하고 연약한 모습으로 이
렇게 계속 편찮으시니, 어찌 되실 건가 한탄스러워 다방면으로 탄식하신
다. 기도 등 올해는 올릴 일이 많아 바삐 지내신다.[334]

---

327 스자쿠인.
328 유기리의 모친인 아오이노우에의 기월. 유기리는 축하연 가무에서 중요한 역할을 맡아
야 한다.
329 스자쿠인의 친모인 홍휘전 여어의 기월.
330 회임한 지 8개월이 되었다.
331 가시와기의 정처인 온나니노미야(오치바노미야). 스자쿠인의 황녀로서 축하연을 주최
하였다.
332 10월.
333 가시와기의 부친인 전 태정대신(옛 두중장).

산[335]에서도 회임에 관해 들으시고, 어여쁘고 사랑스럽게 여기신다. 몇 달 동안 겐지 님께서 이리 다른 곳에만 계시고 건너오시는 일도 좀체 없다는 듯이 사람들이 아뢰었기에, 어찌 된 일인가 싶어 가슴이 덜컥하고 부부 관계도 이제 와 다시금 원망스럽게 여기신다. 동쪽 채 마님對の方이 편찮으셨을 때는 역시 그 간병 탓이라고 들었을 때조차 왠지 모르게 편치 않았거늘, 그 뒤에도 수복하기 어려운 상태로 지내신다니 그즈음 있어서는 안 될 일이라도 생긴 것일까, 본인은 아실 바 아니라고 하여도 좋지 않은 후견인들 생각 탓에 어떤 일이 있었던 것일까, 궁중 근방 등에서 풍류를 주고받을 만한 관계 등에서도 고약하고 듣기 싫은 소문이 새어 나오는 예도 들었는데, 라고까지 생각이 미치신다. 세세한 일은 내버려 둔 채 돌보지 않는 세상인데도 역시 이 길[336]은 멀리하기 어려워 황녀께 서찰을 자상하게 써 보내셨는데, 나으리大殿께서 계시던 때인지라 보신다.

이렇다 할 일도 없기에 자주 안부를 여쭙지도 않는 동안 어찌 지내는지 어렴풋한 상태로만 세월이 흐르는 것이 가슴 아프군요. 편찮으시다는 상태는 소상히 들었는데, 그 뒤 염송念誦을 할 때도 생각나는 것은 어찌 된 일인지…….부부 사이가 쓸쓸하고 생각하는 바와 다른 일이 있더라도 참고 지내세요. 원망스러운 듯한 기색 등을 어지간한 일로 아는 체하는 얼굴로 넌지시 비치는

---

334 1월 하순 이래 올리고 있는 무라사키노우에의 치유 기도에다, 온나산노미야의 순산 기도가 더하여졌다.

335 산에서 수행 중인 스자쿠인.

336 '부모의 마음 어둡지 않다 해도 오직 자식을 생각하는 길에는 허우적댈 뿐이네(人の親の心は闇にあらねども子を思ふ道にまどひぬるかな)'(『後撰和歌集』雜一, 藤原兼輔)에 의한다.

것은 참으로 품위를 떨어뜨리는 행동입니다.

이와 같이 타일러 드리신다.

참으로 딱하고 안타깝고, 이처럼 내밀하고 참담한 일을 들으셨을 리는 없기에 내 잘못이라고 뜻대로 되지 않아 유감스럽게만 듣고 생각하실 거라고만 계속 생각하시다가, 겐지 님께서 이리 말씀하신다.

"이 답신을 어찌 아뢰시려는지요. 안타까운 소식이시기에 저야말로 참으로 괴롭군요. 뜻밖의 일로 여기고 있는 일이 있다고 하여도, 소홀하다고 다른 사람이 보고 비난할 정도는 아니라고 생각하고 있습니다. 누가 상황께 아뢴 것일까요."

이에 부끄러워서 얼굴을 돌리고 계신 황녀의 자태[337]도 무척 가련해 보이고, 몹시 야위어 시름에 빠져 계신 모습이 더한층 기품 있고 어여쁘다.

37. 히카루겐지가 온나산노미야를 훈계하고
가시와기가 히카루겐지를 피하다

"참으로 어린 심성을 파악하고 계셔서 심히 걱정스러워하시는구나 하고 가늠이 되기에, 이제부터 앞으로도 여러 방면에 걸쳐……. 이렇게까지나 어찌하여서든 아뢰지 않으려 생각하여도 상황께서 어심에 어긋난다고 듣고 계실 것이 편치 않고 답답하기에, 당신께만이라도 아뢰어 알

---

337 자신의 잘못을 인식하고 있는 태도.

려 드리지 않으면 안 될 듯싶기에……. 사려가 깊지 않고 단지 다른 사람[338]이 아뢰는 방면으로만 휩쓸릴 듯한 당신 마음에는 그저 소홀하고 마음 씀씀이가 깊지 않다고만 생각하시고, 그리고 이제는 더할 나위 없이 나이 먹은 내 모습도 업신여기면서 새로울 게 없다고만 여기실 터인데, 그 또한 여러모로 서럽기도 하고 부아가 나기도 합니다.

상황께서 존명存命하고 계시는 동안에는 역시 마음을 가라앉히고, 마음속으로 정해 두신 이유도 있을 것이기에 이 나이 든 사람 또한 상황과 마찬가지로 여겨 주셔서 심히 무시하지 마십시오. 예로부터 출가의 본뜻이 깊었던 길이었는데 사려가 깊지 않을 듯한 여자분들 모두에게까지 뒤처지면서 참으로 이도 저도 아닌 일이 많거늘, 내 마음으로는 조금도 망설일 만한 일은 없어도 상황께서 이제 세상을 등지신 뒤 황녀의 후견으로 저를 정해 두셨을 그 마음이 가슴 절절하고 기뻤기에, 잇따라 경쟁하듯이 같은 모양으로 당신을 내버려 두고 떠난다면 허망하게 여기실 것이 마음에 걸리기에…….

걱정스럽게 생각하였던 사람들도 이제는 저를 이 세상에 붙들어 둘 굴레가 될 정도의 분도 없습니다. 여어 또한 이리 앞날은 알기 어려워도 자제분들이 많아지신 듯하기에, 제가 살아 있는 동안만이라도 평안하다면 하고 생각해 두어도 괜찮을 듯합니다. 그 밖에는 누구나 다 그때 상황에 따라 저와 함께 출가한다고 하여도 아쉽지 않을 만한 나이들이 되었기에, 점점 더 개운[339]하게 생각하고 있습니다.

상황께서 이 세상에 계실 날이 길지도 않습니다. 참으로 병환도 더욱

---

338 주위의 시녀.
339 현세에 대한 집착을 끊게 된 개운함.

더 중해지고 계셔서 어쩐지 불안하게만 여기시는 듯한데, 이제 와 생각
지도 못한 소문이 흘러나온 걸 들으시고 마음이 어지러워지는 일이 없도
록 하십시오. 이 세상은 아주 편안하오. 문제도 아닙니다. 내세에 성불하
시는 길에 방해가 되기라도 한다면 그 죄는 몹시 두렵겠지요."

이처럼, 대놓고 그 일[340]이라고는 밝히지 않으셔도 간곡히 계속 아뢰
시니, 황녀께서는 눈물만 흘리시면서 정신도 없이 풀이 죽어 계신다. 이
에 겐지 님께서는 본인도 우시면서, 이리 말씀하신다.

"다른 사람에 관한 일인데도 답답해하며 듣고 생각하였던 옛날 사람
의 주제넘은 참견을 이제 제가 하다니……. 얼마나 싫은 노인인가 하고,
곤란하고 귀찮게 여기는 마음이 더하여지시겠군요."

겸연쩍어하시면서, 벼루를 가까이 끌어당기셔서 손수 먹을 갈고 종이
를 준비하여 답신을 쓰도록 하셔도 황녀께서는 손까지 떨리셔서 쓰지 못
하신다. 그 소상하였던 서찰에 대한 답신은 참으로 이리도 주저하지 않
고 주고받으셨을 거라고 상상하시니 참으로 밉살스럽기에, 온갖 절절함
도 식을 듯하여도 표현 등을 가르쳐 주며 답신을 쓰도록 하신다.

상황을 찾아뵙는 일은 이달도 이렇게 지나갔다. 둘째 황녀二の宮께서
각별한 위세를 갖추며 찾아뵈셨지만,[341] 회임하신 지 오래된 몸 상태로
서 경쟁하는 듯한 분위기인 것도 꺼려지는 느낌이 들었다.

"동짓달은 저의 기월忌月[342]입니다. 연말은 또 참으로 소란스럽소. 그리
고 한층 더 자태도 보기 흉할 터인데, 뵙고 싶으셔서 기다리고 계시는데

---

340 가시와기와의 밀통 사건.
341 가시와기의 정실부인인 온나니노미야 주최의 스자쿠인 쉰 살 축하연.
342 히카루겐지와 스자쿠인의 부친인 기리쓰보인의 기월.

어떨까 싶습니다. 그렇다고 하여 그렇게 연기만 할 일인가 싶기에[343]……. 힘들게 마음을 어지럽히지 마시고 밝게 처신하셔서, 이 심히 야위신 얼굴을 가다듬으시죠."

겐지 님께서는 이러며, 참으로 안쓰럽게 역시 뵙고 계신다.

위문 독을 무슨 일이든지 정취가 있을 만한 행사 때에는 반드시 일부러 불러 만나시면서 의논을 하셨건만, 전혀 그러한 소식도 보내지 않으신다. 사람들이 이상하게 여길 듯하다고 생각하시지만, 만나게 되면 더욱더 멍청한 자신의 모습이 겸연쩍고 만나면 또 내 마음 또한 평정을 유지할 수 없을 듯하다고 고쳐 생각하시면서, 그길로 위문 독이 몇 달이나 찾아뵙지 않으시는 것도 질책하지 않는다.

대부분의 사람들은 위문 독이 여전히 평소와 달리 계속 편찮으신 데다 인院[344]에서도 또 관현 연주 등을 열지 않으시는 해이기 때문이라고만 생각해 왔다. 대장님[345]만은 무슨 까닭이 있어서이겠지, 호색인은 필시, 내가 기색을 눈치챘던 일[346]로 참을 수는 없지 않았을까 하고 짐작하지만, 이처럼 너무 확실하게 끝까지 진전된 상황이라고는 짐작하지 못하셨다.

---

343 축하연은 해가 가기 전에 개최하여야 한다.
344 로쿠조노인.
345 유기리.
346 로쿠조노인에서 공차기를 하던 날, 가시와기가 온나산노미야를 엿본 일.

38. 축하연 시악 때 가시와기가 가까스로 하카루겐지를 보러 오다

섣달이 되었다. 축하연은 열흘여로 정해 두고 다들 춤을 연습하느라 저택 안이 법석이며 소란스럽다. 니조노인 마님二條院の上[347]은 아직 건너 오지 않으셨는데, 이 시악試樂 때문에 끝까지 가만히 있지 못한 채 건너오 셨다. 여어님도 사가에 계신다. 이번의 자제분은 또 남아男[348]이셨다. 잇따라 참으로 귀염성 있어 보이는 모습으로 계시는데, 겐지 님께서는 아 침저녁으로 함께 놀아 드리시면서 나이를 먹어 가는 보람으로 기쁘게 여 기셨다. 시악에 우대신 나으리의 정실부인[349]도 건너오셨다. 대장님[350] 이 축인 구역丑寅の町[351]에서 우선 집안사람끼리 연습처럼 아침저녁으로 연주하여 익숙해지셨기에, 그 마님[352]은 안전에서 열린 연주는 보지 않 으신다.

위문 독을 이러한 행사 때도 참여시키지 않는다면 참으로 돋보이지 않 고 아쉬워질 듯한 데다 그중에서도 사람들이 이상하게 고개를 갸웃할 듯 한 일이기에, 찾아뵈시라는 전갈이 있었건만 중환을 앓고 있다고 사정을 아뢰고 찾아뵙지 않는다. 그렇다고 하여도 뚜렷하게 괴롭게 느껴지는 병 도 아닌 듯하기에, 겐지 님께서는 생각하는 바가 있는 게지 하고 측은하 게 생각하셔서서 특별히 소식을 보내신다. 부친인 대신도 이리 부추기신다.

---

347 무라사키노우에.
348 아카시 여어는 로쿠조노인에서 여악이 열렸을 때 임신 5개월이었다.
349 히게쿠로의 정처 다마카즈라.
350 유기리.
351 북동 구역의 여름 저택. 하나치루사토의 처소이다.
352 하나치루사토.

"어찌 사양한다고 아뢰셨나요. 비뚤어져 있는 듯이 인院께서도 들으실 터인데, 대단한 병도 아닌데 몸을 추슬러서 찾아뵙도록 하시게나."

이렇게 거듭 말씀하시기에, 괴롭다고 생각하고 생각하면서 찾아뵈었다.

아직 공경 등도 모이시지 않은 무렵이었다. 여느 때처럼 가까운 발 안으로 들이시고 몸채의 발을 내리고 계신다. 위문 독은 정말로 아주 몹시 바짝 여위어 창백하다. 평소에도 외향적이고 화사한 방면은 동생인 도련님들에 비하면 못하고 참으로 배려 있는 기색으로 차분한 모습이 각별한데, 한층 더 차분하게 대기하고 계신 모습이 어찌 황녀들의 옆자리에 나란히 두고 본다 한들 전혀 흠이 있을 것 같지 않다. 그저 이번 건의 모양새[353]가 어느 쪽이든 너무 분별없기에 참으로 죄를 용서하기 어렵구나, 라거나 하며 주시하신다.

겐지 님께서는 아무렇지 않은 척 참으로 정답게 이리 말씀하신다.

"이렇다 할 용건 없이 대면한 지도 오래되었군요. 요 몇 달은 여러 병자를 돌보느라 마음에 여유가 없는 새 상황의 축하연을 위해 여기 계시는 황녀께서 법사法事[354]를 주관하시는 것으로 되어 있었거늘, 잇따라 걸림돌이 되는 일이 빈번하여 이렇게 한 해도 얼마 남지 않았기에 생각하는 바대로도 다 할 수 없어 형식적이나마 정진 요리를 바치려 합니다. 축하연이라고 하면 야단스러울 듯하여도 집안에 태어난 동자의 숫자가 많아진 것을 보여 드리고자 춤 등을 가르치기 시작하였습니다. 그것만이라도 성사시키려고, 박자拍子를 맞추려는데 또 달리 누구에게 부탁할까 곰곰이 생각하다 못해 몇 달이나 방문하지 않으시는 원망恨み도

---

353 밀통 사건.
354 축하연을 말한다. 출가한 사람의 축하연에는 불사도 있기에 이리 표현한다.

버렸습니다."

그 기색이 무심한 듯하여도, 아주 몹시 부끄러운지라 안색도 달라졌겠다 싶어 대답도 바로 아뢰지 않으신다.

"요 몇 달 여러 방면으로 괴로워하시는 일을 삼가 듣고 탄식하고 있었으면서도, 봄철 무렵부터 평소에도 앓고 있던 각기병이라고 하는 것이 심하게 발병하여 앓았습니다. 제대로 발을 딛고 설 수도 없어 달이 갈수록 쇠약해졌기에, 궁중 등에도 입궐하지 못하고 세상과 끈이 끊어진 듯이 칩거하고 있습니다.

상황의 연치가 꽉 차시는 해이고, 남보다 확실하게 연치를 헤아려 경축해 드려야 한다고 치사 대신이 생각이 미치셔서 아뢰셨습니다. 관을 걸어 두고 수레를 아끼지 않고 버린 몸[355]인지라 나아가 모시려 하여도 자리 잡을 데가 없다, 정말로 관직이 낮다고 하여도 나와 마찬가지로 상황을 깊이 생각하는 구석은 있을 것이다, 그 마음을 보여 드리거라 하며 다그쳐 말씀하셨기에, 병이 중하여도 힘써 추스른 뒤 찾아뵈었습니다. 이제는, 상황께서는 더욱더 참으로 조용한 모습으로 불도에 전념하시면서, 위엄 있는 의식을 기다리시거나 하는 일은 원치도 않으시는 듯이 뵙기에는 판단되었습니다. 행사 등을 간소하게 하시고, 조용히 말씀을 나누고 싶어 하시는 깊은 바람을 이루어 드리시는 게 무엇보다 중요할 듯합니다."

위문 독이 이리 아뢰시자, 겐지 님께서는 위엄 있다고 들었던 축하연을 온나니노미야女二の宮 쪽에서 개최하였다고는 말하지 않는 것도 배려

---

[355] 관직 사임을 의미한다.

심이 있다고 생각하신다.

"바로 그대로랍니다. 의식을 간소히 하는 데 대해 세상 사람들은 마음이 얕다고 보는 듯한데, 그렇다고는 하여도 잘 이해하여 이야기하시니, 그럼 그렇지 하고 더욱더 확신이 듭니다. 대장[356]은 공적인 방면으로는 점차 어른스러워진 듯하지만, 이처럼 풍류 같은 방면으로는 원래부터 흥미를 지니지 않은 걸까요. 그 상황께서 무엇이든 정통하지 않으신 일은 좀체 없지만 그중에서도 음악 방면의 일에는 마음을 기울이셔서 참으로 대단히 조예가 깊으시기에, 그처럼 관심을 끊으신 듯하여도 조용히 들으시고 맑은 악기 소리를 가려내시니 지금은 더 마음을 써야만 할 듯하오. 그 대장과 함께 신경을 써 무동舞童의 소양과 마음가짐에 힘을 잘 보태 주시게나. 악기 스승이라고 하는 사람은 그저 자신의 전문 분야라면 모를까, 참으로 말이 아닙니다."

겐지 님께서 이와 같이 몹시 다정스럽게 말씀하신다. 위문 독은 기쁘게는 생각하지만 괴롭고 송구스러워 말수를 줄이며, 이 안전을 어서 물러나고 싶다고 생각하기에 여느 때처럼 소상하게 이야기하지 않고 겨우 빠져나갔다.

위문 독은 동쪽 저택[357]에서 대장이 꾸며 내보내신 악인과 무인의 의상 등에 관해 다시금 손을 더 보신다. 할 수 있는 한껏 몹시 꾸며 두신 데에다 한층 더 세심하게 취향을 더하는데도, 정말로 이 분야에는 아주 조예가 깊은 분이신 듯하다.

오늘은 이러한 시악의 날이지만, 마님들이 구경하시는 데 볼만한 구석

---

356 유기리.
357 북동 구역의 여름 저택. 하나치루사토의 처소.

이 없어서는 안 된다며,[358] 그 축하연 당일 무동은 빨간 옅은 쥐색 웃옷[359]에 연보랏빛 시타가사네[360]를 입기로 되어 있는데 오늘은 푸른색에 안은 짙은 빨강이고 겉은 옅은 갈색 배색의 시타가사네를 입고, 악인 서른 명은 오늘은 안팎 모두 하얀 시타가사네를 입고 있다. 진사辰巳 방향[361]의 쓰리도노釣殿[362]로 이어지는 회랑[363]을 악소로 삼고 산[364]의 남단에서 안전으로 나오는 동안에 〈선유하仙遊霞〉라는 곡[365]을 연주한다. 눈이 그저 조금 흩날리니, 봄이 곁에 가까이 와 있고[366] 매화 기색도 볼 만하여 꽃망울이 벌어져 있다. 몸채에 붙은 조붓한 방의 발 안에 겐지 님께서 계시기에 식부경 친왕과 우대신[367]만 옆에 대기해 계시고 그보다 아래인 공경은 툇마루에 있다. 정식이 아닌 날이라고 하여 향응 등은 익숙한 것으로 대접하였다.

우대신의 넷째 도련님,[368] 대장 나으리의 셋째 도련님,[369] 병부경 친왕의 손왕孫王[370]인 도련님 두 분은 〈만세악萬歲樂〉[371]을 추는데, 아직 많

---

358 로쿠조노인의 여성들은 축하연 당일은 참여하지 않으므로 시악으로 만족해야만 한다.
359 깃이 둥근 웃옷으로 호(袍) 또는 우에노키누(袍衣)라고 한다.
360 시타가사네는 웃옷 아래 받쳐 입는 옷이다.
361 동남쪽.
362 연못 쪽으로 튀어나온 더위를 피하는 건물이다.
363 동쪽 중문의 회랑이다. 악인들이 음악을 연주하는 장소로 꾸몄다.
364 연못 건너편 남쪽에 있는 가산(假山). '쓰키야마(築山)'라고 한다.
365 대식조(大食調) 곡으로 춤이 없다고 한다.
366 눈을 꽃에 비김으로써 봄이 가까이 다가온 것을 실감하는 표현이다. '겨울이면서 봄이 곁에 가까이 다가왔기에 옆집 울타리에서 꽃은 떨어지누나(冬ながら春の隣の近ければ中垣よりぞ花は散りける)'(『古今和歌集』雜體, 淸原深養父)에 같은 표현이 있다.
367 무라사키노우에의 부친과 히게쿠로.
368 다마카즈라의 둘째 아들.
369 유기리의 셋째 아들.
370 호타루 병부경 친왕의 아들이다. 손왕은 천황의 손자라는 의미이다.
371 〈만세악〉은 〈황장〉과 함께 무악의 곡명으로 당악이다. 축하연에 쓰였다. 무인은 네 명이다.

이 어릴 때인지라 참으로 귀염성 있다. 네 사람 다 누구라 할 것 없이 고귀한 집안의 자제로 용모가 깔끔해 보이고 귀하게 자란 티가 나는데, 그렇게 보아서인지 기품 있어 보인다. 또한 대장의 자제로 전시典侍 소생인 둘째 도련님과 식부경 친왕의 자제로 병위 독兵衛督이라고 하셨던 분이 지금은 겐 중납언源中納言이 되었는데 이분의 자제가 〈황장皇麞〉372을, 우대신의 셋째 도련님373이 〈능왕陵王〉374을, 대장 나으리의 큰아들이 〈낙준落蹲〉375을, 그리고 또 〈태평악太平樂〉,376 〈희춘악喜春樂〉377 등과 같은 여러 춤을 같은 일족의 자제들이나 어른들 등이 추었다.

날이 저물어 가기에 겐지 님께서는 발을 올리게 하신다. 흥취가 더해 가고, 손주인 도련님들이 참으로 어여쁜 용모와 자태인데 춤을 추는 모습도 세상에서 볼 수 없는 솜씨를 구사하고 있다. 스승들도 제각각 있는 솜씨를 전부 가르쳐 드렸는데, 거기에 깊은 재능을 더하여 좀체 보기 어려운 춤을 추시니, 누구라 할 것 없이 참으로 어여쁘다고 생각하신다. 연세가 드신 공경들은 모두 눈물을 떨어뜨리신다. 식부경 친왕께서도 손주378를 생각하시고 코가 빨개질 때까지 눈물을 흘리신다.

"나이가 들어 감에 따라 술에 취하여 우는 것은 참기 어려운 법이로군요. 위문 독이 주의 깊게 살피며 웃음을 지으니, 참으로 부끄럽군요. 그렇기는 하여도 이제 잠시겠지요. 거꾸로 흘러가지 않는 세월379이지요.

---

372 당악.
373 다마카즈라의 첫째 아들.
374 당악. 사타조(沙陀調)로 임읍팔악(林邑八樂)이라는 것의 하나이다. 가면을 쓰고 홀로 춤춘다.
375 고려악. 두 사람 또는 한 사람이 특이한 옷차림을 하고 가면을 쓰고 북채를 들고 춤춘다.
376 당악. 대식조 곡으로 창을 들고 긴 칼을 뽑아 들고 가면 등을 쓰고 네 사람이 춤춘다.
377 당악. 황종조(黃鐘調) 곡으로 네 명이 춤춘다.
378 〈황장〉을 춘 겐 중납언의 아들.

늙음은 피할 수 없는 법이지요."

주인인 인院께서 이러면서 위문 독을 주시하신다. 다른 사람보다 실로 진지한 모습으로 풀이 죽어 있고 정말로 기분도 무척 좋지 않기에 대단한 일조차 눈에도 들어오지 않는 마음 상태인 사람을 특별히 지목하여 취한 척하며 이리 말씀하시니, 농담인 듯하여도 위문 독은 더욱더 가슴이 미어진다. 술잔이 돌아와도 두통이 심하게 느껴지기에 흉내만 내며 얼버무리고 있는데, 이를 보시고 비난하며 술잔을 들게 하고 여러 번 강권하시니, 거북하여 어찌할 바 모르는 모습이 일반적인 사람과 달리 정취가 있다.

39. 가시와기가 마음이 어지러워져 병든 몸을
   본가에서 추스르다

위문 독은 마음이 산란하여 참기 어렵기에, 아직 연회도 끝나지 않았는데 물러나셨다. 그길로 무척이나 심히 마음이 어지럽다. 여느 때처럼 참으로 크게 취한 것도 아니거늘 어찌하여 이러한가, 답답하게 생각하고 있었기에 흥분한 탓인가, 참으로 그럴 정도로 겁에 질릴 만큼 마음이 약하다고는 생각지 않건만 한심하기도 하구나 하며 스스로 절감한다. 한때의 숙취도 아니었다. 그길로 참으로 심히 앓으신다. 대신과 모친인 정실부인

---

379 '거꾸로 세월 흘러갔으면 하네 그러면 일단 먹어 가는 나이도 함께 돌아오도록(さかさまに年もゆかなむとりもあへず過ぐる齢やともに返ると)'(『古今和歌集』雜上, 讀人しらず)에 의한다.

이 불안해하셔서서 각자 다른 곳에서 지내면 몹시 걱정스럽다고 하여 저택으로 옮겨 드리시는데, 황녀[380]께서 생각하실 바가 또한 몹시 측은하다.

별일 없이 지낼 수 있었을 때는 속 편히 헛된 기대를 하며 각별하게 깊은 정도 드리지 않았는데, 마지막이라며 이별을 아뢰어야만 하는 출발이구나[381] 하고 생각하니, 가슴 절절하고 슬프고 황녀께서 뒤에 남아 탄식하실 것이 송구스러워 괴롭게 생각한다. 황녀의 모친인 미야스도코로御息所[382]도 아주 몹시 탄식하신다.

"세간의 관습으로서 부모는 역시 그러한 존재로서 모셔 두고, 이러한 부부 사이는 어떠한 때일지라도 떨어지지 않으시는 것이 일반적인 일이지요, 그런데 이리 헤어져서 회복되실 때까지도 저쪽에서 지내신다니, 애태울 만한 일이건만……. 잠시 여기에서 이대로 정양하시지요."

이러며 병상 옆에 칸막이만을 치시고, 뵙고 계신다.

"지당한 말씀입니다. 사람 축에도 끼지 못하는 처지이건만 무리하여 넘보기 어려운 부부의 연을 허락받아 모시고 있는데, 그 감사의 증표로는 이 세상에 오래 살면서 미거한 신분이기는 하여도 다소 다른 사람과 엇비슷해지는 모습[383]이나마 보여 드릴 수 있지 않을까 하고 생각하였습니다. 그런데 참으로 이리 심한 상태[384]까지 되어 버렸기에, 제 깊은 뜻조차 다 보여 드릴 수 없는 게 아닐까 하고 생각됩니다. 목숨을 부지하

---

380 가시와기의 정처인 온나니노미야.
381 '아주 잠깐만 다녀오는 길이라 생각해 왔네 이게 생애 마지막 출발이었던 것을(かりそめ
　の行きかひぢとぞ思ひ來し今は限りの門出なりけり)'(『古今和歌集』哀傷, 在原滋春)에 의
　한다. 사별을 직감하고 있다.
382 온나니노미야(오치바노미야)의 모친인 이치조미야스도코로(一條御息所).
383 관직에 있어서의 영달.
384 위독한 본인의 상태.

기 어려운 마음이 드는데도 저세상으로 떠날 수 없을 듯이 여겨집니다."

이러면서 서로 우시면서 서둘러서 건너가지도 않으시기에, 다시금 모친인 정실부인이 불안하게 여기셔서 이리 원망하신다.

"어찌 먼저 얼굴을 보여 주려고는 생각지 않으시는가. 나는 기분이 조금이라도 평소와 달라 불안할 때는 많은 자식 중에 우선 특히 자네를 만나고 싶기도 하고 믿음직스럽게도 생각하건만……. 이런 상태로는 참으로 불안하기만 한지고."

이 또한 참으로 지당한 일이다.

"다른 사람들보다 먼저 태어난 까닭인지 특별히 관심을 계속 받아 왔는데, 지금도 역시 사랑스럽게 여기셔서 잠시라도 보이지 않으면 괴롭게 여기시기에, 마음이 이리 마지막으로 여겨지는 때인데도 뵙지 않는다면 죄[385]가 깊고 울적할 듯합니다. 제가 마지막에 다다라 기대할 수 없다고 들으신다면, 아주 몰래 저를 보러 건너와 주십시오. 반드시 또 뵙도록 하지요. 이상하게 둔하고 어리석은 제 본성인지라 어떠한 계기에 소홀하게 여겨지시는 일도 있었을 터인데 그게 후회스럽습니다. 이러한 수명의 기한을 모른 채 앞날을 길게만 생각하였다니……."

위문 독은 이러며 울면서 건너가셨다. 황녀께서는 남으셔서 말할 수 없이 몹시 그리워하신다.

대신 댁에서는 기다리다 맞아들이시고는 여러모로 법석대신다. 그렇기는 하여도 갑자기 심각하게 급변하는 상태도 아니고, 요 몇 달간 음식 등을 거의 드시지 않았는데 더욱더 가볍게 드실 밀감 등에조차 손대지

---

385 부모보다 먼저 세상을 뜨는 것은 최악의 불효로 여겨졌다.

않으신 채 그저 점점 무언가에 이끌려 들어가는 듯이 보이신다.

당대의 뛰어난 인물이 이런 상태로 계시기에, 세간에서는 애석하고 아깝게 여겨 문안을 드리러 찾아오지 않으시는 분이 없다. 주상께서도 상황께서도 문안을 자주 여쭈시면서 몹시 애석하게 여기시는데도 양친의 마음은 한결 더 어지럽기만 하시다. 로쿠조노인六條院께서도 참으로 안타까운 일이라고 생각하시며 놀라, 여러 번 곡진히 부친인 대신에게도 병 문안을 여쭈신다. 대장은 하물며 무척 사이좋은 관계인지라, 가까이에서 문안하시면서 몹시 탄식하며 날을 보내신다.

40. 스자쿠인의 쉰 살 축하연이 연말에 개최되다

축하연[386]은 스물닷샛날로 정해졌다. 이러한 때에 필요한 소중한 공경이 중환이시니, 부모 형제와 많은 사람들, 그러한 신분이 높은 일족들이 탄식에 젖어 계실 때인지라 왠지 쓸쓸한 듯하여도, 잇따라 뒤로 밀렸던 일조차 있기에 이대로 그만둘 수 없는 일인지라 어찌 포기하실 수 있겠는가. 겐지 님께서는 황녀의 심중을 딱하게 여기신다. 여느 때와 같이 오십사寺五十寺[387]에서 송경誦經을 올리시고, 그리고 그분이 계시는 절[388]에서도 마하비로차나摩訶毘盧遮那[389] 송경이…….

---

386 온나산노미야 주최의 스자쿠인 쉰 살 축하연.
387 쉰 살 축하연에 맞추어 쉰 곳의 절에서 송경한다.
388 스자쿠 상황이 있는 니시야마(西山)의 절.
389 '마하비로차나'는 대일여래(大日如來)를 가리킨다. 진언밀교(眞言密敎)에서 지상의 절대적인 존재로 여겨졌다. 니시야마의 절은 닌나지(仁和寺)를 염두에 두었다고 하는데, 그 팔각당의 본존은 대일여래이다.

「와카나 하」 권 해설

　「와카나 하若菜下」 권은 앞의 권 말미의 내용을 이어받아 온나산노미야를 사모하는 가시와기의 어지러운 마음과 시름을 기술하며 시작된다. 권의 주된 내용은 자신의 삶을 반추하며 현세에 무상함을 느끼며 출가를 원하지만 히카루겐지의 승낙을 받지 못하고 내면의 갈등을 해소할 수 없어 중병을 앓게 되는 무라사키노우에의 모습과, 그 틈을 타 벌어지는 온나산노미야와 가시와기의 밀통 사건이다. 권명은 스자쿠인 쉰 살 축하연을 맞이하여 히카루겐지가 "이번에 꼭 차는 연치가 되시니 봄나물若菜 등을 요리하면 어떨까 생각"[12절]한 데서 유래한다. 히카루겐지의 마흔 살 축하연을 제재로 한 「와카나 상」 권과 짝을 이루는 권이다. 「와카나 상」 권이 히카루겐지와 온나산노미야의 결혼으로 무라사키노우에가 고뇌에 빠지게 되는 권인 데 반해, 이 권은 온나산노미야와 가시와기의 밀통으로 인해 히카루겐지가 고뇌에 빠지는 권으로서 대비를 이룬다.

　그렇다면 무라사키노우에의 고뇌, 그리고 출가에 대한 염원은 어디에서 연유된 것일까. 무라사키노우에의 만년의 고뇌, 시름もの思ひ이 형성된 데는 히카루겐지와 온나산노미야의 결혼을 계기로 한 부인으로서의 무라사키노우에의 고뇌, 양모로서의 무라사키노우에의 고뇌라는 두 가지 측면을 고려할 수 있다. 특히 양녀인 아카시 아가씨와의 관계와 친자식이 없는 무라사키노우에의 여성으로서의 허무함과 절망, 아카시 일족에게서 소외감을 느끼는 무라사키노우에의 괴로움이 「와카나 하」 권 이래 크게 연동되어 있는 것으로 보인다.

　『겐지 모노가타리』에는 다양한 부모 자식 관계가 기술되어 있다. 모

친의 입장에서 볼 때 모자 관계보다 모녀 관계의 기술이 많으며, 그중 간과할 수 없는 것은 양모와 양녀로 맺어진 무라사키노우에와 아카시 아가씨의 관계이다. 이는 '친부모님まことの御親'이라는 표현의 함의를 통해 그 실상을 살펴볼 수 있다. '친부모님'이라는 표현은 "여어님은 그저 이쪽을 친부모님으로 여기시고 마님은 음지의 후견으로서 겸양하여 처신하시는데, 이것이 오히려 장래가 미덥게 여겨져 더할 나위 없었다"[8절]는 구절에 나온다.

친모가 아닌 양모인 무라사키노우에에게 쓰인 '친부모님'이라는 표현은 역설적으로 그때까지 실질적으로 유지되어 온 무라사키노우에의 '친부모님' 상像에 균열이 일어나고 있음을 드러낸다. 그러한 조짐은 이미 5년 전 아카시 아가씨가 동궁의 첫째 황자를 출산하였을 때부터 예정되어 있었다. 그리고 레이제이 천황冷泉帝의 양위에 따른 정국 변화로 동궁이 즉위하고 아카시 아가씨 소생의 황자가 새 동궁이 되면서 아카시 일족의 오랜 세월에 걸친 염원은 이루어지게 되었다. 이 일로 키운 부모로서의 무라사키노우에와 낳은 부모로서의 아카시노키미의 역학 관계에는 미묘한 변화가 초래되었다. 무라사키노우에의 출가 의지와 병이 난 뒤 토로된 '시름이 떠나지 않는 신세'[24절]라는 자기 인식에도 양녀 아카시 아가씨와의 관계 변화로 체득된 인생 인식이 내포돼 있다.

아카시 아가씨와 관련된 무라사키노우에의 상심은 일찍부터 양녀에게 걸었던 기대가 있었기 때문에 배태된 것이다.

바람에 지는 단풍은 가볍도다 봄의 빛깔을
바위 밑동 솔에다 걸어 보고자 하네『겐지 모노가타리』 2 「오토메」 권 34절

이 와카는 로쿠조노인의 조영과 사계절 정취가 기술된 뒤 벌어진 무라사키노우에와 아키코노무 중궁 사이의 춘추 우월 논쟁 중에 무라사키노우에가 읊은 것이다. 와카 속의 '바위 밑동 솔岩ねの松'은 아카시 아가씨의 상징이다. '바위 밑동'과 '솔'은 변하지 않는 물상의 상징인데 이것이 말할 수 없이 뛰어난 세공품이라는 점은 의미심장하다. '솔松'은 『겐지 모노가타리』 내에서 아카시 일족과 관련되어 쓰이는 경물이며 '바위 밑동 솔'은 어린 가오루薫의 비유로도 쓰이고 있어, 이 와카 속의 '바위 밑동 솔'은 어린 아카시 아가씨를 비유한다고 할 수 있다. 즉, 무라사키노우에는 양녀 아카시 아가씨의 존재에 '봄의 빛깔'을 걸어 보겠다며 중궁 신분인 아키코노무 중궁에게 응수하고 있는 것이다. 아카시 아가씨는 무라사키노우에에게 양녀라는 사랑의 대상이자 장래 자신의 평안과 사회적 위치를 보증하는 대상이기도 하였다. 그러나 '바위 밑동 솔'은 실재하는 경물이 아닌 세공품이었고, 아카시 아가씨는 친딸이 아닌 양녀였다.

요컨대 무라사키노우에의 고뇌와 출가를 염원하게 된 배경에는 자신의 장래를 걸었던 양녀 아카시 아가씨와의 관계가 바라는 바대로 진전되지 않아 그 의지처를 상실한 데 대한 공허함이 존재하고 있다. 그녀의 출가 염원은 히카루겐지의 부인으로서의 슬픔, 아카시 아가씨의 양모로서 자식을 낳지 못하는 여성으로서의 슬픔이 서로 얽히면서 증폭되었고, 산다는 것의 무상함과 모든 것이 변해 가는 것에 대한 통찰에서 나온 것이다. 나아가, 결핍된 듯이 보이는 무라사키노우에의 출산할 수 없는 신체는 '옛이야기昔物語'와는 다른 『겐지 모노가타리』의 리얼리티, 미의식을 나타내고 있기도 하다.

무라사키노우에의 만년의 고뇌는 타인에게 '운 좋은 사람幸い人'으로 여겨지면서도 제대로 된 혈연관계의 후견도 없이 남편을 후견으로 삼고 살아온 불안한 처지의 여성, 출산하지 못하는 여성으로서 양녀를 친딸처럼 키우며 살아온 여성의 축적된 삶에서 배태되어 발현된 것이다. 『겐지 모노가타리』 첫째 권인 「기리쓰보」 권 17절에서 히카루겐지가 찾던 '이상적인 사람思ふやうならむ人'으로 형상화된 무라사키노우에라는 여성의 이상성이란 어디까지나 남성의 시각에서 본 이상성에 불과하다. 그 이상적인 여성이라는 틀에서 벗어나지 못한 채 무라사키노우에는 열 살 때부터 만년에 이르기까지 히카루겐지의 마음에 꼭 드는 부인의 한 사람으로서, 모성 신화를 구현하는 양모로서 살아왔다. 그러나 그 틀이 히카루겐지와 온나산노미야의 결혼, 아카시 아가씨와의 관계 변화에 따라 흔들리면서 있는 그대로의 그녀의 내면은 밖으로 드러나게 되었다. 무라사키노우에가 병들게 되는 것은 끝내 참기 어려워진 인생의 귀결이라고도 할 수 있다.

한편, 무라사키노우에가 병이 들어 니조노인으로 옮아가게 되면서 로쿠조노인은 한적해지고 그 틈을 타고 가시와기는 오랜 세월에 걸쳐 연모해 온 온나산노미야와 정을 통하게 된다. 밀회 뒤 가시와기는 격정적인 상태가 되어 히카루겐지에 대한 죄책감에서 파멸의 길로 접어든다. 히카루겐지는 가시와기와 온나산노미야의 밀통을 알게 된 뒤 증오와 절망으로 충격을 받으면서도 드러내지 못하고 마음속에 눌러둘 수밖에 없었다. 과거에 후지쓰보 중궁과 자신이 저지른 밀통을 반추하면서 숙명의 무서움을 느끼게 되고 부친인 기리쓰보 천황의 심중을 헤아리게 된다. 그리고 자신이 저지른 죄에 대한 과보果報로 인식한다.

이제 로쿠조노인의 세계는 여악女樂으로 마지막 광채를 발하면서, 무라사키노우에의 병과 가시와기와 온나산노미야의 밀통을 계기로 무너지기 시작한다.

제36권

「가시와기^{柏木}」 권

히카루겐지 48세 정월~가을

떡갈나무에 수목 수호신 아니 계신다 하여

타인 다가올 만한 처소 가지 끝일까

柏木に葉守の神はまさずとも

人ならすべき宿の梢か

1. 쇠약해진 가시와기가 감회에 젖어 죽음이 가까워짐을 느끼다

위문 독님衛門督の君은 이렇게 그저 계속 편찮으신 상태로 여전히 회복되지 않은 채 해도 바뀌었다.[1] 대신과 정실부인[2]이 한탄하시는 모습을 뵙자니 굳이 이 세상을 떠나고자 하는 목숨은 보람 없고 죄[3]가 무거울 것이라고 여기는 마음은 마음이다. 하나, 그렇다고 하여 무리하여 이 세상을 떠나기 어려워 애석해하며 머무르고 싶어 할 신세인가, 어렸을 때부터 바라는 바가 각별하여 무슨 일이든지 간에 다른 사람보다 한 단계 나아야겠다며 공적인 일이든 사적인 일이든[4] 보통 이상으로 자부심을 지니고 있었건만, 그 뜻은 이루기 어려웠구나 싶게 한두 고비를 겪을 때마다 자기 자신을 비하해 온 이래 일반적인 세상사가 기막히게 여겨져[5] 내세를 위한 수행에 본뜻이 깊어져 왔다. 부모들의 한恨을 생각하면 들판과 산이라도 떠돌려고 하여도[6] 그 길의 무거운 굴레가 될 것[7]이라고 여겨졌기에 이리저리 마음을 달래면서 지내 왔거늘, 종국에 역시나 세상에 섞여 살 수 있을 듯도 여겨지지 않는 시름이 하나의 방면만이 아니게[8]

---

1 히카루겐지 48세, 가시와기 32~33세.
2 가시와기의 부모.
3 자식이 부모보다 먼저 죽는 죄.
4 공적인 일은 출세 등의 대 사회적인 일을 말하며, 사적인 일은 연애 등을 가리킨다.
5 '보통 사람들 자기 신세 하나의 고통 때문에 일반적인 세상사 원망스레 여기네(おほかたの我が身ひとつの憂きからになべての世をも恨みつるかな)'(『拾遺和歌集』 戀五, 紀貫之)에 의한다.
6 '세상 꺼리어 어디론가 가고픈 나의 마음은 들판이든 산이든 헤매일 듯하구나(いづくにか世をば厭はむ心こそ野にも山にもまどふべらなれ)'(『古今和歌集』 雜下, 素性法師)에 의한다.
7 '세상 시름이 안 보이는 산길로 들어가려도 사랑하는 사람이 굴레가 되는구나(よのうきめ見えぬ山ぢへ入らむには思ふ人こそほだしなりけれ)'(『古今和歌集』 雜下, 物部吉名)에 의한다.
8 온나산노미야에 대한 사모와 히카루겐지에 대한 송구함이라는 양면.

몸에 더하여졌으니 나 말고 다른 누구를 박정하다 할 것인가, 나 스스로 신세를 망쳐 버린 것이로구나 하고 생각하니, 원망할 만한 사람도 없다.

신불에게도 호소할 방도가 없는 것은 이 모두가 그럴 만한 인연이 있어서일 것이다, 누구든 천년의 소나무처럼 살 수 없는 이 세상[9]에는 끝끝내 머무를 수도 없거늘, 이리 다른 사람이 다소 그리워도 해 줄 만할 때 형식적인 동정이나마 해 주시는 분[10]이 있다는 것을 하나의 상념[11]에 불탔던 증표로 삼자, 억지로 목숨을 부지한다면 자연히 있을 수 없는 추문도 나게 되고 나도 그 사람도 편치 않은 어지러운 일이 일어나게도 될 터인데, 그리되기보다는 내가 세상을 떠나면 무례하다고 마음에 담아 두고 계실 근방[12]에서도 그래도 용서해 주실 것이다, 무슨 일이든 이 세상을 떠나는 임종 시에는 모두 다 사라져 버리게 되는 법이다, 달리 다른 방면의 잘못은 저지르지 않았으니 오랜 세월 무슨 일이 있을 때마다 가까이 불러 주셨던 그러한 방면으로의 연민도 생길 것이다, 등등 무료한 가운데 계속 생각하는데도 곱씹을수록 참으로 딱하다.

---

9 '우울하게도 이 세상의 바람을 못 이루는가 누구든 천년 사는 소나무 아니건만(憂くも世に思ふ心にかなはぬか誰も千年の松ならなくに)'(『古今和歌六帖』四)에 의한다.
10 온나산노미야.
11 '여름벌레가 제 몸 망치는 짓을 하는 것 또한 하나의 상념 탓에 그리된 것이구나(夏蟲の身をいたづらになすこともひとつ思ひによりてなりけり)'(『古今和歌集』戀一, 讀人しらず)에 의한다.
12 히카루겐지. 죽음으로 히카루겐지에게 용서받기를 원하는 마음이다.

2. 가시와기가 소시종을 통해 남몰래 온나산노미야와 증답하다

어찌 얼마 지나지도 않아 이리되어 버린 신세인가 싶어 마음이 어두워 진 채 산란해져, 베개까지 떠오를 정도[13]로 남 탓도 못 한 채 눈물을 계속 흘린다. 약간 병세가 안정되었다고 하여 사람들이 주위에서 물러나 계신 동안에 그쪽[14]에 서찰을 바치신다.

"이제 목숨이 다하게 되어 버린 제 모습은 저절로 들으실 법도 할 듯합 니다만, 어찌 되었는지조차 귀담아들으려 하시지 않는 것 또한 지당한 일이지만, 참으로 무정하기만 합니다."

이와 같이 아뢰는데도 몹시 떨리기에 생각하는 바도 전부 다 쓰지 못 하고, 이렇게 아뢰신다.

가시와기

"마지막이라 피어오르는 연기 한데 엉기어
끊기지 않는 마음 여전히 남겠구나[15]

안됐다는 말씀만이라도 해 주십시오. 마음을 안정시켜서, 남 탓이 아닌 제 탓으로 헤매게 될 어둠 속 길을 밝히는 빛으로라도 삼겠습니다."

---

13 '눈물의 강에 베개가 흘러가는 선잠 중에는 꿈조차 명확히는 보이지 않는구나(淚川枕なが るるうき寝には夢もさだかに見えずぞありける)'(『古今和歌集』戀一, 讀人しらず)에 의한다.
14 온나산노미야.
15 죽음을 눈앞에 두고 온나산노미야에 대한 집착을 끊어 낼 수 없는 한탄을 읊었다. '마음' 은 일본어 고어로 '오모히(思ひ)'라 하며, '히'에는 '불(火)'이라는 의미도 담겨 있다.

시종侍從[16]에게도 질리지도 않고 가슴 절절한 사연들을 적어 전하셨다. "나 스스로도 한 번 더 말하여야만 할 것이 있네"라고 말씀하시기에, 이 사람 또한 동녀일 때부터 그러한 연줄[17]로 찾아뵈러 드나들며 자주 뵈어 왔던 사람인지라, 주제넘은 마음이야말로 불쾌하게 여겨졌어도 이제 임종이라고 듣자니 참으로 슬퍼서 울며울며 황녀께 이리 아뢴다.

"아무래도 답신을……. 정말로 이것이 마지막일 듯싶습니다."

그러나 황녀는 이러면서 절대로 쓰지 않으신다.

"나 또한 오늘내일하는 마음이 들어 어쩐지 불안하기에, 일반적인 연민 정도는 느끼고 있어도 참으로 참을 수 없는 일로서 진절머리나게 질린 터라, 몹시 내키지 않는구나."

황녀께서는 본래 성격이 강하거나 신중한 편은 아니지만, 이쪽이 부끄러워질 만한 분[18]의 기색이 무슨 일이 있을 때마다 다른 것이 참으로 두렵고 울적하기만 한 듯하다. 그래도 벼루 등을 준비하여 재촉하기에 내키지 않아 하며 쓰신다. 시종은 그것을 들고 남몰래 저녁 어스름에 그쪽으로 찾아뵈었다.

대신[19]은 영험한 수행자, 가즈라키산葛城山[20]에서 청을 받고 나온 자를 맞아들이셔서 가지加持기도를 올리게 하려고 하신다. 수법修法이나 독경 등도 참으로 야단스럽고 떠들썩하다. 사람들이 아뢰는 대로 온갖 수행승으로 보이는 수행자 등 그다지 세상에 알려지지 않은 채 깊은 산에 칩거

---

16   온나산노미야의 시녀. 소시종.
17   소시종의 이모가 가시와기의 유모이다.
18   히카루겐지.
19   가시와기의 부친인 치사 대신.
20   나라현(奈良縣)과 오사카부(大阪府)의 경계이며 산악신앙 지역이다.

해 있는 자 등까지 형제인 도련님들을 보내면서 찾아서 불러들이시니, 무뚝뚝하고 탐탁지 않은 산속 수행승들 같은 사람도 아주 많이 찾아뵌다. 위문 독이 앓으시는 모습은 어디가 어디랄 것도 없이 무언가 불안하게 여기며, 때때로 소리 내어 울기만 하신다. 음양사陰陽師21 등도 대부분은 여자의 영靈으로만 점을 쳐 아뢰기에, 대신은 그런 일일 수도 있다고 생각하시건만 모노노케物の怪가 전혀 모습을 드러내며 나오는 것도 없기에 고민하다가, 이러한 구석구석까지 수소문하신 것이었다.

이 수행승22도 키가 크고 안광이 날카롭고 무섭다. 거칠고 야단스럽게 다라니陀羅尼23를 외는데, 위문 독은 이러면서 살짝 빠져나와 이 시종과 이야기를 나누신다.

"아아 너무 화가 나는구나. 죄가 깊은 몸이라서 그러한가, 큰소리로 다라니를 읊는 소리가 너무 무서운 느낌이 들어 더욱더 죽을 듯이 여겨지는구나."24

대신은 그렇다는 것도 모르신 채, 쉬고 있다고 시녀들을 시켜 아뢰도록 하셨기에 그리 생각하시고 조용히 이 수행승과 이야기를 나누신다. 나이는 드셨어도 여전히 화사한 구석이 있고 자주 웃으시는 대신인데, 이러한 자들과 마주 앉아 위문 독이 몸이 편찮기 시작하셨던 모습과 뚜

---

21 중무성 소속의 음양료에 소속되어 점이나 불제(祓除)를 담당한다. 정원은 6인이다.
22 가즈라키산의 수행자.
23 한문으로 번역하지 않고 범어 그대로 소리 내어 읽는 주문이다. 밀교에서 재해를 없애고 공덕을 얻는다고 한다.
24 이 대목에 대해 『가초요세이(花鳥餘情)』에서는 『요쓰기 모노가타리(世繼物語)』라는 설화집에 수록된 후지와라 아쓰타다(藤原敦忠)의 일화를 지적하고 있다. 와병 중이던 아쓰타다는 사람들이 읽는 『약사경』의 구비라(俱毗羅) 대장 이야기를 자신의 목을 조르라는 의미로 잘못 듣고 죽었다고 한다. '목을 조르라'라는 일본어는 '구비오쿠쿠레(首をくくれ)'이다.

렷한 병세도 없이 계속 오래 끌면서 중하여지신 일, 그리고 "정말로 이 모노노케가 모습을 드러낼 수 있도록 빌어 주시게" 등의 말씀을 소상히 이야기하시는 것도 참으로 가슴이 절절하다.

"저걸 들어 보시게. 어떠한 죄[25]인지도 짐작하지 못하시니……. 점을 쳐서 나왔다는 여자의 영이 정말로 그분의 집착[26]이 내 몸에 붙은 것이라면 꺼림칙한 이 몸을 완전히 반대로 소중한 것으로 여길 듯하오. 그렇다고 하여도 주제넘은 마음이 있어 그리하여서는 안 되는 잘못을 저질러 그분에 대한 소문을 내고 자신의 신변조차 돌아보지 않는 부류는 옛 시대[27]에도 없기야 하였겠는가 하고 다시금 생각해 보지만, 여전히 어쩐지 기색이 걱정스러운 데다 그분[28] 마음에 이러한 과실을 알려 드리고 내가 이 세상에 오래 산다는 것도 참으로 아득하게 느껴지니, 실로 각별한 그분의 위광威光 때문일 듯하오. 심한 잘못도 아닌데[29] 눈을 마주쳤던 저녁 무렵부터 그길로 마음이 어지러워져 방황하기 시작하였던 혼이 몸에도 돌아오지 않는데, 그 인院 안에서 헤매고 다닌다면 묶어 두시게나.[30]"

위문 독은 이처럼 참으로 약하게 허물만 남은 듯한 모습[31]으로 울며

---

25 가시와기는 자기 자신의 도리에 어긋난 죄에 대한 과보임을 인식하고 있다.
26 자신에 대한 온나산노미야의 애집.
27 대부분의 『겐지 모노가타리』 주석서에서는, 아리와라 나리히라(在原業平)와 니조 황후 (二條后)의 관계를 전형적인 예로 들고 있다.
28 히카루겐지.
29 황후를 범한 중죄가 아닌데도 히카루겐지에 대한 배신의 죄는 그보다 심하다고 인식하고 있다.
30 『가카이쇼(河海抄)』에서는 '시름 지나쳐 빠져나갔던 혼이 있을 듯하네 밤 깊어 보인다면 혼을 묶어 두기를(思ひあまりいでにし魂のあるならむ夜ぶかく見えば魂結びせよ)'(『伊勢物語』百十段)을 선행 와카로 지적한다. 옷 아래 앞자락을 묶으면 혼이 원래 있던 곳으로 되돌아간다고 여겼다.
31 혼이 빠져나간 껍질. 심하게 쇠약해진 모습을 말한다.

웃으며 이야기하신다.

시종은 황녀께서도 만사에 걸쳐 남부끄럽고 송구스럽게 여기고 계신 모습을 이야기한다. 위문 독은 이제 풀이 죽은 채 얼굴이 여위셨을 황녀의 자태가 환영처럼 눈앞에 보이는 듯한 느낌이 들고 상상되시기에, 정말로 내 몸을 떠난 듯한 혼이 오가는 것일까, 라는 등 더욱더 마음도 혼란스럽다.

"이제 와 이 일에 관해서는 절대로 아뢰지 않을 것이네. 이번 생은 이렇게 허망하게 지났는데, 기나긴 세월의 굴레가 될지 모른다 생각하니 참으로 애달프군요.[32] 걱정되던 그 일[33]을 순탄하게 끝냈다는 소식만이라도 어찌 들어 두고 싶소. 전에 꾸었던 꿈을 마음속으로 짐작하고 있지만, 달리 말할 사람도 없는 것이 몹시 답답하기도 하군요."

이와 같이 여러 사안을 아울러서 마음 깊이 생각하시는 바가 깊기에, 한편으로는 무척 불쾌하고 두렵게 생각되어도 가슴 절절하고 또한 참을 수 없어 이 사람[34]도 몹시 운다.

관솔불[35]을 가져오게 하셔서 답신을 보시니, 필적도 여전히 매우 힘이 없어 보이지만 그래도 깔끔하다 싶을 정도로 쓰신다.

"딱하게 듣고 있지만 어찌할 수 있겠는지요. 그저 미루어 짐작하는 수밖에……. 남겠구나,[36] 하는 데 대해서는,

---

32 온나산노미야에 대한 집착 탓에 죽어도 성불하기 어렵고 영겁에 걸쳐 구원받지 못할 것을 우려하고 있다.
33 온나산노미야의 출산.
34 소시종.
35 '시소쿠(紙燭)'라고 한다. 소나무를 깎아 가느다란 몽둥이를 만들고 끝을 종이로 감고 기름을 발라 불을 켜는 집안 내 조명 기구이다.

온나산노미야

곁에 붙어서 사라지면 좋겠네 시름에 젖어
흔들리는 연기를 견주어 보고 지고

남겨진 채 살 수 있을지요."

이렇게만 쓰여 있는데, 위문 독은 가슴 아프고 송구스럽게 생각한다. "아아, 이 연기라는 표현만이 이 세상에서의 추억이 되겠구나. 허망하기도 하구나" 하며 한층 더 심히 우신 뒤 답신을 누운 채 쉬엄쉬엄 쓰신다. 표현의 연결도 매끄럽지 않고 필적도 이상한 새 발자국과 같다.

가시와기

"정처 모르는 하늘 위의 연기가 된다 하여도
그리워하는 근방 떠나지는 않으리

저녁에는 특별히 하늘을 주시하여 주십시오. 질책하시는 분의 시선도 이제는 마음 편히 여기시고, 소용없는 연민만이라도 늘 보내 주십시오."

이와 같이 어지러이 쓴 뒤, 마음의 괴로움이 더 심하여졌다.

"됐네. 밤이 몹시 깊어지기 전에 돌아가 찾아뵈시고 이렇게 임종을 앞둔 상태라고 아뢰어 주시게. 이제 와 다른 사람들이 이상하게 추측한

---

36 가시와기가 읊어 보낸 '마지막이라 피어오르는 연기 한데 엉기어 끊기지 않는 마음 여전히 남겠구나'(2절)를 가리킨다.

다고 한들 내 삶이 끝나고 난 뒤까지 고려하는 것은 괴롭구려. 어떠한 옛 전세로부터의 인연[37]으로 인해 참으로 이 같은 일이 마음에 스며들었는고."

이러면서 울며울며 무릎걸음으로 안으로 들어가셨다. 평상시는 기약 없이 마주 앉혀 두고 별 내용 없는 농담조차도 시키고 싶어 하셨거늘 말수가 적구나 싶어 가슴 아프기에, 시종은 바로 나가지도 못한다.

위문 독의 용태를 유모[38]도 이야기하며 몹시 정신없이 운다. 대신 등이 걱정하시는 기색이 보통이 아니다.

"어제와 오늘 좀 좋아졌거늘, 어찌 이리 약하게는 보이시는가."

대신이 이리 난리를 피우신다. 위문 독은 "그럴 리가요. 역시 목숨을 부지할 수 없을 듯합니다"라고 아뢰시고, 본인도 우신다.

3. 온나산노미야가 남자 아기씨를 출산하고 축하연이 성대하게 치러지다

황녀께서는 저물녘부터 괴로워하기 시작하셨기에, 그 기색[39]이시라고 뵙고 알게 된 사람들이 온통 난리 법석이다. 나으리大殿께도 아뢰었기에, 놀라서 건너오셨다. 마음속으로는 아아 안타깝구나, 의심하는 마음이 섞이지 않고 뵐 수 있다면 좀체 없는 일이라 기쁠 터인데 하고 여기시

---

37 온나산노미야와의 관계를 운명적인 것으로 인식하고 있다.
38 가시와기의 유모로서 소시종의 이모.
39 출산의 징조.

지만, 다른 사람에게는 그러한 기색을 보이지 않겠다고 생각하시기에 수행자 등을 불러들이셔서, 수법은 언제고 부단히 올리고 계시는지라 승려들 가운데 영험이 있는 자들이 모두 찾아뵙고 가지기도를 올리느라 법석댄다.

황녀께서는 하룻밤 내내 괴로워하며 날을 지새우시고 해가 떠오를 즈음에 출산하셨다. 남자 아기씨[40]라 들으시니, 이렇게 감추어진 일인데 공교롭게 또렷이 닮은 얼굴 생김새로 이 세상에 나오셨다면 곤란하겠구나, 여아라면 어떻게든 감추고 많은 사람 눈에 띌 일이 없기에 마음이 편할 터인데 하고 생각하신다. 한편으로, 이렇게 괴로운 의심이 섞여들어 있는 바에야 마음 편한 방면[41]으로 계시는 것도 자못 좋은 법이다, 그래도 이상하구나, 내가 살면서 두렵다고 여겼던 일의 과보[42]인 게로구나, 이 세상에서 이렇게 예기치 못한 일로 응보가 돌아왔으니 내세의 죄도 조금은 가벼워질런가[43] 하고 생각하신다. 그렇기는 하여도 사람들은 모르는 일이기에, 이렇게 각별한 분[44]의 소생으로 말년에 태어나신 아기씨에 대한 총애는 대단할 것이라며 정성을 기울여 보살펴 드린다.

산실産室 의식[45]은 엄숙하고 성대하다. 마님들이 다양하게 준비하여

---

40 속편 남자 주인공인 가오루(薫).
41 부모에게 전면적으로 의존하지 않고도 사회에서 자립할 수 있는 입장, 즉 남자를 말한다.
42 처의 불륜으로 태어난 자식을 키워야 하는 보통이 아닌 자신의 운명을 되돌아보며, 과거에 후지쓰보 중궁과 밀통하여 레이제이인(冷泉院)을 낳은 죄에 대한 과보로 여기고 있다.
43 현세에서 겪는 괴로운 응보에 의해 내세의 죄가 가벼워진다는 사고방식이다.
44 이품 내친왕이자 히카루겐지의 정실이라는 입장.
45 '우부야 의식(産屋の儀式)'이라고 하여 출산 후의 의식을 말한다. 탯줄 자르기, 첫 젖먹이기, 첫 목욕시키기 등을 한다.

내놓으시는 탄생 축하연[46]은 세상 일반의 모난 나무 쟁반, 소반, 받침이
높은 그릇 등의 취향조차 각별하게 제각각 돋보이고자 하는 모습이 보인
다. 닷샛날 밤[47]은 중궁 처소로부터 젖먹이 딸린 분의 물품과, 시녀들에
게도 신분에 맞게 나누어 물품을 배당하여 공식적인 행사[48]로 위엄 있게
치르셨다. 죽, 지에밥으로 만든 주먹밥 쉰 명분에다, 곳곳에서 열리는 잔
치는 인院[49]의 하인, 원청院廳의 잡무를 담당하는 하급 관리 대기소, 어느
구석에 이르기까지 성대하게 베푸셨다. 궁사宮司[50]는 대부大夫를 필두로
하여, 상황 어소[51]의 당상관도 모두 찾아뵈었다.

이렛날 밤은 주상[52]께서 주최하셨는데, 그 또한 공식적인 행사이다.
치사 대신 등은 각별한 마음으로 인사드리실 만한데 요즈음은 아무 일에
도 신경 쓰지 못하시기에, 형식적인 안부만 전하셨다.[53] 친왕들과 공경
등이 많이 찾아뵈신다. 일반적인 양상 또한 세상에 없으리만큼 귀히 대
우하시지만, 나으리大殿께서 마음속으로 괴롭게 여기시는 일이 있기에
지나치게는 추어올려 드리지 않으시고 관현 연주 등은 없었다.

---

46 사흘날 밤의 축하 행사로서 무라사키노우에, 아카시노키미, 하나치루사토가 주최한다.
　　출산 후 탄생 축하연은 '우부야시나이(産養)'라고 하며, 사흘날 밤, 닷샛날 밤, 이렛날
　　밤, 아흐렛날 밤에 열린다. 산모를 위한 보양식, 신생아를 위한 배내옷 등을 선물한다.
47 닷샛날 밤의 축하 행사는 아키코노무 중궁의 주최이다.
48 중궁이라는 공적인 입장에서 중궁직 관리를 동원하여 지휘하게 하였다.
49 로쿠조노인.
50 중궁직이다. 그 장관이 대부이다.
51 레이제이인.
52 금상의 주최이다. 금상은 온나산노미야의 남동생으로 부황인 스자쿠인으로부터 온나
　　산노미야를 보살펴 달라는 부탁을 받았다.
53 치사 대신은 장남인 가시와기의 중병으로 마음의 여유가 없다.

4. 온나산노미야가 출가를 바라고 하카루겐지가 이를 고심하다

황녀께서는 그토록 연약해진 모습으로 어쩐지 기분이 나쁘고 익숙지 않은 일이 두렵게 여겨지셨기에, 탕약 등도 드시지 않는다. 본인 신세가 딱하다는 사실을 이러한 일을 맞이하여서도 마음 깊이 느끼시기에, 그렇다면 이번 기회에 죽어 버렸으면 좋겠다고 생각하신다. 나으리大殿께서는 아주 잘 사람 눈을 피한다고 생각하셔도 아직 다루기 어려울 듯이 계시는 아기씨 등을 각별하게도 뵙거나 하지 않으시기에, 나이 먹은 사람[54] 등은 이렇게 애지중지 이뻐하며 아뢰신다.

"아아, 소홀하게도 대하시는구나. 다시없이 태어나신 아기씨의 자태가 이렇게 불길하리만큼 어여쁘시건만……."

황녀께서는 얼핏 들으시고, 이러한 상태로 죽 마음이 멀어지시는 일도 심하여지겠다 싶어 원망스럽고, 내 신세가 괴롭기에 비구니라도 되었으면 하는 마음이 드셨다.

밤 같은 때도 이쪽에서는 주무시지 않고 낮 동안 등에 들여다보신다.

"세상의 허망함을 보아 오면서 앞으로 남은 날이 짧고 어쩐지 불안하여 수행할 때가 많아졌기에, 이러한 때는 소란스럽게 여겨지는지라 찾아뵈러 오지 못하는데, 어찌 기분은 가뿐하게 여겨지시는지요. 걱정스럽기에……."

이러며 겐지 님께서 칸막이 옆에서 들여다보셨다. 이에 황녀께서는 머리를 드신 채 평상시 모습보다는 한층 어른스럽게 아뢰신다.

54　온나산노미야를 모시는 나이 든 시녀.

"여전히 살아 있는 듯하지도 않은 마음입니다. 이러한 사람은 죄도 무거울 것[55]이니, 비구니가 되어 혹여 그 덕에 살아남을지 시도해 보고 한편으로 죽는다고 하여도 죄를 갈음할 수도 있지 않을까 생각하고 있습니다."

이에 겐지 님께서는 이리 아뢰신다.

"참으로 심하고 불길한 일입니다. 어찌 그렇게까지나 생각하시는지요. 이러한 일[56]은 그토록 두렵겠지만, 그렇다고 하여도 살아갈 수 없는 일이라면 그렇게 느끼실 수도 있겠지만……."

마음속으로는 정말로 그리 마음먹으시고 말씀하신 거라면 그러한 상태로 살펴 드리는 것[57]이 배려하는 것일까, 다른 한편으로는 이 상태로 부부 관계를 유지한다고 하여도 일이 있을 때마다 신경을 쓰시게 될 터인데 그것이 딱하고, 나 스스로도 마음을 돌릴 수 없을 듯하여 괴로운 일이 섞여 버릴 터인지라 자연스레 소홀하다고 다른 사람이 눈치채고 비난하는 일도 있을 듯하니 참으로 불쾌한 일이다, 상황 등께서 들으시게 되는 경우도 내 잘못으로만 여겨질 것이다, 병환을 구실 삼아 그리하도록 해 드리면 어떨까, 등 생각이 미치신다. 한편으로 참으로 아쉽고 가슴 아프고 그렇게나 기나긴 시간이 남아 있는 풍성한 머리카락의 장래를, 그리 잘라 버린다면 그 또한 마음 아프다. 하여, 이와 같이 아뢰시고 탕약을 바치신다.

"역시 강하게 마음먹으시지요. 걱정하실 일은 없습니다. 임종이 가까

---

55 당시는 출산 중 죽는 사람의 죄는 무겁다고 보았다.
56 출산.
57 출가한 온나산노미야를 뒷바라지하는 일.

위 보이는 사람도 평안해진 비근한 예[58]가 있으니, 과연 기대할 만한 세상입니다."

황녀께서는 아주 심히 창백하게 여위어 기막히게 연약해 보이는 모습으로 누워 계시는데 그 자태가 의젓하고 아름다워 보이기에, 심한 잘못이 있다고 하더라도 마음이 약하여져 용서할 것만 같은 자태로구나 하며 뵙고 계신다.

5. 걱정이 된 스자쿠인이 하산하여 온나산노미야를 출가시키다

산에 계신 상황山の帝[59]께서는 좀체 없는 일이 무사히 끝나셨다고 들으시고 애틋하여 보고 싶어 하시는데, 이리 편찮으시다는 취지로만 기별이 오기에 어찌 되어 가실 것인가 싶어 수행에도 집중하지 못하시고 걱정하셨다.

그리도 약해지신 분이 아무것도 드시지 못하고 몇 날 며칠 지내시기에 참으로 불안한 상태가 되셔서, 수년 동안 뵙지 못하셨을 때[60]보다도 상황이 참으로 그립게 여겨지신다. "다시 뵐 수 없게 되는지요" 하며 몹시 우신다. 황녀께서 이리 아뢰시는 모습을 겐지 님께서 그럴 만한 사람을 시켜 전해 드리도록 하셨기에, 상황께서는 참으로 견딜 수 없이 슬프게 여기셔서 있을 수 없는 일[61]이라고는 생각하시면서도 밤에 몸을 숨기고

---

58 위중한 상태에서 벗어난 무라사키노우에의 예.
59 스자쿠인.
60 스자쿠인은 작년 말 쉰 살 축하연에서 결혼하여 로쿠조노인으로 거처를 옮긴 온나산노미야와 7년 만에 처음으로 만났다.

길을 나서셨다.

미리 그러한 전갈도 안 하시고 갑작스레 이리 납시셨기에, 주인인 인院 께서는 놀라 황송해하신다.

"세상사를 돌아보지 않겠다고 생각하였습니다만, 여전히 번뇌에서 깨 어나기 어려운 것은 이 길의 어둠[62]인 게지요. 수행하는 데도 나태해지 고 혹여 먼저 가고 뒤에 남는 길의 도리가 뜻대로 되지 않은 채 헤어진다 면 이윽고 이 한恨도 서로에게 남게 될 것이 딱한지라, 이 세상의 비방을 모른 체하고 이리 왔습니다."

상황께서 이리 아뢰신다. 상황의 용모는 보통 사람과 달라도 우아하고 정다운 모습으로 남들 눈에 띄지 않도록 소박한 차림새이시다. 아름다운 법복이 아니고 검정 물을 들인 옷을 걸친 모습이 더할 나위 없이 기품 있 게 아름다운 것도 부러운 마음으로 뵙고 계신다. 겐지 님께서는 여느 때 처럼 먼저 눈물을 떨어뜨리신다.

"편찮으신 모습이 각별한 병환도 아니시고 그저 요 몇 달 약하여지신 상태이셨는데, 제대로 식사 등도 들지 못하신 게 쌓인 탓인지 이리 계십 니다."

이와 같이 아뢰신다.

겐지 님께서는 "민망한 좌석입니다만……"이라면서 장막 앞에 깔개를 준비하여 안으로 들게 하신다. 황녀 또한 사람들이 이리저리 단장해 드 린 뒤 침상 아래로 내려 드리신다. 상황께서는 칸막이를 약간 미신 뒤,

---

61 속세를 버리고 출가한 자가 육친에 대한 집착 탓에 속세로 나오는 좋지 않은 상황.
62 '부모의 마음 어둡지 않다 해도 오직 자식을 생각하는 길에는 허우적댈 뿐이네(人の親の心 は闇にあらねども子を思ふ道にまどひぬるかな)'(『後撰和歌集』雜一, 藤原兼輔)에 의한다.

이리 말씀하시며 눈자위를 닦으신다.

"밤새 기도드리는 가지 승加持僧 같은 느낌이 들지만, 아직 영험이 붙을 만큼의 수행도 하지 않았기에 민망하군요. 그저 보고 싶어 하실 듯한 내 모습을 있는 그대로 보시면 좋겠군요."

황녀께서도 무척 약하디약하게 우신 뒤, 이리 아뢰신다.

"살아갈 수 있을 듯하게도 여겨지지 않습니다. 이렇게 오신 김에 비구니로 만들어 주십시오."

"그러한 본뜻이 있으시다면 참으로 존귀한 일이기는 하나, 그래도 언제 죽을지 모르는 목숨인 데다 살아갈 날이 머나먼 사람은 오히려 잘못된 일이 생겨 세상 사람들의 비방을 받을 듯한 일이 생길 수가 있기에, 역시 삼가는 게 좋겠지요."

상황께서는 이리 말씀하신 뒤, 나으리님大殿の君께 이와 같이 말씀하신다.

"이리 자진하여 말씀하시는데, 이제 임종에 가까운 상황이라면 짧은 시간이나마 공덕이 있을 수 있도록 해 드리고자 합니다만……."

이에 겐지 님께서는 이리 아뢰신다.

"요 며칠간도 이리 말씀하시지만, 사기邪氣 등이 사람의 마음을 속여 그러한 방면으로 향하도록 할 수도 있다고 아뢰며, 들어드리지도 않고 있습니다."

이에 상황께서는 이리 말씀하신다.

"모노노케物の怪가 이끄는 대로 그것에 넘어갔다고 하여 나쁜 일이 생긴다면 삼가겠지만, 약하여진 사람이 임종이라며 간원하시는 바를 듣고 그냥 지나친다면 후회가 되어 괴롭지 않을는지요."

상황의 마음속으로는, 더할 나위 없이 마음 놓인다고 맡겨 둔 일이건 만 응낙하셔 놓고 그다지도 정이 깊지 않고 내가 바라던 바에는 미치지 못하는 기색이신 것을, 일이 있을 때마다 수년 동안 들으시면서 섭섭하게 생각하셨던 일을 표정으로 드러내어 원망하실 수도 없다. 이에, 세상 사람들이 생각하고 말할 것도 안타깝게 여겨 오신지라, 이러한 기회에 멀어지는 것도 세상의 웃음거리가 될 부부 관계를 원망하는 모양새가 아니니 그리한다고 하여도 무슨 문제가 있겠는가, 일반적인 후견인으로는 여전히 의지할 만한 마음가짐이신 듯하니 그저 맡겨 드렸던 보람이로구나 하고 마음을 먹으신다. 밉살스럽게 출가하는 모양새는 아니라고 하여도, 유산으로 상속받은 넓고 정취 있는 궁宮[63]을 수리하여 거처하도록 해 드리자, 내가 살아 있는 동안에 그러한 방면으로 불안하지 않다는 이야기를 듣도록 해 두고 한편으로 이 나으리大殿께서도 그리 말하여도 아주 소홀하게는 결코 무심할 수는 없으실 것이다, 그 배려도 끝까지 지켜보자 하고 결정을 내리신 뒤 이리 말씀하신다.

"그렇다면 이렇게 온 김에 수계受戒[64]만이라도 받을 수 있도록 하여 결연結緣하도록 합시다."

나으리님大殿の君께서는 참을 수 없다고 여기시는 방면[65]도 잊어버리고 이게 무슨 일인가 싶어 슬프고 안타깝기에, 참지 못하시고 안으로 들어가 이렇게 아뢰신다.

"어찌하여 살날이 얼마 남지도 않은 듯한 이 몸을 버리고 이리 생각하

---

63 스자쿠인이 부친인 기리쓰보인에게서 물려받은 유산. 산조노미야(三條宮)이다.
64 불살생(不殺生), 불투도(不偸盜), 불사음(不邪淫), 불망어(不妄語), 불음주(不飲酒)의 오계를 말한다.
65 가시와기와의 밀통.

게는 되셨는지요. 역시 잠시 마음을 안정시키시고 탕약도 드시고 식사도 들도록 하십시오. 존귀한 일이라고 하더라도 몸이 약하셔서는 수행도 하시겠는지요. 어찌 되었든 몸을 보살피신 다음에……."

황녀께서는 들은 체도 않고 참으로 박정하게 말씀하신다고 생각하셨다. 겐지 님께서는 황녀께서 모르는 체하면서도 원망스럽게 여기시는 바도 있었구나 하며 뵙고 계시자니, 애처롭고 가슴 아프다.

이러니저러니 생각을 돌리도록 아뢰며 주저하시는 동안에 새벽녘이 되었다. 상황께서는 돌아가실 길도 낮에는 거북할 것 같다며 서두르셔서, 기도를 드리러 온 승려 가운데 신분이 높고 존귀한 사람들만을 불러들이셔서 머리칼을 자르셨다. 참으로 한창 아름다운 머리칼을 잘라 버리고 수계를 받으시는 의식이 슬프고 안타깝기에, 나으리大殿께서는 도저히 참지를 못하시고 몹시 우신다. 상황께서도 또한 원래부터 특별히 귀히 여기고 다른 사람들보다도 빼어나게 보살펴 드려야겠다고 생각하셨건만, 이 세상에서는 소용없는 모양새로 만들어 드린 것 또한 성에 차지 않고 슬프기에, 침울해하신다.

"이리되었다고 하여도, 평온하게, 이왕이면 염송이라도 하며 근행하시게."

이리 당부해 놓으신 뒤, 날이 다 밝았기에 서둘러 길을 나서셨다.

황녀께서는 여전히 약하고 가라앉을 듯한 상태이신데, 제대로 뵙지도 못하시고 말씀도 아뢰지 못하신다. 나으리大殿께서도 이리 아뢰신다.

"꿈처럼 여겨지고 혼란스럽고 어지러운 마음인지라, 이렇게 옛날을 떠오르게 하는 거둥[66]에 대한 인사조차 보여 드리지 못한 무례함은 따로 기회를 마련하여 찾아뵙고……."

배웅해 드리려고 사람들을 보내신다.

"이 세상에서의 수명이 오늘인가 내일인가 여겨졌을 적에 달리 아는 사람도 없어 황녀께서 헤맬 것이 가슴 아프고 피할 수 없는 일로 여겨졌기에, 본의가 아니셨던 듯한데 이렇게 속마음을 아뢰고 요 몇 년간은 마음 편히 생각하고 있었습니다. 혹여라도 살아남게 된다면 보통 사람과는 다른 모습으로 바뀌어 인적이 빈번한 거처는 어울리지 않을 듯한데, 그럴 만한 산골 마을 등에 칩거하며 살아가는 모양새도 또한 과연 마음이 불안할 듯하군요. 상황에 맞추어 역시 저버리지 마시기를……."

상황께서 이와 같이 아뢰시니, 겐지 님께서는 이러면서, 정말로 몹시 참을 수 없을 듯이 여기셨다.

"더욱이 이렇게까지 말씀하시는 것을 듣자니, 오히려 민망하게 여겨집니다. 마음이 산란하여 이렇게 어지러우니, 아무것도 분별하지 못하고 있습니다."

6. 로쿠조미야스도코로의 모노노케가 또다시 나타나다

후야後夜[67]의 가지기도에 모노노케가 나와서 이리 말하며 웃는다.

"이것 좀 보소. 참으로 잘도 되돌려놓았다며 한 사람[68]에 대해 마음을

---

66   9년 전 출가하기 전의 스자쿠인이 로쿠조노인을 방문한 일.
67   후야는 육시 근행의 하나로 밤중에서 새벽녘까지 올린다. 육시 근행은 하루를 신조(晨朝)·일중(日中)·일몰(日沒)·초야(初夜)·중야(中夜)·후야(後夜)라는 육시(六時)로 나누고 하루에 여섯 차례 정시에 올린다.
68   무라사키노우에. 온나산노미야에게 쒸인 모노노케도 로쿠조미야스도코로의 사령임을 알 수 있다.

쓰고 있던 것이 몹시 분하였기에, 이 근방에 티가 나지 않게 요즈음 와 있었다오. 이제 돌아가야겠소."

참으로 참담하고, 그러면 이 모노노케가 여기에도 붙어 있었던 거로구나 하고 생각하시니, 안됐고 안타깝게 여겨지신다. 황녀께서는 약간 살아나신 듯하여도 여전히 미덥지 않은 듯이 보이신다. 모시는 사람들도 무척 기운 빠지게 여기지만 이렇게라도 평온하게만 지내신다면 하고 마음을 억누르면서, 수법을 또 연장하여 흐트러짐 없이 올리게 하는 등 여러모로 신경쓰신다.

7. 가시와기가 유기리에게 고백한 뒤 뒷일을 부탁하고 세상을 뜨다

그 위문 독은 이러한 일[69]에 관해 들으시니 더욱더 사라져 버릴 듯이 되셔서, 기대할 여지가 아주 적어지셨다. 황녀[70]께서 애처롭게 여겨지시기에, 이리로 건너오게 하시는 것[71]은 이제 와 경박한 듯하기도 하고, 마님도 대신도 이리 꼼짝 않고 붙어 계시는지라 어쩌다 잘못하다가 뵙게 되시거나 한다면 딱하다고 여기셔서, "그 황녀께 어찌하여서든 한 번 더 찾아뵙고 싶습니다" 하고 말씀하시건만, 결코 허락해 드리지 않으신다.

누구에게나 이 황녀에 관하신 일을 일러 놓으신다. 처음부터 황녀의

---

69 온나산노미야의 출가.
70 가시와기의 정실부인인 온나니노미야(오치바노미야).
71 황녀인 오치바노미야가 가시와기가 있는 치사 대신 저택으로 오는 것은 신분상 어려운 일이다.

모친인 미야스도코로御息所는 이 혼인에 전혀 마음이 가지 않으셨는데, 이 대신이 동분서주하며 간곡히 아뢰셔서 그 마음이 깊은 데 꺾이셨다. 상황께서도 어쩌겠는가 하고 생각하셔서 승낙하셨는데, 이품 황녀二品の宮에 관하신 일72로 마음이 산란하셨을 적에 "오히려 이 황녀께서는 앞날이 탄탄하고 성실한 후견인을 얻으셨구나" 하고 말씀하셨다고 들으셨기에, 위문 독은 송구스럽게 떠올린다.

"이리 내버려 둔 채 돌보아 드리지 못하게 될 것으로 생각하는데도 여러모로 애처롭습니다. 하나, 생각대로 되지 않는 목숨이기에 유지할 수 없는 인연이 원망스럽고 황녀께서 한탄하실 것이 괴롭기만 하기에…….
관심을 가지시고 안부를 살펴 주십시오."

이렇게 어머님에게도 아뢰신다.

"아니, 이 무슨 불길한 말을. 내가 뒤에 남으면 얼마나 이 세상에서 살게 될 신세라고 이렇게까지 앞날에 관한 일을 말씀하시는가."

모친은 이러며 울기만 하셔서 말씀드릴 수가 없어, 우대변님右大弁の君73에게 대강의 일들74은 소상히 아뢰신다.

위문 독은 성격이 온화하고 좋은 품성을 지니신 분이기에, 형제인 도련님들도, 아직 나이 차가 많은 어린 분들은 부모처럼 미덥게만 여기고 계시는데, 이렇게 불안하게 말씀하시는 것을 슬프게 여기지 않는 사람이 없고 저택 안의 사람들도 탄식한다. 천황께서도 아깝고 안타깝게 여기신다. 이렇게 임종이라고 들으시고 갑작스레 권대납언權大納言75으로 승진

---

72 온나산노미야의 결혼 생활이 스자쿠인의 의도대로 되지 않은 일.
73 가시와기의 남동생.
74 가시와기가 세상을 떠난 뒤의 오치바노미야의 전반적인 생활.
75 가시와기는 이제까지 종3위 상당의 중납언이었다. 대납언은 정3위 상당이다. '권'은 임

시키셨다. 기쁨으로 기운을 차려 한 번이라도 더 입궐하실 수도 있지 않을까 싶으셔서 말씀하신 것이지만, 전혀 병세가 진정되지 않으신 채 괴로운 와중에도 감사 인사를 아뢰신다. 대신 또한 이렇게 깊은 총애를 보시게 되면서도 더욱더 슬프고 애석하게 여겨 어찌할 바 몰라 하신다.

대장님大將の君[76]은 늘 무척 심히 탄식하며 문안을 아뢰신다. 승진 축하에도 가장 먼저 찾아뵈셨다. 이분이 거처하시는 부속 채 근방이나 이쪽 대문은 말과 수레[77]가 가득 들어차 있고 사람들이 소란스럽게 온통 난리법석이다. 위문 독은 올해 들어와서는 일어서는 일조차 좀체 못 하신다. 신분이 높으신 분을 흐트러진 채로는 차마 대면하지 못하시고, 그래도 만나고 싶어 하며 약해져 버렸구나 하고 생각하니 안타깝다.

"역시 이쪽으로 드시지요. 참으로 무례한 모습으로 뵙게 된 죄는 그냥 용서해 주시겠지요."

이리 말하며 승려 등을 잠시 나가게 하시고, 누워 계시던 베개 머리맡 쪽으로 맞아들이신다.

두 분은 일찍부터 조금도 거리를 두시는 일 없이 친밀히 교제해 오신 관계이신지라, 헤어질 일이 슬프고 그리울 듯싶어 탄식하는 것이 부모 형제의 심정보다도 못하지 않다. 오늘은 축하하는 날이라 몸 상태가 좋으면 좋으련만 하고 생각하니, 참으로 안타깝고 허망하다.

"어찌 이리 허약한 모습이 되셨는지요. 오늘은 이처럼 기쁘신 날이니, 다소나마 기운을 차리지 않았을까 하고 생각하고 있었습니다만……."

시로 정원을 늘린 관직이다.
76 유기리. 대납언에 대장을 겸임하고 있다.
77 말은 신분이 낮은 사람, 수레는 신분이 높은 사람의 이동 수단이다.

대장은 이러면서 칸막이 휘장의 끝자락을 끌어올리신다.

"참으로 한심하게도 원래 제 모습이 아니게 된 듯합니다."

위문 독은 이리 말하며, 두건[78]만을 밀어 넣듯이 쓰고 살짝 일어나려고 하셔도 무척 괴로우신 듯하다. 몸에 익어 부드럽게 감기는 하얀 옷들을 많이 겹쳐 입고 이불을 덮고 누워 계신다. 침소 근방은 깔끔해 보이고 향기로운 내음이 감도는 정취 있는 분위기 속에서 거처하고 계시는데, 허물없으면서도 깊은 마음 씀씀이가 엿보인다. 병이 중한 사람은 자연스레 머리칼과 수염도 흐트러지고 어쩐지 지저분한 느낌 더하여지게 되는 법인데, 여위어 앙상해진 것이 오히려 더욱더 하얗고 기품 있는 모습이다. 베개를 세우고 말씀 등을 아뢰시는 모습이 참으로 연약해 보이고 숨도 가쁘게 쉬며 애처로워 보인다.

"오랫동안 편찮으신 데 비해서는 딱히 심하게도 여위지 않으셨네요. 평소의 용모보다도 오히려 더 나아 보이십니다."

대장은 이리 말씀하시면서도, 눈물을 닦으며 이와 같이 덧붙이신다.

"앞서거니 뒤서거니 하는 거리를 만들지 않겠다고 약조하였건만, 심하기도 하군요. 이 병환이 무슨 일로 위중한 상태가 되셨는지 그것조차 이해하지 못하고 있습니다. 이리 친밀한 관계이면서도 어렴풋하기만 하니……."

"저로서는 위중하여진 계기도 짐작하지 못하고 있습니다. 어디가 특별히 괴롭지도 않았기에 갑자기 이리될 줄도 생각지 못하던 중에, 얼마 시간이 지나기도 전에 약해져 버린 탓에 지금은 제정신조차 잃은 듯한

---

[78] '에보시(烏帽子)'. 두건을 벗지 않는 것이 당시의 예절이었다.

상태인지라……. 아까울 것 없는 이 몸을 다방면으로 잡아 주는 기도와 발원[79] 등에 힘입은 것인지 역시 목숨을 부지하고 있지만, 오히려 괴롭기에 자진하여 어서 가고 싶은 마음이 듭니다. 그렇기는 하여도, 이 세상을 떠나려 할 때 피하기 어려운 일은 참으로 많군요. 부모도 끝까지 모시지 못하고 이제 와 새삼스레 두 분 마음을 심란하게 만들고 주상君을 보필하는 것도 이도 저도 아닌 상태입니다. 제 처지를 되돌아보아도 또 더욱더 만족스럽게 이루어지지 않은 한을 남겨 버렸는데, 일반적인 한탄[80]은 그렇다 치고 또 마음속으로 어지럽게 생각하는 바가 있습니다. 이러한 임종을 맞이하는 시점에 무엇 하러 누설할 필요가 있는가 하고 생각하였습니다만, 여전히 억누르기 어려운 일을 누구에게 한탄할 수 있을는지요. 이 사람 저 사람 많이 계시지만, 이런저런 사정 탓에 넌지시 비치는 것도 안 하느니만 못합니다.

　로쿠조노인六條院께 다소 뜻에 반하는 일[81]을 저질렀기에, 요 몇 달간[82] 마음속으로 죄송스럽게 여기는 일이 있었습니다. 참으로 본의가 아닌지라 세상사가 불안하게 여겨져 병이 들었다고 생각하고 있던 차에 불러 계시기에, 상황 축하연의 악소樂所 시악[83]이 열리던 날에 찾아뵙고 기색을 살펴보았습니다. 여전히 용서받지 못할 듯한 심정이신 듯한 눈초리를 뵈었기에, 더한층 이 세상에서 살아가려고 하여도 거리낌이 많게 여겨지

79　신에 대한 서원.
80　위에서 언급한 불효, 불충, 입신출세를 이루지 못한 것 등의 유교적인 덕목.
81　밀통 사건을 막연하게 언급한 것이다.
82　온나산노미야와 밀회한 것은 4월 중순부터이며 그 뒤 히카루겐지와 대면한 것은 12월 초순이다. 그간 8개월 정도를 말한다.
83　스자쿠인 쉰 살 축하연을 위해 로쿠조노인에서 열린 시악으로 전년도 12월 초순에 열렸다.

게끔 되었습니다. 부질없게 생각되었기에 마음이 어지러워지기 시작하여, 이렇게 평온치 않게 되어 버린지라……. 사람 축에 넣어 생각지는 않으셨겠지만, 제가 어렸을 적부터 깊이 의지하던 마음이 있었던지라 어떠한 모함 등이 있었던가 하고, 이것이 이 세상의 여한으로 남을 듯합니다. 하여, 말할 것도 없이 그 내세의 장애라도 되지 않을까 생각하고 있기에, 무슨 계기가 있다면 이 일을 귀에 넣어 드려서 잘 해명해 주십시오. 제가 죽은 뒤에라도 이 노여움을 용서받게 된다면, 덕분으로 알겠습니다."

위문 독이 이와 같이 말씀하시면서 참으로 더욱더 괴롭게만 보이시기에, 대장은 가슴이 미어진다. 마음속으로 짚이는 일들도 있지만, 그것이라고 확실하게는 추측할 수 없다.

"무슨 그리 양심의 가책心の鬼을 받으시는지요. 전혀 그러한 기색도 없으시고 이리 위중하게 되셨다는 사정을 듣고 놀라 탄식하시며, 한없이 안타깝게 여기며 말씀하시는 듯하였습니다. 어찌 이리 마음에 담아 두신 바가 있으면서도 이제까지 간직하고 계셨는지요. 이쪽저쪽에 사정을 명확히 밝혀 말씀을 드릴 수 있었을 터인데……. 이제는 소용이 없네요."

대장은 이러면서 옛날로 되돌릴 수 있다면, 하고 슬프게 여기신다.

"실로 조금이나마 소강상태였을 적에 아뢰고 의견을 구하였다면 좋았을 걸 그랬습니다. 하나, 참으로 이리 오늘내일이 될 리는, 하며 제 일이어도 알지 못하는 수명을 느긋하게 여기고 있었던 것 또한 허망하기에……. 이 일은 마음속에만 간직하시고 결단코 발설해서는 아니 되오. 그럴 만한 계제가 있을 때는 배려를 하셨으면 하고 말씀드려 두는 것이라오. 이치조一條에 거처하시는 황녀[84]를 무슨 일이 있을 때마다 문안을 드려 주시게. 애처로운 처지가 되어 상황 등께서도 듣게 되실 터인데, 잘 무마해 주시게."

위문 독은 이와 같이 말씀하신다. 말하고 싶은 것은 많은 듯하지만, 기분이 어찌할 방도도 없이 안 좋아졌기에, "돌아가시지요" 하고 위문 독은 손짓으로 아뢰신다. 가지기도를 드리는 승려들이 가까이 다가오고 마님과 대신 등이 모여드시고 사람들도 소란스럽기에, 대장은 울면서 방을 나오셨다.

여어女御[85]는 더 아뢸 것도 없고 이 대장의 마님[86] 등도 심히 탄식하신다. 두루두루 마음을 쓰고 사람들의 형과 같은 심성을 지니셨기에, 우대신의 정실부인[87]도 이 서방님만을 허물없는 관계로 여기고 계셨던지라 여러모로 탄식하시며 기도 등을 특별히 올리도록 하셨다. 그래도 약이 듣는 병이 아니기에[88] 소용없는 노력이었다. 황녀[89]도 끝내 뵙지 못하신 채 거품이 스러지듯이[90] 세상을 떠나셨다.

오래전부터 위문 독은 속마음이야 곡진하고 깊이가 있거나 하지도 않았지만, 표면적으로는 황녀를 참으로 이상적으로 대우하고 귀히 여겨 드리고 태도도 정답고 마음 씀씀이도 정취 있게 예의를 지키는 모양새로 지내 오셨기에, 박정하게 여길 구석도 딱히 없다. 그저 이리 수명이 짧았

---

84 오치바노미야.
85 가시와기의 동복 여동생인 홍휘전 여어.
86 유기리의 정실부인인 구모이노카리. 가시와기의 이복 여동생.
87 히게쿠로의 정실부인인 다마카즈라. 가시와기의 이복누나.
88 '보지 못하는 사람 그리워하는 내 병이로세 만날 날이 없다면 병에 듣는 약 없네(我こそや 見ぬ人戀ふる病すれあふひならではやむ薬なし)'(『拾遺和歌集』戀一, 讀人しらず)에 의한다.
89 오치바노미야
90 '둥둥 뜬 채로 스러질 거품이나 되고 싶구나 흘러가는 것조차 기대 못 하는 신세(うきながら消ぬる泡ともなりななむながれてとだに頼まれぬ身は)'(『古今和歌集』戀五, 紀友則)와 유사한 표현으로, 사랑에 목숨을 잃은 가시와기의 죽음을 나타낸다.

던 분이신지라 이상하게도 일반적인 부부 사이를 냉랭하게 생각하셨던 것이로구나 하고 되돌아보시니 몹시 슬프기에, 침울해 계신 황녀의 모습이 참으로 측은하다. 미야스도코로 또한 몹시 세상의 웃음거리[91]가 되어 안타깝다고 뵈면서, 한없이 탄식하신다. 대신과 정실부인 등은 하물며 뭐라 말할 수가 없고 나야말로 먼저 갔으면 좋았을 터인데, 세상이 이치대로 되지 않아 괴로운 일이라며 애태우시지만 아무런 소용이 없다.

비구니가 되신 황녀께서는 주제넘은 위문 독의 마음도 불쾌하게만 여겨지셔서 세상에서 살아가길 바라지도 않으셨지만, 이리되었다고 들으시니 아무래도 역시 가슴이 먹먹하다. 어린 아기씨에 관하신 일을 위문 독이 그러하다고 생각하였던 것[92]도 정말로 이리될 전세로부터의 인연으로 예기치 못한 괴로운 일도 있었던가 하고 생각이 미치시니, 여러모로 왠지 모르게 마음이 불안하여 흐느끼셨다.

8. 남자 아기씨의 오십 일 축하연이 열리고 하카루겐지가 감회에 젖다

삼월이 되니 하늘의 정취도 어쩐지 화창해지고, 이 도련님이 태어나신지 오십 일이 되셔서 참으로 하얗고 귀여운 데다 날 수에 비해서는 성장이 빨라 옹알이 등을 하신다. 나으리大殿께서 건너오셔서, 이렇게 눈물을

---

91 모친인 미야스도코로는 황녀인 딸이 신하와 결혼한 데다 젊어 미망인이 된 박복함을 세상 사람들이 입길에 올릴 것을 저어하고 있다.
92 가시와기는 고양이 꿈을 꾸고 온나산노미야의 회임을 확신하였다.

글썽이며 원망을 아뢰신다.

"기분은 가뿐해지셨는지요. 참, 너무 보람이 없기도 하군요. 예전 자태로 이렇게 뵈었다면 얼마나 기뻤을지요. 괴롭게도 저를 저버리셨으니……."

날마다 건너오셔서, 지금도 더할 나위 없이 귀히 대우해 드리신다.

오십 일 축하연에 떡을 드리셔야 하는데 모친이 보통과 다른 자태이시기에, 사람들이 어찌하여야 하나 하면서 아뢰기를 망설인다.[93] 인院께서 건너오셔서, "무슨……. 여아로 태어나셨다면 같은 성별인지라 불길함도 있을 터이지만……"이라고 하며, 몸채 남쪽 정면에 자그마한 앉을 자리 등을 마련하여 떡을 준비하여 드리신다. 유모는 무척 화사하게 옷을 차려입고, 앞에 놓은 드실 거리, 다채롭게 온갖 장식을 한 과실 바구니,[94] 음식물을 넣은 노송나무 상자 같은 여러 정취 있는 것을 발 안으로도 밖으로도 늘어놓고 속사정을 알지 못하는 일이기에 아무런 생각도 없는지라, 겐지 님께서는 참으로 괴롭고 민망한 일이로구나 하고 생각하신다.

황녀께서도 일어나 앉으셔서, 머리카락 끝자락이 잔뜩 펼쳐져 있는 것을 무척 거추장스럽게 여기셔서 이마 등을 손으로 매만지며 계신다. 겐지 님께서 칸막이를 끌어당겨 제치며 앉으시니, 무척 부끄러워 등을 돌리신다. 한층 더 작고 여위셨는데, 머리카락은 아깝게 여겨 길게 잘랐기에 뒷모습은 딱히 차이도 나 보이지 않으시는 길이이다. 겹겹이 보이는 짙은 쥐색 옷에 황색 기미가 감도는 현대풍 색상[95]의 웃옷 등을 걸치신 채, 아직 자리잡히지 않은 옆모습은 오히려 어여쁜 어린아이 같은 느낌

---

93 오십 일 축하연에는 떡을 만들어 부친 등이 젓가락으로 아기 입에 넣어 준다. 모친이 출가한 탓에 정해진 대로 의식을 해야 하는지를 판단하기 어려워한다.

94 홍귤, 귤, 밤, 감, 배 다섯 과실을 넣고 소나무 가지 등에 매달았다.

95 주홍색 또는 짙은 분홍색.

이 들어 우아하고 귀염성이 있다.

"아아, 너무 괴롭군요. 먹빛 염색이란 역시 너무 심하고 눈앞이 캄캄해지는 색이로군요. 이렇게라도 뵙는 일은 끊어지지 않을 것이라며 마음을 위로하고 있습니다만, 마르기 어려워 견디기 힘들게 느껴지는 눈물이 남 보기 민망한지라, 참으로 이리 버림을 받은 제 몸에서 초래된 과실로 여기고 있어도 여러모로 가슴 아프고 안타깝군요. 되돌릴 수 있는 거라면 좋겠습니다."

겐지 님께서는 이렇게 탄식하신 뒤, 이와 같이 아뢰신다.

"이제는 끝이라며 저에게서 마음을 접으신다면, 진심으로 저를 싫어하셔서 저버리셨다고 생각하여 부끄럽고 괴롭게 여기게 될 것입니다. 역시 저를 안됐다고 여겨 주시지요."

"이러한 모습을 한 사람은 사물의 정취도 알지 못하는 법이라고 들었거늘, 하물며 원래 그런 쪽을 알지 못하는지라 어찌 아뢰어야 할는지요."

황녀께서 이리 말씀하시니, 겐지 님께서는 "말한 보람이 없군요. 알고 계신 방면도 있을 터인데……"라고만 말씀하시다 말고, 어린 아기씨를 뵙고 계신다.

유모들은 신분이 높고 용모도 괜찮은 사람들로만 많이 모시고 있다. 겐지 님께서는 이들을 불러내셔서, 돌볼 때 신경 써야 할 마음가짐 등에 대해 말씀하신다.

"아아, 수명이 얼마 남지 않은 이 나이에 길러야 할 사람인가."

겐지 님께서 이러면서 안아 드리니, 아기씨는 무척 기분 좋게 미소 짓는다. 포동포동 살이 찌고 하얗고 어여쁘다. 대장 등이 어렸을 때 크던 모습을 어렴풋이 떠올리셔도 닮지 않으셨다. 여어 소생의 황자들[96]께서는 또 부제父帝 쪽을 이어받아 왕의 기상이 감돌고 고상함은 지니셨어도 각별하게 뛰어나고 훌륭하지도 않으시다. 이 도련님은 참으로 고귀함에 더하여 애교가 있고 눈자위가 향내가 풍길 듯이 화사하고 어렴풋이 미소를 띠고 있는데, 그런 점 등을 겐지 님께서는 참으로 사랑스럽다며 바라보신다. 생각 탓인지 역시 아주 많이 닮았다. 지금부터도 눈빛이 온화하고 다른 사람이 부끄러워할 만한 용모도 평범함과는 멀어, 향내가 풍길 듯한 어여쁜 얼굴 생김[97]이다. 황녀께서는 그리도 알아보지 못하시고 사람들 또한 전혀 모르는 일이기에, 그저 한 분의 마음속[98]에서만 서글프고 허망하였던 그 사람의 전세로부터의 인연이로구나 하면서 바라보시니, 일반적인 세상의 덧없음도 연이어 생각나시는지라 눈물이 주르르 흘러내렸다. 하나, 오늘은 언동을 삼가야만 하는 날[99]이라고 생각하여 눈물을 훔치고 숨기신다. "조용히 생각하여 탄식하는 것을 참도다"[100] 하고 읊조리신다. 쉰여덟에서 열을 덜어낸 연세이시지만 만년이 된 듯한 마음[101]이 드셔서 참으로 어쩐지 절절히 여겨지신다. '너의 부친과'라고도 충고하고 싶다고 생각하셨을까.

이 일의 진상을 알고 있는 사람이 시녀 중에도 있을 터인데 알지 못하

---

96 최근에 출생한 아카시 여어 소생의 금상의 황자들.
97 온나산노미야의 소생인 남아를 형용하는 '향내가 풍기다'는 일본어로 '가오루(薫る)'라고 한다. 이에 따라 이 남아는 통칭으로 '가오루(薫)'로 불린다.
98 히카루겐지의 심중.
99 오십 일을 축하하는 날이어서 눈물은 금물이다.
100 백거이가 58세에 외아들을 얻고 지은 「자조(自嘲)」에 의한다. '五十八翁方有後 静思堪喜亦堪嗟 一珠甚小還慚蚌 八子雖多不羨鴉 秋月晚生丹桂實 春風新長紫蘭芽 持杯祝願無他語 慎勿頑愚似汝爺'(『白氏文集』第五十八, 「自嘲」). 이 중 '堪喜亦堪嗟'를 줄여 '堪嗟'로 인용한 것이다.
101 백거이가 시를 읊을 때보다 열 살 어리지만, 같은 심경이라고 느끼고 있다. 히카루겐지는 현재 48세이다.

는 것이야말로 부아가 나는구나, 어리석다고 보겠지 하고 편치 않게 생
각하시지만, 내 잘못에 의한 것이라면 감수하겠지만 둘 중 어느 쪽이냐
고 한다면 여자 쪽 입장이 더 애처롭구나 등등 생각하시며, 표정으로도
드러내지 않으신다. 참으로 무심하게 옹알거리며 웃고 계신 아기씨의 눈
매와 입매가 귀여운데도, 속사정을 모르는 사람은 어떨지 모르지만 역시
아주 많이 닮았구나 하고 바라보신다. 위문 독의 양친이 자식이라도 있
었으면 하고 울고 계실 터인데도 보여 줄 수 없고, 남모르게 덧없는 추억
거리만을 남겨 두고 그렇게나 자부심이 강하게 자라났건만 스스로 자기
신세를 망쳐 버렸구나 하고 애처롭고 아깝기에, 못마땅하다고 생각하는
마음도 되돌려져서 울 수밖에 없으셨다.

사람들이 미끄러지듯 몸을 감춘 새, 겐지 님께서는 황녀 가까이로 다
가가서서 이리 떠보시니 얼굴이 빨개진 채 계신다.

"이 사람을 어찌 보시는지요. 이런 사람을 버리고 출가해 버리실 만한
상황이었는지요. 아아 괴롭군요."

히카루겐지
"누가 세상에 씨를 뿌렸느냐고 묻는다 하면
바위 밑동 소나무 어찌 대답하려나[102]

가여운지고."

---

102 '바위 해변의 잔솔은 어느 누가 이 세상에다 만대를 기대하며 씨를 뿌렸던 걸까(梓弓磯
邊の小松たが世にか萬代かねて種をまきけむ)'(『古今和歌集』雜上, 讀人しらず)에 의한다.
'바위 밑동 소나무'는 가오루를 비유한 것이다.

이와 같이 남몰래 아뢰시는데, 황녀께서는 대답도 없으신 채 엎드려 계셨다. 지당하다고 생각되시기에 무리하여 아뢰지도 않으신다. 어찌 생각하시려나, 사물을 깊이 생각하시거나 하지는 않으셔도 어찌 아무렇지 않을 리야, 하고 짐작하시는데도 참으로 괴롭다.

9. 유기리가 가시와기를 회상하고 치사 대신이 비통해하다

대장님[103]은 그 위문 독이 마음에 억눌러 둘 수 없어 슬쩍 내비쳤던 말을, 어떻게 된 일이었던가, 약간 정신이 든 상태였더라면 그렇게 입 밖에 내기 시작한 것이니 아주 잘 기색을 살펴보았을 터인데, 말해 보았자 소용없는 임종 때라 계제가 좋지 않아 답답한 채로 가슴 아프게도 되어 버렸구나 하며, 옛 모습을 잊기 어려워 형제인 도련님들보다도 몹시 슬프게 여기셨다. 황녀께서 이리 출가하신 상황도 대단한 병환도 아니신데 선선히 결심하셨구나, 그리고 그렇다고 하여 용인해 드리실 만한 일인가, 니조노우에二條の上[104]가 그토록 임종에 가까울 때 울며울며 간청하셨다고 들었거늘 심한 일로 생각하셔서 끝내 이리 붙들어 두셨건만 어찌, 하면서 이런저런 일에 대해 생각하며 심란해한다.

역시 예로부터 끊임없이 내보이던 마음을 억누르지 못하는 때가 자주 있었다, 외면으로는 아주 잘 차분함을 유지하고 다른 사람보다 별나게 깊이가 있고 온화하여 이 사람은 마음속으로 무슨 일을 생각하고 있을까

---

103 유기리.
104 무라사키노우에.

하고 바라보는 사람도 답답할 정도였건만 다소 약한 구석을 지니고 있어 지나치게 유약하였던 탓인가, 애달프다고 하여도 하여서는 아니 되는 일에 마음을 어지럽히고 이리 자기 몸과 바꿀 만한 일이었을까, 상대를 생각하여도 애처롭고 내 신세는 망쳐도 될 만한 일인가, 그럴 만한 전세로부터의 인연이라고 하더라도 참으로 경박하고 부질없는 일이로구나 등 마음속으로 생각하여도 아씨[105]에게조차 입 밖에 내어 아뢰지 않으시고, 그럴 만한 계제가 없기에 인院께도 또 아뢰지 못하셨다. 그렇기는 하여도 이러한 일을 슬쩍 비추었다고 입 밖에 내어 아뢰어 기색 또한 살펴보고 싶었다.

부친인 대신과 모친인 정실부인은 눈물이 쉴 새 없이 시름에 겨워 계시는데, 허망하게 지나가는 날 수조차 알지 못하셔서 불사 때의 법복이나 의복, 이런저런 준비 또한 서방님들과 마님들[106]이 제각각 준비하셨다. 경經이나 불상을 치장하는 일 등도 우대변님[107]이 준비하신다. 이레마다 칠일칠일七日七日[108]의 송경誦經 등을 다른 사람이 주의를 일깨우며 일러 드려도, 대신은 "나에게 알려 주지 마시게나. 이리 슬퍼하며 어찌할 바를 모르는데, 오히려 왕생하는 데 장애가 되겠소"라면서 죽은 듯이 멍하신 상태이시다.

---

105 유기리의 정처인 구모이노카리. 유기리는 가시와기의 여자 형제인 구모이노카리에게도 그의 유언 등에 관해 아무런 언급도 하지 않았다.
106 가시와기의 형제자매.
107 가시와기의 남동생.
108 사후 이렛날부터 이레 걸러 일곱 차례 열리는 불사이다.

10. 유기리가 이치조노미야를 방문하고 미야스도코로와 고인에 대해 이야기하다

이치조노미야一條宮109에서는 하물며 더 소식도 잘 모르는 상태로 사별하셨던 한恨까지 더하여지고, 날이 흘러감에 따라 넓은 궁 안이 인기척이 적어 마음이 불안하다. 무람없이 편하게 부리셨던 사람들은 여전히 찾아 뵙고 안부를 여쭌다. 위문 독이 좋아하셨던 꿩과 말 등 그쪽 방면을 담당하였던 사람들도 모두 속할 데 없이 시름에 젖어 힘없이 조용히 드나드는 것을 보시는데도, 무슨 일이 있을 때마다 가슴 절절함은 끊이지 않았다. 사용하셨던 세간들, 늘 타셨던 비파와 화금 등의 현도 팽개쳐 두어 추레해진 채 소리를 내지 않는 것도 참으로 우울해지는 일이다.

앞뜰 나무숲은 잔뜩 움트고 꽃은 필 때를 잊지 않는 기색인 것을 바라보면서 어쩐지 슬프고, 모시고 있는 사람들도 짙은 쥐색 상복 차림으로 초췌해진 상태이다. 쓸쓸하고 무료한 점심 녘에 벽제 소리 활발하게 주위를 물리며 이곳에 멈춘 사람이 있다. "아아, 돌아가신 나으리의 기색인가 하고, 돌아가신 걸 잊어버리고서는 생각하였습니다"라며 우는 자도 있다. 대장 나으리110가 납신 것이었다. 안으로 안부를 아뢰셨다. 여느 때처럼 변님弁の君과 재상宰相 등111이 납신 것으로 생각하셨거늘, 대장님이 참으로 이쪽이 부끄러울 듯이 기품 있고 아름답게 처신하며 안으로 드셨다.

109　오치바노미야가 거처하는 처소.
110　유기리.
111　가시와기의 남동생들.

몸채에 붙은 조붓한 방에 자리를 마련하여 들도록 해 드린다. 일반적인 접대처럼 사람들[112]이 응대해 드린다면 송구스러울 듯한 모습이시기에, 미야스도코로[113]가 대면하셨다.

"참담한 일을 접하고 탄식하는 제 마음은 그럴 만한 사람들[114]보다도 더 심하다고 생각합니다만, 법도가 있기에 아뢰어 드릴 방도가 없어 세상 일반과 다름이 없었습니다. 임종 때도 말씀해 두신 일이 있었기에, 소홀히 여기고 있지 않습니다. 누구나 다 평안하기 어려운 세상이지만 뒤에 남고 먼저 가는 시기가 차이가 있으니, 제 생각이 미치는 바에 따라서 깊은 마음의 깊이 또한 보실 수 있도록 해 드리고 싶습니다. 제사 등이 빈번한 무렵[115]인지라 사적인 마음이 가는 대로 쓸쓸히 칩거하고 있는 것도 평범치 않은 일이기에, 그리고 서 있는 채로 뵈면 오히려 아쉽게 여겨질 듯하여 날을 보내었습니다. 대신 등이 심란해하시는 모습을 보고 듣고 있는데도 부모 자식 간의 어둠 속 길[116]은 그렇다 치고, 이러한 관계[117]는 위문 독이 깊이 마음을 남겨 두셨구나 하며 그 정도를 헤아리고 있자니, 참으로 끝없기에……."

대장은 이러면서 여러 차례 눈물을 닦으며 코를 푸신다. 산뜻하고 기

---

112 시녀들.
113 오치바노미야의 모친인 이치조미야스도코로(一條御息所).
114 고인과 혈연관계인 사람들.
115 2월은 가스가 마쓰리(春日の祭), 오하라노 마쓰리(大原野の祭) 등 제사가 많다. 지금은 3월이다. 공인으로서 공적인 제사를 모시는 입장에서 죽음의 부정(不淨)을 피하기 위해서는 앉지도 못하고 선 채로 위문하고 바로 돌아가야 하므로 2월에는 방문하지 않고 미루었다.
116 '부모의 마음 어둡지 않다 해도 오직 자식을 생각하는 길에는 허우적댈 뿐이네(人の親の心は闇にあらねども子を思ふ道にまどひぬるかな)'(『後撰和歌集』雜一, 藤原兼輔)에 의한다.
117 부부 사이. 부부간 사별의 절절한 슬픔을 위문하고 있다.

품이 있으면서도 정답고 차분하니 우아하다.

미야스도코로도 콧소리 섞인 목소리가 되셔서, 이러면서 참으로 몹시 우시는 기색이다.

"가슴 아픈 것은 무상한 세상의 관습일 겁니다. 참담한 일이라고 하여도 그렇다고 유례가 없는 일이기는 하겠는가 하고, 나이를 먹은 사람은 억지로 마음을 굳게 먹고 있습니다. 하나, 황녀께서는 한층 더 골똘히 생각하시는 모습이 참으로 불길하기까지 하여 잠시나마 더 뒤에 남지 않으실 듯이 보이기에, 모든 면에서 참으로 한심하기만 하였던 제 신세[118]가 이제까지 오래 살아와서 이렇게 다방면으로 허망한 말년의 모습을 지켜보며 지내야만 하는 것인가 하고 참으로 마음이 안정되지를 않는군요. 가까운 관계이신지라 자연스레 들어 짐작 가시는 부분도 있겠지요. 저는 처음부터 그다지 받잡지 못하였던 혼사였는데, 대신의 의향도 민망한 데다 상황께서도 괜찮다는 듯이 마음을 허하시는 기색 등이 있으셨기에, 그렇다면 제 소견이 미치지 못하였구나 하고 마음먹게 되어 위문 독을 맞게 되었습니다. 그런데 이리 꿈만 같은 일을 겪게 되어 아울러 생각해 보니, 제가 마음속으로 생각하는 바를 이왕이면 강하게라도 드러내 반대 의견을 드렸으면 좋았을 터인데 하고 생각하자니, 여전히 참으로 후회스럽습니다. 그렇다고 하여도 이렇게 되리라고는 짐작도 하지 못하였습니다.

황녀들께서는 웬만한 일이 아니라면 좋든 나쁘든 이처럼 결혼하시는 것은 고상하지 않은 일이라고 시대에 뒤떨어진 마음으로는 생각해 왔습

---

118 스자쿠인의 갱의(更衣)로서 경험해 온 갖가지 고뇌와 스자쿠인 출가 후 만년을 보내는 자신의 처지를 상기하며 여식인 오치바노미야의 박복한 삶과 연동시키고 있다.

니다. 이도 저도 아닌 채 어중간한 상태로 고통스러운 숙명이기에, 뭐 어떠한가, 이러한 계제에 연기에라도 섞이신다면[119] 본인에게 있어 세간의 소문 등은 딱히 안타깝지 않을 터이지만, 그렇다고 하여도 그렇게 단호하게 마음을 진정시킬 수는 없을 듯하니 슬프게 뵙고 있습니다. 그런데 참으로 기쁘게도 얕지 않은 문안이 거듭된 듯하여 감사하다고 아뢰면서도, 그러면 그 사람과 약조하신 바가 있었던가 하고 생각하려 하여도 찾아볼 수 없었던 배려이시기에, 이제 임종이라며 이 사람 저 사람에게 당부해 두셨던 유언이 가슴 아픈지라 슬플 때도 기쁨의 시기[120]는 섞여 있었습니다.”

대장 또한 곧바로 마음을 안정시키지 못하신 채, 이와 같이 정답고 세심하게 아뢰신다.

“이상하게도 참으로 더할 나위 없고 성숙하셨던 분인데 이렇게 될 것이어서 그랬던지 요 이삼 년간은 몹시 침울하고 어쩐지 불안한 듯 보이셨습니다. 너무 세상의 이치를 깨닫게 되어 심지가 깊어진 사람은 지나치게 깨달아 버려서, 이러한 예는 솔직하지 못하고 오히려 그 사람답다고 여겨지는 방면이 옅어져 가는 법이라고 늘 하찮은 생각으로 간언해 드렸기에, 저를 사려 깊지 않다고 생각하셨습니다. 이런저런 다른 일보다도 다른 사람보다 훨씬 더 정말로 한탄하고 계실 그 심중이, 송구스럽지만 참으로 딱하게도 여겨집니다.”

다소 시간이 흐른 뒤 돌아가신다.

---

119 부인이 먼저 세상을 떠난 남편의 화장 연기와 함께 사라지는 것.
120 '기쁠 때라도 슬플 때라도 같은 마음인 것을 갈라지지 않는 건 눈물인 거로구나(うれしきも憂きも心はひとつにて分かれぬものは涙なりけり)'(『後撰和歌集』雜二, 讀人しらず)에 의한다. 비탄 탓에 다른 사람의 두터운 정에 감동한다는 의미이다.

그 서방님[121]은 대장보다 대여섯 살 정도 나이가 많았건만, 그래도 참으로 젊고 우아하며 붙임성이 있는 분이셨다. 이쪽은 참으로 무뚝뚝하고 진중하고 남자다운 느낌이 들고, 얼굴만은 무척 젊고 기품 있게 아름다운 모습이 다른 사람보다 뛰어나셨다. 젊은 사람들은 어쩐지 슬픈 마음도 조금 사라져서 밖을 건너다보며 배웅하신다. 앞뜰 가까이에 있는 벚꽃이 참으로 정취 있는데, '올 한 해만이라도'[122]라고 불쑥 떠오르는 것도 불길한 방면의 생각이기에, "모습 마주 보는 건"[123]이라고 읊조린다.

유기리

때를 만나서 변함없는 색으로 향기 풍기네

한쪽 가지가 시든 처소의 벚꽃조차[124]

별것 아니라는 듯 읊은 뒤 일어서시니, 미야스도코로가 몹시 서둘러 이렇게 아뢰신다.

미야스도코로

올해 봄날은 버드나무 새싹에 구슬 꿰누나

피었다 지는 꽃의 향방을 모르기에[125]

---

121 가시와기. 27세인 유기리보다 대여섯 살 연상이므로 향년 32~33세이다.
122 '풀이 울창한 들판의 벚꽃이여 마음 있다면 올 한 해만이라도 먹빛으로 피기를(深草の
     野邊の櫻し心あらば今年ばかりは墨染に咲け)'(『古今和歌集』哀傷, 上野岑雄)에 의한다.
123 '봄 올 때마다 꽃은 언제나 활짝 필 터이지만 모습 마주 보는 건 목숨 덕이로구나(春ごと
     に花のさかりはありなめどあひ見むことは命なりけり)'(『古今和歌集』春下, 讀人しらず)에
     의한다. 살아가는 의미를 말한다.
124 '한쪽 가지가 시든' 것은 오치바노미야의 남편인 가시와기의 죽음을 뜻한다.
125 '새싹(芽)'은 일본어로 '메'로 읽어 '눈(目)'과 동음이의어이다. '구슬(玉)'의 일본어 발

참으로 깊은 풍류가 있다고는 할 수 없어도 현대풍으로 감각이 있다고는 일컬어지시던 갱의更衣였다. 정말로 보기 좋을 정도의 응대인 듯하다고 대장은 바라보신다.

11. 유기리가 치사 대신을 방문하여 고인을 애도하다

치사 대신致仕の大殿**126**에게 그길로 찾아뵈러 가시니, 도련님들이 많이 계셨다. "이쪽으로 드시도록 해라"라고 하기에, 몸채의 접객실**127** 쪽으로 들어가셨다. 대신은 마음을 가라앉히고 대면하셨다. 좀체 늙지 않고 깔끔해 보이는 용모가 무척 여위고 초췌해지고 수염 등도 다듬지 않으셔서 덥수룩하여, 부모에게 효성을 다하는 자식보다도 실로 수척해지셨다. 대장은 뵙게 되시자마자 무척 참기가 힘들기에, 너무 주체할 수 없게 눈물이 넘쳐 흐르는 것도 볼썽사납다고 생각하는지라 힘겹게 감추고 계신다. 대신 또한 특별히 사이좋게 지내셨거늘 하며 바라보시니, 그저 흘러흘러 떨어지는 눈물을 멈추지 못하시고 끝없는 이야기들을 주고받으신다.

이치조노미야에 찾아뵈었을 때의 상황 등을 아뢰신다. 대신은 더욱더 봄비인가 싶게 보일 정도로 처마 밑 물방울과 다름없이 눈물을 더하여 적시신다. 접어서 품속에 넣어 다니는 종이**128**에 그 '버드나무 새싹에'

음인 '다마'는 이슬이나 눈물방울의 의미도 지니고 있어, '버드나무 새싹에 구슬 꿰누나'는 눈에서 눈물만 흐른다는 의미이다. '옅은 녹색의 한 가닥 실을 꼬아 구슬과 같은 흰 이슬 꿰고 있는 봄날의 버드나무(あさみどり糸よりかけて白露を玉にもぬける春の柳か)'(『古今和歌集』春上, 遍照) 등의 와카가 바탕이 되었다.

126 가시와기의 부친.
127 몸채에 붙은 조붓한 방인 히사시(廂) 안에 마련되어 있는 거실 겸 응접실.

라고 읊었던 것[129]을 적으신 것을 바치시니, 대신은 "눈에도 보이지 않는군요"라면서 몹시 울면서 바라보신다. 울상이 된 채 바라보시는 모습이 여느 때처럼 강건하고 시원시원하며 자랑스러워 보이는 기색이 흔적도 없어 민망하다. 그렇기는 하여도 특이할 것은 없을 듯하여도 이 '구슬 꿰누나'라는 대목이 정말인 듯 여겨지시기에 마음이 어지러워, 오랫동안 마음을 가라앉히지 못하신다.

"자네 모친[130]이 세상을 뜨셨던 가을이야말로 세상에서 맛보는 슬픔의 극치라고 여겼습니다만, 여자는 법도가 있어 만나는 사람이 적고 이런저런 일들도 드러나지 않기에 슬픔도 숨겨졌습니다. 대단치는 않아도 위문 독은 조정에서도 버리지 않으셔서 점차 한몫하게 되고 관위에 오르면서 의지하는 사람들도 자연히 잇따라 많아지게 되거나 하여, 놀라며 안타까워하는 사람들도 이런저런 연고로 있는 듯합니다. 이렇게 깊은 제 마음은 그러한 세상 일반적인 평판이나 관위도 고려하지 않고, 그저 특별한 점이 없던 그 사람 자체의 모습만이 견딜 수 없이 그립습니다. 어떠한 일로 마음을 어루만질 수 있을까요."

대신은 이러면서 하늘을 우러르며 시름에 잠겨 계신다.[131]

저물녘의 구름 형국이 쥐색으로 흐릿해져, 꽃이 진 나뭇가지들에도 오늘은 눈길이 가신다. 이 품속에 넣어 다니는 종이에 이리 쓰신다.

---

128 '다토가미(疊紙)' 또는 '가이시(懷紙)'라고 하여, 접어 품속에 넣고 다니면서 시가의 초고를 적거나 휴지로도 쓰던 종이이다.

129 미야스도코로가 읊은 와카.

130 아오이노우에. 치사 대신의 여동생이다.

131 '높은 하늘은 그리운 그 사람의 추억거린가 시름 잠길 때마다 우러러볼 듯하네(大空は戀しき人の形見かは物思ふごとにながめらるらむ)'(『古今和歌集』戀四, 酒井人眞)에 의한다.

치사 대신

나무 아래의 물방울에 젖은 채 순서 바뀌어

눈물 젖은 상복을 입은 봄날이구나[132]

대장님이 읊기를 이러하다.

유기리

죽은 사람도 생각지 못했을 듯 두고 떠난 뒤

저물녘에 상복을 임이 입으실 줄은

변님弁の君[133]이 읊는다.

변님

원망스럽네 상복을 누구더러 입으라 하고

봄날보다 더 먼저 꽃이 진단 말인가

불사 등은 세상 일반과 달리 엄숙하게 치렀다. 대장 나으리의 정실부인[134]은 말할 것도 없고, 나으리는 각별하게 송경 등까지 절절하게 깊은 애도의 마음을 더하신다.

---

132 '나무 아래의 물방울'은 먼저 세상을 떠난 자식을 그리워하는 눈물.
133 가시와기의 남동생인 우대변으로, 가시와기의 사후 대신가를 대표하는 인물이 되었다.
134 유기리의 정처인 구모이노카리. 가시와기의 이복 여동생이다.

12. 유기리가 이치조노미야를 방문하여
오치바노미야와 증답하다

대장은 그 이치조노미야에도 늘 안부를 여쭈신다. 사월경의 하늘은 어디가 어디라 할 것 없이 기분이 상쾌한 듯하고 한 색상인 사방의 나뭇가지도 온통 정취 있게 보인다. 시름겨운 처소[135]는 만사에 걸쳐 조용하고 불안하여 지내기 어려우신데, 여느 때처럼 건너오셨다. 정원에도 가까스로 푸른 싹을 내미는 어린 풀이 다 보이고, 이곳저곳 흰 모래가 얇게 깔린 구석진 곳에 쑥[136]도 득의양양한 얼굴을 내밀고 있다. 신경 써서 가꾸셨던 앞뜰의 초목도 제멋대로 무성하게 얽히고 한 무더기 참억새[137]도 듬직해 보이게 퍼져 나가 벌레 소리 맴돌던 가을을 방불케 하기에, 참으로 왠지 가슴이 미어져 이슬 같은 눈물에 젖은 채 헤치고 들어가신다. 이요 발伊予簾[138]을 죽 둘러치고 칸막이는 짙은 쥐색으로 갈아 두었는데, 거기에 비치는 그림자가 시원하게 보인다. 깔끔한 동녀가 입고 있는 짙은 쥐색으로 보이는 한삼汗衫 끝자락과 슬쩍 보이는 머리 모양 등이 정취 있지만, 여전히 보고 놀라는 색상이다.

오늘은 툇마루에 앉아 계시기에, 안에서 깔개를 내밀었다. 너무 간소한 자리라며 여느 때처럼 시녀들이 미야스도코로에게 응대하도록

---

135 '울면서 가는 기러기의 눈물이 떨어졌는가 시름겨운 처소의 싸리잎 위의 이슬(鳴きわたる雁の涙や落ちつらむもの思ふ宿の萩の上露)'(『古今和歌集』秋上, 讀人しらず)에 의한다.
136 쑥은 황폐해진 저택을 상징한다.
137 '당신 심어 둔 한 무더기 참억새 벌레 울음만 그치지 않는 들판 이제 되고 말았네(君が植ゑしひとむら薄蟲の音のしげき野邊ともなりにけるかな)'(『古今和歌集』哀傷, 御春有助)에 의한다.
138 이대라는 대나무로 엮은 허술한 발.

재촉해 드리지만, 요즈음 몸이 좋지 않다며 기대어 누워 계신다. 어찌어찌 말씀드리며 시간을 보내고 있는 동안에 시름에 겨울 일이 없어 보이는 앞뜰 나무숲을 바라보시는데도 참으로 마음이 쓸쓸하다. 떡갈나무와 단풍 가지가, 다른 것보다 실로 어려 보이는 색을 드러내며 얽히어 있다.

"어떠한 인연인가, 나무 끝이 하나[139]로 되어 있으니 믿음직하군요."

대장이 이와 같이 말씀하시며, 조용히 다가와 읊는다.

유기리

"같은 값이면 친밀한 가지처럼 가까웠으면
수목 수호신에게 허락받았다 치고[140]

발 밖에 앉아 있는 가로막힌 거리가 원망스럽군요."

이러며 기둥 사이에 수평으로 댄 나무[141]에 기대어 앉아 계신다. "나긋나긋한 모습이 또 참으로 몹시 부드럽고 우아하기도 하지"라며 이 사람 저 사람이 서로 툭툭 친다. 대장을 상대하며 아뢰고 있는 소장님이라는 시녀를 시켜, 황녀께서 이리 아뢴다.

---

139 떡갈나무와 단풍나무의 얽힌 가지를 연리지(連理枝)에 비유하였다.
140 '수목 수호신'은 떡갈나무, 즉 '가시와기(柏木)'에 깃들어 있다고 여겨졌다. 떡갈나무는 궁을 수비하는 병위부(兵衛府)의 이칭으로 떡갈나무에 수목을 지키는 신이 깃들어 있다는 속설에서 비롯되었다.
141 툇마루와 몸채에 붙은 조붓한 방 사이의 경계이다.

오치바노미야

"떡갈나무에 수목 수호신 아니 계신다 하여

타인 다가올 만한 처소 가지 끝일까

갑작스러운 말씀에 소견이 얕은 듯 여겨졌습니다."

대장은 과연 그러하다고 여기셔서 살짝 웃으셨다.

미야스도코로가 무릎걸음으로 나오시는 기척이 나기에, 대장은 살짝 자세를 고쳐 앉으셨다.

"괴로운 세상을 한탄하며 시름에 잠겨 있는 세월이 쌓인 탓인지 어지러운 마음도 이상하고 멍한 상태로 지내고 있습니다만, 이리 자주 거듭하셔서 찾아와 주시는 것이 참으로 송구스럽기에 마음먹고 일어났습니다."

이러면서 미야스도코로는 정말로 편찮으신 듯한 기색이시다.

"시름에 잠겨 한탄하시는 것은 세상의 이치이지만, 그렇다고 또 참으로 그러기만 하는 것은 어떠실지요. 모든 일이 다 그럴 만하여 그리된 것입니다. 뭐라 하여도 정해져 있는 세상이기에……."

대장은 이렇게 위로해 드리신다. 이 황녀야말로 듣던 것보다는 심지가 깊어 보이시거늘, 애처롭게도, 정말로 얼마나 세상의 웃음거리가 되는 일이 더하여져 시름에 잠겨 계시겠는가 하고 생각하는데도 대장은 마음이 안정되지 않기에, 아주 간곡하게 근황도 여쭈셨다. 용모는 아주 참하게는 잘 정돈되어 계시다고 할 수 없을 듯하여도 참으로 보기 괴롭고 민망할 정도까지는 아니라고 한다면, 어찌 겉모습으로 사람에게 질려 하며 또한 그래서는 안 되는 곳에 마음을 어지럽힐 수 있는가, 꼴사납구나, 그 저 심성만이 결국에는 더할 나위 없는 것이거늘 하고 생각하신다.

"이제는 역시 저를 옛날 사람으로 비기어 여기셔서, 소원하지 않게 대해 주십시오."

대장은 이와 같이 일부러 연모하는 듯처럼은 아니지만, 곡진하게 속마음을 내비치며 아뢰신다. 노시直衣 차림이 참으로 산뜻하고 신장이 당당하고 늘씬하게 보이셨다.

"그 나으리大殿[142]는 만사에 걸쳐 정답고 차분한 데다 우아하며 기품 있고 붙임성을 지니고 계신 점이 견줄 사람이 없었지요. 이쪽은 남자답고 밝은 데다, 아아 기품 있고 아름답다고 문득 보이시는 분위기야말로 다른 사람과 다르군요."

이리 속삭이며, 시녀들은 "이왕이면 이런 식으로 출입하시면 좋으련만"이라는 등 말하는 듯하다.

13. 모든 사람이 가시와기를 애석해하며 칭송하다

"우장군右將軍 무덤에 풀이 처음으로 푸르구나"[143]라고 읊조리며, 그것

---

142 가시와기.

143 『가카이쇼(河海抄)』에서는 후지와라 도키히라(藤原時平)의 장남인 야스타다(保忠)의 죽음을 추모하는 기 아리마사(紀在昌)의 시인 "天與善人吾不信 右將軍墓草初秋"(『本朝秀句』)를 전거로 들어, 현자의 이른 죽음(향년 47세)을 한탄하며 하늘도 신도 믿을 수 없음을 드러낸다고 하였다. 초여름이라는 계절에 맞추어 '가을(秋)'을 '푸르름(靑)'으로 바꾼 것으로 추정된다. 그러나 이 구절은 『후소슈(扶桑集)』에 실려 있었던 것으로 보이는 "天與善人吾不信 右將軍墓草初靑"(菅在躬)에 의거한 것이라는 견해(後藤昭雄)도

제36권. 「가시와기(柏木)」 권   **313**

도 무척 가까운 세상의 일[144]이기에, 이모저모로 가깝기도 하고 멀기도 하며 마음을 어지럽힌 듯하였던 세상에서 신분이 높은 사람도 낮은 사람도 아깝고 애석해하지 않는 사람은 없다. 격식을 차리는 방면[145]은 말할 것도 없고 이상하게도 인정이 많은 분이셨기에, 그다지 가깝지 않은 관리나 시녀 등 나이 많은 사람들까지 그리워하고 슬퍼한다. 하물며 주상께서는 관현 연주 등이 열릴 때마다도 가장 먼저 떠올리시고 그리워하셨다. "아아, 위문 독"이라는 말을 입버릇처럼 무슨 일이 있을 때마다 하지 않는 사람이 없다. 로쿠조노인六條院께서는 하물며 절절하게 떠오르시는 일이 날이 감에 따라 많아진다. 이 어린 아기씨[146]를 마음 한편으로는 추억거리로 간주하고 계시지만, 사람들이 짐작할 수 없는 일이기에 아무런 소용이 없다. 가을 녘이 되니 이 아기씨는 기어 다니거나 하시니…….

있다.

144 후지와라 야스타다의 죽음은 936년의 일이다. 이를 통해서도 『겐지 모노가타리』의 시대 설정이 전 시대임을 알 수 있다.

145 공인으로서의 학문적인 지식과 기예 등.

146 가오루.

「가시와기」 권 해설

　「가시와기柏木」 권은 가시와기와 온나산노미야의 사건을 매듭짓는 권이다. 온나산노미야의 출산과 출가, 가시와기의 죽음, 그리고 남편을 여읜 오치바노미야에 대한 유기리의 연모가 시작되는 것이 주요 내용이다. 「가시와기」 권의 첫머리는 자신의 생애를 반추하며 분석하는 가시와기의 비통한 술회로 시작되며 권의 말미는 그의 죽음을 애석해하는 사람들의 심경을 그리고 있어, 이 권은 가시와기의 죽음에 대한 애도의 권이라고 할 수 있다. 권명은 가시와기가 세상을 뜬 뒤 조문하러 이치조노미야로 온 유기리에게 오치바노미야가 읊은, '떡갈나무柏木에 수목 수호신 아니 계신다 하여 타인 다가올 만한 처소 가지 끝일까'에 의한다. 떡갈나무는 왕궁을 수비하는 병위부兵衛府의 다른 이름으로 떡갈나무에 수목을 지키는 신이 깃들어 있다는 속설에서 비롯되었다.

　온나산노미야의 출산과 잔치를 지켜보며 히카루겐지는 겉으로는 흐트러짐 없이 태연한 태도를 취하고 있어도 복잡한 속내를 완전히 감출 수는 없다. 온나산노미야는 출가를 원하게 되고 산으로 들어갔던 스자쿠인이 하산하여 딸을 출가시키게 된다. 온나산노미야의 장래를 걱정하여 최선의 길이라고 판단하여 히카루겐지와 결혼시킨 스자쿠인은 두 사람의 멀어진 관계를 전해 듣고 비통한 마음으로 출가시킨다. 온나산노미야의 출가는 히카루겐지의 처로서 본인의 죄과를 두려워하여 내린 선택이지만, 모노노케가 빙의하여 병에 걸리면서 촉진되었다. 온나산노미야의 아들인 가오루를 오십 일 축하연 때 품에 안은 히카루겐지의 심경은 복잡하다. 부모의 불행에 동정하면서도 그들이 저지른 죄는 용서하기 어렵고, 피할 수 없는 숙명을 두렵게 느끼면서 자기 자신의 숙명, 인간의 애집에 대해 숙고하며 히카루겐지는 더욱더 고뇌에 빠지게 된다. 두 사람의 밀통을, 그는 자신이 후지쓰보 중궁과 정을 통하여 그 사이에서 레이제이인이 태어난 죄에 대한 과보로 받아들이고 있다.

온나산노미야의 출가에 촉발되듯이 그녀의 허상을 가슴에 품고 자신의 삶 전부를 바친 가시와기는 세상을 떠난다. 그러나 가시와기는 마지막까지 온나산노미야의 마음을 얻지 못하였다. 히카루겐지가 가시와기의 서찰을 온나산노미야의 방에서 발견한 뒤 그녀는 두려움과 절망에 빠져 가시와기의 마음은 전혀 안중에도 없었다. 죽기 직전에 가시와기는 친구인 유기리에게 죽음에 이르게 된 병의 전모를 애매하게나마 토로하고 자신이 죽고 난 뒤의 일을 부탁한다. 이를 빌미로 유기리가 남편과 사별하고 홀로 된 가시와기의 부인인 온나니노미야, 즉 오치바노미야를 자주 방문하게 되면서 연모의 정이 싹트게 되고, 유기리를 둘러싼 새로운 모노가타리가 시작된다.

제37권

「요코부에橫笛」 권

히카루겐지 49세 봄~가을

횡적 가락은 이전과 그리 딱히 변함없거늘

세상 떠난 그 사람 음률은 끝없어라

横笛の調べはことにかはらぬを

むなしくなりし音こそつきせね

1. 가시와기의 일주기를 맞은
히카루겐지와 유기리의 두터운 마음

고 권대납언[1]이 허망하게 세상을 버리신 슬픔을 언제까지나 아쉬운 일로 여기며 그리워하시는 분들이 많다. 로쿠조노인六條院[2]께서도 일반적인 관계일 때조차 세상에서 평판이 좋은 사람이 세상을 떠나는 것을 아쉬워하시는 성격이신데, 하물며 이쪽은 아침저녁으로 친밀하게 자주 찾아뵈러 오고 다른 사람보다도 관심을 지니고 생각해 오셨기에, 어찌 된 일인가 하고 떠오르시는 일[3]은 있어도 슬퍼하는 마음이 크고 무슨 일이 있을 때마다 추모하신다. 일주기 법회에도 송경誦經[4] 등을 특별히 보시하신다. 아무것도 모르는 얼굴로 앳된 모습의 도련님[5]을 보시는데도 역시나 몹시 가슴 아프기에, 마음속으로 또 성의를 표하시려고 황금 백 냥을 따로 시주[6]하셨다. 대신[7]은 속도 모른 채 황송해하며 감사 인사를 드리신다.

대장님[8]도 일이 있을 때마다 많이 공양하시고 솔선수범하여 정성스럽게 행사를 꾸리신다. 그 이치조노미야一條宮[9]에도 이즈음 마음 깊이 안부를 여쭈신다. 형제인 도련님들보다도 더 나은 마음 씀씀이이신지라, 참

1 　가시와기(柏木). 전년 2월에 사망하였다.
2 　히카루겐지.
3 　가시와기와 온나산노미야의 밀통.
4 　시주나 추선 공양(追善供養)을 위한 불사 등을 포함한다.
5 　가오루(薫). 전년 1월에 태어났다.
6 　황금은 사금(砂金)을 말한다. 가시와기의 친아들인 가오루의 몫으로서 히카루겐지가 남몰래 시주한 것이다.
7 　가시와기의 부친인 치사 대신.
8 　유기리.
9 　가시와기의 정실부인인 온나니노미야(오치바노미야)의 저택.

으로 이렇게는 생각하지 않았다며 대신과 마님[10]도 기쁘게 인사를 여쭈신다. 저세상으로 간 뒤에도 세상의 신망이 얼마나 높으신지를 지켜보게 되니, 양친은 심히 애석하게만 생각하며 끝없이 그리워하신다.

2. 스자쿠인이 산나물을 곁들여 온나산노미야에게 와카를 보내다

산에 계신 상황山の帝[11]께서는, 둘째 황녀[12]께서도 이리 세상의 웃음거리가 된 듯이 시름에 잠겨 계시고 입도 황녀入道の宮[13]께서도 이 세상의 보통 사람다운 삶과는 동떨어지셨기에 여러 방면으로 성에 차지 않게 여기시지만, 일절 이 세상의 일에 대해서 연연해하며 괴로워하지 않겠다고 억누르신다. 수행하실 때도 황녀께서도 같은 길[14]을 정진하고 계시겠거니 하고 생각이 미치셔서, 이러한 모습[15]이 되신 뒤로는 대수롭잖은 일에 대해서도 끊임없이 기별하신다.

절 옆 가까운 숲에서 캐낸 죽순이나 그 근방 산에서 캐낸 마 등이 산골에 어울리게 정취가 있기에 바치시겠다며, 소상하게 쓴 서찰 끄트머리에 이렇게 아뢰신다.

---

10   가시와기의 부모인 치사 대신과 정실부인. 정실부인은 옛 우대신의 넷째 딸이다.
11   스자쿠인(朱雀院).
12   오치바노미야.
13   온나산노미야.
14   불도.
15   스자쿠인 자신의 손으로 출가시켜 삭발한 모습.

"봄철 들과 산은 안개까지 끼어 주위가 잘 보이지 않아도, 생각하는 마음에서 깊이 파내도록 한 것입니다, 약소하지만…….

스자쿠인

세상 버리고 들어간 그 길에는 늦었다 해도

나와 같은 목적지[16] 자네도 추구하길

참으로 힘겨운 일입니다."

황녀께서 눈물을 글썽이며 보고 계시는 동안에 나으리님大殿の君[17]께서 건너오셨다. 여느 때와 달리 안전 가까이에 굽이 높은 그릇들이 있기에 "어찌 된 일인가, 이상하구나" 하며 바라보시니, 상황의 서찰이었다. 보시니, 참으로 가슴이 절절하다. "오늘인가 내일인가 하는 마음[18]이 드는데, 마음대로 만날 수가 없으니……"라거나 하며 자상히 쓰셨다. 같은 목적지로 함께 가자는 이 구절은 딱히 정취가 있지도 않은 수행승의 표현이지만 정말로 그리 생각하실 것이다, 나조차 황녀를 소홀한 모양새로 대우해 드려서 한층 더 걱정스러운 마음이 더하여지신 듯하니 참으로 딱하다고 생각하신다.

황녀께서는 답신을 조신하게 쓰시고, 사자에게는 푸른빛 도는 옅은 남색 능직 비단옷 한 벌[19]을 내리신다. 쓰다가 버리신 종이가 칸막이 옆으

---

16 극락.
17 히카루겐지. 온나산노미야는 출가한 뒤에도 로쿠조노인에 살고 있다.
18 스자쿠인은 52세이다.
19 비구니 옷이다.

로 살짝 보이기에 집어 들어 보시니, 필적은 참으로 맥이 없어 보이는데,
이러하다.

온나산노미야
힘든 세상이 아닌 다른 곳에서 살고 싶기에
세상 버린 산길에 마음 담고 있구나

"상황께서 염려하시는 듯한 기색이신데, 이처럼 다른 곳[20]을 찾는다
고 하시니 참으로 심하고 마음이 무겁소."

겐지 님께서 이리 아뢰신다.

황녀께서는 이제는 제대로 겐지 님을 뵙지도 않으시는데, 참으로 아름
답고 가련한 앞머리와 예쁘장한 얼굴 생김새는 그저 아이처럼 보이신다.
겐지 님께서는 몹시 어여쁜 모습을 뵙고 계실 때마다 어찌하여 이리된
것인가 하고 죄를 지은 듯이 여겨지시기에, 칸막이[21]만을 친 채로, 그렇
다고 하여 너무 지나치게 서먹서먹하고 쌀쌀맞지는 않은 정도로 대우해
드리고 계셨다.

---

20 히카루겐지는 '다른 곳'을 로쿠조노인이 아닌 타처로 언급하며, 로쿠조노인에서 이대
    로 뒷바라지하겠다는 자신의 성의를 몰라준다며 원망하고 있다.
21 비구니 차림의 온나산노미야는 히카루겐지와도 마주 보지 않고 칸막이 너머로 만난다.

3. 무심한 가오루의 모습에 히카루겐지가 늙음을 한탄하다

어린 도련님은 유모 처소에서 주무시고 계셨는데, 일어나 기어 나오셔서 겐지 님의 소매를 끌어당기며 옆에 붙어 계시는 모습이 참으로 어여쁘다. 하얀 얇은 비단에 중국 능직의 자잘한 무늬가 있는 짙은 분홍색 겉옷 자락을 무척 길게 너저분한 모양새로 질질 끌며 몸통을 다 드러낸 채 등허리에만 옷을 걸치고 계신 모습[22]은 여느 때와 다름없지만, 참으로 귀염성 있고 길쭉하여 버드나무를 깎아서 만든 듯하다. 머리는 깎았기에 푸르스름하게 일부러 색칠한 듯한 느낌이 들고 입매는 어여쁘고 화사하며 눈자위는 시원하여 남들이 부끄러울 만큼 향내가 풍길 듯이 고운 구석 등은 역시나 참으로 무척 위문 독을 생각나게 한다. 그래도 그쪽[23]은 이처럼 아주 보통을 넘어서는 기품 있는 아름다움은 지니지 않았건만 어찌 이런 것일까, 황녀와도 닮지 않으시고 벌써부터 고상하고 위엄 있으며 평범한 사람과 다르게 보이시는 기색 등은 거울에 비치는 내 모습과도 닮지 않았다고 할 수 없게 여겨지신다.

겨우 걸음마를 떼거나 하시는 무렵이다. 그 죽순이 담긴 굽이 높은 그릇에 뭔지도 모른 채 다가가서 무척 부산하게 흐트러뜨리며 입에 물고 깨물거나 하신다.

"아아, 난잡하구나. 참으로 곤란하구나. 그것을 감추게나. 먹을거리를 노리고 계신다고 입이 거친 시녀들도 말이 많겠구나."

---

22 유아는 하의인 하카마(袴)를 입지 않기 때문에, 기어 다니면 윗도리가 엉키어 뒤로 몰린다.
23 가시와기.

겐지 님께서 이러며 웃으신다. 끌어안으신 채 이렇게 바라보면서 아뢰신다.

"이 도련님의 눈자위가 무척 분위기가 있구나. 자그마할 때의 갓난아이를 많이 보지 않아서인지 이 정도 무렵은 그저 어리기만 한 것으로 보았거늘, 지금부터 너무 분위기가 다른 것이야말로 성가신 일이로구나. 황녀[24]께서 계실 듯한 근방에 이 같은 사람이 태어나서는 어느 쪽에게나 민망한 일이 있지 않겠는가. 아아, 그 제각각 나이 들어 가는 말년까지는 내가 끝까지 다 지켜보겠다고 할 수 있겠는가. 꽃이 활짝 필 때는 있을지라도[25]……."

"참 심하기도 하시지. 불길한 일이라도 있으면……" 하고 사람들은 아뢴다.

이빨이 나기 시작하는 곳에 대려고 죽순을 꽉 손에 쥐고서 침을 뚝뚝 흘리며 입에 물고 계시기에, 겐지 님께서는 "참으로 비뚤어진 이로고노미色このみ이로구나"[26] 하면서 읊으신다.

히카루겐지

괴로운 일도 아직 잊지 못해도 담죽 죽순은

버리기는 어려운 존재가 되었구나[27]

---

24 아카시 여어 소생의 온나이치노미야(女一の宮)가 무라사키노우에의 양녀로서 로쿠조노인에 살고 있다.

25 '매해 봄마다 꽃이 활짝 필 때는 있을지라도 마주 보기 위해선 살아 있어야 하네(春ごとに花のさかりはありなめどあひ見むことは命なりけり)'(『古今和歌集』春下, 讀人しらず)에 의한다.

26 히카루겐지의 뇌리에는 가시와기와 온나산노미야의 밀통으로 태어난 가오루에 대한 연민의 정과 더불어 그의 장래를 염려하는 마음이 뒤얽혀 있다.

27 '괴로운 일'은 밀통 사건을 의미하며, 죽순을 의미하는 '다케노코(筍, 竹の子)'의 '코'는

이러며 죽순을 떼어 내고 데려와 말을 붙이시지만, 도련님은 웃으면서 아무런 생각도 없이 참으로 정신 사납게 기어 내려가서 소란을 피우신다.

4. 히카루겐지와 유기리가 감회를 드러내지 않은 채 계절을 보내다

세월이 흘러가면서 이 도련님이 어여쁘고 불길하리만큼 뛰어나게 성장하시니, 정말로 이 괴로운 일은 모두 잊어버리실 듯하다. 이 사람이 태어나실 만한 전세로부터의 인연이 있어 그러한 생각 밖의 일도 일어난 것이었던가, 피하기 어려운 일이었구나 하고 약간은 생각을 돌리신다. 본인 자신의 숙명 또한 여전히 만족스럽지 못한 일이 많다. 많이 모여 계신 분 중에서도 이 황녀야말로 부족하다는 생각이 들지 않고 인품 역시 아쉽게 느껴지는 구석 없이 계시는 게 당연하건만, 이렇게 예상치 못하였던 모습으로 뵙다니 하고 생각하자니, 지나가 버린 죄[28]를 용서하기 어렵고 여전히 분하기만 하였다.

대장님은 그 임종 무렵에 남겨 두었던 한마디를 마음속으로 되새기면서 어떻게 된 일인가 하고 겐지 님께 참으로 여쭙고 싶고 기색도 살피고 싶건만, 어렴풋하게 헤아리고 짐작이 가는 일도 있어 오히려 입 밖에 내어 말씀드리는 것도 민망하기에, 어떠한 기회가 있을 때 이 일의 상세한

'아들'을 의미하는 '코(子)'와 동음이의어이다. '이제 와 새삼 무엇 하러 자라나 대나무 죽순 이 세상 괴로운 일 많은 줄 모르는가(いまさらになに生ひいづらむ竹の子の憂き節しげきよとは知らずや)'(『古今和歌集』雜下, 凡河内躬恒)에 의한다.

28 가시와기와의 밀통.

사정도 명확히 밝히고 또 그 사람[29]이 골똘히 생각하던 모습 또한 알려 드려야겠다고 계속 생각하고 계신다.

5. 유기리가 이치조노미야를 방문하여 가시와기가 남긴 피리를 맡다

가을날 저물녘이 왠지 모르게 가슴 절절한데, 이치조노미야에서 어찌 지내시는지 마음이 쓰이셔서 건너가셨다. 편안하고 차분하게 현악기들 등을 타고 계시는 무렵인 듯하다. 안쪽 깊은 데로도 악기를 치우지 않은 채 바로 몸채 남쪽에 붙은 조붓한 방으로 들도록 하셨다. 툇마루 가까운 쪽에 있던 사람이 무릎걸음으로 안으로 들어가는 기색들이 뚜렷하고, 옷자락 스치는 소리도 전체적인 내음이 향기로워 고상한 한때이다.

여느 때처럼 미야스도코로御息所[30]가 대면하시고 옛이야기들을 서로 나누신다. 자신의 저택[31]은 하루 내내 사람들의 출입이 번다하여[32] 소란스럽고 어린 도련님들 등도 모여서 소란을 피우시는 데 익숙하여지신 터라, 참으로 조용하고 어쩐지 정취가 있다. 황폐해진 느낌이 들어도 기품 있고 고상하게 살고 계시는데, 벌레 소리가 그치지 않는 들판[33]처럼 앞

---

29 가시와기.
30 오치바노미야의 모친.
31 산조 저택(三條殿).
32 유기리는 대납언 겸 좌대장이다. 고관이라 사람들의 출입이 번다하다.
33 '당신 심어 둔 한 무더기 억새풀 벌레 소리가 그치지 않는 들판 이제 되고 말았네(君か植ゑしひとむら薄蟲の音のしげき野邊ともなりにけるかな)'(『古今和歌集』哀傷, 御春有助)에 의한다.

뜰의 꽃들이 흐드러지게 피어 있는 저녁놀 속 경치를 죽 둘러보신다.

화금和琴을 가까이 끌어당기시니 율조³⁴로 조율되어 있어 연주하기에 아주 잘 길이 들어 있는데, 사람의 향내가 스며 있어 정답게 여겨진다. 이러한 근방에 제멋대로인 호색적인 마음을 지닌 사람이 있다면, 마음을 가라앉히는 일 없이 보기 민망한 기색도 드러내며 그래서는 안 되는 소문도 퍼뜨릴 것이라는 등 생각을 이어 가면서 뜯으며 연주하신다. 돌아가신 서방님³⁵이 늘 타셨던 현악기였다. 정취 있는 곡조를 하나쯤 등 살짝 타신 뒤 이리 말씀하신다.

"아아, 참으로 좀체 들을 수 없는 음색으로 뜯어 연주하셨지요. 이 현악기에도 흔적이 머물러 있겠지요. 삼가 듣고 명확히 하고 싶습니다."

"금줄이 끊어진 뒤부터³⁶ 옛날 어릴 적 뜯으며 놀던 흔적조차 생각해 내지 못하시게 된 듯합니다. 상황 어전에서 황녀들³⁷께 제각각 지니고 계시던 현악기들을 시험 삼아 타게 하셨을 때도 이쪽 방면³⁸으로는 확실히 소질을 지니고 계시다고 판정해 드리셨던 듯하건만, 원래 모습과 달리 멍하게 되어 시름에 잠겨 지내시는 듯하니 사별의 슬픔을 더하는 꼬투리가 된 듯 보입니다."

미야스도코로가 이리 아뢰시니, 대장님은 "참으로 지당한 생각이십니다. 한도라도 있다면³⁹……" 하며 시름에 잠긴 채 현악기는 밀어내신다.

---

34 가을에 맞는 가락으로 계절에 맞다.
35 가시와기는 화금의 명수였다.
36 백아(伯牙)와 종자기(鍾子期)의 고사(『列子』「湯問」)에 의한다. 백아의 금(琴) 소리를 들은 것만으로 그 의중을 알아챘다는 종자기가 죽자, 백아는 '지음자(知音者)'가 없어졌다며 금의 현을 끊었다고 한다.
37 스자쿠인에게는 네 명의 황녀가 있다.
38 현악기 연주.
39 '그리움에도 한도 있다 한다면 세상 살면서 몇 년이나 시름에 잠기지 않을 텐데(戀しさ

"그것[40]을, 그렇다면 역시 음색으로 전해지는 일도 있을지 제가 분간할 수 있을 만큼 타서 들려주시지요. 왠지 우울하게 느껴져 침울한 상태인 제 귀만이라도 즐겁게 만들고 싶습니다.[41]"

미야스도코로가 이리 아뢰시니, 대장님은 이리 말씀하신다.

"그렇게 전해지는 가운뎃줄中の緒[42]은 각별하다고 하겠지요. 그것을 삼가 듣고 싶다고 아뢰었습니다만."

그러면서 화금을 발 근처 가까이 밀어 드렸건만 금방 승낙하실 것 같지 않은 일이기에, 무리하여 아뢰지도 않으신다.

달이 모습을 드러내고 구름 없는 하늘에 날개 서로 맞대며 나는 기러기[43]도 무리를 떠나지 않으니 이를 부럽게 듣고 계실 것이다. 살에 닿는 바람이 차고 어쩐지 쓸쓸한 데 이끌리어, 황녀께서 쟁금箏の琴을 참으로 살짝 뜯어 연주하시는데 웅숭깊은 소리가 나니, 한층 더 온 마음이 이끌려 버린다. 어중간하게 여겨지기에, 대장은 비파를 가져오게 하여 참으로 다정한 음색으로 〈상부련想夫戀〉[44]을 타신다.

の限りだにある世なりせば年へてものは思はざらまし)'(『古今和歌六帖』 五, 坂上是則)에 의한다. 그리움에는 한도가 없기에 언제까지나 시름겹다는 의미이다.

40 화금.

41 『가카이쇼(河海抄)』에서는 '如聽仙樂 耳暫明'(『白氏文集』 卷十二 「琵琶行」)을 전거로 들고 있다.

42 가운데를 의미하는 '나카(中)'는 사이를 의미하는 '나카(仲)'와 동음이의어로서, '가운뎃줄'은 '부부 사이'를 의미하기도 한다.

43 '하얀 구름 속 날개 서로 맞대며 나는 기러기 그 수까지 보이는 가을밤의 달이여(白雲に 羽うちかはし飛ふ雁のかずさへ見ゆる秋の夜の月)'(『古今和歌集』秋上, 讀人しらず)에 의한다. '날개 서로 맞대며 나는 기러기'는 암수의 눈과 날개가 각각 하나씩이어서 짝을 짓지 않으면 날지 못한다는 전설상의 새인 비익조(比翼鳥)를 연상시킨다. 백거이의 「장한가(長恨歌)」에는 사랑하는 남녀가 영원히 함께하고자 하는 소망을 비익조와 연리지(連理枝)를 들어 읊고 있다.

44 원래는 '상부련(相府蓮)'으로, 진(晋)의 대신인 왕검(王儉)이 관저 연꽃의 아름다움을 상찬한 곡으로 일컬어진다. 그것이 '상부련(想夫戀)' 또는 '상부련(想夫憐)'으로 글자

"마음속을 짐작하는 듯한 기색을 보여 쑥스럽습니다만, 이 곡에 대해서는 말씀할 만하지 않으신지요."

이러면서 애타게 발 안을 향해 채근해 드리셔도 이에 대한 응답은 더한층 조심스럽기에, 황녀께서는 그저 어쩐지 절절하게만 계속 여기고 계신다.

유기리

입 밖에 내지 않더라도 말보다 깊다는 것은
부끄럽게 여기는 기색으로 알겠네[45]

이렇게 아뢰시니, 황녀께서는 마지막 부분을 살짝 타신다.

오치바노미야

심야에 타는 절절한 음색만은 가린다 해도
금 연주 말고 달리 할 말이 있으리까

언제까지나 정취에 취해 있고 싶어도, 그와 같은 느긋한 악기 음색의 성격상 옛사람[46]이 마음을 담아 타며 전해 온지라 같은 가락이라고 하여도 쓸쓸하고 스산하기는 하나, 한 자락만 뜯어 연주하고 마셨기에 원망

가 바뀌어 남편을 그리워하는 곡으로 해석되었다. 평조의 당악(唐樂)이다.

45 '마음속에는 아래로 흐르는 물 샘솟고 있네 말 않고 그리는 게 말보다 더 낫구나(心には下行く水のわきかへり言はで思ふぞ言ふにまされる)'(『古今和歌六帖』五, 讀人しらず)를 본떠 옮은 것이다.

46 이 곡을 전수해 온 옛사람들, 가시와기, 또는 〈상부련〉을 만든 진나라 왕검(王儉) 등이라는 견해가 있다.

스럽게까지 여겨진다.

"여러 악기[47]를 타며 연주하여 제 호사가적인 성향을 보여 드렸네요. 가을밤 늦게까지 깨어 있는 것도 옛사람에게 질책받지 않을까 저어되기에 물러나는 게 좋을 듯합니다. 다시금 마음을 다잡고 찾아뵙고자 하니, 이 현악기들의 가락을 바꾸지 말고 기다려 주시겠는지요. 어긋나는 일도 있을 만한 세상인지라 마음이 놓이지 않기에……."

대장님은 이처럼, 직접적이지는 않아도 마음을 넌지시 비추어 놓고 나서신다.

"오늘 밤과 같은 풍류는 그 사람도 허락해 주실 만한 것이었습니다. 이렇다 할 것 없는 옛날이야기만 하며 시간을 보내 버리시도록 한 탓에, 목숨[48]으로 삼을 만한 느낌도 들지 않으니 무척 아쉽습니다."

미야스도코로는 이러면서, 선물로서 피리를 곁들여 바치신다.

"이것에는 정말로 옛 사연도 전해 내려오고 있는 듯하다고 들어 왔습니다. 이러한 쑥대밭에 박혀 있는 것도 가슴 아프게 보고 있기에, 벽제 소리와 겨룰 만한 음색을 멀리서나마 듣고 싶습니다."

이렇게 아뢰시기에, 대장님은 "어울리지 않는 호위무사[49] 같은 것이로군요" 하며 바라보신다. 이것 또한 정말로 오랜 세월 그 사람이 몸에

---

[47] 화금과 비파.
[48] 원 표현은 '다마노오(玉の緒)'이다. '다마(玉)'는 '다마(魂)'와 동음이의어로서 생명을 의미한다. 유기리가 앞에서 말한 '가운뎃줄', 즉 '나카노오(中の緒)'에 맞춘 표현이다. '이리저리로 외올실 꼬아 끼워 본다고 해도 임 만나지 못하면 뭘 목숨으로 삼나(片糸を こなたかなたによりかけてあはずは何を玉の緒にせむ)'(『古今和歌集』 戀一, 讀人しらず)에 의한 표현이다.
[49] 피리의 비유로서, 풍류가 부족한 자신은 이 피리의 주인이 되기에 어울리지 않는다고 비하하고 있다.

지니며 만지작거리며 "나 또한 결코 이 피리의 음색을 충분히 불어 젖힐 수는 없네. 원하는 사람이 있다면 어찌하여서든 전하고 싶네"라며 기회 있을 때마다 들으라는 듯이 말씀하시던 것을 떠올리시니, 더더욱 가슴 절절함이 커져서 시험 삼아 불어서 소리를 낸다. 반섭조盤涉調50 중간 즈음에서 불다 말고, "옛사람을 그리워하는 독주는 그저 그렇다고 하여도 질책을 받지 않았습니다. 하나, 이것은 쑥스럽기에……"라면서 나가신다.

미야스도코로

이슬 푹 젖은 덩굴풀이 우거진 황폐한 집에
옛 가을 다름없는 벌레 소리 들리네51

이렇게 입 밖에 내어 아뢰신다.

유기리

횡적 가락은 이전과 그리 딱히 변함없거늘
세상 떠난 그 사람 음률은 끝없어라

대장님은 나서기 어려워하며 망설이시는데, 밤도 몹시 깊었다.

---

50 율조. 12율 중 하나인 반섭을 제1음인 궁(宮)에 둔 음계로, 당세풍의 화려한 곡조이다.
    겨울 곡조라고 한다.
51 덩굴풀이 우거진 황폐한 집은 이치조노미야, 벌레 소리는 피리 소리를 비유한다.

6. 귀가한 유기리의 꿈에 가시와기가 나타나 피리를 찾다

자택[52]으로 돌아오시니, 격자문 등이 내려진 채 모두 주무시고 계셨다. 이 황녀[53]께 관심을 기울이시며 이리 정성을 다하신다는 등의 소문을 사람들이 알려 주었기에, 아씨는 이처럼 밤에 늦으시는 것도 어쩐지 밉살스러워 들어오시는 기척도 듣고 있으면서도 잠든 척 꾸미고 계시는 듯하다.[54]

서방님이 "당신과 내가 이루사산いるさの山에"[55]라며, 참으로 정취 있는 목소리로 홀로 읊조리며 이리 탄식하신다.

"이게 어찌 된 일인가. 이리 단단히 잠그다니요. 아아, 답답하구나. 오늘 밤 달을 보지 않는 마을도 있었구나."

격자문을 올리게 하시고 발을 감아올리거나 하시며, 툇마루 가까이에 누우신다.

"이러한 달밤에 마음 편히 꿈을 꾸는 사람은 있을지요. 좀 나오시지요. 아아, 딱하군요."

이와 같이 아뢰시지만, 아씨는 불쾌하게 여겨서 가만히 듣고 계신다.

도련님들이 앳되게 잠에 빠져 있는 기척 등이 이곳저곳에서 나고 시녀도 복잡하게 누워 있어 사람 기척이 부산하기에, 좀 전에 머물렀던 곳의

---

52 산조 저택.

53 오치바노미야.

54 정처는 격자문을 올려 둔 채 남편을 기다리는 것이 보통이다. 구모이노카리(雲居雁)가 항의를 표한 행동이다.

55 민요를 아악 형식으로 만든 '사이바라(催馬樂)'의 하나인 〈이모토아레(婦與我)〉의 한 구절이다. 마음속으로는 오치바노미야를 사모하면서도 한편으로는 구모이노카리의 비위를 맞추려고 방에 들어가 동침하고 싶다고 일부러 노래하였다.

모습과 견주어 보니 많이 다르다. 이 피리를 부시고는, 떠난 뒤 허전함 때문에라도 얼마나 시름에 잠겨 계실까, 현악기들[56]은 가락을 바꾸지 않고 합주하고 계시겠지, 미야스도코로 또한 화금이 빼어나시니, 라는 등 상상을 하며 누워 계신다. 어찌하여 고인[57]은 그저 표면적인 배려는 더할 나위 없는 분으로 대우해 드리면서 참으로 깊은 정이 없었을까, 하며 그 점에 관해서도 무척 의아하게 여긴다. 직접 뵙고 실망하게 된다면 참으로 애처로운 일일 것이다, 일반적인 남녀 관계에 있어서도 더할 나위 없다고 듣게 되면 반드시 그러하지 않던가 하거나 생각하자니, 우리 부부 사이가 표정에 드러내어 의심하는 일도 없고 함께하기 시작한 세월의 햇수[58]를 꼽아 보니 가슴 절절하여, 참으로 이리 아씨가 강하게 제멋대로 행동하는 데 익숙해지신 것 또한 당연하게 여겨지셨다.

살짝 잠이 드셨는데 꿈에 그 위문 독衛門督이 그저 생전의 우치키袿 차림[59]으로 옆에 앉아서 이 피리를 들고 바라본다. 꿈속에서도 죽은 사람이 성가시게 이 소리를 찾아왔구나 하고 생각하자니, 이리 말한다.

가시와기
"바람 불어와 대나무 피리 소리 실려 간다면
후손에 오래도록 그 소리 전했으면[60]

---

56 화금과 쟁금.
57 가시와기.
58 두 사람이 결혼한 지는 10년이 지났다.
59 유기리와 죽기 전 만났던 옷차림이다. 노시(直衣)를 걸치지 않은 차림이다.
60 피리를 자기 자식인 가오루에게 전해 주었으면 하는 뜻을 담은 와카이다.

원하는 방면과는 달랐습니다."

물으려고 생각하는 참에, 어린 도련님이 잠결에 우시는 목소리에 깨어
나셨다.

이 도련님이 몹시 우시고 토하거나 하시기에, 유모도 일어나 난리를
피우고 마님[61]도 등불을 가까이 가져오게 하셔서 머리칼을 귀 뒤로 꽂고
부지런히 치운 뒤 품에 안고 계신다. 아주 몹시 살이 찌고 포동포동하고
어여쁜 가슴을 풀고 젖 등을 물리신다. 젖먹이도 참으로 어여쁘신 도련
님이기에 하얗고 귀여운데, 젖은 말라 전혀 나오지 않아도 어르면서 달
래신다. 서방님男君[62]도 가까이 오셔서 "어찌 된 일이오"라는 등 말씀하
신다. 쌀을 뿌리거나 하며[63] 소란스럽기에 꿈꾼 뒤의 절절함도 가실 듯
하다.

"아이가 몸이 불편한 듯이 보입니다. 세련된 차림새로 밖에서 헤매시
며 깊은 밤에 달구경 하신다며 격자문도 올리시니, 예의 모노노케物の怪가
들어온 듯하군요."

이와 같이 무척 젊고 어여쁜 얼굴로 투정을 부리시기에, 서방님은 웃
으면서 이리 말한다.

"모노노케의 길잡이라니 별스럽군요. 내가 격자문을 올리지 않았다면
길이 없어서 정말로 모노노케가 들어오지 못하였겠네요. 자식을 많이 둔

---

61   구모이노카리.
62   유기리.
63   요사스러운 신이나 악령을 쫓아내기 위해 쌀을 뿌린다. 예전에는 벼를 뿌렸지만 헤이안
      시대에는 정백미를 사용하였다. 유모들은 유아가 칭얼거리는 것을 모노노케의 짓으로
      판단하였다.

부모가 되시면서 사려도 깊어지고 말씀도 잘하시게 되었군요."

건너다보시는 눈자위가 참으로 뵙기에 부끄럽기에 아씨는 역시 말씀도 못 하신 채, "이제 그만하세요. 보기 민망하군요"라면서 환한 등불 빛을 역시나 부끄러워하시는 모습[64]도 밉지가 않다. 정말로 이 도련님은 상태가 좋아지지 않은 채 칭얼거리고 울며 날을 밝히셨다.

대장님도 꿈을 떠올려 보시니, 이 피리가 성가시기도 하구나, 이곳은 그 사람[65]이 마음을 담아 아끼던 물건이 향할 만한 곳이 아니고 여자가 전하는 것은 소용없거늘,[66] 고인은 어찌 생각하였던 걸까, 이 세상에서는 중요하게 여기지 않았던 일도 그 임종할 때 온 마음으로 원망하든 또는 가슴 절절하게도 생각하든 집착을 하게 되면 기나긴 밤의 어둠 속에서 헤매는 법이기도 하다고 한다, 이렇기에 무슨 일이든 집착은 남겨서는 안 되는 세상이로구나 하는 등 잇따라 생각하시면서 오타기愛宕[67]에서 송경[68]하도록 하신다. 그리고 그 고인이 마음을 주던 절[69]에서도 하도록 하신다. 이 피리를, 일부러 그분[70]이 그러한 깊은 이유가 있는 물품으로서 답례품으로 주신 것이거늘 곧바로 절에 시주하겠다는 것도 존귀한 일이라고는 하지만 어처구니없겠구나 하고 생각하여, 로쿠조노인으로 뵈러 가셨다.

---

64 머리칼을 귀 뒤로 넘기고 갓난아기를 보살피며 단정하지 못한 모습을 남편에게 보이는 것은 부끄러운 일이다.
65 가시와기.
66 여성은 피리를 불지 않기에 전수할 수 없는데, 미야스도코로가 전해 주어 불안하다.
67 유기리의 보리사(菩提寺), 즉 조상의 명복을 비는 절이 있다.
68 가시와기를 위한 추선 공양.
69 치사 대신가의 보리사는 가시와기의 조모인 큰 황녀(大宮)의 불사가 있었던 후카쿠사(深草)의 고쿠라쿠지(極樂寺)로 추정된다.
70 오치바노미야의 모친인 미야스도코로.

7. 유기리가 로쿠조노인을 방문하여 황자들과 가오루를 보다

겐지 님께서는 여어 처소女御の御方[71]에 계실 무렵이었다. 셋째 황자三の宮[72]께서 세 살쯤인데 형제 중에서 어여쁘시기에 이쪽[73]에 또 특별히 데려와 머물게 하셨다. 황자께서 밖으로 뛰어나오셔서, "대장은 황자를 안아 드리셔서 저쪽[74]으로 데려가시게"라며 자신을 높이면서 참으로 어린 양하며 말씀하시기에, 대장은 웃으며 "이리 오시지요. 그래도 어찌 발 앞을 건너가겠는지요. 너무 경솔한 처사겠지요"라며 안아 드리며 앉아 계신다. 이에 "보는 사람이 없네. 내 얼굴은 감추겠네. 어서어서" 하면서 소매로 얼굴을 감추시기에, 참으로 어여뻐서 모셔다 드린다.

이쪽에서도 둘째 황자二の宮[75]께서 어린 도련님若君[76]과 함께 어울려 노시는데, 겐지 님께서 귀여워하고 계시는 중이었다. 대장이 구석 칸 쪽에 내려 드리시는 것을 둘째 황자께서 발견하시고 "나도 대장에게 안기고 싶어"라고 말씀하시니, 셋째 황자가 "내 대장이야" 하며 붙어 계신다. 인院[77]께서 보시고 이렇게 야단을 치며 달래신다.

"참으로 반듯하지 못한 모습들이시군요. 대장은 주상의 측근 호위 담당[78]이시거늘 개인적인 호위무사로 독점하려고 싸우시다니요. 셋째 황자야말로 참으로 고약하시군요. 늘 형과 겨루려 하시니……."

---

71 아카시 여어는 몸채 동쪽 면에 거처하고 있다.
72 아카시 여어 소생. 니오노미야(匂宮).
73 무라사키노우에가 거처하는 동쪽 채.
74 모친인 아카시 여어 처소.
75 아카시 여어 소생. 대여섯 살쯤으로 보인다.
76 가오루. 모친인 온나산노미야는 몸채의 서쪽 면에 거처하고 있다.
77 히카루겐지.
78 유기리는 근위부(近衛府) 장관이다.

대장도 웃으면서 이렇게 아뢰신다.

"둘째 황자께서는 더할 나위 없는 형의 마음으로 자리를 피해 드리시는 배려를 깊이 지니고 계시는 듯하군요. 연치보다는 놀라우리만큼 의젓해 보이십니다."

겐지 님께서는 미소를 띠며 어느 쪽이나 참으로 어여쁘게 여기고 계신다. "공경公卿에게는 민망하고 소홀한 자리로군요. 저쪽79으로……"라며 건너가려고 하시는데, 황자들께서 꼭 붙어서 전혀 떨어지지 않으신다. 황녀 소생의 어린 도련님은 황자들과 동류로는 대우할 수 없다80고 겐지 님께서는 마음속으로 생각하셔도, 오히려 그런 마음을 모친인 황녀께서 양심의 가책을 받고 계셔서 신경 쓰지는 않으시는가 싶어, 이 또한 겐지 님의 성향인지라 애처롭게 여겨지시기에, 어린 도련님을 참으로 안쓰러운 존재로서 소중히 여기며 대하신다.

대장은 이 도련님을 아직 제대로 보지 않았구나 하고 생각하시고, 발 틈으로 얼굴을 내미셨기에 말라 떨어진 꽃가지를 들고 보여 드리며 부르시니 달려오셨다. 약간 붉은 기가 도는 남색 노시直衣만을 입고, 몹시 하얗고 빛날 만큼 어여쁘기가 황자들보다도 곱고 예쁘장한 데다 토실토실하니 기품 있게 아름답다. 그런 시선으로 바라보는 마음81도 더하여 보아서인지 눈빛 등이 이쪽은 조금 더 강하고 재기가 어린 모습이 더 낫지만, 눈꼬리 끝이 분위기 있게 아름다운 기색 등은 참으로 많이 닮으셨다. 입매가 특별히 화사하게 생겼는데 미소를 띠거나 하는 모습은 내 눈이

---

79 동쪽 채로 건너가 접대하려고 한다.
80 가오루는 신하이므로 황자들과 같은 서열로 대우할 수는 없다.
81 유기리는 가오루를 가시와기의 아들로 생각하며 비교하고 있다.

노골적으로 그리 보아서일까, 나으리大殿께서는 필시 짐작하고 계시겠구나 싶어 점점 더 기색을 살펴보고 싶다.

황자들께서는 그렇게 생각하여서인지 고귀한 느낌이기는 하여도 세상 일반의 귀여운 어린아이들로 보이시는데, 이 도련님은 참으로 품위가 있으면서도 각별하게 어여쁘다. 이를 견주어 뵈면서, 아아 가슴 아프구나, 혹여 의심하고 있는 것도 사실이라면, 위문 독의 부친인 대신이 그리도 정말로 몹시 멍하게 되시면서까지 자식이라고 나서는 사람조차 없다며 추억거리로라도 볼만한 흔적[82]만이라도 남겨 주었다면 하면서 슬픔에 젖어 우시건만, 알려 드리지 않는 것이 죄를 짓는 것 같다는 등 생각한다. 그러면서도, 아니, 어찌 그런 일이 있을 수 있는가 하며 역시 이해되지 않고 판단할 방도가 없다. 어린 도련님은 마음씨까지 정답고 정감이 있고 대장을 잘 따르고 노시기에, 참으로 어여쁘게 여긴다.

8. 유기리가 맡고 있는 가시와기의 피리를 히카루겐지가 받다

겐지 님께서 동쪽 채對로 건너가셨기에, 그곳에서 여유롭게 이야기 등을 아뢰고 계시는 동안에 날도 저물기 시작하였다. 지난밤 그 이치조노미야에 찾아뵈었을 때 지내시던 모습 등에 대해 아뢰시니, 겐지 님께서는 미소를 띠며 듣고 계신다. 가슴 절절한 옛일과 본인과 관련 있는 대목들은 대꾸하거나 하신다.

---

82 남겨 둔 자식.

"그 〈상부련〉을 연주한 마음은 정말로 옛날의 예와도 비견될 만하였던 경우이지만, 여자는 역시 다른 사람의 마음을 움직일 정도의 정취와 풍류를 어지간하여서는 드러내지 말아야 한다고 절감하는 일들이 많네요. 지난간 방면의 마음[83]을 잊지 않고 이렇게 변치 않는 배려를 그 사람[84]에게 보여 주었다고 한다면, 이왕이면 깨끗한 마음으로 이래저래 교제하여 품격이 없는 어지러움이 생기지 않도록 하는 것이 누구를 위해서든 고상하고 보기 좋은 일이 될 것으로 생각하거늘……."

이렇게 말씀하시기에, 참으로 그렇구나, 그런데 다른 사람의 일에 관한 충고만은 강하게 하는 듯하여도 당신의 그 같은 호색은 어떠한가 하고 생각하며 뵙고 계신다.

"무슨 어지러움이 있겠는지요. 여전히 무상한 세상사[85]에 대해 절절함을 보여 드리기 시작하였던 근방[86]에, 마음이 금방 없어지는 것이야말로 오히려 세상에 흔한 일로서 의심스럽게 여겨지겠다 싶어서요. 〈상부련〉은 스스로 나서서 입 밖에 내셨다면 밉살스러운 일이라 하겠지만, 어쩌다 기회가 생겨 살짝 들은 것은 때마침 풍류가 있어 정취가 있었습니다. 무슨 일이든 사람에 따른, 일에 따른 처사라고 할 수 있을 것입니다. 나이[87] 등도 점점 들어 아주 젊으시다고 할 만한 정도도 아니신 데다 또 저도 시시덕거리거나 호색적인 기색 등에 익숙해지거나 하지도 않으니, 마음을 터놓으시는 걸까요. 대체로 다정하고 호감이 가는 자태를 지니고

---

83 가시와기에 대한 우정.
84 오치바노미야.
85 가시와기의 죽음.
86 이치조노미야.
87 오치바노미야의 연령은 명확하지 않다. 참고로 동생인 온나산노미야는 23~24세이다.

계셨습니다."

대장은 이와 같이 아뢰시는데, 아주 맞춤한 기회가 만들어져서 약간 가까이 다가가셔서 그 꿈 이야기[88]를 아뢰신다. 겐지 님께서는 바로 말씀도 하지 않으신 채 들으시고, 짐작하시는 바도 있다.

"그 피리는 여기에서 볼 만한 연유가 있는 물건이네. 그것은 요제이인 陽成院[89]께서 소장하시던 피리라네. 그것을 고 식부경 친왕式部卿宮[90]께서 몹시 귀한 것으로 여기셨는데, 그 위문 독은 소년일 때부터 참으로 각별한 음색을 낸다고 느껴 그 친왕께서 싸리 연회萩の宴를 여셨던 날 선물로 내리신 거랍니다. 여자의 소견으로는 깊게도 내력을 찾아내 알지 못한 채 그렇게 처분하신 듯싶네요."

겐지 님께서는 이와 같이 말씀하시고, 후손에게 전한다고 하여도 또 어느 쪽으로 잘못 생각하거나 하겠는가, 그와 같이 생각하였을 것[91]이라거나 생각하시고, 이 서방님[92]도 무척 사려가 깊은 사람인지라 짐작하는 바가 있을 것으로 생각하신다.

대장은 기색을 살펴보니 더욱더 삼가게 되어, 곧바로 입 밖에 내어 아뢰지 못하셔도 꼭 알려 드렸으면 하는 마음이 있기에, 바로 지금 이 기회에 생각해 낸 듯이 확실치 않다는 듯한 태도로 이렇게 무척 더듬거리듯이 아뢰신다.

"임종을 앞두고 있을 무렵에도 문안하러 찾아갔는데, 세상을 떠난 뒤

---

88 가시와기의 혼령이 꿈에 나타나 피리 전수에 이의를 제기한 일.
89 요제이 천황(陽成天皇, 재위 876~884)으로 보인다.
90 아사가오 아가씨(朝顔の姬君)의 부친인 모모조노 식부경 친왕(桃園式部卿宮)으로 보인다.
91 가시와기의 망령은 피리를 가오루에게 전하고 싶은 것이라고 짐작하고 있다.
92 유기리.

의 일들에 관해 남겨 둔 말 가운데 이러저러하다고 몹시 송구스럽게 아뢰는 취지의 말을 되풀이하여 아뢰었기에, 어찌 된 일이었을까요, 지금도 그 연유를 짐작하지 못하겠기에 마음에 걸립니다."

겐지 님께서는 그럼 그렇지라고 생각하셔도 어찌 그때의 일[93]을 다 말씀하실 수 있나 싶기에, 잠시 시치미를 뗀 뒤 이리 말씀하시고 좀체 대답도 하지 않으신다.

"그리 사람의 원망을 살 만한 기색은 어떠한 계제에 드러내었던가 하고 스스로도 떠올릴 수가 없구나. 그건 그렇고, 조만간 차분히 그 꿈에 관해서는 이리저리 관련지어 생각해 보고 아뢰도록 하지요. 꿈 이야기는 밤에 이야기하지 않는다던가, 여자들이 전하여 말한다고 하니.[94]"

이에 대장은 입 밖에 내어 말씀드린 것을 어찌 생각하실까 하고, 송구스럽게 여기셨다고 한다.[95]

---

93 가시와기와 온나산노미야의 밀통 당시의 일.
94 밤에 꿈 이야기를 하지 않는 것은 당시의 속신(俗信)으로 보인다. 꿈을 꾼 당일에 그 내용을 타인에게 말하면 흉몽이 된다는 발상도 이와 유사하다.
95 '~라고 한다(~とぞ)'로 끝맺는 것은 화자, 즉 '가타리테(語り手)'가 이야기를 전해 듣고 기록하였다는 형식을 취한 표현이다.

　「요코부에橫笛」 권은 세상을 뜬 가시와기의 일주기와 그의 죽음을 애
석해하는 사람들의 애도를 기술하며 시작된다. 이와 함께 가시와기와 온
나산노미야 이야기의 후일담과 진전되어 가는 유기리와 오치바노미야
이야기가 병행되어 기술됨으로써, 다음 권인 「스즈무시鈴蟲」 권과 더불
어 「가시와기」 권에서 「유기리」 권으로 이어지는 가교 역할을 하고 있
다. 권의 내용은 산에 있는 스자쿠인과 온나산노미야 부녀의 와카 증답,
가오루의 성장, 그를 바라보는 히카루겐지의 복잡한 심경, 유기리가 이
치조노미야를 방문하여 가시와기의 애장품인 피리를 받아 오고 꿈속에
나타난 가시와기의 이의 제기에 따라 히카루겐지에게 맡기게 된다는 것
이 대강의 얼개이다. 권명은 유기리가 읊은 '횡적橫笛 가락은 이전과 그리
딱히 변함없거늘 세상 떠난 그 사람 음률은 끝없어라'에 의한다. 가시와
기가 아끼던 이 횡적은 훗날 가시와기의 유품으로서 친아들인 가오루에
게 전달된다.

　가시와기가 세상을 뜬 뒤 유기리는 그의 유언도 있고 하여 홀로 남은
정처 오치바노미야와 그 모친인 미야스도코로가 살고 있는 이치조노미
야를 자주 방문하게 된다. 가시와기의 양친인 치사 대신 부처를 감격시
킬 정도로 유기리의 성의 있는 태도와 행동에서는 이제까지 조연에 지나
지 않았던 그가 점차 주역으로 발돋움하고 있는 모습을 볼 수 있다. 그러
면서 자연히 유기리의 마음속에는 오치바노미야에 대한 사모의 정이 싹
트게 되고, 이후 두 사람을 둘러싼 새로운 모노가타리가 전개된다.

　한편 히카루겐지는 온나산노미야의 비구니 차림을 보면서 애처로운

마음이 들기는 하여도 여전히 용서할 수는 없는 상태이다. 무심한 어린 가오루를 바라보며 숙명의 두려움까지 느끼며 히카루겐지의 사념은 점점 깊어만 간다. 어린 가오루의 존재는 히카루겐지 이야기가 막을 내린 뒤 속편에서 전개될 가오루와 우지宇治 세 자매 이야기의 단초라는 점에서 주목할 만하다.

제38권

「스즈무시^{鈴蟲}」권

히카루겐지 50세 여름~8월 중순

대체적으로 가을을 싫어한다 여겨 왔는데

내치기 힘이 드는 청귀뚜라미 소리

おほかたの秋をばうしと知りにしを

ふり棄てがたき鈴蟲の聲

1. 여름에 온나산노미야의 지불 개안 공양을 성대하게 치르다

연꽃이 한창인 여름철[1] 입도 황녀入道の姬宮께서 지불持佛들의 개안開眼 공양[2]을 올리신다. 이번 불사는 나으리님大殿の君의 발원으로서, 세심하게 갖추어 두게 하셨던 염불당의 도구들을 그대로 장식하게 하신다. 깃발[3] 모양새 등은 보드라운데, 각별한 중국 비단을 골라 바느질하게 하신 것이다. 무라사키노우에紫の上가 준비하신 것이었다. 불전 앞 책상의 덮개 등이 정취 있는 홀치기 염색인 것도 마음이 끌리고, 기품 있게 아름다운 광택과 염색한 솜씨도 신선한 취향이다. 침소의 휘장을 사방으로 전부 올리고[4] 뒤편에 법화 만다라法華曼茶羅[5]를 걸어 놓고 은 화병에다 기다랗고 멋진 꽃[6]을 색상을 고루 갖추어서 올렸다. 부처에게 바치는 향으로는 중국의 백보의향百步衣香[7]을 피워 두셨다. 아미타불阿彌陀佛과 본존을 좌우에서 모시는 협시보살[8]은 제각각 백단白檀[9]으로 만들어 드렸

---

1   아미타여래의 정토를 연상시키는 시기를 고른 것이다.
2   지불은 수호 본존으로서 거처하는 방 등에 안치하여 가까이에서 받드는 부처이다. 그리고 새로 만든 불상 등에 눈을 그려 넣어 부처를 맞아들이는 의식을 개안(開眼)이라고 한다.
3   법구(法具)의 하나이다. 절의 경내나 법당 안의 기둥 따위에 걸어 부처·보살 등의 위덕(威德)을 나타낸다. 만지면 죄를 멸하는 공덕이 있다고 한다.
4   침소에는 동서남북과 네 귀퉁이에 휘장이 내려져 있지만 보통 북쪽과 네 귀퉁이의 휘장은 올리지 않는다.
5   『법화경』 설법 회장을 그린 만다라도(曼茶羅圖)와 『법화경』 내용을 그린 법화경변상도(法華經變相圖) 두 종류가 있다. 만다라는 여러 부처를 안치하여 모신 단이라는 의미이다.
6   연꽃.
7   '의향'은 향의 일종이며 훈의향(薰衣香)이라고도 한다. 백 보 떨어져 있어도 향내가 풍긴다는 의미이다.
8   협시불(脇侍佛)을 이른다. 아미타불의 좌협시는 관세음보살(觀世音菩薩), 우협시는 대세지보살(大勢至菩薩) 또는 지장보살(地藏菩薩)이며, 관세음보살은 자비문, 대세지보살은 지혜문을 맡고 있다. 지장보살과 함께 이들은 모두 중생을 극락으로 인도하는 역

는데, 세심히 공들여 아름다워 보인다. 알가^{閼伽} 도구¹⁰는 예에 따라 몹시 작은데 푸른색과 흰색, 보라색의 연꽃을 갖추어 장식하고, 하엽^{荷葉11} 제조법으로 조합한 향은 밀랍을 적게 사용하여 자잘하게 부순 것을 피워 향을 풍기게 하였기에, 백보의향과 향내가 하나로 섞이어 풍기니 참으로 마음이 끌린다.

불경¹²은 육도 중생^{六道衆生13}을 위해 여섯 부 쓰게 하시고 늘 지참하시는 본인을 위한 경전¹⁴은 인원^院께서 손수 쓰셨다. 이것으로나마 이 세상에서의 결연^{結緣15}으로 삼고, 내세에 서로 함께 이끄실 수 있으면 하는 마음을 발원문에 담아 쓰셨다. 그뿐만 아니라 『아미타경^{阿彌陀經}』¹⁶은 중국 종이는 약하여 아침저녁으로 손에 들고 보시는 것도 어떠할까 싶어, 지옥원^{紙屋院17} 사람을 불러들이셔서 특별히 분부하셔서 각별하게 아름답게 종이를 뜨도록 하셨다. 이번 봄철 무렵부터 온 정성을 다하셔서 서둘러 쓰신 보람이 있어 일부분을 보신 분들이 눈까지 반짝이며 놀라신다. 괘

할을 한다.

9 열대산의 향목이다. 목재 색이 희고 향기가 있다.

10 '알가'란 꽃이나 붓순나무 등을 띄워 불전에 올리는 물이다. 알가 도구는 공양하는 물을 넣는 그릇을 말한다.

11 향의 이름으로 여름철에 어울린다.

12 『법화경』의 경문.

13 인간과 그 밖의 일체의 생명. 육도는 불교에서 깨달음을 얻지 못한 중생이 윤회 전생하게 되는 여섯 가지 세계 또는 경계이다. 지옥(地獄), 아귀(餓鬼), 축생(畜生), 아수라(阿修羅), 인간(人間), 천상(天上)을 말한다.

14 여성이 늘 가까이 두는 경전은 여인성불(女人成佛)을 설하는 『법화경』이 많다.

15 내세에서 구원받기 위해 불도와 연을 맺는 일.

16 정토삼경(淨土三經)의 하나로 가장 존중된다. 경문은 짧아 『소무량수경(小無量壽經)』, 『소경(小經)』, 『사지경(四紙經)』이라고도 한다. 지불이 아미타 삼존이므로 『아미타경』을 독송해야 한다.

17 지옥원은 관립의 제지 공장이다. 지옥원에서 뜬 종이는 대부분 옅은 검은색 재생지이다.

선을 친 금니金泥 줄보다도 먹 자국이 지면 위에서 빛나는 모습 등도 정말 좀체 볼 수 없는 것이었다. 심대, 표지, 상자의 모양새 등은 더 말할 것도 없다. 이것은 특별히 침향목沈香木[18]으로 만든 다리가 조각된 책상 위에 올려 두고, 부처를 모신 같은 침소 위에 장식해 두셨다.[19]

2. 히카루겐지가 온나산노미야 처소에서 와카를 주고받다

불당[20]의 장식이 끝난 뒤 강사講師[21]가 찾아뵈러 오고 행도行道[22]할 사람들도 찾아 모여드셨기에, 인院께서도 그쪽으로 납시고자 황녀께서 계시는 몸채 서쪽에 붙은 조붓한 방을 들여다보신다. 좁아 보이는 임시 거실에 갑갑하고 더워 보일 정도로 야단스럽게 정장[23]을 차려입은 시녀가 쉰에서 예순 명 정도 모여 있다. 북쪽 면에 붙은 조붓한 방의 툇마루에까지 동녀 등은 떠돈다. 향로들을 많이 준비하여 눈이 싸할 정도로 부치며 퍼뜨리고 있기에, 가까이 다가가신다.

"방에 향을 피워 향내를 풍기게 할 때는 어디에서 나는 연기인지 짐작할 수 없는 것이 좋은 법이다. 후지富士 봉우리보다도 정말로 잔뜩 연기가 나오는 것은 아쉬운 일이다. 설법 때는 대부분의 소리를 죽이고 편안히

---

18 열대산의 향목으로 물에 잠긴다.
19 히카루겐지가 사경한 『아미타경』을 본존인 아미타불과 같이 취급한다.
20 지불당 대용으로 쓰는 온나산노미야의 침소. 몸채 서쪽에 있다.
21 불경을 강론하여 설명하는 주역을 맡은 승려이다. 불전을 마주 보고 왼쪽 높은 자리에 오른다.
22 행도란, 법회 때 승려가 열을 지어 독경하면서 불상과 법당 주위를 도는 것을 말한다.
23 모(裳)와 가라기누(唐衣)를 걸쳤다.

설법의 뜻도 이해해야만 하는 법이기에, 조심성 없는 옷자락 소리와 인기척을 내지 않는 것이 좋겠구나."

이와 같이 말씀하시며 여느 때처럼 사려가 깊지 않은 젊은 시녀들에게 마음가짐을 가르치신다. 황녀께서는 인기척에 압도되셔서 아주 자그마하고 어여뻐 보이는 모습으로 엎드려 계신다. 겐지 님께서는 "어린 도련님[24]이 계시면 소란스럽겠구나, 안아서 보이지 않는 곳으로 모시고 가거라" 등 말씀하신다.

북쪽 맹장지문도 떼어 내고 발을 걸어 두셨다.[25] 그쪽으로 사람들은 들도록 하신다. 조용히 시킨 뒤 황녀께도 설법의 취지를 이해하시게끔 사전 지식을 아뢰어 알려 드리시니 참으로 절절해 보인다. 침소를 양보하여 모신 부처 장식을 보시는 데도 여러 생각이 일어나, 이러며 우셨다.

"이쪽 방면의 일[26]을 함께 준비하리라고는 짐작하지 못한 일입니다. 좋습니다, 내세에라도 그 꽃 속 처소[27]에서 거리를 두지 않고 지내자고 생각해 주십시오."

히카루겐지

연잎을 같은 받침으로 삼자고 약속해 놓고

이슬처럼 헤어지는 오늘이 슬프구나[28]

---

24 가오루(薫). 두 돌이 지났다.
25 몸채 북쪽의 맹장지문을 떼어 내고 북쪽의 몸채에 붙은 조붓한 방에도 시녀들이 설법을 듣고 부처를 볼 수 있도록 장소를 마련하였다.
26 불사(佛事).
27 극락정토의 연꽃. 부부는 이세(二世)에 걸친 인연이 있다.
28 윗구는 죽은 뒤에 극락정토에서 같은 연꽃 위에 다시 태어나자는 일련탁생(一蓮托生)의 바람을 읊고 있다.

겐지 님께서는 이러며 벼루에 붓을 적셔, 정향나무 달인 물로 염색[29]한 쥘부채에 적어 두신다.

온나산노미야

거리 안 두고 연꽃 처소 머물자 약속하여도

당신 마음은 함께 살지 않고자 하리

황녀께서 이리 쓰셨기에, 겐지 님께서는 "소용없게도 무시하시는구려"라면서 웃음을 지으시지만, 여전히 절절하게 시름에 겨워하시는 기색이시다.

3. 귀한 분들의 참례와 호사스러운 보시

여느 때처럼 친왕親王들 등께서도 참으로 많이 찾아뵈러 오셨다. 마님들[30]이 너나 할 것 없이 경쟁적으로 내놓으신 공물供物은 각별하게 마련되어 놓을 자리 없으리만큼 보인다. 일곱 승려[31]의 법복 등 대체로 일반적인 일들은 전부 무라사키노우에紫の上가 마련하신 것이었다. 능직으로 마름하였는데, 가사의 솔기에 이르기까지 보는 눈이 있는 사람은 세상

---

29 노란색을 띤 옅은 홍색이다. 비구니인 온나산노미야에 어울리는 색이다.

30 무라사키노우에, 하나치루사토, 아카시노키미 등.

31 강사(講師), 경문 등을 읽는 독사(讀師), 주원문을 읽는 주원사(呪願師), 독경할 때 먼저 세 번 배례하고 여래패(如來唄)를 소리 내어 읽는 삼례사(三禮師), 경문이나 게송을 읊조리는 패사(唄師), 꽃을 뿌리고 부처를 공양하는 산화사(散花師), 경문이나 기원문을 전달하는 당달(堂達)의 일곱 승려를 말한다. 일곱 승려가 다 모이는 것은 큰 법회이다.

일반의 것과 다르다며 감탄하였다던가, 번거롭고 세세한 일들이로구나. 강사가 참으로 덕이 높게 설법의 취지를 아뢰고, 이 세상에서 한창 좋을 때이건만 꺼리어 거리를 두시고 영겁에 걸쳐 끊어지지 않을 부부의 인연을 법화경으로 결연하시는 존귀하고 깊이 있는 모습을 밝힌다. 당대에 학재까지 빼어난 승려가 뛰어난 언변으로 더욱더 마음을 다하여 설법해 나가는 모습이 무척 존귀하기에, 모든 사람이 눈물을 지으신다.

이것은 그저 조용히 염불당을 여는 법회라고 생각하신 일이건만, 주상께서도 산에 계신 상황山の帝[32]께서도 들으시고 모두 사자들을 보내셨다. 송경誦經에 대한 시주 등을 놓아둘 장소가 자못 비좁으리만큼 갑자기 큰 일이 되어 버린 것이었다. 인院께서 마련해 두셨던 것들조차 간소하게 한다고 생각하셨어도 세상 일반의 것이 아니었건만, 하물며 새로운 것들까지 더하여진지라 저녁에 절에 가서 둘 데가 없어 보이리만큼 위세가 당당해져 승려들은 돌아갔다.

4. 히카루겐지가 온나산노미야를 위해 세심하게 배려하다

겐지 님께서는 이제 와 새삼 황녀께 안타까운 마음이 더하여지셔서 한도 없이 귀히 보살펴 드리신다. 상황院の帝께서는 물려받으신 궁宮[33]에 황녀께서 떨어져 사시는 것도 끝내 그렇게 될 일이라 보기에 나쁘지 않을 것[34]이라고 말씀드리시지만, 겐지 님께서는 이렇게 아뢰신다.

---

32 스자쿠인.
33 산조노미야(三條宮). 스자쿠인은 기리쓰보인(桐壺院)에게서 물려받았다.

"떨어져 지내게 되면 걱정이 많을 듯합니다. 아침저녁으로 뵙고 말씀 드리거나 분부를 받잡거나 하는 일을 소홀히 한다면 제 본의와 다를 듯합니다. 정말로 언제까지나 살 수 없는 제 수명[35]도 얼마 남지 않았겠지만, 역시 살아 있는 동안에는 제 뜻만이라도 끝까지 잃고 싶지 않습니다."

그러면서 그 궁을 참으로 세심하게 아름답게 꾸미시고 봉호御封[36]에서 나오는 수입들과 여러 지방의 장원과 목장 등에서 바치는 물품들 가운데 그럴듯해 보이는 생김새의 것은 모두 그 산조노미야三條宮의 창고에 보관해 두도록 하신다. 다시 또 창고를 더 세우시고 갖가지 보물들과 상황께 헤아릴 수도 없이 상속받으신 물건 등 황녀 소유의 물건은 모두 그 궁으로 운반하여 옮기고 세심하고 엄중하게 보관하도록 하신다. 아침저녁의 뒷바라지, 시녀들의 일들과 위아래에 이르기까지의 보살핌은 전부 다 본인의 부담으로 준비해 드리신 것이었다.

5. 출가한 온나산노미야가 미련을 떨치지 못한
히카루겐지를 지겨워하다

가을 무렵, 몸채 서쪽 회랑[37]의 중간 담장 동쪽 가장자리 일면을 다 들

---

34 온나산노미야는 출가한 처지로서 결국 별거하게 될 것이므로, 훗날 산조노미야로 옮기면 사람들이 억측할 수 있으므로 빨리 별거하는 편이 좋다는 판단이다.

35 '언제까지나 살 수 없는 수명을 기다리는 새 하고많은 괴로움 생각하고 싶잖네(ありはてぬ 命待つ間のほどばかり憂きことしげく 思はずもがな)'(『古今和歌集』 雜下, 平貞文)에 의한다.

36 식봉(食封)의 대상이 된 호(戶)이다. 황족 이하 여러 대신 등의 위계·관직·훈공에 따라 지급하였다. 이품 내친왕인 온나산노미야의 위봉(位封)은 300호이다. 그 호에서 나오는 지조(地租)의 절반과 용(庸)·조(調) 전부를 수입으로 한다.

37 온나산노미야가 거처하고 있는 몸채 서쪽 면과 서쪽 채를 잇는 회랑이다.

판[38]으로 만드셨다. 알가 선반 등을 만들어 그쪽 방면에 어울리도록 만든 꾸밈새 등도 참으로 우아하고 아름다워 보인다. 제자로서 황녀를 따라 출가한 비구니들은 유모와 나이 든 시녀들은 말할 것도 없고 젊고 한창때인 시녀도 마음을 정하여 그쪽 방면으로 한평생을 다 바칠 만한 사람만 골라 출가하도록 하셨다. 그러한 경쟁에는 너나 할 것 없이 몰려들었지만, 나으리님大殿の君[39]께서 들으시고 이렇게 충고하셨다.

"있을 수 없는 일이다. 마음이 없는 사람이 다소나마 섞여 있게 되면, 옆에 있는 사람이 괴롭고 경박한 소문도 생기는 법이다."

열 명 남짓 되는 사람 정도[40]가 모습을 바꾸어[41] 황녀를 모신다.

겐지 님께서는 이 들판에 벌레들을 풀어 두도록 하시고 바람이 다소 시원해져 가는 저물녘에 건너가시면서, 벌레 소리를 듣고 계시는 척하며 여전히 단념하지 못하는 상황을 아뢰어 황녀를 고민스럽게 하신다. 황녀께서는 이러한 평소의 마음은 있어서는 안 되는 것이 아닌가 하고 오로지 성가신 일로 생각하고 계신다. 다른 사람이 보기에는 변함없이 대우하셨어도 속으로는 괴로운 그 일을 알고 계시는 기색이 뚜렷하여, 더할나위 없이 변해 버린 그 마음을 어찌 뵐 수 있을까 하는 마음에서 숙고하여 결정하셨던 출가이시다. 하여, 이제는 부부의 연이 끊어져서 마음이 편하건만 여전히 이처럼 아뢰시거나 하는 것이 괴로운지라, 사람들과 떨어진 거처에서 지냈으면 싶으셔도 어른스러워져 그리도 강하게 말씀드리지 못하신다.

---

38 봄의 저택의 풍경이 출가한 처지에 맞지 않아, 쓸쓸하고 한적한 들판 분위기로 바꾼 것이다.
39 히카루겐지.
40 50~60명 있던 시녀들 가운데 출가 의지가 확고한 사람들만 엄선한 것이다.
41 비구니 모습. 비구니는 머리카락을 어깨 근방에서 자르고 앞머리를 눈 위까지 내린다.

6. 팔월 보름날 밤에 잔치를 즐기고 레이제이인이
　사자를 보내오다

보름날 밤 저물녘에 황녀께서는 불상 앞에 계시면서 툇마루 가까이에 서 시름에 잠기신 채 염송을 하신다. 젊은 비구니들 두세 명이 꽃을 바치려다가 울리는 알가 그릇 소리와 물을 붓는 기척 등이 들리는데, 이제까지와는 방식이 다른 일[42]에 다들 바삐 움직이는 것이 참으로 가슴 절절하다.

겐지 님께서 여느 때처럼 건너오셔서, "벌레 소리가 무척 시끄러워 어지러운 저녁이로구나" 하며, 자신도 소리 죽여 읊조리시는 아미타 주문[43]이 참으로 존귀하게 어렴풋이 들린다. 정말로 이런저런 벌레 소리가 들려오는 중에 청귀뚜라미鈴蟲가 소리를 내지르고 있는 것은 화려하고 정취가 있다.

"가을벌레 소리를 뭐가 더 낫다고 할 수 없는 가운데 방울벌레松蟲는 뛰어나다며 중궁[44]이 머나먼 들판으로 들어가셔서 정말로 일부러 잡아와서는 풀어놓으셨는데, 확연하게 전과 다름없이 우는 것은 적었다고 합니다. 이름[45]과는 달리 살아 있는 기간은 허망한 벌레인 게지요. 마음껏, 사람들이 듣지 않는 깊은 산속과 머나먼 들판의 소나무 벌판에서 목소리

42　불사.

43　아미타여래근본다라니(阿彌陀如來根本陀羅尼). 다라니는 구절이 긴 범어(梵語, 산스크리트어)의 주문이다. 이것을 한 번 염송하면 죄장(罪障)이 소멸되고 만 번에 다다르면 임종할 때 아미타여래가 맞으러 와서 극락왕생한다고 한다.

44　아키코노무 중궁. 가을 정취를 드러내는 방울벌레를 잡아, 가을 저택인 남서 구역에 풀어놓았다.

45　헤이안시대에 방울벌레는 '마쓰무시(松蟲)'라고 하였다. 소나무(松)는 장수를 의미한다.

를 아끼지 않는 것도 거리감이 느껴지는 벌레였네요. 청귀뚜라미는 허물 없고 활달한 것이 어여쁘군요."

겐지 님께서 이리 말씀하시니, 황녀께서 이리 살며시 말씀하시는 것이 참으로 우아한 데다 고상하고 느긋하다.

온나산노미야

대체적으로 가을을 싫어한다 여겨 왔는데

내치기 힘이 드는 청귀뚜라미 소리[46]

"어찌 그런 말씀을……. 아니, 생각 밖의 말씀이십니다"라며, 겐지 님 께서 이와 같이 아뢰신다.

히카루겐지

자진하여서 풀잎 위 객지 잠을 꺼리었어도

청귀뚜라미 소리 여전히 생기 있네[47]

칠현금을 가져오게 하셔서 오랜만에 연주하신다. 황녀께서는 염주 돌 리기를 잠시 멈추시고 현악기 소리에 역시 집중하셨다. 달이 모습을 보 이고 참으로 환한 무렵이라 이 또한 절절하니 정취가 있다. 겐지 님께서

---

46 일본어로 가을(秋)과 질림(飽き)은 '아키'로 발음이 같다. 출가한 몸이지만 청귀뚜라미 울음소리에는 마음이 이끌리니 정원을 들판 풍경으로 바꾸어 준 히카루겐지에게 감사 하는 마음을 나타내고 있지만, 속으로는 그가 자신에게 질려 싫어하는 것을 알고 있어 괴롭다는 뜻을 내포한다.
47 '풀잎 위 객지'는 로쿠조노인, '청귀뚜라미 소리'는 온나산노미야의 아름다운 목소리의 비유이다. 온나산노미야에 대한 애착이 여전함을 드러낸다.

는 하늘을 바라보며 세상만사에 걸쳐 허무하게 변하여 달라지는 처지[48]에 대해서도 연이어 생각을 이어 가시게 되니, 평소보다도 절절한 음색으로 뜯으며 연주하신다.

오늘 밤은 여느 때처럼 관현 연주라도 열리지 않을까 짐작하여 병부경 친왕兵部卿宮[49]께서 건너오셨다. 대장님大將の君[50]이 그럴 만한 당상관 등을 데리고 찾아뵈러 오셨는데, 이쪽[51]에 계신다고 짐작하여 현악기 소리를 찾아 그길로 바로 찾아뵈신다.

"참으로 무료하여 일부러 개최하는 관현 연주는 아니더라도 오랫동안 끊어졌던 좀체 듣기 힘든 악기 소리[52] 등을 듣고 싶었기에 홀로 현악기를 연주하고 있었는데, 참으로 잘 찾아오셨습니다."

겐지 님께서는 이러면서 친왕께도 이쪽에 자리를 마련하여 들도록 하신다. 주상 어전에서 오늘 밤은 달 연회[53]가 열리기로 되어 있었는데 취소가 되어 허전하였기에, 이 인院[54]으로 사람들이 찾아뵙는다는 소식을 전해 듣고 이런저런 공경 등도 뵈러 오셨다. 벌레 소리 품평을 하신다.

---

48 오보로즈키요, 아사가오 아가씨, 온나산노미야의 출가 등을 가리킨다.
49 히카루겐지의 남동생인 호타루 병부경 친왕. 풍류인으로서 장면마다 등장한다.
50 유기리.
51 온나산노미야 처소. 히카루겐지가 무라사키노우에와 함께 거처하는 동쪽 채로 향하다가, 뛰어난 현악기 타는 소리에 히카루겐지가 온나산노미야 처소에 있다는 것을 짐작하였다.
52 로쿠조노인에서 열렸던 여악(女樂) 이래 무라사키노우에의 병과 온나산노미야의 일 등으로 히카루겐지는 칠현금을 연주할 기회가 없었다.
53 중추절 달을 감상하는 풍습은 중국 당대 시인인 이교(李嶠, 644?~713?)의 「중추월(中秋月)」이라는 시에서 확인할 수 있다. 일본에는 850년대 시마다 다다오미(島田忠臣)의 『덴시카슈(田氏家集)』에 「八月十五夜宴月」이라는 시가 있다. 조정의 행사로는 897년 우다 천황(宇多天皇, 재위 887~897)이 주최한 연회가 처음이다. 『야마토 모노가타리(大和物語)』 77단, 『우쓰호 모노가타리(宇津保物語)』 「로노조(樓の上)」 권에서 관련 기술을 찾아볼 수 있다.
54 로쿠조노인.

각각의 현악기들이 연주되어 소리가 어우러지며 정취 있는 중에, 겐지 님께서 이와 같이 말씀을 꺼내신다.

"달을 볼 수 있는 초저녁이 언제든 어쩐지 절절하지 않은 때는 없지만,[55] 그중에서도 오늘 저녁의 새로운 달빛[56]에는 정말로 더욱더 내가 사는 이 세상 밖의 일에까지 여러모로 생각이 흘러가는군요. 무슨 일이 있을 때마다 고 권대납언故權大納言이 돌아가셨는데도 불구하고 한층 더 그리워지는 일이 많고, 공사에 걸쳐 그때마다 화사함이 사라져 버린 듯한 느낌이 듭니다. 꽃과 새의 색상이든 울음소리든 잘 분별하여 이야기할 상대로 참으로 뛰어났건만……."

본인께서도, 합주하시는 현악기 소리에도 소매를 적시셨다.[57] 발 안에서도 귀 기울이어 듣고 계시겠구나 하고 마음 한편으로는 생각하시면서, 이러한 관현 연주가 열릴 때는 그 사람이 가장 그리운데 이는 주상 등께서도 떠올리시는 바였다. 겐지 님께서는 "오늘 밤에는 청귀뚜라미 연회로 밤을 지새 봅시다"라고 생각하셔서 말씀하신다.

술잔을 두 순배 정도[58] 드셨을 때 레이제이인冷泉院께서 전갈을 보내셨다. 어전에서 개최되는 관현 연주가 갑작스레 중지된 것을 아쉽게 여겨 좌대변左大弁[59]과 식부 대보式部大輔, 그 밖의 사람들이 다 함께 그럴 만한

55　'어느 때든지 달 보지 않는 가을 없긴 하여도 오늘 밤은 특별히 색다르기도 하네(いつとても月見ぬ秋はなきものをわきて今夜のめづらしきかな)'(『後撰和歌集』秋中, 藤原雅正)에 의한다.
56　'銀台金闕夕沈沈 獨宿相思在翰林 三五夜中新月色 二千里外故人心 渚宮東面煙波冷 浴殿西頭鐘漏深 猶恐淸光不同見 江陵卑湿足秋陰'(『白氏文集』卷十四「八月十五日夜 禁中獨直 對月憶元九」)에 의한다. '보름날 밤중의 새로운 달빛'을 '오늘 저녁의 새로운 달빛'으로 바꾸어 읊었다.
57　가시와기는 화금의 명수여서 그리워진다.
58　주연에서는 잔 하나를 참석자순으로 돌리면서 술을 따라 마신다.

사람들끼리 상황을 찾아뵈었는데, 대장 등은 로쿠조노인六條院에 사후하고 계시다고 들으신 것이었다.

레이제이인

"구름 위쪽에 멀리 떨어져 있는 내 처소에도

잊지 않고 비추는 가을밤 달빛이네

같은 값이면[60]......."

이리 아뢰셨기에, 겐지 님께서는 이리 말씀하신다.

"그다지 운신하기 어려운 신분도 아니면서도 상황께서 지금 한적하게 계시건만[61] 자주 찾아뵙는 일도 좀체 없기에, 몹시 유감스러운 일로 여기셔서 소식을 보내셨으니 송구스러운 일이다."

이러면서 급작스러운 일인 듯하여도 찾아뵈려 하신다.

히카루겐지

달빛 여전히 구름 위 처소에서 보이긴 하나

내 처소에서 보는 가을은 달라졌네[62]

---

59 가시와기의 남동생.
60 '아까운 밤의 달과 꽃의 정경을 같은 값이면 정취 아는 이에게 보여 주고 싶구나(あたら夜の 月と花とを同じくはあはれ知れらむ人に見せばや)'(『後撰和歌集』春下, 源信明)에 의한다.
61 레이제이인은 4년 전 18년의 재위 끝에 양위하였다. 황자는 없다. 그때 히카루겐지는 46세였다.
62 '달빛'은 레이제이인. 윗구에서는 상황의 영화가 여전하다는 것을 읊고 있다.

답가는 특이하달 것도 없는 듯하여도, 그저 옛날 처지가 연이어 생각나셨기에 그대로 읊으신 듯하다. 사자에게 술잔을 내리시고, 녹祿은 참으로 더할 나위 없다.

7. 히카루겐지가 레이제이인을 찾아 문안하고 시가를 읊으며 놀다

사람들이 수레를 신분에 맞춰 끌어다 정리하고 행렬을 선도하는 사람들이 북적대면서, 조용하게 이루어지던 관현 연주가 파하고 출발하셨다. 인院의 수레에 친왕親王께서 함께 타시고 대장, 좌위문 독左衛門督,[63] 도 재상藤宰相 등 저택에 계셨던 분들은 모두 찾아뵙신다. 노시直衣 차림의 가벼운 복장들이시기에 시타가사네下襲[64]만 더 입으시고, 달이 얼마간 떠올라 저문 하늘도 정취 있는지라 젊은 사람들에게 피리 등을 가벼이 불도록 하시거나 하며 조용히 뵈러 가시는 모습이다.

예의를 차려야만 할 때는 위엄 있고 야단스러운 의식을 다하여 서로 만나 뵙지만, 한편으로는 옛날의 보통 신하인 듯이 되돌아가서서 오늘 저녁은 가벼운 차림으로 불쑥 이렇게 찾아뵈시기에 상황께서는 무척 놀라며 기뻐하며 맞아들이신다. 연세가 드셔서 다듬어지신 용모[65]는 점점

---

63 가시와기의 남동생.
64 정장할 때 웃옷 아래 받쳐 입는 옷이다. 평상복 차림인 노시만 입고 상황을 찾아뵙는 것은 실례이므로 시타가사네만이라도 더 입었다.
65 레이제이인은 올해 32세이며 히카루겐지는 50세이다. 레이제이인은 히카루겐지를 쏙 빼닮았다.

더 다른 사람으로 보이지 않는다. 대단한 성대盛代를 스스로 단념하시고 조용한 모습으로 지내시는 모습에 적지 않게 마음이 절절하다. 그날 밤의 시가들은 중국唐 것도 야마토大和 것[66]도 깊은 멋이 있고 모두 정취가 있다. 여느 때처럼 설명이 충분치 않은 부분을 그대로 옮기는 것도 민망한 일이기에……. 새벽녘에 시문[67] 등을 낭독하고 서둘러 사람들이 물러가신다.

8. 히카루겐지가 아키코노무 중궁을 방문하여
출가의 뜻에 대해 간언하다

로쿠조노인六條院께서는 중궁[68] 처소로 건너가셔서 이야기 등을 아뢰신다.

"이제는 이 같은 조용한 처소[69]에 자주 찾아뵐 수 있기에, 특별한 일은 없어도 나이를 먹어 감에 따라 잊지 못하는 옛날이야기 등을 받잡고 아뢰고 싶다고 생각하고 있습니다. 하나, 어중간한 처지[70]이기에 역시 어색하기도 하고 운신의 폭이 좁기도 합니다. 저보다 늦게 태어난 사람들에게조차 여러 방면에 걸쳐 뒤떨어지는 느낌이 드는데도, 참으로 무상한

---

66 한시와 와카.
67 한시.
68 아키코노무 중궁. 레이제이인이 양위한 지금은 상황과 함께 조용한 나날을 보내고 있다.
69 상황 어소. 센토고쇼(仙洞御所)라고 한다.
70 히카루겐지는 태상천황에 준하는 신분이기 때문에, 상황도 아니고 신하도 아닌 어중간한 처지이다.

이 세상의 불안함이 한가롭게 지내기 어렵게 여겨지는지라 속세를 떠난 거처는 어떠할까 하는 마음이 점점 더 일어납니다. 남아 있을 사람들[71]이 의지할 데가 없어질 터이니 떠도시지 않도록, 전부터 당부드렸던 바를 마음을 달리 먹지 마시고 유념해 두셔서 보살펴 주시기를⋯⋯."

이렇게 진지한 모습으로 아뢰신다.

중궁은 여느 때처럼 참으로 젊고 의젓한 모습으로 이리 아뢰신다.

"궁중 깊숙한 곳에 떨어져 지냈던 시절보다도 소원함이 더 심하여진 듯 여겨지는 처지[72]가 참으로 뜻밖의 일로 여겨지고 마음에 들지 않기에⋯⋯. 모두[73] 출가하여 떠나는 이 세상을 번거롭게 여기게 된 일도 있으면서도 그 마음속을 아뢰고 의향을 받잡지 않았기에, 무슨 일이든 가장 미더운 그늘로 여겨 온 터라 마음이 답답합니다."

이에 겐지 님께서 이리 아뢰신다.

"정말로 상황께서 재위 중이실 때는 법도에 따라 철철이 사가로 퇴궐하시는 것도 꽤 자주 기다려 맞이하였습니다. 이제는 무슨 일이 있어도 마음이 내키실 때 오시기도 어렵네요. 덧없는 이 세상이라고는 하면서도 그다지 세상을 싫어할 일이 없는 사람이 깔끔하게 출가하고 떠나는 일도 좀체 없고, 마음 편히 처신할 수 있는 신분이라고 할지라도 자연스레 마음에 걸리는 굴레만 있는 것을요. 어찌⋯⋯. 그 다른 사람을 흉내 내어

---

71 유기리, 무라사키노우에, 아카시노키미, 아카시 여어 등. 아키코노무 중궁은 히카루겐지의 양녀로 올해 41세이다.
72 레이제이 천황이 재위 중일 때 아키코노무 중궁은 철따라 로쿠조노인으로 퇴궐하여 히카루겐지와 대면할 기회가 많았다. 그러나 양위한 뒤에는 상황 곁에 머무르는 시간이 많아져 사가로 오기가 어려워졌다. 양위하게 되면 중궁 이외의 후궁은 모두 퇴궐하는 것이 관례이며, 천황을 곁에서 모시는 사람은 중궁뿐이라 틈이 없다.
73 아사가오 아가씨, 오보로즈키요, 온나산노미야.

경쟁하는 도심道心은 오히려 곡해하여 아뢰는 사람도 있을 것입니다. 결단코 정말 있을 수 없는 일이십니다."

겐지 님께서 깊이도 이해해 주지 않으시는 듯하다며, 중궁은 섭섭하게 여기신다.

미야스도코로御息所[74]가 저세상에서 신체의 고통을 겪고 계실 모습과 어떠한 연기 속[75]에서 헤매고 계실 것인가, 돌아가신 뒤에도 사람들에게 기피당하시는 모습으로 이름을 대시며 나온 일[76]을 그 인院께서는 몹시 감추셨건만, 사람들의 입이 험하기에 자연스레 전해 들으신 뒤에 참으로 슬프고 심한 일로 여겨져 일반적인 이 세상에 덧정이 없어지시고, 덧없다고 하더라도 그때 말씀하셨던 상황을 상세히 듣고 싶건만, 대놓고는 입에 담아 아뢰지는 못하신 채 그저 이렇게 애매하게만 말씀하신다.

"돌아가신 뒤의 고인의 자태가 죄가 가볍지 않은 모습이라고 슬쩍 들은 일이 있었습니다. 그러한 증표가 드러나지 않아도 헤아릴 수 있었던 일[77]입니다만, 남겨진 뒤의 슬픔만을 잊지 못한 채 저세상의 일에 대해서는 생각이 미치지 못하였기에 어쩐지 허무하기만 한지라……. 어찌하여서든 잘 일러 줄 사람[78]의 가르침이라도 받아서 저라도 그 불꽃을 식히고 싶다고, 세월이 점점 더 쌓이게 됨에 따라 절실히 느끼게 되는 일[79]도 있었습니다."

정말로 그렇게 생각하실 수 있는 일이라며 애처롭게 여기시면서, 겐지

---

74 아키코노무 중궁의 모친인 로쿠조미야스도코로.
75 지옥의 불인 업화(業火) 속.
76 무라사키노우에와 온나산노미야 앞에 모노노케가 되어 나타난 일.
77 모노노케로 나타나지 않아도 인간은 모두 죄가 많은 존재라는 의미이다.
78 승려.
79 출가의 뜻이 정해졌다는 의미이다.

님께서는 이와 같이 말씀하신다.

"그 불꽃은, 누구든 벗어날 수 없으리라는 것을 알면서도 아침 이슬이 매달려 있는 동안[80]에는 이 세상을 단념하기가 어렵습니다. 목련木蓮[81]이 부처를 가까이 모시는 덕이 높은 수행승의 처지[82]로서 바로 어머니를 구하였다는 선례가 있으나 계승하지 못하실 터이니, 옥으로 만든 머리 장식품을 버리신다고 하여도[83] 이 세상에는 여한을 남길 듯한 처사입니다. 점점 더 그러한 마음가짐을 깊이 지니시고, 그 연기가 걷힐 만한 일을 하십시오. 저 또한 그리 생각하고 있으면서도 부산한 상태인지라, 조용하게 지내고자 하는 본뜻도 없는 듯한 모양새로 아침저녁을 보내고 있습니다. 저를 위한 근행에 더하여 이제 곧 조용히 명복을 기원하여야겠다고 생각하고 있으면서도, 정말로 소견이 짧았습니다."

세상사 모두 허망하니 덧정 없어 저버리고 싶다고 서로 아뢰시지만, 역시 초라한 모습으로 바꾸기 어려운 두 분의 처지이시다.

9. 히카루겐지가 로쿠조노인으로 돌아가고 아키코노무 중궁의 도심이 깊어지다

어젯밤은 남몰래 가볍게 걸음을 하셨는데 오늘 아침에는 다 알려지셔

---

80 이슬 같은 덧없는 목숨.
81 목련은 석존의 10대 제자 중 한 명으로 제일 신통하다고 하였다. 아귀도(餓鬼道)에 떨어진 모친을 구한 이야기는『불설우란분경(佛說盂蘭盆經)』과『목련구모생천경(木蓮救母生天經)』에 실려 있다.
82 소승 불교에서 최상위 수행자인 나한(羅漢).
83 황후의 지위를 버리는 것.

서, 공경 등도 상황을 찾아뵈셨던 분들은 모두 배웅해 드리신다. 겐지 님께서는 동궁 여어春宮の女御[84]의 자태는 나란히 할 사람이 없고 곱게 보살펴 드린 보람도 있고, 대장大將이 또 참으로 다른 사람보다 각별한 모습이시기도 하여 어느 쪽 할 것 없이 보기 좋다고 생각하신다. 그래도 이 레이제이인을 배려하시는 마음 씀씀이는 특별히 깊고 가슴 절절하게 여기신다. 상황께서도 늘 궁금하게 여기셨건만 대면하실 기회가 별로 없는 것이 답답하게만 여겨지셨기에, 거기에 촉발되셔서 이렇게 마음 편한 상태를 선택하게 되신 것[85]이었다.

중궁은 오히려 퇴궐하시는 일도 참으로 어려워져서 보통 신하의 부부 사이처럼 함께 계시니, 관현 연주도 당세풍으로 도리어 예전보다 화려하게 개최하신다. 무슨 일이든지 마음 가시는 대로 하시는 처지이면서도, 그저 그 미야스도코로에 관하신 일에 마음을 쓰시면서 수행하고자 하는 마음이 깊어 가신다. 상황께서 허락해 주실 만한 일이 아니기에, 공덕이 되는 불사[86]를 온 마음으로 여시면서 한층 더 마음 깊이 세상사를 깨달으시는 모습으로 되어 가신다.

---

84 아카시 여어.

85 레이제이인은 히카루겐지가 친부인 줄 알고 있다. 제위에 있을 때는 쉽게 대면하지 못한 채 걱정하였기에, 양위하여 한적한 생활을 하고자 한 것도 히카루겐지와 편하게 대면하고 싶어서이다.

86 모친인 로쿠조미야스도코로를 위한 추선 공양(追善供養).

　「스즈무시鈴蟲」 권은 전 권인 「요코부에」 권 이후 일 년 가까운 세월이
흐른 뒤 온나산노미야의 지불 개안 공양이 성대하게 개최되는 것으로 시
작된다. 이를 계기로 온나산노미야의 출가 생활은 한층 자리를 잡게 된
다. 현대 일본어에서 '스즈무시'는 방울벌레를 의미하지만 헤이안시대
에는 청귀뚜라미를 가리켰다. 권명은 팔월 보름날 밤의 연회 때 온나산
노미야와 히카루겐지가 주고받은 두 수의 와카, '대체적으로 가을을 싫
어한다 여겨 왔는데 내치기 힘이 드는 청귀뚜라미 소리'온나산노미야와 '자
진하여서 풀잎 위 객지 잠을 꺼리었어도 청귀뚜라미 소리 여전히 생기
있네'히카루겐지에 의한다.

　히카루겐지는 온나산노미야의 법회 준비를 세심하게 지원하고 안정
적인 출가 생활을 영위하도록 경제적인 측면도 지원하는 등 성심성의껏
배려한다. 세속적인 애집을 끊어 낸 출가자로 여기게 되니 오히려 온나
산노미야에 대한 떨쳐 버릴 수 없는 정이 더 깊어지지만, 그녀가 가시와
기와 범한 밀통은 여전히 마음속 깊이 상흔으로 남아 있다. 흔들리는 그
의 마음속은 가을벌레가 우는 정취 있는 풍경을 배경으로 하여 드러난
다. 온나산노미야는 그러한 히카루겐지의 내면까지도 이제는 꿰뚫어 보
게 되었다. 아이처럼 무심한 성격이지만 온갖 괴로움을 겪으며 그녀 또
한 성장한 것이다. 로쿠조노인을 무대로 하여 히카루겐지와 온나산노미
야의 미묘한 관계가 부각되어 있는 「스즈무시」 권의 전반부는, 가시와기
와 온나산노미야 이야기의 후일담이라고 할 수 있다.

　이 권의 후반부는 레이제이인에서 열린 연회가 파한 뒤 히카루겐지가

아키코노무 중궁을 상대로 이야기하는 애집愛執을 둘러싼 문제가 중점적으로 기술된다. 이는 그에게 있어서도 모노가타리의 주제라는 점에서도 간과할 수 없는 중요한 인간 구제의 문제이며, 망집妄執에 사로잡힌 탓에 죽어서도 성불하지 못하고 사령으로 나타나는 로쿠조미야스도코로의 모습은 구제의 어려움을 상징하는 구체적인 예이다. 온나산노미야의 지불 공양으로 시작된 「스즈무시」 권은 아키코노무 중궁이 모친인 로쿠조미야스도코로를 위해 추선 공양을 올리는 것으로 마무리된다. 한여름부터 가을 한창때에 걸쳐 차분한 계절의 추이를 배경으로 죄업罪業을 짊어진 인간의 숙명과 죽은 자를 위한 진혼이 기술되면서 가시와기와 온나산노미야 이야기도 막을 내린다.

「스즈무시」 권은 전 권인 「요코부에」 권과 더불어 다음 권인 「유기리」 권으로 이어지는 중간 권의 위치에 있다. 그 때문에 두 권은 몇몇 내용에 있어 공통점을 보인다. 먼저 두 권은 피리 소리와 청귀뚜라미 소리라는, 소리와 관계있는 권명이다. 『겐지 모노가타리』 54권 중 소리와 관계있는 권명은 이 밖에 휘파람새의 첫 울음소리를 의미하는 「하쓰네初音」 권 정도이다. 두 번째로 두 권에는 달밤 장면이 등장한다. 세 번째로는 이러한 소리와 달밤을 배경으로 하여 이 세상에 대한 집착을 끊어 내지 못하여 성불하지 못하는 가시와기와 로쿠조미야스도코로의 애집이 부각되면서, 불교에 의한 구제와 출가의 문제에 초점이 맞추어지고 있다는 점이다.

제39권

「유기리夕霧」권
히카루겐지 50세 8월 중순~겨울

산골 마을의 절절함을 더하는 저녁 안개에

어느 쪽 하늘 향해 가야 할지 모르네

山里のあはれをそふる夕霧に

たち出でん空もなき心地して

1. 유기리가 오노 산장의 오치바노미야를 사모하다

신실한 사람ままびと으로 알려져 분별 있는 듯이 처신하시는 대장大將[1]은 이 이치조노미야一條宮[2]의 자태를 여전히 이상적으로 마음속에 담아 두고, 일반적인 사람들 눈에는 옛날[3]을 잊지 않는 마음 씀씀이로 보이도록 하면서 참으로 곡진하게 안부를 여쭈신다. 속마음으로는 이렇게는 끝나지 않을 듯이 날이 갈수록 생각하는 마음이 더 커지셨다. 미야스도코로御息所[4] 또한 가슴 절절하고 좀체 볼 수 없는 마음씨이기도 하시구나 하면서, 이제는 점점 더 쓸쓸하고 무료한 나날이신지라 대장이 부단히 방문하시는 데 위로받으시는 일들이 많았다.

당초부터 구애하는 분위기를 풍기며 안부를 여쭈지 않으신지라 돌변하여 구애하듯 호색적인 태도를 보이는 것도 민망하다, 그저 깊은 마음자락을 보여 드리면 마음이 풀어지실 때도 있지 않을까 하고 생각하면서, 그럴 만한 일이 있을 때면 황녀의 기색과 자태를 지켜보신다. 하나, 황녀께서는 본인 스스로 아뢰시거나 하는 일은 결코 없다. 대장은 어떠한 계기가 있어 내가 생각하는 바를 제대로 말씀드려 알려서, 그 사람의 기색을 볼 수 있을까 하고 줄곧 생각하고 계신다. 그런데 미야스도코로가 모노노케物の怪 탓에 몹시 편찮으셔서 오노小野[5]라고 하는 지역 부근에 소유하고 계신 산장山里으로 옮아가셨다. 일찍이 기도사祈禱師로서 모노노

---

1   유기리(夕霧).
2   오치바노미야(落葉の宮).
3   자신이 죽은 뒤 오치바노미야를 잘 부탁한다는 가시와기(柏木)의 유언.
4   오치바노미야의 모친.
5   오늘날 교토시(京都市) 사쿄구(左京區)인 야마시로 지방(山城國) 아타고군(愛宕郡)에 있다. 예로부터 별장이 많았다.

케 등을 내쫓아 버린 적이 있었던 율사律師[6]가 마을로 나오지 않겠다고 맹세하고 산에 칩거[7]하고 있었는데, 산기슭 가까이 내려오시도록 부탁드렸기 때문이었다. 수레를 비롯하여 구종 별배 등을 대장 나으리大將殿가 바치셨는데, 오히려 옛날의 가까운 진짜 혈연관계인 서방님들[8]은 여러 일이 많아 제각각 살아가는 데 정신이 팔려 전혀 생각해 드리지 못하신다. 변님弁の君[9]은 역시 먹은 마음이 없지도 않기에 속마음을 내비쳤는데, 당치 않다는 대응이셨기에 무리하여 찾아뵙고 안부를 여쭐 수 없게 되었다.

이 서방님[10]은 참으로 현명하게 그런 티도 보이지 않고 친밀하게 아뢰신 듯하다. 수법修法 등을 시키신다고 듣고 승려에 대한 시주와 의복[11] 등과 같은 자잘한 것까지 바치신다. 편찮으신 분은 감사 인사도 아뢰지 못하신다.

"일반적인 대필은 불쾌하게 여기실 듯합니다. 가볍지 않은 신분이셔서요."

사람들이 이리 아뢰기에, 황녀께서 답신을 아뢰신다. 참으로 정취 있어 보이게 그저 한 줄 정도 의젓한 필체로 표현도 다정하게 덧붙여 쓰신 것을 보니 더욱더 보고 싶어 눈을 떼지 못하고, 뻔질나게 안부를 서로 여

---

6 승정(僧正)・승도(僧都) 다음가는 승려의 관직으로, 5위에 준한다.
7 히에이산(比叡山)에 칩거한 채 기한을 두고 그동안은 산의 경계선 밖으로 나오지 않는다.
8 가시와기의 형제들.
9 가시와기의 남동생. 오치바노미야를 보살펴 달라던 형의 유언을 지키고자 출입하던 중에 구혼할 마음이 생긴 듯하다.
10 유기리.
11 흰색이나 황색으로 사원에 참배할 때 입는 평상복이다. 여기서는 승려가 기도할 때 입는 흰옷을 말한다.

쑤신다. 역시 종국에는 그럴 만한 관계가 될 것으로 정실부인北の方[12]이 낌새채고 계시기에, 대장은 성가시어서 찾아뵙고 싶으셔도 서둘러 나서지 않으신다.

2. 유기리가 오노를 방문하여 병중의 미야스도코로를 위문하다

팔월 중순의 열흘날쯤[13]이기에, 들녘의 경치도 정취 있을 무렵이다. 산장의 상황이 몹시 궁금한지라, 대장은 일반적인 방문인 듯이 들으라는 듯이 말하고 길을 나서신다.

"아무개 율사가 좀체 안 하던 하산을 하였다고 하는데, 꼭 이야기하여야 할 일이 있소. 미야스도코로가 편찮으시다니 문병 겸 찾아뵈려 하오."

구종 별배[14]도 대단치 않게 가까운 사람으로만 대여섯 명쯤 평상복인 가리기누狩衣 차림으로 수행한다. 그다지 깊은 길은 아니지만, 마쓰가사키松が崎[15]의 작은 산 빛깔 등도 깊은 산 바위는 아니어도 가을 기색으로 물들어 있어, 도읍都에서 둘도 없이 꾸며 둔 집[16]에 비해서도 역시 정취도 흥도 더 나아 보인다.

하잘것없는 바자울도 정취 있는 모양새로 두르고, 임시 거처인데도 고상하게 살고 계신다. 몸채로 여겨지는 건물의 동쪽 너른 방[17]에 수법을

---

12 구모이노카리(雲居雁).
13 8월 20일경.
14 대장을 선도하는 사람은 보통 열두 명이다.
15 교토시 사쿄구에 있는 지명이다. 교토 시내에서 오노로 가는 도중에 있다.
16 로쿠조노인 남서 구역은 아키코노무 중궁(秋好中宮)이 거처하는 가을 저택으로 꾸며져 있다.

위한 단상[18]을 흙을 발라 만들고, 몸채 북쪽에 붙은 조붓한 방에 미야스도코로가 계시기에 황녀께서는 서쪽 면에 계신다. 모노노케가 무서우니 머물러 계시라고 말리셨지만, 황녀께서는 어찌 떨어질 수 있을까 하고 따라오셨다. 하여, 미야스도코로는 그 사람에게 옮아가 씌는 것을 겁내어, 살짝 칸막이를 치고 그쪽[19]으로는 건너오지 못하게 하신다. 손님[20]이 앉으실 만한 장소도 없기에, 황녀 처소의 발 앞으로 드시게 하여 신분 높아 보이는 시녀들이 미야스도코로에게 말씀을 전해 드린다.

"참으로 송구스럽게도 이렇게까지 말씀해 주시고 찾아 주시다니요. 혹여 제가 끝내 소용없게 되어 버린다면 이 감사 인사조차 아뢰지 못할까 싶어, 잠시나마 목숨을 부지하고 싶은 마음이 들었습니다."

미야스도코로가 이리 먼저 아뢰신다.

"이리로 건너오셨을 때 배웅이라도 해 드리자고 생각하였습니다만, 로쿠조노인六條院에서 하명받은 볼일을 다 끝마치지 못하고 있었을 때였던지라……. 요 며칠간도 공연히 이래저래 일에 쫓기어, 생각하고 있는 제 마음보다는 더없이 소홀하다고 바라보실 것이 괴롭습니다."

대장은 이와 같이 아뢰신다.

---

17 '하나치이데(放出)'. 연회나 의식 등이 있을 때 칸막이 등을 치우고 몸채와 몸채에 붙은 조붓한 방을 터서 넓게 만든 것을 말한다.
18 수법을 위한 호마단(護摩壇)이다.
19 몸채 북쪽에 붙은 조붓한 방.
20 유기리.

3. 유기리가 오치바노미야와 증답하고 흉중을 털어놓다

황녀께서는 안쪽에 참으로 조신하게 계시지만, 여행지 처소라 소박한 꾸밈인 데다 자리도 깊숙하지 않은 곳에 있는지라 그 사람의 기색은 자연스럽게 뚜렷이 드러난다. 무척 부드럽게 몸을 움직이거나 하시는 옷자락 소리에, 대장은 그쯤에 계시는구나 하고 앉아서 듣고 계신다. 마음도 붕 뜬 듯이 여겨지고, 저쪽으로 전갈을 주고받으시는 동안 약간 멀어 지체되는 틈에 여느 때처럼 소장님少將の君[21] 등 황녀를 모시는 사람들에게 이야기하거나 하시다가, 이리 말씀하신다.

"이렇게 자주 찾아뵙고 말씀을 받자와 온 것이 몇 년이라는 세월[22]이 되었건만, 더할 나위 없이 멀리하며 대하시는 것이 원망스럽기만 하기에……. 이처럼 발을 친 앞에서 다른 사람을 거친 안부의 말씀 등이 미약하게 전해 들려오다니요. 아직 경험해 보지 못한 일입니다. 얼마나 고루한 성품이라고 사람들이 웃으셨을까 생각하니, 거북하기만 합니다. 나이를 먹지 않고 운신하기 편하였을 적에 약간 호색적인 방면으로 익숙해졌더라면, 이렇게 순진하여 민망하게도 여기지 않았을 터인데요. 이 정도로 고지식하고 멍청하게 세월을 보낸 사람은 결코 예가 없을 것입니다."

정말로 무척 소홀히 대하기 어려워 보이는 모습이시기에, 시녀들은 생각한 대로구나 싶어 "이도 저도 아닌 대답을 입 밖에 내어 올리는 것은 민망하구나"라거나 하며 서로 쿡쿡 찌르며, 황녀께 "이렇게 한탄하시는

---

21 오치바노미야의 시녀인 소소장(小少將). 미야스도코로의 조카로 황녀의 사촌이며, 야마토 지방 지방관의 여동생이다.
22 가시와기가 세상을 뜬 지 3년째이다.

것을 들으셨는데, 정취에 어두운 듯합니다"라고 아뢴다.

"모친이 몸소 아뢰지 못하시는 것이 민망하여 대신하여야겠지만, 참으로 두려우리만큼 힘드신 듯하였기에 보살피던 중에, 저 또한 더욱더 있는 듯 없는 듯한 심경이 되었기에 아뢸 수가 없습니다."

이렇게 답하기에, 대장은 "이것은 황녀의 전갈이신지요"라며 고쳐 앉은 뒤, 이렇게 아뢰신다.

"가슴 아픈 병환을 대신하였으면 할 만큼 탄식하고 계신 것도 무슨 까닭일까요. 송구스럽지만, 세상 시름을 절감하고 계시는 모습 등이 환히 밝아지는 것을 미야스도코로가 다시금 뵙게 되실 때까지는, 평온하게 지내시는 것이 두 분을 위해서도 든든한 일이 될 것으로 헤아리고 있는지라……. 그저 저쪽 편[23]을 위해서라고 치부해 두시고, 여태껏 쌓아 온 제 뜻조차 몰라주시는 것은 실망스러운 마음이 듭니다."

"참으로……"라고 사람들도 아뢴다.[24]

해가 저물어 가면서 하늘 풍경도 절절하게 안개霧[25]가 가득 끼고 산그늘은 어둑어둑해지는 느낌이 든다. 쓰르라미가 쉬지 않고 울고,[26] 울타리에 피어 있는 패랭이꽃[27]이 나부끼는데 그 빛깔도 정취 있게 보인다.

---

23 미야스도코로.
24 시녀들은 생활의 안정을 위해, 오치바노미야의 심정을 헤아리기보다는 유기리와 결혼하기를 원하고 있다.
25 「유기리(夕霧)」 권에는 유기리가 오치바노미야를 방문하는 장면에 안개 긴 풍경이 많이 묘사되어 있다. 안개는 사람의 이성을 무력화시키고 분별없는 번뇌를 상징한다.
26 '쓰르라미가 울기 시작하면서 날 저물었나 여겼더니 사실은 산그늘이었구나(ひぐらしの鳴きつるなへに日は暮れぬと思へば山の蔭にぞありける)'(『古今和歌集』 秋上, 讀人しらず)에 의한다.
27 '아아 그립네 지금도 보고 싶은 산골 사람 집 울타리에 피었던 패랭이꽃 모습을(あな戀し今も見てしか山賤の垣ほに咲ける大和撫子)'(『古今和歌集』 戀四, 讀人しらず)에 의한다.

앞뜰 정원의 꽃들은 제멋대로 서로 어지럽게 피어 있는데, 물소리는 참으로 시원하게 들리고 산에서 불어오는 바람도 마음을 스산하게 하고 솔바람 소리가 깊은 나무숲 전체에 들리거나 한다. 부단경不斷經[28]을 염불할 때[29]가 바뀌어 종을 쳐서 울리니, 자리를 뜨는 소리도 대신하여 앉는 소리도 한데 어울려[30] 참으로 존귀하게 들린다. 장소 탓에 온갖 일이 불안하게 여겨지는데도, 가슴 절절하게 생각에 잠기신다. 나서고자 하시는 마음도 없다. 율사도, 가지加持기도를 올리는 소리가 나고 다라니陀羅尼를 참으로 엄숙하게 독경하는 듯하다.

미야스도코로가 몹시 괴로워하신다고 하여 사람들도 그쪽에 모여 있고, 대부분 이러한 여행지에 많이 따라오지 않았기에 한층 더 사람이 적은 채로 황녀께서는 시름에 잠겨 계신다. 대장은 차분한 분위기라서 생각하는 바도 입 밖에 내기에 좋은 때로구나 하며 생각하며 앉아 계신다. 안개가 온통 이 처마 밑까지 가득 차 오르기에, "나가려고 하여도 방향도 보이지 않게 되어 가는군요. 어찌하여야 할지……"라면서 이렇게 아뢰신다.

유기리

산골 마을山里의 절절함을 더하는 저녁 안개夕霧에

어느 쪽 하늘 향해 가야 할지 모르네[31]

---

28 17일간, 27일간, 37일간 등 일정 기간에 걸쳐 밤낮으로 쉬지 않고 『법화경』, 『최승왕경』, 『대반야경』 등을 염불하는 것을 말한다.
29 하루 밤낮을 열두 시로 나누어 열두 승려가 교대로 독경한다.
30 승려들이 교대로 같은 경문을 멈추지 않고 제창하기에, 독경 소리가 한데 어우러진다.
31 「유기리(夕霧)」 권의 권명과 주인공의 통칭은 이 와카에 의한다. 『겐지샤쿠(源氏釋)』 이래 '저녁 안개에 옷은 젖어 든 채로 여행지에서 객지 잠을 자려나 임을 못 만난 탓에 (夕霧に衣は濡れて草枕旅寢するかも逢はぬ君ゆゑ)'(『古今和歌六帖』一)에 의한다고 지적되어 왔다.

이에 황녀께서 읊으신다.

오치바노미야
산골 사람 집 바자울에 가득히 차는 안개도
마음 붕 뜬 사람을 말릴 수가 없구나[32]

나지막이 들려오는 기척에 마음이 들떠서, 대장은 정말로 돌아갈 마음
도 완전히 잊어버렸다.

"어중간한 상태로 이럴 수도 저럴 수도 없군요.[33] 집으로 가는 길은 보
이지 않고 안개 낀 바자울에는 머무를 수도 없게 내쫓으시고요. 어울리
지 않는 사람은 이러한 일이 괴롭군요."

이와 같이 말하며 잠시 있다가, 가슴속에 감추어 둘 수 없었던 방면의
일 또한 넌지시 드러내며 아뢰신다. 황녀께서는 요 몇 년간도 전혀 보고
알지 못하시는 것은 아니어도 모른 척하는 얼굴로만 대하셨는데, 이렇게
입 밖에 내어 원망을 아뢰시니 성가신지라 더더욱 대답도 하지 않으신
다. 이에 대장은 무척 탄식하면서, 마음속으로 또다시 이러한 기회가 있
겠는가 하며 여러모로 생각하신다. 무정하고 경박한 자로 여기신다고 하
더라도 어쩔 수가 없구나, 오랫동안 품어 왔던 마음만이라도 알려 드리
자 하고 생각하여 사람을 들게 하시니, 위부 장감衛府の將監[34] 중에서 서작

---

32 '산골 사람'은 황녀 자신을 비하한 표현이며, '마음 붕 뜬 사람'은 유기리를 가리킨다.
33 '사람은 가고 안개는 바자울에 멈춰 있구나 어중간한 상태로 시름에 빠졌구나(人はゆき
    霧は籬に立ちとまりきも中空になかめつるかな)'(『和泉式部集』上)에 의한다.
34 유기리가 장관(대장)을 맡고 있는 좌근위부의 판관(정원 4인, 종6위 상 상당) 중에서
    5위에 임명된 자를 말한다. 좌근 대부(左近大夫)라고도 한다.

敍爵을 받은 친밀한 사람이 불려 왔다. 은밀히 가까이 불러들이셔서, 이렇게 말씀하신다.

"이 율사에게 반드시 이야기하여야만 하는 일이 있거늘……. 호신護身[35] 등으로 짬이 없어 보이는데 지금은 쉬고 있을 것이다. 오늘 밤은 이 근방에서 묵고 초야 시初夜の時[36]가 끝날 즈음에 그 율사가 대기하고 있는 곳으로 가려고 한다. 누구누구는 대기하도록 해 주게. 호위무사 등의 남자들은 구루스노栗栖野 장원[37]이 가까울 터이니 그곳에서 여물 등을 먹이고,[38] 여기에서 사람들이 소리를 내서는 안 된다. 이와 같은 객지 잠은 경박하다는 듯이 사람들도 여길 듯하구나."

장감은 무슨 까닭이 있겠거니 하고 수긍한 뒤, 명을 받잡고 일어섰다.

4. 유기리의 호소에도 오치바노미야가 마음속 빗장을 열지 않다

그러고 나서 대장은 이렇게 시치미를 떼며 말씀하신다.

"길이 무척 불안하기에, 이 근방에 숙박할 곳을 빌리고자 합니다. 이왕이면 이 발 앞을 허락받을 수 있겠는지요. 아사리阿闍梨[39]가 내려올 때까

---

35 가지기도의 힘으로 몸을 지키는 불교 의식으로, 손가락으로 인을 맺고 다라니를 왼다.

36 하루 밤낮을 신조(晨朝), 일중(日中), 일몰(日沒), 초야(初夜), 중야(中夜), 후야(後夜) 여섯 개의 시로 나누고, 그 시각마다 염불과 독경 등의 예불을 올렸다. 초야는 밤 8시경의 술시에 해당한다.

37 야마시로 지방 아타고군에 있는 유기리 소유의 장원으로 오노에서 가깝다. 현재는 교토시 기타구(北區)에 위치한다. 구루스노는 예로부터 작은 매사냥 등이 자주 이루어졌던 지역이다.

38 '가구라우타(神樂歌)'인 〈소노코마(其駒)〉의 한 구절을 인용하였다. '가구라우타'는 신을 제사 지내기 위해 연주하는 무악 중에서 노래를 말한다.

지[40]만 머무르면 됩니다."

평소는 이처럼 오래 머물러 있으면서 호색적인 기색도 보이지 않으셨거늘 불쾌하기도 하구나, 하고 황녀께서는 생각하신다. 하나, 정색하고 경망하게 저쪽[41]으로 기어가듯 건너가시는 것 또한 볼꼴사나운 느낌이 들어, 그저 침묵을 지키며 앉아 계신다. 대장은 이런저런 말씀을 아뢰며 다가와, 말씀하신 내용을 전하고자 무릎걸음으로 들어가는 사람의 뒤를 쫓아 안으로 들어오셨다.

아직 저물녘으로 안개에 가로막혀 실내는 어둑어둑해진 무렵이다. 시녀가 기가 막혀 뒤돌아보는데, 황녀께서는 너무 무서워지셔서 북쪽 맹장지문 밖으로 무릎걸음으로 빠져나가려 하시는 것을 대장이 참으로 용케도 손으로 잡아 붙잡아 두셨다. 황녀의 몸은 문 안으로 다 들어가셨어도 옷자락이 남아 있고, 맹장지문은 저쪽에서 잠글 수 있는 방도가 없었기에 다 닫히지 않은 채, 황녀께서는 물처럼 땀을 흘리며 떨고 계신다. 사람들도 기가 막혀 어찌하여야 할지 생각조차 할 수 없고 이쪽에서야 걸쇠로 잠그거나 할 수 있어도 참으로 어쩔 도리가 없는 데다, 그렇다고 하여 거칠게는 잡아당겨 떼어 놓을 수 없으시기에, 시녀는 "너무 참담하군요. 짐작할 수 없었던 마음이시로군요" 하며 울 듯이 아뢰신다.

하나, 대장은 이렇게 무척 느긋하고 보기 좋은 태도로 차분하게, 생각하고 있는 바를 아뢰어 알려 드리신다.

"이처럼 옆에 있으려는 것이 보통 사람 이상으로 정말로 역겹고 괘씸

---

39 수법을 주관하는 승려를 '수법 아사리(修法の阿闍梨)'라고 한 데 따른 표현이다.
40 율사가 초야 근행을 마치고 내려올 때까지.
41 미야스도코로가 있는 몸채 북쪽에 붙은 조붓한 방.

하게 여겨질 만한 일인지요. 사람 축에 끼지 못하는 처지라고 하더라도, 저에 대해 익히 들어 온 세월[42]도 쌓였을 터인데요."

황녀께서는 귀를 기울여 들으실 리도 없고, 분한 데다 이렇게까지 하다니 하는 생각만 드셔서 마음이 갑갑하기에, 뭐라고 하여도 전혀 말씀하시려고 생각지 않으신다.

"너무 불쾌하고 유치한 태도이시군요. 남들 모르는 마음속에 넘쳐나는 연모의 죄 정도는 있겠습니다만, 이보다 더 지나치게 다가가는 일은 허락하지 않으신다면 결코 모습을 보이지 않겠습니다. 얼마나 천 갈래로 찢어지는 상념에 견디지 못하고 있는지……. 그렇다고 하여도 저절로 보고 아시게 되는 대목도 있을 터인데 애써 시치미를 떼며 서먹서먹하게 대하시는 듯하여 아뢸 방도가 없으니, 어찌하겠는지요, 배려 없고 밉살스럽다고 여겨지시더라도 이 상태로 스러져 버릴 듯한 울적한 마음을 명확히 알려 드려야겠다고 생각한 것일 뿐입니다. 이루 다 말할 수 없는 기색이 박정하시기는 하여도, 참으로 송구스러운 일이기에……."

대장은 이러면서 애써 정 깊게 처신하신다. 맹장지문을 누르고 계신다고 하여도 참으로 미약한 힘이지만 대장은 열어젖히지도 않고, "이 정도의 경계라도 애써 마련하시려는 것이야말로 가슴 아프네요"라면서 웃음 지으며, 멋대로 심한 행동도 하지 않는다.

황녀의 자태는 다정하고 기품이 있으며 차분하니 우아하신 것이 뭐라고 하여도[43] 각별하게 보인다. 세월과 함께 시름에 잠기신 탓인지 삐쩍

마르고 섬약한 느낌이 들고, 편안한 옷차림 그대로이신 소매 부근도 나긋나긋하고, 가까이에서 풍기는 옷에 배인 향내 등이 전부 다 가련하고 보드라운 느낌이 드신다.

바람이 무척 스산하게 불면서 깊어 가는 밤의 기색은 벌레 소리도 사슴이 우는 소리도 폭포[44] 소리도 하나로 얽혀 있는 매혹적인 무렵인지라, 그저 평범하기만 한 경박한 사람조차 잠들지 못하게 할 만한 하늘 풍경이다. 격자문도 올려진 그대로인데 숨어 들어가는 달이 산등성이 근처에 걸려 있는 정경은 억누를 수 없으리만큼 가슴이 절절하다.

"여전히 이렇게 몰라주시는 모습에서 오히려 얕은 마음의 깊이를 알게 되는군요. 저처럼 이리 세상 물정을 모를 만큼 어리석고 마음 놓을 수 있는 점 등도 달리 예가 없을 것으로 생각하고 있습니다. 하나, 무슨 일이든 쉽게 처신할 수 있는 신분인 사람은 이러한 사람들을 바보라거나 하며 비웃고 매정한 마음으로도 대한다고 하는데, 너무 지나치게 폄훼하시니 마음을 가라앉힐 수 없을 듯한 느낌이 듭니다. 남녀 관계를 전혀 알지 못하시는 것도 아닐 터이거늘……."

이러며 대장이 여러모로 아뢰며 채근하시기에, 황녀께서는 어찌 대답하여야 하나 싶어 괴로워하며 이리저리 궁리하신다.

남녀 관계 방면을 알고 있어 편하다는 듯이 때때로 넌지시 드러내는 것도 패씸하여 정말로 유례가 없는 괴로운 신세라며 계속 생각하고 계시자니, 죽을 것만 같으시다.

"비참한 제 스스로의 과실[45]을 절감하고 있다손 치더라도, 참으로 이

44　오토와폭포(音羽の瀧).
45　황녀로서 신하의 신분인 가시와기와 결혼한 일.

리 참담한 행동을 어찌 이해할 수 있겠는지요."

황녀께서는 참으로 힘없이 이리 말씀하시고, 딱한 모습으로 우신다.

오치바노미야

나 혼자만이 괴로운 남녀 관계 안다고 하여

누명까지 쓴 채로 오명을 써야 하나[46]

이렇게 들릴락 말락 말씀하시는데, 대장이 본인 마음속으로 곱씹고 조
용히 읊조리시는 것 또한 민망하기에, 황녀께서는 어찌 이런 것을 입에
올렸나 하고 생각하신다.

대장은 "정말로……. 잘못 아뢰었습니다"라거나 하며, 웃음을 띠신 기
색으로 읊는다.

유기리

"대체적으로 제가 누명 씌우지 않는다 해도

스러진 그 평판이 없어질 일 있으랴[47]

외곬으로 그리 생각하시지요."

이러면서 달 밝은 쪽으로 권유해 드리는 것도 황녀께서는 참담하다고

---

46 괴로운 자신의 신세를 한탄함과 동시에 유기리의 구혼을 거절하고 있다.
47 오치바노미야가 가시와기와 결혼하여 평판을 떨어뜨렸으므로 자신과 다시금 소문이
　　 난다고 하여도 괜찮지 않냐는 와카이다. 남성의 자기중심적인 입장이 드러나 있어 여성
　　 에게 상처를 주는 와카이지만, 유기리에게 여성의 심경을 헤아릴 만한 섬세함은 없다.

생각하신다. 당차게 대응하시지만, 대장은 힘들지 않게 잡아끌어 가까이 오시도록 한다.

"이렇게나 비할 바 없는 제 뜻을 보아 아시고 마음 편히 대하시지요. 허락해 주시지 않는다면 절대로 결단코……."

이렇게 참으로 분명하게 아뢰시는 동안에 새벽녘이 가까워졌다.

달이 구석구석 한 점 흐림 없이 밝게 빛나고 안개에도 방해받지 않고 안으로 비쳐 든다. 몸채에 붙은 조붓한 방의 처마는 낮아서 바깥과 얼마 떨어지지도 않은 느낌이 들어 달빛과 마주 보고 있는 듯하여 마음이 쓰이고 거북하기에, 빛을 피하시려는 거동 등이 말할 나위 없이 우아하시다. 대장은 돌아가신 서방님[48]에 관하신 일도 약간 입 밖에 내어 아뢰고 보기 좋게 한가로운 이야기를 아뢰신다. 그래도 역시 황녀께서 세상을 뜬 그분에 비해 자신을 더 못하게 생각하시는 것을 원망스럽다는 듯이 한탄하신다.

황녀께서는 마음속으로도, 그 사람은 관위 등도 아직 미치지 않았던 신분이면서도[49] 누구나 다[50] 인정해 주셨기에 자연히 대우를 받으며 부부가 되어 함께하셨어도 그래도 몹시 섭섭한 마음 씀씀이였는데, 하물며 이렇게 있을 수 없는 일[51]로서 타인의 일로 들어 넘길 근방의 일조차 아니니[52] 대신[53] 등이 듣고 어찌 생각하시겠는가, 일반적인 세상의 비방은

---

48 가시와기.
49 가시와기가 오치바노미야와 결혼하였을 때 종3위 상당의 중납언이었다. 유기리는 현재 정3위 상당의 대납언 겸 좌대장이다.
50 오치바노미야의 부친인 스자쿠인과 모친인 미야스도코로, 가시와기의 부친인 치사 대신 등.
51 오치바노미야와 유기리가 인연을 맺는 일.
52 유기리의 정처인 구모이노카리는 가시와기의 이복 여동생이다.
53 가시와기의 부친인 치사 대신.

더 말할 것도 없고 상황[54]께서도 들으시고 어찌 생각하시겠는가, 라는 등 멀어질 수 없는 이분 저분의 심중을 이리저리 헤아려 보시니 몹시 분하다. 나 혼자 마음으로 이렇게 강경하게 생각한다고 하여도 사람들이 뭐라고 수군거릴 것인가, 미야스도코로가 모르고 계시는 것도 죄받을 듯하고 이렇게 들으시고 사려 깊지 못하다고 생각하셔서 말씀하실 것도 슬프기에, "날이 밝기 전에라도 나가 주시지요"라며 내쫓으시는 것 말고 달리 방법이 없다.

"참담하군요. 사연 있는 듯한 얼굴로 헤치고 돌아간다면 아침이슬이 뭐라 생각하겠는지요. 여전히 그리 생각하신다면 잘 알아 두십시오. 이처럼 어리석은 모습을 보여 드렸는데 재치 있게 달래어 보냈다며 마음이 멀어지신다면, 그때는 제 마음도 억누를 수 없을 듯하여 경험해 보지 못한 일들이지만 괘씸한 생각조차 일어나기 시작할 듯이 여겨집니다."

대장은 이러며 참으로 께름칙하고 어정쩡한 마음이 든다. 그렇다고 돌연히 호색적인 행동을 하는 것은 정말 익숙지 않은 마음이신지라, 황녀가 애처롭기도 하고 본인 스스로도 한심하게 여겨지겠지라는 등 생각하셔서, 누구를 위해서든 모습이 드러나지 않을 정도로 끼어 있는 안개에 몸을 숨기고 나서시니 마음은 붕 뜬 채이다.

유기리
"물억새밭아 처마 밑의 이슬에 젖어 들면서
몇 겹이나 겹쳐 낀 안개를 헤쳐 가네

---

54 스자쿠인.

젖은 옷처럼 쓴 누명은 역시 말려서 없애실 수 없을 겁니다. 이렇게 도리에 맞지 않게 저를 내쫓으시는 당신 마음 때문에요."

대장이 이렇게 아뢰신다. 하나, 황녀께서는 정말로 이 오명은 버티지 못하고 새어 나갈 터이지만, 내 마음에 물었을 때만이라도 주저 말고 말 주변 좋게 대답하자[55]고 생각하고 계시기에, 몹시 거리를 두신다.

오치바노미야
"헤치고 가는 푸른 잎 위의 이슬 핑계 삼아서
여전히 내게 누명 씌우고자 하나요

좀체 들을 수 없는 말씀이로군요."

이렇게 나무라시는 모습이 참으로 아리땁고 이쪽이 부끄러울 만하다. 오랜 세월 다른 사람과는 달랐던 배려심을 지닌 사람으로 다방면에 걸쳐 인정을 보여 드린 흔적도 없이, 방심하게 하여 호색적인 행동에 나선 듯하여 애처롭고 남부끄럽다. 이에, 곰곰이 되돌이켜 생각해 보면서 이렇게 억지로 의향에 따라 드린다고 하여도 뒤에 바보가 되는 것은 아닐까 하고 이런저런 생각에 마음이 흐트러진 채 나서신다. 길을 가는 도중의 이슬 기운[56]은 자못 참으로 가득하여 성가시다.

---

55 '누명이라고 타인에겐 말할 수 있을 터이나 내 마음에 물으면 뭐라 대답할 건가(なき名ぞと人には言ひてありぬべし心の問はばいかが答へむ)'(『後撰和歌集』戀三, 讀人しらず)에 의한다.
56 풀밭에 이슬이 내린 귀갓길의 풍경은 눈물에 젖은 유기리의 마음속 표상이다.

5. 유기리가 보낸 서찰을 오치바노미야가 거절하다

이러한 출입은 익숙지 않으신 마음에 정취 있기도 하고 신경이 쓰이는 일이기도 하다고 여기면서, 자택[57]으로 납시셨다가는 아씨女君[58]가 이리 젖은 것을 이상하다고 질책하실 듯한지라 로쿠조노인 동쪽 저택[59]으로 건너가셨다. 아직 아침 안개도 걷히지 않으니, 하물며 저쪽은 어떠할까 싶어 마음이 쓰이신다. 사람들이 "평소와는 다른 출입을 하셨네요"라며 수군거린다. 잠시 쉬시고는 의복을 갈아입으신다. 늘 여름철과 겨울철 의복을 참으로 깔끔하게 준비[60]해 두시기에, 향을 넣은 중국식 궤짝[61]에서 꺼내어 바치신다. 아침밥[62] 등을 드시고 대장은 안전으로 뵈러 가신다.

저쪽[63]으로 서찰을 바치시지만, 황녀께서는 눈길도 주지 않으신다. 졸지에 참담하였던 모습이 괘씸하기도 하고 남부끄럽게도 생각되시어 불쾌하고, 미야스도코로가 흘러 나간 말을 듣게 되실 것이 참으로 부끄럽다. 게다가 이러한 일이 있었다고는 결단코 알지 못하실 터인데, 심상치 않은 꼬투리라도 잡아내셔서, 사람들의 소문이 감추어질 수 없는 세

---

57 유기리의 자택인 산조 저택(三條殿).

58 구모이노카리.

59 로쿠조노인 북동 구역에 있는 여름 저택으로 하나치루사토(花散里)의 처소이다. 그곳에 유기리의 처소가 있다.

60 하나치루사토는 유기리의 후견인 역할을 하며, 특히 의복 등을 짓는 데 능숙하다.

61 '가라비쓰(唐櫃)'라고 하며, 옷이나 살림살이를 넣었다. 그곳에 향을 넣어 보관해 둔 의복에 향 내음이 스며들게 하였다.

62 원문은 '오카유(御粥)'이다. '가유'는 쌀로 지은 밥을 말한다. '가타가유(固粥)'는 오늘날의 밥이고, '시루가유(汁粥)'는 오늘날의 죽이다.

63 오노 산장.

상이기에 자연스레 들어 맞춰 보시고 본인에게 거리를 두었다고 생각하실 것이 무척 괴롭다. 이에, 사람들이 있던 그대로를 입 밖에 내어 아뢰면 좋겠구나, 괴롭게 여기셔도 어떻겠는가 하고 생각하신다. 부모 자식 관계라고 하는 중에서도 전혀 거리를 두지 않고 서로 마음을 주고받고 계신다. 타인에게는 흘러 나가서 소문이 나도 부모에게 감추는 부류는 옛이야기昔の物語[64]에도 있는 듯하지만, 황녀께서는 역시 그리 생각지 않으신다.

사람들[65]은 "무슨, 슬쩍 들으시고 무슨 일이라도 있다는 얼굴로 이리저리 마음이 흐트러지실 리가 있겠나요. 미리 이러는 것도 딱하지요"라는 등 의논한 뒤, 두 분이 어떠한 관계인지 궁금한 사람들끼리 서찰을 보고 싶어 하는데 황녀께서 펼치려고도 하지 않으시기에 애가 탄다.

"역시 냉담하게 답신을 보내지 않으시는 것도 마음에 걸리고 유치한 듯합니다."

이와 같이 아뢰고 서찰을 펼친다.

"아연하고 아무 생각도 없는 태도로 그 사람에게 그 정도일지라도 모습을 보인 경박한 행동이 내 스스로의 잘못으로 여겨지지만, 배려심이 없었던 참담함 또한 없는 일로 하기가 어렵구나. 서찰을 볼 수 없다고 말하거라."

황녀께서는 이러면서 당치도 않다는 듯 기대어 누우셨다. 그렇다고는 하여도 대장은 밉살스럽지도 않고 무척 곡진히 서찰을 쓰셨다.

---

64 『이세 모노가타리(伊勢物語)』와 『헤이주 모노가타리(平中物語)』 등에서 찾아볼 수 있다.
65 시녀들.

유기리

"내 혼을 당신 쌀쌀맞은 소매에 두고 왔기에

내 마음 탓이지만 갈피를 못 잡겠네[66]

생각과 다른 것은,[67] 이라든가 옛날에도 이러한 예가 있었다고 마음을 접으

려 하여도 어찌 될지 전혀 행방 알 수 없기에[68]……."

이렇듯 무척 내용이 많지만, 사람들은 제대로 살펴볼 수가 없다. 인연

을 맺은 다음 날 아침에 보내는 통상적인 서찰도 아닌 듯한데 여전히 의

구심을 풀 수가 없다. 사람들은 황녀의 기색 또한 애처롭기에 가슴 아파

하며 뵈면서, 대체 무슨 일이 있으셨던가, 만사에 걸쳐 좀체 보기 힘든

고마운 마음 씀씀이를 오랫동안 보여 주셨어도 이러한 방면으로 의지하

게 된다면[69] 후에 실망하게 되시지는 않을까 하고 생각하면 그 또한 걱

정스럽고, 등등 허물없이 황녀 곁에서 모시는 사람들은 모두 제각각 마

음이 복잡하다. 미야스도코로도 전혀 알지 못하신다.

---

66 '헤어지기가 아쉬워 소매 속에 들어갔던가 내 혼이 없는 듯한 마음이 드는구나(飽かざり
　し袖のなかにや入りにけむわが魂のなき心地する)'(『古今和歌集』 雜下, 陸奧)에 의한다.
67 '몸을 버리고 떠나기야 했으랴 생각하여도 생각과 다른 것은 내 마음이로구나(身を捨て
　てゆきやしにけむ思ふよりほかなるものは心なりけり)'(『古今和歌集』 雜下, 凡河內躬恒)에
　의한다.
68 '나의 사랑은 공허한 하늘 위에 찬 듯하구나 마음 전하려 해도 행방 알 수도 없네(わが戀
　はむなしき空にみちぬらし思ひやれども行く方もなし)'(『古今和歌集』 戀一, 讀人しらず)에
　의한다.
69 유기리를 오치바노미야의 남편으로 의지하는 것.

6. 율사가 전날 밤 유기리가 머문 것을
미야스도코로에게 이야기하다

　모노노케 탓에 앓고 계시는 분은 위중해 보여도 머리가 맑아지시는 때도 있어 정신을 차리신다. 한낮에 대낮에 바치는 가지기도[70]를 끝내시고 아사리 한 분이 남아 연이어 다라니를 읽으신다. 미야스도코로의 상태가 좋아지신 것을 기뻐하며 이리 말씀하시는데, 목소리는 갈라지고 화난 듯한 말투이시다.

　"대일여래大日如來[71]는 허언을 말씀하실 리가 없지요. 어찌 이리 소승이 마음을 다하여 모시는 수법에 효험이 없을 리는 없습니다. 악령은 집착이 심한 듯하지만 업장業障[72]에 얽매인 허망한 존재입니다."

　무척 수행승답고 고지식한 율사인데, 불쑥 "그런데 이 대장은 언제부터 이곳에는 출입하셨는지요" 하고 여쭈신다. 미야스도코로가 이와 같이 아뢰신다.

　"그런 일도 없습니다. 고 대납언의 아주 좋은 친구로서, 일러두셨던 그 마음을 어기지 않겠다고 요 몇 년 동안 그럴 만한 일이 있을 때마다 참으로 이상하다 싶을 정도로 말씀하시고 일을 처리해 주셨는데, 제가 몸져 누웠기에 이리 일부러 병문안하겠다며 들르셨기에 송구스럽게 여기고 있었습니다."

70　하루 밤낮을 신조(晨朝), 일중(日中), 일몰(日沒), 초야(初夜), 중야(中夜), 후야(後夜) 여섯 개의 시로 나누고, 그 시각마다 염불과 독경 등의 예불을 올렸다.

71　진언밀교(眞言密敎)의 본존이다. 율사가 속한 히에이산은 천태종의 본산이지만 진언밀교도 성하였다.

72　악업의 장애로서 정도(正道)의 방해가 되는 것이다. 번뇌장(煩惱障), 보장(報障)과 함께 삼장(三障)이라고 한다.

"아니, 민망하군요. 소승에게 숨기실 일도 아닙니다. 오늘 아침에 후야後夜 근행차 올라갔는데, 그 서쪽 쌍여닫이문에서 무척 단정한 남자가 나오셨습니다. 안개가 잔뜩 끼어 분간할 수는 없었습니다만, 여기 법사들[73]이 대장 나으리가 나오시는 것이었다든가, 어젯밤에도 수레도 돌려보내고 머무르셨다든가 제각각 아뢰었습니다. 정말로 무척 향기로운 향내가 가득하여 두통까지 일어났기에, 참으로 그렇구나 하고 납득하였습니다. 늘 무척 향기로운 내음을 풍기시는 분입니다.

이 일[74]은 참으로 필요치도 않은 일입니다. 그분은 무척 견식이 있으시지요. 소승 또한 동자이셨을 때부터 그 서방님을 위한 일은, 돌아가신 큰 황녀大宮[75]께서 수법을 하라고 지시하신지라 그리하여야 할 일은 한결같이 지금도 받잡고 있습니다만, 이번 일은 전혀 이로움이 없습니다. 본처本妻[76]의 위세가 강하십니다. 그처럼 한창 위세를 떨치는 일족[77]으로서 무척 지체가 높지요. 어린 자제분들은 일고여덟 명 두셨습니다. 황녀님皇女の君께서 누를 수 없을 겁니다. 게다가 여인이라는 나쁜 몸[78]을 받고 태어나 긴긴밤의 어둠[79] 속에서 헤매는 것은 오직 이 같은 죄[80] 탓으로, 그처럼 끔찍한 과보도 받는 법입니다. 그 사람[81]이 노여움을 보이기 시작

---

73 율사를 수행하는 승려.
74 오치바노미야와 유기리의 결혼.
75 유기리를 양육한 외조모. 옛 좌대신의 부인.
76 구모이노카리.
77 치사 대신 일족은 한창 위세를 떨치고 있다.
78 여인을 부정(不淨)한 존재로 보는 여인 비성불론(非成佛論)의 원점은 『법화경』「제바달다품(提婆達多品)」이다.
79 무명장야(無明長夜)의 어둠. 무명이란 불교에서는 번뇌의 마음, 어리석음을 말한다. 무명장야란 불교에서 중생이 근본적인 무지 탓에 번뇌에 빠지고 생사유전(生死流轉)해 가는 것을 기나긴 밤에 비유한 것이다.
80 본처와 싸우고 애욕에 빠지는 죄.

한다면 기나긴 굴레가 될 것입니다. 결단코 찬성할 수 없습니다."

율사는 이러며 머리를 혼들면서 단도직입적으로 말을 내뱉는다.

"참으로 이상한 일입니다. 전혀 그러한 기색도 보이지 않으시는 분입니다. 여러모로 제가 심기가 어지러웠기에, 대장이 좀 쉬고 나서 대면하여야겠다며 잠시 머물러 계셨다고 여기에 있는 시녀들이 말하였는데, 그러한 까닭에 묵으신 것일까요. 대체로 참으로 성실하고 고지식하신 분이건만……."

미야스도코로는 이리 말하며 미덥지 않아 하시면서도, 마음속으로는 그런 일이 있었을 수도 있겠구나, 심상치 않은 기색은 때때로 보였어도 인품이 참으로 경우에 어긋나지 않아 사람들의 비방을 받을 만한 일은 애써 피하며 반듯하게 처신해 오셨기에, 허락하지 않는 일은 쉽사리 하지 않을 것이라고 방심하였던가, 모시는 사람들이 많지 않은 것을 보고 몰래 숨어들기라도 하셨던가 하고 생각하신다.

7. 미야스도코로가 소소장에게서 사정을 듣고 오치바노미야와 대면하다

율사가 자리를 뜬 다음에, 미야스도코로는 소소장님小少將の君을 불러들이셔서 이리 말씀하신다.

"이러한 일에 대해 들었는데, 어찌 된 일이냐. 왜 나에게는 그 일이 이

---

81 구모이노카리.

리되었다고는 알려 주지 않으셨는가.[82] 그런 일이 있었다고는 생각지도 않지만……."

이에, 애처롭기는 하지만 있었던 일을 처음부터 상세하게 아뢴다. 다음 날 보내신 서찰의 내용과 황녀께서도 슬쩍 말씀하셨던 내용 등을 아뢴다.

"요 몇 년간 억눌러 오셨던 심중을 아뢰어 알려 드리고자 한 것뿐이었을 겁니다. 좀체 보기 드문 배려를 지니고 있어 날도 다 밝기 전에 나가셨거늘, 누가 뭐라고 아뢰었는지요."

소소장은 율사라고는 짐작도 못 하고 몰래 다른 사람이 아뢰었다고 생각한다. 미야스도코로는 아무 말씀도 하지 않으시고, 너무 불쾌하고 분하게 여기시니 눈물이 주르륵 흘러내리셨다. 뵙고 있는데도 무척 애처롭기에, 소소장은 어찌하여 있는 그대로 아뢰었던가, 마음도 괴로우신데 더욱더 심사가 어지러워지시겠구나 하면서 후회스럽게 생각하며 앉아 있다. "맹장지문은 잠겨 있었기에……"라며 여러모로 좋은 쪽으로 둘러 아뢰신다.

"이렇든 저렇든 그 정도로 아무런 조심도 없이 경솔하게 다른 사람에게 모습을 보이셨다는 것이야말로 참으로 참담한 일입니다. 자신의 속마음은 깨끗하다고 하셔도 이렇게까지 말을 한 법사들과 됨됨이가 나쁜 동자[83]와 같은 자들이 어찌 다 말하지 않겠는지요. 다른 사람들에게는 어찌 변명하며 그렇지도 않다고 말할 수가 있겠는가요. 모두 사려가 깊지

---

82 경어는 여식인 오치바노미야에게 쓰인 것이다. 소소장에 대한 질책은 황녀에 대한 것이기도 하기 때문이다.
83 승려들을 수행하는 미성년인 하인으로 보인다. 동자는 대표적으로 입이 가벼운 사람으로 치부된다.

않은 사람들만 옆에서 모시고 있으니……."

미야스도코로는 이렇게 끝까지 다 말씀하지도 못하시고, 몹시 괴로워
보이시는 상태인 데다 생각지 못한 일로 놀라셨기에 참으로 딱해 보이신
다. 황녀를 품격이 높게 대우해 드리시겠다고 생각하셨건만, 경박한 염
문이 퍼지게 되신 것을 몹시 한탄하신다.

"이리 조금이나마 정신이 든 틈에 건너오시도록 전하거라. 그쪽으로
찾아뵈어야겠지만 움직일 수 있을 듯하지 않구나. 뵌 지 오래된 느낌이
드는구나."

눈물을 글썽이며 이리 말씀하신다. 소소장은 황녀를 찾아뵙고, "이리
말씀하십니다"라고만 아뢴다.

황녀께서는 건너가시려고 양쪽 뺨 언저리로 흘러내린 머리가 눈물에
젖어 엉켜 있는 것을 가다듬고 속에 입는 홑옷이 터져 있는 것을 갈아입
거나 하신 뒤에도 서둘러 움직이지도 않으신다. 이 사람들도 어찌 생각
할 것인가, 모친도 아직 모르셔도 뒷날 조금이나마 듣게 되실 터인데 시
치미를 떼고 있었다고 짐작하실 일도 몹시 민망하기에, 다시 누우셨다.

"마음이 몹시 어지럽구나. 이대로 낫지 않는다면 참으로 마음 편할 듯
하구나. 각기脚氣가 위로 올라온 듯한 느낌이구나."

이러며 다리를 문지르게 하신다. 참으로 괴롭게 이런저런 일에 대해
시름에 잠기시니, 현기증이 나신 것이었다.

소장이 이렇게 아뢴다.

"윗전上에게 이 일에 관해 넌지시 아뢴 사람이 있었습니다. 어떻게 된
일이냐고 하문하셨기에, 있는 그대로 아뢰고 맹장지문을 굳게 잠갔다는
것만을 약간 말을 보태어 명확히 말씀드렸습니다. 혹여 그렇게 넌지시

물으신다면 같은 내용으로 말씀하시지요."

미야스도코로가 한탄하셨던 기색은 입 밖에 내지 않는다. 그럼 그렇지 하며, 황녀께서는 몹시 괴롭기에 말씀도 하지 않으신 채 베개에서 물방울만 떨어진다. 이 일만도 아니고 본인 신세가 마음먹은 대로 되지 않기 시작하였을 때부터 몹시 시름에만 잠기게 해 드렸다[84]며, 살아 있는 의미가 없다고 생각을 이어 가신다. 이 사람[85]은 이렇게도 끝내지 않고 이리저리 구애하며 나설 터인데, 성가시고 듣기 괴로울 듯하다고 여러모로 생각하신다. 하물며 허망하게도 그 사람의 말에 넘어갔다면 어떠한 오명을 썼겠는가 등 다소 위안되시는 방면은 있어도, 이 정도 위치의 높은 신분인 사람[86]이 이렇게까지나 한심하게 다른 사람에게 모습을 보여서는 안 되는 일이거늘 하면서 자신의 숙명[87]이 비참하여 우울해하며 계신다. 저녁 무렵에 "역시 건너오시게"라고 전갈이 왔기에, 가운데 헛방[88] 문을 양쪽에서 열고 건너가셨다.

미야스도코로는 괴로운 마음인데도 보통 이상으로 자신을 낮추며 정중하게 대하신다.[89] 늘 하시던 예의범절과 다르지 않게 병상에서 일어나셔서, 이러며 우신다.

"참으로 어수선한 상태로 있는지라 이리로 건너오도록 하시는 것도

---

84 원래 오치바노미야의 결혼을 반대하였던 미야스도코로는 부부 사이가 좋지 않았던 데다 가시와기가 일찍 사망함으로써 딸에 대한 걱정이 깊어졌다.

85 유기리.

86 황녀의 신분.

87 '스쿠세(宿世)'라고 하여 전세로부터의 인연을 말한다.

88 오치바노미야와 미야스도코로 방 사이에 있는 방이다. 헛방은 '누리고메(塗籠)'라고 하며 사방 벽을 빈틈없이 발라 의복과 가구 등을 넣는 방이다. 침실로도 썼다.

89 자신의 딸이기는 하여도 내친왕은 본디 갱의(更衣)였던 자신보다 지위가 높기에 예를 차린다.

괴롭군요. 요 이삼일 정도 뵙지 못하고 있었는데, 그 기간이 긴 세월 같은 느낌이 드는데도 한편으로는 무척 허망합니다. 내세에 반드시 대면할 수 있다고도 할 수 없을 것[90]입니다. 다시 이 세상에 태어나 돌아온다고 하여도 소용이나 있겠는지요. 생각해 보면 그저 한순간에 헤어져 멀어져 갈 세상인 것을, 제멋대로 타성에 젖어 살아온 것도 후회스럽기만 합니다."

황녀께서도 만사가 다 슬프게 여겨지시기에, 아뢰지도 않으시고 뵙고 계신다. 본디 몹시 내성적인 성격이신지라 분명하게 말씀하시고 개운해지실 수도 없기에 부끄럽다고만 생각하시니, 미야스도코로는 무척 애처로워서 어떻게 된 일이냐는 등도 묻지 못하신다.[91] 등잔불 등을 급히 들여오게 하여 식사 등을 이쪽에서 드신다. 황녀께서 음식을 드시지 않는다고 들으시고 미야스도코로가 이리저리 손수 다시 식사를 준비하거나 하시지만, 황녀께서는 식사에 손을 댈 수도 없으신 채 그저 미야스도코로의 상태가 좋아 보이시는 것만 다소 가슴이 후련하시다.

8. 유기리에게서 서찰이 오자 미야스도코로가 답신을 쓰다

저쪽에서 서찰이 또 왔다. 속사정을 모르는 사람이 받아 들고 "대장 나으리가 소장님에게 전하라는 서찰입니다"라고 말하는데, 다시금 곤란하

---

90 부모 자식 간의 인연은 한 세상에 한정된다.
91 미야스도코로는 변명하지 못하는 오치바노미야의 태도를 보고, 유기리와 관계를 맺었다고 오해하게 된다.

다. 서찰은 소장이 받았다. 미야스도코로가 "무슨 서찰인가" 하고 당연히 물으신다.[92] 남몰래 약해지신 심경도 더하여져 내심 방문하시기를 기다리고 계셨기에, 그렇지도 않을 듯하구나 하고 생각하시는데도 마음이 산란[93]하다.

"자, 그 서찰은 역시 답신을 아뢰시게나. 보기 민망하군요. 다른 사람의 소문을 좋은 방향으로 바꾸어 말하는 사람은 있기 어려운 법입니다. 마음속 깊이 결백하다고 생각하고 계셔도 그렇게 받아들이는 사람은 적을 것입니다. 순순한 마음으로 서찰을 서로 주고받으시고 역시 이제까지와 마찬가지로 지내시는 것이 좋을 것입니다. 보기 민망하고 응석을 부리는 듯한 모습일 듯합니다."

이러면서 서찰을 가까이 가져오게 하신다. 소장은 난처하지만 바쳤다.

"박정한 마음의 깊이를 명확하게 뵈었기에, 오히려 마음 편히 외곬으로 한 마음도 지닐 수 있게 될 듯합니다.

유기리
막으려 하면 얕은 속내 보일 듯 산과 강 같은
세상 떠도는 소문 다 감출 수 없으니"

---

92 남녀가 교제를 시작할 때는 시녀 등을 통해 서찰을 주고받는다. 따라서 미야스도코로는 소소장에게 온 유기리의 서찰을 황녀에게 보낸 것으로 파악하였다.

93 결혼 후 사흘간은 남성이 여성의 집을 매일 밤 방문하는 것이 관례이다. 그런데 오늘 밤 유기리가 방문하지 않고 서찰만 보낸 것은 두 사람이 이미 남녀 관계를 맺었다고 믿고 있는 미야스도코로에게는 실망스러운 일이다.

많이 쓰여 있지만 미야스도코로는 다 보지도 않으신다. 이 서찰에도 명확한 기색이 드러나 있지도 않고 괘씸해 보이고 저 잘났다는 투인데, 오늘 밤 방문도 모른 척하는 것을 참으로 심하다고 생각하신다. 돌아가신 독님瞽の君의 마음이 만족스럽지 않았을 때 무척 비참하게 생각하였어도, 일반적인 대우로는 달리 어깨를 견줄 사람이 없었던지라 이쪽에 힘이 있는 느낌[94]이 들어 마음을 위로하면서도 그조차 결코 만족할 수가 없었거늘, 아아 분하구나, 대신 근방에서 어찌 생각하고 말씀하실런가[95] 하고 생각에 잠기신다.

그래도 여전히 어찌 말씀하시나 기색이라도 보려고, 마음이 어지러워 현기증이 날 듯하셔서 눈자위를 억누르시면서 새 발자국처럼 이상한 필체[96]로 쓰신다.

"나을 기미가 보이지 않는 병중에 있는 저를 황녀께서 문안하러 건너오신 때인지라 답신을 권해 드렸지만, 참으로 밝아 보이지 않는 모습으로 계신 듯 하시기에 보다 못하여……

미야스도코로

미타리꽃이 시들어 있는 들판 어딘 줄 알고

하룻밤에 불과한 숙소로 빌렸던가[97]"

---

94 황녀이며 정처이므로 당당하다.
95 장남인 가시와기의 부인이 남편과 사별한 지 얼마 안 되어 사위인 유기리와 결혼하였다는 사실을 알게 되면, 치사 대신은 필시 경멸할 것이라고 미야스도코로는 생각한다.
96 중국 고대의 창힐(蒼頡)이 새와 짐승의 발자국을 본떠서 처음으로 문자를 만들었다고 하는 고사에 의한다.
97 미타리꽃은 오치바노미야, 들판은 오노 산장. '가을 들에서 사냥 중 저물었네 미타리꽃

이렇게만 쓰다가 마시고, 둘둘 만 서찰 양 끝을 비틀어 접어[98] 밖으로 밀어내시고 누워 버리신 채 그길로 대단히 심히 괴로워하신다. 모노노케가 방심하도록 만들었던가 하고, 사람들이 웅성거린다. 여느 때처럼 영험 있는 승려 모두가 모여 무척 소란스럽게 큰소리로 염불한다. 황녀께 "아무래도 건너가시지요" 하고 사람들이 아뢰지만, 자신의 처지가 비참하기만 하여 이 세상에 남지 않겠다고 생각하시기에, 미야스도코로 옆에 꼼짝 않고 붙어 계신다.

9. 유기리가 미야스도코로의 서찰을
　　구모이노카리에게 빼앗기다

대장 나으리는 이날 낮에 산조 저택三條殿으로 가셨다. 오늘 밤에 다시 오노로 가신다고 하면 일이 있었던 듯싶고 아직 그렇지도 않은데 듣기 괴로운 일도 있을 듯하거나 하여 참으시고, 오히려 오랜 세월 동안 애가 탔던 것보다도 더욱더 수없이 더 시름을 더하여 탄식하신다.[99] 정실부인 北の方[100]은 이렇게 출입하신다는 사실을 얼핏 듣고서 불쾌하게 여기고 계신다. 모르는 척하며 자제들과 어울리며 기분을 돌리면서 낮 동안 지

아 오늘 하룻밤 묵을 숙소도 빌려주게(秋の野に狩りぞ暮れぬる女郎花今宵ばかりの宿も
かさなむ)'(『古今和歌六帖』二, 紀貫之)에 의한다.
98 '히네리부미(捻文)'라고 한다.
99 '마음으로는 수없이 생각해도 말을 못 하는 내 사랑하는 사람 볼 방도 있었으면(心には
千重に思へど人にいはぬわが戀つまを見むよしもがな)'(『古今和歌六帖』四)에 '수없이(千
重に)'라는 표현이 있다.
100 구모이노카리.

내는 본인 자리에 누워 계신다.

초저녁이 지날 무렵에 사자가 이 답신을 지참하고 왔는데, 이렇게 여느 때와도 다른 새 발자국 같은 필체이기에 금방 알아보실 수가 없어 등잔불을 가까이 끌어당겨 보신다. 아씨女君는 가리개로 가려져 있는 듯하였는데, 참으로 재빠르게 발견하시고 살금살금 가까이 다가와서 등 뒤에서 뺏으셨다.

"어이없군요. 이게 무슨 행동이신지요. 아아, 무례하군요. 로쿠조 동쪽 마님六條の東の上101의 서찰입니다. 오늘 아침 감기에 걸리셔서 편찮으신 듯하였는데 인院102 안전에 있다가 나온 터라 다시 찾아뵙지도 못하였기에, 마음이 좋지 않아 방금 어떠신지 여쭈어보았던 겁니다. 보시지요, 구애하는 듯한 편지인지. 그렇다고 하여도 품위 없는 모습이시군요. 세월이 감에 따라 심히 저를 무시하시는 게 못마땅하군요. 어찌 생각할지 전혀 부끄러워하지 않으시는군요."

대장이 이리 개탄하면서 아쉽다는 얼굴로도 억지로 빼앗지 않으시기에, 아씨는 역시 바로 보려고도 하지 않고 들고 가신다. 아씨는 "세월이 감에 따라 저를 무시하는 것은 익숙한 일이 되신 듯하군요"라고만, 이렇게 진지하게 대하시는 데 삼가는 마음이 들어 젊고 아리따운 모습으로 말씀하신다.

이에 대장은 웃으면서 말한다.

"그것은 어느 쪽으로든 말할 수 있겠지요. 부부간의 일반적인 일입니다. 달리 없을 것이오, 결출해진 남자가 이리 확실하게 한 곳을 지키면서

---

101 하나치루사토.
102 히카루겐지.

도 겁에 질린 수컷 매와 같은 모습인 것은. 얼마나 세상의 웃음거리일는지요. 그런 꽉 막힌 자의 보호를 받으시는 것은 당신을 위해서도 좋지 않겠지요. 많은 부인 가운데 역시 훨씬 뛰어나고 각별하다는 차이를 보일 때 외부의 평판도 흠잡을 데 없고 내 마음도 더욱더 변하기 어려워, 정취 있는 일도 절절한 방면의 일도 끊임없을 것이오. 노인이 아무개를 지켰다는 이야기[103]처럼 이렇게 멍청하니 갈팡질팡한다면 참으로 꼴이 말이 아닐 것이오. 그리되면 어디 좋은 일이 있겠소.”

역시 이 편지에 관심을 보이지 않고 꾀어서 손에 넣고 싶다는 마음에서 속이며 아뢰시니, 마님은 무척 아리땁게 미소를 지으면서 말한다.

“무언가 좋은 일을 만들어 내려 하시는데 나이 먹은 사람[104]은 괴롭군요. 참으로 세련되게 바뀌신 기색도 기가 막히는데 익숙하였던 일이 아닌지라 참으로 괴롭군요. 진작부터 그러시지 않고 갑자기 이러시면…….”

이렇게 푸념하시지만 믿지도 않다.

“갑자기라고 여기실 만큼 무슨 일인가 있었는지요. 참으로 불쾌한 마음속 생각이시군요. 좋지 않은 소문을 고자질하는 사람[105]이 있겠지요. 그 사람은 이상하게 원래부터 나를 받아들이지 않네요. 역시 그 녹색 소매의 뒤끝[106]이 남아 있어 업신여길 구실을 마련하여 당신을 조정하려

---

103 전거가 확실하지 않다. 가구야 아가씨(かぐや姫)를 지키려는 다케토리 할아버지(竹取翁) 이야기나, 나무 그루터기에 토끼가 다시 부딪치기를 기다리며 그루터기를 지키는 『한비자(韓非子)』의 '수주대토(守株待兎)'하는 송인(宋人) 고사 등이 지적되고 있다.
104 구모이노카리는 31세이다.
105 구모이노카리의 시녀인 대보 유모.
106 녹색은 6위가 의관을 갖출 때 입는 깃이 둥근 웃옷의 색깔이다. 대보 유모는 유기리가 6위였을 때 "멋있다 한들 혼인 상대가 6위에 불과한 숙명이라니요"(『겐지 모노가타리』 3 「오토메」 권 21절)라며 무시한 적이 있어, 유기리는 크게 자존심에 상처를 입었다.

는 의도가 있는 거겠지요. 여러모로 듣기 민망한 일들[107]도 슬쩍 들리는 듯합니다. 관계없는 분을 위해서도 애처롭기에……."

대장은 이와 같이 말씀하시지만, 결국 그리될 일이라고 생각하시기에 딱히 다투지 않는다.

대보 유모大輔の乳母는 들으며 무척 민망하여 아무 말도 아뢰지 않는다. 서로 이런저런 응수를 한 뒤에 이 서찰은 아씨가 감추어 버리셨기에, 대장은 무리하여 찾아내려 하지 않고 아무렇지 않은 척 주무셨다. 그래도 가슴이 두근대고 어찌하여서든 찾고 싶구나, 미야스도코로의 서찰인 듯한데 무슨 일이 있었던 것일까 하면서 눈도 붙이지 않고 생각에 잠겨 누워 계신다. 아씨가 주무시기에 어젯밤 앉았던 자리 밑 같은 데를 티를 내지 않으며 찾아보시지만 없다. 숨기실 만한 곳도 없기에, 참으로 짜증스러워 날이 밝았어도 서둘러 일어나지 않으신다. 아씨는 도련님들이 깨워 침소에서 무릎걸음으로 나오시는데, 자신도 지금 일어나신 듯한 태도로 이리저리 살펴보시지만 찾아내지 못하신다.

여자女는 이렇게 찾고자 생각하지도 않으시는 것을 보고 정말로 연정과는 상관없는 서찰이구나 싶어 신경도 쓰지 않는다. 하여, 도련님들이 정신없이 어울려 놀며 인형의 옷을 갈아입히거나 집어 들고 세워 놓고 노시거나 글을 읽거나 글씨 연습을 하거나 하는 등 다방면으로 참으로 정신이 없고 어린 아기는 기어와 매달리며 잡아당기거나 하기에, 빼앗은 편지에 대해서도 떠올리지 못하신다. 남자男는 다른 일에도 관심이 가지 않으시고 저쪽에 어서 답신을 보내 드려야 한다고 생각하시지만, 어젯밤

---

107 유기리와 오치바노미야에 대한 소문.

의 서찰 내용도 확실히 보지 못하였기에 읽지 않은 모양새의 답신도 서찰을 잃어버렸다고 추측하시겠구나 싶거나 하여 마음이 어지러우시다.

10. 하루 종일 미야스도코로의 서찰을 찾았지만 발견하지 못하다

모두들 식사를 하시고 상을 물리거나 하여 한적해진 대낮에, 대장은 번민하다가 이리 말씀하신다.

"어젯밤의 서찰은 무슨 내용이었는지요. 이상하게 보여 주지 않으시니…….. 오늘이라도 안부를 여쭈어야만 합니다. 몸이 개운치 않아 로쿠조六條에도 찾아뵐 수 없을 듯하기에 편지라도 바치고자 합니다. 무슨 내용이었나요."

전혀 아무렇지 않은 듯하기에, 아씨는 편지를 뺏은 것은 어리석었구나 싶어 기분이 나빠져 그 문제에 대해 언급하지 않으시고 이리 아뢰신다.

"지난밤 깊은 산에서 불어온 바람 탓에 잘못되시어 몸이 개운치 않아졌습니다, 하고 정취 있게 핑계를 아뢰시지요."

"아니, 이런 쓸데없는 말을 평소에 말씀하지 마시지요. 무슨 정취가 있겠는지요. 세상 일반의 사람과 견주시는 것이야말로 오히려 남부끄럽군요. 이 시녀들도 한편으로는 이상하리만큼 견실한 내 모습을 이리 말씀하신다고 웃고 있을 터인데……."

이렇게 농담으로 그럴듯하게 말하고, "그 편지는 어디 있소"라고 말씀하셔도 바로 꺼내 주지 않으신다. 그동안에 이야기 등을 더 아뢰고 잠시 누워 계시던 중에 날이 저물었다.

11. 저녁 무렵 서찰을 찾아 낭패하여 답신을 적다

대장은 쓰르라미 소리에 놀라 산그늘에 얼마나 안개가 잔뜩 끼어 있을까, 어이없구나, 오늘 중에 이 답신만이라도 하면서 애처로워져서, 그저 아무렇지 않다는 듯이 벼루를 갈면서 서찰을 어찌하였다고 무마할지 생각에 빠져 계신다.

아씨가 앉았던 자리 안쪽의 약간 솟아오른 곳을 혹시나 싶어 들어 올려 보시니, 여기에 끼어 두신 것이었다. 하여, 기쁘기도 하고 한심하게도 여겨져 미소를 지으며 보시니, 이렇게 안타까운 내용이 적혀 있었다. 가슴이 덜컥하여 일전의 하룻밤에 관해 의미 있는 일로 들으셨구나 하고 생각하시니, 딱하고 걱정스럽다. 어젯밤[108]만 하여도 어찌 생각하며 날을 밝히셨을까, 오늘도 여태껏 서찰조차, 라면서 말할 수 없는 기분이다. 참으로 괴롭다는 듯이 알아보기 어렵게 어지럽게 쓰신 필체이기에, 주체할 수 없어 생각다 못하여 이리 쓰셨구나, 냉담하다고 여기며 지난밤을 지새웠겠구나 싶어 말문이 막히기에, 아씨가 참으로 박정하고 참을 수 없다. 쓸데없이 이렇게 장난 삼아 숨기다니, 아아 내 탓이로구나 하면서 여러모로 내 신세도 한탄스럽고 그냥 다 울음이 터질 듯한 마음이시다.

바로 외출하려고 하시다가, 마음 편히 황녀와 대면할 수도 없건만 그

---

108 두 사람이 남녀 관계를 맺고 혼인하였다고 생각하는 미야스도코로에게 결혼 둘째 날 밤에 남성이 방문하지 않는 것은 관계의 파탄을 뜻한다.

분도 이리 말씀하시고, 어떨까, 오늘이 흉일凶日[109]이기도 한데 혹여 어쩌다 허락이라도 해 주신다면 불길하겠구나, 역시 일이 잘 진전되도록 하여야겠다고 진지한 마음으로 생각하시고, 우선 서찰에 대한 답신을 아뢰신다.

"참으로 좀체 없는 서찰을 받잡고 이모저모 기쁘게 보았습니다만, 이 질책을 어찌……. 어찌 생각하시고 하문하신 일이신지요.

유기리
가을 들판의 울창하게 우거진 풀 헤쳐 갔어도
선잠 자는 베개는 함께할 수 없었네

변명을 아뢴다고 한들 소용없지만, 어젯밤 잘못에 대한 질책은 잠자코 받고 있어야만 하나요."

황녀께 아뢸 내용은 아주 많이 쓰시고, 마구간에 있는 발 빠른 말에 안장을 얹어 지난밤에 갔었던 대부大夫를 보내신다. "어젯밤부터 로쿠조노인에 있어서 방금 오셨다고 말하거라"라며, 하여야 할 말을 소곤소곤 알려 드리신다.

---

109 음양도(陰陽道)에서 여러 일에 흉하게 작용한다는 날. 별 위치에 따라 정한다. 정월 진일(辰日), 이월 축일(丑日), 삼월 술일(戌日), 사월 미일(未日), 오월 묘일(卯日), 유월 자일(子日), 칠월 유일(酉日), 팔월 오일(午日), 구월 인일(寅日), 시월 해일(亥日), 동짓달 신일(申日), 섣달 사일(巳日)이다. 오노 방문일을 황녀와 결혼하는 날로 정해 놓고 흉한 날을 피하려고 한다.

12. 비탄에 젖은 나머지 미야스도코로의 병세가 급변하다

저쪽[110]에서는, 어제저녁도 냉담해 보이셨던 기색에 참기 어려워 뒷날 소문이 돌지도 모르는데도 참지 못한 채 원망을 아뢰셨거늘, 그에 대한 답신조차 오지 않고 오늘은 날이 다 저물었기에, 대장은 어떠한 마음이신가 싶어 뜨악하여 참담하고 마음도 갈가리 찢어져 좋아졌던 몸 상태가 다시금 아주 몹시 괴로우시다. 오히려 장본인의 심중은 이런 처사를 딱히 원망스럽다고 여겨 마음 상할 만한 일도 아니기에, 그저 생각도 못한 사람에게 허물없던 상태의 모습을 보인 일만 분하기는 하여도 그다지도 마음에 담아 두지 않으신다. 하나, 미야스도코로가 이렇게 심히 신경을 쓰시는 것이 참담한 데다 민망하고 변명을 아뢰실 방도도 없어 보통 때보다도 부끄러워하시는 기색이 보이신다. 미야스도코로는 이것이 몹시 안타까운 데다 시름만 더해 가시는구나 하고 뵙고 계시는데도 가슴이 꽉 막혀 슬프기에, 이리 말씀하시며 눈물을 줄줄 흘리며 우신다.

"이제 와 듣기 거북한 소리는 아뢰지 말자고 생각하여도, 그래도 숙명이라고는 하나 생각 외로 소견이 얕고 사람들에게 비난받으실 만한 일인지라……. 되돌릴 수 있는 일은 아니어도 이제부터는 역시 그러한 마음가짐[111]을 지니세요. 사람 축에 끼지 못하는 신세이지만 여러모로 뒷바라지를 해 드렸기에, 이제는 만사에 걸쳐 살펴 깨달으시고 세상의 이런저런 사정 또한 헤아리게 되실 만큼 지켜보며 보살펴 드렸다고 그쪽 방면은 안심하며 뵙고 있었거늘, 여전히 참으로 철이 없고 심지가 강하지

---

110 오노 산장.
111 세간의 비난을 받지 않도록 신중하게 처신하려는 마음.

못하셨구나 싶어 마음이 어지럽기에, 이제 얼마 남지 않은 목숨이라도 더 부지하였으면 싶습니다.

보통 사람이라고 할지라도 다소 신분이 괜찮았던 여자가 두 남편을 맞이하는 예는 한심하고 경박한 처사이건만, 하물며 이러한 신분[112]이시라면 그렇게 엉성하게 남자가 가까이 다가오도록 하여서는 아니 되거늘……. 생각과 달리 마음에도 들지 않는 처지이시라고 요 몇 년간도 뵈면서 괴로웠지만 그럴 만한 숙명이었겠지요. 상황을 비롯하시어 동의하시고 그분의 부친인 대신도 허락하실 의향이 있으셨기에, 나 홀로 고집부린다고 어찌 될 것 같지 않다고 마음이 약하여졌던 일이기에……. 한데, 사별한 뒤까지 마음에 들지 않는 처지이신데도 본인의 잘못은 아니신지라 하늘을 향하여 푸념하면서 지켜보며 지내 왔거늘, 참으로 이리 그 사람을 위해서도 본인을 위해서도 여러모로 듣기 힘들 듯한 일이 초래되어 쌓일 듯한 것이……. 그렇다고 하더라도 남들 평판은 모르는 척하며 세상 일반의 처지[113]만으로라도 지낼 수 있다면 자연히 세월이 흘러감에 따라서도 위로받을 일도 있지 않을까 하고 마음먹고 있었습니다만, 더없이 무정한 그 사람의 마음이시기도 하군요."

참으로 심하게 일방적으로 말씀하시기에, 황녀께서는 대응하여 해명할 말도 찾지 못하여 그저 울기만 하시는 모습이 느긋하고 가련해 보인다.

"아아, 남들보다 뭐가 뒤떨어지실까요. 어떠한 숙명이시기에, 평탄하지 않고 깊은 시름에 잠겨야만 하는 전세로부터의 인연이 깊은 것인지요."

미야스도코로는 황녀를 지켜보면서 이와 같이 말씀하시자마자, 몹시

---

112 황녀라는 귀한 혈통.
113 일반적인 부부 사이.

괴로워하신다.

모노노케 등도 이렇게 약해진 틈에 기승을 부리는 법이기에, 미야스도 코로는 갑자기 숨이 끊어져서 그저 차가워져만 가신다. 율사도 당황하셔서 서원 등을 세우고 시끄럽게 기도하신다. 깊게 서원하고 목숨이 다할 때까지 산에 칩거하던 중이건만, 이렇게까지 보통 이상의 마음으로 산을 떠나와서 단[114]을 허물고 산으로 돌아가 칩거할 일이 면목이 없어 부처를 원망스럽게 여기실 수밖에 없다는 취지로, 분발하여 기도드리신다. 황녀께서 정신없이 우시는 것도 참으로 지당하기만 한 일이다.

13. 미야스도코로가 세상을 뜨고
오치바노미야가 한탄하며 죽기를 바라다

이렇게 어수선한 중에 대장 나으리가 서찰을 보내와 받았다는 것을 어렴풋이 들으시고, 미야스도코로는 오늘 밤도 오시지 않을 듯하다고 설핏 들으신다. 비참하구나, 세상의 한 예[115]로서 거론되실 만하겠구나, 무엇 하러 나까지 그런 말을 남겼던가, 라며 이런저런 일을 떠올리시다가 그길로 숨이 끊어지셨다. 허망하고 슬프기란 이루 말할 수 없다. 예로부터 미야스도코로는 모노노케 탓에 때때로 편찮으셨다. 임종으로 보일 때도 이따금 있었기에, 여느 때처럼 모노노케가 의식을 빼앗아 가두어 두고 있는 듯하다며 가지기도를 올리며 법석대지만, 임종의 징후가

---

114 수법을 올릴 때 사용한 호마단.
115 황녀로서 하룻밤 만에 남자에게 버림받은 예.

확연하였다.

황녀께서는 뒤처지지 않겠다고 외곬으로 생각하며 옆에 바짝 누워 계신다.

"이제는 소용없습니다. 이렇게 몹시 생각하셔도 마지막 가는 길은 되돌아오실 수도 없습니다. 뒤따라가신다고 하여 어찌 마음먹으신 대로 이루어질는지요."

사람들이 다가와서, 이제 와 말해 보았자 소용없는 도리를 아뢴다.

"참으로 불길합니다. 망자를 위해서도 죄가 깊은 행동입니다. 이제는 비키시지요"라며 흔들어 움직이도록 해 드려도 몸이 얼어붙은 듯하여 아무 생각도 못 하신다. 수법을 하던 단을 부수고 승려들이 슬슬 나가니, 그럴 만한 사람들만 일부 남아 있고[116] 이제는 다 끝난 모습인지라 참으로 슬프고 허전하다.

14. 여러 곳에서 조문하러 오고 스자쿠인에게서 소식이 오다

여러 곳에서 조문을 하시니, 어느새 알려졌나 싶다. 대장 나으리도 듣고 한없이 놀라셔서 바로 조문을 아뢰신다. 로쿠조노인六條院[117]께서도 치사 대신致仕の大殿[118]도 모두 아주 뻔질나게 조문을 아뢰신다.

산에 계신 상황山の帝[119]께서도 들으시고 무척 가슴 절절하게 서찰을

---

116 장례 의식을 관장하고 49일간 재계할 승려들.
117 히카루겐지.
118 가시와기의 부친. 옛 두중장.
119 오치바노미야의 부친인 스자쿠인.

쓰셨다. 황녀께서는 이 소식을 받잡고 고개를 드신다.

근래 위중하시다고 들어 왔지만, 늘 편찮다고만 들어 익숙해진 탓에 방심하였기에……. 소용없는 일은 그렇다 치고, 슬픔에 젖어 탄식하실 모습이 헤아려지기에 마음이 아프고 괴롭군요. 일반적인 세상의 이치라고 생각하시고 위안으로 삼으시지요.

내용은 이러하다. 황녀께서는 눈물로 눈도 보이지 않으시지만, 답신을 아뢰신다.

15. 미야스도코로의 장례에 유기리가 조문하고 여러모로 돕다

늘 그리하셨으면 좋겠다고 말씀하셨던 일[120]이기에 오늘 바로 장례를 치른다며, 조카이신 야마토 지방 지방관大和守[121]이 있었는데 여러모로 일을 맡아 처리해 드렸다. 유해만이라도 잠시 더 뵙겠다며 황녀께서는 아쉬워하시지만, 그런다고 소용 있는 일이 아니기에 모두 서두르며 사위스러워 보일 즈음[122] 대장이 납시었다. "오늘 이후는 날이 좋지 않구나"[123] 하는 등 다른 사람이 들으라고 말씀하시고, 무척이나 슬프고 가

---

120 당시 소생을 기대하며 장례를 미루는 것이 일반적이었지만, 미야스도코로는 삶에 미련을 보이는 그러한 풍습을 기피하여 당일 장례를 원하였다.
121 야마토 지방 지방관은 종5위 상에 상당한다. 이 사람이 친족 대표라는 데서 미야스도코로의 친정 집안이 대단치 않다는 것을 알 수 있다. 야마토 지방은 오늘날의 나라현(奈良縣)이다.
122 입관할 때.

슴 아프게 황녀께서 생각하시고 탄식하실 것으로 헤아리셔서, "이리 서둘러 건너가실 만한 일이 아닙니다"라며 사람들이 간언[124]해 드려도 무리하여 납시셨다.

갈 길조차 멀어서 도착하여 들어가실 제 참으로 마음이 스산하다. 불길해 보이는 막을 둘러쳐 막아 놓은 의식 장소는 눈에 띄지 않도록 하여, 대장을 이 서쪽 면[125]으로 들게 해 드린다. 야마토 지방 지방관이 밖으로 나와서 울면서 감사의 말씀을 아뢴다. 쌍여닫이문 밖의 툇마루에 기대어 앉으셔서 시녀를 불러내도록 하시니, 모두 마음도 안정되지 않고 사리를 분별할 수 없을 때이다. 이리 건너오신 데 대해 다소 위로를 받고 소장님이 나와 뵙는다. 대장은 아무 말씀도 하실 수가 없다. 눈물이 흔하지 않으신 굳센 마음인데도 장소의 분위기와 사람들의 기색 등에 생각이 미치시는데도 가슴이 미어지고, 무정한 세상사가 타인의 일이 아닌 것도 참으로 슬프기만 하였다.

한동안 마음을 추스른 뒤 대장은 이렇게 소소장을 통해 인사를 아뢰신다.

"병세가 호전되어 가신다고 듣고 있었기에 마음을 놓고 있었던 중에…… 꿈이라도 깨어날 때가 있을 터인데 참으로 기가 막히기만 합니다."

황녀께서는 미야스도코로가 생각하시던 모습, 이 사람 탓에 마음도 몹시 어지러우셨구나 하고 생각하시니, 그럴 만한 수명이라고는 하여도 참으로 원망스러운 사람과의 인연이시기에 답조차 하지 않으신다.

"어찌 말씀하신다고 전하면 좋을지요."

---

123 친족이 아닌 유기리가 소식을 듣자마자 미야스도코로를 조문할 이유는 없다. 이에 더하여 구모이노카리의 질투도 걱정되어 구실을 만들었다.
124 죽음의 부정(不淨)을 탈까 걱정되어, 만류하였다.
125 오치바노미야의 처소.

"참으로 가볍지 않은 신분[126]이신데, 이리 일부러 서둘러 건너오신 마음을 모르는 척하시는 것도 지나칠 듯합니다."

시녀들이 저마다 이리 아뢰기에, 황녀께서는 "그냥 알아서 하게. 나는 하여야 할 말도 생각나지 않네" 하면서 자리에 누우신다. 이도 당연한 일이기에, 소소장이 대장에게 이리 아뢴다.

"지금은 망자와 다름없는 모습이시기에……. 방문하신 취지는 아뢰었습니다."

이 사람들도 몹시 흐느끼는 모양이기에, 대장이 이리 말씀하신다.

"저도 뭐라 아뢸 만한 방도도 없기에……. 조금 더 저 또한 마음을 가라앉히고 또 이쪽에서도 차분해지시면 찾아뵈러 오겠습니다. 어찌하여 이리 갑작스레 가셨는지, 그 상황을 알고 싶군요."

소소장은 있는 그대로 전부는 아니지만, 미야스도코로가 생각하시고 탄식하셨던 모습을 조금씩 아뢴다.

"원망의 말씀을 아뢰는 모양새가 될 듯합니다. 오늘은 한층 더 흐트러진 마음 탓에 잘못 아뢰게 되는 일들도 있을 것입니다. 뜻이 그러하시다면, 이렇게 어지러우신 마음도 끝이 있을 터이니, 다소 안정이 되셨을 적에 아뢰고 말씀을 받잡도록 하지요."

이러면서 제정신이 아닌 모습이기에, 대장은 입 밖에 내어 하시려던 말도 막히어 이렇게 말씀해 두신다.

"참으로 어둠 속에서 헤매는 마음이 듭니다. 그래도 위로의 말씀을 드려 주시고, 간략한 답신이라도 받을 수 있다면……."

---

126 근위 대장이라는 위엄 있는 신분.

자리를 떠나기 어려워하시는 것도 가벼운 처신이고, 아무래도 사람들로 법석이기에 돌아가셨다.

오늘 밤은 아닐 것으로 생각하였던 일들이 그다지 시간을 지체하지 않고 척척 처리되기에, 대장은 참으로 허망하다고 여기셔서 가까운 장원의 사람들을 불러들이시어 명하셔서, 그럴 만한 일들을 맡도록 정해 두고 나가셨다. 장례가 급작스럽기에 간소하게 진행되었을 일들이, 성대하게 사람들의 수 등도 더하여져……. 야마토 지방 지방관도 "좀체 없는 나으리의 배려"라거나 하면서 기뻐하며 감사 인사를 아뢴다. 흔적조차 없어져 기막힌 일[127]이라며 황녀께서는 이리저리 뒹구시지만 소용없다. 부모라고 아뢰어도 참으로 이렇게는 친밀하지 않은 법이었다. 뵙고 있는 사람들도 이에 관하신 일[128]을 다시 불길하게 여겨 탄식한다.

야마토 지방 지방관은 남아 있는 일들을 정리한 뒤 "이렇게 불안하여서야 여기서 지내실 수 없을 것입니다. 마음이 진정되실 틈이 전혀 없을 겁니다"라는 등 아뢰지만, 황녀께서는 그래도 봉우리의 연기라도 가까이에서 보며 기억하겠다며 이 산골 마을에서 끝까지 살려고 생각하신다. 재계[129]로 칩거하고 있는 승려는 몸채 동쪽 면과 그쪽의 회랑, 아래채 등에 임시로 방을 나누어[130] 조용히 지내고 있다. 몸채 서쪽에 붙은 조붓한 방을 소박하게 만들어 황녀께서는 거처[131]하신다. 날이 밝아 오고 지

---

127 미야스도코로의 유해는 화장되었다.
128 오치바노미야의 지나친 상심.
129 상중인 49일간. 또는 죽음의 부정을 피하기 위해 30일간 가까운 사람들이 재계에 들어가는 것을 말하기도 한다. 이에 맞춰 승려들도 함께 칩거한다.
130 칸막이나 병풍으로 벽을 삼아 임시로 방을 만든다.
131 몸채 서쪽 방에서 서쪽에 붙은 조붓한 방으로 처소를 옮겼다. 상중에는 몸채의 방을 피하는 풍습이 있었던 듯하다.

는 것도 구별하실 수 없어도, 세월이 흘러 구월이 되었다.

16. 유기리가 위문을 거듭하며
오치바노미야의 태도에 초조해하다

산에서 불어오는 바람이 무척 세차 나뭇잎으로 감추어졌던 부분이 없어져서 만사에 걸쳐 참으로 황량한 무렵이기에, 황녀께서는 보통의 하늘에도 정취가 느껴져 마를 새도 없이 한탄하시고 목숨조차 뜻대로 되지 않는다며 몹시 성가시게 여기신다. 모시는 사람들도 만사에 걸쳐 어쩐지 슬프고 갈피를 잡지 못한다.

대장 나으리는 날마다 안부를 여쭈신다. 쓸쓸해 보이는 염불승 등을 위로하고자 갖가지 물품을 보내어 안부를 물으시고, 황녀 안전으로는 가슴 절절하고 속 깊은 표현을 다 구사하여 원망을 아뢰며 한편으로는 끝도 없는 애도의 말씀을 아뢰시지만, 황녀께서는 손에 들고 보지도 않으신다. 경솔하고 참담한 일[132]을, 미야스도코로가 약하여진 몸 상태 탓에 의심하지 않고 받아들이셔서 돌아가시게 된 일을 떠올리시니, 내세의 죄업[133]까지 되는 게 아닐까 싶어 가슴이 꽉 막히는 느낌이 들어, 이 사람에 관하신 일을 약간 들으시는 것만으로도 더욱더 원망스럽고 비참한 눈물을 자아낸다고 여기신다. 사람들도 아뢰기 어려워하였다.

---

132 유기리가 황녀의 방에 밀고 들어온 일.
133 미야스도코로는 여식의 일이 걱정되어 임종을 편히 맞지 못하였는데, 이것이 성불에 방해가 되지 않을까 걱정하고 있다.

답신이 한 줄조차도 없는 것을 한동안은 마음이 어지러우셔서 그렇다고 생각하셨지만, 너무 시간이 흘렀기에 슬픔에 빠지는 것도 끝이 있을 터인데 어찌 이리 지나치게 모른 척하실 수 있는가, 말할 나위 없이 미숙한 듯하구나 싶어 원망스럽고, 관계없는 사안 쪽으로 꽃이니 나비니 하고 쓴다면 그럴 수도 있겠지만 내 마음속으로 가슴 아프게 여기며 한탄스러운 방면의 일이 있을 때 어떠냐고 묻는 사람은 정답고 어여삐 여겨질 것이다, 큰 황녀大宮¹³⁴께서 돌아가셨을 때 참으로 슬프게 여겼거늘 치사 대신이 그다지 슬퍼하지 않으시고 당연한 세상사 이별이라며 오로지 격식을 차린 의식만 힘써 공양하신 것이 박정하고 탐탁지 않았는데, 로쿠조노인六條院¹³⁵께서 오히려 곡진하게 뒤의 불사¹³⁶까지 도맡으신 것이 나와 혈육의 관계라고 하여도 기쁜 마음으로 뵈었다, 그때 세상을 뜬 위문 독故衛門督¹³⁷에게도 각별한 마음을 갖게 되었다, 인품이 아주 차분하고 만사에 몹시 유념하던 성격인지라 다른 사람보다 슬픔도 더 크고 깊었던 것이 정답게 여겨졌다, 라는 등 무료하게 계속 시름에만 빠지셔서 날을 보내고 계신다.

---

134 유기리의 외조모이자 치사 대신의 모친.
135 히카루겐지. 큰 황녀의 사위.
136 사십구재 불사.
137 가시와기. 유기리와 사촌지간으로 그 또한 조모인 큰 황녀의 죽음을 진심으로 슬퍼하였기에, 유기리는 그에게 호감을 갖게 되었다.

17. 불안해진 구모이노카리가 유기리와 와카를 읊어 주고받다

아씨女君[138]는 여전히 이 두 분 사이의 기색에 대해 어찌 된 일일까, 미야스도코로와 편지는 자상하게 주고받으신 듯한데, 라거나 하며 짐작하기 어려워한다. 대장이 저물녘 하늘을 시름에 잠겨 바라보며 누워 계신 곳으로 어린 도련님을 시켜 서찰을 바치신다. 특별할 것 없는 종이 끄트머리에 이렇게 적혀 있다.

> **구모이노카리**
> "절절한 모습 어찌 이해하고서 달래야 하나
> 산 이가 그리운가 죽은 이가 슬픈가[139]

> 막연하기에 괴롭기만 합니다."

대장은 미소를 지으며 가지각색으로 이리 짐작하며 말씀하시는데, 어울리지 않게 망자와 관련시켰구나 하고 생각하신다. 무척 재빠르게 아무것도 아닌 듯이 이리 쓰신다.

> **유기리**
> "양쪽 다 딱히 시름겨울 일 없네 사라져 가는
> 풀잎 위 이슬 같은 이 세상 목숨인걸

---

138 구모이노카리.
139 산 이는 오치바노미야, 죽은 이는 미야스도코로.

이 세상 모든 것이 슬픕니다."

여전히 이리 거리를 두시는구나 싶어, 아씨는 이슬의 슬픔[140]은 내버려 두고 심상치 않게 탄식하면서 지내신다.

18. 유기리가 오노로 오치바노미야를 찾아가지만 허망하게 발길을 돌리다

대장은 여전히 이렇게 마음에 걸리어 고민하시다가 다시 오노로 건너가셨다. 거상御喪 등이 지나고 나서 여유 있게, 하고 마음을 가라앉히셨지만, 그때까지도 도저히 참을 수 없으시다. 이제는 사실무근의 소문을 억지로 꺼릴 필요가 있겠는가, 그저 일반적인 세상 사람처럼 마지막 바람을 이루어야겠다고 마음을 먹으신 것이었다. 정실부인의 의혹에도 애써 다투지도 않으신다. 황녀 본인은 강하게 마음 주지 않고 밀어내신다고 하더라도 그 하룻밤의 원망 어린 서찰[141]을 의지처로 핑계 삼으면, 황녀께서 쉬이 오명을 끝내 씻지는 못하실 것이라고 든든해하였다.

구월 열흘이 지났기에 들과 산의 경치는 정취를 깊이 알지 못하는 사람조차 감흥이 없을 수가 없다. 산에서 불어오는 바람에 견디지 못하는 나뭇가지들이나 산봉우리 칡잎도 부산스럽게 뒤질세라 떨어지는 틈으

---

140 유기리가 와카에서 읊은 이슬 같은 삶의 슬픔.
141 미야스도코로가 유기리에게 보낸 서찰. 편지에는 오치바노미야와 유기리가 남녀 관계를 맺었다는 듯한 내용과 두 사람의 결혼을 용인하는 뜻이 드러나 있어, 유기리는 이를 이용하여 황녀를 설득하고 세상에도 두 사람의 관계를 공공연하게 드러낼 심산이다.

로, 엄숙한 독경 소리가 나직하게 들리고 염불 같은 소리만 들려 사람 기척은 아주 적다. 늦가을 바람이 불어 대니, 사슴은 그저 바자울 옆에 우두커니 서서 산간 논의 딸랑이[142]에도 놀라지 않고 짙게 물든 벼 속으로 들어가 우는데도 처량한 느낌이다. 폭포[143] 소리는 한층 더 시름에 잠긴 사람을 놀라게 할 정도로 귀가 따갑도록 우렁찬 소리를 낸다. 풀숲에 있는 벌레만이 기댈 데 없는 듯이 울음소리가 약해지고 말라 버린 풀 밑에서 용담龍膽이 저 홀로만 느긋하게 기어 나와 이슬에 젖어 있는 등 모두 여느 때와 다름없는 가을 정취이건만, 계절 덕분이기도 하고 장소 덕분이기도 한 것인지 참으로 참기 어려울 정도로 어쩐지 슬프기만 하다.

대장은 여느 때와 다름없이 쌍여닫이문 근처[144]로 가까이 다가가셔서, 그대로 주위를 둘러보시면서 서 계신다. 보드라워 보이는 노시直衣에 색상이 진한 의복[145]의 다듬이질 자국이 무척 아름답게 비쳐 보이고, 빛이 약해진 석양이 그래도 무심히 비쳐들기에 눈이 부신 듯이 티 내지 않고 쥘부채로 햇살을 가리신다. 그 손놀림은 여자야말로 이리되고는 싶을 터이지만, 여자라도 그리될 수 없거늘, 이라며 시녀들은 뵙고 있다. 시름을 위로할 만하고 저절로 웃음이 지어질 만한 화사한 얼굴로 소장님을 특별히 불러들이신다. 툇마루는 넓지도 않아 안에 사람이 더 있나 싶어 신경 쓰이기에, 소상하게도 이야기하지 못하신다.

---

142 작은 대나무 통을 매단 널빤지를 새끼줄에 늘어뜨리고, 잡아끌어 소리를 내게 하여 새를 쫓아내는 장치이다.
143 히에이산에 있는 오토와폭포.
144 몸채 서남쪽의 쌍여닫이문.
145 노시 아래에 입는 짙은 홍색의 시타가사네(下襲).

"좀 더 가까이……. 멀리하지 마시게나. 이리 산속 깊이 헤쳐 들어온 마음에 대해 거리를 계속 두어야만 하는지요. 안개도 참으로 짙군요."

이러면서 일부러 안쪽을 보지 않도록 하며 산 쪽을 바라보면서, "더, 더"라며 열심히 말씀하시니 짙은 쥐색 칸막이[146]를 발 가장자리에서 살짝 밀어내고 옷자락을 여미면서 앉는다. 야마토 지방 지방관의 여동생이기에 황녀와는 멀지 않은 관계[147]인 데다 어려서부터 미야스도코로가 양육하신지라, 의복 색상도 참으로 짙은 쥐색의 상복 일습과 고우치키小袿[148]를 입고 있다.

"이렇게 끝없는 슬픔[149]은 차치하고 뭐라 아뢸 수 없는 박정한 마음을 더하여 생각하자니, 마음도 혼도 전부 다 빠져나와 버려서 보는 사람마다 수상쩍게 여기시기에, 이제는 도저히 감출 수 있는 방도[150]가 없습니다."

대장은 이렇게 계속 원망을 많이 하신다. 그 임종 때의 서찰에 관해서도 입 밖에 내어 말씀하시며 몹시 우신다. 이 사람도 더욱더 심히 흐느끼면서 이와 같이 아뢴다.

"그날 밤 답신조차 받아 보지 못하셨는데, 이제는 임종이 가깝다고 여기시는 마음에 그대로 외곬으로 생각하셔서 어둑어둑해진 어스름 녘의

---

146 상중이라 칸막이 휘장은 상복과 같이 짙은 쥐색이다.
147 야마토 지방 지방관과 소소장은 미야스도코로의 조카이므로, 소소장은 황녀와 사촌지 간이다.
148 예복인 가라기누(唐衣)와 모(裳) 대용으로 입는 부인의 통상적인 예복이다. 아래에 다 듬이질로 광택을 낸 우치기누(打衣)와 히토에기누(單衣)를 겹쳐 입었다. 우치키(袿)보 다는 길이가 짧다.
149 슬픔이 그치지 않는 미야스도코로의 죽음.
150 '감추었어도 티가 나 버렸구나 나의 사랑은 시름 있냐고 묻는 사람까지 있구나(しのぶれ ど色に出でにけりわが戀はものや思ふと人の問ふまで)'(『拾遺和歌集』戀一, 平兼盛)에 의 거한 표현이다.

하늘 풍경에 마음이 어지러우셨습니다. 그렇게 약해진 틈에 전에 나왔던 모노노케가 모시고 갔다고 여겨졌습니다. 지난번 일[151]에 관해서도 몹시 마음이 어지러우셨던 때가 많이 있으셨습니다만, 황녀께서 마찬가지로 슬픔에 잠겨 계시기에 달래 드리려고 굳게 마음을 잡수셔서, 점차 기력을 되찾으셨습니다. 요번 비탄에도 당신御前께서는 그저 망연자실한 기색으로 기가 막힌 상태로 지내고 계셨습니다."

억누르기 어렵다는 듯이 탄식하면서, 시원시원하게도 아뢰지 못한다.

"그렇지요. 그 또한 너무 미덥지 않고 소용없는 마음이십니다. 이제는, 송구스럽지만 누구를 의지처로 삼으실 것인지요. 산에 거처하시는 분[152]께서도 참으로 깊은 봉우리에서 세상사 집착을 끊은 구름 속 생활이신 듯하기에, 안부를 주고받으시기에는 힘들지요. 참으로 이렇게 딱한 기색에 대해서는 말씀드려서 알려 주시게나. 만사 그럴 만하여서이지요. 이 세상에 머물러 세월을 보내고 싶지 않다고 생각하셔도 뜻대로 되지 않는 세상입니다. 우선 이러한 사별이, 세상사가 마음먹으신 바대로 이루어진다면 있을 수 있는 일인지요."

대장은 이와 같이 여러모로 말씀을 많이 하시지만, 소장님은 아뢸 만한 말도 없기에 탄식하면서 앉아 있다. 사슴이 몹시 심하게 울기에, 대장은 "내가 더 못할쏘냐"[153]라며 이리 말씀하신다.

---

151 가시와기의 죽음.
152 오치바노미야의 부친인 스자쿠인.
153 '가을이기에 산 울릴 만큼 우는 사슴에 비해 내가 더 못할쏘냐 홀로 잠드는 밤은(秋なれば山とよむまで鳴く鹿に我おとらめやひとり寝る夜は)'(『古今和歌集』 戀二, 讀人しらず)에 의한다.

유기리

마을과도 먼 오노의 대숲까지 헤치고 와서

나 또한 사슴처럼 목청껏 울고 있네

소소장

상복 젖듯이 이슬 젖은 가을 녘 산골 사람은

사슴 우는 소리에 함께 울고 있구나[154]

대단치는 않지만, 때가 때인지라 나지막한 음성 등을 괜찮게 듣고 계신다.

대장은 여러모로 안부를 아뢰시지만, 황녀께서는 이렇게만 무뚝뚝하게 답하도록 시키신다.

"이제는 이렇게 참담한 꿈과 같은 세상에서 살고 있으니, 조금이나마 깨어날 때가 있다면 끊임없이 문안해 주시는 데도 답해 드리겠습니다."

대장은 너무나도 말해 보았자 소용없는 마음이로구나, 하면서 탄식하며 돌아가신다.

---

154 오치바노미야에 대한 연모의 마음을 담아 읊은 유기리의 와카에 대응하지 않고, 소소장은 상중에 있는 자신의 슬픔을 읊었다.

19. 유기리가 이치조노미야를 거쳐 귀가하고 구모이노카리가 한탄하다

길을 가는 중에도 정취 있는 하늘을 바라보면서, 열사흗날의 달이 참으로 환하게 떠 있기에 오구라산小倉の山[155]도 더듬거리지 않을 듯이 돌아가시는데, 이치조노미야一條宮[156]는 도중에 있었다. 한층 더 황량해져서 미신未申 방향[157]의 무너진 담장 틈으로 들여다보니, 격자문을 죽 내린 채 사람 그림자도 보이지 않고 달빛만이 야리미즈遣水 수면을 환하게 비추며 머물고 있다. 대납언大納言[158]이 여기에서 관현 연주 등을 하셨던 때를 떠올리신다.

유기리

옛날 사람의 모습 비출 수 없는 연못 물 위에

홀로 머물러 있는 가을밤 달이로고[159]

이렇게 홀로 읊조리면서 자택[160]에 도착하셔서도 달을 바라보면서 마음은 허공을 헤매고 계신다. "자못 보기 괴롭구나. 이제껏 없었던 버릇이시구나"라며, 시녀들도 다들 얄밉게 여긴다.

---

155 교토시 우쿄구(右京區) 오이강(大堰川) 북쪽 기슭에 있다. 유기리가 오구라산을 직접 지나간 것은 아니며, '오구라(小倉)'와 발음이 같은 '오구라(小暗)'를 연상시킨다.
156 오치바노미야의 자택.
157 서남 방향.
158 가시와기.
159 옛날 사람은 가시와기와 미야스도코로.
160 유기리의 자택인 산조 저택.

마님[161]은 정말로 불쾌하여, 마음이 붕 떠 버리신 듯하구나, 원래 그런 방면으로 익숙해지신 로쿠조노인의 사람들을 걸핏하면 멋진 예[162]로 들면서 나를 고약하고 품위 없는 인간으로 생각해 오셨는데 당치도 않다, 나 또한 예로부터 그러한 데 익숙해져 왔다면 다른 사람들의 시선에도 오히려 익숙해져서 지낼 수 있었을 터인데, 세상의 본보기로 삼을 만한 마음 씀씀이[163]라며 부모와 동기간을 비롯하여 괜찮고 닮고 싶은 관계로 여겨 오셨거늘, 결국에는 끝에 가서 치욕스러운 일이 있지 않을까, 라는 등 아주 심히 탄식하신다.

20. 소소장이 유기리의 서찰에 대한 답신 속에 오치바노미야의 와카를 넣다

새벽녘이 가까운데 서로 말씀을 나누시는 일도 없이 각자 등을 돌리고 한탄하며 날을 밝힌 뒤, 아침 안개가 걷힐 새도 기다리지 않고 대장은 여느 때처럼 서찰을 급히 쓰신다. 아씨는 참으로 불쾌하다고 여기셔도 지난번과 같이 뺏지도 않으신다. 무척 소상하게 쓰고 붓을 내려놓고 읊조리신다. 소리를 죽이셔도 새어 나와 아씨에게 자연히 들린다.

---

161 구모이노카리.
162 일부다처의 상황 속에서 부인들이 질시하거나 반목하는 일 없이 사이좋게 지내는 상태를 말한다.
163 구모이노카리 한 명만을 소중하게 여기고 사랑해 온 유기리의 처신.

유기리

"언제쯤이나 잠 깨어 찾아가나 날이 새기 전

꿈에서 깬 뒤라고 하였던 한마디 말[164]

위에서 떨어지는[165]……."

이런 식으로 쓰신 듯한데, 서찰을 봉투로 싸고 여운이 남아 "어찌하면 좋을까"라는 등 읊조리신다. 사람을 불러들이셔서 건네셨다. 아씨는 답신이라도 보았으면 좋겠다, 역시 어떻게 되고 있는 것일까 하면서 기색을 보고 싶어 하신다.

해가 높이 떠오른 뒤 답신을 들고 왔다. 진한 보라색 종이가 쌀쌀맞고 소소장이 여느 때처럼 아뢴다. 그저 마찬가지로 소용없다는 취지를 적고, "마음이 아프기에 그 요전에 보냈던 서찰에 습자 삼아 마음 가는 대로 쓰신 것을 훔쳤습니다"라며 서찰 속에 찢은 부분을 넣어 두었다. 눈길은 주셨구나 하고 생각하시는 것만으로 기쁘니, 참으로 민망한 일이었다. 두서없이 쓰신 것을 이어서 보시니 이러하다.

오치바노미야

조석朝夕으로 늘 울음소리를 내는 오노산小野山에서

---

164 '날이 새기 전(明けぬ夜)'은 무명장야(無明長夜)의 의미로서 인간의 번뇌가 끝없음을 비유한다.

165 『겐지 모노가타리』 주석서에서는 '어찌하여서 어쩌면 좋을런가 오노 산중의 위에서 떨어지는 오토나시의 폭포(いかにしていかによからむ小野山の上より落つる音なしの瀧)'(출전 불명)를 인용하였다고 지적하고 있다. '오토나시의 폭포'의 '오토나시'란 '소리·소식이 없다'라는 뜻이다. 만족할 만한 답신이 없어 어쩌면 좋을지 모르겠다는 의미이다.

이렇게 읽어 낼 수도 있을 것인가, 또 옛 시가 등을 시름에 겨운 듯이 어지럽게 쓰신 필체 등도 볼만하다. 다른 사람에 관한 일로서 이처럼 연정에 애달아 괴로워하는 것은 마음에 들지 않고 제정신이 아닌 일로 보고 들어 왔건만, 자기 일로 닥치고 보니 정말로 너무 억누르기 어려울 만한 일이었다, 이상하구나, 어찌 이다지도 애달픈 마음으로 생각하여야만 하는가 싶어 생각을 되돌리시지만, 도저히 그럴 수가 없다.

21. 히카루겐지가 유기리와 오치바노미야의 소문을 듣고 침통해하다

로쿠조노인六條院께서도 들으시고, 대장은 참으로 온순한 데다 여러 방면을 깊이 생각하며 다른 사람의 비방을 받을 만한 구석도 없이 무난하게 지내 오셨기에 자랑스럽고, 본인이 예전에 다소 호색적이어서 좋지 않은 평판을 받으신 데 대해 면목을 세우기에 좋다고 기쁘게 생각해 왔거늘, 애처롭고 어느 쪽¹⁶⁷이든 딱한 일이 있겠구나, 관계가 멀지조차 않은데 대신 등도 어찌 생각하시겠는가,¹⁶⁸ 대장이 그 정도의 일을 짐작하지 않을 리는 없을 것이다, 숙명이라는 것은 피하기 어려운 일이기에 이

---

166 세상을 뜬 모친을 그리워하는 와카이다.
167 오치바노미야와 구모이노카리 양쪽 다.
168 치사 대신의 입장에서 사위이자 조카인 유기리가 며느리인 오치바노미야에게 구애하는 것은 몹시 불쾌한 일이다.

런저런 말참견을 할 만한 일도 아니라고 생각하신다.

여자女에게 있어서만은 어느 쪽이든 딱하구나 싶어, 관계없어도 들으시고 탄식하신다. 무라사키노우에紫の上에 대해서도 이제까지의 일과 앞으로의 일을 떠올리시면서, 이와 같은 예를 듣는데도 본인이 세상을 뜬 뒤 마음이 놓이지 않게 여겨지는 점[169]을 아뢰시니, 아씨는 얼굴을 붉히시면서 박정하구나, 그렇게까지 나를 뒤에 남겨 두실 작정이신가 하고 생각하신다.

여자女만큼 처신하기가 옹색하고 가슴 아픈 존재는 없다, 어쩐지 가슴 절절한 정취와 때에 따라 운치 있는 일조차 보고도 알지 못하는 듯이 틀어박혀 침울해하거나 한다면 무슨 일로 세상을 살아가는 기쁨을 느끼거나 무상한 세상의 무료함을 어루만질 수가 있겠는가, 대저 사물의 이치를 알지 못하고 형편없는 자가 되어 버린다면 키워 주셨던 부모에게도 참으로 한심한 일이 아니겠는가, 마음속에만 담아 두고 무언 태자無言太子[170]라든가, 젊은 승려들이 가슴 아픈 일로 여기는 옛 비유처럼 나쁜 일 좋은 일을 다 알면서도 입을 다물고 있는 것도 한심한 일이다, 내 마음이기는 하지만 무난하게 어찌 처신하여야만 하는가 하고 이런저런 생각을 하시는 것도, 지금은 그저 온나이치노미야女一の宮 때문[171]이시다.

---

169 자신이 죽은 뒤 홀로 남게 된 무라사키노우에에게 유기리를 비롯한 남성들이 구애할지도 모른다는 불안.
170 『불설태자목백경(佛說太子沐魄經)』에 따르면, 파라나국(波羅奈國)의 태자 목백은 구업의 죄로 지옥에 떨어질 것을 두려워하여 열세 살 때까지 말을 하지 않았다. 이에 왕이 태자를 산 채로 묻으려 하자 말을 하여 무사히 궐로 돌아와 왕위를 이었다고 한다.
171 온나이치노미야는 금상의 장녀로 아카시 여어 소생이다. 무라사키노우에가 귀히 키웠다. 무라사키노우에는 온나산노미야와 히카루겐지가 결혼한 이래 여성으로 태어난 불행을 인식하게 되었는데, 이제 살날이 얼마 남지 않은 자신의 삶과는 상관없이 사랑하는 온나이치노미야의 장래를 생각하여 여성의 행복을 염원한다.

22. 유기리와 대면하면서 히카루겐지가 오치바노미야 건을 넌지시 알아보다

대장님이 찾아뵈신 기회가 있어, 겐지 님께서는 어찌 생각하시는지 그 기색도 알고 싶기에 이리 말씀하신다.

"미야스도코로御息所의 거상[172]은 끝났겠구나. 어제오늘 일로 생각하는 새 세 해 전의 일[173]이 되어 버린 세상이로고. 가슴 아프고 부질없구나. 저녁 이슬이 내린 정도[174]인 것을 욕심을 부리니……. 어찌하여서든 이 머리를 깎고 모든 일을 내던지고 출가해 버릴까 하고 생각하건만, 그러면서도 유유자적한 모습으로 지내는구나. 참으로 꼴사나운 일이로고."

"정말로 아까울 게 없어 보이는 사람조차 각자의 입장에서는 세상을 떠나기 어렵게 여기는 세상인 듯합니다."

대장이 이와 같이 아뢰고 나서, 이렇게 또 아뢰신다.

"미야스도코로의 사십구재 불사[175] 등은 야마토 지방 지방관이라는 아무개님이 홀로 맡았는데 참으로 갸륵한 일입니다. 제대로 된 연고가 없는 사람은 이 세상에 살아 있는 동안은 어찌어찌 되어도 이처럼 삶의 마지막에는 슬픈 일입니다."

겐지 님께서 이리 말씀하신다.

"상황원院[176]께서도 문상하시겠구나. 그 황녀[177]께서 얼마나 한탄하시겠

---

172 49일간의 상.
173 가시와기가 사망한 지 햇수로 3년이 되는 해라서 3년이라고 하였다는 해석이 있다.
174 『백씨문집』 권2 「진중음(秦中吟)」 10수 중 「불치사(不致仕)」에 '朝露貪名利 夕陽憂子孫'이라는 구절이 있다. 아침 이슬을 저녁 이슬로 바꾸었다.
175 죽은 이의 내세에서의 삶이 결정되지 않은 49일간의 중음(中陰) 기간이 끝나는 날이다. 명복을 비는 불사를 올린다.

는가. 진작부터 들었던 것보다는 요 가까운 몇 년간 일이 있을 때 보고 들은 바에 의하면 이 갱의更衣[178]야말로 부족한 데 없고 괜찮은 분 중 한 분입니다. 일반적인 세상 관점에서 보아도 애석한 일이로고. 그대로 충분해 보이는 분이 이렇게 돌아가시는구나. 상황께서도 몹시 놀라셨지요. 그 황녀를 이쪽에 계신 입도 황녀入道の宮[179] 다음으로는 어여뻐하셨지요. 인품도 좋으시겠지요."

그러자 대장은 이리 아뢰신다.

"성품은 어떠실지요. 미야스도코로는 흠잡을 데 없던 언동과 마음씨를 지니셨기에……. 친밀하게 마음을 터놓지 않으셨지만, 대수롭잖은 일을 계기로 자연히 그 사람의 행동거지는 드러나게 되는 법입니다."

황녀에 관하신 일은 언급하지 않고 전혀 모른 체한다. 이 정도로 무뚝뚝한 마음에 담아 두기 시작한 일을 타이른다고 하여 소용 있겠는가, 받아들이지 않을 터인데 저 잘났다고 입 밖에 내는 것도 안 하느니만 못한 일이다, 라고 생각하시고 그만두었다.

23. 유기리가 불사를 주재하자 치사 대신이 불쾌해하다

이리하여 불사를 치르는 데 대장이 만사에 걸쳐 도맡아 하신다.[180] 그

---

176 스자쿠인.
177 오치바노미야.
178 오치바노미야의 모친인 미야스도코로.
179 온나산노미야.
180 세간에 유기리 자신을 오치바노미야의 남편으로 공공연하게 내세우려는 심산이다.

소문은 저절로 숨길 수 없기에 대신[181] 등도 들으시고, 그런 일이 있어서는 되겠는가, 라는 등 여자 쪽이 사려가 깊지 않다는 듯이 간주하시니, 당치 않다. 그 예전 마음[182]도 있으시기에 도련님들[183]도 참석하신다. 송경誦經[184] 등을 나으리[185]도 성대하게 베푸신다. 이 사람 저 사람도 제각각 뒤떨어지지 않게 공양하시기에, 한창 위세를 떨치는 사람이 이러한 불사를 치르는 데 뒤지지 않았다.

24. 스자쿠인이 출가하고 싶다는 오치바노미야를 타이르다

황녀[186]께서는 이렇게 여기서 내내 지내자고 작정하신 일도 있었지만, 상황[187]께 어떤 사람이 흘려 아뢰었는지라 이렇게 자주 말씀하셨다.

"참으로 있어서는 안 되는 일이다. 정말로 많이 이리저리 몸을 의탁[188]해서도 안 되는 일이지만, 후견인이 없는 사람이 그러한 모습으로 오히려 있을 수 없는 소문[189]이 나서 득죄得罪[190]라도 하게 된다면 현세든 내세든 이도 저도 아닌 신세가 되어 비난을 받는 허물을 만들게 된다. 여기에서 내가 이리 세상을 버리고 수행하고 있는 데다 셋째 황녀도

---

181 치사 대신.
182 가시와기와의 인연.
183 치사 대신가의 자제들.
184 독경하는 승려에 대한 시주 등.
185 치사 대신.
186 오치바노미야.
187 스자쿠인.
188 가시와기와 결혼하고, 또다시 유기리와 재혼하는 일.
189 출가한 뒤의 염문.
190 비구니 몸으로 애욕의 죄를 범하는 일.

나와 마찬가지로 초라한 모습으로 계시거늘, 자손이 없다고 사람들이 생각하고 말하는 것도 세상을 버린 몸으로서는 번뇌할 만한 일은 아니지만, 반드시 그리 똑같이 경쟁하시려 하는 것도 심한 일일 것이다. 세상이 괴롭다고 하여 싫어하는 것은 오히려 남들 보기 민망한 처사이다. 스스로 깨닫는 방면이 있고 잠시 더 마음을 가라앉힌 뒤 차분해진 다음에 어찌하든지……."

상황께서는 이 염문을 들으신 듯하다. 그러한 일이 바라는 바대로 되지 않아 세상에 정이 떨어지셨다고 입길에 오르시게 될까 염려하신 것이었다. 그렇다고 또 드러내 놓고 황녀께서 처신하시는 것도 경박하고 탐탁지 않은 일로 생각하시면서도, 부끄럽게 여기실 것도 딱한지라 나까지 무엇 하러 소문을 듣고 참견할 필요가 있을까 하고 생각하셔서, 이 방면[191]에 관해서는 전혀 아뢰지 않으셨다.

25. 유기리가 오치바노미야의 거처를 이치조노미야로 옮길 준비를 하다

대장 또한, 이리저리 둘러대어 말해 보았어도 이제는 안 하느니만 못하다, 그 마음에 받아 주시기는 어려울 듯하구나, 미야스도코로가 속사정을 알았다고 사람들에게는 알리자, 어찌하겠는가, 돌아가신 분에게 다소 가벼운 허물[192]을 씌우고 언제 시작된 관계인지 어물쩍 얼버무리자,

---

191 오치바노미야와 유기리의 관계.
192 미야스도코로가 두 사람의 관계를 용인한 것은 경솔하였다는 비난.

이제 와 연모하는 마음을 드러내며 있는 눈물을 다 흘리며 매달린다는 것도 무척 서투르게 보일 듯하다고 마음을 먹으신다.

황녀께서 이치조一條로 건너가실 만한 날을 언제쯤이라고 기일을 정하고 야마토 지방 지방관을 불러들이셔서 마땅히 하여야 할 법도에 관해 말씀하시고, 궁[193] 안의 청소와 설비를, 말은 그러하여도 여자들은 풀이 무성한 데서 거처해 오셨는데 닦아 내듯이 꾸며 둔다. 마음 씀씀이 등은, 필요한 제반 물품도 멋들어지게 장막, 병풍, 칸막이, 앉을 자리 등에 이르기까지 배려하시면서, 야마토 지방 지방관에게 말씀하셔서 그 집에서 서둘러 준비하도록 하신다.

26. 야마토 지방 지방관에게 설득당하여 오치바노미야가 울면서 교토로 돌아오다

그날, 대장은 직접 이치조노미야에 납시고, 수레와 구종 별배 등을 오노로 파견하신다. 황녀께서는 결단코 건너가지 않겠다고 생각하시고 말씀하시건만, 사람들이 끈질기게 아뢰고 야마토 지방 지방관도 이리 계속 말하면서 좌근左近과 소장[194]을 책망한다.

"결단코 그 뜻을 받잡지 못하겠습니다. 불안하고 슬픈 모습을 뵈면서 탄식하고, 요번에 하여야 할 뒷바라지는 감당할 수 있는 만큼 맡아 처리하였습니다. 이제는 지방의 정무도 있고 물러나 내려가야만 합니다.

---

193 이치조노미야.
194 오치바노미야의 시녀들.

궁[195] 안의 일도 살펴도록 부탁할 만한 사람도 없고, 참으로 소홀한지라 어쩌나 싶습니다. 이렇게 대장이 만사에 걸쳐 살펴 뒷바라지를 해 주시는데, 아무래도 이쪽 방면으로 생각해 보자면 반드시 가지 않으셔도 되는 처지이시지만, 그렇게 옛날에도 바라시는 바대로 되지 않는 예[196]는 많습니다. 홀로 세상의 비난[197]을 받으실 일도 없을 것입니다. 참으로 어른스럽지가 않으십니다. 당차게 생각하신다고 하여도 여자 마음 하나로 내 처지를 수습하고 두루두루 살피실 만한 방도가 있을까요. 아무래도 다른 사람이 귀히 여겨 주시고 보살펴 주시는 데 의지하시는 게……. 깊은 마음에서 우러나온 대단한 마음가짐[198]도 거기에 달린 법[199]입니다. 자네들이 아뢰어 알려 드리지 않으신 탓입니다. 그러면서 그래서는 안 되는 일[200]을 각자 멋대로 해 드리기 시작하거나 하시니……."

시녀들이 모여서 달래며 아뢰니, 황녀께서는 참으로 어쩔 도리가 없고, 화사한 의복들을 사람들이 갈아입혀 드리는데도 제정신도 아닌 채 여전히 참으로 한결같이 깎아 버리고 싶다고 여기시는 머리칼을 앞으로 훑어 내려 바라보신다. 육 척尺쯤의 길이에 다소 가늘어졌어도 다른 사람에게는 아쉽게도 보이지 않건만, 본인의 마음으로는 심하게도 시들었구나, 다른 사람에게 보일 만한 모습도 아니고 다방면에 걸쳐 괴로운 처지[201]인 것을, 하며 생각을 이어 가시면서 다시 누우셨다. "늦습니다. 밤

---

195 이치조노미야(一條宮).
196 황녀가 원하지 않아도 결혼한 예.
197 황녀 신분으로 신하와 재혼까지 하였다는 비난.
198 오치바노미야의 출가 의지.
199 출가하여 수행하는 데도 남편의 경제적인 원조가 필요하다는 의미이다.
200 서찰 등을 전하거나 하는 불필요한 행동.
201 남편과 어머니와 사별하고, 원치 않는데도 유기리와 재혼하여야 하는 상황 등.

도 깊어질 듯합니다"라며 모두 소란스럽다. 늦가을 비가 무척 부산하게 바람에 섞여 내려 만사가 어쩐지 슬프기에 이리 읊는다.

오치바노미야
올라가 버린 산봉우리 연기에 함께 뒤섞여
원치 않는 곳으로 쏠리고 싶지 않네[202]

본인 마음으로는 강하게 생각하셔도 그즈음은 가위 등과 같은 것은 모두 감추어 두고 사람들이 지키고 있었기에, 이리 법석을 피우지 않더라도 무슨 미련이 남아 있는 신세인가, 어리석고 분별없는 모양새로 몰래 할 리는 있겠는가, 세평을 전해 듣고 불쾌하게도 여기실 만한 일은 하지 않을 터인데 하고 생각하셔서, 그 본뜻처럼 출가도 하지 않으신다.

사람들은 모두 준비를 하여 제각각 빗 상자, 손궤,[203] 중국 궤짝,[204] 여러 가지 물건을, 자루에 넣은 하잘것없는 것이지만 전부 진작에 옮겼다. 이에 황녀께서는 홀로 남아 계실 수도 없으셔서 울며울며 수레에 타시는데도 옆자리만[205]을 보시게 된다. 이쪽으로 건너오셨을 때 미야스도코로가 몸 상태가 괴로우신데도 황녀의 머리칼을 손으로 쓰다듬어 매만지고 수레에서 내려 주셨던 일을 떠올리시니 눈앞도 흐릿하여 가슴이

---

202 '원치 않는 곳(思はぬかた)'은 유기리가 있는 도읍지. '스마 어부가 소금 굽는 연기는 바람 싫어해 예기치 못한 데로 기다랗게 깔리네(須磨の海人の塩燒く煙風をいたみ思はぬかたにたなびきにけり)'(『古今和歌集』戀四, 讀人しらず)에 바탕을 두고 있다.
203 일상용품을 넣어 두는 상자이다.
204 여섯 개의 다리가 붙은 뚜껑이 있는 상자이다.
205 올 때는 모친과 함께 수레를 타고 왔지만 갈 때는 혼자 간다는 설정은, 『가게로 일기(蜻蛉日記)』에서 미치쓰나의 어머니(道綱母)가 산사에서 친정어머니를 잃고 홀로 교토로 돌아가는 장면과 유사하다.

미어진다. 패도佩刀와 함께 경문經文 상자[206]를 지참하고 있는데, 항상 옆에 있기에 이리 읊는다.

오치바노미야

추억거리形見를 보면서도 그리움 달랠 수 없네

눈물 탓에 흐릿한 어여쁜 상자로세

검은 경문 상자도 아직 마련토록 하지 못하셔서 그 손에 익으셨던 나전 상자였다. 송경에 대해 시주하도록 하신 것인데, 추억거리로 간직해 두신 것이었다. 우라시마노코浦島の子와 같은 심경[207]이다.

27. 유기리가 기다리고 있는 이치조노미야에 오치바노미야가 돌아오다

황녀께서 도착하시고 보니, 저택 안은 슬픔의 기색도 없고 인기척이 많아 전과 다른 모습이다. 수레를 대고 내리시는데, 전혀 예전 집으로 여

---

206 미야스도코로의 유품이다. 늘 몸에 지니는 불경을 넣어 둔다. 『법화경』이 일반적이다.
207 우라시마노코(浦島の子)는 우라시마(浦島) 전설 속의 인물이다. 우라시마노코 또는 우라시마타로(浦島太郎)라는 어부가 거북이를 따라 용궁에서 3년간 영화롭게 살다가 고향으로 돌아올 때 다마테바코(玉手箱)라는 상자를 받아 오는데, 귀향하여 열어 보지 말라는 말을 듣지 않고 열었더니 흰 연기와 함께 졸지에 할아버지가 되었다는 이야기이다. 미야스도코로의 유품 상자에서 연상된 것으로, 기댈 데 없는 도움으로 홀로 귀경하는 오치바노미야의 심경을 비유하였다. 이 전설은 『니혼쇼키(日本書紀)』, 『단고후도키(丹後風土記)』 등에서부터 확인할 수 있다.

겨지지 않아 싫고 불쾌하게 여겨지시기에 바로 내리지도 않으신다. 참으로 이상하고 철없는 모습이기도 하구나 싶어 사람들도 뵈면서 곤란해한다. 나으리[208]는 동쪽 채 남면을 본인의 처소로 임시로 꾸며 두고 내내 거처해 온 얼굴로 계신다.

산조 저택[209]에서는 사람들이 "갑자기 기가 막히게도 되어 버리셨네요. 언제부터 이리된 걸까요"라며 놀라워하였다. 부드럽고 정취 있는 체하는 일을 좋지 않게 생각하시는 분은 이렇게 생각도 못 한 행동을 가끔 하시기도 하였다. 하나, 오래된 두 사람의 관계를 소문도 없이 티도 내지 않고 지내 오셨다고만 추측하고, 이렇게 여자가 뜻을 굽히지 않으신다고 짐작하는 사람도 없다. 이렇든 저렇든 황녀께는 측은해 보이는 일이다.

꾸밈새 등도 보통과 달라[210] 신혼치고는 불길해 보이지만, 식사 등을 다 마치거나 하여 모두 조용해졌을 때 대장은 건너오셔서[211] 소장님을 몹시 채근하신다.

"황녀께 대한 마음이 정말로 오래도록 가길 원하신다면, 오늘내일은 지나고 나서 아뢰시지요. 오히려 원래로 돌아가 상심에 빠지셔서 죽은 사람처럼 누워 계시게 되었습니다. 달래 드리는 것도 박정하게만 생각하시기에, 모든 게 다 저희를 위한 것이기도 합니다만, 참으로 까다로운 일이라 아뢰기 힘든지라……."

소장이 이리 말한다.

---

208 유기리.
209 구모이노카리가 살고 있는 유기리의 본저.
210 상중이기에 결혼 준비를 한다고 하여도 화려한 색상을 피하고 옷과 세간도 검은색과 짙은 쥐색을 쓴다.
211 유기리가 거처하는 동쪽 채에서 몸채에 있는 오치바노미야 처소로.

"너무 이상하군요. 짐작하던 것과는 달리 철없고 이해하기 어려운 마음이시로군요."

이러면서 자신이 생각해 낸 일은 그 사람께도 자신을 위해서도 세상의 비난을 받을 리 없다며 대장이 계속 말씀하시기에, 소소장은 이러면서 손을 비빈다.

"아니, 지금은 또 황녀께서 소용없는 사람이 되시는 것은 아닐까 하고 마음이 진정되지 않고 혼란스럽기에 만사 분별을 하지 못하고 있습니다. 서방님, 이리저리 강하게 밀어붙이고 외곬으로 마음을 쓰지 말아 주십시오."

"참으로 달리 겪어 보지 못한 관계로군요. 밉살스럽고 마음에 들지 않는다며 다른 사람[212]보다 몹시 낮추어 보시려는 제 처지야말로 참담하군요. 어찌하여서든 다른 사람의 판단이라도 받아 보고 싶군요."

이렇게 뭐라 말할 수도 없다고 생각하시며 말씀하시기에, 과연 딱하기도 하다.

"달리 겪어 보지 못하였다는 것은 정말로 남녀 관계에 밝지 못한 마음가짐 탓은 아니실는지……. 시비를 가리게 되면 과연 사람들은 어느 쪽을 편들는지요."

이러면서 소소장은 약간 웃음을 지었다.

---

212 넌지시 가시와기를 가리킨다.

28. 유기리가 접근하자 오치바노미야가 헛방에 틀어박히다

이렇게 의지가 강하지만 이제는 누구의 방해도 받으실 것도 아니기에, 대장은 그길로 이 사람을 부추기어 어림짐작하여 안으로 드신다. 황녀께서는 너무 불쾌하고 정나미 떨어지며 경박한 사람의 마음이로구나 싶어 밉살스럽고 원망스럽기에, 어른스럽지 않은 태도라고 쑥덕대겠다고는 생각되셔도 헛방에 자리 하나를 깔게 하시고 안에서 문을 잠그고 주무셨다. 이것도 언제까지 가능할는지. 이 정도로 흐트러진 시녀들의 마음이 너무 슬프고 한심하게 여겨지신다. 서방님男君[213]은 못마땅하고 박정하다고 여기고 계시지만 이 정도로는 어찌 단념하겠는가 하고 느긋하게 생각하시고, 이런저런 생각을 하시며 밤을 지새우신다. 산새 같은 심경[214]이셨다. 가까스로 새벽이 되었다. 이렇게만 있다가는 사람과 얼굴을 마주치게 될 게 뻔하기에 나서려고 하시며 "그저 약간의 틈만이라도……" 라며 몹시 아뢰시지만, 참으로 매정하다.

> 유기리
> "원망하면서 가슴 후련치 않은 겨울밤인데
> 빗장까지 잠그는 관문 바위문關の岩門이네[215]
>
> 아뢸 방도도 없는 마음이시로군요."

---

213 유기리. 오치바노미야와의 남녀 관계가 강조된 호칭이다.
214 산새는 암컷과 수컷이 따로 골짜기를 사이에 두고 잔다고 전해진다.
215 '관문 바위문'은 헛방의 문을 비유한 것이다.

이러면서, 울며울며 나가신다.

29. 유기리가 로쿠조노인으로 와서
하나치루사토와 히카루겐지를 만나다

대장은 로쿠조노인[216]으로 납시셔서 쉬신다. 동쪽 마님東の上[217]은 이렇게 느긋하게 말씀하신다.

"이치조노미야를 교토로 옮겨 드리셨다고 그 대신[218] 댁 근방 등에서 말씀하시던데, 어떻게 된 일이신지⋯⋯."

칸막이로 하나 더[219] 가렸지만, 가장자리로 여전히 살짝은 보이신다.

"그렇게 역시 사람들이 말할 만한 일입니다. 고 미야스도코로故御息所는 참으로 의지가 강하여 있을 수 없는 일이라고 단정적으로 말씀하셨지만, 임종 상태로 마음이 약하여지셨을 때 달리 황녀를 부탁할 만한 사람이 없는 것이 슬펐던지, 세상을 떠난 다음의 후견인이 되어 달라는 듯한 부탁이 있었습니다. 원래부터의 마음가짐[220]도 있었던지라 이리 생각해 왔습니다만, 이리저리 어떤 식으로 세상 사람들은 화제로 삼고 있는 것일지요. 그리 입에 올릴 만한 일도 아닐 터인데, 이상하게 사람들은 입이 고약한 법이로군요."

---

216 로쿠조노인의 북동 구역 여름 저택에 유기리 처소가 있다.
217 하나치루사토.
218 치사 대신.
219 두 사람 사이에 쳐 있는 발에 더하여 칸막이까지 더하여 보이지 않게 하였다.
220 가시와기와의 두터운 정의(情誼).

대장은 이리 말하며 웃음을 띠면서, 이처럼 조용히 아뢰신다.

"그 장본인은 여전히 이 세상에서 지내지 않겠다고 굳게 결심하고, 비구니가 되겠다며 마음을 터놓고 계시지 않은 듯하기에 어찌 될는지…….이쪽저쪽에서 듣기에 거북하기도 할 듯합니다만, 그리되어 제 혐의가 벗겨진다고 하더라도 그렇다고 하여 그 유언은 저버릴 수 없다고 생각되기에, 그저 이리 조언하며 보살피고 있습니다. 인院께서 건너오실 때 계기가 있으시다면 이 같은 취지로 전해 주십시오. 잘 지내 오다 막판에 탐탁지 않은 마음을 먹는다고 생각하시고 말씀하실 것이 마음 쓰였습니다만, 정말로 이와 같은 방면221이야말로 다른 사람의 충고는 물론이고 자신이 마음먹은 바대로도 되지 않는 듯하였습니다."

"사람들이 거짓말하는가 하고 생각하였습니다만, 정말로 그러한 기색이시군요. 모두 세상에 흔한 일이지만 산조 아가씨三條の姬君222가 어찌 생각하실지 측은하군요. 평안히 지내 오셨기에……."

마님이 이리 아뢰시자, 대장은 "귀염성 있게도 아가씨姬君라고 부르시는군요. 참으로 귀신鬼223처럼 성질이 나쁜데요"라고 한다.

"어찌 그 사람 또한 소홀하게는 대우하겠는지요. 송구스럽지만 마님들224 입장으로 짐작해 보시지요. 원만한 성격만이 사람에게는 결국에는 중요한 일일 것입니다. 말이 많고 일이 시끄러워져도 한동안은 왠지 복잡하고 성가실 듯하여 삼가는 일이 있겠지만, 거기에 끝까지 따를 수는 없는 일이기에 사단이 일어나면 그 뒤에는 저도 그 사람도 밉살스럽

---

221 연애사.
222 구모이노카리. '아가씨(姬君)'라는 표현에 애정이 담겨 있다.
223 당시에 귀신은 사람을 잡아먹거나 하는 두려운 존재로 여겨졌다.
224 하나치루사토, 무라사키노우에, 아카시노키미 같은 로쿠조노인의 어성들.

고 질리겠지요. 역시 남쪽 저택南の殿[225]의 마음 씀씀이야말로 이런저런 방면으로 감사하고, 그리고 이곳 마님[226]의 마음가짐 등이야말로 참으로 훌륭하다고는 내내 뵙고 있었습니다."

이와 같이 칭찬해 드리시기에, 마님은 웃으시며 이리 말씀하신다.

"구체적인 예[227]로 거론하시면, 제 남부끄러운 평판이 드러나 버리게 됩니다. 그건 그렇고 재미있는 것은 인院께서 본인의 성벽性癖은 아는 사람이 없다는 듯이 다소 바람기 있는 마음 씀씀이를 큰일로 생각하시고 훈계를 하시거나 뒤에서 험담까지 아뢰시는 듯한데, 똑똑한 체하는 사람이 자기 일에 대해서는 모르는 듯 여겨집니다."

이에, 대장은 이러면서 정말로 재미있다고 생각하셨다.

"그렇습니다. 늘 이 방면[228]에 관해 훈계하십니다. 그렇기는 하여도 황송한 가르침을 주시지 않더라도 아주 잘 유념하고 있습니다만."

대장은 겐지 님 안전으로 찾아뵈셨다. 겐지 님께서는 그 일은 들으셨지만 들었다는 티를 낸다고 하여 무얼 할까 싶으셔서 그저 대장을 바라만 보셨다. 대장은 참으로 멋지고 기품 있게 아름다운데, 요즘은 나이[229] 들어 성숙함까지 더하여지셔서 한창때이신 듯하다. 그 같은 호색적인 일을 벌이신다고 하여도 다른 사람들이 비난할 만한 모습도 아니시고, 귀신鬼神[230]조차 죄를 용서할 만큼 산뜻하고 깔끔한 모습으로 젊은 데다 한

---

225 무라사키노우에.
226 하나치루사토.
227 남편에게 홀대를 받아도 화를 내지 않는 여자의 본보기.
228 남녀 관계 방면.
229 유기리는 29세이다.
230 귀신은 원래 눈에 보이지 않는 영혼이었지만 불교에서 말하는 사귀(邪鬼), 즉 요사스러운 잡귀 모습과 연결되어 귀신 모습으로 고착되었다.

창때의 매력을 발산하고 계신다. 분별이 되지 않는 젊은이라고 할 나이도 또한 아니시고, 모자란 구석 없이 나이 들며 풍모를 갖추어 오셨으니 당연한 일이라고 할 수 있다. 여자女라면 어찌 칭송하지 않겠는가, 거울을 보아도 어찌 뽐내지 않을 수 있을까, 내 자식이지만 이리 생각하신다.

30. 유기리가 질투하는 구모이노카리를 달래다

해가 높이 뜬 뒤 자택으로는 건너가셨다. 들어서시자마자 도련님들이 연이어 어여쁜 모습으로 매달리며 노신다. 아씨女君는 장막 안에 누워 계셨다. 들어가셔도 눈도 마주치지 않으신다. 박정하다고 생각하고 있겠구나 하고 보시면서도 당연하다 싶지만, 스스러워하는 표정도 짓지 않으시고 옷을 끌어당겨 걷으시니, 이리 말씀하신다.

"어딘 줄 알고 계시는지요. 나는 이미 죽었어요. 늘 귀신이라고 말씀하시니, 이왕이면 완전히 그리되자 싶기에……."

"마음은 귀신보다 정말로 더하시지만, 모습은 미워 보이지도 않기에 완전히 멀리할 수는 없소."

이리 아무렇지도 않게 둘러대시는 것도 불쾌하다.

"멋진 모습으로 우아하게 계실 근방에서 지낼 수 있는 제 신세도 아니기에, 어디로든 어디로든지 사라져 버리고 싶습니다. 이제 나를 그렇게도 떠올리지 마시길. 안 하느니만 못하게 오랜 세월[231]을 지내 온 것조차

---

231 두 사람이 결혼한 지 10여 년이 지났다.

후회스럽기에……."

이러며 일어서시는 모습은 아주 매력이 있고, 화사하게 발그스레해진 얼굴은 참으로 귀염성 있다.

"이렇게 유치하게 화를 내셔서인지, 익숙해져서 이 귀신이야말로 이제는 무섭지도 않게 되었습니다. 엄숙한 분위기를 더하였으면……."

서방님이 이렇게 농담하듯이 둘러대며 말씀하셔도, 아씨는 이리 말씀하신다.

"무슨 말인가요. 대범하게 죽어 버리세요. 나도 죽겠어요. 보면 밉고, 들으면 진저리가 나고, 내버려 두고 죽는 것은 꺼림칙하고……."

아씨가 참으로 더욱더 어여쁘기만 하기에, 자상하게 웃으며 이렇게 말한다.

"가까이에서 나를 보지 않으신다고 하더라도 다른 곳에서는 어찌 소문을 듣지 않으실 수가 있겠나요. 따라 죽겠다니 부부의 깊은 인연을 알려 주려는 마음이시군요. 바로 뒤를 따라 서둘러 명도冥途의 길을 가겠다는 것은, 나도 그렇게 약속해 둔 바요."

아주 여지를 주지 않고 말하며 이리저리 달래며 위로하시기에, 아씨는 참으로 젊고 순박하고 아리따운 마음을 또한 지니신 분이기에, 되는대로 나오는 말이라고는 판단하시면서도 저절로 마음이 풀어져 가신다. 이 모습을 무척 절절하게 여기시면서도 마음은 딴 데로 가 있다. 그 사람도 지나치게 고집을 부리며 성격이 강하고 엄격한 분위기의 사람으로는 보이지 않으시지만, 혹여 그래도 원하지 않는 일[232]이라며 비구니가 되겠다

---

232 유기리와의 결혼.

는 둥 생각하게 되신다면 우습게도 되겠구나 싶다. 그리 생각하니, 한동안은 발길을 끊은 채 놓아두어서는 안 될 듯싶어 마음이 부산스러워져, 저물어 감에 따라 오늘도 답신조차 없구나 하고 생각하시니 마음에 걸리어 몹시 시름에 잠겨 계신다.

아씨는 어제오늘 전혀 드시지 않았지만, 식사를 조금 드시거나 하며 계신다.

"예로부터 당신을 위한 내 마음[233]이 소홀하지 않았던 모습, 대신이 박정하게 대하셨기에 바보스럽다는 세간의 평판[234]을 얻었지만 참을 수 없는 상황을 견디고 이쪽저쪽에서 자진하여 뜻을 전해 온 사람들이 많아도 들어 넘겨온 모습[235]은, 여자라고 할지라도 그리할 수는 없다고 사람들도 나쁘게 평하였소. 지금 생각하여도 어찌 그리하였던가 하고, 스스로 생각하여도 옛날에도 진중하였구나 하고 깨닫게 되거늘, 이제는 이리 나를 미워하신다고 하여도 저버리실 수 없는 사람들[236]이 몹시 복닥거릴 만큼 수가 많기에, 본인 마음 하나로 나를 버리고 떠나실 수도 없소. 다시 잘 보아주시게나, 사람 목숨은 덧없는 세상이지만……."

서방님은 이러면서 우시는 일도 있다. 여자女도 옛일을 떠올리시니, 가슴 절절하게도 좀체 찾아볼 수 없었던 관계로서 역시 인연이 깊었구나 하고 상기하신다. 서방님이 풀기가 빠져 후줄근해진 의복들을 벗으시고, 각별하게 마련한 옷을 겹쳐 입고 향 내음을 배게 하셔서, 멋지게 꾸미고

---

233 유기리는 구모이노카리에 대한 마음이 변치 않은 채 7년 후 결혼하였다.
234 유기리는 '신실한 사람(まめ人)'이라는 세간의 평판을 얻었다.
235 우대신이나 중무성 친왕(中務宮) 등이 유기리를 사위로 삼고 싶다는 뜻을 전해 왔어도 흔들리지 않았다.
236 구모이노카리 소생의 자제들.

화장을 하고 나가시는 모습을 불빛 아래 내다보는데 참을 수 없이 눈물이 나기에, 아씨는 벗어 남겨 두신 홑옷 소매를 가까이 끌어당기셔서 이렇게 혼잣말을 하신다.

구모이노카리

"후줄근해진 처지 원망보다는 마쓰시마松島의
어부 입는 옷으로 갈아나 입을까나[237]

역시 이 세상 사람으로는 살 수가 없을 것 같구나."

서방님은 멈추어 서서, 이리 읊는다.

"정말로 딱한 마음이시군요.

유기리

마쓰시마의 어부의 젖은 옷이 낡았다 하여
벗고 갈아입었단 소문나도 괜찮나[238]"

마음이 급하여, 참으로 평범하기만 하다.

---

237 어부는 '아마(海人)'라고 하는데 비구니라는 의미의 '아마(尼)'와 동음이의어이다. 마쓰시마는 미야기현(宮城縣)에 있는 다도해이다.
238 남편에게 신선함이 사라진 자신의 처지를 한탄하며 '어부(비구니)의 옷', 즉 비구니가 되고 싶다는 구모이노카리의 와카를 반대로 이용하여, 자신에게 질려 낡은 '어부의 옷' 같은 자신을 버려도 괜찮냐고 읊고 있다.

31. 유기리가 헛방에 있는 오치바노미야를 설득하지만
   완강히 거부당하다

저쪽[239]에서는 여전히 황녀께서 틀어박혀 계시기에, 사람들이 이와 같이 여러모로 아뢴다.

"이렇게만 계셔서야……. 철없고 무례하다는 평판도 날 듯하니, 평소 모습으로 마땅히 하셔야 할 말씀을 아뢰시면 좋을 터인데요."

황녀께서는 그렇게 여겨지기도 하겠다고 생각하시면서도, 이제부터 앞으로 들을 세상 소문도 이제까지 지내 온 내 마음속 향방도 탐탁지 않고 원망스러웠던 그 사람 탓이라고 절감하시고, 그날 밤도 대면하지 않으신다.

대장은 "농할 수 없을 만큼,[240] 좀체 없는 일이구나" 하며 온갖 말을 다 아뢰신다. 그 사람[241]도 안됐다며 뵙는다.

"조금이나마 보통 사람의 심경이 될 때가 있을 터이므로, 잊지 않으신다면 어떻게 하여서든 아뢰도록 하지요. 이번 복상 중에는 오로지 한마음으로 적어도 마음을 흐트러뜨리는 일 없이 지내겠다고 깊이 생각하시고 말씀하셨거늘, 이렇게 참으로 공교롭게도 모르는 사람 없이 되어 버린 듯한지라 여전히 몹시 원망스러운 일로 여기고 계십니다."

이리 아뢴다. 대장은 "내 마음은 세상 일반과 달리 특이하고 안심하여

---

239 이치조노미야.
240 '만나지 않고 견딜까 시험 삼아 안 만났더니 농할 수 없을 만큼 그립기만 하구나(ありぬやとこころみがてらあひ見ねば戯れにくきまでぞ戀しき)'(『古今和歌集』 雜躰, 讀人しらず)에 의한다.
241 오치바노미야의 시녀인 소소장.

도 좋을 터인데……. 생각대로 되지 않는 관계로구나"라며 한탄하며, 다음과 같이 끝도 없이 아뢰신다.

"평소와 다름없이 계신다면, 가림막 등의 너머라도 제가 생각하고 있는 것만을 아뢰고, 의향에 어긋나게도 행동하지 않겠습니다. 기나긴 세월이 흐른다고 하여도 괜찮습니다."

하나, 황녀께서는 이렇게 다시금 거부하고 원망하시면서, 거리만 더 두고 대하셨다.

"여전히 이렇게 어수선한 와중에 도리에 맞지 않는 의향까지 더하여지니, 몹시 원망스럽습니다. 세상 소문이나 사람들의 생각도 여러모로 보통과 달랐던 박복한 제 처지 탓임은 당연하지만, 그것은 그렇다 치고 당신의 마음가짐이 특히 불쾌합니다."

32. 소소장이 유기리를 헛방 안으로 들여보내다

대장은 그렇다고 하여 이렇게만 있을 수는 있겠는가, 세상 소문이 새어 나갈 것도 당연하구나 싶어 이곳 사람들[242]의 시선도 거북하게 여겨지시기에, 이렇게 이 사람[243]을 질책하신다.

"집안 내에서의 마음가짐은 이리 말씀하시는 바대로 따른다고 하여도, 한동안은 남녀 관계인 것처럼 행동하도록 하지요. 일반적인 부부 사이와는 다른 모습이 참으로 불쾌하지만, 그렇다고 또 발길을 끊고 찾아

---

242 야마토 지방 지방관이나 이치조노미야의 시녀들.
243 소소장.

뵈러 오지 않는다면 그 사람[244]의 평판이 얼마나 애처롭게 될는지. 외곬으로 사물을 판단하셔서 어른스럽지 않은 것이 딱하군요."

이에 소장은 정말 그렇기도 하겠구나 싶어, 뵙고 있어도 지금은 측은하게도 송구스럽게도 여겨지는 모습이기에 사람들을 드나들게 하시는 헛방의 북쪽 출입구를 통해 대장이 들어가도록 해 드렸다.

황녀께서는 너무 참담하고 박정한 일이라며, 모시고 있는 사람들도 정말로 이 같은 세상의 인심이기에 앞으로 더 심한 일을 겪게 되겠구나 싶어, 미더운 사람도 다 사라져 버리신 자신의 처지를 거듭거듭 슬프게 생각하신다.

남자男는 여러모로 깨달을 수 있도록 도리를 가르쳐 드리며 많은 말로서 가슴 절절하게도 정취 있게도 힘을 다하여 아뢰시지만, 황녀께서는 원망스럽고 불쾌하게만 여기신다.

"참으로 이리 말할 나위도 없는 자로 간주하신 제 처지는 비길 데 없이 민망하기에, 있어서는 안 되는 마음[245]을 먹기 시작하였던 것도 사려가 부족하였다고 후회스럽게 여겨집니다. 하나, 되돌릴 수 있는 일도 아닌데다 무슨 뛰어난 평판은 얻겠는지요. 소용없다고 포기하시지요. 생각하던 대로 이루어지지 않을 때 몸을 던지는 예도 있습니다만, 그저 이러한 제 뜻을 깊은 못으로 비기시고 그곳에 몸을 던지셨다고 생각하시지요."

대장은 이리 아뢰신다. 홑옷인 의복을 머리 위로 둘러쓰고 겨우 할 수 있는 일이라고는 소리를 내어 우시는 것밖에 없는 모습이 신중해 보이고 애처롭다. 이에, 참으로 불쾌하구나, 어찌하여 이리도 지나치게 생각하

---

244 오치바노미야.
245 신하로서 황녀를 사랑하여 얻고자 하는 마음.

시는 걸까, 심하게 생각하는 사람도 이 정도 상황이 되면 자연히 풀어지는 기색도 있거늘 암목巖木[246]보다 실로 휘어지기 힘든 경우는 전세로부터의 인연이 멀어 밉게 여기거나 한다는데, 그리 생각하시는 걸까 하고 짐작한다. 너무 심하기에 괴로워서, 산조 아씨三條の君[247]가 생각하실 일, 예전에도 무심하게 서로 마음을 주고받았던 때의 일, 오랫동안 이제는 괜찮다며 숨기는 일 없이 믿으며 마음을 터놓으셨던 모습을 떠올리시는데도, 자신의 마음 탓에 참으로 부질없게 되었다며 생각에 생각을 거듭하게 되니, 무리하게도 달래 드리지 않으신 채 탄식하며 밤을 밝히셨다.

33. 새벽녘에 유기리가 결국 오치바노미야와 인연을 맺다

이렇게 바보스럽게 출입만 하는 것도 이상하기에, 오늘은 여기 머무르며 마음 편히 계신다. 이 정도까지 한결같은 것을 황녀께서는 참담하다고 여기시고 한층 더 소원한 기색이 심해지시니, 대장은 어리석은 마음이시로구나 싶어 한편으로는 원망스러우면서도 측은하다. 헛방에도 딱히 자잘한 물건이 많지도 않고[248] 향료를 넣은 중국 궤짝, 쌍바라지문이 달린 장 등 정도가 있는데, 이쪽저쪽으로 밀어 치우고 지내기 편하게 정리해 두셨다. 안은 어두운 느낌이 들어도 아침 해가 떠오르는 느낌이 새

---

246 '암목'과 비슷한 표현인 '목석'은 '人非木石皆有情 不如不遇傾城色'(『白氏文集』 卷四, 「李夫人」)이라는 구절에서도 찾아볼 수 있다. 목석이 아닌 인간에게는 누구에게나 인정이 있어, 슬픔을 맛보지 않기 위해서는 미인을 만나지 않는 것보다 더 나은 것은 없다는 의미이다.
247 구모이노카리.
248 헛방에 자잘한 물건이 많지 않다는 것은 이치조노미야의 빈한한 가정 경제를 드러낸다.

어 들어오니, 대장은 들씌워져 있던 옷을 당겨 치우고 몹시 심하게 헝클어져 있는 머리카락을 쓸어 올리거나 하면서 흘끗 뵙는다.[249] 참으로 기품 있고 여성스러운 데다 우아한 느낌이 드신다.

남자男의 자태는 제대로 차려입으셨을 때보다도 허물없이 계시는 것이 한도 없이 끼끗하고 아름다워 보인다. 돌아가신 서방님이 각별한 점도 없었는데도 마음껏 자부심을 지니고 용모가 반듯하지 않으시다고 무슨 일이 있을 때마다 생각하던 기색을 떠올리게 되시니, 하물며 이렇게 몹시 시든 모습[250]을 대장이 잠시라도 참고 볼 수 있을까 생각하는데도 몹시 부끄럽다. 이런저런 방면으로 곰곰이 생각하면서 본인의 마음을 가라앉히신다. 그저 민망하고 여기도 저기도[251] 사람들이 어찌 듣고 생각할지 죄를 피할 방도가 없는 데다 처해 있는 시기[252]조차 참으로 우울하기에, 마음을 어루만지기가 어려웠다.

세안할 물과 아침밥 등은 평소 거처하는 자리 쪽으로 들였다. 색다른 꾸밈새도 불길[253]한 듯하기에, 동쪽 면은 병풍을 세우고 몸채 경계에 연한 황갈색 칸막이 등 유난스러워 보이지 않는 것, 침향으로 만든 이단 선반[254] 같은 것을 세워서 운치 있게 꾸몄다. 야마토 지방 지방관이 한 일이었다. 사람들도 화사하지 않은 색상으로 겉은 불그스름한 옅은 황색이고 안은 노란색인 가사네襲, 안팎이 홍색인 가사네, 짙은 보라색 옷, 푸른

---

249 오치바노미야와 육체관계를 맺은 것을 암시한다.
250 오치바노미야는 현재 26~27세이다. 당시로서는 한창때를 지난 여성의 연령이기는 하지만, 가시와기에게 사랑받지 못한 탓에 자기 용모에 대해 지나치게 열등감이 강하다.
251 스자쿠인이나 치사 대신 등.
252 모친의 상중.
253 상중이라 세간살이가 검정빛이어서 신혼에는 걸맞지 않다.
254 껍질을 벗긴 향목에 옻칠을 하지 않아, 길흉 양쪽으로 사용한다.

색이 도는 옅은 남색 옷 등으로 갈아입히고 옅은 보라색 모裳, 겉은 푸른 날실에 노란 씨실로 짜고 안은 푸른색인 옷 등을 이리저리 섞어 입혀서 식사를 올린다. 여자들만 사는 곳이라 빽빽하지 않게 여러 일을 처리해 온 궁 안에서, 일 처리 방식에 신경을 쓰고 얼마 없는 아랫사람들도 잘 타일러서 이 사람[255] 혼자만이 도맡아 처리한다. 이처럼 예기치 못한 고귀한 손님[256]이 드나드신다고 듣고, 이제까지 일을 등한시하였던 가사家司 등이 갑자기 찾아뵙고 정소政所[257]라고 하는 곳에 대기하면서 일을 보았다.

34. 본가로 되돌아간 구모이노카리를 데리러
　　유기리가 방문하다

이렇게 억지로 대장이 익숙해진 얼굴로 지내시기에, 산조 저택[258]에서는 이제 끝인 듯하구나, 그럴 리는 없겠지 하고 한편으로는 믿었건만 신실한 사람이 마음이 변하면 자취도 없어진다고 들었던 것은 정말이었구나 하며 남녀 관계를 다 겪어 본 듯한 마음이 든다. 어찌하면 자신을 무시하는 태도를 접하지 않을 수 있을까 하고 생각하셨기에, 대신 댁[259]으로 불길한 방위를 피한다며 건너가셨다. 여어女御[260]가 사가로 퇴궐해

---

255 야마토 지방 지방관.
256 유기리.
257 정소는 친왕가나 섭정가 등 귀족 집안의 살림이나 영지 등을 관리하는 곳이다. 가사는 정소의 직원이다.
258 구모이노카리.
259 친정인 치사 대신 저택.

계실 무렵 등이기도 하여 대면하시며 다소 시름도 걷히는 듯이 여겨지셔서, 평소처럼도 서둘러 건너오지 않으신다.

대장 나으리도 들으시고, 그럼 그렇지, 참으로 본성이 급하기도 하시구나, 이 대신도 또한 어른스럽고 여유 있는 구석이 역시나 없고 성질 급하게 눈에 띄는 행동을 하시는 분들인지라, 나를 괘씸하게 여겨 보고 싶지 않고 듣고 싶지 않다거나 하며 비뚤어진 일들²⁶¹을 저지르실지 모르겠다 싶어 놀라셔서 산조 저택으로 건너가시니, 자제들도 몇몇은 머물러 계신다. 아가씨들과 그다음으로 아주 어린 도련님을 데리고 가셨는데, 부친을 보고서 기뻐하며 매달리고 또는 마님을 그리워하여 칭얼대며 우시는 것을 가엾게 여기신다.

서찰을 여러 번 보내어 아뢰고 마중하러 사자를 보내 드려도 답신조차 없다. 이렇게 완고하고 경솔한 반려였나 싶어 못마땅하게 여겨지시지만, 대신이 보고 들으실 일도 있기에 날이 저물기를 기다려 몸소 건너가셨다. 몸채에 계신다고 하여 평소 건너가셔서 머무르는 곳에는 시녀들만 지키고 있다. 어린 자제들은 유모와 함께 계셨다.

"이제 와 새삼 젊은 날처럼 교제하시는군요. 이러한 사람²⁶²을 이곳저곳에 떨어뜨려 두시고 어찌 몸채에서 교제나 하시다니……. 나와 어울리지 않는 성격이라는 것은 오래전부터 보고 알았어도 그럴 만한 인연이 있구나 싶게 예로부터 마음에서 떨쳐 내기 어렵다고 여기며, 이제는 이렇게 번거로운 사람들이 많아 어여쁘기에 서로 버릴 수 있겠는가 하고

---

260 구모이노카리의 이복언니로 레이제이인의 홍휘전 여어.
261 유기리와의 이혼.
262 두 사람 사이의 자식들.

미덥게 여겨 왔습니다. 하잘것없는 한 가지 일[263]로 이렇게 대하셔도 되는지요."

대장이 이렇게 몹시 폄훼하며 원망을 여쭈시기에, 아씨는 이리 아뢰셨다.

"무엇이든 다 이제는 마지막이라고 당신 보시기에 질린 내 신세이기에, 이제 다시 수복될 듯하지도 않건만 무슨 의미가 있다고……. 별스러운 사람들은 버리지 않으신다면 기쁠 듯합니다."

"무난한 대답이시네요. 말 계속하면 누구 명예 상할까.[264]"

대장은 이러면서 억지로 건너가시자고도 하지 않고 그날 밤은 홀로 누워 주무셨다. 이상하게도 어중간한 상태[265]로구나 하고 생각하면서 자제들을 앞에다 눕히시고, 그쪽에서 또 얼마나 심란하실지 그 모습이 짐작[266]되어 마음을 졸이며 편치 않다. 어떠한 사람이 이와 같은 일을 정취 있게 여기는 것일까 하거나 하며, 질려 버릴 것만 같으시다.

날이 밝았기에, 이리 으르듯이 아뢴다.

"사람들이 보고 듣게 되어도 어른답지 못하니, 마지막이라고 끝까지 말씀하신다면 그렇게 알겠소. 저쪽에 있는 사람들[267]도 귀염성 있고 당신을 따르는 듯하였는데, 골라 남겨 두신 데 까닭이 있을 거라고는 보이지만 저버리기 어렵기에 어찌 되었든 대우하겠소."

---

263 오치바노미야 건.
264 『겐지 모노가타리』 주석서인 『오쿠이리(奧入)』에서는, '말 계속하면 누구 명예 상할까 시나노 지방 기소 길의 다리가 밟혀 끊어진다면(いひたてばたが名か惜しき信濃なる木曾路の橋のふみし絶えなば)'(출전 미상)에 의거하였다고 지적하고 있다.
265 오치바노미야는 매정하고 구모이노카리는 가출한 상태.
266 신혼 초인데도 밤에 찾지 않으면, 이치조노미야의 오치바노미야는 유기리에게 버림받았다며 시름에 잠기게 된다.
267 산조 저택에 남아 있는 자식들.

아씨는 서방님이 딱 부러지는 성격이신지라, 이 자제들[268]까지 모르는 곳으로 데리고 가 버리시지 않을까 싶어 불안하다. 대장은 아가씨姬君에게 이리 아뢰신다.

"자, 이리 오시게나. 뵈러 이리 찾아오는 것도 거북하기에 늘 뵈러 올 수도 없겠구나. 저쪽[269]에 있는 사람들도 어여쁘니, 같은 곳에서나마 보살피도록 하자꾸나."

아직 무척 어리고 귀염성 있으신 모습으로 계시기에, 참으로 가슴 절절하게 뵙고 계시면서 대장은 이렇게 훈계해 드리신다.[270]

"어머니의 가르침에 따라서는 아니 됩니다. 참으로 한심하고 이해심이 없는 성격은 너무 나쁘답니다."

35. 장인 소장이 부친의 사자로서 이치조노미야를 방문하다

대신[271]은 이러한 일을 들으시고, 세상의 웃음거리가 된 듯이 여기셔서 한탄하신다.

"한동안은 그 상태로 지켜보시지 않고……. 대장도 자연히 생각하는 바가 있으셨을 터인데. 여자女가 이리 성격이 급한 것도 오히려 가볍게 여겨지는 법이다. 좋다, 이리 말을 꺼내기 시작하였다면 뜻을 접고 뭘 그

---

268 친정인 니조 저택(二條邸)으로 데려온 자식들.
269 산조 저택.
270 자식을 타이르는 지문에 경어를 사용함으로써 유기리가 처한 상황과 언동을 우스꽝스럽게 만든다.
271 치사 대신.

리 빨리 돌아갈 일이 있겠는가. 자연히 그 사람의 기색과 마음씨는 보이 겠지."

대신은 이리 말씀하시고, 이 궁[272]으로 장인 소장님[273]을 사자로 보내 신다.

치사 대신

"인연이런가 당신을 마음속에 간직해 두고
애처롭다 여기며 유감스럽다 듣네

여전히 저희를 단념하실 수는 없으시겠지요."

이러한 문면의 서찰을 소장이 지참하고 오셔서, 거침없이 안으로 들어 가신다.[274]

남쪽 면의 툇마루로 둥근 방석을 내밀고, 사람들은 말씀을 아뢰기 어 렵다. 황녀께서는 더욱더 곤란하게 여기신다. 이 도련님은 형제 중에서 참으로 용모가 깔끔하여 보기 좋은 모습인데, 여유 있게 주위를 둘러보 며 옛날을 떠올리는 기색이다.

"자주 찾아뵈어 익숙해진 느낌이 들어 어색하지가 않은데, 그리 보아 주지 않으실지도 모르겠군요."

소장은 이 정도쯤 에둘러서 말씀하신다.

---

272 이치조노미야.
273 가시와기의 남동생.
274 귀인의 저택을 방문할 때는 문 앞에서 수레에서 내려 인사하는 것이 보통이다. 오치바 노미야에 대한 못마땅함을 드러낸다.

황녀께서는 답신을 아뢰기가 참으로 어려워 "나는 도무지 쓸 수가 없을 것 같구나"라고 말씀하시니, "그러면 의중을 전달하는 데도 벽이 생기고, 어른스럽지 않을 터인데요. 대필하여 또 아뢸 수는……"이라며 모여서 아뢰신다. 황녀께서는 눈물이 먼저 나고, 돌아가신 모친이 계셨다면 무척 탐탁지 않게 여기신다고 하여도 내 잘못을 감추어 주셨을 터인데 하고 떠올리시니, 눈물이 붓보다 앞서는 느낌이 들어 다 쓰지를 못하신다.

오치바노미야
어인 연유로 사람 축에 못 끼는 내 몸 하나를
싫다고도 여기고 측은하게도 듣나

이렇게만, 생각하셨던 그대로 끝까지 다 쓰지도 못하신 모양새로 종이로 싸서 내놓으셨다.

소장은 사람들과 이야기를 나누며, 이렇게 속마음을 내비치고 나가셨다.

"이따금 찾아뵙거늘 이러한 발 앞에서는 미덥지 않은 마음이 듭니다. 이제부터는 연고가 생긴 느낌이기에 늘 찾아뵙도록 하지요.[275] 내외하는 것 등도 허락해 주시겠지요. 오랫동안 마음을 쓴 보람도 나타난 듯한 마음이 듭니다."

---

275 매형인 유기리가 오치바노미야의 남편이므로, 그 연으로 찾기 쉽겠다는 비꼼이다.

36. 도 전시와 구모이노카리의 증답과 유기리의 자제들

한층 더 심사가 좋아 보이지 않는 황녀의 기색에 대장은 정신이 멍해 갈피를 못 잡으시는데, 대신 댁 아씨大殿の君[276]는 날이 가면 갈수록 한탄하시는 일이 많고 많다. 전시典侍[277]가 이러한 소식을 듣자니, 아씨는 나를 늘 용서할 수 없는 자라고 말씀하셨다고 하는데, 이리 무시하기 어려운 일[278]도 생기는구나 하고 생각하여, 편지 등은 이따금 올리기에 안부를 여쭌다.

> **전시**
> 남들만큼의 처지라면 알련만 부부간 설움
> 당신 위해서라도 소매 젖어드누나

아씨는 어딘지 모르게 비위에 거슬린다고는 보시지만, 어쩐지 가슴이 절절한 무료한 때인지라 그 사람도 자못 아무렇지 않게 여기지는 못하겠구나 싶으신 마음이 다소 생겼다.

> **구모이노카리**
> 다른 사람의 서러운 부부 사이 안됐게 봐도

---

276 친정인 니조 저택에 있는 구모이노카리.
277 히카루겐지의 유모의 아들로 종자였던 고레미쓰(惟光)의 딸로, 유기리의 애인인 도 전시(藤典侍)이다.
278 구모이노카리는 신분이 낮은 도 전시와는 달리, 황녀인 오치바노미야는 무시할 수 없다.

내 일처럼 여기어 생각지는 않았네

이렇게만 쓰여 있기에, 심경을 그대로 읊으셨구나 싶어 애처롭게 본다.
그 옛날에 아씨와 관계가 끊어져 있던 동안에는 대장이 이 내시內侍279
만을 남들 모르는 사람으로 마음에 두고 계셨는데, 아씨와 관계가 다시
좋아지게 된 다음에는 아주 가끔 찾고 더욱 무정하게 되어 가시면서도
역시 자제들은 많이 두었다. 아씨 소생으로는 큰 아드님, 셋째 아드님,
다섯째 아드님, 여섯째 아드님, 둘째 따님, 넷째 따님, 다섯째 따님이 계
신다. 내시에게는 큰 따님, 셋째 따님, 여섯째 따님, 둘째 아드님, 넷째
아드님을 두셨다. 모두 열두 명 중에 모자란 자제는 없고 참으로 귀염성
있게 제각각 성장하셨다. 내시 소생의 자제들은 특히 용모가 아리땁고
마음씨도 좋고 재기도 있어 모두 뛰어났다. 셋째 따님과 둘째 아드님은
동쪽 저택東の殿280에서 각별하게 귀히 돌보고 계신다. 인院께서도 자주
보시고 참으로 어여쁘게 여기신다. 이분들 관계에 관하신 일은 다 말할
수 없다고 한다.281

---

279 '전시'는 정식 관직명인 데 비해 '내시'는 전시나 장시(掌侍) 등 내시사(內侍司) 여관의
    통칭이다.
280 하나치루사토.
281 문제가 복잡하여 다 말할 수 없다며 끝맺는 작중 화자의 말이다. 다른 사람 말을 전하거
    나 기록한다는 의미의 '~라고 한다(~とぞ)'라는 표현은 한 권이 끝나는 마지막 부분에
    많다.

「유기리」권 해설

　「유기리夕霧」권은 「요코부에」권에 내용이 이어지는 권이다. '신실한 사람まめ人' 유기리와 구모이노카리의 안정되고 행복한 결혼 생활이 파탄에 이르는 과정과 오치바노미야에 대한 유기리의 사랑이 전개되어 가는 전말을 기술한 권이다. 권명은 오노 산장으로 오치바노미야의 모친인 미야스도코로를 병문안하러 온 유기리가 때마침 가득 낀 안개를 보고 읊어서 오치바노미야에게 보낸, '산골 마을의 절절함을 더하는 저녁 안개夕霧에 어느 쪽 하늘 향해 가야 할지 모르네'라는 와카에 의한다. '유기리'라는 등장인물의 통칭도 이 권에서 비롯되었다. 종교적인 분위기를 풍기던 「스즈무시」권에서 일변하여 이 권에서는 「요코부에」권에서 시작된 '신실한 사람' 유기리의 사랑이 첫머리에 명확히 제재로 제시된다.

　팔월 중추의 달빛은 아름답고 산과 들은 아름답다. 가벼운 옷차림으로 오치바노미야가 머무르는 오노로 향하는 유기리는 '신실한 사람'이라는 세상의 평가를 벗어던져 버리고 도읍 밖의 세계로 들어가면서 사랑에 몸을 맡긴 일개 남성이 되었다. 교토에서는 있을 수 없는 두 사람의 대면과 유기리의 뻔뻔한 언동도 소박한 산장에서는 가능하다. 두 사람을 감싸고 있는 안개는 떨쳐 낼 수 없는 연정의 상징이라고 할 수 있다. 「유기리」권의 자연은 유기리가 오치바노미야를 얻기 위해 전진하도록 하는 매개체인데도 두 남녀는 그 속에서 마음의 거리를 좁히기 어렵다. 자연과 사람의 마음이 조화를 이루는 정취 있는 세계와는 반대로 인간관계의 단절과 모순을 드러내면서 모노가타리는 전개된다.

　「유기리」권은 '신실한 사람' 유기리의 궤도를 벗어난 사랑 이야기를

기술하고 있지만, 그 심층에는 황녀라는 높은 신분이면서도 제대로 된 후견인이 없는 오치바노미야의 처지를 통해 '가슴 아픈あはれなる 여성 이야기'가 저류하고 있다. 오치바노미야는 가시와기와 결혼하면서 모노가타리에 등장한다. 온나산노미야와 결혼하기를 원하였지만 이루어지지 않아 그녀와 결혼한 가시와기와 맺은 관계의 내실, 그와 사별한 후 자기 의사와는 달리 유기리와의 관계가 진전되어 가는 경위 등에 주목하였을 때 오치바노미야 이야기는 '가슴 아픈' 여성의 삶의 어려움을 가장 집약시켜 형상화하였다고 할 수 있다. 오치바노미야와 가시와기의 관계는 '명전자성名詮自性', 명칭은 그 자체의 성질을 나타낸다는 불교 용어에서도 알 수 있듯이 오치바노미야落葉の宮와 가시와기柏木라는 통칭에서 그 본질을 읽어 낼 수 있다.

  '양쪽 장식 중 낙엽을 무엇 하러 주웠던 걸까 이름만은 정다운 머리 장식이건만'「와카나 하」 권 27절이라는 가시와기의 와카 속에서, 스자쿠인의 둘째 황녀인 온나니노미야는 '오치바落葉', 즉 낙엽에 비유되었다. '양쪽 장식'은 족두리풀과 계수나무의 머리 장식을 가리키며, 온나니노미야와 온나산노미야 이복자매를 말한다. 가시와기는 이 와카에서 같은 스자쿠인의 황녀라고는 하지만 어찌하여 자신은 낙엽과 같은 둘째 황녀인 온나니노미야와 결혼하였는가 하고 탄식한다. 온나니노미야가 낙엽과 같은 열등한 존재로 비유된 것은 이복동생인 온나산노미야가 황통을 이어받은 후지쓰보 여어 소생인 데 비해, 그녀는 신분이 낮은 갱의 소생이기 때문이다. 이에 따라 온나니노미야는 '오치바노미야落葉の宮'로도 불리게 된다.

  이후 온나산노미야와 밀통한 뒤 병석에만 누워 있던 가시와기가 부인인 오치바노미야를 유기리에게 부탁하고 세상을 뜬 뒤, 오치바노미야 이야기는 유기리와 얽히면서 전개된다. '이 세상에서 좀체 볼 수 없는 신실한 사람'『겐지 모노가타리』 3 「마키바시라」 권 27절으로 조형되어 있는 유기리가 오치바노미야를 방문하게 된 계기는 친구인 가시와기에 대한 의리였다. 어디까지나 가시와기의 유언에 따르는 성실한 남성, '신실한 사람'의 행동 원리에 의한 것이었다. '신실한 사람' 유기리의 사랑의 본질은 '후견인'과 같은 역할로부터 시작된 것이다. 그러나 이치조노미야를 거듭 방문하게 되면서 '신실한 사람' 유기리의 마음에는 점차 연정이 싹트기 시작한다. 가시와기와는 달리 여성의 심성을 소중히 여기는 유기리에게 오치바노미야는 깊은 마음속이 들여다보이는 존재로서, 평범한 용모의 한창때가 지난 여성이라는 점은 문제가 되지 않았다. 이와 같은 여성을 신실한 남성이 사랑하고 여성이 그 구애를 거부한다는 패턴은 우쓰세미空蟬 이야기에서도 확인할 수 있으며, 이른바 '거부하는 여성 이야기'에서 공통적으로 찾아볼 수 있는 패턴이다.

『겐지 모노가타리』에서 히카루겐지는 '신실한 사람'으로는 기술되어 있지 않다. '신실한 사람'으로 묘사되어 있는 남성은 히게쿠로鬚黑, 유기리夕霧, 가오루薫 세 명밖에 없다. 그러나 『겐지 모노가타리』 1 「하하키기」 권 14·15절에 그려진 우쓰세미 이야기에서 히카루겐지는 '신실해 보이는まめだつ' 사람으로 기술되어 있어, 여성과의 관계에서 '성실·진심·신실まめ'을 기본적인 태도로 취하고 있다는 점에서는 마찬가지이다.

그러나 이 같은 유기리의 연정과 구애는 오치바노미야 모녀를 고통스럽게 만드는 행동이었다. 오치바노미야가 유기리라는 남성과 재혼한다는 것은 앞으로 살아가면서 남편을 대신하는 후견인을 둔다는 점에서는 필요하지만, 그렇다고 하여 황녀라는 신분상 '세상의 웃음거리'가 되는 행위라는 이율배반적인 성격을 지닌다. 안개가 긴 가을날 산장에서 오치바노미야는 유기리의 구혼을 거부하지만, 두 사람의 관계와 유기리의 마음을 오해한 모친의 죽음과 세상 소문으로 궁지에 빠지게 된다. 출가하고자 하는 바람까지 부친인 스자쿠인이 반대함으로써 오치바노미야는 살아가는 괴로움을 통감하게 된다. 출가 후 생활을 지원해 주는 후견이 없으면 불문에 귀의한 후에도 유기리와 관계를 지속하게 될지도 모른다는 것이 반대 이유였다. 결국, 오치바노미야는 자기 뜻과는 달리 교토로 귀경하여 이 세상에서 살아가기 위해 새로운 후견, 즉 남편으로서의 유기리를 받아들일 수밖에 다른 방도가 없었다.

오치바노미야와 유기리의 관계에 대해 소문을 들은 뒤 기술[21]된 무라사키노우에의 심중사유心中思惟는, 「와카나 상」 권 이래 형성되어 온 여성의 삶의 방식에 관한 인식이기도 하다. 무라사키노우에의 심중사유에 관해서는 작자의 여성관이 표출된 것이라는 견해와 오치바노미야 이야기와 깊이 연관되어 있으면서도 무라사키노우에의 삶이 반영된 것이라는 견해가 있다. 히카루겐지를 중심으로 하는 정편에서 어릴 적부터 히카루겐지와의 관계 속에서만 그 존재 가치를 인정받았던 무라사키노우에의 이와 같은 인식을 통해, 남성 이야기의 배후에 가려져 있는 여성 이야기의 존재를 엿볼 수 있다. 남편을 잃은 여자가 곧바로 다른 남성의 구애 대상이 되고 남성에 기대어 살아갈 수밖에 없는 여성의 슬픔에 공감하며 토로한 무라사키노우에의 술회는, 여성의 운명의 근저를 건드리는 것으로서 필연성을 지니고 있으며 여성도 주체성을 지니고 살아야만 한다는 여성관이 발현된 것이다. '가슴 아픈' 여성의 전형으로서, 무라사키노우에에게 여성이 처신하기가 얼마나 어려운지를 재인식시킨 오치바노미야 이야기를 통해,『겐지 모노가타리』내 여성들의 삶의 방식의 본질을 읽어 낼 수 있다.

제40권

「미노리御法」 권
히카루겐지 51세 봄~가을

마지막이 될 법회라 할지라도 믿음직하네

세를 거듭해 맺는 당신과의 인연이

絶えぬべきみのりながらぞ頼まるる

世々にと結ぶ中の契りを

1. 병이 깊은 무라사키노우에가
출가하고자 하는 뜻을 이루지 못하다

무라사키노우에^{紫の上}는 몹시 편찮으셨던 병환[1] 이후에 참으로 병치레가 많아지셔서 딱히 어디가 괴롭다는 것은 아닌 상태로 오래되었다. 대단히 위중한 것은 아니지만 세월이 쌓이게 되면서 미더운 구석도 없고 한층 더 약해져만 가시니, 인院[2]께서 걱정하며 탄식하시는 일은 끝이 없다. 사별한 뒤 잠시라도 이 세상에 남게 되시는 일[3]을 참을 수 없는 일로 여기시지만, 마님 본인 마음으로는 이 세상에 여한이 없고 걱정이 되는 굴레조차 두지 않은 처지[4]이시기에 무리하여 부여잡고 싶은 목숨이라고도 생각지 않으신다. 하나, 오랫동안의 인연[5]이 끊어지게 되어 비탄에 잠기도록 해 드리지는 않을까, 그것만 남들 모르게 마음속으로 가슴 절절하게 여기셨다. 내세를 위해 존엄한 일들을 많이 거행[6]하시면서, 역시 어찌하여서든 출가에 대한 본뜻을 이루고 잠시라도 얽혀 살아 있는 동안에는 수행에 전념하고 싶다고 꾸준히 생각하시고 말씀하셔도, 겐지 님께서는 결코 허락해 드리지 않으신다.

실은 겐지 님께서도 본인 마음으로도 그렇게 생각하기 시작하셨던 방

1 　4년 전 무라사키노우에는 여악(女樂)이 열린 직후 크게 앓았다. 이후 몸은 완전히 회복되지 않고 병약한 상태이다.
2 　히카루겐지.
3 　히카루겐지는 무라사키노우에가 출가를 바라는 것조차 홀로 남는 것을 두려워하여 반대하였다.
4 　무라사키노우에가 자식을 두지 않은 것.
5 　무라사키노우에는 히카루겐지와의 인연을 단순한 부부 사이라기보다는 전세로부터의 숙명으로 인식하고 있다.
6 　내세를 위해 공덕을 쌓으려는 불사.

면[7]인지라, 마님이 이리 곡진하게 원하고 계시는 기회에 이끌리어 같은 길로 들어가고 싶다고도 생각하신다. 하나, 한번 출가하시게 되면 무슨 일이 있더라도 이 세상을 뒤돌아보겠다는 미련은 남겨 두지 않으시고, 내세에는 같은 연화좌蓮の座도 나누자[8]고 약속을 주고받으시고 기대를 거시는 관계이시지만, 이 세상에서 근행하시는 동안에는 같은 산이라고 할지라도 봉우리를 달리하여 서로 뵐 수 없는 처소에서 떨어져 지내는 것으로만 결심하고 계셨다. 그런데 이렇게 마님이 참으로 가망 없는 듯한 상태로 병환이 깊어지셔서 몹시 애처로운 모습이신지라, 막상 이제 속세를 떠나갈 때가 되니 내버려 두기가 어려워 오히려 산수山水가 흐르는 처소가 탁해질 듯하여[9] 망설이고 계시는 동안에, 그저 가벼운 마음 상태로 도심道心을 일으킨 사람들보다도 더할 나위 없이 늦어져 버리실 듯하다.

　허락지 않으시는데 본인 마음만으로 결심하시는 것 또한 모양새가 좋지 않아 본의가 아닌 듯하기에, 이 일 때문에 아씨女君는 겐지 님을 원망스럽게 여기셨다. 자기 자신 또한 죄가 가볍지 않아서인가 하고 꺼림칙하게 여기셨다.

7　히카루겐지는 일찍부터 본뜻(출가 의지)을 품기 시작하여 여러 차례 출가의 뜻을 밝힌 바 있다(『겐지 모노가타리』 2 「에아와세」 권 10절; 『겐지 모노가타리』 3 「후지노우라바」 권 11절).

8　아미타정토(阿彌陀淨土)로 왕생한 사람은 연화좌에 앉아 그 절반을 비워 두고 현세에서 함께 수행한 사람을 기다린다고 한다.

9　무라사키노우에에 대한 집착을 버리지 못하여 출가하여도 마음이 흐트러질 듯하다는 의미이다.

2. 무라사키노우에가 법화경 천 부 공양을 니조노인에서 치르다

마님은 오랫동안 사적인 원願으로서 쓰도록 하셨던 법화경[10] 천 부를 서둘러 공양하신다. 자신의 사저わが御殿로 생각하시는 니조노인二條院[11]에서 거행하셨다. 일곱 승려[12]의 법복 등을 신분에 따라 내리신다.

의복 색상과 바느질 땀 등을 비롯하여 더할 나위 없이 아름답다. 대저 무슨 일이든 참으로 엄숙한 불사들을 거행하셨다. 마님이 야단스러운 규모라고 아뢰지도 않으셨기에 겐지 님께서는 소상한 일들도 모르셨는데, 여자가 꾸린 것치고는 사려 깊은 데다 불도 의식에조차 통달하신 마님의 넓으신 식견 등을, 인院께서는 참으로 더할 나위 없다고 뵙고 계시면서 그저 일반적인 설비와 이런저런 일 정도를 맡아 하셨다. 악인樂人, 무인舞人 등에 관한 일은 대장님[13]이 특별히 도맡으신다.

주상, 동궁, 황후들[14]을 비롯하시어 마님들[15]이 이쪽저쪽에서 송경誦經이나 불전 공물 등과 같은 것을 하시는 것만으로도 자리가 비좁을 정도인데, 하물며 그즈음에 이 불사 준비에 관여하지 않는 곳은 없기에 참으로 번거로운 일이 많다. 어느새 이리 참으로 다양하게 준비를 하셨던가, 정말로 이소노카미石上[16]처럼 오래된 대를 거듭한 원이로구나 싶다. 하나

---

10 『법화경』 한 부는 8권, 28품(品)이다.
11 「와카나 상」 권 21절에도 비슷한 표현이 있다. 히카루겐지가 온나산노미야와 결혼한 이후 무라사키노우에는 '로쿠조노인 봄의 저택'이 아닌 이전에 히카루겐지와 함께 생활하였던 '니조노인'을 진정한 자신의 있을 곳, 자기 집으로 인식하고 있다.
12 「스즈무시」 권 3절 참조.
13 유기리.
14 주상은 금상, 동궁은 아카시 중궁 소생의 금상의 첫째 황자, 황후들은 아키코노무 중궁과 아카시 중궁. 아카시 여어가 중궁이 되었다는 첫 번째 기술이다.
15 하나치루사토와 아카시노키미 등 히카루겐지의 부인들.

치루사토花散里로 아뢰었던 마님, 아카시明石 등도 건너오셨다. 마님은 남동쪽 문을 열고 계신다. 몸채 서쪽의 헛방이었다.[17] 몸채 북쪽에 붙은 조붓한 방에, 여러 마님의 좌석들은 맹장지문 정도를 칸막이 삼아 마련하였다.

삼월 열흘날이기에, 꽃이 한창인 데다 하늘 풍경 등도 화창하여 어딘가 모르게 정취가 있다. 부처가 계시는 곳[18]의 모습과 멀지 않게 여겨져서 딱히 깊은 불심도 없는 사람조차 죄가 없어져 버릴 듯하다. 땔나무 베기 의식[19]의 찬탄 소리도 많이 모여 있는 사람들이 내는 울림도 야단스러운데, 잠시 쉬느라 적막해진 동안에조차 가슴 절절하게 여겨지신다. 하물며 요즘 같은 때는 무슨 일에서건 불안하게만 절절히 느끼신다.

아카시 마님明石の御方에게 셋째 황자三宮[20]를 시켜 아뢰신다.

무라사키노우에

아깝지 않은 이내 신세인데도 마지막이라

땔나무 떨어지니 슬프기만 하구나[21]

---

16 이소노카미는 나라현(奈良縣) 덴리시(天理市) 부근 일대의 옛 명칭이다. 거기에 '후루(布留)'라는 지역이 있어 세월이 흐른다는 의미의 '후루(經る)'와 동음이의어로 쓰이면서, 이소노카미는 '오래된'이라는 의미를 띠게 되었다.

17 몸채 서쪽 헛방에 무라사키노우에의 좌석이 있고, 남쪽과 동쪽 문을 열어 두었다.

18 아미타불국토(阿彌陀佛國土), 즉 서방 극락정토.

19 '장작 행도(薪の行道)' 의식이라고 한다. 대법회 때는 반드시 치르는 의식이다. 나라시대(奈良時代) 승려인 교키(行基, 668~749)가 지었다는, '법화경 내가 얻은 것은 땔나무 베기도 하고 나물 뜯고 물 길며 일하여 얻은 거네(法華経をわが得しことは薪こり菜摘み水汲み仕へてぞ得し)'(『拾遺和歌集』哀傷, 大僧正行基)를 읊으면서 공물을 올리거나 장작을 짊어지거나 물통을 지고 법당이나 연못 주위를 도는 의식이다. 부처 전세의 모습인 왕이 제바달다(提婆達多)의 전세 모습인 선인(仙人)에게서 『법화경』의 가르침을 받았다는 고생담을 기술한 「제바달다품」에 바탕을 둔 것이다.

20 금상의 셋째 황자로 아카시 중궁 소생이다. 훗날의 니오노미야(匂宮).

답신은, 불안한 내용은 뒷날 배려가 부족한 처사라는 평판도 일지 않을까 싶어, 그저 그런 내용으로 읊은 듯하다.

아카시노키미

땔나무 베는 마음가짐 오늘이 처음인지라

이 세상에 바라는 불법 멀기만 하네[22]

밤새도록 존엄한 일[23]에 맞추는 장구 소리[24]가 끊임이 없어 정취가 있다. 어슴푸레하게 밝아 가는 동틀 녘에 안개 사이로 보이는 꽃[25]이 다종다양한데 역시 봄[26]에 마음이 끌릴 만하게 향내가 가득하고, 온갖 새들이 지저귀는 소리도 피리 소리에 뒤떨어지지 않는 느낌이 든다. 어쩐지 절절한 심경도 정취도 최고조에 달하였을 무렵에 〈능왕陵王〉[27]을 춤추다가 가락이 빨라질 때의 마지막에 가까운 음악[28]이 화려하고 경쾌하게 들리니, 모든 사람이 벗어 걸쳐 주는 다양한 옷[29] 색상 등도 때가 때인 만

21　『법화경』「서품」의 '佛此夜滅度 如薪盡火滅'에 의한다. 땔나무를 다 때 떨어진다는 것은 죽음을 뜻한다.

22　같은 땔나무를 제재로 삼으면서도 장작 행도 의식으로 치환시켜 오늘 법회를 칭송하고 있다.

23　법회의 일환으로 열리는 독경, 염불, 찬탄 등의 여러 행사.

24　정확히는 갈고(羯鼓)로 보인다. 장구 비슷한 타악기로서 받침대에 올려놓고 두 개의 채로 친다.

25　'안개 사이로 산벚꽃 어렴풋이 보던 것처럼 슬쩍 보았던 사람 그립기도 하구나(山ざくら霞の間よりほのかにも見てし人こそ戀しかりけれ)'(『古今和歌集』戀一, 紀貫之)에 의한다.

26　무라사키노우에는 봄을 애호하며 봄은 그녀의 상징이기도 하다.

27　당악(唐樂)의 곡명이다. 사타조(沙陀調)로 임읍팔악(林邑八樂)이라는 것의 하나이다. 가면을 쓰고 홀로 춤춘다.

28　무악(舞樂)은 서(序), 파(破), 급(急)으로 구성되며, 종결 부분인 급에서는 박자가 빨라진다.

29　법회에 참가하였던 사람들이 무인(舞人)들에게 옷을 녹으로 하사하였다.

큰 정취 있게만 보인다. 친왕들과 공경 중에도 악기에 정통한 사람들이 솜씨를 발휘하여 연주하신다. 위아래 할 것 없이 기분 좋은 듯이 흥에 겨운 기색들인 것을 보시는데도, 남은 날이 별로 없다고 자신의 수명을 생각하시는 마님의 마음속에는 온갖 일이 가슴 절절하게 여겨지신다.

3. 무라사키노우에가 죽을 날이 멀지 않음을 느끼고 이별을 아쉬워하다

어제 평소와 달리 일어나 앉아 계셨던 탓인지, 마님은 참으로 괴로워서 누워 계신다. 여러 해 동안 이러한 행사가 열릴 적마다 찾아뵈러 몰려 들어 연주하시는 사람들의 용모와 모습, 제각각 지닌 재능들, 현악기와 피리 소리 또한 오늘이 보고 들으실 수 있는 마지막이 아닐까 하고만 생각되시니, 그다지 시선이 가지 않을 듯한 사람들의 얼굴도 가슴 절절하게 다 훑어보신다. 하물며 여름과 겨울의 계절에 따른 관현 연주나 놀이를 할 때도 왠지 모르게 내심 경쟁심이 자연스레 섞여 있기도 하였을 터인데도, 역시 정을 주고받으신 분들[30]에 대해서는 누구든 오래 머무를 수 있는 세상은 아니라 할지라도 먼저 나 홀로 갈 곳을 모르게 되겠구나 하고 생각을 이어 가시니, 몹시 가슴이 아프다.

행사가 끝나고 각자 돌아가시려고 하는데도, 마님은 먼 이별인 듯하여 아쉬워하신다. 하나치루사토 마님花散里の御方에게 이리 읊는다.

---

30 히카루겐지의 처첩들.

무라사키노우에

마지막이 될 법회라 할지라도 믿음직하네

세世를 거듭해 맺는 당신과의 인연이

답신은 이러하다.

하나치루사토

맺어 둔 인연 끊어지지 않으리 세상 일반의

법회라 할지라도 살날 적은 내게는

이윽고 이 법회에 이어서 부단 독경不斷讀經,31 참법懺法32 등 존귀한 여러 불사를 끊임없이 올리도록 하신다. 수법修法은 각별한 효험도 보지 못한 채 시간이 흘렀기에, 일상적인 일이 되어 그럴 만한 여러 장소와 절에서 지속하여 올리도록 하셨다.

4. 무라사키노우에가 병문안차 퇴궐한 아카시 중궁과 대면하다

여름이 된 뒤에는 여느 때와 다름없는 더위에조차 한층 더 숨이 끊어지실 듯한 적이 많다. 딱히 어디가 안 좋다고 하는 상태는 아니셔도 그저

---

31 부단경(不斷經). 「유기리」 권 3절.
32 법화참법(法華懺法). 『법화경』을 독송하며 죄장(罪障)을 참회하고 죄의 소멸을 기원하는 수행법이다.

몹시 쇠약해져 가시는 모습이기에, 중환처럼 마음 쓰이게 앓으시는 일도 없다. 옆에서 모시는 사람들도 어찌 되시려고 하나 하고 짐작이 가는데도, 먼저 눈앞이 캄캄해지고 아깝고 슬픈 자태라면서 뵙고 있다.

이 같은 상태로만 계시기에, 중궁中宮[33]이 이 인院[34]으로 퇴궐하여 오셨다. 동쪽 채에 계시기로 하셨기에 마님도 이쪽에서 또한 기다리고 계신다.[35] 의식 등은 여느 때와 다름없지만 이 세상의 모습을 끝까지 다 보지 못하게 되었다거나 하는 생각만 하시니, 만사에 걸쳐 어쩐지 절절한 마음이다. 배행해 온 사람들이 본인 이름을 고하는 소리를 들으시는데도 그 사람인가 저 사람인가 하면서 귀를 기울이고 들으신다. 공경 등이 참으로 많이 수행하셨다.

오랫동안 대면하지 못하셨기에, 좀체 없는 기회로 여기시고 곡진히 이야기를 아뢰신다. 인院께서 들어오셔서, "오늘 밤은 둥지를 떠난 마음이드니 할 일이 없군요. 물러나 쉬도록 하겠습니다"라며 건너가셨다. 마님이 일어나 계시는 것을 무척 기쁘게 여기시는데도, 참으로 허망하기만 한 위안이시다.

"각자 다른 곳에 계시면서 저쪽[36]으로 건너오시도록 하는 것도 송구스럽고, 찾아뵙는 것도 또한 힘들어진지라……."

마님은 이러면서 한동안은 이쪽에 계시기에, 아카시 마님明石の御方도 건너오셔서 진심 어린 이야기들을 조용히 서로 아뢰신다.

---

33 무라사키노우에의 양녀인 아카시 중궁.
34 니조노인.
35 무라사키노우에는 어릴 적부터 지내던 서쪽 채에서 거처하고 있는데, 중궁이 퇴궐하여 머무르는 동쪽 채로 찾아가 인사하는 것이 법도이다.
36 무라사키노우에의 서쪽 채 처소.

마님은 마음속에 여러모로 떠오르시는 일이 많아도, 당찬 모습으로 자신이 죽은 뒤의 일 등을 입 밖으로 꺼내 말씀하시는 법도 없다. 그저 일반적인 무상한 세상의 모습에 대해 느긋하게 말수가 적기는 하여도 가볍지는 않게 말씀하시는 분위기 등이 말로 표현하는 것보다도 가슴 절절하고, 어쩐지 불안한 기색은 뚜렷이 보이셨다. 중궁 소생의 황자와 황녀들을 뵈시면서도, 이러며 눈물지으신다.

"각자의 앞날을 지켜보고 싶다고 여기는 것이야말로, 이리 허망해져버린 처지를 아쉬워하는 마음이 섞여 있기 때문인 게지요."

그 얼굴 기색은 무척 아리따워 보이신다. 어찌 이렇게만 생각하시는가 싶으셔서, 중궁은 흐느끼셨다. 마님은 불길하게 여겨지도록 아뢰거나 하지 않으시고, 무슨 기회가 있거나 할 적에 오랫동안 곁에서 가깝게 모셨던 사람들 가운데 이렇다 할 의지처도 없어 애처로워 보이는 이 사람 저 사람에 대해, "내가 이 세상을 떠나게 된 뒤에 신경을 쓰셔서 살펴보아 주시게나" 하거나 하는 정도로만 아뢰셨다. 독경[37] 등이 있으셔서, 마님은 평소 거처하시는 자신의 처소[38]로 건너가신다.

---

37 아카시 중궁 주최의 계절 독경으로 추정된다. 계절 독경은 봄과 가을 두 계절, 이월이나 팔월 또는 삼월이나 구월에 길일을 골라 자신전(紫宸殿)으로 스님 백 명을 청하여 나흘간 『대반야경(大般若經)』을 강독한다.
38 니조노인의 서쪽 채.

5. 무라사키노우에가 니조노인을
   니오노미야에게 물려준다고 유언하다

셋째 황자[39]께서는 많은 황자 중에서 참으로 귀염성 있게 걸어 다니시는데, 마님이 잠시 상태가 좋으실 때는 앞에 앉혀 드리시고 다른 사람이 듣지 않을 때 이리 아뢰신다.

"내가 없어지면 기억해 주실는지요."

"너무 그리울 거예요. 나는 주상보다도 중궁보다도 어머니[40]를 더 많이 생각하고 있어서 안 계시면 기분이 좋지 않을 거예요."

이러면서 눈을 비비며 눈물을 감추고 계시는 모습이 귀엽기에, 마님은 미소를 지으면서도 눈물은 흘렀다.

"어른이 되시면 여기에서 사시면서, 이 부속 채對[41] 앞에 있는 홍매와 벚꽃은 꽃이 필 때마다 마음을 주고 즐기세요. 그럴 때는 부처님에게도 꽃을 올리세요."

이리 아뢰시니, 고개를 끄덕이면서 마님 얼굴을 쳐다보다가, 눈물이 떨어질 듯하기에 일어나서 나가 버리셨다. 마님은 이 황자와 황녀[42]를 특별히 양육해 드리셨기에, 더 돌보아 드릴 수 없게 되신 것을 안타깝고 가슴 아프게 여기셨다.

---

39   니오노미야. 무라사키노우에가 맡아서 양육하였으며, 다섯 살이다.
40   무라사키노우에. 원문은 '어머니(母)'로 표기되어 있다. '할머니(ばば)'라는 설도 있다.
41   서쪽 채.
42   아카시 중궁 소생의 온나이치노미야(女一の宮).

6. 무라사키노우에가 하카루겐지와 아카시 중궁과
   대면한 뒤 세상을 떠나다

기다리던 가을이 와 세상이 다소 시원해지고 나서는 몸 상태도 약간 개운해진 듯하여도, 역시 걸핏하면 푸념이 나올 만큼 좋지 않다. 그것은 몸에 사무칠 듯이 여겨질 만한 가을바람[43]은 아니지만, 눈물에 젖는 날이 많은 채로 지내신다.

중궁은 입궐하려고 하시는데, 마님은 잠시만 더 지켜보아 주시라고도 아뢰고 싶다고 생각하셔도 주제넘게 나서는 듯도 하고 주상께서 보내신 사자가 그칠 새 없이 오는 것도 마음 쓰이기에, 그렇게도 아뢰지 못하신다. 그쪽으로도 건너가실 수 없으시기에 중궁이 건너오셨다. 민망하여도 실로 뵙지 않는 것도 보람 없는 일인지라, 이쪽에 특별히 좌석을 마련토록 하신다.

더할 나위 없이 마르고 야위셨어도, 그래서 더 기품 있고 우아한 아름다움이 한없이 더하여져 멋있다. 이제까지 너무 화사함이 넘쳐 산뜻하게 지내셨던 한창때는 오히려 이 세상 꽃[44]의 아름다움에도 비유되셨는데, 한도 없이 가련하고 아리따운 자태이신지라 참으로 세상을 덧없이 여기고 계시는 기색이 비할 데 없이 안타깝고 왠지 모르게 슬프다.

바람이 스산하게 불어 대기 시작한 저물녘에 앞뜰의 초목을 보시려고 사방침에 기대어 앉아 계시는데, 인院께서 건너와 뵈시고 아뢰신다.

---

43 '가을에 부는 바람은 어떤 색깔 바람이기에 몸에 사무칠 만큼 가슴 절절한 걸까(秋吹くはいかなる色の風なれば身にしむばかりあはれなるらむ)'(『詞花和歌集』 秋, 和泉式部)에 의한다.
44 무라사키노우에는 「노와키」 권 2절에서는 산벚꽃(樺櫻)에, 「와카나 하」 권 18절에서는 벚꽃(櫻)에 비유되었다.

"오늘은 참 잘 일어나 앉아 계시는군요. 중궁 앞에 계시면 더할 나위 없이 마음도 상쾌해지시는 듯하군요."

이 정도 소강상태나마 참으로 기쁘게 여기시는 기색을 보시는 것도 마음이 괴롭고, 마지막에 얼마나 정신없으실까 생각하자니 가슴 절절하기에, 이리 읊는다.

무라사키노우에

잠시 일어난 모습 봐도 허하네 자칫하면은

바람에 흔들리는 싸리 위 이슬 같네[45]

정말로 가지가 휘어 이슬이 앉을 수도 없는 데 비기어지는 때인지라 그마저 견디기 어렵기에, 뜰을 내다보시는데도 이리 읊으신다.

히카루겐지

자칫하면은 앞다퉈 사라지는 이슬과 같은

이 세상 엇비슷이 앞뒤로 떠나고파[46]

그러면서 눈물을 닦아 내지 못할 정도로 우신다. 중궁은 이리 읊으신다.

---

45 싸리 위에 이슬이 '놓인(置く)' 것과 무라사키노우에가 '일어나 있는(起く)' 것을 '오쿠(おく)'라는 동음이의어를 사용하여 허무한 목숨의 상징으로 표현하고 있다.

46 '가지 끝 이슬 밑동에 떨어지는 물방울이여 앞뒤로 떠나가는 이 세상 예일런가(末の露本の雫や世の中の後れ先だつためしなるらむ)'(『新古今和歌集』 哀傷, 遍照)에 의한다.

아카시 중궁

가을바람에 잠시도 머무르지 못하는 세상

그 누가 풀잎 위의 이슬로만 보려나

이리 서로 아뢰시는 용모들이 이상적이고 볼만한 보람이 있는데도, 겐지 님께서는 이렇게 천년을 지낼 방도가 있었으면 하고 생각하시지만, 마음대로 할 수 없는 일인지라 붙들어 둘 방도가 없으니 슬프기만 하다.

"이제는 건너가시지요. 마음이 어지러워 참으로 괴로워졌습니다. 소용없어져 버린 상태라고 하지만, 참으로 무례한 듯싶습니다."

이러며 마님이 칸막이를 가까이 당겨 누우시는 모습[47]이 평소보다도 참으로 불안스레 보이시기에, "상태가 어떠신지요" 하며 중궁은 손을 잡아 드리며 울며울며 뵙고 계시자니, 정말로 스러져 가는 이슬과 같은 느낌이 들며 임종으로 보이신다. 이에, 송경을 의뢰하러 가는 사자들이 수도 없어 소란스럽다. 전에도 이런 상태로 살아나신 때가 있어 그에 따르셔서 모노노케[物の怪]로 의심하시고 하룻밤 내내 갖가지 방도를 다 써 보도록 하시지만, 보람도 없이 날이 다 밝았을 무렵에 완전히 스러지셨다.

---

47 임종이 가까워진 것을 예감한 무라사키노우에는 자신의 마지막 모습을 사람들에게 보이고 싶지 않아, 사람들을 물리고 자신의 몸을 숨기려고 하였다.

7. 하카루겐지가 숨진 무라사키노우에의 삭발을
유기리에게 의논하다

중궁도 궁으로 돌아가지 않으신 채 이리 지켜보신 것을 더할 나위 없이 생각하신다. 누구나 다, 당연한 이별이고 예가 있는 일이라고 생각하시려 하여도 안 되고, 말도 안 되는 일이라며 가슴이 미어지고 어둑새벽에 꾼 꿈인 듯 당혹해하시는데 그럴 만도 하다. 제정신인 분은 계시지 않았다. 곁에서 모시는 시녀 등도 전부 다 전혀 정신을 차리지 못한다. 인院께서는 하물며 마음을 가라앉히실 방도가 없기에, 대장님大將の君48이 가까이 찾아뵈러 오신 것을 칸막이 근처로 다가오도록 부르셔서 이와 같이 말씀하신다.

"이렇게 이제는 마지막 모습인 듯하니……. 여러 해 전부터 출가에 대한 본뜻을 지녀 왔거늘, 이러한 즈음에 그 바람을 끝내 이루지 못하게 된 것이 참으로 애처롭기에……. 가지기도를 담당하던 고승들과 독경 승려 등도 모두 기도 소리를 멈추고 나가 버렸다고 하는데, 그렇다고 하여도 남아서 하여야 할 일도 있을 것이다. 이 세상에서는 소용없는 마음이 들지만, 부처의 영험을 이제는 그 명도冥途로 가기 위한 안내로나마 부탁드려야 하니, 머리를 자르라는 뜻을 전해 주시게나. 그럴 만한 승려가 누가 남아 있는가."

그 기색은 굳은 의지로 마음먹으신 듯하여도 안색도 평소와 다르고 몹시 참기 어려워 눈물이 멈추지 않는 모습이시기에, 대장은 지당한 일이

---

48 유기리.

라며 슬픈 마음으로 뵙고 계신다.

"모노노케 등이 사람의 마음을 어지럽히려고 이런 식으로만 일을 만드는 듯합니다만, 이 경우도 그렇지 않으실는지요. 그렇다면, 어찌 되었든 간에 출가에 관한 본뜻은 좋은 일일 겁니다. 하룻낮 하룻밤 계를 받아도 그 영험은 허망하지 않다[49]고 합니다만, 정말로 완전히 소용없게 되신 뒤에 머리카락만을 자르셔 보았자 이 세상과 다른 저세상의 빛으로도 만드실 수 없을 터인데, 눈앞에서 지켜보는 슬픔만 더 심하여질 듯하니 어찌하면 좋을는지요."

이렇게 아뢰시고, 재계御忌[50]하려고 칩거하고자 하는 뜻이 있어 떠나지 않은 승려 이 사람 저 사람 등을 불러들이셔서, 필요한 일들을 이 서방님이 맡아 처리하신다.

8. 유기리와 히카루겐지가
무라사키노우에의 숨진 얼굴을 지켜보다

대장님은 오랜 세월 이래저래 마님에게 가당찮은 마음은 지니지 않았지만, 언제쯤에나 지난번[51] 정도로나마 뵐 수 있을까, 희미하게나마 목소리조차 듣지 않았다거나 하며 마음속에서도 끊임없이 계속 생각해 왔

---

49 '若有衆生 若一日一夜持八齋戒 若一日一夜持沙彌戒 若一日一夜持具足戒 威儀無缺 以此功德 廻向願求生極樂國'(『觀無量壽經』 中品中生)에 의한다.
50 사람이 죽은 뒤 죽음의 부정을 피하고 죽은 이를 공양하기 위해 가까운 사람들이 칩거하는 것을 말한다. 불교식으로는 49일간을 기한으로 한다.
51 유기리는 15년 전 태풍이 불던 날에 무라사키노우에의 모습을 엿본 적이 있다.

다. 목소리는 끝내 들을 수 없게 되었다고는 하여도 허망한 유해일지라도 한 번 더 뵙고자 하는 뜻이 이루어질 때는 바로 지금 아니고는 언제 있겠는가 싶으니, 삼갈 수도 없이 눈물이 흘러내린다. 함께 있던 시녀들이 모두 당황하여 술렁대는데, "시끄럽다, 잠시만"이라며 달래는 표정을 지으며 칸막이의 휘장을 무언가 말씀하시는 틈에 걷어 올리고 보신다. 겐지 님께서는 어슴푸레하게 밝아 오는 빛도 침침하기에 등잔불을 가까이 내걸고 뵙고 계시는데, 한없이 사랑스럽고 반할 만큼 아름다운 데다 기품 있게 보이는 얼굴이 아까운지라 이 서방님이 이리 엿보시는 것을 보고 있으면서도 굳이 숨기려는 마음도 들지 않으시는 듯하다.

"이리 아무것도 아직 변치 않은 기색이거늘, 마지막 모습이라는 것은 확연하기도 하군요."

이러면서 소매를 얼굴에 대고 누르시기에, 대장님도 눈물에 잠겨 눈도 보이지 않으시는데 억지로 눈물을 쥐어짜고 눈을 떠 뵙자니, 오히려 더 없이 슬프기가 비할 바 없기에 정말로 마음이 어지러워질 듯하다. 머리카락이 그냥 풀어진 채 펼쳐져 있는데 숱이 많고 아름다운 데다 조금도 흐트러진 기색도 없고 윤이 나고 사랑스러운 모습이 더할 나위 없다. 불빛이 무척 밝기에 안색은 참으로 희고 빛나는 듯하여, 이리저리 감추거나 하였던 생전의 거동보다도 아무런 소용 없이 무심히 누워 계신 자태가 질리지 않고 결점이 없다고 말한들 무슨 의미가 있으랴. 평범하지조차 않고 비할 바 없는 모습을 뵙고 있자니, 죽음으로 들어서는 혼이 이대로 이 유해에 머물렀으면 하고 생각되는데도 도리에 맞지 않는 일이다.

가까이에서 오래 모셔 온 시녀와 같은 사람 중에 제정신인 자도 없기에, 인院께서 아무런 분별도 되지 않으시는 심경을 무리하여 안정시키시고 마지막 일들[52]을 관장하신다. 옛날에도 슬프게 여겨지시는 일도 많이 경험하신 처지[53]이시지만, 참으로 이렇게 손수 관여하면서는 아직 겪어 보지 못하셨던 일인지라 살아온 날과 살아갈 날 통틀어 비길 데 없는 심경이시다.

9. 당일 장례를 치르고 히카루겐지가 출가를 결의하다

바로 그날 이럭저럭 장례를 모신다. 법도가 있는 일인지라 유해를 지켜보며[54] 지내실 수 없다니 무정한 세상이었다. 저 멀리 넓은 들판이 입추의 여지도 없이 복작대고 한없이 엄숙한 의식이지만, 참으로 덧없는 연기로 허무하게 올라가 버리신 것도 일반적인 일이어도 허망하고 몹시 슬프다. 겐지 님께서는 허공을 걷는 느낌이 들어 다른 사람에게 기대어 납시셨는데, 뵙고 있는 사람들도 저 정도로 위엄 있고 멋진 풍채이시건만, 하면서 사물의 정취를 모르는 신분 낮은 자들까지 울지 않는 사람이 없었다. 배웅하는 시녀는 하물며 꿈길을 헤매는 심경이 되어 수레에서도 굴러떨어질 듯하기에 다루기가 힘에 겨웠다.

옛날에 대장님의 모친이 돌아가셨을 적의 새벽녘[55]을 떠올리시는데

---

52 장례에 관한 소정의 의식.
53 히카루겐지는 조부모와 부모 이외에도 후지쓰보 중궁, 아오이노우에, 유가오, 로쿠조 미야스도코로 등 가까운 여성들과의 사별도 많이 겪었다.
54 '이 세상의 삶 유해를 지켜보며 위로받았네 후카쿠사산이여 연기라도 내기를(空蟬はからを見つつもなぐさめつ深草の山煙だに立て)'(『古今和歌集』哀傷, 僧都勝延)에 의한다.
55 유기리의 모친인 아오이노우에는 '팔월 스무날이 지난 지새는 달이 뜰 무렵'(『겐지 모노가타리』 2 「아오이」 권 17절)에 장례를 치렀다.

도, 그때는 그래도 정신이 있어서인지 밝은 달빛이 기억났건만 오늘 밤은 그저 슬픔에 잠겨 정신이 없으시다. 열나흗날에 돌아가시고 오늘은 열닷샛날 새벽[56]이었다. 해는 참으로 환하게 떠올라서 들판의 이슬도 가려져 보이지 않는 구석이 없고 세상사에 관해 계속 생각하시니 한층 더 귀찮고 슬프기에, 살아 이 세상에 남는다고 하여도 얼마나 더 살 수 있을까, 이러한 슬픔을 잊고자 옛날부터 지녀 왔던 출가에 관한 본뜻이라도 이루었으면 좋겠다고 생각하시지만, 심약하다고 훗날 비방받을 일을 생각하셔서 당분간 이대로 지내자고 결정하시니, 가슴속으로 치밀어 오르는 슬픔을 견디기 힘들었다.

10. 유기리가 태풍 불던 날을 회상하고 눌러두었던 사모의 정에 눈물 흘리다

대장님도 거상御忌[57]에 들어가셔서 아주 잠깐도 물러 나오지 않으신 채 밤낮으로 겐지 님 가까이에 머물며, 애처롭고 슬픔에 젖으신 기색을 당연한 일이라며 슬프게 뵙고 계시면서 여러모로 위로해 드리신다.

바람이 태풍처럼 부는 저물녘에 대장님은 옛날 일을 떠올리시고, 마님의 모습을 어렴풋이 뵀건만, 하며 그립게 여기신다. 그리고 임종 때 꿈꾸는 심경이었던 것 등을 남몰래 계속 생각하시니, 참을 수 없이 슬프다. 남들 눈에는 그렇다고도 보여서는 안 된다고 삼가면서, "아미타불 아미

---

56 14일 밤부터 15일 새벽에 걸쳐 화장하였다.
57 49일간의 거상. 유기리는 자택으로 돌아가지 않고 부친 옆에서 복을 입었다.

타불" 하며 손가락 끝으로 넘기는 염주 수에 뒤섞어 눈물방울을 없애 버리셨다.

유기리
그 옛날 가을 저물녘에 본 모습 그리운데도
임종 즈음 꾸었던 날 밝기 직전의 꿈

그 여운조차 참을 수 없는 기분이었다. 신분이 높은 승려들을 곁에서 지키게 하시고 정해진 염불[58]은 물론이고 법화경[59] 등을 염송하게 하시는데, 이것저것 다 참으로 가슴 절절하다.

11. 히카루겐지가 출가도 제대로 못 할 정도로 비탄에 잠기다

겐지 님께서는 누워도 일어나도 눈물이 마를 새가 없고 눈앞이 흐린 채로 하루하루 지내신다. 예로부터 본인이 살아온 신세를 죽 생각하시니, 거울에 비치는 모습을 비롯하여 다른 사람과는 달랐던 처지이면서도 어렸을 적부터 슬프고 무상한 세상을 절감하도록 부처 등이 권유하셨던 처지였거늘, 단단히 마음먹고 모른 척 살아온 탓에 끝내 전에도 앞으로도 예가 없을 듯이 여겨지는 슬픔[60]을 겪는구나, 이제는 이 세상에 마음

---

58 재계 기간에 올리는 육시(六時) 염불이다.
59 『법화경』 「제바달다품(提婆達多品)」은 여인성불(女人成佛), 「안락행품(安樂行品)」은 참회멸죄(懺悔滅罪)를 위해 염송한다.
60 무라사키노우에와의 사별.

쓰일 일이 남지 않게 되었으니 수행에 전념해 나가는 데 지장이 될 만한 구석은 없을 터인데, 참으로 이리 가라앉힐 방도가 없는 어지러운 마음으로는 원하는 길로도 들어가기 어렵겠구나 하며 고민스럽다. "이 마음을 조금이라도 보통 정도로, 잊도록 해 주십시오"라고 아미타불을 염송하신다.

12. 천황 이하 모두들 조문하고
하카루겐지가 오로지 출가에 뜻을 두다

곳곳에서 보내오는 조문은 주상을 비롯하시어 평소의 관례에 따르지만은 않고 아주 자주 여쭈신다. 마음속으로 생각을 정하신 겐지 님께는 아무것도 전혀 눈에도 귀에도 들어오지 않고 마음에 걸리시는 일도 없을 터이지만, 사람들에게 둔하고 멍해진 모습으로 보여서는 아니 된다, 이제 와 새삼 내 삶의 끝에서 고집스럽고 마음이 약해져 갈피를 잡지 못한 탓에 세상을 등지고 출가하였다고 떠돌아다닐 오명을 저어하고 계시기에, 내 마음대로 행동 못 하는[61] 한탄까지 더하여지셨다.

---

61 '좋다 싫다도 잘라 말할 수 없네 괴로운 일은 내 마음대로 행동 못 하는 세상일세(いなせとも言ひはなたれず憂きものは身を心ともせぬ世なりけり)'(『後撰和歌集』 戀五, 伊勢)에 의한다.

13. 치사 대신이 아오이노우에를 그리워하며
　　 히카루겐지를 조문하다

　치사 대신[62]은 애도를 표하는 데도 시기를 놓치지 않으시는 성향이신지라, 이렇게 세상에 다시없으신 분이 허망하게 돌아가신 것을 안타깝고 가슴 아프게 생각하셔서 참으로 거듭 안부를 여쭈신다. 옛날에 대장의 모친이 돌아가셨던 것도 이즈음의 일[63]이었다고 떠올리시니 참으로 왠지 모르게 슬프고, 그 당시 그분을 애도해 드리셨던 분이 많이도 돌아가셨구나, 앞서거니 뒤서거니 시기의 차이도 없는 세상이로구나, 라거나 하며 차분한 저물녘에 시름에 잠겨 계신다. 하늘 풍경도 보통이 아니기에 아드님이신 장인 소장藏人少將[64]을 시켜 서찰을 올리신다. 가슴 절절한 일 등을 소상하게 아뢰시고, 끄트머리에 이렇게 읊으신다.

　　치사 대신
　　그 옛날 가을 그때도 지금 같은 느낌이었네
　　축축해진 소매에 이슬이 더하누나[65]

　답신은 이러하다.

62　가시와기의 부친이자 아오이노우에의 오빠. 옛 두중장.
63　아오이노우에는 30년 전 팔월에 사망하였다.
64　가시와기와 좌대변의 동생.
65　'그 옛날 가을'은 여동생인 아오이노우에가 세상을 뜬 가을이다. 이슬은 눈물을 연상시킨다.

히카루겐지

이슬 젖는 건 옛날 지금 다르다 생각지 않네

대체로 가을밤은 괴롭기만 하구나[66]

어쩐지 슬프기만 한 마음 그대로 읊는다면 기다렸다가 받아들고는 심약하다고 눈길을 주실 만한 대신의 성향이신지라, 겐지 님께서는 무난하게 "거듭 소홀하지 않은 조문을 자주 보내 주시니……"라고 감사 인사를 아뢰신다.

14. 세상 사람들 모두 무라사키노우에를 추모하다

'옅은 먹'이라고 말씀하셨던 것[67]보다는 조금 더 짙은 상복을 입고 계신다. 이 세상에서 운이 좋고 훌륭한 사람도 안 하느니만 못하게 일반 세상에서 시기를 받고, 신분이 높다고 하여도 한껏 오만하여 다른 사람에게 괴로운 사람도 있지만, 이상할 정도로 뚜렷한 연이 없는 사람에게도 평판이 좋고 대수롭잖은 일을 하시는데도 무슨 일이든지 세상에서 상찬을 받으며, 고상하고 때에 따라 세심하게 마음을 쓰는 좀체 볼 수 없었던 품성을 지닌 사람이었다. 그다지 연이 없을 듯한 세상 사람들까지 그즈

---

66 아오이노우에의 예전 죽음과 무라사키노우에의 현재 죽음을 겹치면서 늦가을 같은 인생의 슬픔을 읊고 있다.
67 아오이노우에가 세상을 떠났을 때 히카루겐지가 읊은 '법도 있기에 옅은 먹빛 옷 색상 연하다 해도 눈물이 소매 적셔 깊은 못이 되었네'(『겐지 모노가타리』 2 「아오이」 권 18절)를 가리킨다.

음은 바람 소리, 벌레 소리를 들으며 눈물을 떨어뜨리지 않는 사람은 없다. 하물며 어렴풋하게나마 뵈었던 사람이 위안을 받을 수 있는 때는 없다. 오랜 세월 가까이에서 친밀하게 모셨던 사람들은 잠시나마 뒤에 남게 된 목숨이 한스럽다고 한탄하면서, 비구니가 되어 이 세상 밖의 산에서 살겠다거니 하며 결심하는 자도 있었다.

15. 아키코노무 중궁의 조문에
히카루겐지의 마음이 처음으로 움직이다

레이제이인 황후冷泉院の后の宮[68]로부터도 절절한 소식이 이어지는데, 끝없는 슬픔들을 아뢰시고 이리 읊으셨다.

아키코노무 중궁

"다 말라 버린 들판을 싫어하여 세상 뜬 사람

이 가을에 미련을 남기지 않았겠네[69]

이제 와 그 연유를 알게 되었습니다."

제정신이 아니신 마음에도 겐지 님께서는 몇 번이고 내려놓기 어려워하며 바라보신다. 상대하는 데 보람 있고 정취가 있어 위안받을 만한

---

68 아키코노무 중궁. 히카루겐지와 무라사키노우에가 부모를 대신하였다.
69 무라사키노우에가 봄을 좋아하고 자신은 가을을 좋아한 데 따른 와카이다.

분은 이 중궁만 계시는구나 싶어 다소 슬픔이 잊히는 듯 생각이 이어지시는데도, 눈물이 흘러내린다. 소매가 쉴 틈이 없어 답신을 다 쓰지 못하신다.

히카루겐지

높이 올라간 하늘 위에서라도 돌아봐 주길

나도 질려 버렸네 무상한 이 세상에[70]

서찰을 싸시고서도 한참 시름에 잠겨 계신다.

16. 히카루겐지가 출가를 생각하면서 불도 수행에 전념하다

강건하게도 생각지 못하시고 자신이 생각하여도 유별나게 멍한 상태라는 것을 절감하시게 되는 일이 많기에, 마음을 달래려고 여자 처소에서 지내신다. 불전에 사람을 많이 두지 않고 한가하게 수행하신다. 천년이라도 함께하고 싶다고 생각하셨건만 정해진 이별이라는 것이 참으로 안타까운 일이었다. 이제는 연꽃의 이슬도 다른 일에 방해받지 않도록 내세를 위해 한결같이 마음먹으시는 일에 흐트러짐이 없다.[71] 하지만 남

---

70 '높이 올라간 하늘'은 무라사키노우에가 연기가 되어 올라간 하늘. '아키'로 발음되는 가을(秋)과 질림(飽き)의 동음이의어를 이용하여, 가을과 같은 만년에 무상한 세상에 질렸다고 읊고 있다.
71 극락왕생하여 무라사키노우에와 같은 연화좌에 앉을 수 있도록 전념한다는 뜻이다. 연꽃은 정토의 상징이다.

들이 뭐라 할지 바깥소문에 마음 쓰시니 딱한 일이었다.

불사와 관련된 여러 일[72]은 겐지 님께서 명확히 말씀해 두신 일이 없었기에, 대장님이 떠맡아서 진행하셨다. 오늘이 바로,[73] 라고만 본인의 신상에도 마음 쓰이시는 때도 많지만, 허무하게 세월이 쌓여 버렸는데도 꿈만 같은 마음이다. 중궁[74] 등도 잠깐이라도 잊으시는 일 없이 그리워하신다.

---

72 추선 공양과 관계된 일.
73 '한탄하면서 어제 하루 동안은 지내 왔구나 오늘이 바로 내 몸 마지막이겠구나(わびつつ
    も昨日ばかりは過してき今日やわが身の限りなるらむ)'(『拾遺和歌集』戀一, 讀人しらず)에
    의한다. 와카의 본래 뜻과는 달리, 속세 생활의 마지막을 의미한다.
74 아카시 중궁.

「미노리」권 해설

　「미노리御法」권은 무라사키노우에가 죽음에 이르는 과정과 그녀의 죽음이 남은 히카루겐지에게 어떠한 영향을 주고 있는지를 기술하며 무라사키노우에의 생애를 총괄하는 권이다. 무라사키노우에는 평온히 이 세상을 떠나지만, 그녀의 죽음은 만년에 접어든 히카루겐지에게는 견딜 수 없는 슬픔이었다. 불법·법회御法라는 의미의 권명은 죽을 날이 얼마 남지 않았다고 생각하는 무라사키노우에가 하나치루사토와 와카를 주고받으며 읊은, '마지막이 될 법회라 할지라도 믿음직하네 세를 거듭해 맺는 당신과의 인연이'무라사키노우에와 '맺어 둔 인연 끊어지지 않으리 세상 일반의 법회라 할지라도 살날 적은 내게는'하나치루사토에 의한다.

　무라사키노우에는 4년 전 로쿠조노인에서 여악女樂이 끝난 날 밤에 발병「와카나 하」권 24절한 이래 병석에 누워 있었다. 출가를 원하지만 히카루겐지의 제지로 그 뜻은 이루지 못하였다. 봄이 한창인 삼월, 무라사키노우에는 '자신의 사저'로 생각하는 니조노인二條院에서 법화경 천 부 공양 법회를 장엄하고 화려하게 치렀다. 로쿠조노인六條院에 있는 한 무라사키노우에는 히카루겐지의 애정이 유일한 의지처일 뿐인 덧없는 처지이지만, 니조노인은 그녀 자신이 주인인 장소이니만큼 그곳에서 공양을 올리면 스스로가 명실상부한 주재자가 될 수 있었다. 이 법회는 로쿠조노인에서 거행된 온나산노미야의 지불 개안 공양「스즈무시」권 1절과 대응된다.

　죽음을 예감한 무라사키노우에는 아카시노키미와 하나치루사토와 와카를 주고받으며 이별하면서 내세를 기약하고, 어릴 적부터 양녀로 키웠던 가장 가까운 존재인 아카시 중궁에게는 넌지시 뒷일도 부탁한다. 온

나산노미야와 결혼한 이래 히카루겐지에게서 마음이 멀어졌지만, 이미 그 고뇌에서는 벗어나 홀로 남을 그를 걱정하며 마음 아파할 정도였다. 이 권에서는 두 사람의 공감을 표출하는, 가슴 절절함을 의미하는 '아와레あはれ'라는 표현이 많이 쓰이고 있다. 무라사키노우에는 히카루겐지와 아카시 중궁과 와카를 주고받은 뒤 바람에 시달리는 앞뜰의 싸리나무 잎 끝의 이슬이 홀연히 스러지듯이 세상을 떠났다.『겐지 모노가타리』에는 많은 죽음이 비유로써 기술되지만, '(이슬이) 완전히 스러지다'라는 표현은 무라사키노우에에게만 쓰였다.

　이상적인 여성인 무라사키노우에의 죽음은『다케토리 모노가타리竹取物語』에서 가구야 아가씨가 승천하는 이미지와 유사하다고 지적되고 있다. 가구야 아가씨처럼 그녀 또한 고뇌가 가득한 지상을 벗어나 승천하게 된 것이다. 무라사키노우에는 깊은 슬픔에 빠진 히카루겐지와 주위 사람들을 남겨 두고 팔월 열나흗날 세상을 떠나고 열닷샛날에 화장이 끝나 현세에서 모습이 사라졌다. 가구야 아가씨도 슬픔에 젖은 천황과 양부모를 이 세상에 남겨 두고 팔월 열닷샛날에 승천하였다. 일찍이 후지쓰보 중궁의 '보랏빛 인연·혈연관계紫のゆかり'로서 등장한 무라사키노우에는 다른 누구와도 대체할 수 없는 히카루겐지의 이상적인 여인으로서 이 세상을 떠났다. 다음 권인「마보로시幻」권에서 히카루겐지가 무라사키노우에와 함께해 온 30여 년간의 세월을 애써 정리하고자 그녀의 서찰을 전부 찢거나 태워 버리는 것 또한,『다케토리 모노가타리』에서 천황이 가구야 아가씨가 놓고 간 불사약과 남긴 시가를 태워 버리는 것과 중첩된다. 히카루겐지나 천황의 이러한 행동에는 애집愛執을 끊고자 하는 마음과 함께 하늘 높이 올라가는 연기에 자신의 심경을 담아 사랑하

는 사람에게 닿고자 하는 마음이 혼재되어 있다.

히카루겐지는 자신의 인생을 유례없는 영화와 우수를 겸한 삶으로 인식하고 있다. 무라사키노우에가 세상을 떠난 뒤 살아가는 것이 슬프고 무상하다는 것을 인식시키기 위해 부처 등이 정하였다는 히카루겐지의 우수에 찬 인생 인식[11절]은 표면적으로는 화려하고 영화로운 인생을 살아온 당사자의 발언인 만큼 무게감이 있다.

자기 삶의 궤적을 되돌아보며 유례가 없는 영화와 우수를 한몸에 겸비한 생애였다는 히카루겐지의 인식은 일찍이 47세 봄에 로쿠조노인에서 여악을 개최한 다음 날 무라사키노우에를 상대로 한 술회[「와카나 하」권 22절]에서 토로되었다. 이 같은 인식이 쉰을 넘긴 만년에 접어들어 무라사키노우에의 죽음을 계기로 더욱더 명확히 드러나게 된 것이다. 히카루겐지는 원래 일찍이 22세 때 아오이노우에와 사별하였을 때부터 제행무상을 절감하였고, 그다음 해 부친인 기리쓰보인이 붕어하자 언젠가는 출가하려고 마음먹고 있었다. 이제 출가 시기가 도래하였다고 생각은 하지만, 무라사키노우에와 사별한 슬픔 때문에 출가한다고 세간에서 인식하는 것이 신경 쓰여 결단하지 못한다. 앞으로 무라사키노우에를 추모하고 주위를 정리해 나가면서 히카루겐지가 어떠한 선택을 할 것인지, 그가 출가에 대한 본뜻本意을 이룰 것인지가 남은 생의 과제로 남게 되었다.

주인공으로서 특이한 인생을 걸어온 히카루겐지의 이와 같은 인식은 무라사키노우에의 여성에 대한 인식[「유기리」권 21절]과 더불어 『겐지 모노가타리』정편의 주제가 집약된 대목으로도 볼 수 있다. 『겐지 모노가타리』의 주제는 종래 모노가타리가 심화되고 발전해 가면서 모습을 드러낸다는 견해가 많았지만, 귀족사회를 살아가는 인물의 한평생을 형상화함으로써 작자 나름의 인생관에 바탕을 둔 가치 비판을 하고 있다는 점은 명확하다. 그리고 「미노리」 권의 히카루겐지의 인식과 궤를 같이하는 인식은 다음 권인 「마보로시」 권의 히카루겐지의 술회[3]절에도 기술되어 있다.

　이와 같은 인식에 공통적으로 드러나 있는 '슬프고 무상한 세상', '허무하고 슬픈 세상'이라는 인식이야말로 작자가 모노가타리 전체를 관통하여 독자에게 전달하려고 한 주제가 아닐까. 즉 『겐지 모노가타리』 작자가 쓰려고 한 것은 남성의 호색이나 영화의 추구 등이 아니라 그러한 화려해 보이는 영화로운 삶을 살고 난 뒤 절감되는, 우수에 가득한 산다는 것에 대한 물음이었다. 그리고 히카루겐지나 가오루와 같은 남성들이 이와 같은 인식에 도달하게 된 계기가 되는 것은 여성들과의 사랑이었다. 당연히 그 여성들의 삶의 방식에도 그 같은 인생 인식은 뚜렷하게 형상화되어 있다.

제41권

「마보로시幻」 권

히카루겐지 52세

너른 하늘을 오간다는 도사여 꿈에서조차

보이지 않는 혼의 행방을 찾아 주오

大空をかよふまぼろし夢にだに

見えこぬ魂の行く方たづねよ

1. 해가 바뀌어 히카루겐지가 찾아온 호타루 병부경 친왕과 와카를 주고받다

봄빛을 보시는데도 한층 더 슬픔에 겨워 어찌할 바를 모르는 듯만 하기에, 겐지 님의 마음속 슬픔은 줄어드실 리도 없다. 밖에는 여느 때와 다름없이 사람들이 찾아뵈러 오시거나[1] 하여도, 몸 상태가 좋지 않다는 듯한 모양새로 핑계를 대시고 발 안에만 계신다. 병부경 친왕兵部卿宮[2]께서 건너오셨기에, 그저 스스럼없는 곳에서 대면하시려고 의향을 아뢰신다.

히카루겐지

내 처소에는 꽃이 이뻐 즐기는 사람도 없네

무엇 하러 봄날은 찾아왔단 말인가[3]

친왕께서는 눈물을 글썽이시면서 이리 읊는다.

병부경 친왕

향내 찾아서 방문한 보람 없이 그저 보통의

꽃 소식 들은 김에 왔다 말하려는가[4]

---

1 새해 인사차 온 손님들. 세 달에 걸친 무라사키노우에의 상은 지난해에 끝났기에 새해에 사람들이 찾아왔다.
2 히카루겐지의 동생인 호타루 병부경 친왕.
3 봄날은 병부경 친왕. 무라사키노우에가 부재한 가운데 맞이한 봄날의 적적함을 읊은 와카이다.
4 향내는 히카루겐지.

홍매 아래로 걸어가시는 모습이 참으로 매력적이시기에, 이분 말고 달리 꽃을 보고 감상할 만한 사람은 없다며 바라보신다. 꽃은 살짝 피어나기 시작하고 있어 정취가 있을 정도로 향내가 난다. 관현 연주도 없고 예년과 다른 일이 많다.

2. 쌀쌀한 봄날에 무라사키노우에를 가슴 아프게 한 과거를 떠올리다

시녀 등도 모신 지 오랜 세월이 지난 사람은 짙은 잿빛 색상의 상복을 입고 있으면서, 슬픔도 없어지기 어렵고 마음을 가라앉힐 날이 없이 그립게 여긴다. 겐지 님께서 전혀 마님들에게도 건너가지 않으시기에, 늘 뵙는 것을 위안 삼아 가까이에서 모시고 있다. 오래전부터 진지하게 마음을 주시거나 하지는 않았어도 가끔은 무심하지 않게 생각하셨던 사람들[5]도 오히려 이렇게 쓸쓸히 겐지 님께서 홀로 주무시게 되면서부터는 아주 평범하게 대하시고, 밤에 침상 곁에서 숙직[6]하거나 할 때도 이 사람 저 사람 많이, 침상 근처에서 멀리 떨어지게 하여 대기하도록 하신다.

무료하게 지내면서 옛이야기 등을 하시는 때도 가끔 있다. 옛 흔적[7]도 없고 불심이 깊어져 가는데도, 그다지 끝까지 갈 리도 없었던 일[8]이 있

5 　'메슈도(召人)'라고 하는 시첩들.
6 　밤에 경호를 위해 시녀가 몇 명씩 당번을 정하여 주인 침실에서 숙직하는 것이 보통이다. 히카루겐지는 의식적으로 그러한 시녀들과 거리를 둔다.
7 　히카루겐지의 호색적인 성향.
8 　히카루겐지의 변하기 쉬운 연애사.

을 때마다 한때 원망스럽게 여기셨던 기색[9]이 때때로 드러나셨던 일 등을 떠올리시니, 어찌 가벼운 희롱이었든 아니면 진지하게 괴로운 일이었든 그 같은 마음을 보여 드렸던가, 무슨 일에든 두루 마음을 쓰셨던 성향이셨던지라 다른 사람의 깊은 속내도 아주 잘 파악하시면서 끝까지 원망하시는 일은 없었어도, 그때마다 한 차례씩 어찌 되려고 이러는가 하고 생각하신 탓에 다소나마 마음이 어지러우셨을 터인데, 그것이 애처롭고 후회스러워 겐지 님께서는 가슴도 미어질 듯한 심경이시다. 그 당시의 속사정까지 알고 지금도 가까이에서 모시는 사람들은 슬쩍 입 밖에 내어 아뢰는 자도 있다.

입도 황녀入道の宮[10]께서 처음 건너오셨을 적에 그 당시에도 얼굴빛으로는 결단코 드러내지 않으셨어도 무슨 일이 있을 때마다 부질없는 일이라고 생각하셨던 기색이 가슴 아프게 여겨졌는데, 그중에서도 눈 내렸던 새벽녘[11]에 잠시 멈춰 서 있느라 내 몸도 얼어 버릴 듯이 여겨지고 하늘 풍경도 황량하였을 때 참으로 다정하고 의젓하면서도 소매가 눈물로 몹시 젖어 있는 것을 슬쩍 숨기시고 억지로 아무렇지 않은 척하셨을 적의 마음가짐 등을, 밤새도록 꿈속에서라도 어떠한 내세來世에서 다시 또 볼 수 있을까 하고 계속 생각하신다. 날이 서서히 밝아올 무렵 처소로 물러나려는 시녀인 듯한데, "많이도 쌓여 있는 눈이로구나" 하고 말하는 목소리를 들으시는데도 그저 그때인 듯한 느낌이 들기에, 옆자리가 썰렁한 것도 말할 수 없이 슬프다.

---

9   무라사키노우에의 질투.
10   온나산노미야.
11   히카루겐지와 온나산노미야가 결혼하고 사흘 밤을 보낸 뒤 눈 내리는 새벽녘(「와카나 상」 권 15절).

히카루겐지

고달픈 세상 눈 녹듯 사라지고 싶어 하여도

생각과는 다르게 이대로 세월 가네[12]

3. 추운 날 밤에 중장님을 상대로 자신의 생애를 되돌아보다

여느 때처럼 슬픔을 잊으려고 손 씻을 물을 들게 하고 수행하신다. 숨은 불을 일으켜 피워서 둥근 화로를 올린다. 중납언님中納言の君, 중장님中將の君 등[13]이 겐지 님 안전 가까이에서 이야기를 아뢴다.

"홀로 자는 것이 평소보다도 어젯밤은 쓸쓸하였구나. 이렇게 지내도 아주 잘 마음을 가라앉혀 관조할 수 있었던 세상이건만, 허망하게도 얽혀 있었구나."

겐지 님께서 이러며 침울해하신다. 나까지 세상을 버린다면 이 사람들이 한층 더 탄식하며 슬퍼할 터인데 애처롭고 가엾겠구나, 라는 등 생각하며 둘러보신다. 조용히 수행하면서 불경 등을 읽으시는 음성을 좋게 여기는 것만으로도 눈물이 멈추지 않을 듯한데, 하물며 소매라는 물막이[14]로도 막을 수 없을 만큼 가슴 아프게 겐지 님의 모습을 아침저녁으

---

12 '후루(ふる)'라는 동음이의어로 세월이 가다(經る)와 눈이 오다(降る)라는 이중적인 의미를 나타낸다. 적적한 눈 오는 풍경 속에 현세를 단호하게 끊어 내지 못하는 마음을 읊었다. '고달픈 세상 몸 숨기지 못한 채 우울해하며 세월 보내게 될 줄 생각도 못하였네(憂き世にはゆき隱れなでかき曇りふるは思ひのほかにもあるかな)'(『拾遺和歌集』雜上, 淸原元輔)에 의한다.

13 두 사람 다 히카루겐지의 시첩이다. 중납언님은 원래 아오이노우에의 부친인 좌대신가의 시녀였다.

로 뵙고 있는 사람들의 마음은 끝없이 슬프기만 하다.

"이 세상에서는 아쉽게 여겨질 만한 일은 거의 없을 듯하고 높은 신분으로 태어났어도, 한편으로는 다른 사람보다 각별히 안타까운 전세로부터의 인연이기도 하였구나 하고 생각하는 일이 끊이지 않는구나. 이 세상이 허무하고 슬프다는 것을 알려 주려고 부처 등이 마련해 두신 신세일 듯하구나. 그것을 억지로 모른 체하며 살았기에 이렇게 죽을 날이 가까운 말년의 황혼 녘에 가슴 저미는 끝을 보았으니, 내 숙명의 정도도 내 마음속 한계도 남김없이 다 보아 마음이 편안하여 이제 약간의 굴레도 남지 않았구나. 이 사람 저 사람 이렇게 전보다 실로 친숙해진 사람들이 이제 마지막이라며 헤어지게 될 때야말로 지금보다 한층 더 마음이 어지러울 듯하구나. 정말로 허망하기만 하구나. 잘 끊어 내지 못하는 마음이로구나."

겐지 님께서 이러며 눈을 눌러 닦으며 감추시는데, 다 숨기지 못하고 그대로 흘러내리는 눈물을 뵙고 있는 사람들은 더욱더 눈물을 억누를 방도가 없다. 이제 겐지 님께서 세상을 등지고 나서 남게 될 슬픔을 제각각 입 밖에 내어 아뢰고 싶어도, 그렇게도 아뢰지 못한 채 목이 메어 흐느낄 수밖에 없었다.

이렇게만 탄식하며 지새운 새벽과 시름에 잠겨 지내신 저물녘 등 조용할 때마다 그 보통으로는 여기지 않으셨던 사람들[15]을 계신 곳 가까이 부르셔서 이 같은 이야기들을 하신다. 중장님이라며 모시는 사람은 아직

---

14 '눈물 떨어져 흐르는 강물 수면 너무 빨라서 막기가 어려웠던 소매라는 물막이(涙川落つる水上はやければせきぞかねつる袖のしがらみ)'(『拾遺和歌集』戀四, 紀貫之)에 의거한 것으로 추정된다.
15 시첩들.

어렸을 적부터 친숙하게 보아 오셨는데 지나치지 못하고 아주 은밀히 정을 베풀어 오셨던가, 본인은 몹시 민망한 일로 여기고 마님에게 곁을 내어 드리지 않았다. 이리 돌아가시고 난 뒤에는 그러한 방면[16]으로는 아니고 마님이 다른 사람보다 각별하게 귀여워하며 관심을 기울이셨거늘 하고 떠올리시게 되면서, 그 추억거리라는 면에서 어여삐 여기셨다. 마음씨와 용모 등도 보기 좋고 어린 소나무[17]로 여겨지는 언동은 보통 사람이라면 어떨지 몰라도, 그보다는 세심하게 신경을 쓴다고 생각하신다.

4. 히카루겐지가 눈물이 흔해진 모습을 부끄럽게 여겨 사람들과 대면하지 않다

겐지 님께서는 소원한 사람은 전혀 만나지 않으신다.[18] 공경 등도 사이 좋게 지내는 분들, 그리고 형제간인 친왕들 등이 늘 찾아뵈시지만, 대면하시는 일은 좀체 없다. 사람과 대면할 때만은 마음을 단단히 부여잡아 가라앉히고 차분한 마음을 지니려고 생각하여도, 수개월 동안 멍한 상태가 되어 버린 몸 상태로는 보기 민망한 푸념이 섞이게 되어 말년에 사람들을 곤욕스럽게 만들었다고 할 훗날의 평판조차 불쾌할 듯하다. 총기를 잃고 멍청한 상태가 되어 사람과도 만나지 않는 듯하다고 입길에 오를 것도 마찬가지이지만, 역시 소문으로 듣고 이상하게 짐작하는 것보다도 민

---

16 호색적인 대상.
17 무덤에 심는 소나무를 의미하며 무라사키노우에를 대신하는 추억거리를 의미한다.
18 백거이의 '外人不見 見應笑'(『白氏文集』 卷三 「上陽白髮人」)라는 구절에 의한다.

망한 모습을 직접 눈에 띄게 하는 것이 더없이 심하게 어리석다고 생각하시는지라, 대장님大將の君 같은 사람조차 발을 내린 채 대면하셨다.

이렇게 겐지 님께서는 사람이 이상해지신 듯하다고 사람들이 소문을 낼 만한 시기만이라도 마음을 가라앉혀야 한다며, 하루하루를 참고 지내시면서 현세에도 등을 돌리지 못하신다. 가끔이나마 마님들[19]에게 흘끗이나마 모습을 보이실 때면 우선 참으로 억누를 수 없는 눈물비[20]만 더욱더 흘러내리기만 하기에, 너무 견디기 힘들어 어느 분과도 격조한 채로 지내신다.

5. 무라사키노우에가 사랑하던 벚나무를 챙기는 니오노미야를 보고 히카루겐지가 슬퍼하다

황후后の宮[21]는 궁중으로 돌아가시고, 셋째 황자三の宮[22]만은 쓸쓸한 나날에 위안이나마 되시라고 머물게 하셨다. "어머니母[23]가 말씀하셨기에"라면서 서쪽 채 앞뜰의 홍매를 특별히 신경 쓰며 보살피고 계시는 것을, 참으로 절절하게 뵙고 계신다. 이월이 되니, 꽃나무들이 한창인 것도 아직 덜 핀 것도 가지 끝이 정취 있게 전부 뿌옇게 되었다. 그 추억거리인 홍매 위에서 휘파람새가 흥겹게 지저귀기에, 겐지 님께서 밖으로 나와

---

19 하나치루사토나 아카시노키미 등 로쿠조노인의 여성들.
20 '잿빛 상복의 임의 소맷자락은 구름인 건가 끝없이 눈물비만 흘러내리는구나(墨染の君
    が袂は雲なれや絶えず涙の雨とのみ降る)'(『古今和歌集』 哀傷, 壬生忠岑)에 의한다.
21 아카시 중궁. 무라사키노우에의 임종을 지키고 그동안 복을 입었다.
22 니오노미야(匂宮). 무라사키노우에가 각별히 사랑하였다.
23 무라사키노우에.

바라보신다.

히카루겐지
심어서 보던 이 꽃나무 주인도 없는 처소에
모르는 체하면서 찾아온 휘파람새[24]

이렇게 읊으면서 서성거리신다.

봄이 깊어져 감에 따라 앞뜰 모습은 옛날과 다름없는데, 감상하시지는 않아도 마음 술렁여[25] 무슨 일이든 가슴 아프게 여겨지시기에, 대체로 이 세상 밖처럼 새소리도 들리지 않을 산속[26] 깊이 들어가고 싶다는 마음만 한층 더 심하게 드신다. 황매화나무 등이 기분 좋다는 듯이 흐드러지게 피어 있는데도, 불쑥 눈물만 글썽이면서 지켜보시게 된다.

다른 데의 꽃은 외겹은 지고 겹으로 피는 벚꽃은 한창때를 지나고 산벚꽃은 피기 시작하고 등꽃은 뒤늦게 물들거나 하는 듯한데, 마님은 그늦게 피고 이르게 피는 꽃의 성질을 잘 구별하여 다양하게 온갖 것을 다 심어 두셨기에 때를 잊지 않고 향기가 가득하다.

"내 벚꽃[27]은 피었어요. 어찌하면 오래 떨어지지 않을까요. 나무 둘레에 칸막이를 치고 휘장을 올린다면, 바람도 불어오지 못할 거예요.[28]"

---

24 변함없는 자연과 대비되는, 인간의 허망한 목숨을 탄식하는 와카이다.
25 '이렇게 볕이 화창하게 비치는 봄날이건만 어이 마음 술렁여 벚꽃은 지는 걸까(ひさかたの光のどけき春の日に靜心なく花の散るらむ)'(『古今和歌集』春下, 紀友則)에 의한다.
26 '하늘을 나는 새소리도 들리지 않는 깊은 산 깊디깊은 마음을 사람들은 알려나(飛ぶ鳥の聲も聞こえぬ奧山の深き心を人は知らなむ)'(『古今和歌集』戀一, 讀人しらず)에 의한다.
27 홍매와 더불어 무라사키노우에가 사랑하였던 벚나무이다. 니오노미야에게 물려준 니조노인 서쪽 채 근방에 있다.
28 『가초요세이(花鳥餘情)』에서는 '唐穆宗每宮中花開 以重頂帳蒙蔽欄檻 置惜花御史掌之 號

어린 황자께서 요령 있게 생각해 내었다고 여기며 이렇게 말씀하시는 얼굴이 참으로 어여쁜데도, 겐지 님께서는 웃음을 지으셨다.

"덮을 만한 소매[29]를 구하려 하였던 사람보다는 참으로 요령 있게 생각이 미치셨군요."

이러거나 하면서 이 황자만을 놀이 상대로 뵙고 계신다.

"임금과 사이좋게 놀아 드리는 것도 얼마 남지 않았네요. 목숨이라는 것은 잠시 더 이어진다고 하여도 만날 수는 없을 것 같군요."

이러며 여느 때처럼 눈물을 글썽이시기에, 황자께서는 참으로 심술궂다고 생각하시고 "어머니가 말씀하셨던 것을, 불길하게 말씀하시네요"라면서 눈을 내리깔고 옷 소매를 잡거나 끌어당기거나 하면서, 불안한 마음을 달래고 계신다.

구석방 고란高欄에 기대어 저택 앞뜰과 발 안을 둘러보며 생각에 잠겨 계신다. 시녀 등도 그 추억을 불러일으키는 색상의 옷[30]을 바꾸지 않은 사람도 있고 평상시 색조의 옷이라 하더라도 능직 비단 같은 화려한 의복은 아니다. 겐지 님 본인의 노시直衣도 색상은 평상시와 같아도 특별히 수수하게 차리고 민무늬를 입고 계신다.[31] 실내 장식 등도 참으로 간소

日括香'(『雲仙雜記』 十卷)을 준거로 지적한다. 그러나 『운선잡기』가 당시 일본에 들어 왔는지는 불확실하다.

29 '넓은 하늘에 덮을 만한 소매가 있으면 하네 봄에 피는 꽃들을 바람에 안 맡기게(大空に覆ふばかりの袖もがな春咲く花を風にまかせじ)'(『後撰和歌集』 春中, 讀人しらず)에 의한다.

30 상복 색깔.

31 『가카이쇼(河海抄)』에서는 적자를 둔 본처라면 '暇三十日 服一年'이지만, 자식이 없는 첩의 경우는 '暇二十日 服三月'(『物忌令』)이라는 규정을 인용하여, 처라고는 하여도 무라사키노우에는 자식이 없기에 복상 기간이 1년이 아니어도 문제가 없다고 지적하였다. 히카루겐지가 석 달이 지나 상복을 평상복으로 갈아입었지만 수수한 민무늬 노시를 입고 있다는 것은, 무라사키노우에에 대한 그의 깊은 마음을 드러낸다.

하고 단순하여 쓸쓸한 데다 어쩐지 허전하고 차분하기에, 이리 읊는다.

히카루겐지

이제 등지면 황폐해지는 건가 세상 뜬 사람

온 정성 기울였던 봄날 정원 울타리

다른 사람과는 상관없이 슬프게 여겨지신다.

6. 온나산노미야를 방문하여 도리어 무라사키노우에를 생각하다

참으로 무료하기에, 입도 황녀入道の宮 처소[32]로 건너가시니, 어린 황자[33]께서도 시녀에게 안겨 계신다. 이쪽의 어린 도련님[34]과 뛰어노는데, 꽃을 아까워하시는 마음가짐들도 깊지 않고 참으로 철없다.

황녀께서는 불전에서 독경하고 계셨다. 그리 깊이 깨달으신 도심道心도 아니셨건만, 이 세상을 원망스럽게 여겨 마음이 흐트러지는 일도 없으시고 평온한 상태로 다른 데 마음을 주지 않고 수행하시며 한쪽 방면[35]에 전념하여 사념을 벗어나 계신 것도 참으로 부럽기에, 이렇게 얕

---

32 온나산노미야의 처소는 로쿠조노인 몸채 서쪽 면에 있다.
33 니오노미야.
34 가오루(薫). 온나산노미야와 가시와기의 아들. 세상에는 히카루겐지의 늦둥이 아들로 알려져 있다.
35 불도.

으신 여자의 마음가짐에까지 뒤떨어진다며 안타깝게 여기신다. 알가關
伽[36]에 꽂아 둔 꽃이 노을빛을 받아 참으로 정취 있게 보이기에, 이리 말
씀하신다.

"봄에 마음을 주었던 사람이 없어 꽃 색깔도 스산하게만 여겨지는데,
부처를 장식하니 볼만하군요."

그리고 이렇게 말씀하신다.

"부속 채對[37] 앞의 황매화야말로 역시 이 세상에서 볼 수 없는 모양새
의 꽃입니다. 꽃송이가 얼마나 크던지요. 기품 있게 피고자 하는 등의 생
각은 제쳐 놓았던 꽃인지 화려하고 부산스러운 방면으로는 무척 재미있
는 꽃이더군요. 심은 사람이 없는 봄이라고도 알지 못하는 얼굴로 예년
보다도 갑절로 아름다운 것이 절절하게 여겨집니다."

대답으로 황녀께서 "골짜기에는 봄도"[38]라고 무심하게 아뢰신다. 다
른 표현도 있을 터인데 불쾌하기도 하구나 하고 여겨지시는데도 먼저,
이러한 대수롭잖은 일에 관해서도 마님은 그 일이 그러지도 않았으면 좋
겠다고 내가 생각하는 데 어긋나는 대목은 끝까지 없었다, 라면서 어렸
을 적부터의 자태에 대해 자, 무슨 일이 있었나 하며 생각하기 시작하신
다. 가장 먼저 이런저런 때마다 재기가 있고 배려심이 있어 매력적이었
던 인품과 거동, 말만이 연이어 떠오르시기에, 여느 때처럼 눈물이 많은
탓에 불쑥 넘쳐 흘러내려 버리니 그 또한 참으로 괴롭다.

---

36 부처에게 바치는 물.
37 무라사키노우에가 거처하였던 로쿠조노인 동쪽 채로 추정된다.
38 '볕이 안 드는 골짜기에는 봄도 찾지 않기에 피고서 빨리 질까 걱정조차 안 하네(光なき谷に
は春もよそなれば咲きてとく散る物思ひもなし)'(『古今和歌集』雜下, 淸原深養父)에 의한다.

7. 아카시노키미와 이야기하여도 위로가 되지 않은 채
   쓸쓸히 돌아오다

저물녘 안개가 뿌옇게 끼어 정취 있는 무렵이기에, 그길로 아카시 마
님明石の御方[39]에게로 건너가셨다. 오랫동안 그토록 들여다보지 않으셨기
에 예기치 않은 때인지라 놀랐어도, 보기 좋게 우아한 분위기로 처신하
니, 역시 다른 사람보다는 뛰어나다고 바라보신다. 다시금 이와는 달라
도 고인이 고상한 자질과 품위 있는 태도로 처신하셨구나 하며 견주어
생각하시게 되니 옛 모습이 떠올라 그립고 슬픔만 더하여지는지라, 어찌
하면 이 마음을 위로할 수 있을까 하며 몹시 버겁다.

이쪽에서는 느긋하게 옛이야기 등을 하신다.

"사람을 어여삐하며 마음에 담아 두는 것은 참으로 볼꼴사나운 일이
라고 예로부터 깨닫고 있기에, 대저 어떠한 방면으로든 이 세상에 집착
이 남아 있을 만한 일이 없어야 한다고 조심해 왔다오. 세상 일반적으로
도 제 처지가 쓸모없이 영락해 버릴 듯하였던 무렵[40] 등에는 이런저런
방면으로 곰곰이 생각해 보았는데, 목숨조차 스스로 버릴 셈으로 들과
산의 끝에서 유랑한다고 하여도 특별히 지장이 있을 듯하지 않다는 마음
이 들었습니다. 그런데 만년이 되어 이제는 살날이 얼마 남지 않은 처지
인데도 없느니만 못한 굴레가 많이 얽혀 있는지라 이제까지 지내 왔는
데, 심약하여 속이 탑니다."

---

39 몸채의 온나산노미야의 처소에서 곧바로 서북 구역의 겨울 저택인 아카시노키미 처소
    로 갔다.
40 스마·아카시에 퇴거하여 지내던 때.

이처럼 그다지 한 방면의 슬픔[41]만으로는 말씀하시지 않아도, 마님은 그리 생각하시는 모습도 지당하다고 여겨 안타깝기에 딱하게 뵙고 계신다.

"대부분의 사람들 눈에 그다지 아까워 보이지 않는 사람조차 마음속의 굴레는 자연스레 많이 지니고 있을 터인데, 하물며 어찌 마음 편하게도 등지실 수 있겠는지요. 그처럼 얕은 마음으로는 오히려 경박하다는 비난 등도 나오게 되어 공연한 일 등도 생길 듯합니다. 결심을 급히 서두르지 않으시는 편이, 끝내 번뇌를 완전히 없애시는 방면으로 깊어질 듯 짐작됩니다만. 옛 선례[42] 등을 듣는데도, 마음이 동하거나 바라던 바와 다른 일이 있어 세상이 싫어진 김에 등진다든가, 그것은 역시 보기 민망한 일입니다. 아무래도 잠시 더 마음을 가라앉히시고 황자들 등[43]께서도 성인이 되셔서 정말로 흔들리지 않을 만한 처지[44]가 되시는 것을 지켜보실 때까지는 흐트러짐 없이 계시는 것이 안심도 되고 기쁠 듯도 합니다."

이렇게 참으로 어른스럽게 아뢰는 기색이 무척 보기 좋다.

"그렇게까지 마음을 느긋하게 먹게 된다면, 그 사려 깊음이야말로 얕은 마음에 뒤처질 듯합니다."

겐지 님께서는 이와 같이 말씀하시고, 예로부터 시름에 겨웠던 일 등을 입 밖에 꺼내어 이야기하시는 중에 이와 같이 말씀하신다.

"돌아가신 황후[45]께서 세상을 버리셨던 봄에는 꽃 색깔을 보아도 정말로 '마음 있다면'[46]이라고 느꼈습니다. 그것은 세상 일반적으로도 아

---

41 무라사키노우에와의 사별.
42 『가초요세이(花鳥餘情)』에서는, 가잔인(花山院)이 홍휘전 여어(弘徽殿女御)와 사별한 뒤 슬픔이 지나쳐 출가한 예를 들어, 도심은 일어나기 쉽고 식기 쉬운 것이라고 하였다.
43 아카시 중궁 소생의 황자와 황녀들.
44 첫째 황자인 동궁의 즉위.
45 후지쓰보 중궁. 20년 전 3월에 세상을 떠났다.

리땁고 매력적이었던 자태를 어렸을 적부터 자주 뵈었기에, 그러한 임종 때의 슬픔도 다른 사람보다 각별하게 느꼈습니다. 자신이 유난한 마음을 지니고 있다고 하여, 가슴 절절함은 따르지 않는 법입니다. 오랜 세월을 함께한 사람[47]을 먼저 보내고 정신을 차릴 수 없고 잊기 어려운 것도 단지 이러한 부부 사이라서 느끼는 슬픔만은 아닙니다. 어릴 적부터 키워 왔던 모습, 함께 늙어 온 만년에 홀로 남겨져 내 신세도 그 사람 신세도 연이어 생각나니, 그 슬픔을 견디기 어렵습니다. 대저 가슴 절절함이든 고상한 자질이든 정취의 방면이든, 폭넓게 여러모로 생각하는 방면들이 쌓일 때 슬픔은 깊어지는 법이었습니다."

밤이 깊어질 때까지 옛날과 오늘날의 이야기를 나누시며 이대로 밤을 지새워도 좋을 듯한 밤이건만 하고 생각하시면서 돌아가시니, 여자女도 왠지 모르게 절절하게 여길 듯하다. 겐지 님 스스로의 마음으로도 이상하게도 변해 버린 심경[48]이로구나 하고 깨닫게 되신다.

그래도 다시 평소의 수행을 하시느라, 한밤중이 되어서야 낮 동안 머무르시는 자리에 아주 잠시 기대어 누우신다. 다음 날 아침, 서찰을 바치시니 이러하다.

히카루겐지

눈물 흘리며 거처로 돌아왔네 덧없는 세상

---

46 '풀이 울창한 들판의 벚꽃이여 마음 있다면 올 한 해만이라도 먹빛으로 피기를(深草の 野邊の櫻し心あらば今年ばかりは墨染に咲け)'(『古今和歌集』 哀傷, 上野岑雄)에 의한다 (『겐지 모노가타리』 2 「우스구모」 권 14절 참조).

47 무라사키노우에.

48 아카시노키미의 처소에 묵지 않고 굳이 본인의 처소로 돌아가는 자신의 마음.

어디 가든 영원히 머무를 곳 없는데[49]

　어젯밤의 겐지 님의 태도는 원망스러웠을 듯하건만, 마님은 이렇게 평소와 다른 모습으로 멍하신 기색이 측은하기에, 본인의 처지는 제쳐 두고 눈물을 글썽이신다.

아카시노키미
기러기 앉은 못자리에 물이 다 말라 버린 뒤
꽃 그림자조차도 비치지 않는구나[50]

　옛날과 다름없이 기품 있는 필적을 보는데도, 고인은 이 사람을 왠지 마음에 들지 않게 여기셨건만 말년에는 서로 속내를 아는 사이[51]가 되어 마음 편한 상대로는 신뢰할 수 있다며 마음을 주고받으시면서도, 한편으로는 그렇다고 하여 한결같이 또 마음을 터놓지 않은 채 정취 있게 대하셨건만 그 마음가짐을 다른 사람은 그다지 알지 못하였구나, 라는 등 떠올리신다. 겐지 님께서는 몹시 적적할 때는 이처럼 그저 특별할 것 없이 때때로 흘끗 모습을 보이기도 하셨다. 하나, 옛날 관계에 비하자면 그 자취가 없어져 버린 듯하다.[52]

---

49 '눈물 흘리며(泣〈泣〈)'와 '덧없는(仮)'은 '새가 울면서(鳴〈鳴〈)'와 '기러기(雁)'와 동음이의어이다. 봄이 깊어져 북쪽(영원히 머물 곳)으로 돌아가는 기러기에 자신을 비기어 고독한 이미지를 형상화하였다. 아카시노키미에게 보내는 와카이면서도 무라사키노우에를 상실한 슬픔을 읊었다.
50 '기러기'와 '꽃'은 히카루겐지, '못자리 물'은 무라사키노우에. 무라사키노우에가 세상을 뜬 뒤 히카루겐지의 발걸음이 오히려 끊어졌다며 불만을 넌지시 드러내었다.
51 무라사키노우에와 아카시노키미 두 사람의 관계.
52 이전처럼 아카시노키미 처소에서 동침하지 않는 것을 말한다.

8. 하나치루사토가 보내온 여름옷을 보고 세상을 허망해하다

여름 저택 마님夏の御方[53]이 철에 따라 옷을 갈아입을 때[54] 필요한 의복을 바치신다면서, 이리 읊어 보냈다.

하나치루사토

여름옷으로 새로이 갈아입은 오늘만큼은

그 옛날 추억에도 더욱 잠기겠지요[55]

답신은 이렇게 보내신다.

히카루겐지

날개옷처럼 얇은 옷으로 바뀐 오늘부터는

매미 허물과 같은 세상 더욱 슬프네

9. 마쓰리 날에 중장님에게 살짝 애정을 느끼다

마쓰리祭[56] 당일 참으로 무료하기에, "오늘은 구경한다고 사람들이 기

---

53 로쿠조노인 북동 구역의 여름 저택에 거처하는 하나치루사토.
54 '고로모가에(更衣)'라고 한다. 4월 1일(여름)과 10월 1일(겨울)에 의복이나 실내 세간살이 등을 바꾼다. 그때 부인은 의복을 새로 마련하여 남편에게 보내는 것이 일반적이다. 히카루겐지의 의복은 생전의 무라사키노우에가 주로 만들었다.
55 '그 옛날 추억'은 무라사키노우에에 대한 추억.
56 4월 중순에 열리는 가모 마쓰리(賀茂祭). 아오이 마쓰리(葵祭)라고도 한다.

분이 좋겠구나"라며 신사의 정경 등에 생각이 미치신다.

"시녀 등이 얼마나 뒤숭숭하겠느냐. 사가로 조용히 나간 뒤 구경하는 게 좋겠다."

겐지 님께서 이리 말씀하신다.

중장님[57]이 동쪽 면의 방에서 선잠을 자고 있기에 걸어가 보시니, 참으로 자그마하고 아리따운 모습으로 일어났다. 안색이 발그스름한데 상기된 얼굴을 감추며 헝클어져 약간 붕 뜬 머리카락이 늘어진 모습 등이 참으로 아리따워 보인다. 주황색 기운이 섞인 하카마袴, 원추리색 홑옷, 아주 짙은 쥐색 우치키袿에 검정 겉옷 등[58]을 겹쳐 있은 것이 단정하지 않고 모裳, 가라기누唐衣[59]도 미끄러지듯 벗겨졌는데, 이리저리 걸치거나 한다. 곁에 놓아두었던 족두리풀[60]을 손에 드시고 "뭐라고 했나, 이 이름조차 잊어버렸구나"[61] 하고 말씀하시기에, 부끄러워하며 이리 아뢴다.

중장님

그 말 그대로 공양 올린 물독에 수초 앉겠네

오늘의 머리 장식 이름조차 잊을 줄은

정말로, 라며 딱하기에, 이리 읊는다.

---

57 히카루겐지의 시첩.
58 모두 상복 색상이다.
59 모(裳)는 여성이 허리에서 뒤로 걸친 옷, 즉 뒤치마를 말하며, 가라기누(唐衣)는 길이가 짧고 겉옷 위에 걸치는 여자 정장이다. 둘 다 시녀의 정장이다.
60 아오이 마쓰리 때 머리 장식으로 쓰이는 족두리풀은 헤이안시대에 '아우히'로 발음되어, 남녀가 '만나는 날(逢ふ日)'을 연상시킨다.
61 출가를 염두에 두고 있어, 남녀가 만난다는 뜻의 '아우히(逢ふ日)'와 같은 발음인 족두리풀 등과는 관계없다는 뜻이다.

히카루겐지

거의 대부분 미련을 끊어 버린 세상이지만

여전히 족두리풀 꺾어 버리고 싶네⁶²

이와 같이 한 사람만은 밀어내지 않으시는 기색이다.

10. 장맛비가 내릴 무렵 고인을 기리며
유기리와 이야기를 나누다

오월 장맛비 즈음은 더욱더 시름에 잠겨 지내시는 것 말고 다른 일이 없어 허전한데, 상순을 넘긴 달이 구름 사이로 화사하게 드러난 모습이 좀체 없는 일이기에 대장님이 안전으로 찾아뵙고 대기하신다. 귤나무 꽃⁶³이 달빛에 참으로 두드러지게 보이고 그 향기도 바람에 실려 정답기에, '천년을 변함없이 우는 소리'⁶⁴도 듣고 싶다며 기다리고 있는 동안에 갑자기 피어오르는 떼구름 모양도 참으로 공교롭다. 야단스럽게 쏟아지는 비에 더하여 쏴 하고 부는 바람에 등롱⁶⁵도 어지러이 흔들리니 어두컴컴한 마음이 든다. '창을 두드리는 소리'⁶⁶ 등 구태의연한 옛 시가를

---

62 족두리풀은 중장님을 가리키며, 당신에게만은 집착을 끊기 어렵다고 읊고 있다.
63 귤나무 꽃은 두견새와 함께 '회고(懷古)'를 나타내는 경물이다.
64 '색 변치 않는 귤나무 꽃에 앉은 두견새로세 천년을 변함없이 우는 소리 들리네(色かへぬ 花橘にほととぎす 千代を馴らせる 聲聞こゆなり)'(『後撰和歌集』夏, 讀人しらず)에 의한다.
65 등롱은 처마 끝에 매달려 있다.
66 '秋夜長 夜長無寐天不明 耿耿殘燈背壁影 蕭蕭暗雨打窓聲'(『白氏文集』卷三「上陽白髮人」)에 의한다.

읊조리시는데도, 때가 때인지라 누이의 울타리에 들려주고 싶은 소리[67]
이다.

"홀로 사니 딱히 달라진 일은 없지만, 이상하게 허전하기만 하군요. 깊은 산에서 지낸다고 하여도 이렇게 지내는 데 몸이 익숙해진다면, 더할 나위 없이 티 없이 맑은 마음을 지닐 듯하군요."

이와 같이 말씀하신 뒤, 다음과 같이 이르신다.

"시녀는 이리로 가벼운 음식 등을 들이거라. 남자들을 부르려 하여도 지나친 시각이로구나."

마음속으로는 그저 하늘을 바라보시는 기색[68]이신지라 대장은 끝없이 애처롭기에, 이렇게만 계시면서 슬픔이 잊히지 않으신다면 수행하시는 데도 전념하시기가 어렵지 않을까 하고 뵙고 계신다. 흘끗 보았던 모습조차 잊기가 어렵거늘 하물며 어쩌할까 하고, 지당하다고 생각하며 앉아 계신다.

"어제와 오늘 일인듯 생각하고 있던 동안에 일주기도 점차 가까워졌습니다. 어찌 치를 생각이신지요."

대장이 이리 아뢰시니, 겐지 님께서 이와 같이 말씀하신다.

"무엇 하러 세상의 관례와 다른 의식을 치르겠는가. 그, 마음을 썼던[69] 극락 만다라[70] 등을 이번에 공양하도록 하지요. 불경[71] 등도 많이 있었는

---

67   『시메이쇼(紫明抄)』 등에서는, '나 혼자만이 듣기는 슬프구나 두견새 소리 누이의 울타리에 들려주고 싶구나(獨りして聞くは悲しきほととぎす妹が垣根におとなはせばや)'(출전 미상)라는 와카를 지적하고 있다.
68   '너른 하늘은 사랑하는 사람의 추억거린가 시름 잠길 때마다 바라만 보게 되니(大空は戀しき人の形見かは物思ふことにながめらるらむ)'(『古今和歌集』 戀四, 酒井人眞)에 의한다.
69   무라사키노우에의 발원(發願)에 의해 제작되었다.
70   본래의 만다라와 달리, 『관무량수경(觀無量壽經)』에 의거하여 극락정토의 장엄한 모습을 그림으로 그린 이른바 '정토변상도(淨土變相圖)'를 말한다.

데, 아무개 승도僧都가 모두 그 취지를 소상히 들어 두었다 하니, 그 밖에 더하여야 할 일 등도 그 승도가 말하는 데 따라 진행하는 게 좋겠군요."

"그러한 것을 원래부터 각별하게 신경 써 두신 것은 내세를 위해 안심이 되는 일이지만, 이 세상과는 일시적인 인연이었구나 하고 뵙자니, 추억거리라고 여기실 만한 사람72만이라도 남겨 두셨으면 좋았을 터인데 계시지 않는 것이 안타깝게 여겨집니다."

대장이 이리 아뢰시니, 겐지 님께서는 이와 같이 말씀하신다.

"그것은, 이번 생에 연이 깊어 수명이 긴 사람들에게 있어서도 그와 같은 일이 대체로 적었는데,73 나 스스로 안타깝게 여기는 일이라네. 자네야말로 가문을 번창시켜 주시게."

무슨 일에 있어서든 참기 어려운 심약함이 남부끄럽기에 지나간 일을 그다지 입 밖에도 내어 말씀하지 않으시는데, 기다리고 있던 두견새가 어렴풋하게 우는데도 '어찌 알았을거나'74라고 듣는 사람은 그냥 있을 수 없어 읊는다.

히카루겐지

세상 뜬 사람 그리워하는 밤에 내린 소나기

비에 젖어 왔느냐 산에서 온 두견새75

---

71 이 또한 무라사키노우에의 발원으로 서사(書寫)하도록 한 것이다.

72 자식.

73 무라사키노우에 이외의 다른 여성들에게도 히카루겐지의 자식은 많지 않다.

74 '그 옛날 일을 이야기하였더니 두견새 우네 어찌 알았을거나 옛날 울음소리네(いにしへのこと語らへばほととぎすいかに知りてか古聲のする)'(『古今和歌六帖』五)에 의한다.

75 두견새는 명도(冥途)와 현세를 오간다고 한다.

이러며 더욱더 하늘을 바라보신다. 대장이 이리 읊는다.

> 유기리
> 산골 두견새 임에게 전하기를 옛날 고향의
> 귤나무 꽃은 바로 지금 한창때라고[76]

시녀 등이 많이 읊었지만 적지 않았다. 대장님은 그대로 옆에서 지키며 주무신다. 쓸쓸히 홀로 주무시는 것이 가슴 아프기에, 가끔 이처럼 곁에서 지켜 드리신다. 마님이 살아 계셨을 적에는 참으로 거리가 있었던 자리 근방이, 그다지도 떨어져 있지 않거나 하는데도 생각나는 일들이 많았다.

11. 여름날에 쓰르라미와 반딧불이를 보며 끊이지 않는 슬픔을 와카로 읊다

무척 더울 무렵, 겐지 님께서는 시원한 곳에서 시름에 잠겨 계신다. 연못의 연꽃이 한창인 것을 보시니, '정말로 많기만 한'[77]이라는 등 우선 생각나신다. 멍한 상태로 쓸쓸히 생각에 잠겨 계시는 동안에 날도 저물

76　'임'은 무라사키노우에, '두견새'는 '오월 바라는 귤나무 꽃향내를 맡아 봤더니 옛날 그 사람 소매 향내가 나는구나(五月まつ花橘の香をかげば昔の人の袖の香ぞする)'(『古今和歌集』夏, 讀人しらず) 등의 와카를 바탕으로 한 표현이다.

77　'슬픔이 더욱 심해지기만 하는 내 신세인데 정말로 많기만 한 내 눈물이로구나(悲しさぞまさりにまさる人の身にいかに多かる涙なりけり)'(『古今和歌六帖』四)에 의한다.

었다. 쓰르라미 소리가 소란스러운데, 석양빛에 비친 앞뜰의 패랭이꽃을 혼자만 보시는 것은[78] 정말로 허망하기만 하였다.

> 히카루겐지
>
> 무료하게도 울며 날을 보내는 여름날인데
> 푸념하듯 들리는 벌레 소리로구나

반딧불이가 참으로 많이 날아다니는 것도 "석전夕殿에 반딧불이가 날고"[79]라면서, 여느 때처럼 옛 시가 또한 이러한 방면의 것[80]만 입에 붙으셨다.

> 히카루겐지
>
> 밤인 줄 아는 반딧불이 보고도 슬픔 이는 건
> 때도 가리지 않는 그리움 탓이구나[81]

---

78 '나만 혼자서 가슴 절절하다고 생각하는가 귀뚜라미가 우는 저물녘 패랭이꽃(われのみ やあはれと思はむきりぎりす鳴く夕かげのやまとなでしこ)'(『古今和歌集』秋上, 素性法師) 에 의한다.
79 '夕殿螢飛思悄然'(『白氏文集』「長恨歌」)에 의한다.
80 죽은 부인을 그리워하는 시가.
81 '兼葭水暗螢知夜 楊柳風高雁送秋'(『和漢朗詠集』「螢」, 許渾)에 의한다. 고인에 대한 그리움이 밤낮의 구별 없이 타오른다고 호소한 와카이다.

12. 만남 뒤 이별의 눈물에 대해 칠석날 밤에 홀로 읊다

칠월 이렛날도 예년과 달라진 바가 많아, 관현 연주 등도 하지 않으시고 무료하게 시름에 잠긴 채 하루를 보내시고 별의 상봉[82]을 보는 사람도 없다. 아직 밤이 깊은데 홀로 일어나셔서 쌍여닫이문을 밀어 여신다. 앞뜰 초목에 이슬이 심히 내려앉은 게 회랑 문을 통해 다 바라다보이기에, 밖으로 나가셔서 이리 읊는다.

히카루겐지

칠월칠석날 상봉은 구름 위의 남 일로 보며

이별하는 새벽 뜰에 이슬이 덧쌓이네[83]

13. 팔월 기일에 정진을 하고 만다라 공양을 하다

바람 소리[84]조차 평범치 않아져 갈 무렵, 불사[85] 준비로 월초 무렵에는 슬픔이 잊히는 듯하다. 이제까지 지내 온 세월이로고, 하고 생각하시는데도 기가 막혀 뜬눈으로 지새우신다. 기일 당일에는 위아래 사람들 모두 재계하며 그 만다라 등을 당일에 공양하신다. 여느 때처럼 저녁 수행을

---

82 견우성과 직녀성이 일 년에 한 번 만나는 것.
83 두 별이 헤어지는 새벽녘에 뜰을 바라보면서, 사별한 무라사키노우에를 그리며 눈물을 흘릴 수밖에 없다는 와카이다.
84 8월은 태풍의 계절이다.
85 무라사키노우에의 일주기 불사.

하시는데 손 씻을 물을 바치는 중장님의 쥘부채에 이렇게 쓰여 있다.

중장님

임을 그리는 눈물은 끝도 없이 흐르는 것을

오늘 무슨 마지막 날이라 하는 걸까[86]

겐지 님께서는 손에 들고 보신 뒤, 이렇게 덧붙여 쓰신다.

히카루겐지

떠난 사람을 그리는 내 목숨도 끝을 향해도

많이도 남아 있는 내 눈물이로구나

14. 구월 구일 중양절에 연명 장수를 비는 솜을 씌운 국화를 보고 눈물짓다

구월이 되어 아흐렛날,[87] 솜을 씌운 국화를 보시며 읊으신다.

히카루겐지

함께 일어나 앉아 보던 국화꽃 아침이슬도

---

86 일주기가 지났다고 하여도 고인에 대한 슬픔은 사라지지 않는다며, 잊기 어려운 경애의 마음을 읊었다.
87 9월 9일 중양절. 장수를 기원하며 풀솜으로 국화꽃을 덮어 꽃 이슬에 젖은 솜으로 몸을 닦았다. 그러면 늙음을 닦아 낼 수 있다고 믿었다.

홀로 된 내 소매에 내리는 가을이네[88]

15. 가을날 기러기에 의탁하여 죽은 혼의 행방을 생각하다

시월은 대체로 늦가을 비가 많은 계절인지라, 겐지 님께서는 한층 더 시름에 잠겨 계신다. 저물녘의 하늘 풍경에도 뭐라 말할 수 없이 허전하여, "내려왔어도"[89]라며 홀로 읊조리고 계신다. 하늘을 가로지르는 기러기 날개도 부러워서[90] 지켜보고 계신다.

히카루겐지

너른 하늘을 오간다는 도사道士[91]여 꿈에서조차

보이지 않는 혼의 행방을 찾아 주오

무슨 일에 있어서든 마음이 풀릴 새 없이, 가는 세월에도 그리워하신다.

---

88 아침이슬은 장수를 기원하는 의미 말고도 무라사키노우에를 잃은 늙은 히카루겐지의 눈물도 의미한다.

89 『겐지샤쿠(源氏釋)』에 따르면, '시월은 항상 늦가을 비 이렇게 내려왔어도 소맷자락 이처럼 못 쓰게 된 적 없네(神無月いつも時雨は降りしかどかく袖くたすをりはなかりき)'(출전 미상)에 의한다고 한다.

90 기러기는 저세상에서 온 사자이다.

91 '마보로시(まぼろし)'라고 하여 신선의 도술을 쓰는 환술사(幻術士)를 말한다. 「장한가」의 도사를 상정한 것이다. 「마보로시」 권의 권명은 여기에서 유래하였다.

16. 고세치 등의 소녀악에 들썩이는 모습을 바라보며 감흥을 전혀 느끼지 못하다

고세치五節[92] 등이라고 하여 세상이 왠지 모르게 화려해 보일 무렵, 대장 나으리의 자제들[93]이 청량전에 오르게 되셔서[94] 겐지 님을 찾아뵈셨다. 비슷한 나이쯤으로 두 사람 다 참으로 귀여운 용모이다. 숙부[95]이신 두중장頭中將, 장인 소장藏人少將 등은 제사에 봉사하느라 산쪽풀로 푸르게 문질러 염색한 옷[96]을 입은 모습이라 청결하고 보기 좋은데, 모두 도련님들을 연달아 보살피면서 함께 찾아뵈신다. 시름이 없어 보이는 모습들을 보시니, 옛날에 이상하기만 하였던 꼰 끈[97]을 관에 묶어 늘어뜨렸던 때[98]가 과연 생각나시는 듯하다.

히카루겐지

궁중 사람은 도요노아카리豊の明[99]로 향하는 오늘

92 '니나메사이(新嘗祭)'와 '다이조사이(大嘗祭)'라는 궁중 제사 때의 의식인 소녀악이다. 공경, 당상관, 수령이 무희를 헌상하여 진일(辰日)에 무희의 춤을 감상한다.
93 유기리와 구모이노카리 사이의 아들들.
94 '와라와텐조(童殿上)'라고 한다. 귀족 자제인 소년들 가운데 용모가 뛰어난 자를 골라 청량전 당상관 대기소에서 잔시중을 들며 잡다한 용무를 보게 하였다.
95 구모이노카리의 남자 형제들.
96 '아오즈리노오미고로모(青摺の小忌衣)'라고 한다. 궁중 제사 때 봉사하는 제관이나 무인이 '호(袍)' 위에 착용한 옷이다. 흰 천에 꽃과 새, 나비 등의 무늬를 산쪽풀로 문질러 푸르게 염색하고 오른쪽 어깨에 두 줄의 붉은 띠를 늘어뜨렸다.
97 '히카게노카즈라(日蔭の鬘)'라고 한다. 궁중 제사 때 재계의 표식으로서 늘어뜨린 회거나 푸르른 꼰 끈을 말한다. 무희도 이것을 달았다.
98 히카루겐지와 고세치 무희가 교섭하였던 때.
99 '도요노아카리노세치에(豊明の節會)'의 준말이다. 궁중 제사 다음 날 궁중에서 열린 연회이다. 천황이 햇곡식으로 지은 식사를 하고 신하들에게도 하사하였다. 연회 뒤 고세치 춤과 녹을 내리고 서위(敍位)하는 의식이 있었다.

햇살조차 모른 채 하루를 보냈구나

17. 일 년이 지난 뒤 눈물을 흘리며
무라사키노우에의 서찰을 불태우다

올해는 이렇게 슬픔을 참으며 지냈기에, 이제 곧 세상을 버리실 만한 시기가 가까워졌다고 마음먹으시니 가슴 절절한 일이 끝없다. 서서히 그럴 만한 일들을 마음속으로 계속 생각하시면서 모시는 사람들에게도 신분에 따라 물품을 하사하는 등, 떠들썩하게 이제는 마지막이라고 드러내지는 않으셔도 가까이에서 모시는 사람들은 출가에 대한 본뜻을 이루려 하시는 기색으로 뵙고 있음에 따라, 한 해가 저물어 가는 것 또한 쓸쓸하고 슬프기가 한량없다.

남아 있어서는 곤란할 만한 사람들의 서찰들을, '째면 아깝고'[100]라고 여겨지신 탓인지 조금씩 남겨 두신 것을 어떠한 계제에 보게 되시어 처분하거나 하신다. 그 스마須磨 시절에 여러 곳에서 바치셨던 서찰도 있는데 그중에 그 필체인 것[101]은 따로 모아 묶여 있었다. 겐지 님 스스로 해 두셨던 것이지만 오래된 옛날 일이라고 생각하시는데, 바로 지금인 듯한 먹 자국 등 정말로 천년의 추억거리[102]가 될 만하였다. 볼 일도 없어질

---

100 '째면 아깝고 안 째면 타인에게 보일 듯하네 울면서도 역시나 돌려주는 게 낫네(破れば 惜し破らねば人に見えぬべし泣く泣くもなは返すまきれり)'(『後撰和歌集』雜二, 元良親王) 에 의한다.
101 무라사키노우에가 보낸 서찰.
102 '소용없다고 애써 잊지 말기를 필적의 자취 천년의 추억거리 될 수도 있을지니(かひなし と思ひな消ちそ水茎の跡ぞ千とせのかたみともなる)'(『古今和歌六帖』五)에 의한다.

듯하구나 하고 생각하시니 허망하여, 속내를 잘 아는 사람들 두세 명 정도를 시켜 안전에서 찢어 버리도록 하신다.

참으로 긴밀하지 않은 관계라고 하더라도 세상을 뜬 사람의 필적이라고 보면 가슴이 절절한 법인데, 하물며 한층 더 눈앞이 어두워지고 그것이라고도 구분되지 않을 정도로 흘러 떨어진 눈물이 필적에 따라 흐른다.[103] 다른 사람도 너무 심약하다고 뵙고 있을 것이 민망하고 볼썽사납기에, 서찰을 밀어내신다.

히카루겐지

시데산死出の山 넘어 가 버린 그 사람을 그리워하여

자취를 보면서도 여전히 헤매이네[104]

모시는 사람들도 제대로 열어 볼 수는 없어도 그것[105]으로 어렴풋하게 보이기에, 다들 몹시 어지러운 마음이 든다. 이 세상에 같이 있으면서 멀지 않은 거리로 헤어져 계신 것[106]을 몹시 슬프게 여기셔서 그 마음 그대로 적으셨던 표현, 정말로 그 당시보다도 억누를 수 없는 슬픔을 어찌할 방도가 없다. 참으로 한심하구나, 지금보다 더 마음이 어지러워지신다면 나약하고 꼴사납게 될 듯하기에, 잘 보지도 않으신 채 상세히 써 두

---

103 '黃壤詎知我 白頭徒憶君 唯將老年淚 一灑故人文'(『白氏文集』 卷五十一 「題故元少尹集後二首」)에 의한다.

104 '자취(跡)'는 발자취(足跡)와 필적(筆跡)의 양의적인 의미이다. '시데산'은 죽은 뒤 넘어야 하는 험준한 산으로 죽음의 괴로움을 비유한 것이다(『十王經』). 무라사키노우에의 뒤를 쫓으려 하여도 그 필적을 보고 마음이 어지러워져, 고인에 대한 그리움에서 벗어날 수 없는 절망감을 읊은 것이다.

105 무라사키노우에의 필체.

106 두 사람은 3년간 교토(京都)와 스마(須磨)에서 헤어져 지냈다.

신 그 옆에 이리 적어 두고 전부 불태워 버리셨다.

히카루겐지

그러모아서 보아도 소용없네 소금용 해초

불태워 같은 하늘 연기 되어 오르길[107]

18. 불명회 날에 사람들 앞에 처음으로 모습을 드러내다

불명회佛名會[108]도 올해만으로 마지막이라고 생각하셔서인지, 평상시
보다도 각별하게 승려들의 석장錫杖 소리[109] 등이 가슴 절절하게 여겨지
신다. 앞으로 겐지 님께서 장수하기를 비는데도 부처가 어찌 들으실까
민망하다. 눈이 많이 내려서 본격적으로 쌓였다. 물러나는 도사導師[110]를
안전으로 불러들이셔서 잔을 내리시는 것 등도 평소의 관례보다도 각별
하시고 특별히 녹祿 등을 내리신다. 여러 해 전부터 오랫동안 찾아뵙고
조정에도 출사하는지라 친숙하게 보아 오신 도사이신데, 머리는 색이 바
뀐 채 모시는 것도 절절하게 여겨지신다.

---

107 '소금용 해초(藻塩草)'는 무라사키노우에의 서찰을 가리킨다. 바닷가인 스마에서 생이
  별하였던 시기를 회상하여 나온 용어이다. 하늘 위의 한 점 연기로 사라져 간 고인과
  마찬가지로 서찰 또한 불태워 연기가 되어 하늘로 올라가는 게 낫다는 와카이다.
108 해마다 12월 19일부터 사흘에 거쳐 밤에 청량전(淸凉殿)에서 과거, 현재, 미래의 3천
  부처 이름을 외면서 그해의 죄업을 참회하고 소멸시키는 법회이다. 귀족의 집에서도
  개최한다.
109 석장은 승려가 짚고 다니는 지팡이이다. 윗부분에는 큰 고리가 있고 그 고리에 작은 고
  리를 여러 개 달아 소리를 낸다. 석장의 위덕을 기리는 송문(頌文)을 읊으면서 흔든다.
110 법회를 주재하는 승려.

예년처럼 친왕들과 공경 등이 많이 참석하셨다. 매화꽃이 살짝 기색을 띠기 시작하여 정취 있기에 관현 연주 등도 있을 법하지만, 역시 올해까지는 악기 소리도 목이 멜 듯한 느낌이 드시기에 계절에 어울리는 것을 읊조리거나 하는 정도로만 하신다.

참, 도사에게 잔을 내리시는 김에 이리 읊으셨다.

> **히카루겐지**
> 봄 올 때까지 살는지 알 수 없어 눈 오는 중에
> 물드는 매화꽃을 오늘 꽂아 보세나

답가는 이러하다.

> **도사**
> 천년에 걸쳐 봄을 보는 꽃으로 기원해 두고
> 이내 몸 눈과 함께 나이 들어 버렸네[111]

사람들이 많이 읊어 두었지만, 적지 않았다.

겐지 님께서는 그날 처음으로 사람들 앞에 나와 계셨다. 용모가 옛날의 빛나는 아름다움[112]에다 더 많은 빛을 더하여 좀체 볼 수 없는 멋진

---

111 꽃은 히카루겐지의 비유이며, '나이 들다(古る)'와 '눈이 오다(降る)'는 동음이의어이다. 장수와 번영을 기원하는 와카이다.
112 빛나는 용모는 히카루겐지(光源氏)의 미모를 비유하는 특징적인 표현이다. 삶의 막바지에 다다른 히카루겐지의 용모를 다시금 빛(光)으로 형용하며 그의 일생을 형상화한 『겐지 모노가타리』 정편은 막을 내린다.

모습으로 보이시니, 이 나이 든 승려는 보기 민망하게도 눈물조차 멈출
수 없었다.

19. 세모에 한 해도 내 인생도 끝났음을 느끼다

한 해가 저물었다고 생각하시는데도 허전하기에, 어린 황자[113]께서
"귀신을 쫓아내려는 데[114] 뭘 하면 큰 소리를 낼 수 있나요" 하며 이리저
리 쫓아다니시는데도, 귀여운 모습을 보지 못하겠구나 하며 여러모로 참
기가 어렵다.

> **히카루겐지**
>
> 시름에 잠겨 지나간 세월조차 모르는 새에
>
> 한 해도 내 인생도 오늘로 끝이로고[115]

정월 초의 행사들은 평소보다 각별하게 치르도록 이르신다. 친왕들과
대신에게 드리는 선물, 신분에 따른 갖가지 녹 등을 다시없이 준비해 두

---

113 니오노미야.
114 구나(驅儺) 행사. '쓰이나(追儺)'라고 하며, 섣달 그믐날 밤에 악귀를 내쫓고 액을 없
애기 위한 행사이다. 원래 궁중의 연중행사였지만 절이나 신사, 민간에서도 열리게
되었다.
115 자신의 시름도 한 해의 마지막과 함께 끝났다며 새해에는 출가하겠다는 의지를 드러낸
와카이다. '시름에 잠겨 지나간 세월조차 모르는 새에 올 한 해는 오늘로 끝이라고 듣누
나(もの思ふと過ぐる月日も知らぬ間に今年は今日にはてぬとかきく)'(『後撰和歌集』冬, 藤
原敦忠)의 윗구를 그대로 인용하였다.

셨다고 한다.[116]

---

116 작중 화자가 들은 이야기를 독자에게 전하고 있다는 맺음 형식이다. 다른 사람 말을 전
   하거나 기록한다는 의미의 '~라고 한다(~とぞ)'라는 표현은 한 권이 끝나는 마지막 부
   분에 많다. 특히 『겐지 모노가타리』 첫째 권인 「기리쓰보(桐壺)」 권 말미의 '~라고 전해
   내려온다고 한다(~とぞ言ひ傳へたるとなむ)', 마지막 권인 「유메노우키하시(夢浮橋)」
   권 말미의 '~라고, 책에 쓰여 있는 듯하다(~とぞ, 本にはべめる)'라는 표현에 주목하였
   을 때, 이 작품은 작중 화자가 보고 들은 것을 기록하여 전한다는 형식을 일관적으로
   취하고 있음을 알 수 있다.

「마보로시」 권 해설

　「마보로시幻」 권은 『겐지 모노가타리』 정편의 마지막 권이다. 무라사
키노우에를 잃고 나서 그다음 해 정월부터 섣달까지 그녀를 추모하는 히
카루겐지의 모습이 와카를 중심으로 기술된다. 히카루겐지에 의한 무라
사키노우에를 위한 진혼의 권이라 할 수 있다. '마보로시'는 명계와 현세
를 오간다는 환술사幻術士 또는 도사道士를 말한다. 권명은 가을날 세상을
뜬 무라사키노우에를 그리워하는 히카루겐지의 와카, '너른 하늘을 오간
다는 도사여 꿈에서조차 보이지 않는 혼의 행방을 찾아 주오'에 의한다.
이 와카는 백거이의 「장한가」에 바탕을 둔 것으로 양귀비를 잃은 당 현
종의 슬픔, 히카루겐지의 모친인 기리쓰보 갱의를 잃고 그녀를 그리워하
는 기리쓰보 천황의 슬픔과 이어지며, 기리쓰보 천황이 읊은 '혼백이라
도 찾아다니는 도사 있으면 하네 건너건너 연줄로 어디 있나 알 텐데'「겐
지모노가타리」 1「기리쓰보」 권 9절와 오랜 세월을 사이에 두고 호응한다.

　이 권은 무라사키노우에가 세상을 뜬 뒤 변해 가는 사계절의 순환 속
에서 그녀를 추모하는 히카루겐지의 모습을 그린 권이다. 새해에 접어들
어 새봄을 맞이하여도 히카루겐지의 사별의 슬픔은 여전하다. 자신의 늙
음을 자각하며 무엇을 하든 무엇을 보고 듣든 하루하루의 모든 일은 무
라사키노우에를 추모하는 것으로 귀결된다. 시간순으로 돌아오는 연중
행사와 더불어 봄에는 벚꽃과 홍매, 휘파람새, 여름에는 귤나무 꽃과 두
견새, 연꽃, 쓰르라미, 패랭이꽃, 반딧불이, 가을에는 국화와 기러기, 늦
가을 비, 겨울에는 눈 등의 자연 경물과 접하면서 무라사키노우에를 추
모하는 와카를 읊는다.

그중 더운 여름날, 히카루겐지가 홀로 연못가에 앉아 활짝 핀 연꽃을 바라다보며 생각에 잠겨 있는 장면[11절]은 세상을 뜬 무라사키노우에의 부재와 공백을 강조하면서, 히카루겐지에게 무라사키노우에가 어떠한 존재였는지를 드러내 주고 있다. 무라사키노우에와 사별하고 홀로 남은 히카루겐지가 연못을 바라다보는 이 장면의 무대가 로쿠조노인의 연못인지 니조노인의 연못인지는, 작품에 명시되어 있지 않다. 하지만, 이 장면의 무대는 니조노인의 연못으로 보인다. 이 장면은 「와카나 하」권에서 같은 계절인 어느 여름날, 히카루겐지가 생전의 무라사키노우에와 함께 니조노인의 연못을 바라다보았던 장면을 연상시킨다. 「마보로시」권에서 변해 가는 계절의 풍경 하나하나는 모두 히카루겐지에게 무라사키노우에와 함께하였던 추억을 일깨워 주고 그녀를 추모하는 마음을 불러일으키는 요소들이다.

히카루겐지는 무라사키노우에를 추모하며 다시금 영화와 우수가 중첩된 자신의 인생에 대해 술회하며 출가를 의식하지만 결단하지는 못한다. 히카루겐지의 이러한 인생 인식은 출가 의지로 직결되지만, 무라사키노우에가 있는 한 그는 현세를 떠날 수 없었다. 무라사키노우에가 세상을 떠나면서 그는 출가 문제에 정면으로 마주하게 되었다.

히카루겐지의 출가 의지가 명확한 형태로 기술『겐지모노가타리』2「에아와세」권 [10절]된 것은 그의 나이 31세 때 봄이었다. 이 세상을 무상하다고 생각하여 조용히 칩거하며 내세를 위해 근행하면서 수명을 늘리자고 생각하여 사가노嵯峨野에 법당을 짓게 하고 불상이나 경전을 공양하도록 하였다. 그러나 이때 그의 발목을 잡은 것은 어린 자녀들을 키워 내는 일과 친자식인 레이제이 천황이 조금 더 어른이 되는 것을 보는 일이었다. 이러한 출가 의지는 그 뒤 39세 때에도 다시금 기술「겐지모노가타리」3 「후지노우라바」 권11절된다. 오래 살 것 같지 않은 마음이 드는 데다 아카시 아가씨의 입궐 등도 잘 마무리되어 마음이 편하였을 때였다. 무라사키노우에의 처지가 걱정되어도 아카시 중궁이 양녀로서 소홀하지 않게 보살필 터라 만사에 걸쳐 걱정할 것 없다는 심경이었지만, 이때도 결단을 내리지는 못한다. 그리고 무라사키노우에의 죽음으로 더 이상 그의 출가에 지장이 되는 일은 없어졌다. 출가가 반드시 냉정하고 논리적으로 숙고를 거듭한 결과라고는 할 수 없지만, 히카루겐지의 거듭된 출가 의지는 절실함도 없고 막연할 뿐이다.

무라사키노우에의 장례를 치른 뒤 출가를 단행하지 못하고 늦추는 데가장 큰 요인은 세상 사람들의 시선과 소문, 그리고 무라사키노우에와 사별한 데 대한 지나친 슬픔이었다.

무라사키노우에를 잃은 슬픔 탓에 출가하는 것으로 세상 사람들이 바라볼 것이 우세스러워 출가를 단행하지 못하고 슬픔이 너무 커 어지러운 마음으로는 제대로 된 수행이 어렵겠다는 히카루겐지의 심경에서는, 확고한 출가에 대한 의지를 찾아볼 수 없다. 출가에 대한 원동력도 자신이 세상을 떠난 뒤 무라사키노우에와 내세에서 만나 일련탁생一蓮托生하기 위해서이다. 그러나 출가를 급히 서두르지 않는 그의 속내를 헤아리는 아카시노키미의 말「마보로시」 권7절과 주변 사람들의 시선「마보로시」 권17절을 통해 그의 출가는 기정사실로 인식되고 있음을 알 수 있다.

무라사키노우에가 세상을 뜬 뒤 사람들과 만나지 않던 히카루겐지는 「마보로시」 권 말미에서 섣달에 개최된 불명회에 모습을 드러내며, 섣달 그믐날 다음과 같은 와카를 마지막으로 읊는다.

시름에 잠겨 지나간 세월조차 모르는 새에

한 해도 내 인생도 오늘로 끝이로고

『겐지 모노가타리』 정편에서 형상화된 히카루겐지 이야기光源氏の物語는 이렇게 막을 내린다. 히카루겐지는 다시 작품 세계에 등장하지 않으며 그의 출가와 죽음은 구체적으로 형상화되지 않는다. 그저 뒷날 가오루의 술회 속에서 세상을 뜨기 전 사가노인에서 두세 해 머물렀다는 기술『겐지 모노가타리』5「야도리기」권8절을 통해 그가 말년에는 출가하여 로쿠조노인을 떠나 교토 외곽의 암자에서 칩거하다가 죽음을 맞이하였다는 것을 알 수 있다. 영화롭고 우수에 찬 삶 끝에 '슬프고 무상한 세상', '허무하고 슬픈 세상'임을 인식하는 히카루겐지 이야기는, 이어지는 『겐지 모노가타리』 속편에서 가오루 이야기薫の物語로 다시금 변주된다.

부록

『겐지 모노가타리』 4 연표

히카루겐지 연령	주요 사항
39세	· 스자쿠인이 로쿠조노인 거둥 뒤 자주 병치레를 하다가 출가를 마음먹고 사랑하는 셋째 황녀인 온나산노미야의 앞날을 걱정하다 · 스자쿠인의 병이 깊어지고 온나산노미야의 유모가 히카루겐지를 후견인으로 진언하다 · 온나산노미야를 원하는 구혼자는 많지만 스자쿠인과 그의 아들인 동궁은 히카루겐지를 마음에 두다 · 히카루겐지가 스자쿠인의 의중을 전달받지만 사양하다 · 연말에 온나산노미야의 성인식을 치르고 사흘 뒤 스자쿠인이 출가하다 · 히카루겐지가 스자쿠인을 문안하러 갔다가 온나산노미야의 후견을 승낙하다 · 다음 날, 히카루겐지에게 온나산노미야의 건을 전해 들은 무라사키노우에가 동요하지만 아무렇지 않은 척하다
40세	· 정월 23일, 다마카즈라가 히카루겐지 마흔 살 축하연을 주최하고 봄나물을 진상하다 · 2월 중순에 온나산노미야가 로쿠조노인으로 옮아오다 · 신혼 사흗날 밤, 히카루겐지가 온나산노미야의 처소에서 무라사키노우에의 꿈을 꾸고 급히 돌아오다 · 히카루겐지가 온나산노미야의 유치한 답가 등에 실망하여 무라사키노우에를 다시금 훌륭하다고 느끼다 · 같은 2월, 스자쿠인이 산사로 들어가고 히카루겐지와 무라사키노우에에게 소식을 전하다 · 히카루겐지가 남몰래 퇴궐한 오보로즈키요와 만나 과거의 감미로움에 젖다 · 여름에 아카시 여어가 회임하여 로쿠조노인으로 퇴궐하다 · 무라사키노우에가 온나산노미야와 처음 만나다 · 10월, 무라사키노우에가 히카루겐지 마흔 살 축하연을 위한 약사불 공양을 올리다 · 같은 달 23일, 무라사키노우에가 니조노인에서 정진 해제 축하연을 개최하다 · 12월 하순, 아키코노무 중궁이 히카루겐지를 위해 여러 절에 보시하고 잔치를 열다 · 유기리가 우대장으로 승진하다 · 유기리가 칙명에 따라 히카루겐지를 위해 축하연을 주최하고 태정대신도 칙사로서 찾아오다
41세	· 정월, 아카시 여어의 출산이 다가와 가지기도를 올리다 · 2월, 아카시 여어가 친모인 아카시노키미 처소로 옮아가다 · 비구니님이 외손녀인 아카시 여어에게 옛일을 이야기하다 · 3월 10여 일, 아카시 여어가 첫째 황자를 순산하다 · 아카시 입도가 황자 탄생을 알고 입산한 뒤 오랜 세월 스미요시 신사에 기원해 온 발원문에 마지막 소식을 첨부하여 도읍으로 보내오다 · 아카시노키미와 비구니님이 입도의 소식을 받고 희비가 뒤섞인 운명에 울며 밤새워 이야기하다 · 동궁이 아카시 여어와 어린 황자의 입궐을 재촉하다 · 아카시노키미가 입도의 발원문을 여어에게 맡기다 · 히카루겐지가 입도의 입산 사실을 알고 기이한 숙명이라고 여기다 · 가시와기가 온나산노미야를 포기하지 못하고 히카루겐지의 출가를 바라다 · 3월, 로쿠조노인에서 열린 공차기 놀이에서 가시와기가 온나산노미야를 엿보고 연정으로 괴로워하다

히카루겐지 연령	주요 사항
	하다 · 가시와기가 온나산노미야의 유모 딸인 소시종을 통해 서찰을 보내다 · 3월 말, 가시와기가 로쿠조노인에서 열린 활쏘기 시합에 합류하여 시름에 잠기다 · 가시와기가 동궁에게 부탁하여 온나산노미야의 고양이를 맡아서 귀여워하다 · 호타루 병부경 친왕이 마키바시라와 결혼하다
42~45세	4년간의 공백
46세	· 레이제이 천황이 양위하고 금상이 즉위하여 아카시 여어 소생의 첫째 황자가 동궁이 되다 · 태정대신이 사임하고 히게쿠로가 우대신으로 승진하고 유기리가 대납언이 되다 · 히카루겐지가 친자식인 레이제이인의 황통이 단절된 것을 숙명으로 받아들이다 · 무라사키노우에가 출가를 희망하지만 히카루겐지가 제지하다 · 히카루겐지가 아카시 입도의 발원문을 보고 감동하다 · 10월 20일, 히카루겐지가 아카시 여어, 무라사키노우에, 아카시노키미, 비구니님 등을 동반하여 스미요시 신사에 감사 참배하다 · 온나산노미야가 이품으로 서위되다 · 무라사키노우에가 아카시 여어 소생의 온나이치노미야의 양육에 힘쓰고 하나치루사토는 유기리의 아들을 양육하다 · 스자쿠인이 쉰 살 축하연에서 온나산노미야와 만나기를 희망하고 이에 히카루겐지가 그 준비의 일환으로 온나산노미야에게 칠현금을 가르치다 · 11월, 아카시 여어가 회임하여 로쿠조노인으로 퇴궐하고 무라사키노우에가 연말을 바쁘게 보내다
47세	· 히카루겐지가 스자쿠인 쉰 살 축하연을 2월 중순으로 예정하고 온나산노미야를 상대로 칠현금에 대해 이야기하다 · 정월 19일, 로쿠조노인에서 온나산노미야, 무라사키노우에, 아카시 여어, 아카시노키미가 참여한 여악이 화려하게 펼쳐지고 유기리도 초대받다 · 히카루겐지가 네 여성을 제각각 꽃에 비유하고 유기리와 함께 음악에 관해 논평하다 · 다음 날, 히카루겐지가 무라사키노우에를 상대로 자신의 영화와 우수에 찬 생애를 술회하고 과거의 여성들을 회고하다 · 그날 밤, 무라사키노우에가 갑자기 병이 나고 스자쿠인 쉰 살 축하연은 연기되다 · 중납언으로 승진한 가시와기가 온나니노미야(오치바노미야)와 결혼하지만 여전히 온나산노미야를 단념하지 못하다 · 4월 10여 일, 가시와기가 소시종의 인도로 인적이 드물어진 로쿠조노인에 숨어들어 온나산노미야와 인연을 맺다 · 가시와기와 온나산노미야가 죄의식에 시달리다 · 무라사키노우에가 위독한 상태에 빠졌다가 간신히 소생하고 그때 성불하지 못한 로쿠조미야스도코로의 사령이 나타나다 · 히카루겐지가 로쿠조미야스도코로의 사령 출현에 여성의 깊은 죄장을 인식하고 무라사키노우에의 수계만을 허락하다 · 온나산노미야가 회임한 사실을 알고 히카루겐지가 이상하다고 여기다 · 히카루겐지가 가시와기의 서찰을 발견하고 이를 알게 된 온나산노미야가 두려워 울다 · 히카루겐지가 밀통의 진상을 알게 되고 과거 자신의 과실을 떠올리다 · 가시와기가 밀통 사실이 발각된 것을 알고 히카루겐지를 두려워하다 · 오보로즈키요가 출가하고 히카루겐지가 법복을 보내다

히카루겐지 연령	주요 사항
	· 10월, 스자쿠인의 쉰 살 축하연이 다시 연기되고 같은 달에 오치바노미야 주최의 연회가 열리다 · 12월, 아카시 여어가 셋째 황자(니오노미야)를 출산하다 · 12월 10여 일, 로쿠조노인에서 스자쿠인 쉰 살 축하연의 시악이 열리고 어쩔 수 없이 참석한 가시와 기가 귀가 후 병석에 눕다 · 가시와기가 정실부인인 오치바노미야를 떠나 친가로 가 정양하다 · 12월 25일, 히카루겐지가 주최한 스자쿠인 쉰 살 축하연이 드디어 열리다
48세	· 봄에 온나산노미야가 남아(가오루)를 출산하다 · 온나산노미야가 출가를 원하고 히카루겐지가 고민하다 · 스자쿠인이 온나산노미야를 걱정하여 하산하고 수계하다 · 가시와기가 권대납언으로 승진하고 유기리에게 뒷일을 부탁하고 세상을 뜨다 · 3월, 가오루의 오십 일 축하연이 열리고 히카루겐지가 감회에 젖다 · 4월, 유기리가 이치조노미야를 방문하여 오치바노미야와 와카를 증답하다 · 모든 사람들이 가시와기를 애도하다 · 가을에 가오루가 기어다니기 시작하다
49세	· 가시와기의 일주기에 히카루겐지와 유기리가 공양에 마음을 보태다 · 스자쿠인이 온나산노미야에게 산나물과 함께 와카를 보내다 · 가오루의 무심한 모습에 히카루겐지가 자신의 늙음을 한탄하다 · 가을에 유기리가 이치조노미야로 오치바노미야를 방문하여 모친인 미야스도코로에게서 가시와 기의 애장품인 피리를 받다 · 그날 밤 꿈에 가시와기가 나타난 피리를 찾다 · 유기리가 히카루겐지에게서 피리의 유래를 전해 듣고 가시와기의 유언을 전하다
50세	· 연꽃이 한창인 여름, 온나산노미야의 지불 개안 공양을 성대히 치르다 · 8월 15일, 히카루겐지가 온나산노미야 처소에서 청귀뚜라미 연회를 열고 같은 날 밤 레이제이인 이 히카루겐지 등을 초대하여 달 연회를 열다 · 다음 날 아침, 히카루겐지가 아키코노무 중궁을 방문하여 출가에 대해 간언하고 인간 번뇌의 무서 움을 인식하다 · 병중인 오치바노미야의 모친인 이치조미야스도코로가 가지기도를 올리려 오노의 산장으로 옮 아가다 · 8월 20일경, 유기리가 오노를 방문하여 오치바노미야에게 흉중을 털어놓다 · 다음 날, 이치조미야스도코로가 율사에게서 유기리와 오치바노미야의 관계에 대해 듣고 오치바 노미야와 대면한 뒤 유기리에게 소식을 보내다 · 유기리가 서찰을 구모이노카리에게 빼앗겨 답신이 늦어지다 · 이치조미야스도코로가 비탄에 젖은 나머지 병세가 급변하여 세상을 떠나다 · 9월, 유기리가 오치바노미야에게 빈번하게 연락하고 13일에 방문하지만 허망하게 돌아오다 · 구모이노카리가 비탄에 빠지고 히카루겐지가 소문을 듣고 우려하다 · 10월, 유기리가 이치조미야스도코로의 사십구재를 주재하다 · 유기리가 오치바노미야를 억지로 오노에서 이치조노미야로 옮기고 자신은 동쪽 채에 머물다 · 유기리가 헛방에 틀어박힌 오치바노미야와 끝내 새벽에 인연을 맺다
51세	· 무라사키노우에의 병이 중해져 출가를 원하지만 히카루겐지가 허락하지 않다 · 3월 10일, 무라사키노우에가 니조노인에서 법화경 천 부 공양을 올리다

히카루겐지 연령	주요 사항

	·무라사키노우에가 병문안을 하러 퇴궐한 아카시 중궁과 대면하여 뒷일을 부탁하고 니오노미야
	  에게도 유언을 남기다
	·8월 13일 저녁, 무라사키노우에가 아카시 중궁, 히카루겐지와 와카를 주고받고 8월 14일 이른 아
	  침, 세상을 떠나다
	·8월 14일 밤부터 8월 15일 이른 아침에 걸쳐 무라사키노우에의 장례를 치르다
	·비탄에 잠긴 히카루겐지가 출가 의지를 다지면서도 행동에 옮기지 못하고 자기 생애를 술회하다
	·히카루겐지가 불도 수행에 전념하다

52세	·해가 바뀌어 히카루겐지가 찾아온 호타루 병부경 친왕과 와카를 주고받다 ·히카루겐지가 쌀쌀한 봄날에 무라사키노우에를 가슴 아프게 한 과거를 생각하다 ·무라사키노우에가 사랑하던 벚나무를 챙기는 니오노미야를 보고 히카루겐지가 슬퍼하다 ·하나치루사토가 여름옷을 보내오다 ·가모 마쓰리 날에 시첩인 중장님과 와카를 주고받다 ·장맛비가 내리는 즈음에 고인을 기리며 유기리와 이야기를 나누다 ·쓰르라미와 반딧불이를 보며 끊이지 않는 슬픔을 와카로 읊다 ·칠석날 밤에 이별을 슬퍼하다 ·8월 1일경 법회를 준비하고 14일에 무라사키노우에의 일주기를 치르다 ·9월 9일 중양절에 솜을 씌운 국화를 보고 눈물짓다 ·10월, 기러기에 의탁하여 죽은 혼의 행방을 생각하다 ·12월, 한 해를 보내며 눈물을 흘리며 무라사키노우에의 서찰을 태우다 ·불명회를 정성들여 치르다 ·그믐날, 히카루겐지가 구나 행사에 흥겨워하는 니오노미야를 보며 자신의 인생이 끝났음을 느 끼다

『겐지 모노가타리』 4 주요 등장인물

히카루겐지光源氏

정편의 주인공. 기리쓰보 천황의 둘째 황자로 모친은 기리쓰보 갱의이다. 어린 나이에 모친과 외조모를 잃고 후견해 줄 사람이 없어, 부친인 기리쓰보 천황이 조정의 중추로 일할 수 있도록 신하의 신분으로 내리고 겐지源氏 성을 하사하였다. 뛰어난 용모와 재주를 지닌 이상적인 남성으로 '빛나는 겐지'라는 의미의 '히카루겐지'로 불리었다. 좌대신의 딸인 아오이노우에와 성인식 날 결혼하였지만, 모친을 닮은 후지쓰보 중궁을 연모한 끝에 밀통하여 두 사람 사이에 어린 황자가 태어났다. 이 황자가 훗날의 레이제이 천황이다. 후지쓰보 중궁을 닮은 어린 무라사키노우에를 사가인 니조노인으로 데려와 양육하였다. 상류와 중류 계층을 가리지 않고 여러 계층의 여성들과 관계를 맺는다. 아오이노우에가 유기리를 낳고 나서 생령에 씌어 세상을 뜬 뒤 무라사키노우에와 첫날밤을 보낸다. 기리쓰보인이 붕어한 뒤 정치적으로 곤경에 처하게 되고 우대신의 딸인 오보로즈키요와 밀회하다가 우대신에게 발각된 것을 계기로 스마로 퇴거하였다. 꿈에 나타난 부황의 말에 따라 아카시로 건너가 아카시노키미와 인연을 맺고 그 사이에 훗날 중궁이 되는 여식이 태어난다.

도읍으로 귀경한 뒤 친자식인 레이제이 천황이 즉위하면서 정치적으로 승승장구하게 된다. 후지쓰보 중궁과 힘을 합하여 재궁에서 물러나 이세에서 돌아온 로쿠조미야스도코로의 여식을 레이제이 천황의 여어로 입궐시켜 중궁으로 올리고, 친딸인 아카시 아가씨를 자식이 없는 무라사키노우에의 양녀로 삼아 스자쿠인의 황자인 동궁의 여어로 입궐시켜 훗날의 정치적인 기반을 닦게 된다. 후지쓰보 중궁이 세상을 뜬 뒤 출생의 비밀을 알게 된 레이제이 천황이 히카루겐지에게 양위하려는 뜻을 비치지만 고사하고, 태상천황에 준하는 지위에 올랐다. 40세에 이복형인 스자쿠인이 출가하면서 후견을 부탁한 온나산노미야와 결혼하고 그녀가 로쿠조노인으로 옮아오면서 히카루겐지의 만년은 그늘지게 된다. 평생의 반려였던 무라사키노우에가 이를 계기로 히카루겐지에 대한 신뢰를 잃고 병이 들어 세상을 뜨게 된 데다 온나산노미야가 가시와기와 정을 통하여 가오루를 출산하면서, 히카루겐지는 자신의 삶의 궤적을 되돌아보며 인생의 무상함을 절감하게 된다. 그리고 무라사키노우에를 추모하며 출가를 준비한다.

무라사키노우에紫の上

정편의 여주인공. 식부경 친왕의 딸로 후지쓰보 중궁의 조카이다. 어릴 적 모친과 사별하고 외조모와 함께 기타야마에서 살았다. 후지쓰보 중궁과 닮았다는 점 때문에 히카루겐지의 관심을 받게 된다. 외조모가 세상을 뜬 뒤 히카루겐지가 자택인 니조노인으로 데려가 키운다. 그녀는 처음에는 후지쓰보 중궁을 대신하는 존재로서 후지쓰보 중궁에 대한 히카루겐지의 마음을 위로해 주는 존재였으나, 크면서 히카루겐지의 이상적인 여성으로 자리를 잡는다. 아오이노우에가 세상을 뜬 뒤 히카루겐지와 첫날밤을 치르고 그가 스마로 퇴거해 있던 동안 니조노인과 영지를 잘 관리하면서 자기 자리를 확보해 나간다. 양녀로 맞이한 아카시 아가씨를 정성 들여 양육하여 동궁의 여어로 입궐시키고, 로쿠조노인이 완성된 뒤 동남 구역의 봄의 저택 안주인으로서 로쿠조노인의 중심적인 존재가 된다. '운 좋은 사람'이라는 평을 받으며 히카루겐지의 정처 격으로 남들이 부러워하는 사회적인 위치를 확보한다. 그러나 히카루겐지가 온나산노미야와 결혼하면서 그에 대한 실망과 로쿠조노인의 안주인이라는 정처 격의 지위가 흔들리고 양녀 아카시 아가씨가 입궐한 뒤 아카시 일족의 염원을 이루는 존재가 되면서, 세상의 웃음거리가 되었다고 느낀 그녀는 마음의 상처를 입고 병석에 눕는다. 병이 무거워져 출가하기를 원하지만 히카루겐지의 반대로 뜻을 이루지 못한 채 세상을 떠난다.

가시와기柏木

치사 대신의 장남으로 정처 소생. 다마카즈라의 구혼자 중 한 명이었지만 그녀의 성인식에 참석하였다가 이복누나인 것을 알게 된다. 스자쿠인이 가장 사랑하는 황녀인 온나산노미야를 연모하여 결혼하고 싶어 하지만 이루지 못하고, 이복자매인 온나니노미야와 결혼한 뒤 낙엽오치바과 같은 존재라며 무시한다. 이에, 온나니노미야는 오치바노미야로 일컬어진다. 무라사키노우에의 병으로 한산해진 로쿠조노인에 들어가 온나산노미야와 강제로 인연을 맺고, 이 사실을 히카루겐지가 알게 된 것을 눈치채고 병이 들어 사망한다. 세상을 뜨기 전 온나니노미야를 가엾게 여겨 친구인 유기리에게 후견을 부탁하고, 이를 계기로 유기리가 오치바노미야를 방문하다가 구애하게 된다.

가오루薫

온나산노미야와 가시와기의 아들. 세상에는 히카루겐지의 차남으로 알려져 있다. 성장하여 히카루겐지 사후 니오노미야와 함께 속편을 이끌어 갈 인물이다.

구모이노카리雲居雁

치사 대신의 딸로 모친은 안찰 대납언의 정실부인. 조모 슬하에서 함께 자라난 고종사촌인 유기리와 어릴 때부터 사랑하는 사이였지만, 딸을 동궁에게 입궐시키고 싶었던 부친에 의해 갈라졌다가 결국 결혼하였다. 자식을 많이 두고 평온한 결혼 생활을 영위하던 중 유기리와 오치바노미야의 관계로 고뇌한다.

금상今上

스자쿠인의 황자로 승향전 여어 소생. 열세 살에 성인식을 올린 뒤 아카시 여어를 비로 맞았다. 레이제이 천황의 양위로 20세에 즉위하였고 외숙부인 히게쿠로가 우대신이 되어 섭정하였다. 모노가타리 내 네 번째이자 마지막 천황.

니오노미야匂宮

금상과 아카시 중궁의 셋째 황자. 어릴 때 무라사키노우에가 양육하였다.

다마카즈라玉鬘

유가오와 치사 대신 사이의 딸. 모친과 사별한 뒤 모친의 유모 부부에게 이끌려 쓰쿠시로 간다. 성장한 뒤 대부감 등 구혼자들을 피하여 교토로 상경하였다. 하세데라에 참배하러 갔다가 모친의 시녀였던 우근을 만나 로쿠조노인으로 들어간다. 성인식 때 친부를 처음 만났다. 히게쿠로 대장과 강제로 인연을 맺은 뒤 전부터 예정되어 있던 상시로 출사하지만 곧 히게쿠로 자택으로 들어가게 되고, 얼마 안 있어 히게쿠로의 남자아이를 출산하였다. 히카루겐지의 마흔 살 축하연을 남 먼저 주최하였다.

도 전시藤典侍

고레미쓰의 딸. 고세치 무희가 된 뒤 전시로 출사하였다. 유기리의 애인이며 그와의 사이에 2남 3녀를 두었다.

동궁

어린 황자. 금상과 아카시 중궁의 첫째 황자.

레이제이인冷泉院

공식적으로는 기리쓰보 천황의 열째 황자이지만, 히카루겐지와 후지쓰보 중궁의 아들. 스자쿠 천황이 즉위하면서 동궁이 되었고 11세 때 즉위하였다. 치사 대신의 딸인 홍휘전 여어와 로쿠조미야스도코로의 딸인 재궁 여어와 사이좋게 지낸다. 재궁 여어가 중궁이 되어 아키코노무 중궁으로 불린다. 모친이 세상을 뜬 뒤 숙직하던 승도에게서 출생의 비밀을 듣고 히카루겐지에게 황위를 양위하고자 하지만 이루지 못한다. 훗날 그에게 태상천황에 준하는 지위를 내린다. 18년간 재위하다 양위한다.

로쿠조미야스도코로六條御息所

대신의 딸로 전 동궁비. 딸 하나를 두었지만 동궁과 사별하여 홀로되었다. 궁중을 나와 로쿠조쿄고쿠에 살게 되어 로쿠조미야스도코로라고 불리었다. 그녀는 고상하고 우아한 인품으로 세상의 평판이 높았다. 그러던 중 일곱 살이나 어린 히카루겐지의 집요한 구애를 받고 그와 인연을 맺게 되었다. 두 사람 사이는 세상 사람들에게 공식적으로 드러내지 못하는 어중간한 상태였는데, 막상 연인 관계가 되자 히카루겐지는 그녀의 기품 있는 태도에 압박감을 느껴 발걸음이 뜸해졌고, 이 때문에 그녀는 히카루겐지에 대한 집착과 자부심에 상처를 받으면서 탄식하는 나날을 보내게 된다. 끝내는 마쓰리 때 아오이노우에 일행과 수레 자리다툼을 벌이게 된 것이 계기가 되어 생령이 되어 아오이노우에를 죽인다. 이세 신궁의 재궁이 된 딸과 함께 이세로 내려가 있다가 교토로 돌아온 뒤, 히카루겐지에게 딸의 장래를 부탁하고 숨을 거둔다. 그러나 죽은 뒤에도 성불하지 못하고 사령이 되어 무라사키노우에와 온나산노미야를 병들게 한다. 이 소식을 들은 외딸인 아키코노무 중궁이 추선 공양을 올려 준다.

마키바시라眞木柱

히게쿠로의 큰딸로 정실부인 소생. 부친이 다마카즈라와 혼인하여 모친과 함께 히게쿠로의 저택을 떠날 때 나무기둥에 집 떠나는 슬픔을 읊은 와카를 남겨 마키바시라로 불린다. 호타루 병부경 친왕과 결혼하지만 부부 사이는 원만하지 못하다.

별당 대납언別當大納言

스자쿠 상황 어소의 별당인 도 대납언藤大納言. 별당은 장관이다. 온나산노미야의 가사가 되기를 원하여 황녀와의 결혼을 희망하였다.

비구니님尼君

아카시 입도의 부인으로 아카시노키미의 모친.

소시종小侍從

온나산노미야의 유모 딸. 이모가 가시와기의 유모였기에 어렸을 때부터 가시와기와 면식이 있었고, 이 때문에 온나산노미야와 가시와기를 연결해 준다.

소소장小少將

소장님. 오치바노미야의 시녀. 이치조미야스도코로의 조카로 양녀 격이다. 오치바노미야의 사촌. 야마토 지방 지방관의 여동생.

스에쓰무하나末摘花

히가시노인東の院에 거처하는 히타치님常陸の君. 고 히타치 친왕이 늘그막에 낳은 딸로 혈통은 고귀하지만 무척 못생겼다. 취미 또한 고풍스럽고 세련미와 여성적인 매력은 없지만 성실하다. 부친의 사망 후 돌보아 주는 사람도 없이 시녀들과 황폐한 저택에서 어렵게 생활한다. 시녀의 주선으로 히카루겐지와 인연을 맺게 되나, 어느 겨울날 히카루겐지가 그녀의 얼굴을 보게 되어 놀란다. 히카루겐지와 남녀 관계는 더 이상 이어지지 않지만, 그에게서 경제적인 후원을 받는다. 히카루겐지가 스마로 내려가 있던 동안 말할 수 없는 곤궁한 처지에 빠지지만 히카루겐지만을 기다려, 그가 귀경한 뒤 니조히가시노인에 들어가 히카루겐지의 도움으로 평안하게 살게 된다.

스자쿠인朱雀院

기리쓰보 천황의 첫째 황자로 히카루겐지의 이복형. 어머니는 홍휘전 황태후. 온화하고 약한 성격이다. 동생인 히카루겐지와 사이가 나쁘지 않지만, 우대신 일가의 정치적 구심점으로서 히카루겐지-좌대신 가와 정치적으로 대립한다. 모후와 외조부의 눈치를 보느라 부황의 유언을 지키지 못하고 히카루겐지를 스마로 퇴거시킨 것을 가슴 아파한다. 꿈에 나타난 부황이 째려본 탓에 눈병으로 고생하다가 모친의 반대에도 불구하고 히카루겐지를 교토로 불러들이고 레이제이 천황에게 양위한다. 제위에 올랐어도 이복동생인 히카루겐지에게 평생 열패감을 느낀다. 만년에 출가를 앞두고 가장 사랑하는 황녀인 온나산노미야의 장래가 걱정되어 히카루겐지와 결혼시키고 출가하였다. 병약해진 온나산노미야의 요청에 따라 직접 수계한다.

식부경 친왕式部卿宮

선제의 황자. 후지쓰보 중궁의 오빠이자 무라사키노우에의 부친. 정처와의 사이에 히게쿠로의 정실부인과 레이제이 천황의 왕 여어를 두었다. 외조모의 죽음으로 홀로 남겨진 무라사키노우에를 히카루겐지가 데려간 뒤 딸의 행방을 몰라 망연자실한다. 히카루겐지가 스마로 내려갈 때 못 본 척하여 귀경한 뒤에도 소원한 상태로 지낸다. 정처 소생의 여식들이 히카루겐지의 양녀 격인 다마카즈라와 아키코노무 중궁 등에게 압도당하면서 히카루겐지를 원망한다.

식부경 친왕의 정실부인

무라사키노우에의 의붓어머니. 의붓딸인 무라사키노우에가 자신의 딸들과 달리 히카루겐지의 정처 격으로서 행복해 보이는 것을 얄밉게 여긴다.

아사가오 아가씨朝顔の姫君

전 재원. 기리쓰보 천황의 동생인 모모조노 식부경 친왕의 딸. 기리쓰보인이 붕어한 뒤 가모 신사의 재원이 되지만 부친의 죽음으로 물러나고, 고모인 다섯째 황녀와 함께 살면서 불도를 닦다가 출가한다. 히카루겐지에게 구애를 받지만 그와 인연을 맺은 여성들의 처지를 생각하며 매몰차게 거부하는 여성이다.

아카시노키미明石の君

아카시 입도의 외딸. 스마로 퇴거해 온 히카루겐지와 인연을 맺고 아카시 아가씨를 출산한다. 쟁금과 비파의 명수이다. 강한 자의식을 지니고 있으며 모친과 함께 오이로 건너와 딸을 무라사키노우에의 양녀로 보낸다. 로쿠조노인이 완성된 뒤 서북 구역의 겨울 저택으로 옮아온다. 어린 딸을 걱정하면서도 나서지 않고 지내던 중 딸이 동궁의 여어로 입궐하게 되면서 후견인 역으로 동행하게 되었다. 딸이 국모가 되고 손자가 보위에 오르는 아카시 일족의 염원을 이루기 위해 더욱더 자중하는 태도를 취한다. 로쿠조노인에서 열린 여악에서는 비파를 연주하였다. 중류 귀족 여성이 엄격한 자기 제어와 인종의 세월을 거쳐 영화로운 인생을 살게 되는 과정을 보여 준다.

아카시 중궁明石の中宮

로쿠조 여어. 아카시 여어. 아카시노키미 소생의 히카루겐지의 외딸. 무라사키노우에의 양녀로 자라났다. 스자쿠인의 황자인 동궁의 여어로 입궐하여 동궁이 보위에 오른 뒤 중궁이 된다. 새 동궁, 니오노미야, 온나이치노미야 등의 자식을 두었다. 아카시 일족의 염원을 이루어 준 존재이다.

아카시 입도明石の入道

아카시노키미의 부친. 대신 집안이었지만 하리마 지방 지방관을 역임하고 아카시에서 외딸을 애지중지 키웠다. 자신의 딸이 중궁이 될 여식을 낳는다는 꿈을 믿고 히카루겐지와 딸을 결혼시켰다. 손녀인 아카시 여어가 황자를 출산하였다는 소식을 전해 듣고 마지막 서찰을 교토로 보낸 뒤 염원이 이루어졌다며 깊은 산으로 들어간다.

아키코노무 중궁秋好中宮

우메쓰보 여어. 재궁 여어. 전 동궁과 로쿠조미야스도코로 사이에 태어난 외딸. 스자쿠 천황 대에 이세 신궁의 재궁이 되어 모친과 함께 이세로 내려가 있다가 귀경하여, 히카루겐지의 도움으로 레이제이 천황의 비로 입궐하였고 중궁이 되었다. 봄을 좋아하는 무라사키노우에와 춘추 우월 논쟁을 펼치고 봄보다 가을을 좋아한다고 하여 아키코노무 중궁으로 불린다. 로쿠조노인 남서 구역의 가을 저택을 사저로 삼고 있다. 모친인 로쿠조미야스도코로가 모노노케로 나타났다는 소문을 듣고 모친을 위해 추선 공양을 올린다.

야마토 지방 지방관大和守

이치조미야스도코로의 조카로 오치바노미야의 사촌이며, 소소장의 오빠이다. 이치조미야스도코로의 장례를 주관하였다.

오미노키미近江の君

치사 대신이 밖에서 낳은 딸. 말이 빠르고 교양과 예의범절이 없어 부친 저택으로 온 뒤 주위 사람들의 놀림감이 된다. 이복자매인 홍휘전 여어 전에 출사한다.

오보로즈키요朧月夜

옛 우대신의 여섯째 딸로 홍휘전 황태후의 여동생. 원래 동궁의 비로 입궐하기로 되어 있었지만, 벚꽃 연회가 열린 날 밤 우연히 홍휘전에 들어온 히카루겐지와 만나 인연을 맺는다. 우대신가에서 열린 등꽃 축제 때 히카루겐지와 재회한다. 아오이노우에가 죽은 뒤 부친인 우대신이 히카루겐지와 결혼시키고자 하지만 언니인 홍휘전 황태후의 반대로 이루지 못한다. 상시가 되어 스자쿠인의 총애를 받지만 히카루겐지와 밀회하다가 우대신에게 발각된다. 스자쿠인이 출가한 뒤 사가로 퇴궐하여 히카루겐지와 재회하지만, 몇 년 뒤 자신도 출가한다.

오치바노미야落葉の宮

온나니노미야. 스자쿠인의 둘째 황녀로 모친은 이치조미야스도코로. 가시와기와 결혼하였지만, 이복동생인 온나산노미야를 연모하던 남편으로부터 '오치바낙엽'와 같은 존재로 무시당하였다. 남편이 죽은 뒤 후견을 자처하던 유기리의 구애를 받고 거부하였지만, 결국 강제로 인연을 맺게 된다.

온나산노미야女三の宮

스자쿠인의 셋째 황녀로 모친은 후지쓰보 여어. 후지쓰보 중궁의 질녀이며 무라사키노우에의 고종사촌. 스자쿠인이 출가를 앞두고 고심 끝에 히카루겐지와 결혼시켜 후견을 부탁하였다. 그러나 7년 후 가시와기와 정을 통하여 아들가오루을 낳고 출가하였다. 진상을 알게 된 히카루겐지는 자신과 후지쓰보 중궁의 밀통 사실을 부친인 기리쓰보 천황이 알고 있었을 것으로 짐작하며 그 마음을 헤아리게 된다.

온나산노미야의 유모

가시와기의 유모 여동생. 온나산노미야의 후견인으로 히카루겐지를 추천하고, 로쿠조노인에서 일하는 오빠인 좌중변에게 의논한다.

온나이치노미야女一の宮

금상과 아카시 중궁의 첫째 황녀. 무라사키노우에가 양육하였다.

우근 장감右近將監

유기리의 심복으로 그의 휘하에서 가사처럼 일하는 자이다. 유기리의 서찰을 구모이노카리와 오치바노미야에게 전해 주는 인물이다.

유기리夕霧

히카루겐지의 장남으로 아오이노우에 소생. 모친이 세상을 떠난 뒤 외조모 손에 큰다. 장래 조정의 기둥으로 키우고자 하는 히카루겐지의 교육 방침에 따라 성인식 뒤 신분에 비해서는 낮은 6위에 서위되어 대학료에 입학한 뒤 학문에 힘썼다. 외조모 슬하에서 함께 자란 외사촌 구모이노카리와는 어렸을 때부터 사랑을 키워 왔지만 내대신에 의해 헤어졌다가 결국 결혼하였다. 평온한 결혼 생활을 영위하던 중 친구인 가시와기의 유언에 따라 그의 부인인 오치바노미야를 찾아다니다가 연모하게 되어 인연을 맺게 된다.

율사律師

이치조미야스도코로의 기도승. 히에이산에 칩거하던 중 이치조미야스도코로를 위해 기도하기 위해 오노로 왔다. 유기리가 오치바노미야의 처소에서 나오는 모습을 목격하고 이치조미야스도코로에게 알린다.

이치조미야스도코로一條御息所

스자쿠인의 갱의. 오치바노미야의 모친. 사위인 가시와기의 이른 죽음에 더하여 유기리와 여식의 관계를 오해한 끝에 병이 악화되어 세상을 뜬다.

장인 소장藏人少將

가시와기의 남동생이자 치사 대신의 아들.

좌중변左中弁

온나산노미야의 유모 오빠로 로쿠조노인에서 사무를 보고 있다.

중무中務

히카루겐지의 시녀로 그가 스마로 퇴거함에 따라 무라사키노우에의 시녀가 된다. 히카루겐지의 시첩이다.

중장님中將の君

히카루겐지의 시녀로 그가 스마로 퇴거하러 가면서 무라사키노우에를 모시게 된다. 중무 등과 함께 히카루겐지와 육체관계도 맺는 시첩이다.

치사 대신致仕大臣

옛 두중장. 내대신. 태정대신. 좌대신의 장남으로 모친은 기리쓰보 천황의 친누이동생인 큰 황녀. 우대신의 넷째 딸과 결혼하며, 누이동생인 아오이노우에가 히카루겐지와 결혼한 뒤 친구처럼 무람없이 지낸다. 히카루겐지와 연애나 학문, 춤 등 여러모로 호각을 이루는 인물이다. 히카루겐지가 스마로 물러나 있던 동안에 우대신가의 시선을 개의치 않고 그를 찾아간다. 레이제이 천황 즉위 후 순조롭게 출세하여 태정대신에까지 오르지만, 큰딸인 홍휘전 여어가 아키코노무 중궁에게 밀리면서 히카루겐지와 정치적으로 대립하게 되고 입궐시키고자 하였던 구모이노카리가 유기리와 연인 관계임을 알고 실망한다. 다마카즈라의 성인식에서 부녀 상봉을 한 뒤 딸의 처우를 히카루겐지에게 맡기고, 구모이노카리와 유기리의 결혼도 승낙한다. 금상이 보위에 오르면서 정계를 은퇴하였다. 아들인 가시와기의 병사로 비탄에 잠긴다.

치사 대신의 정실부인

옛 우대신의 넷째 딸. 홍휘전 황태후와 오보로즈키요와 자매간. 가시와기와 홍휘전 여어의 모친이다. 가시와기의 병과 죽음을 깊이 슬퍼한다.

하나치루사토花散里

기리쓰보 천황의 후궁인 여경전 여어의 여동생. 일찍이 히카루겐지와 인연을 맺고 그와 안정적인 관계를 이어 간다. 니조히가시노인의 서쪽 채에 살다가 로쿠조노인이 완성된 뒤 북동 구역의 여름 저택에 거주한다. 히카루겐지의 부탁으로 유기리와 다마카즈라를 뒷바라지한다. 우아하고 원만한 성격이며 염색이나 바느질 솜씨가 뛰어나다. 유기리의 자식들도 양육하며 만년은 유기리의 돌봄을 받는다.

호타루 병부경 친왕螢兵部卿宮

기리쓰보 천황의 황자로 스자쿠인과 히카루겐지의 이복동생. 예술에 밝은 풍류인으로 비파의 명수이다. 일찍이 정실부인과 사별하였다. 반딧불이 불빛에 슬쩍 엿본 다마카즈라에게 관심을 지니고 구애하였지만 이루어지지 못하고, 히게쿠로의 여식인 마키바시라와 결혼하였으나 사이가 원만하지 못하다.

홍휘전 여어弘徽殿女御

치사 대신과 정실부인 소생의 딸로 가시와기와 동복 남매. 레이제이 천황의 여어로 일찍이 입궐하였다. 뒤에 들어온 재궁 여어에게 성총을 빼앗기고 중궁이 되지 못하여 부친인 대신도 낙담한다. 부친의 부탁으로 이복자매인 오미노키미를 거두어 후견한다.

히게쿠로鬚黑

어느 우대신의 아들로, 금상의 생모인 승향전 여어의 오빠이다. 정실부인은 식부경 친왕의 큰딸로 무라사키노우에의 이복자매. 히카루겐지와 치사 대신 다음가는 실력자이다. 얼굴색이 검고 수염이 텁수룩하게 보여 히게쿠로로 불린다. 다마카즈라와 인연을 맺게 되면서 정신적으로 문제가 있던 정실부인과 헤어진다. 조카인 금상이 즉위하면서 우대신으로 승진하여 섭정이 된다.

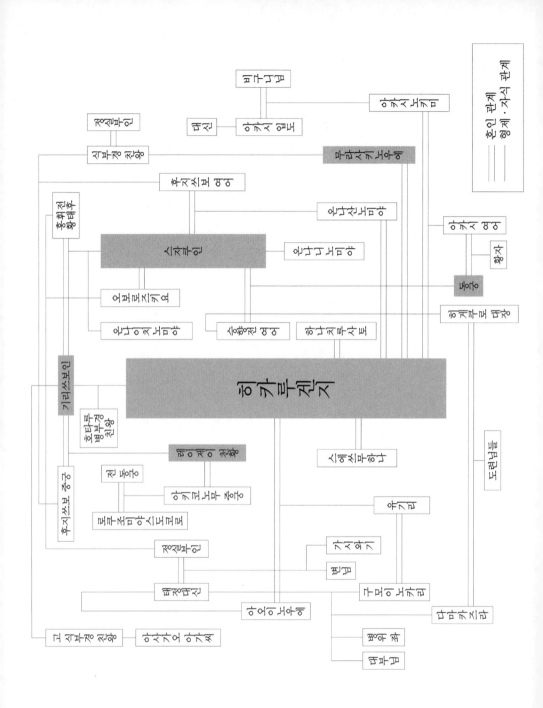

『帝妃のかたち』4 권별 인물 관계도

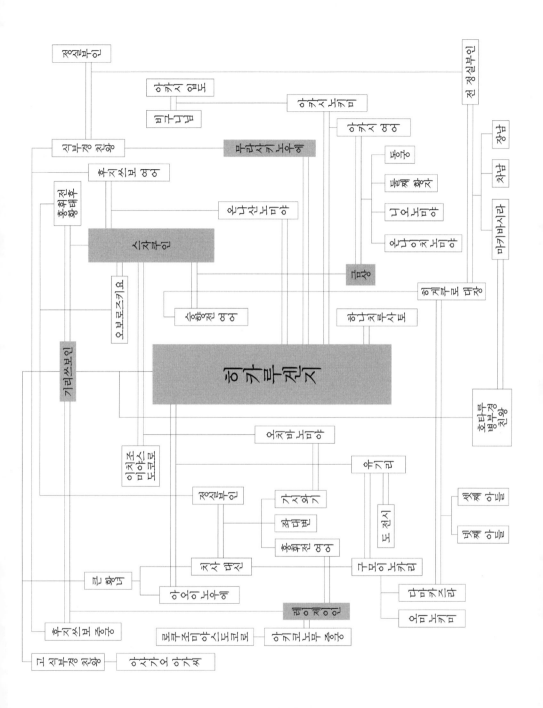

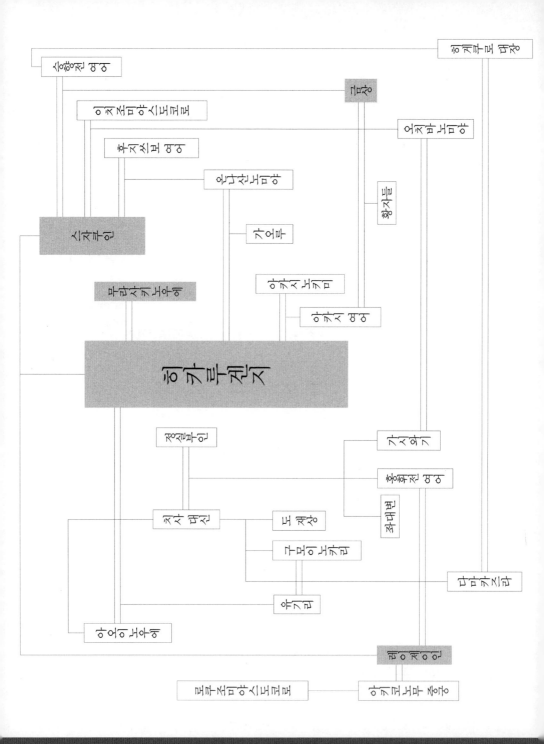

「가솔린」권

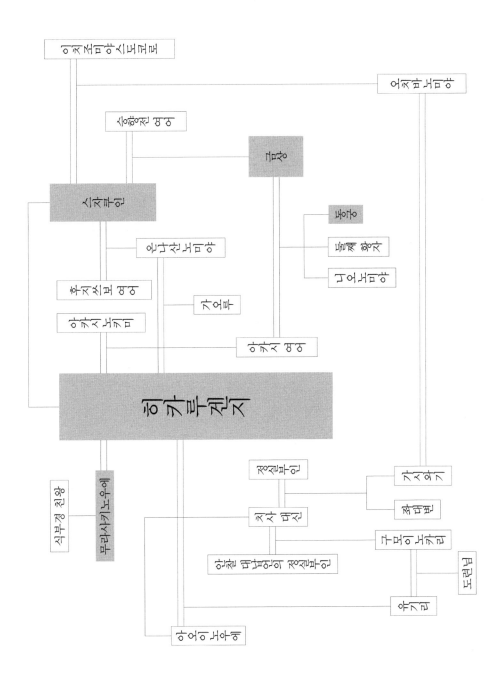

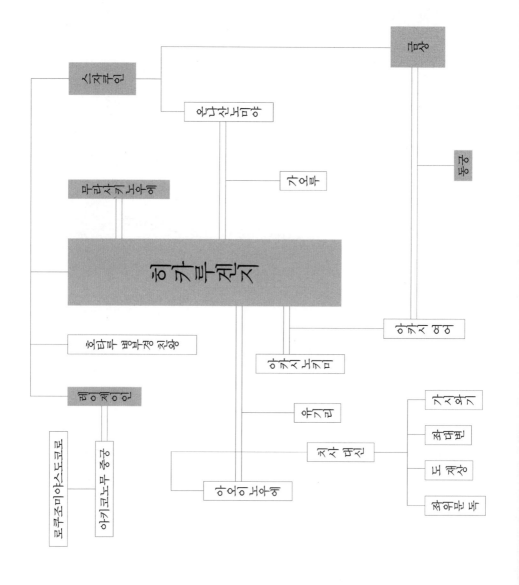

신치쿠라

황금궁

완간신데미

가온루

무라사키노인

하카루쳔시

로쿠하라

유기리

하카시유

호타루 뵤부쿄 천항

히카세 무우

하카세우히

헤이세이인

로쿠조미야스도코로

아키코노무 중궁

아가기

히어아버아충

치사 메지

간사허기

하타다

도 쳔싱

하하로부

「시지마시」권

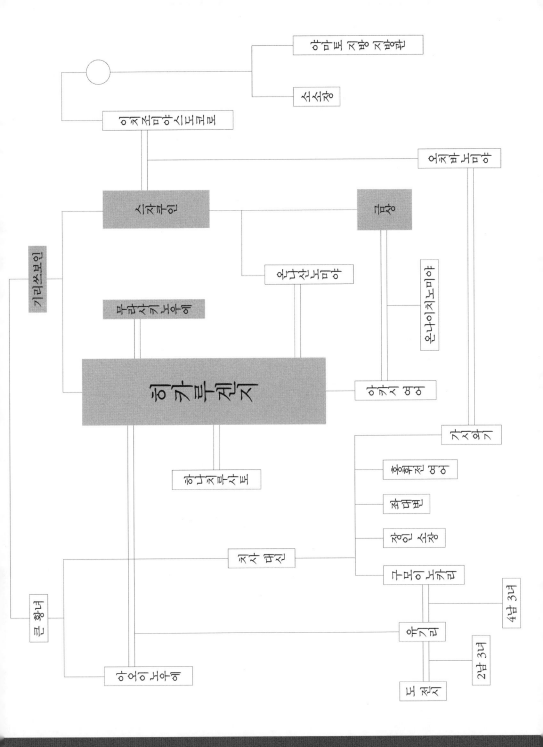

「야기리」 편

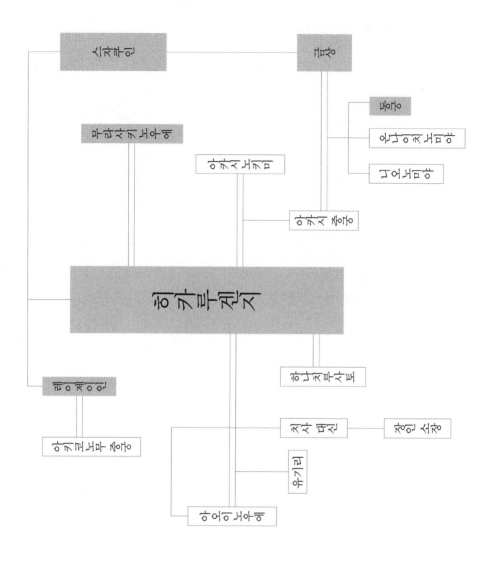

「보기」 권

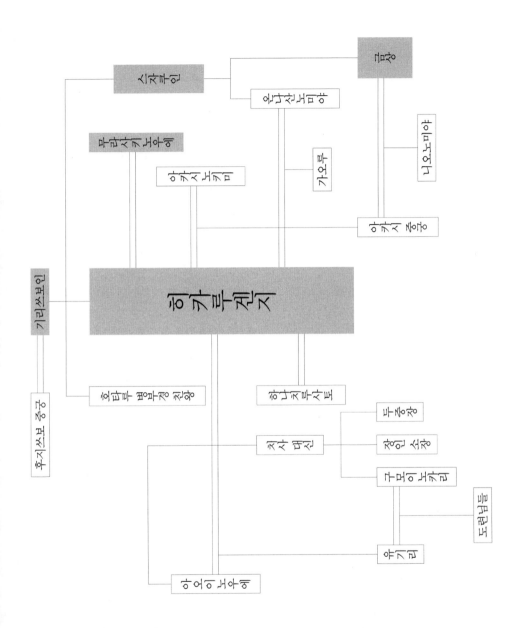

「시리마츠」권

참고문헌

1. 저본 및 기타 주석서

阿部秋生・秋山虔・今井源衛・鈴木日出男 校注・譯, 『源氏物語』④, 新編日本古典文學全集 23, 小學館, 1996.

山岸德平 校注, 『源氏物語』三・四, 日本古典文學大系 16・17, 岩波書店, 1961・1962.

玉上琢彌, 『源氏物語評釋』第七・八・九卷, 角川書店, 1966・1967.

阿部秋生・秋山虔・今井源衛 校注・譯, 『源氏物語』四, 日本古典文學全集 15, 小學館, 1974.

石田穣二・淸水好子 校注, 『源氏物語』五・六, 新潮日本古典集成, 新潮社, 1980・1982.

柳井滋 外 校注, 『源氏物語』三・四, 新日本古典文學大系 21・22, 岩波書店, 1995・1996.

鈴木一雄 監修, 『源氏物語の鑑賞と基礎知識』③⑭㉞㉟⑮㉖㉓⑲, 至文堂, 1998~2004.

2. 참고문헌

무라사키시키부, 김종덕 역, 『겐지 이야기』, 지만지, 2008.

미치쓰나의 어머니, 이미숙 주해, 『가게로 일기』, 한길사, 2011.

일본고전독회 편, 『키워드로 읽는 겐지 이야기』, 제이앤씨, 2013.

김종덕, 『겐지 이야기의 전승과 작의』, 제이앤씨, 2014.

今井卓爾 外編, 『光る君の物語』, 源氏物語講座 3, 勉誠社, 1992.

秋山虔 編, 『新・源氏物語必携』, 學燈社, 1997.

鈴木日出男 編, 『源氏物語ハンドブック』, 三省堂, 1998.

秋山虔・室伏信助 編, 『源氏物語必携事典』, 角川書店, 1998.

小町谷照彦 編, 『源氏物語を読むための基礎百科』, 學燈社, 2003.

後藤昭雄, 「『扶桑集』の詩人(6)」, 『成蹊国文学』第38号, 成蹊国文学会, 2022.

이 밖에 일본에서 간행된 참고문헌은 『겐지 모노가타리』 1(서울대 출판문화원, 2014) 부록 참조.

3. 부기

이 책의 본문 번역·주해 및 작품 해제, 각 권 해설에는 다음과 같은 저자의『겐지 모노가타리』관련 연구 성과가 반영되어 있다.

李美淑, 「「早蕨」卷の「姫宮」-「薫と中の君物語」への轉換點」, 『古代中世文學論考』 第5集, 日本 : 新典社, 2001.

_____, 「「春秋のあらそひ」と六條院の「春の上」-「岩ねの松」の象徵性に着目して」, 『日本文藝論叢』第15號, 日本 : 東北大學 国文學硏究室, 2001.

_____, 「「宇治の御堂」と薫と浮舟物語-薫の「人形」觀を起點として」, 『日本文藝論 稿』第27号, 日本 : 東北大學 文藝談話會, 2002.

_____, 「「思ふどちの御物語」と死霊出現-光源氏と紫の上の物語における一つの轉機」, 『日本文藝論叢』第16號, 日本 : 東北大學 国文學硏究室, 2002.

_____, 「二條院の池-光源氏と紫の上の物語を映し出す風景」, 『中古文學』第70號, 日本 : 中古文學會, 2002.

_____, 「空蟬物語の表現と方法-「初音」卷を起点として」, 『일어일문학연구』제43 집, 한국일어일문학회, 2002.

_____, 「平安文學における「荒れたる宿」考-『堤中納言物語』「花櫻折る少將」を起 點起として」, 『일본문화학보』제20집, 한국일본문화학회, 2004.

_____, 「「知らぬ人」から「頼もし人」へ-薫と大君物語の展開と薫の存在性」, 『일어 일문학연구』제49집, 한국일어일문학회, 2004.

_____, 「「姫宮」に秘められたもの-『源氏物語』における大君物語と女一の宮物語との 關わり」, 『일본학보』제59집, 한국일본학회, 2004.

_____, 「古代韓國の婚姻制度と家庭小説-『源氏物語』「真木柱」卷を起點として」, 『源氏物語の鑑賞と基礎知識-No.37 眞木柱』, 日本 : 至文堂, 2004.

_____ ·林水福·井上英明, 「『源氏物語』の外國語譯-「眞木柱」卷を中心に」, 『源氏 物語の鑑賞と基礎知識-No.37 眞木柱』, 日本 : 至文堂, 2004.

_____, 「일본 문화에 나타난 인물 도형의 그로테스크 양상」, 『일본연구』제25호, 한국 외대 일본연구소, 2005.

_____, 「『겐지 모노가타리(源氏物語)』에 나타난 인물 조형의 그로테스크성-스에쓰 무하나(末摘花) 이야기를 중심으로」, 『일본학보』제65집, 한국일본학회, 2005.

_____, 「『源氏物語』における「女の物語」の內實」, 『일본학보』제67집, 한국일본학 회, 2006.

李美淑, 「『源氏物語』における「女の物語」とその指向点－「女」の用例の分析を通して」, 『일어일문학연구』 제57집, 한국일어일문학회, 2006.

_____, 「紫の上物語から大君物語へ－『源氏物語』正篇と續篇の有機性の一端」, 『일본연구』 제33호, 한국외대 일본연구소, 2007.

_____, 『源氏物語研究－女物語の方法と主題』, 新典社研究叢書 197, 日本 : 新典社, 2009.

_____, 「『무묘조시(無名草子)』의 『겐지 모노가타리(源氏物語)』 비평－남성비평을 중심으로」, 『일어일문학연구』 제81집, 한국일어일문학회, 2012.

_____, 「太液池の芙蓉、二條院の池の蓮－『白氏文集』と『源氏物語』の<池の畔の男獨り> という構圖」, 『源氏物語と白氏文集』, 日本 : 新典社, 2012.

_____, 「일본 고전텍스트에 나타난 삼각관계와 에로티시즘, 그리고 젠더－『겐지 모노가타리(源氏物語)』를 중심으로」, 『일본연구』 제54호, 한국외대 일본연구소, 2012.

_____, 「일본 고전텍스트와 추리서사」, 『일어일문학연구』 제85집, 한국일어일문학회, 2013.

_____, 「여성 이야기와 정편 여주인공 무라사키노우에」, 『키워드로 읽는 겐지 이야기』, 제이앤씨, 2013.

_____, 「『源氏物語』における死の「穢らひ」と「忌」」, 『解釋』 第60卷 第3・4号, 日本 : 解釋學會, 2014.

_____, 「『源氏物語』における觸穢と謹愼－「穢れ」「忌」「つつしみ」という表現に注目し」, 『일어일문학연구』 제89집, 한국일어일문학회, 2014.

_____, 「「まことの御親」－紫の上の「もの思ひ」の要因」, 『解釋』 第61卷 第3・4号, 日本 : 解釋學會, 2015.

_____, 「『겐지 모노가타리』(源氏物語)와 헤이안 경(平安京)이라는 서사 공간」, 『일어일문학연구』 제93집, 한국일어일문학회, 2015.

_____, 「<겐지 모노가타리>(源氏物語) 로쿠조미야스도코로의 '모노노케' 서사－생령・사령의 발현 요인과 진혼, 그리고 문학치료」, 『문학치료연구』 제37집, 한국문학치료학회, 2015.

_____, 「헤이안 시대 모노가타리의 서사 공간, '누리고메'(塗籠)」, 『일어일문학연구』 제99집, 한국일어일문학회, 2016.

_____, 「일본 헤이안 시대의 여성문학과 일상 정경의 남녀관계학」, 『문학치료연구』 제44집, 한국문학치료학회, 2017.

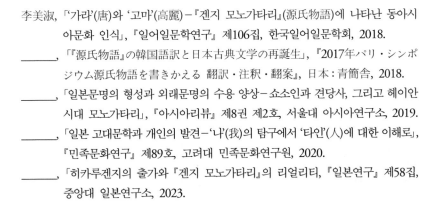

李美淑, 「'가라'(唐)와 '고마'(高麗)—『겐지 모노가타리』(源氏物語)에 나타난 동아시아문화 인식」, 『일어일문학연구』 제106집, 한국일어일문학회, 2018.

_____, 「『源氏物語』の韓国語訳と日本古典文学の再誕生」, 『2017年パリ・シンポジウム源氏物語を書きかえる 翻訳・注釈・翻案』, 日本：青簡舎, 2018.

_____, 「일본문명의 형성과 외래문명의 수용 양상—쇼소인과 견당사, 그리고 헤이안 시대 모노가타리」, 『아시아리뷰』 제8권 제2호, 서울대 아시아연구소, 2019.

_____, 「일본 고대문학과 개인의 발견—'나'(我)의 탐구에서 '타인'(人)에 대한 이해로」, 『민족문화연구』 제89호, 고려대 민족문화연구원, 2020.

_____, 「히카루겐지의 출가와 『겐지 모노가타리』의 리얼리티」, 『일본연구』 제58집, 중앙대 일본연구소, 2023.

찾아보기